文艺学系列教材

华大博雅 高校教材

中国古代文论
（第三版）

主编：李建中

编委：（以姓氏笔画为序）

邓新华　向柏松　吴中胜

吴建民　吴　艳　李建中

胡立新　董　玲

华中师范大学出版社

新出图证(鄂)字10号

图书在版编目(CIP)数据

中国古代文论/李建中主编． —3版． —武汉:华中师范大学出版社,2018.8
(2022.7 重印)
(文艺学系列教材)
ISBN 978-7-5622-8281-5

Ⅰ.①中… Ⅱ.①李… Ⅲ.①中国文学—古代文论—高等学校—教材 Ⅳ.①I206.2

中国版本图书馆 CIP 数据核字(2018)第 145690 号

中国古代文论(第三版)
李建中　主编

责任编辑:王文琴	责任校对:王　炜
封面设计:新视点	封面制作:胡　灿
出版发行:华中师范大学出版社　Ⓒ	社址:湖北省武汉市珞喻路152号
电话:027-67861549(发行部)　　027-67861321(邮购部)	
传真:027-67863291	
网址:http://press.ccnu.edu.cn	电子信箱:press@mail.ccnu.edu.cn
印刷:武汉兴和彩色印务有限公司	督印:刘　敏
开本:787mm×960mm　1/16	印张:22.25　　字数:400千字
版次:2018年8月第3版	印次:2022年7月第2次印刷
定价:39.00元	

敬告读者:欢迎举报盗版,请打举报电话 027-67867353

主　编　简　介

李建中，湖北江陵人，武汉大学文学院教授，博士生导师。武汉大学珞珈杰出学者，武汉大学通识教育中心主任。国家"万人计划"教学名师，国务院有突出贡献专家，教育部马工程首席专家，国家社科基金重大招标项目首席专家。兼任中国古代文学理论学会副会长，中国《文心雕龙》学会副会长，中国中外文艺理论学会常务理事，中国大学通识教育联盟常务理事。

主要从事中国文论及文化的研究与教学，著有《体：中国文论元关键词解诠》《古代文论的诗性空间》《批评文体论纲》等书，主编《中国文化：元典与要义》《中国文化概论》《中国传统文化人格》（丛书）等，多次获教育部和湖北省社科优秀成果奖，获中国大学出版社图书一等奖。

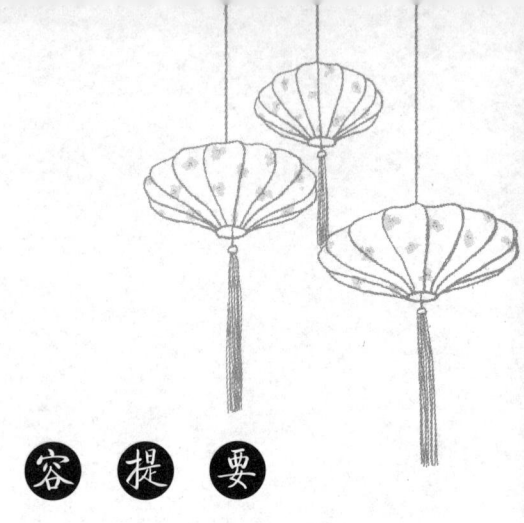

内 容 提 要

本书紧扣中国古代文论与传统儒道释文化的内在关联,在中华优秀传统文化的思想背景和精神源流中,把握并阐释中国古代文论的演进脉络和理论精粹,从而在民族文化和民族精神的层面揭示中国古代文论的历史意蕴和当代价值。本书既可用作海内外高校相关专业的教材,亦可为热爱中国文论及文化的广大读者提供"悦读"之选。

再版总序

华中师范大学文艺学专业的教材建设,起步是在 20 世纪 50 年代。1958 年编写的教材,突出若干政治倾向鲜明的文艺观念,打上了颇浓的当时环境的印痕,显得有些粗糙。六十年代初期,各位主讲教师逐年修订,加强了文学基本知识的介绍。到了 1989 年,孙子威教授主编的《文学原理》在华中师范大学出版社正式出版,总结了主编本人和他带领的团队长期研究的成果。同时,王先霈、范明华撰著的《文学评论教程》于 1986 年出版,并在 1988 年被国家教委定为高校文科教材。到了九十年代末,新世纪将要来临之时,适应新的需要,在集体进行多年教学研究的基础上,作为教育部重点课题"文艺学课程体系的改革研究"的成果,出版了文艺学系列教材三种(《文学理论》《文学批评原理》《文学文本解读》)。以后这套教材的品种陆续增加,并邀请外校教师参加编写,迄今达到九种,都曾多次重印,有的还出了修订本。新增加的教材,都是主编和参与者多年研究和教学心得的结晶,比如,张玉能的美学研究,胡亚敏的比较文学研究,孙文宪的现代西方文论研究,李建中的古代文论研究,都有诸多成果,并获广泛好评。

我们的文学理论教材,它所阐述的文学观念主要有三个源头:一是对几千年中外文学现象的概括,从文学现象的实际中经过科学的抽象提炼出来;二是对几千年中外文学理论有选择地继承、扬弃,对柏拉图、亚里士多德、孔子、刘勰的理论的继承和借鉴,直到对别林斯基、德里达、梁启超、王国维的继承和借鉴;三是从马克思主义理论原则推导,对马克思主义文学思想的阐发。我们是以进入文学史的文学经典为主要根据,主要讲适用于历史和现实一般情况的基本规律。放弃这个,把文学理论教学变成讨论当前热点的讲座,并不适宜。但我们讲的基本规律,要能帮助学生观察当前文学,而当前的文学正在发生剧烈的变化。我们意识到,在上世纪八十年代中期以前,文学理论教学曾经基本上是讲比较单一的文学观念。到现在,我们处在多种文学理论的众声喧哗之中,再也没有可能无视其他文学理论体系的存在了。韦勒克和沃伦在《文学理论》1948 年第一版序中说:"我们既不像德国人那样折衷,也不像俄国人那样教条。"他们的编写原则是:

"在研究中听取国际上各种不同的意见,提出恰当的问题,提供方法上的基本原则。"我们比之他们,可以有更多的选择,也有更明确的原则来引导学习者作出自己的判断。

文学理论教材有理论体系和叙述体系,叙述体系必须以理论体系为支撑,教材编撰者没有系统的文学理论观念,教材会是支离破碎的,把理论体系现成地搬到教材之中,却不见得符合本科学生的接受心理。理论体系体现教材编者的见解,不同学派有不同的体系——有不同的逻辑起点,有不同的基本命题,有不同的范畴概念,很难平行介绍。理论体系必须符合理论逻辑,叙述体系则要由易而难、由浅而深、由感性而理性,要打破理论体系的结构另行处理。我们的教材,重叙述体系,重现象,重知识,重实际,围绕理论问题介绍历来和当前主要的观点,把若干学派的观点打散后纳入教材的叙述体系之中,努力使我们的教材和教学既是系统的,又是丰富多样的。

教材的叙述体系要考虑到学生接受的思维特点,考虑由具体到抽象的循序渐进。例如,《文学理论》一头一尾讲文学的基本性质,中间讲文本,讲创作和接受。我们觉得,对于本科学生教材的论述不宜太抽象,要多联系具体文学现象来讨论,主要给学生方法和知识。一本教材要有一个完整的叙述体系,这一套教材也追求一个大的体系。

教材建设是没有止境的,教材撰写总是一种遗憾的工作——一本教材刚刚出版,新的观念、新的思路又产生了。诚恳地期望使用者、读者提出意见。

王先霈
2006 年 12 月 15 日

原版总序

改革开放的二十多年来,国内政治、经济、文化的巨大变革,这种变革对教育、对文学提出的要求,国外文学理论教材的翻译介绍以及人们日渐增多的对国外大学教学理念与方式的了解,使我们深切感受到文艺学教学改革的必要性、紧迫性。二十多年来,文艺学专业已经涌现出了许多的教学成果,出版了许多有特色的文艺学教材,但仍然远远不能满足客观形势的需要。华中师范大学出版社组织出版文艺学系列教材,包括《文学理论》《文学批评原理》《文学文本解读》《美学教程》《西方文论》《马克思主义文论教程》《比较文学教程》《中国古代文论》八种,是在这方面作出新的努力的有益探索。关于文艺学教材改革,我有以下粗浅想法,和这套书的各位作者作过交流,也以此就教于教材的使用者。

首先,我们过去文学理论的基础是很狭窄的,主要是建立在现实主义文学观的基础之上。而今天,怎样把现实主义、现代主义、后现代主义……各种各色文学纳入文学理论研究的视野,把精英文学和大众文学,把纯文学和杂文学,都纳入文学理论研究的视野,使我们的理论体系有足够的覆盖力,又不使文学理论成为碎片的聚合,又能构成理论的自足的体系性,构成教材的叙述的体系性。这实在是一个大难题。

其次,文艺学教材与理工类教材不一样,那些学科可以直接把国外优秀教材原样引进,可以不用翻译而用原文版,没有政治上意识形态上的障碍,也没有文化上的障碍。文艺学是人文学科,文学是语言的艺术,语言里面蕴含着民族文化的根基,文学总是具有民族性的,文学理论不能不带有本土性。一百年来,创建具有本土性的文学理论收效不如人们的预期。中国古代的文学理论,西方古典的文学理论,西方现代的文学理论,各成系统,光是西方现代文学理论就已经是五花八门,要在一本基础理论教材里完整描述,那是很难很难的。但是,本科一二年级基础课的文学概论只介绍其中一种或几种,让学生以为某一种两种才是最科学的、基本的文学理论,那又是否合适呢?

第三，应该说，二十年来，文艺学研究有了巨大的进展，但文艺学研究成果向教学领域、教材编写领域的转化的速度和效率却不如人意。这种转化并不像看起来那么容易，教材内容的先进性和稳定性的关系的处理，教材包含的学术的新颖创见与教材综合国内外学术进展所达到的全面性、准确性，所达到的深度与广度，这两者关系的处理，也是教材的编写者的学术个性和教材涵盖当代学术进展的客观性的关系的处理，这是教材编写中很困难、很能考验编写者功力的问题。

第四，从教材的适用性来说，教材的叙述方式应该与学术专著有明显区别，它应该给教师留下发挥的空间，应该对学生进一步的阅读钻研作出提示，具有启悟性。一本教材不可能告诉学生本学科基础知识的全部，只能是给学生的学习竖立路标。它的形式、编排格式也应该活泼可亲，而不应该是一口气讲到底的高头讲章。这一方面，西方的某些教材值得借鉴。

第五，大学教材的影响和功能不只是在校园之内。如今是每个人终身学习的时代。社会对普及科学的文学思想、文学知识有迫切需求。在上世纪五十年代，在受过基础教育的人群中，当时文学的基础常识是有一定普及程度的。大批干部，都"学一点文学"。今天，大学理工医农学科的学生，乃至于中高级研究人员、政府官员，面对当今纷繁的文艺现象和多元的文学理论，也常常显得不知所措，更不要说一般平民百姓了。甚至宣传文化部门的主管人员，也缺乏对现代文学理论的初级的知识，而且不知道怎样才能获取这些知识。视觉传播帝国的不断扩张，帝王戏、警匪片、流行曲、大话王，它们对社会审美观念的影响，专业人士如何应对？对一篇作品、一种文学艺术现象的迥然相异、相反的态度，有时是由知识结构的巨大差异造成的。文学理论工作者，高等学校专业教师，有责任向社会提供具有可信度和科学性的文本，这其中，很重要的、具有权威性的，就是经过实践检验而被文艺学同行认可的好的教材。

第六，除了单本的教材之外，还有课程体系问题，相应地就有教材体系问题。许多年来先后比较普遍开设的文艺学课程有文学概论、马列文论、文艺美学、古代文论，这种课程结构是不是需要做些改变，有加有减、有增有删？如果要变，又怎样改变？近年来有一些探索，还需要更大的一点动作。这里有文艺科学的体系的严谨性问题，也有当今大学低年级学生的实际知识和能力的结构、接受水平问题，还有在中文专业课程设置中间的可能性问题，教育部倡导教材配套，立体化开发，多媒体课件的制作，针对多层次教学，辅导书、参考书的编写，其中还有大量工作可做。

教育部印发的《关于"十五"期间普通高等教育教材建设与改革的意见》的

"通知"说:"教材是体现教学内容和教学方法的知识载体,是进行教学的基本工具,也是演化教育教学改革,全面推进素质教育,培养创新人才的重要保证。因此,高等教育教材建设必须有一个与之相适应的快速发展,'十五'期间高等教育教材建设的任务十分艰巨。"我们正是从这样的认识出发,投入教材建设。以上所说各点,是我们遇到过的困惑,也是我们在这套教材编写中力图解决、力图有所创新的几个方面。至于究竟做得如何,要请读者批评指正。

王先霈

2002年9月

《中国古代文论》序

　　中国文学批评史这个学科是由大学里的学者们建立的，他们的研究和教学同步进行，他们的著述，有很大一部分是以教材形式出现的，开初如此，至今依然。李建中教授主编的这本《中国古代文论》，是一个新的尝试，新的成果。

　　这门学科诞生于20世纪前期，十分年轻，但它却承袭了两千多年悠久的传统，有着绵远漫长的史前史。它的古老，是由于中国历史和中国文学历史的悠久，是由于中国人对文学的议论和思考的历史的悠久；它的年轻，是由于原先没有诞育的客观条件，最主要的是由于我们的古人缺乏明确的学科意识，系统的严密的学科的建立只能是在现代来实现。两千多年来的文学理论批评论述，蕴藏在各朝各代浩如烟海的典籍里面，要发掘和鉴别它们，需要借助古典文献学的帮助；文学理论批评与文学创作相伴而生、相随而长，研究文学理论批评史又依赖着文学史研究的进展；尤其重要的是，前人的论述的价值，要从一定的理论立场出发去判断，决定去取，阐发其内涵并给予评价，作为学科据以立足的出发点，这种理论立场当然应该是发展成熟的、完备的某种立场，所以，只有有了严密的、体系化的现代文学理论，有了对于"文学"和"文学批评"的明确的、深刻的认识，才有可能建立文学批评史学科。这就是为什么在"五四"新文学运动之后，才出现中国文学批评史学科的原因。

　　研究中国文学批评史，有一个重要的问题必须解决，那就是"中国文学批评"存在的根据，在什么意义上我们确认它的存在。现在得到学界普遍认可和遵行的"文学"的概念，就其理论内涵而言，基本上是20世纪初从欧洲引进的。西方的"文学"概念，从西方文学几千年的实际里提炼而出。西方文学的实际和中国几千年文学的实际并不完全相同，而且有着不小的差别。亚里士多德的《诗学》讨论的文学类型是史诗和悲剧，而从孔子到刘勰都没有见过较为严格意义上的史诗和悲剧，因此，孔子、刘勰的文学观和亚里士多德相差很大，中国古代的文学观和欧洲古代的文学观相差也很大。20世纪中国的学者以亚里士多德以来的欧洲"文学"观念为参照的标尺，重新审视、整理孔子以来关于"文学"的议论，在开辟新境界的同时,一开始在对象内容的取舍、评价上的扬抑和诠释的向度等方面也就有圆凿方枘的困惑。不仅批评史研究如此,这也是当时中国人文学科研究者普遍的困惑。冯友兰说:"哲学本一西洋名词。今欲讲中国哲学史,其主要工作之一,即就中国历史上各种学问中,将其可以西洋所谓哲学名之者,选出而叙述之。"①中国的历史上,是不是存在与西洋人所谓的"哲学"或"文学批评"等同的学问呢?这本身就是一个问题。而在20世纪前期,我们还只能借用西洋人的眼光,作为近现代意义上学科门类的"中国文学批评史""中国哲学史"是以西方文学、史学、哲学的学科构架和概念系统为规范来建立的。于是,本土思想资料的实际和外来的学科模式之间的距离和冲突,成为学者们越来越尖锐地感受到的一大难题。七十多年来,在中国文学批评史学科发展的历程中,在解决这一难题的过程中,在本土古代思想资料的发掘整理上,取得了丰硕的成果,文学观念大大地深化和细密化,而两者的结合和相互促进也不断出现新的路径和形态。当然,不免在新的层次上遭遇新的困境,给研究者提出新的课题。我们回顾七十年来的学科史,本身就需要有历史的眼光和态度,既不能苛求早期的拓荒者、奠基者,更不能扼制新进们创新的努力。本书作者力图在反映学术进展的同时,提供新的视角,我认为,他们的劳作是应该被肯定的。

古代人求知、治学,研究自然和社会,很长时间里没有自觉的学科区分。大家都向纵横两方面尽力延展,都想究天人之际,通古今之变。中国读书人长期信奉"一物不知,儒者之耻"②的原则,欧洲11世纪到14世纪的经院哲学、特别是16世纪末到17世纪初的后期经院哲学,内容同样是无所不包。大约从17世纪开始,欧洲的自然科学逐渐分成数学、物理、化学、天文、地理、生物六大学科,并且其后不断重新分化、组合。到了18世纪中期,又形成了经济学、社会学、人类学、政治学、教育学等社会科学学科。人文学科出现较早,在文艺复兴以前,原先是神学的对立物,进入20世纪,才作为与自然科学、社会科学并立的学科类型。在上一次世纪交接之时,科学研究的规范从西方传到中国,在这样的大背景下,一些学者致力于文学研究的科学化,并从文学研究的大学科里产生出若干分支学科;对于中国古代文学和文学批评的研究,也分别划出若干专门的领域,于是建立中国文学批评史的尝试紧随着文学史、戏曲史和小说史著述的问世之后出现。

最先拿出这方面成果的,不是中国学者,而是外国学者,是欧洲的和日本的

---

① 冯友兰:《中国哲学史》,新1版,中华书局,1961年,第1页。
② 汉代扬雄《法言·君子》:"圣人之于天下,耻一物之不知。"崔瑗《河间相张平子碑》:"一物不知,实以为耻。"《南史·陶弘景传》:"读书万余卷,一事不知,深以为耻。"

汉学家。德国人威廉·顾路伯(Wilhelm·Grube,1855—1908)1902年在莱比锡出版了《中国文学史》,20世纪日本早期汉学家盐谷温著有《中国文学概论》,两书中都略有关于文学思想的介绍。另一日本汉学家铃木虎雄1925年由东京弘文堂出版的《支那诗论史》,为三篇长篇论文,即《周汉诸家的诗说》《魏晋南北朝的文学论》和《格调、神韵、性灵三诗说》的合集。我们从铃木的论述中可看出19世纪欧洲文艺思潮的影响,具体说来就是唯美主义超功利的文学价值观的影响。重视文学的独立性、特殊性,或隐或显地承认文学的某种程度或某些范围的超功利性,导致将对文学的审美的观照从哲学、伦理学、政治学附庸地位中解脱出来,将文学批评史从哲学史、政治史、道德史中离析出来。日本学者的著述,欧美文学思潮的直接和间接的触动,帮助中国学者从经学的拘束中解脱,把文学当作文学,当作不同于伦理、政治的审美活动;把文学理论批评当作文学理论批评,不同于一般的人生论、社会论。这种思想范式的转型是中国现代学术建立的前提,其他学科如此,中国文学批评史也是如此[①]。

铃木从文学整体出发研究文学批评,他的思考较为深刻和富有活力。无可否认,他的这本著作,不论从时间的纵向线索还是文体的横向幅度看,都很不完整。他本人充分意识到这一点,他说:"……至于以'诗论史'而不以'文学理论史'为名,是因为论述主要在于诗的方面。此外,书中对唐宋金元部分的论述过于简略,对清代嘉道以后时期尚付阙如,而对这些阙遗之处的补充,或者进而更改书名,修改充实成为《中国文学理论史》,则有待于日后的努力了。"他所期待的努力,由中国学者自己实现了,此书出版之后两年,陈中凡的《中国文学批评史》就问世了。

"五四"以后的时期,是现代学科建设的发轫期。胡适回顾自己的学术生涯时说到,他们那一代人,企图在中国文化史上"搞出个具体而微的哥白尼革命来",这个"革命"有两大目标,一个是中国文学史,一个是中国哲学史(或者叫中国思想史)。中国文学批评史恰是两者的交切与结合。形容为哥白尼式的革命,是强调其"价值重估"(transvaluation of values)的任务[②];而价值重估的出发点,便是新的观念,这也正是新学科建立的前提。一个学科要从无到有地建立,必不

[①] 鲁迅1927年9月在题为《魏晋风度及文章与药及酒之关系》的讲演中说:"用近代的文学眼光看来,曹丕的一个时代可说是'文学的自觉时代',或如近代所说是为艺术而艺术的一派。""曹丕和曹植表面似乎是不同的。曹丕说文章事可以留名声于千载;但子建却说文章小道,不足论的。据我的意见,子建大概是违心之论。"

[②] 唐德刚译注:《胡适口述自传》,华东师范大学出版社,1993年,第247页。

可少的是提出对它的性质、基本概念的看法,并且要搭起一个哪怕是初步的框架。胡适一辈的学者,不是从对本土遗产的批判中生产出新的观念,而是从外面输入。中国文学批评史的最基本的概念是"文学"和"文学批评",对这两个概念的理解,也是从欧洲引进的。陈中凡肩起了用外来的新的"文学"和"文学批评"观念,重估中国古代文学理论批评论述的价值、建立中国文学批评史学科框架的工作。紧接着,一批学者以各自的努力,共同奠定构建学科大厦的基础。

陈氏何以想到撰著《中国文学批评史》呢?他的著述研究的心理动因和铃木虎雄等外国学者是否有所区别?据他在"自述"中说:"1921年8月至1924年11月,任东南大学国文系主任兼教授,对当时的学衡派盲目复古表示不满,乃编国文丛刊,主张用科学方法整理国故。"用科学方法整理国故,是20世纪初期的一股潮流,所谓"科学方法",乃是指由西方接受的现代科学研究方法论。和古人、同时代的一些人乃至后来的人有所不同,陈中凡不再局限于从目录学、文献学角度看待古代文学理论批评著述,1936年他和蔡尚思讨论编撰《中国思想史》,明确"叙述各时代思想的体系、派别,及其演进的进程,是为思想史(history of thought)"①。那虽然是几年之后的事,看来却也是他编撰《中国文学批评史》的指导原则②。欧洲有文学理论批评学科,中国历代也有许多人提出过文学理论见解,因此有必要系统采择古代材料以见纲要,并各各探察其作为依据的原则。这就是陈中凡心目中文学批评史的最基本的内容。在学科建设的开端,他就已经尽可能兼顾到西方较为精密的理论和汉语文学的特殊之处,这是十分可贵的。

陈氏著作出版后的第七年,即1934年,是中国文学批评史学科史上极其重要、极其辉煌的一年。这一年,商务印书馆出版了郭绍虞的《中国文学批评史》上册,世界书局出版了方孝岳的《中国文学批评》,人文书店出版了罗根泽的《周秦两汉文学批评史》。在此之前,1931年,朱东润在武汉大学讲授中国文学批评史,其讲义数易其稿,1944年由开明书店出版。他1935年之前在武汉大学《文哲季刊》上发表论文,其中有关文学批评史的有九篇,他的研究重点放在中古以后;郭著《中国文学批评史》下册1944年出版,罗氏《魏晋六朝文学批评史》《隋唐

---

① 原载1993年商务印书馆出版之蔡尚思《中国思想史研究法》卷首,后收入《陈中凡论文集》,上海古籍出版社,1993年,第8页。

② [美]雷纳·韦勒克在《近代文学批评史·导论》中说,"批评史是一个有其内在意义的课题……它完全是思想史中的一个分支","我们的目的毕竟主要是对各种思想的了解"。见该书第9页,杨岂深等译,上海译文出版社,1987年。批评史是思想史,这显然是现代才有的学术观念。

文学批评史》《晚唐五代文学批评史》1943年出版。这几部著作,为中国文学批评史学科奠定了基础,建立了架构。几位拥有强大学术实力的学者不谋而合,几乎是同时发表精心撰著的各有特色的成果,一个新的学科终于建立起来了,他们是这个学科的奠基者,以上几部著作,是这个学科创建期的基石。

郭绍虞把乾嘉学风的传统和西方近代学术的实证精神相结合,十分重视资料的搜集整理,但他不是简单堆砌资料,而是把有准备、有目的地尽可能全备地搜集来的材料,作为研究的基础和出发点。

这里就涉及一个"循环"——要有独立的观念、见解,才知道到哪里去寻求材料,怎样考订、整理材料,才能对材料作出阐释;而观念、见解的形成、深化、检验和论证,都需要建立在材料的基础之上。古代原来缺乏系统的文学批评史材料,是因为古人缺乏明确的文学批评和文学批评史的观念,甚至缺乏明晰的文学观念。郭绍虞首先从这一基本点入手,以20世纪新的历史条件、新的语境下对于文学、文学批评的认识为出发点,重新搜集材料。研究者对文学、文学批评没有自己的见解,怎么决定寻找史料的方向,如何鉴别,如何弃取?然而古人对文学、文学批评的见解与研究者并不完全一样,他们彼此之间也不尽相同。倘若以今例古、强古从今、以古证今,那是没有任何积极意义的。这又给史料的发掘和选择出了难题。

郭绍虞治学另一个值得注意的特点是,把文学理论批评现象放在特定的思想文化环境中进行研究,借助于其他多种学科的手段来研究。其批评史第四章"文学观念演进与复古之思想"开头说,"文学批评又常与学术思想发生相互连带的关系,所以学术思想风气之转移又常足以左右文学批评的主张"。周秦时代文学批评史与学术史难以截然区分,固不待言;六朝纯文学的思想得以建立、流播,也因为儒家学术思想的消沉;唐宋之后,讲载道,讲复古,文学思想均以学术思想为依归。尤为可贵的是,他依仗自己对中国语言文字特性的深刻了解,对中国古代文学理论提出许多独到见解。本书作者吸取前辈论著的营养,在这一点上给予了特别的关注。

20世纪的西方史学,经历了由客观主义向主体主义的转变。科林伍德史学理论的基本原则——"一切历史都是思想史",影响深远。科学哲学的历史学派代表人物库恩再三强调,科学史必须依赖科学哲学,"科学史需要哲学,其理由是显而易见的。它们的基本工具不只是科学知识,而且还需要哲学观点"。"一个人如果不能掌握他所研究的时期和领域的主要哲学流派的思想,要对科学史中的许多重要问题研究得好,是不可能的。"①一门学科的历史不能只是描述单个

---

① [美]库恩:《必要的张力》,纪树立等译,福建教育出版社,1981年,第14~15页。

的分散的历史事件、个案，它还应该具有解释性，具有系统性、整体性。也可以说，学科史的研究既要在学科理论的指导下进行，又要担负充实发展学科理论的任务。文学批评，本身是一种理性思维活动的成果，批评史家需要指明过去的批评家的思想何以能够提炼出来和怎样被提炼出来。科林伍德讥讽传统史学是剪刀加浆糊的剪贴史学，他认为："历史想像力严格说来，却不是修饰性的而是构造性的。"①本书的作者们接受了更多的近现代史学观的影响，在"构造性"上下了更大的力气，显出了他们的学术个性。

  本来，前辈们也是在不停地探索中前进。在早期出版的几种中国文学批评史中，罗根泽的一种是序言写得最长的，对学科建设的原则、前提、基础，作了认真而深入的论述。他对于为什么要研究文学批评史，有了比其他几家更加明晰的看法。他说："我们研究文学批评的目的，就批评而言，固在了解批评者的批评，而尤在获得批评的原理；就文学而言，固在藉批评者的批评，以透视过去文学，而尤在获得批评原理与文学原理，以指导未来文学。"这很明显的比郭绍虞、方孝岳进了一步。文学批评史的主要功能，不是止于帮助人们深一步理解文学史，也不止于提供文学批评史料，帮助人们了解某个古代批评家的著作和观点，批评史的最高任务是总结历代人们在文学问题上理论思维的经验和成果，增进和提升对文学的形而上的把握与理解，最终落实到对于今后文学的指导，当然是包括对文学的创作、批评和接受诸多方面的指导。

  本书作为新世纪的教材，力图在民族文化和民族精神的层面揭示古代文论的理论意义和当代价值；紧紧扣住古代文论与儒道释文化的关系，在古代文化的思想背景和精神源流中，把握并阐释古代文论的演进脉络和理论精粹。主编和各位作者多年来已经在这些方面做过系统性的研究，所以能够成一家之言，相信会对本学科建设作出自己的贡献。

王先霈
2002年5月16日

---

① ［英］科林伍德：《历史的观念》，何兆武等译，商务印书馆，2002年，第214页。

目 录

- 导论 ······ (1)
- **第一章　先秦文论** ······ (20)
  - 第一节　先秦文论概述 ······ (20)
  - 第二节　孔子及儒家文论 ······ (28)
  - 第三节　老庄及道家文论 ······ (37)
  - 第四节　《易传》儒道兼综的文论思想 ······ (44)
  - 先秦文论选录 ······ (50)
- **第二章　两汉文论** ······ (66)
  - 第一节　两汉文论概述 ······ (66)
  - 第二节　《淮南子》的道家文论与司马迁的"发愤著书"说 ······ (74)
  - 第三节　《乐记》《诗大序》和董仲舒的文论：儒家文论之总结 ······ (80)
  - 第四节　扬雄、王充的文论和王逸的屈原论 ······ (89)
  - 两汉文论选录 ······ (101)
- **第三章　魏晋南北朝文论** ······ (112)
  - 第一节　魏晋南北朝文论概述 ······ (112)
  - 第二节　玄学才性论与曹丕《典论·论文》 ······ (121)
  - 第三节　陆机《文赋》的创作心理学思想 ······ (128)
  - 第四节　刘勰《文心雕龙》与三教合流 ······ (135)
  - 第五节　钟嵘《诗品》的诗歌理论 ······ (146)
  - 魏晋南北朝文论选录 ······ (157)
- **第四章　唐宋金元文论** ······ (169)
  - 第一节　唐宋金元文论概述 ······ (169)
  - 第二节　载道与取境：唐代文论中的儒与道释 ······ (179)
  - 第三节　苏轼、严羽及宋代文论的以禅喻诗 ······ (189)
  - 第四节　元好问及金元文论 ······ (200)

唐宋金元文论选录…………………………………………（206）
第五章　明清文论……………………………………………（223）
　　第一节　明清文论概述…………………………………………（223）
　　第二节　从李贽到金圣叹：异端思潮下的小说评点……………（233）
　　第三节　王骥德、李渔及明清戏曲理论…………………………（241）
　　第四节　王夫之、叶燮及明清诗词理论…………………………（249）
　　明清文论选录……………………………………………………（260）
第六章　近代文论……………………………………………（291）
　　第一节　近代文论概述…………………………………………（291）
　　第二节　龚自珍、刘熙载及传统文论之总结……………………（298）
　　第三节　梁启超、王国维及近代文论之开启……………………（303）
　　近代文论选录……………………………………………………（312）
后记……………………………………………………………（335）
修订后记………………………………………………………（337）
第三版后记……………………………………………………（338）

导　　论

中国古代文论是中国古代文化的组成部分。古代文论的发生、发展及演变既以儒道释文化为思想背景和精神资源，而古代文论本身又是古代文化巨苑中一道靓丽的风景。中国古代文论从思想观念到范畴术语，从思维方式到理论形态，无一不受到中国古代文化的影响。遗憾的是，这一重要的文化事实并未引起学术界的足够重视。20世纪已经问世的几部古代文论教材，或留意于"史"的梳理或倾心于"论"的辨析，却不同程度地忽略了古代文论与古代文化血肉相连的"史""论"事实。本书作为新世纪的新教材，力求紧紧扣住古代文论与儒道释文化的关系，在古代文化的思想背景和精神源流中，把握并阐释古代文论的演进脉络和理论精髓。沿着这一思路，本书力图在民族文化和民族精神的层面揭示古代文论的理论意义和当代价值。

一、中国古代文论的文化背景

古汉语"文化"一词的本义是"以文教化"。成书于战国时期的《易传》说："观乎天文，以察时变；观乎人文，以化成天下。"唐孔颖达《周易正义》释曰："观乎人文以化成天下者，言圣人观察人文，则诗书礼乐之谓，当法此教以化成天下也。"以"人文"来"化成天下"，一方面构成"文化"一词"以文教化"的基本内涵，同时也隐含着"文化"与"文学"的天然联系。

"文化"与"文学"，均有广义和狭义之分。广义的"文化"是指人的价值观念在社会实践中对象化的过程与结果，它包括了物质制造（技术体系）和精神创造（价值体系）两大部分；而狭义的"文化"则仅指人类精神活动的过程及其结果[①]。大家知道，狭义的"文学"也就是我们今天所说的"语言的艺术"，包括诗歌、小说、戏剧、散文；而上古时期，所谓"文学"还是泛指一切见诸于"文"的东西，也就是刘

---

① 关于"文化"的定义，请参见冯天瑜：《中国文化史纲》，北京语言文化大学出版社，1994年，第2页；李建中主编：《中国文化概论（第2版）》，武汉大学出版社，2014年，第1～3页。

勰《文心雕龙·原道》所说的"心生而言立,言立而文明"的"人之文"。这种"人之文"也就是人类的精神创造。可见狭义的"文化"与广义的"文学"是相重合的,二者都包括了孔颖达所言"诗书礼乐之谓",以及用诗书礼乐化成天下的精神活动即价值体系。当狭义的"文学"从广义的"文学"之中逐渐独立出来的时候,文学与文化的血肉联系已先在地铸成。

"文学"一词最早见于《论语·先进》,孔门弟子按其才能特长分为四科,"文学"是其中之一,杨伯峻《论语译注》释曰:"文学——指古代文献,即孔子所传的《诗》《书》《易》等。"[①]可见《论语》所说的"文学"既是儒家文化的组成部分,又是儒家文化精神的文本化。孔子和他的弟子们既是"文化人"也是"文学家",其文化思想必然灌注于文学理论,其文学理论又必然涵泳于文化思想。不仅儒家,先秦"九流十家"皆然。

中国古代文化以儒家为正统,以道家以及后来传入中国的佛教为补充,儒道释或三水分流或三川汇一,共同构成中国古代文论的思想文化背景。

1. 儒家文化

儒,上古写作"需",会沐浴之意。人为何要沐浴?准备主持或参加祭祀活动。所以许慎《说文解字》说"儒,术士之称",胡适称儒为"殷民族的教士"。最早的"儒"是以相礼治丧为职业的文化人,作为殷商苗裔的孔子年轻时也是以"儒"为业的。在"百家争鸣"的春秋战国时代,儒成了一个重要的学派,其标志性特征就是以孔子为宗师,以孔子学说为宗旨。《汉书·艺文志·诸子略》说儒家是"助人君、顺阴阳、明教化者也。游文于六经之中,留意于仁义之际,祖述尧舜,宪章文武,宗师仲尼,以重其言,于道最为高"。儒家主张"礼乐""仁义""忠恕"和不偏不倚、无过无不及的"中庸"之道。政治上提倡"德治""仁政"和"王道"。重视道德伦理教育和个体人格的自我修炼及完善;重视文艺的伦理教化功能、哀怨讽谏作用和温柔敦厚风格。正是在"明教化"这一点上,儒家学说既体现出"以文教化"之"文化"内涵,同时又对中国古代文论产生了巨大影响。

"六经"是儒家文化的主要经典,其中的《诗经》属狭义的文学。在孔子的心目中,《诗经》并不仅仅是文学作品,而是"以文教化"的教科书。因此,孔儒的诗学理论是"诗教",孔儒的文论策略是"用诗",孔儒文论的文化要义是"教化论"。文学的性质和功能,首先被界定在社会政治和伦理道德的层面,文学的创作、接受和传播,是为了达于政事、使于四方、迩之事父、远之事君、用之于邦国、用之于乡人。原始儒家的文学教化论,一方面赋予文学及文论以厚重的政治使命感和

[①] 杨伯峻:《论语译注》,中华书局,1980年,第110页。

社会责任感,同时也使得中国古代文论在其滥觞期就具有某种程度的功利主义色彩。

自汉武帝"独尊儒术"之后,儒家遂成为中国文化的正统,虽然有两汉之际印度佛教的进入和汉魏之际老庄道家的复兴,但儒家学说依然是中国文化的正宗和主流,并且以强大的主流身份或改造或同化道家与佛学。儒家"道统"一以贯之,不绝于千古;儒家文论以原道、弘道、载道为务,同样不绝于千古。儒家有三不朽:立德、立功、立言。圣贤所立之"言"从"道"中流出,被尊奉为"经",所以古代文论家论文大多要原道、宗经、征圣。如果说"教化论"尚具有特定时空中的功利目标,而"载道论"则具有超时空的文化内蕴。儒家文化正是通过"载道论"将自己的文化精神、文化传统贯注于古代文论之中。

儒者"不治而议论",以"道"自重、自立;但"道"是无形的,除了儒者的人格之外,"道"并无其他的保证。因此,弘道乃至殉道者除了在客观上努力建立"道"优于"势"的观念之外,更为根本的是要在主观上通过内省或内修为"道"建立内在的保证,而后者的核心就是主体人格的修炼和精神境界的提升。冯友兰说孔子的"道"关乎"完全的人格"①,而孔子及其儒家的文论,从根本上说是为塑造"完全的人格"服务的。子曰:"兴于诗,立于礼,成于乐。"(语见《论语·泰伯》)主体人格的塑造,从发生到建立到完成,都离不开文学(诗歌和礼乐)。文学何为? 为了人格的修炼和塑造;文学为何? 文学就是作家人格形象和境界的艺术化或文本化。儒家人格主义的文化精神对古代文论的影响几千年不变,直到王国维《文学小语》依然要说"无高尚伟大之人格,而有高尚伟大文章者,殆未之有也"。人格主义,是儒家文化同时也是儒家文论千古不绝的精华之所在。

2. 道家文化

道,本义是"道路",引申为"道理",即由前者的"起点与终点""边界与轨迹""行道之方",分别引申为后者的"本源与终极""规律与规则""方法与技艺"。《老子》五千言,讲的就是文化的、哲学的道理;而道家就是以先秦老子关于"道"的学说为中心的学派。道家最初被称为"道德家",《汉书·艺文志》始称"道家",列为"九流"之一。老子是道家的创始人,提出了以"道"为核心的思想体系,用"道"来说明宇宙万物的本质、构成、变化和本原,主张道法自然、清静无为。庄子发展了原始道家的思想,更强调"道"从无生有、变化莫测的性质,认为万物都是相对的,提出"齐物论",倡导一种"天地与我并生,而万物与我为一"的精神境界。其文艺

---

① 关于"完全的人格",请参见冯友兰:《中国哲学史新编》第一册,人民出版社,1964年,第145～151页。

思想是反对儒家的教化论而追求虚静淡泊的人格境界,并注重文学作品的言外之意和文学风格的自然真美。

与事功的、有为的儒家文化不同,道家文化是超迈的、无为的。在社会政治领域,道家主张无为而治;在人生和人格哲学领域,道家主张虚静其心。无论是《老子》的"致虚极,守静笃",还是庄子的"心斋""坐忘",都主张摆脱声色名利乃至礼教人伦的种种束缚而在精神世界作逍遥之游。道家文化的"虚静论"对古代文论的深刻影响,不仅直接表现在创作心理和鉴赏心理领域,而且以不同于儒家的方式和旨趣,塑造着一种超功利的艺术人格。

儒家与道家对"道"的理解已有根本分歧,进而对"言"能否载(传)"道"亦是各持己见。儒家认为,文学的价值及功用就在于以言语载道、明道;而老庄道家却认为言语是不可能传道的,道的精髓在言语之外,故主张"得意而忘言","行不言之教"。如果说儒家文化从"载道论"走向了攫取话语权的经学中心主义,那么道家文化则从"得意忘言"走向言外之意、味外之旨。

道家的"道"是自然之道,这里的"自然"主要还不是指"自然外物",而是指"本来如此,自然而然",也就是我们常说的"顺其自然"。显然,这与儒家事功教化、内修外推的有为之道是大相径庭的。就文学创作而言,情感的抒发应是自然的,《庄子·渔父》篇认为"强哭""强怒"或"强亲"者则失却自然,故主张"法天贵真";文学的语言形式和艺术风格也应是自然的,若行云流水,若春鸟秋蝉。道家文化的自然真美,影响于中国文学及文论,内聚为古代文论的精神命脉和美学魅力。从刘勰以"自然之道"作文学本体之论,到司空图依"自然之境"品貌诗歌风格,再到苏东坡用"自然之物"比兴审美意境,直至王国维《宋元戏曲史》喟叹"古今之大文学,无不以自然胜","真挚之理,与秀杰之气,时流露于其间",自然真美几成古代文论艺术精神之全部。

3. 佛教文化

佛,本义是悟、觉、知,为古代印度的普遍观念,后来成为释迦牟尼的尊称,佛教即以他的尊号命名。佛学教义是一个错综繁杂的文化体系,简言之,"全部佛教学说,是论证人们如何从痛苦中解脱出来的问题"[①]。印度佛教大约在两汉之际(即西历纪元前后)传入中国,六朝得到发展,隋唐达到鼎盛,形成天台、华严、唯识、禅宗、净土、密宗等具有中国特色的许多宗派。

佛教文化在中国的流传过程,实际上是与中国本土儒、道文化相互融合的过程。魏晋南北朝时期,佛学在中土的发展就借助了老庄道家及魏晋玄学的理论

---

① 方克立:《佛教哲学》,中国人民大学出版社,1991年,第3页。

框架和范畴术语。宋明时期,已经被中国化的佛学成为理学家复兴儒学的重要精神资源和思想资料。在佛学中国化的历程中,对古代文学及文论影响最大的是禅宗。

禅,本义为禅定、静修,为古印度宗教中流行的修行方法之一,后纳入佛教,成为一个宗派。禅宗将法系推至佛祖释迦牟尼,故有西天二十八祖和东土六祖之说。作为中国佛教的重要宗派之一,禅宗相传由菩提达摩创立,下传慧可、僧璨、道信,至五祖弘忍而分成北宗神秀、南宗慧能,时称"南能北秀"。北宗主张"拂尘看净"的渐修,南宗则主张"明心见性""一悟即至佛地"的顿悟。南宗禅这种简易修持的方法,逐渐取代了中国佛教其他各宗的繁琐义学,流行很广,影响极大,不仅成为禅宗正统,而且成为中国佛教的代表。

佛教对中国古代文学的影响是十分明显的,我们从陶渊明、谢灵运、王维、苏轼、曹雪芹这些一流作家的思想和作品中均可见出。对于中国古代文人来说,佛教于儒道之外,提供了另一种生存、思维和言说的方式,佛教文化在引起中国人意识形态和精神生活巨大变化的同时,不可避免地引起文学观念的变化。六朝之后,中国文论中的许多新理论、新观念常常与佛学相关。下面分"文学真实论""艺术思维论"和"审美境界论"三个方面介绍佛教文化对古代文论的影响。

儒家文论的"教化论"是重政治伦理、重实际功用的,文学须感物而动而实录其事,所谓"饥者歌其食,劳者歌其事"。但佛教的真实观截然不同,它认为现实的一切均如梦幻泡影,而主张追求彼岸的"真实"。佛陀的言教以及所有的经典均非真实,而只是一种"示观""譬喻",真实即"实相"应当在其背后去领悟[①]。受佛教真实观的启发,中国文论突破那种追求"实录""征实"的理论,开始寻求"身外之真",亦如陶渊明"此中有真意,欲辨已忘言"。古代诗论重言外之意,画论重神韵重神似,小说理论贵奇贵幻,其中既有道家无言之美的影响,亦有佛学真实观的启发。

佛教主张依据经、律、论三藏,修持戒、定、慧三学,以断除烦恼,超脱生死轮回,达到"涅槃"(解脱)的最终目的而成佛。在南宗禅看来,顿悟之时也就是成佛之时,"即时豁然,还得本心","识心见性,自成佛道"。禅宗的顿悟说实质上是一种灵感思维,有着明显的艺术心理学特征,南宋时严羽以禅喻诗而倡妙悟之说、入神之论,也就是将禅宗的思维方式引入诗歌理论。顿悟虽完成于瞬间,却也需要长时间的修炼和参究。禅宗的参究对象是经、律、论,诗人的参究对象是眼前的世界和前人的作品,禅宗有"参活句不参死句"之说,影响于诗文理论就是要"不涉理路,不落言筌",培养一种"别材别趣"的艺术思维。

---

① 参见孙昌武:《中国佛教文化》,南开大学出版社,2000年,第188页。

佛教求解脱而抵彼岸,在禅宗看来所谓"彼岸"其实就是"此岸"(吾心),"从于自心顿现真如本性"(慧能《六祖坛经》)。"真如本性"是一种心境,是一种境界,此种境界是佛学的也是艺术的,我们只有在佛教文化的背景之下才能真正把握"境界"的文论内涵。"境界"本来就是一个佛学名词,它所指称的是物我两忘、心物一体的世界,它既圆融于意境之中,又超然于意境之外,所以王国维《人间词话》要说"然沧浪所谓兴趣,阮亭所谓神韵,犹不过道其面目,不若鄙人拈出'境界'二字,为探其本也"。不仅仅是文学艺术"以境界为最上",儒道释文化也是"以境界为最上":儒家有天地境界,道家有自然境界,佛学则有真如境界。正是在"境界"这一点上,中国古代文论与其文化背景(儒道释)融为一体。

二、中国古代文论的思维方式

思维方式是指人类观察、思考世界(包括人类自身)的方式。世界以何种方式和意义向人类呈现,从根本上说取决于人类以何种方式去思考这个世界。因此,人类的思维方式是人类文化的核心之所在,它与人类文化是同步产生的。按照意大利人类学家维科的说法,全人类的思维方式在史前时代(即原始社会)是相同的,大体上都是以一种诗意性、想象性、以己度物和以象喻义的方式来看待并思考这个世界。维科将史前社会人类的思维方式称之为"诗性智慧",使之与文明时代人类的分析性、思辨性、逻辑性思维相区别。

就文学理论的思维方式这一特定领域而言,中西方都有着共同的"诗性智慧"之源。但自雅斯贝尔所说的"轴心时代"(即公元前8世纪至公元前3世纪)起,中西方文论的思维方式却走上了不同的道路:西方文论从柏拉图和亚里士多德开始,其思维方式愈来愈逻辑化、哲学化;中国文论受先秦原始儒、道的影响,其思维方式既有着形而上的、思辨的特征,同时也保持了诗性的特征。而这种思维方式的"诗性智慧"绵延于几千年的中国古代文论史,以至于成为中国文论区别于西方文论的重要特征之一。中国古代文论的诗性思维方式,大体上可以概括为类比推理、整体观照和直觉感悟。

1. 以己度物的类比式思维

人类在原始时代,凡遇到自己所不能理解不能解释的事物,便习惯于以自身为衡量标准来推想、类比外物,这就叫以己度物。进入文明时代,人类不仅继续以己度物,而且反过来取物喻人,以自然外物来类比人自身。无论是以己度物还是取物比人,都是一种类比式思维。孔孟取自然之物来类比君子人格,老庄亦取自然之物来推论自然之道,禅宗则取外境来示喻吾心,用的都是类比思维。

《易传·系辞》有"引而申之,触类而长之",这是说类比思维的功能是由一而多，由简单而复杂，遇到同类则扩大其象征，凡触类处即可引申，可见类比思维具有较强的象征性、启发性和暗示性。类比思维不过于依赖语言，也不讲求繁复的形式，而是化理性为感性，化繁复为简约，化认知为审美，从人与物（自然）的相互类比，上升为心物之间的感应交流，从而形成浑融有机的境界。《易传·系辞》中的"立象以尽意"就有类比的意味："意"仅靠"言"是无法表现的，须借助于"象"；而一旦引进"象"，则就有了类比，用象（自然、人事等等）来类比所要阐明的对象或道理，这也是"引而申之，触类而长之"的意思。试想，一部《易经》如果离开了天、地、山、水、风、火、雷、泽这八大自然物象，如何能尽其哲学、伦理、美学、文学之意？同样的道理，离开了"藻耀高翔，风清骨峻"，刘勰如何尽文学风格之意？离开了"落花无言，人淡如菊"，司空图又如何体貌"典雅"之品？

　　如果说，先秦文化的类比推理还仅仅是一种思维方式；那么，汉代儒学则完全依赖天与人之间广泛的类比推理来建构其全部哲学体系。在某种意义上说，董仲舒的"天人合一"是建立在"天人类比"的思维基础之上的。《春秋繁露·人副天数》云："天地之符，阴阳之副，常设于身。身犹天也，数与之相参，故命与之相连也。"从这种天人"相副""相类"的基本思想出发，董仲舒不仅以自然类比人之身体及情感，还以自然事物类比社会政治生活。在董仲舒的天人类比之中，天和人已不是抽象的概念，而是基于直观类比所树立的感性形象，即便是阴阳这类普遍存在的东西也是像泥和水一样的实物，并具有喜怒哀乐之情而与人相类。显然，这种类比推理之中还保存着原始思维"万物有情""万物同形"的思维特征。

　　既然天（自然）与人相副相类，那么自然的特征及变化与人的情感的特征及变化也是有着对应关系的，这就是刘勰说的"岁有其物，物有其容；情以物迁，辞以情发"（《文心雕龙·物色》），情与外物之间可以相互感应，相互赠答。这种情与物的相类相应，不仅见于诗文理论，更常见于书画理论，如北宋郭熙的《林泉高致·山水训》："春山烟云连绵，人欣欣。夏山嘉木阴阴，人坦坦。秋山明净摇落，人肃肃。冬山昏霾翳塞，人寂寂。看此画令人生此意。如真在此山中，此画之景外意也。"从思维方式的角度论，画中"景外之意"的形成，是建立在山水与情感的相类相副、相应相从的基础之上的。

　　以己度物的类比推理，不仅应用于自然与人之间，还应用于文章与人之间。中国古代文化在将自然人化、生命化的同时，也将文章人化、生命化了。钱锺书称中国古代文论"把文章通盘的人化或生命化"，"把文章看成我们自己同类的活人"[①]。钱锺书还以古代文论的"神韵说"为例，指出"吾人观物，有二结习：一、以

---

① 钱锺书：《中国固有的文学批评的一个特点》，见《文学杂志》，1937年第4期。

无生者作有生看（animism），二、以非人作人看（anthropomorphism）"①。animism 可译为"万物有生"或"万物有灵"，anthropomorphism 可译为"万物同形"或"万物同情"。"吾人观物"之"二结习"，实源于中国古代文化以己度物、取物喻人的类比式思维。

古代文论的以己度人包括了"生命化"和"人格化"两个方面，前者是以人的生命有机体的部分和整体来命名或指代文学艺术的部分和整体，从而构成古代文论一组常用的基本概念和范畴，如形神、风骨、气韵、血脉、主脑、肌肤、眉目等；后者则是以某一类人的人格形象来类比并体貌文学艺术的某一种风格，如《二十四诗品》用"美人""佳士"分别类比、体貌诗歌风格的"纤秾"和"典雅"，用"畸人""壮士"类比、体貌"高古""悲慨"等，司空图的二十四种诗歌风格说到底就是二十四种人格形象。从《易传》的"近取诸身"到康有为的"书若人然"，中国古代文论的生命化和人格化成为一以贯之的思维传统。

2. 物我同一的整体性思维

前述以己度物的生命化和人格化，既是一种类比式思维，同时也有整体性思维的倾向。以己度物或以物比人走向极致就是物我一体，就是打破"此心"与"彼物"的界域，使我变成了物，也使物变成了我，正如庄子梦蝶的寓言，使庄周变成了蝴蝶，也使蝴蝶变成了庄周。既然外物与"我"一样是有感觉、有情欲、有喜怒哀乐的生命实体，那么用"我"所拥有的一切（身体、生命、情感、人格等）来理解并表述外物，就是最自然、最合理、也是最方便的了。与类比推理一样，天人合一、物我一体的整体性思维方式也源于人类远古社会的"万物有生""万物同情"和"神人以和"。

中国传统文化的"天人合一"遍涉儒道释三家，与西方传统文化的"主客二分"相区别，构成华夏民族特有的思维方式②。《老子》又名《道德经》，陈鼓应《老子注释及评介》说："形而上的道，落实到物界，作用于人生，便可称它为德。"③反过来说，人须遵循于"道"才能有所"得"（即"德"）。《老子》第二十五章说，"人法地，地法天，天法道，道法自然"，从逻辑上讲，人最终要取法于自然（即天道）。《论语·泰伯》说，"唯天为大，唯尧则之"，孔子认为尧的伟大正在于他能以天为准则。虽然老子和孔子对"天"的理解不尽相同，但这里讲的都是以人合天、天人

---

① 钱锺书：《管锥编》第四册，中华书局，1986 年，第 1357 页。

② 参见朱立元主编：《天人合一——中华审美文化之魂》，上海文艺出版社，1998 年，第 51 页。

③ 陈鼓应：《老子注释及评介》，中华书局，1984 年，第 12 页。

合一。禅宗作为佛教中国化的代表,主张"从于自心顿现真如本性",消解彼岸与此岸、梵天与俗众的差别,在思维方式上也表现出物我一体、天人合一的特征。

中国传统文化之中,天人合一、物我一体既是以"我"观"物"的基本方式,同时也是"物"呈现于"我"的和谐状态。先秦儒、道两家都极为推崇"和"之境界,老子视"和"为自然之道的根本性特征,所谓"万物负阴而抱阳,冲气以为和"(《老子》第四十二章);孔子则将"和"由"天道"引入"人道",讲"君子和而不同",并将"中和"或"中庸"视为道德和人格的最高境界:"中庸之为德也,其至矣乎!民鲜久矣。"(《论语·雍也》)孔子以"中和"及"中庸"的方式观照文学,提出"尽善尽美""文质彬彬""乐而不淫,哀而不伤"等具有综合性和统一性特征的观点。

以"和"的方式思考文学,则必然将"和谐"视为文学美的最高境界,同时也必然会用"中和"(或"综合")的方式来辨析文论的诸多范畴和术语。《文心雕龙·序志》有"擘肌分理,唯务折衷",刘勰"唯务折衷"的思维方式直接来源于孔儒的中和(中庸)思想,是对孔儒"和而不同"的整体性弘扬和创造性转换。刘勰所处的时代,文学和文论已经发展到这样一个程度:要求对文学思想作出总体性描绘和总结性论述,刘勰舍弃"铨序一文"之易而担当起"弥纶群言"之难,面对文学思想的"前论""旧谈",既不刻意地标新立异,亦不轻率地雷同一响。刘勰要总结前人首先要超越前人,要集众说之精华,纳百川入大海——欲完成这一使命,最佳的思维方式和研究方法便是"擘肌分理,唯务折衷"。

刘勰之前的文学思想家,虽说在理论上各有建树且各具特色,但他们常常是"各照隅隙,鲜观衢路"(《文心雕龙·序志》),"各执一隅之解,欲拟万端之变,所谓东向而望,不见西墙也"(《文心雕龙·知音》),因而有不同程度的片面、偏颇和局限;而刘勰的高明之处正在于他将孔儒"和而不同"的思维方式引入文论研究,从而将前人视为相互对立或互不相关的许多命题、范畴和概念,通过剖析辩证,找到它们之间互相关联着的某种共同性,从而建立起一种更深刻的关于统一的看法。刘勰"唯务折衷"的整体性思维贯穿《文心雕龙》全书,涉及诸多命题、范畴和概念,比如属于玄学范畴的"才性""言意""哀乐";属于儒学范畴的"心物""通变""文质";具有佛学意味的"圆滞""奇正",以及"情采""华实""比兴""隐秀"这类较为纯粹的文论术语,大多染上了"中和"的色彩,或者说就是"折衷"的产物,充分地表现出整体性思维的综合性和统一性。

3. 直寻妙悟的直觉式思维

"佛"的本义是"悟",释迦牟尼因悟而成佛。佛祖之后,大凡在佛教史上留名的都有"悟"的故事。以禅宗为例,先有西天摩诃迦叶于佛祖拈花之时而领悟微妙至深的禅境,后有东土六祖慧能于弘忍命偈之际而创南宗顿教,此所谓"拈花之妙悟,非树之奇想"。从思维方式的角度而论,"悟"属于直觉思维。道家也讲"悟",《庄子·大宗师》说子祀、子舆等四人在一起讨论"生死存亡之一体"时"相视而笑,莫逆于心",讲的也是直觉式的顿悟。

其一,"古今胜语,皆由直寻"。直觉思维属于"诗性智慧",是文学创作中最常见的思维方式。中国古代文论,其主体常常是兼诗人与论者于一身,其文本又常常采用文学的形式,故直觉思维同时也成了古代文论之中常见的思维方式。我们在下一节将要谈到,中国古代文论最常见的文体样式是诗话、词话、曲话、小说评点,或者干脆就是诗、赋、骈文。当古代文论家用文学的形式言说理论问题时,他们不可避免地要以感悟的、直觉的、艺术的、审美的方式来思维。

钟嵘《诗品》被称为诗话之首,其品诗论诗,用的就是直觉式思维。钟嵘提出诗歌创作的"直寻说",主张"寓目辄书",在直观感悟中,心与物直接对话而无须以逻辑推理作中介,这也就是朱光潜所说"不假思索,不生分别,不审意义,不立名言"之意。这种思维的直接性表现为吾心与外物的相摩相撞,寓目与书写的相伴相生。面对自己的批评对象(五言诗),钟嵘也是"寓目辄书",或比较或比喻或知人论事或形象喻示,均为诗性言说而并无理性分析。比如评范云、丘迟:"范诗清便宛转,如流风回雪;丘诗点缀映媚,似落花依草。"两个比喻加两个形容词,"用自己创造的新的'批评形象'沟通原来的'诗歌形象'",使人读后"有一种妙不可言的领悟,感受到甚至比定性分析更清晰的内容"①。

其二,"诗道亦在妙悟"。禅宗的妙悟是最为典型的直觉思维,严羽以禅喻诗,其实质是将中国禅宗的思维方式引入诗歌理论和批评。严羽《沧浪诗话》的"诗道亦在妙悟"取自"禅道惟在妙悟",而禅宗的妙悟(南顿北渐)则是承续了东晋竺道生的"大顿悟"②。据慧达《肇论疏》,道公大顿悟既讲"理不可分,悟语极照。以不二之悟,符不分之理",也讲"悟不自生,必借信渐。用信伏惑,悟以断结"。前者指必须一次性地全面把握真如本性,悟理之时便是成佛之时,这显然是后来南宗禅的思想来源;后者则明示顿悟并不排斥渐修,必须以"信"(闻解)去"伏惑"并最终"断结"(了悟),这又是后来北宗禅的思想来源。

诗道之妙悟兼及鉴赏与创作,学诗与作诗,皆须从最上乘参起,才可能有第一义之悟。诗歌鉴赏的第一义之悟,源于对上乘之作的遍参、熟参与活参。学诗者对前人佳构既要转益多师又要烂熟于心,若无"读书破万卷"之"参",何来"下笔如有神"之"悟"?而所谓"活参",则是将禅宗"参活句不参死句"的思维方式引

---

① 曹旭:《诗品研究》,上海古籍出版社,1998年,第166页。
② 曾祖荫:《中国佛教与美学》,华中师范大学出版社,1991年,第114~117页。

入诗歌鉴赏。禅宗公案多为直觉感悟式对话,问者深藏机锋,答者奇显妙悟,以一种"问非求答,答非诣问"的超语言方式,直奔惯常的、逻辑的语言所无法企及的思维层面,最终使对话者"惑"落而"悟"起。熟参,即是艺术鉴赏和批评中的感悟方法,而古代文论中大量的诗词曲话及小说评点等等,都可以说是熟参之结果。

诗歌创作的第一义之悟,则为别材别趣,它与"读书穷理"既相关又有别。作诗之悟非凭空而起,也有赖于对前人作品的遍参、熟参和活参,所以诗人要多读书多穷理。但诗歌的最佳境界,有如禅宗的真如本性,不在彼岸而在此岸,不在外物而在吾心,是由吾心之兴发所产生的一种情趣,其不可言喻,恰似严羽所言的"空中之音,相中之色,水中之月,镜中之象"。严羽以禅喻诗而独标"妙悟"与"兴趣",其思维特征是"不涉理路,不落言筌","羚羊挂角,无迹可求","透彻玲珑,不可凑泊"……更进一步说,禅是一种思维方式也是一种生存方式,或者说是二者的统一,参禅者通过直觉式的妙悟去体验那个形而上的终极境界,进入一种诗意的此在。在这一点上,中国古代文论与禅是相通的。文论家品诗论文,其意并不在诗亦非在文,而在于这种诗意化和个性化的生存方式。"逢人问道归何处,笑指船儿是此家"(陆游《鹧鸪天》),诗之舟是心灵的栖息,是精神的家园。

三、中国古代文论的理论形态

语言是思想存在的形式,一个民族的文学理论只能存在于这个民族所特有的语言形式之中。因此,所谓理论形态,就是指文学理论的语言形式,它主要包括文本样式、话语方式和范畴形式等要素。中国古代文论的理论形态与其思维方式是紧密相关的,如果说以"诗性智慧"为特征的思维方式是古代文论家思考这个世界(包括艺术世界)的主要方式,那么理论形态作为文论家记录或发表其思想成果的语言形式,则也必然以诗性为主要特征。

1. 批评文体的文学化

所谓文本样式也就是文体。在这一点上,中国古代文论有别于西方文论的显著特征就是批评文体的文学化。

先秦时代,古代文论并没有属于自己的文体,文论思想散见于子书。而作为承载儒、道两家文学思想的经典文献,《论语》《孟子》和《老子》《庄子》,其文体都有着文学化倾向。《老子》是哲理诗,《庄子》是极富艺术想象力和诗意性的散文。《论语》和《孟子》都是对话体,而据朱光潜的说法,对话体也是一种文学体裁。用文学形式讨论理论问题的好处,就在于"不从抽象概念出发而从具体事例出发,生动鲜明,以浅喻深,层层深入,使人不但看到思想的最后成就或结论,而且看到活的思想的辩证发展过程"①。可以说,先秦时代这四部儒、道元典,为后来两千多年的中国文学批评史,开启了一个诗性言说的文化传统。

一代有一代之文论,两汉的批评文体,最具代表性的已不是对话体,而是序跋体和书信体,如《毛诗序》《太史公自序》《两都赋序》《楚辞章句序》《报任少卿书》等。两汉的"序"又可分为两类,一类是诗文评点,如《诗》之大小序,王逸《楚辞章句》之总序和分序,其评诗论赋、知人论世,既承续了先秦对话体的简洁明快,又为后来的诗话乃至小说评点提供了言说方式及文本样式;另一类是自序,多为作者在完成作品之后追述写作动机,自叙生平际遇,提出理论观点。如司马迁的《太史公自序》就是在痛说自己悲惨的人生经历后而提出著名的"发愤著书"说。两汉之后,序跋体和书信体成了古代文论常见的文本样式,比较著名的如南朝萧统的《文选序》、唐代陈子昂的《修竹篇序》和白居易的《与元九书》等。

魏晋南北朝是中国文论史上最为辉煌的时代,也是批评文体之文学化最为彻底的时代。此时期最具代表性的文论巨著《文心雕龙》和创作论专篇《文赋》,干脆采取了纯粹的文学样式:骈文和赋。值得注意的是,陆机著有《辨亡论》,刘勰著有《灭惑论》;《文心雕龙》还辟有"论说篇",释"论说"之名,敷"论说"之理,品历代"论说"之佳构。这两位深谙"论说"之道并擅长"论说"之体的文论家,在讨论文学理论问题时,却舍"论说"而取"骈""赋",表明了文学自觉时代文论家对批评文体文学化的自觉体认。当然,这一时期也有以"论"名篇的批评文体,如曹丕《典论·论文》和挚虞《文章流别论》,但前者基本上是一篇散文,而后者的所谓"论","大概是原附于《集》,又摘出别行"②。

中国古代文论最常见的批评文体是诗话,虽然"诗话"之名始见于北宋,但诗话的源头却在南朝:一是钟嵘《诗品》,二是刘义庆《世说新语》。《诗品》之品评对象(诗人诗作)与品评方法(溯流别、第高下、直寻、味诗、意象评点等)均开后世诗话之先河;而《世说新语》中随处可见的诗人轶事、诗坛掌故、诗文赏析之类,若将之另辑成集,就已是典型的"诗话"了。所以有学者指出,六朝之后的诗话继承钟嵘《诗品》的论诗方法,接过笔记小说的体制,形成了以谈诗论艺为主要内容的笔记体批评样式。历代诗话的文体源头是六朝笔记小说,故诗话这一批评文体的"血缘"是文学的而非理论的。

---

① [古希腊]柏拉图:《文艺对话集·译后记》,朱光潜译,人民文学出版社,1963年,第334～335页。

② 郭绍虞主编:《中国历代文论选》第一册,上海古籍出版社,1979年,第193页。

唐代的批评文体，除了上面已经提到的书信、序跋和赠序诸体之外，较为流行的是论诗诗。"以诗论诗"始于杜甫，继之者有白居易、韩愈诸人。杜诗中谈艺论文的颇多，最为著名的是《戏为六绝句》和《解闷五首》。韩愈的论诗诗，数量多，诗语奇，如《调张籍》用一系列奇崛的比喻来状写李、杜诗风的弘阔和雄怪，读来惊心动魄。以诗论诗，"一经杜、韩倡导，就为论诗开创了一种新的形式"①。而唐代文论家用这种"新的形式"不仅一般性地品评诗人诗作、泛议诗意诗境，还集中而系统地专论某一个较为重要的诗歌理论问题，如司空图《二十四诗品》用二十四首四言诗，论述二十四种诗歌风格和意境。《二十四诗品》在中国文学批评史上的独特地位，很大程度上是由其文体的文学化所铸成的。论诗诗在两宋辽金继续盛行，如吴可、陆游、王若虚、元好问等都有论诗诗。

宋代的批评文体中真正蔚为大观的是诗话。何文焕所辑宋人之作，从欧阳修到严羽，共有十五种之多。欧阳修的《六一诗话》开章明义，自云"居士退居汝阴，而集以资闲谈也"，这就为后来的诗话定了一个轻松随意的文体基调。今人郭绍虞在为《清诗话》所写的前言中，称历代诗话"由内容言，则在轻松平凡的形式中正可看出作者的学殖与见解"②，比如张戒的《岁寒堂诗话》和严羽的《沧浪诗话》在内容上都是很有理论创见的。明清两代，诗话更多，不仅数量远较前代繁富，而且评述之精当也超过前人。明清不少诗话都有明确的论诗宗旨，如明代王世贞《艺苑卮言》提出"格调说"，清代王士祯《渔洋诗话》提出"神韵说"，翁方纲《石洲诗话》提出"肌理说"等等。词话的出现，始于北宋，至清代而大盛，今人唐圭璋《词话丛编》共收六十多种，其中清代占去四十种。这些词话的内容包括词体源流演变、词人轶闻趣事、词作声韵格律和情志意境等，后人从中可以发掘出丰富的文论思想。

元明清是小说和戏曲的时代，故其批评文体，除了诗话词话之外，又新起小说戏曲评点。谓其"新"，是因为它所批评的对象是新兴的文学样式；但小说戏曲评点作为一种批评文体，其实是对前代诸种批评文体的综合。评点小说戏曲者，一般前有总评（或总序），后有各章回（折）之分评，这颇似诗歌批评中的大小序；小说戏曲评点有即兴而作的眉批、侧批、夹批、读法、述语、发凡等等，这又与随笔式的诗话词话相仿。就其批评功能而言，小说评点与前代的序跋体、诗话体更有共通之处：既有鸟瞰亦有细读，既实现了作者与读者的沟通亦申发了品评者独到的艺术感受。明清两代最具代表性的小说评点，如李贽和金圣叹的《水浒》评点、

---

① 郭绍虞主编：《中国历代文论选》第二册，上海古籍出版社，1979年，第132页。
② 王夫之等撰：《清诗话》上册，上海古籍出版社，1963年，第2页。

毛宗岗的《三国演义》评点、张竹坡的《金瓶梅》评点,我们将在以后的章节中作详细的介绍。

2. 话语方式的诗意性

中国古代文论理论形态的诗性特征是全方位的,其主体是兼论者与诗人(文学家)于一身,其文本是以论说之体而具诗赋之性,其话语也是诗意的审美的,具体包括比兴、骈偶的方式和清虚含蕴与奇崛神怪的语言风格。

其一,比兴的方式。比兴,本来是《诗经》常用的话语方式,属于文学创作的艺术手法。但先秦儒、道元典在言说理论问题时,也用比兴的方式。《老子》八章"上善若水"、十一章"三十辐共一毂"、十五章"豫兮若冬涉川"等,用的都是比兴手法。《庄子》中的比兴则多得不胜枚举了。《论语》《孟子》论述"完全的人格"最常用的手法是"比德"(以自然外物兴起或比喻君子的道德人格),比如《论语》以"众星拱北辰"喻君子的"为政以德",以自然之"天"的巍峨喻尧之人格形象的高大,以"岁寒之松柏"喻君子人格的挺拔高洁。又比如《孟子》以"鱼和熊掌不可兼得"喻君子人格的"舍生而取义",以"五谷虽美,不熟则不如荑稗"喻君子"仁在乎熟之而已矣"。

儒家文化"比德"的人格诉求,实际上是以"比兴"的话语方式言说理论问题。孔子解诗论诗多用比兴,与子夏论诗,先言《卫风·硕人》的"巧笑倩兮,美目盼兮",然后引出"绘事后素"和"礼后(于仁)乎",其言说方式有比有兴。比兴有"起"之功能。何谓"起"?据杨伯峻注引孙楷弟的解释:"凡人病困而愈谓之起,义有滞碍隐蔽,通达之,亦谓之起"①,可见《论语》中的比兴有消解滞蔽之功,有通达志意之用。孟子解诗论诗,主张"不以文害辞,不以辞害志"。孟子所说的"文",可理解为文饰或修辞,是指包括比兴在内的诗性话语方式;而所谓"害",则是阻障,是遮蔽。诗性的言说,即以"文"的方式使"辞"通达于"志",也就是"起"。这种清障去蔽的功能,对于《诗》之言志或《论语》《孟子》之论诗都是相同的。与批评文体的文学化一样,古代文论比兴的话语方式,也是源于先秦儒、道元典,并绵延于历朝历代的文论文本之中。

其二,骈偶的方式。前面谈到刘勰自觉地选用文学文体(骈文)来言说理论问题,而骈文的话语方式是骈偶的、俪辞的。在刘勰看来,骈俪并非人为而是自然,所谓"造化赋形,支体必双,神理为用,事不孤立。夫心生文辞,运裁百虑,高下相须,自然成对"(《文心雕龙·丽辞》)。由此引申开去,又可见"骈偶"并非仅是一种文体,而是与造化同形与自然同性的道之文(道家的自然之道)。道之文

---

① 杨伯峻:《论语译注》,中华书局,1980年,第26页。

亦即美之文,因而骈偶又是一种最能体现中国古典文学形式之美的话语方式,它把汉语言"高下相须,自然成对"的形式特征以一种特定的文章体式给表现出来,是汉语言之自然本性的诗意化舒张。

刘勰创造性地使用骈偶,借骈偶这种诗性语言的具体形象和含蕴浓缩,来言说他的概念、范畴或命题。比如"神思""体性""风骨""情采""比兴""隐秀""物色""知音"等等,既是《文心雕龙》的篇名,也是刘勰文论的"关键词"(核心范畴)。刘勰对这些范畴"释名以章义""敷理以举统",采取的是骈俪化或曰美文化的言说。说"神思",则谓"登山则情满于山,观海则意溢于海";说"风骨",则曰"若风骨乏采,则鸷集翰林;采乏风骨,则雉窜文囿";说"情采",则云"铅黛所以饰容,而盼倩生于淑姿;文采所以饰言,而辩丽本于情性";说"物色",则道"一叶且或迎意,虫声有足引心;况清风与明月同夜,白日与春林共朝哉"……《文心雕龙》诸多范畴的形成,既得之于对经验世界(包括《序志》篇所说的"文雅之场""藻绘之府")纷繁现象的归纳,又得之于对概念术语的生命化和人格化。由此"人化"与"经验归纳"所得之范畴本身,已具有诗性语言的聚象性或浓缩性;而当这些范畴被阐释被使用之时,其内在的"聚象""浓缩"得到诗意化的释放与衍生,弥漫为五彩缤纷的意象和动人心魄的诗情。

其三,清虚含蕴与奇崛神怪的语言风格。中国古代文论既然采用文学性的话语方式,其语言风格则必然是诗意的、审美的。司空图《二十四诗品》在清虚淡雅的诗句中,含蕴着所评对象的风格之美。如"冲淡"一品中的"犹之惠风,荏苒在衣",典出陶渊明《归去来兮辞》"风飘飘而吹衣"。陶诗是冲淡的,陶渊明的冲淡风格体现在他所营构的诸多意象之中;司空图取陶诗"风之在衣"之象来体貌"冲淡"之品,既有语言风格的美,又有典故意象化之妙。古代文论家将含蕴创造性地运用于文学批评,形成像《二十四诗品》这样意象化的诗学理论。其实,在司空图之前,钟嵘《诗品》已经用意象评点的方法来品味五言诗了。《诗品》的品第用语中很少有抽象性的、概念化的语言,随处可见的是言近旨远的比兴、出神入化的譬喻、趣味盎然的轶事和如诗如画的美文。

古代文论的语言风格,除了含蕴之隐还有神怪之奇。韩愈的论诗诗喜用惊人的比喻和突兀的语言,如《调张籍》以"刺手拔鲸牙"喻语言雄怪,以"举瓢酌天浆"喻诗笔高洁。语言风格的奇崛在明清小说评点中有更充分的表现,我们读李贽、金圣叹等人评点小说的奇文妙语,仿佛是在听豪侠之士的嬉笑怒骂。李贽《忠义水浒传序》以"愤书"解《水浒》,骂"宋室不竞,冠履倒施,大贤处下,不肖处上",感叹施、罗二公"虽生元日,实愤宋事"。又,第二十二回回评赞叹《水浒》文字之奇:"若令天地间无此等文字,天地亦寂寞了也!"同评《水浒》,同为奇崛,李贽是愤懑之奇,金圣叹则是谐狂之奇。金圣叹评《水浒》的人物描写曰:"写淫妇居然淫妇,写偷儿居然偷儿,则又何也?噫嘻,吾知之矣。"又,第九回回评喟叹:"耐庵此篇独能于一幅之中寒热间作……寒时寒杀读者,热时热杀读者,真是一卷疟疾文字,为艺林之奇绝也。"创出"疟疾文字"这类怪谐之语的金圣叹小说评点,亦可称为批评话语之奇绝也。

3. 文论范畴的经验归纳性质

"范畴"一词语出《尚书·洪范》:"天乃锡禹洪范九畴。"孔颖达疏曰:"畴是辈类之名,故为类也,言其每事自相类者有九。"辈,亦可释为"类"或"等等"。可见"范畴"一词的本义,是将同类的事物归纳起来而作为典范,所谓归"畴"(类)为"范"是也。无论是科学、哲学、神学还是诗学,每一门学科都必须有自己特定的范畴,离开了这些范畴,理论便无以言说自身,更不可能得到理解。与西方文论中的内容、形式、言说、解读、典型、真实等哲学化的范畴不同,中国古代文论中的范畴多取自于人自身以及日常生活经验,比如风骨、体性、神采、韵味、格调、肌理等。所归之"畴"与自然人事相关,具有经验性和形象性;归后之"范"则是归纳、抽象的结果,具有典范性和概括性。

以"风骨"之"骨"为例,其原初释义也是经验性和实体性的,指人之体骨、骨骸、骨干、骨殖等。因为"骨"有着支撑、构架之功能和坚挺、奇崛之属性,于是从人物品鉴之用语衍为文学批评之范畴。品诗论文,作品结构的整体一贯被誉为"四肢百骸,连合具体"(庞垲《诗义固说》卷下),而作品风格的柔弱无力则被描述为"若瘠义肥辞,繁杂失统,则无骨之征也"(《文心雕龙·风骨》),或褒或贬,全以"骨"之有无立论。"骨"这一范畴在文学和艺术批评中的使用,其范围之广、频率之高,充分显示出由经验归纳所得到的中国古代文论范畴有着强大的生命力。与西方文论那些纯哲学味道的范畴相比,"骨"这一类的中国文论范畴有着独特的理论价值:既留存了生命的灵动与鲜活,亦不乏理论的概括与抽象,对"骨"之具象的想象与超越,奇妙地统一于"骨"这一范畴之中。

中国古代文论范畴的经验归纳性质,决定了她的诗性灵动与逻辑抽象的统一。这种完全不同于西方文论范畴的民族特征,为范畴的理论阐释及其在文学批评中的具体操作,提供了更广阔的空间和更灵活多样的手法。钱锺书《管锥编》在谈到古代诗文批评的"人化"特征时,曾引用李廌《济南集》论文章之"体、志、气、韵"的一段话。李廌充分利用这一组范畴的经验归纳性质,选取经验世界中的种种意象,既形象生动而又层次分明地阐述每一个范畴的含义及价值。"凡文之不可无者有四:一曰体,二曰志,三曰气,四曰韵……文章之无体,譬之无耳目口鼻,不能成人。文章之无志,譬之虽有耳目口鼻,而不知视听臭味之所能,若土木偶人,形质皆具而无所用之。文章之无气,虽知视听臭味,而血气不充于内,手足不卫于外,若奄奄病人,支离憔悴,生意消削。文章之无韵,譬之壮夫,其躯干枵然,骨强气盛,而神色昏瞢,言动凡浊,则庸俗鄙人而已。"①引言中关于文章之无体(志、气、韵)则如何如何,全部取喻于经验世界的自然和人事,在形象化的类比中,将"体、志、气、韵"之内涵及外延的一系列规定性表述得非常清楚。

关键词释义

[文化] 广义的"文化"是指人的价值观念在社会实践中对象化的过程与结果,它包括了物质制造(技术体系)和精神创造(价值体系)两大部分;而狭义的"文化"则仅指人类精神活动的过程及其结果。

[文学] 狭义的"文学"也就是我们今天所说的"语言的艺术",包括诗歌、小说、戏剧、散文;而上古时期,所谓"文学"还是泛指一切见诸于"文"的东西,也就是刘勰《文心雕龙·原道》所说的"心生而言立,言立而文明"的"人之文"。这种"人之文"也就是人类的精神创造。"文学"一词最早见于《论语·先进》,孔门弟子按其才能特长分为四科,"文学"是其中之一,杨伯峻《论语译注》释曰:"文学——指古代文献,即孔子所传的《诗》《书》《易》等。"

[儒家] 中国哲学史上以孔子为宗师,崇奉孔子学说的重要学派。被列为先秦至汉初"九流十家"之首。《汉书·艺文志·诸子略》:"儒家者流,盖出于司徒之官,助人君顺阴阳、明教化者也。游文于六经之中,留意于仁义之际,祖述尧舜,宪章文武,宗师仲尼,以重其言,于道最为高。"主张"礼乐""仁义""忠恕"和不偏不倚、无过无不及的"中庸"之道。政治上提倡"德治""仁政"和"王道"。重视道德伦理教育和自我修身养性,重视文艺的伦理教化功能、哀怨讽谏作用和温柔敦厚风格。

[道家] 以先秦老子关于"道"的学说为中心的学派。道家最初被称为"道德家"(司马谈《论六家之要旨》),《汉书·艺文志》始称"道家",列为"九流之一"。老子是道家的创始人,提出了以"道"为核心的思想体系,用"道"来说明宇宙万物的本质、构成、变化和本原,主张道法自然、清静无为。庄子发展了原始道家的思想,更强调"道"从无生有、变化莫测的性质,认为万物都是相对的,提出"齐物论",倡导一种"天地与我并生,而万物与我为一"的精神境界。其文艺思想是反对儒家的教化论而主张自然真美,并提出创作主体的虚静心态和文学作品的言外之意。

---

① 钱锺书:《管锥编》第四册,中华书局,1986年,第1357页。

[佛教]与基督教、伊斯兰教并称为世界三大宗教。相传为公元前6世纪至公元前5世纪古印度迦毗罗卫国(今尼泊尔境内)王子乔答摩·悉达多(即释迦牟尼)创立。"佛"的本义是悟、觉、知,本为古代印度的普遍观念。佛教在创立之初,以"无常"和"缘起"思想反对婆罗门的梵天创世说,以众生平等思想反对婆罗门的神权统治。佛教的基本教义有"四谛""五蕴""八正道""十二因缘"等。佛教认为现实人生是"无常""无我""苦";"苦"由每个人自身的"惑"(贪、嗔、痴等烦恼)、"业"(身、口、意等活动)所致,造成生死不意之果,根据善恶行为而轮回报应。佛教主张依据经、律、论三藏,修持戒、定、慧三律,以断除烦恼,超脱生死轮回,达到"涅槃"(解脱)的最终目的而成佛。佛教大约在两汉之际(即西历纪元前后)传入中国,六朝得到发展,隋唐达到鼎盛,形成天台、华严、唯识、禅宗、净土、密宗等具有中国特色的许多宗派。

　　[禅宗]中国佛教宗派之一,以禅定作为佛教全部修习而得名。又自称"传佛心印",用参究方法彻见本有佛性为宗旨,亦称"佛心宗"。相传由菩提达摩创立,下传慧可、僧璨、道信,至五祖弘忍而分成北宗神秀、南宗慧能,时称"南能北秀"。北宗主张"拂尘看净"的渐修,南宗则主张"明心见性""一悟即至佛地"的顿悟。南宗禅这种简易修持的方法,逐渐取代了中国佛教其他各宗的繁琐义学,流行很广,影响极大,不仅成为禅宗正统,而且成为中国佛教的代表。

　　[道]本义是"道路",引申为"道理",即由前者的"起点与终点""边界与轨迹""行道之方",分别引申为后者的"本源与终极""规律与规则""方法与技艺"。

　　[思维方式]指人类观察、思考世界(包括人类自身)的方式。世界以何种方式和意义向人类呈现,从根本上说取决于人类以何种方式去思考这个世界。因此,人类的思维方式是人类文化的核心之所在,它与人类文化是同步产生的。

　　[诗性]诗性或曰"诗性智慧"(poetic wisdom),是意大利著名学者维科《新科学》中的核心概念,是《新科学》的"万能钥匙",是维科花了足足二十年光阴钻研的智慧结晶。诗性(或曰诗性智慧)有如下基本特征:其一,诗性是人类与生俱来的天性;其二,儿童最富诗性;其三,诗性富于创造性;其四,诗性智慧是人类各种制度、各门技艺和各门科学的起源;其五,诗性是世界各民族所共有的本性。

　　[范畴]语出《尚书·洪范》:"天乃锡禹洪范九畴。"疏曰:"畴是辈类之名,故为类也,言其每事自相类者有九。"辈,亦可释为"类"或"等等"。可见"范畴"一词的本义,是将同类的事物归纳起来而作为典范,所谓归"畴"(类)为"范"。所归之"畴"与自然人事相关,具有经验性和形象性;归后之"范"则是归纳、抽象的结果,具有典范性和概括性。从哲学上讲,范畴是人们的思维对客观事物的本质联系的概括和反映,是各个知识领域的基本概念。

思考题

1. 掌握文化、儒家、道家、佛教、禅宗等概念的基本含义。
2. 儒道释文化对古代文论的影响表现在哪些方面？
3. 中国古代文论的思维方式有哪些特征？
4. 从"理论形态"的层面谈谈古代文论的诗性特征。

进一步阅读文献

1. 郭绍虞主编、王文生副主编：《中国历代文论选》（四卷本），新1版，上海古籍出版社，2001年。

2. 王先霈：《国学举要·文卷》，湖北教育出版社，2002年。（第一章"中国古代文学思想的文化背景和文学背景"、第二章"中国古人对文学的几种基本态度"、第三章"中国古代文学思想发展的几个阶段"）

3. 李建中：《古代文论的诗性空间》，湖北人民出版社，2005年。

4. [意]维科：《新科学》，朱光潜译，人民文学出版社，1986年。（第二卷"诗性的智慧"）

5. 王元化：《论古代文论研究的"三个结合"》，见罗宗强编：《古代文学理论研究》，湖北教育出版社，2002年。

6. 李建中：《原始思维与中国古代文论的诗性特征》，载《文艺研究》，2002年第4期。

7. 李建中：《反（返）者道之动——古代文论研究的文化人类学视野》，载《文学评论》，2004年第4期。

第一章 先秦文论

先秦时期包括自远古至秦统一六国这一漫长的历史时期,先秦文论则主要指周至战国时期的文学理论批评。这一时期的文学既有原始社会的神话传说,歌乐舞三者一体的艺术活动,又有周代诗歌总集《诗经》和屈原的《楚辞》,还有历史散文和诸子散文等。先秦时期的"文学"尚属于广义的文学,还没有从文化、艺术之中分离出来。与之相适应的是,这一时期的文学观念还处于朦胧的、不明确的阶段。正是由于先秦文学及文论涵容于文化之中,才使得后世文论始终与文化保持着千丝万缕的联系。

第一节 先秦文论概述

先秦时期是我国古代文学理论批评的萌芽、发育时期。尽管这一时期的文论还混杂在经书及子书之中,呈片断、零星的状态,但毕竟涉及了我国具有民族特色的文学理论批评中的一系列基本问题,为中国古代文学理论批评奠定了基础。后世文学理论批评中的各种基本观点,都可以追溯至先秦,在先秦混沌未分的思想观念中找到它最初的萌芽。特别是影响中国几千年的儒、道两家文论,其相互对立、相互补充的传统也是在这一时期形成的。

一、先秦思想文化

先秦的思想文化主要指周代的礼乐思想与春秋战国时代的诸子思想。

周王朝继承奴隶制的同时对殷商王朝的政治制度作了重大改进,从而进入我国奴隶社会的鼎盛时期。《论语·为政》载:"周因于殷礼,所损益,可知也。"殷商时代奴隶制初步形成,但是原始社会的传统风习仍然十分浓厚,这是因为殷商时代的生产力水平仍十分低下,还不足以彻底冲击和改变建立在原始社会生产关系基础上的传统习俗。这就必然在统治阶级与人民之间形成尖锐的矛盾冲突。周人克殷后,深刻地认识到人民反抗力量的强大,便自觉地采用具有民主精神的原始社会的习俗来调和阶级矛盾,建立了系统的宗族制度,大兴礼乐,从而推动了生产力的发展,创造出以礼乐为突出特征的灿烂的周文化。周文化当然是为奴隶主贵族统治阶级服务的,但是由于融入了原始氏族社会的某些具有人道和民主精神的风习,从而被蒙上了一层温情脉脉的面纱。周代社会因袭殷商的宗法制度,仍以宗法血缘关系为纽带来维系整个社会,明确肯定政治、经济、个人的行为必须符合与氏族血缘关系相联系的伦理道德原则,强调人人相亲相爱,尽管这种爱有亲疏、贵贱、等级的区分。

孔子所倡导的"仁者爱人"的仁学,直接来源于周代宗法伦理道德原则。为了维护宗法秩序,巩固奴隶主贵族的统治,周王朝还进一步完善了礼乐制度,形成了系统的礼乐思想。周代的礼仪系统十分完善,所谓"礼仪三千,威仪三千",从而建立起严密的等级制度。在制礼的同时,周王朝还作"乐"和礼相配,不同的乐配不同的礼。当时的吉、凶、军、宾、嘉五礼都有相应的乐与之配合,而且还以不同规格的乐,作为划分不同等级的标志。礼乐作为维护统治的工具,特别为周王朝所看重。《礼记·乐记》载:"礼以道其志,乐以和其声,政以一其行,刑以防其奸。礼、乐、刑、政,其极一也,所以同民心而出治道也。"礼乐被认为具有教化功能:"以乐礼教和,则民不乖。"(《周礼·地官·大司徒》)周代礼乐制度及思想与文艺密切相关,直接影响了先秦的文艺理论批评。

春秋战国时期,象征最高道德和社会规范的礼乐逐渐崩坏,社会出现大分化、大动荡,导致思想上的大纷争,形成百家争鸣的局面。各家各派针对现实的问题提出了各自不同的主张。诸子百家在他们有关政治、哲学等问题的主张中,往往包含了许多与文学有关的见解,更重要的是,他们的政治、哲学等方面的主张对文学理论批评产生了直接或间接的影响。其中,儒家包含在政治主张中的文学思想,在中国文学理论史上始终占据着重要的地位。道家虽然很少直接论及文艺,但其哲学思想中具有思辨色彩和美学意味的命题与概念,对后世文学创作和文学理论批评产生了尤为深刻的影响。

孔子作为儒家的创始人,提出了"爱人"的仁学政治主张,试图缓和尖锐的阶级矛盾,并且认为具有教化功能的文学艺术是实行这一政治主张的重要工具,提出了"兴、观、群、怨"等文学见解。孟子的政治思想是孔子"仁学"的发展,他主张施行"仁政",明确提出"民为贵,社稷次之,君为轻"。而孟子的文学思想中,与"民贵君轻"的政治思想直接相关的,是"与民同乐"的思想。荀子批判地继承了儒家学派的思想,提出性恶论,认为人性是恶的,完全有赖于后天的教育,主张礼乐之治,故特别强调乐的教化功能,从而发展了儒家学派的政教功能文艺观。特别是他的法后王说,开启了文艺的创新意识。

老子和庄子是道家学派的主要代表人物,他们更多地看到统治者的贪婪、残暴和丑恶,对现实的一切持憎恶、否定的态度,主张回到纯朴、自然的原始社会,崇尚"自然之道",提出"虚静无为""无为而无不为"的政治与哲学主张。老庄道家的"自然""虚静"及其相关的命题,与文学艺术的特征与规律息息相通,被后世文论家屡屡用来探索文学的艺术规律和美学境界。

墨子是墨家学派的创始人,他的政治思想反映了下层人民的要求。他认为天下有"三患",即"饥者不得食,寒者不得衣,劳者不得息";提出了解决"三患"的"三务",即"国家之富、人民之众、刑政之治"。与墨子政治主张相关的是他的"非乐"的思想,他认为音乐不能解决人民的吃饭穿衣问题,也不利于统治者治理国家,所以要予以取消。

韩非子是法家的代表人物,主张尚耕战,实行君主独裁,厉行法制。从这一政治思想出发,法家对先秦诸家学术均持否定态度,对文艺也从根本上持否定态度,只是认为文艺具有娱乐作用。法家对文学理论贡献甚微。

二、先秦文化与文论

关于先秦文化与文论的关系,我们已在本书导论的"中国古代文论的文化背景"之中,简略地介绍了先秦儒、道文化对文论的影响。下面,我们着重从"礼乐文化"和"学术思想"这两个特定层面,论述先秦文化与文论的关系。

1. 先秦礼乐文化与文论

先秦一部分文论与礼乐有关,关于礼乐功能的认识即属于文艺理论批评范畴。周王朝崩溃后,出现了礼崩乐坏的局面,围绕着礼乐制度,新兴的士人阶层展开了激烈的争论,对礼乐发表了不同的评价,这些评价之中包含了重要的文艺观念和思想。

乐,并不单指音乐,上古时期诗乐舞是三位一体、密不可分的。因此,乐实际上是人们对当时主要艺术门类的总称。《吕氏春秋·古乐》载:"昔葛天氏之乐,三人操牛尾,投足以歌八阕:一曰载民,二曰玄鸟,三曰遂草木,四曰奋五谷,五曰敬天常,六曰达帝功,七曰依地德,八曰总禽兽之极。"可见这种边舞边歌的艺术活动,是应该有音乐伴奏的,这也就是后来刘勰《文心雕龙·明诗》所言"昔葛天乐辞,玄鸟在曲"。在诗乐舞相结合的艺术活动中,最初应是"乐"占主导地位。如《左传·襄公二十九年》中的季札观乐,实际上所观为歌乐舞合一的文艺演出,但季札的评论却集中在音乐上,所谓"听其声,然后依声以参时政,知其兴衰",使得人们形成了以乐统称诗乐舞艺术活动的习惯。后来,诗歌逐渐为人们所重视,成为诗乐舞艺术活动的中心,似乎乐舞都是用来为诗歌服务的。《墨子》中有"诵诗三百,弦诗三百,歌诗三百,舞诗三百"的记载。显然,诗歌的这种中心地位的确立,与人们逐渐认识到诗歌较之乐舞更能直接表达心志、发挥更大的政治功能有关,诗歌由此而成为人们侧重评论的对象。无论是侧重于音乐的评论,还是侧重于诗歌的评论,都表现了先秦时期的文艺观,都属于先秦文学理论批评的组成部分。

先秦有关音乐的评论,最早可能见于《左传》关于季札观乐的记载。鲁襄公二十九年,即公元前544年,吴王诸樊的兄弟季札出使鲁国,系统地观赏了鲁国保存的周代的诗歌乐舞,并逐一作了评论。《左传》所作的记载,相当完整,被认为是我国文学理论批评史上第一篇比较完整的文学评论。这篇记载反映了季札关于文艺与政治关系的文艺观,文艺被看成是现实政治状况的反映。季札通过乐声来观察政治兴衰,如他观看了《周南》《召南》,先感叹其声之美,然后指出其反映的民情政治"美哉!始基之矣。犹未也,然勤而不怨矣"。季札从"二南"中听出周王朝已奠定了礼教的基础,尽管并不完善,但是百姓劳而无怨。他观看《郑风》,同样是以音乐观政:"美哉!细已甚,民弗堪也,是其先亡乎?"从其音乐的细碎听出郑地的百姓已不堪忍受苛刻琐碎的政令,并指出这是亡国的征兆。观看《齐风》之后,他也是先感叹其声之美,然后从其"泱泱乎"的宏大声音,听出"国未可量也",认为齐国前途无量。张少康指出:"季札从音乐(包括诗歌)的风格上去考察其中所体现的思想感情,从而借以辨别政治优劣,风俗好坏。这就把文艺看作是政治的晴雨表,把文艺与政治关系提到一种极端化的高度,似乎政治完全可以决定文艺。这种片面观点对以孔子为代表的儒家文艺思想曾产生了较为明显的影响。"①

先秦的诗歌理论脱胎于乐论,并随着诗歌从乐舞中的剥离而逐渐独立。如"诗言志"的理论与礼乐制度相关的文论还有春秋时期围绕着礼崩乐坏而展开的诸子间的辩论。诸子辩论的焦点是对礼乐的肯定与否定,这就引出了对文艺地位和作用的评价问题。因此,先秦诸子此方面的言论就构成了先秦文论的又一组成部分。

墨家对礼乐持完全否定的态度。墨家的创始人墨子(约前468—前376),名翟,出身贫寒,自称"贱人",曾经做过工匠。他的弟子也大都是一些小生产者。他自己后来上升为"士"之后,在政治上仍然代表了小生产者的利益和要求。墨家成为儒家的主要反对派,其学说在当时的思想界影响很大,与儒学并称为显学。墨子从狭隘的功利主义观念出发,反对礼乐,提出"非乐"的主张。《非乐上》开篇即表明了这种"非乐"的观念:

子墨子言曰:仁之事者,必务求兴天下之利,除天下之害,将以法乎

---

① 张少康:《中国文学理论批评史教程》,北京大学出版社,1999年,第10页。

  天下,利人乎即为,不利人乎即止。且夫仁者之为天下度也,非为其目之所美,耳之所乐,口之所甘,身体之所安,以此亏夺民衣食之财,仁者弗为也。是故子墨子之所以非乐者,非以大钟、鸣鼓、琴瑟、竽笙之声,以为不乐也;非以刻镂华文章之色,以为不美也;非以犓豢煎炙之味,以为不甘也;非以高台厚榭邃野之居,以为不安也。虽身知其安也,口知其甘也,目知其美也,耳知其乐也,然上考之,不中圣王之事,下度之,不中万民之利。是故子墨子曰:为乐非也。

  可见墨子非乐,反对进行音乐演奏和欣赏活动,不是他认为音乐不美,不能带给人快乐。相反,他认为音、色、甘、美是每一个人都喜欢、都需要的。其实,墨子自己也是喜欢音乐的,据有关记载,墨子不仅懂得音乐,而且还善于吹笙。墨子非乐主要是因为统治者举行的音乐活动,要花费大量的财力、人力,给人民带来沉重的负担;同时,欣赏音乐既会占去统治者治理国家的时间,也会占去所谓贱人从事生产劳动的时间。这就是墨子所谓"不中圣王之事""不中万民之利"的本意。在这一点上,墨子提出非乐有其合理性。但是,也应该看到,仅仅依据统治者追求声色之乐加重人民负担的现实,就要取消文学艺术活动,无疑是片面的、狭隘的。墨子只看到统治者夺取民财享受声色之乐的一面,而没有看到文艺也可以揭露统治者残暴腐朽的一面;只看到文艺活动荒废政事与农事的一面,而没有看到好的文艺作品可以陶冶性情、增强劳作或处理政务的积极性的一面。与墨家的"非乐"相比,儒家对待"礼乐"的态度显得通达、合理,其中所包含的文艺观念也大体上能够反映出先秦文学艺术的发展规律。

  孔子自幼习礼,成年后习乐,他的政治理想就是要恢复西周的礼乐制度,所谓"行夏之时,乘殷之辂,服周之冕,乐则《韶》舞"(《论语·卫灵公》)。孔子晚年返鲁,以六艺教人,其中礼与乐最为重要。孔子是礼学家兼音乐家,是礼乐文化的传播者。在孔子的心目中,礼乐文化之重,不仅关乎"完全的人格",而且关乎国家政治和统治者的"仁德",也就是子贡所说"见其礼而知其政,闻其乐而知其德"(《孟子·公孙丑》)。正是从高度重视礼乐文化出发,以孔子为代表的先秦儒家才高度重视诗歌(文学)的社会政治及人格教化功能,从而与墨子的"非乐"形成鲜明的对比。从某种意义上说,先秦儒家诗学的审美论、情感论、鉴赏论皆在乐论之中,如孔子的"尽善尽美",孟子的"与民同乐",荀子的"乐合同,礼别异"等。

  法家虽然没有完全否定文艺,但却将文艺视为无用之物,认为文艺的作用仅仅是供消遣。法家思想的核心是法治,能否有利于法治是判定事物有无功用的根本标准。法家认为文艺完全是无用的东西,文艺对法治是极其有害的。法家的代表人物韩非子说:

儒以文乱法,侠以武犯禁,而人主兼礼之,此所以乱也。夫离法者罪,而诸先生以文学取;犯禁者诛,而群侠以私剑养。故法之所非,君之所取;吏之所诛,上之所养也……故行仁义者非所誉,誉之则害功;工文学者非所用,用之则乱法。(《韩非子·五蠹》)

所谓"儒以文乱法",就是说儒家用以为礼治服务的"诗、书、礼、乐"是危害法治的。所以,韩非子明确提出要"息文学而明法度"。这里的"文学"指的是诗、书、礼、乐。可见,法家是从维护法治的角度提出了取消文艺的主张。但是,法家对于文艺功用问题的看法是有矛盾的,一方面,他们认为文艺有害法治要加以取消;另一方面,他们又承认文艺具有"娱乐玩好"的功用。他们对君主的声色之乐是持赞成态度的。韩非子在《说疑篇》中说:"为人主者,诚明于臣之所言,虽毕弋驰骋,撞钟舞女,国犹且存也。不明臣之所言,虽节俭勤劳,布衣恶食,国犹且亡也。"国家能否长治久安,并不在于君主是否以文艺为乐,而在于能不能坚持法治的主张。由此也可见,法家并不是要完全取消文艺,和墨家的主张是有所不同的。

这场围绕礼乐的论争,形成了两类截然不同的观念,表现出对文艺的社会功用的否定与肯定的两种态度。各家各派对包括文艺在内的礼乐无论是否定还是肯定,都有不同程度的合理性,也都存在不同程度的局限性。墨、道诸家针对统治阶级在礼乐制度下纵情声色、腐化堕落、加剧对人民的剥削的现实,极力抨击礼乐,有其合理性;但是,墨、道诸家由此而要全盘否定和取消文艺,显然是错误和有害的。法家仅仅只承认文艺的娱乐功能而否定其社会功能,也有失偏颇。儒家过于看重文艺对于政治教化的作用,不仅与实际不符,而且是后来"文以载道(传道)"的工具论文学观的直接源头。

2. 先秦学术思想与文论

先秦文学理论包容在先秦学术文化之中,与政治思想、伦理道德思想、哲学思想、史学观念等密不可分。

其一,先秦各种政治思想和伦理道德思想之中往往搀杂着文艺思想。如儒家创始人孔子在论及人的道德修养的内容时,就包括了文艺,而且将其放在了首要地位。《论语·述而》载:"子以四教:文、行、忠、信。"将"文"列为四教之首,即认为学好诗乐是具备良好的道德行为和高尚的人格修养的首要条件。孔子所谓"文质彬彬",本是关于君子道德修养的论述,但也可用来作为处理文学作品内容与形式关系的准则,即要求文学作品文质并重。从儒家的"仁政"政治思想出发,孔子全面总结了文艺的社会功能,其中主要是政治功能,即所谓"兴观群怨""远之事君";孟子提出的"与民同乐"的文艺思想也是"仁政"政治思想的组成部分。

其二,文学理论批评必须以一定的哲学思想为基础,先秦一些重要的文艺思想都蕴涵在哲学思想之中,或是由哲学思想派生出来的。道家思想家虽然很少直接论及文学艺术,但他们所论及的哲学观念,或曲折地表现了某些文艺思想,或成为某些文艺思想立论的依据。如由老子创立、庄子进一步发挥的自然无为的天道观,就蕴涵了崇尚自然朴素的文艺主张,这一主张逐渐成为文学艺术的重要美学原则和审美标准。同时,他们关于虚实、有无、言意、形神等哲学命题的辩证的思考,也成为后世相关文艺理论立论的出发点或依据。

其三,先秦史学著作记载有关文艺的历史事件时也涉及文学艺术的观点,如《左传》《国语》中的相关记载就包含了文艺理论观点。前举《左传·襄公二十九年》关于季札观乐的记载,就集中体现了"观乐(包括诗)知政"的文艺观。"观乐知政"就是根据诗乐来判断政治得失,这就把文艺完全看成了政治状况的反映。杜预《春秋左氏经传集解》指出:"听其声,然后以声参时政,知其兴衰。"《国语·周语上》记载邵穆公劝谏暴虐的周厉王,希望他能通过文艺等来体察民情,采纳讽谏:"故天子听政,使公卿至于列士献诗,瞽献曲,史献书,师箴,瞍赋,蒙诵,百工谏,庶人传语,近臣尽规,亲戚补察,瞽史教诲,耆艾修之,而后王斟酌焉。是以事行而不悖。"邵穆公认为,诗、书、礼、乐对于天子而言,具有讽谏作用,这仍然是强调文艺的政治功能。

总之,由于先秦只有诗、书之分,而无文学与学术之分,所以文学理论批评在整个学术领域里尚未与其他门类的学术区别开来,也就无独立的形式可言,往往只是混杂在其他学术中的片断论述,很多论述甚至还不是直接论述文学问题的。但是尽管如此,先秦文学理论批评毕竟是整个古代文学理论批评的萌芽,后世一系列重大的文学理论问题都可以在这里追溯到它们的源头。

三、先秦文论的主要成就

先秦是中国文论的滥觞期,其主要成就表现为孔孟儒家和老庄道家的文艺思想,前者以礼乐文化为中心,后者以自然之道为指归。此外,兼得儒、道的《周易》文艺思想,在先秦文论中亦有重要的地位。

1. 文学观念的萌芽

先秦还没有明确的文学观念,但已有文学观念的萌芽。孔子所说的"文"或"文学"还是泛指"文化"或"文化典籍",如《论语·八佾》:"子曰:周监于二代,郁郁乎文哉,吾从周。"这里的"文"主要是指文化。又据《论语·先进》,孔门弟子按其特长分为四科,"文学"是其中之一,这里的"文学"是指古代文献,即孔子所传的《诗》《书》《易》等。无论是文化还是文化典籍,自然都包括了我们今天所说的"文学"。

先秦的文学样式主要是"诗",在先秦文论中,诗歌的概念较为明确。尽管人们常常将诗歌与音乐相提并论,但是随着诗与乐的逐渐分离,人们也逐渐习惯将其当作一种独立的文学门类。《尚书》中有"诗言志",孔子云"兴于诗,立于礼,成于乐","不学诗,无以言"等,都显示出诗歌在先秦有着很高的和独立的地位。正是由于诗歌的独立,才逐渐形成了我国以诗歌为中心的文学概念。可见文学观念的萌芽是先秦文学理论批评的一个重要成就。

2. 以儒家诗论为中心的文学批评的形成

若以狭义的"文学"为标准,先秦时期的文学批评,其主要内容是关于《诗经》的评论,其中成就最高的是孔子及儒家诗论。其实,早在孔子之前的周代,在《诗经》的篇什中就已经有了文学理论和批评的思想。比如,《诗经·魏风·园有桃》有"心之忧矣,我歌且谣";《诗经·魏风·葛屦》有"维是褊心,是以为刺";《诗经·大雅·烝民》有"吉甫作诵,穆如清风"等等。这些诗句反映了《诗经》的相关作者对创作发生、文学作用、文学的艺术特征等问题的理解和认识。其中,关于借文艺吐露忧伤的观念,成为后世"发愤著书"说的先声;关于"刺"的观点则为儒家诗论的"讽谏"传统奠定了基础。又如《尚书·尧典》中的"诗言志,歌永言"对诗歌本质特征的揭示,《左传·襄公二十九年》中的"季札观乐"关于文艺与政治关系的言论,都是先秦文论的突出成就。

春秋战国之时,儒家的诗学理论趋于繁荣,孔子著名的"兴观群怨"说,较为全面地总结了文学艺术(主要是诗歌)的各种功能;孟子则提出"以意逆志""知人论世"的文学批评方法以及"知言""养气"的文艺创作观念;《易传》关于"象"的理论,对卦爻辞特点的概括,对言、象、意关系的论述,已涉及艺术形象、文学表现方法及创作规律等问题。总之,先秦是我国古代文学理论批评的萌芽期,古代文学理论批评中的重要命题几乎都萌生于这一时期。

3. 诗言志——开山的纲领

《尚书·尧典》载有舜对他的臣子夔所说的关于音乐(实为诗乐舞)的一段话:

> 夔!命汝典乐,教胄子,直而温,宽而栗,刚而无虐,简而无傲。诗言志,歌永言,声依永,律和声。八音克谐,无相夺伦,神人以和。

《尧典》多出于传闻,所记虞舜的话不是十分可靠;但《尧典》系周史官所记,"诗言志"至少反映了周人的文艺观。顾易生、蒋凡著《中国文学批评通史·先秦两汉卷》指出,"诗言志"应有较早的渊源,并引《左传·襄公二十七年》中的"诗以言志"以证之。朱自清《诗言志辨》,认为"诗言志"是中国诗论开山的纲领。许慎《说文解字》云,"诗,志也,志发于言。从'言','寺'声",将"诗"解释为"志"。闻一多《歌与诗》在谈到"诗言志"的时候指出:"志有三个意义:一,记忆;二,记录;

三,怀抱。"这里的"怀抱"不仅指志意,而且与情感相关。孔颖达《礼记正义》云:"此六志《礼记》谓之'六情'。在己为情,情动为志,情、志一也。"朱自清《诗言志辨》在引用了上述三段材料之后指出,"情和意都指怀抱而言",又指出,在先秦文献中,"这种怀抱是与'礼'分不开的,也就是与政治、教化分不开的"。

当然,关于"诗言志"之"志"除了"志意"是否还包括"情感",至今尚有争论。但"诗言志"对于先秦乃至整个中国古代文论的意义则是毋庸置疑的。正是虞舜对夔的这段指示,提出了一个非常重要的诗歌观念。到了战国时代,诗歌有了独立的地位,"诗言志"的说法也因其对诗歌本质特征的高度理论概括而更为盛行。如《庄子·天下》云:"诗以道志。"《荀子·儒效》云:"《诗》言是,其志也。"班固《汉书·艺文志》云:"《书》曰:'诗言志,歌永言',故哀乐之心感,而歌咏之声发。""哀乐之心"即是指内心的情感,可见在班固看来,"志"的内容是包括情感的。《毛诗序》先说"诗者,志之所之也",接着又说"情动于中而形于言",明确地将情与志联系在一起。自此以后,"诗言志"的理论就形成了两大支派,即论志的一派、情志并论的一派。两大支派都对古代文学创作产生了很大的影响,尤以后者影响更为深刻,先后有刘勰、钟嵘、孔颖达、白居易、叶燮、王夫之等传承并发展了这一派的理论。

第二节 孔子及儒家文论

孔子是中国古代伟大的思想家、教育家、政治家,是儒家文化的创始人,也是儒家文学理论批评的奠基人。以孔子为代表的儒家文学思想,对几千年来中国的文学创作和文学理论批评,产生了巨大而深刻的影响。

一、孔子的文学思想

孔子(前551—前479),名丘,字仲尼,鲁国(今山东曲阜)人。孔子自幼好学,中年开始为弟子讲学,司马迁说孔子以诗、书、礼、乐教,弟子达三千,身通六艺者七十二人,并修订了《诗》《书》《礼》《乐》等经典。51岁至54岁之间,孔子在鲁国先后任中都宰、小司空、大司寇。之后率弟子周游列国,然终不见用。晚年回到鲁国,仍致力于文化典籍的整理并授徒讲学。

孔子所创立的儒学,以"仁"为内容,以"礼"为形式,以"中庸"(中正、中和)为人格准则,以"诗三百"为人格修养的教材,从而将他的文学理论建立在仁学的基础之上。本书导论中已经指出,孔子提倡"用诗",而"用诗"的目的主要是为了政治教化和人格塑造。孔子在谈到君子的人格塑造时说"兴于诗,立于礼,成于乐"(《论语·泰伯》);孔子甚至说"不学《诗》,无以言"(《论语·季氏》),"人而不为《周南》《召南》，其犹正墙面而立也与"（《论语·阳货》），也就是说不学诗就无话可说、寸步难行，可见"诗"（文学）对于孔子的仁学和人学是何其重要。当然，孔子的文论在强调文学的社会作用的同时，也涉及文学的内容与形式、文学批评的标准等问题。

1. 兴观群怨：论文学的社会作用

如前所述，孔子十分重视文学，对文学的社会作用有明确而系统的阐释。关于文学的社会作用，孔子有一段著名的论述：

> 小子何莫学夫诗？诗可以兴，可以观，可以群，可以怨。迩之事父，远之事君，多识于鸟兽草木之名。

何谓"兴"？孔安国注："引譬连类。"朱熹注："感发意志。"综合两注，可以理解为：诗歌用比兴的方法创造生动感人并包含着某种普遍性道理的艺术形象，从而感染读者的情绪，激发读者的意志，使之兴奋激动并从诗中受到影响和教育。所谓"引譬连类"，是指通过具体而生动的譬喻，揭示某种具有普遍性的道理。而这种对普遍性道理的揭示，不是通过作用于人们的理智，而是通过诉诸人们的情感来实现的，这就是朱熹所说的"感发意志"。可见，"引譬连类"与"感发意志"构成了孔子"兴"的理论相辅相成的两个方面。

何谓"观"？郑玄注："观风俗之盛衰。"朱熹注："考见得失。"诗歌（文学）是社会生活的反映，读者可以通过阅读文学作品来了解社会风俗习尚的盛衰，考察社会政治的得失。孔子"可以观"的理论强调文艺作品与社会生活的紧密关系，把文艺看成是一定社会政治状况、道德风尚的体现，从而奠定了儒家现实主义文艺思想的基础。

何谓"群"？孔安国注："群居相切磋。"朱熹注："和而不流。"意为文学作品可以使广大的接受者沟通情感，和谐交往，相互切磋，共同提高。孔子说过"君子群而不党"的话，所以孔子的"群"不是少数人之间的党同伐异，不是小宗派的"群"，而是全社会人们之间的"群"，具有普遍性。孔子"群"的思想，强调人与人之间互助互爱的和谐关系，体现了人与动物的本质区别，正如孔安国注解孔子的话所言："吾自当与人同群，安能去人从鸟兽居乎？"这种思想对人类的发展而言，或许具有某种永恒的启示作用。

何谓"怨"？孔安国注："怨刺上政。"朱熹注："怨而不怒。"前者指出了怨的主要内容，但并不全面；后者则指出了"怨"要有节制。应当说，孔子所谓"怨"主要是指"怨刺上政"，即批评、指责为政者在社会政治方面的过失。但正如黄宗羲在《汪扶晨诗序》中所说："怨也不必专指上政。"事实上，《诗经》中许多含"怨"的作品就表现出了多方面的内容，如对一切不合乎"仁"的现象的指责和不满，男女由于爱情婚姻不如意而发出的种种怨叹等等。

"诗可以怨"是孔子文论思想中一个非常重要的命题,它不仅是对古代献诗讽谏传统的总结,而且开启了以文学作品干预现实、批评社会的文化传统,从而揭示出文学社会作用的一个带有根本性的规律。从司马迁的"发愤著书"到刘勰的"蚌病成珠",从韩愈的"不平则鸣"到欧阳修的"穷而后工",从李贽、金圣叹的"水浒评点"到王国维的《红楼梦评论》,孔子"诗可以怨"的文论思想绵延于几千年的中国文论史之中①。

总之,孔子的"兴观群怨"全面地总结了文学多方面的社会功能和作用,如情感作用、认识作用、审美教育作用等,对后世的文学理论批评产生了深刻的影响。

2. 文质彬彬:论文学的内容与形式的统一

《论语·雍也篇》云:"子曰:质胜文则野,文胜质则史。文质彬彬,然后君子。"这里的"文"与"质"分别指君子人格的内在品质与外在仪表。孔子关于"文质"的论述,被运用于文学创作之中,成为儒家文论关于内容与形式的基本理论。孔子论文,既重文学作品的形式,也重文学作品的内容。《左传·襄公二十五年》载孔子言:"志有之:言以足志,文以足言。不言,谁知其志?言之无文,行而不远。"文采能使言辞得以充分地表达,没有文采,言辞就不能传之久远,表明孔子认为文学作品的形式对内容有着重要的意义。《礼记·表记》还引孔子的话说:"情欲信,辞欲巧。"这也是强调要用精巧的艺术形式来表达内容。所引虽未必为孔子所言,却也与他的思想是一致的。孔子同样重视文学作品的内容,《论语·八佾》云:"子夏问曰:'巧笑倩兮,美目盼兮,素以为绚兮。何谓也?'子曰:'绘事后素。'"这是以绘画先要有好的质地,而后才可施以五彩为喻,来说明作品必须先有好的内容,然后才有可能进行修饰和加工。他还说"辞达而已矣"(《论语·卫灵公》),强调言辞等形式的根本目的是尽可能完美地表现内容。孔子文质并重,要求的是内容和形式的完美统一,他还把这种要求表述为"尽善""尽美"。先秦儒家文化中,《周易》有"言有物""言有序"之说,《左传》有"三不朽"(立德、立功、立言)之论,而孔子这种内容与形式并重的思想,正是先秦儒学既重品质又重语言的道德观在文学领域的具体表现。

3. 思无邪:论文学批评的标准

孔子的文学思想还涉及文学批评的标准、尺度等问题。孔子在总评《诗经》三百篇时提出了"思无邪"的文学批评标准:"《诗》三百,一言以蔽之,曰:思无邪。"(《论语·为政》)"思无邪"语出《诗经》,原句中的"思"为句首语气词,并无实

---

① 李建中:《"哀乐"论——汉魏六朝创作心理研究之一》,见《李建中自选集》,华中理工大学出版社,1999年,第156~160页。

意,"无邪"也只是对牧马人放牧时神情专注样子的描写,并无其他的意思。孔子借此来概括诗经的特征,赋予了新的意义。"思"既可做虚字解,也可做实字解,对全句的理解关键在于"无邪"。《论语集解》引包咸释"无邪"为"归于正",刘宝楠《论语正义》也说:"论功德,止僻防邪,大抵皆归于正,此一句可以当之也。"所谓"思无邪",意为诗的内容符合孔子即儒家的政治思想、伦理道德和审美标准。当然,仅从思想内容上用"思无邪"来概括整部《诗经》,显然是不恰当的,因为《诗经》中的作品,除了歌功颂德的诗歌以及祭祀乐词之外,还有深刻揭露现实、充满反抗精神的诗歌,以及表现男女爱情、描写劳动者日常生活的诗歌等。总之,诗三百的思想内容是丰富而复杂的,很难用"思无邪"这个单一标准来衡量和要求。如果仅从儒家道德伦理的角度出发,固守"思无邪"的评价标准,还可能造成对《诗经》中许多优秀的刺诗和恋歌的曲解,正如后来汉儒对《诗经》的牵强附会的解释。

孔子的"思无邪"既是针对作品思想内容的批评标准,即要求作品思想的内容符合儒家礼教;又是针对作品审美批评的标准,即要求情感的艺术表达符合"中和"之美。郝敬《论语详解》说,"声歌之道,和动为本,过和则流,过动则荡",所以必须无邪。按郝敬的解释,诗歌既不能"过和",也不能"过动",那就只能"中和"。由此可见,他是把"无邪"理解为"中和"。"中和"本是孔子礼治思想中的一条重要原则。《论语·先进》载孔子语:"过犹不及。"此话意为超过了与赶不上同样是不好的,其中就体现了"中和"的思想。将"中和"这种礼治思想用于文学理论和批评,就形成了儒家"中和"之美的审美批评标准。而孔子"思无邪"论即包含了这种审美标准。

孔子在运用"中和"的审美标准来谈论文艺表达情感的问题时,提出了"乐而不淫,哀而不伤"的原则。这就是说,好的文艺作品表达感情应该适度,欢乐而不放纵,哀怨而不过于悲伤,总之是要求文艺作品表达感情要有节制。到了汉代,班固《离骚序》引刘安《离骚传序》说:"《国风》好色而不淫,《小雅》怨悱而不乱",可以说是对孔子这段话的进一步引申,表明诗歌可描写爱情,只是不要流于淫邪;诗歌也可以包含怨刺,只是不要过分激烈。这同样是用"中和"的审美原则对《诗经》作出的一种解读。对孔子关于《诗经》"思无邪"的批评标准,不仅要从思想内容方面来理解,而且要从感情的表达要有节制这一"中和"之美的角度来解读,才能真正领悟其中的合理内核。

孔子的文艺思想,涉及广泛,除上述关于文艺的社会作用、内容和形式的关系、批评的标准等文艺理论的基本问题的论述外,还有一些其他的论述。比如,"有德者必有言"的文德观,认为具备高尚的道德品质、宏深的器识是从事文学创作的前提。又如,"述而不作,信而好古"的文学继承观,注重古代文化的传承,对于保存古代文化遗产无疑具有积极意义,但是其对文学艺术创新的否定无疑是有害的。再如,关于"雅乐"与"郑声"的论述,孔子提倡雅乐,反对郑声,提出"恶郑声之乱雅乐"。雅乐即为旧礼制服务的古乐,如《韶》《舞》。孔子"在齐闻《韶》,三月不知肉味",可见其对古乐的陶醉程度。"郑声"为当时的新乐,孔子厌恶郑声,是因为他认为"郑声淫"。孔子关于雅乐和郑声的论述,反映了他"厚古而非今"的思想偏颇,同时也反映了对大众(通俗)文艺的轻视。后来,中国古代小说、戏曲一类的通俗文学作品,长期受雅正文学(如诗歌、散文)的排挤而不能登大雅之堂,更不能取正统之位,追根溯源,不能不说是受孔子"恶郑声"思想的影响。由此可见,以孔子为代表的先秦儒家,其文化及文论思想对后代的影响是深远而复杂的。

二、孟子的文学思想

孟子(约前372—前289),名轲,战国时邹(今山东邹县)人,据说曾受业于孔子之孙子思。孟子以孔子的传人自居,继承并发展了孔子所创立的儒家学说。他曾游说齐、宋、滕、魏等诸侯国,曾任齐宣王客卿,然终因其主张被认为"迂远而阔于事情"(《史记》)不能为诸侯国所用,回到邹国,讲学著述,有《孟子》一书。孟子的文学思想对后世影响较大的主要有"与民同乐"说、"以意逆志"与"知人论世"说、"知言养气"说。

1."与民同乐"的文艺思想

孟子在儒家"仁"学的基础上,提出了"与民同乐"的文艺思想。《孟子·梁惠王下》记载孟子和齐宣王的一段对话,清楚地表明了孟子"与民同乐"的观点:"……此无他,与民同乐也。今王与百姓同乐,则王乐也。"孟子的"与民同乐",就是要求上层统治者能够与老百姓一道,共同享受文学艺术活动的欢乐,而不是独享这种欢乐;同时,要求统治者所欣赏的文学艺术必须符合人民的意愿,受到人民的欢迎,而不应当是人民所厌恶和反对的,即统治者应当乐民之乐。孟子"与民同乐"的文艺思想,是建立在他的"仁政"的政治思想和人性论的哲学思想基础之上的。

孟子"与民同乐"的文艺思想,直接来源于他的"仁政"政治思想,或者说是他的"仁政"政治思想的组成部分。孟子的"仁政"思想是在孔子仁学的基础上形成的,其核心是以民为本。他提出了"民为贵,社稷次之,君为轻"的思想,这是因为他认识到,如果不争取民心,新兴的统治君主就难于巩固已经获得的政权。他指出:"桀纣失天下,失其民也。失其民者,失其心也。"民心向背关系到政权的存亡、国家的兴衰,所以必须施行"仁政",争取民心。在文艺领域里,就是要做到"与民同乐"。

在"仁政"思想基础之上发展起来的"与民同乐"文艺观,首先是要求统治者能够与人民共同享受文学艺术的欢乐,而不是独享其乐,如果统治者不顾人民的死活而独享其乐,最终会遭到人民的反抗而无法"独乐"下去。孟子在《梁惠王下》中针对梁惠王独自欣赏台池鸟兽为乐的事,以《尚书·汤誓》所载"时日曷丧?予及女偕亡"的史事,警示梁惠王:"民欲与之偕亡,虽有台池鸟兽,岂能独乐哉?"到了人民活不下去,要与统治者拼命的时候,统治者又怎么能乐得下去呢?其次是要求统治者能够乐人民之乐,即欣赏人民所乐意欣赏的文学艺术。《孟子·梁惠王下》载:"为民上而不与民同乐者亦非也。乐民之乐者,民亦乐其乐;忧民之忧者,民亦忧其忧。乐以天下,忧以天下,然而不王者,未之有也。"这里所说的"乐"是指各种各样的欢乐,当然也包括欣赏文学艺术的欢乐。"乐民之乐",是孟子衡量一切文艺作品的标准,无论什么文艺作品,都要看它是否符合人民的意愿,满足人民的要求,受到人民的欢迎。

孟子"与民同乐"的文艺思想又是建立在他的审美共通性的美学思想基础之上的。孟子认为人的美感具有普遍性、共同性。《告子上》记孟子曰:"口之于味也,有同嗜焉;耳之于声也,有同听焉;目之于色也,有同美焉。"孟子这种关于人的共同美感的认识,既是他理性类推的结果,也是他分析审美现象所得出的结论。孟子又说:"至于味,天下期于易牙,是天下之口相似也。惟耳亦然。至于声,天下期于师旷,是天下之耳相似也。惟目亦然。至于子都,天下莫不知其姣。不知子都之姣者,无目者也。"(《孟子·告子上》)

为什么美感具有共同性呢?孟子说:"凡同类者举相似也,何独至于人而疑之。圣人与我同类者。"据载齐宣王派人察看孟子,看他有没有什么异于常人的地方,孟子听到后说:"何以异于人哉?尧舜与人同耳。"(《孟子·离娄下》)在孟子看来,人作为人所具有的共同本性,就是人们美感共同性存在的根据或原因。孟子强调人的共同本性,人的美感共同性,自然有其合理的地方,但是他忽略了人的个体差异,尤其是忽略了不同阶级之间的差异,而这种差异必然会导致审美方面的差异,这是孟子美感共同性思想论述不够全面的地方。

2."以意逆志"与"知人论世"说

"以意逆志"与"知人论世"是孟子提出的文学批评方法,两种说法出现在不同的场合,孟子并没有将它们直接联系起来,但两者有着不可分割的内在联系。

"以意逆志"是孟子针对他的学生咸丘蒙拘泥于《小雅·北山》一诗的个别词句,不懂其中的艺术夸张,以致不能正确把握诗意的情况下提出来的。据《孟子·万章上》载,咸丘蒙问孟子:《诗经》中说"普天之下,莫非王土,率土之滨,莫非王臣",舜虽然做了天子,但他的父亲不能说是他的臣民,又怎么能说"率土之滨,莫非王臣"呢?孟子回答:咸丘蒙对这首诗的本意并不理解,原诗的意思并不是确指普天下的人都是天子的臣民,而是一种夸张,旨在说明:天子的臣民很多,为什么独独诗人要整天为王事奔忙,以至于不能孝敬父母呢?如果像咸丘蒙这样来理解诗歌,那么《云汉》诗中所说的"周有黎民,靡有孑遗",就只能理解为周朝没有剩下一个子民了。而原诗的意思是强调由于大旱而死亡甚重。所以,孟子提出:"说《诗》者,不以文害辞,不以辞害志,以意逆志,是为得之。"

"以意逆志"是孟子提出的深刻理解作品的方法。"逆",《说文解字》释为"迎",此处即为"求"的意思;"志",指诗人所表达的思想感情;"意"的理解含有分歧,汉、宋儒家都将"意"解释为说诗者之意。据此,"以意逆志"就是以己意己志推作者之志。这种解释显然欠妥,因为说诗者的意往往各有不同,对同一作品往往会作出不同的解释,这样对作品的解释就没有了客观的标准。清人提出的看法截然不同。吴淇《六朝选诗定论缘起》认为:"以意逆志"是"以古人之意求古人之志,乃就诗论诗"。这种解释较切合孟子的本意。所谓"以意逆志",是指解说作品时,不能拘泥于作品中的个别文字而误解词句,不能拘泥于个别词句而误解诗意,而应当着眼于作品的实际,把握作品的全篇内容,以此去理解作品的思想感情。孟子提出的这种文学批评方法是对我国古代文学理论批评方法论的重要贡献。

孟子还提出了与"以意逆志"相关的另一种批评方法,即"知人论世"。《孟子·万章下》:"以友天下之善士为未足,又尚论古之人。颂其诗,读其书,不知其人可乎?是以论其世也,是尚友也。"孟子所论本是修身的问题,但是也与文学批评有关。他论及学习古人,不仅要读古人的诗书,还要知其人、论其世,这实际上提出了一种文学批评的原则和方法,所以历来都有人主张将"知人论世"作为重要的文学批评方法,而且这种方法已成为我国文学批评的一种优良的传统。所谓"知人论世",意即要真正理解作品,就必须了解作者的身世、经历、思想、情感、人品等,同时,还要了解作者所处的时代环境和文化背景。

孟子"以意逆志"与"知人论世"是在不同的地方说的,但是两者显然有着不可分割的联系,后世也有人指出两者是不可分的。《孟子正义》引顾镇《虞东学诗》:"夫不论其世,欲知其人,不得也。不知其人,欲逆其志,亦不得也……故论世知人,而后逆志之说可用之。"不"知人论世",不了解诗文作者的生平、思想和所处的时代,所谓"以意逆志"就容易陷入主观臆断。

3. "知言养气"说

孟子"知言养气"说本来论述的是关于道德修养的问题,后经文学批评家引申发挥,遂成为"文气"说的先导。《孟子·公孙丑上》载:"(公孙丑)'敢问夫子恶乎长?'曰:'我知言,我善养吾浩然之气。'"何谓"知言"?孟子解释为:"诐辞知其所蔽,淫辞知其所陷,邪辞知其所离,遁辞知其所穷。"可见,"知言"就是指辨别言辞的能力,即判断"诐辞""淫辞""邪辞""遁辞"这几种错误言辞的能力。用之于文学批评,也可指鉴赏文学作品的能力。

所谓"养气",是指一种道德修养。"气"在中国古代哲学中是一个复杂的概念,众多的解释可以概括为两大方面,一是指物质的气,二是指精神的气。孟子所言应当是指精神上的气。而他主张养成的精神上的气,是所谓"浩然之气"。"浩然之气"是什么?孟子解释说:"其为气也,至大至刚,以直养而无害,则塞于天地之间。其为气也,配义与道,无是,馁也。是集义所生者,非义袭而取之也。"可见,孟子所言"浩然之气",是指人们经过道德的修养所达到的博大而崇高的精神境界,表现出来的是一种由义与道凝聚而成的凛然正气。"知言养气"合起来理解就是,一个人经过养气而具备了浩然之气,就能够知言,即具备正确鉴赏文学作品的能力。由于孟子"知言养气"的影响,在中国文学批评史上遂形成了不断传承发展的"文气"说。人们十分重视养气与知言,即修身养性与文学创作和鉴赏之间的关系,强调进行文学创作或鉴赏,必须要加强身心修养。曹丕提出"文以气为主",刘勰提出"务盈守气",韩愈提出"气盛言宜",魏了翁提出"辞根于气",方孝孺提出"气畅辞达"……这种种文气说都与孟子的"知言养气"有着渊源关系。

三、荀子的文学思想

荀子(约前313—前238),名况,字卿,亦称孙卿,战国末期赵国人,是先秦儒家最后一个重要代表。荀子在批判地继承儒家思想的基础上,又广泛地吸收了道家、法家、墨家等诸子各家中他认为合理的思想成果,成为先秦诸子思想的综合者。荀子的文学思想可以概括为如下几个方面:

1. 明道、征圣、宗经:儒家文论传统的形成

荀子继承儒家的文学思想,认为文学应该明道。《非十二子》云:"多言而类,圣人也;少言而法,君子也;多言无法而流湎然,虽辩,小人也……(故)辩说譬喻齐给便利而不顺礼义谓之奸说……圣王之所禁也。"不合礼义就是邪说,这就是后人文以明道的主张了。但荀子所说的"道"与儒家的"道"已经有了很大的不同,既是圣人之道,也是自然规律之道,这里面显然吸收了老庄道家的思想成果;同时,其所谓道,既是先王之道,也是后王之道,体现了他法后王、与时俱进的精神。荀子在《儒效》篇中说:"圣人也者,道之管也。天下之道管是矣,百王之道一是矣,故诗、书、礼、乐之道归是矣。诗言是,其志也,书言是,其事也,礼言是,其行也,乐言是,其和也,春秋言是,其微也。"这就是后人论文主于宗经的先声。荀子在《正论》篇中说:"凡议必将立隆正,然后可也。无隆正则是非不分,而辩讼不决……凡言议期命是非以圣王为师。"主张效法圣人,这就是后人论文主语征圣的先河。同时,荀子在《解蔽》篇中又说"夫道者,体常而尽变",强调效法圣人之道不是固守一成不变的教条,而是适应时代的变化,不断融入新的内容。荀子的文学观,奠定了儒家明道、征圣、宗经三位一体文学观的基础。

荀子所论"言志"也与他之前的原始儒家有所不同,原始儒家所谓"言志"只包含志向与抱负,而荀子则增添了抒情的成分,这主要体现在他关于音乐的论述中。荀子在《乐论》中指出音乐可以"言志":"君子以钟鼓道志,以琴瑟乐心。"他认为,"夫乐者,乐也,人情之所必不免也,故不能无乐";同时又指出音乐包含着人的情感,并以情感来感化人:"夫声乐之入人也深,其化人也速。故先王谨为之文。乐中平则民和而不乱,乐肃庄则民齐而不乱。"音乐必然饱含着情感,所以"足以感动人",而且"入人也深"。

2. "乐得其欲"与"以道制欲"

荀子与孔、孟在对待功利问题上有着截然不同的看法。孔子和孟子都高谈仁义道德,对人的种种欲望采取鄙视、否定的态度。荀子则不同,将人追求功利的欲望看作是人的自然本性,是无法回避和否定的客观存在,而且认为在礼仪的范围内最大限度地满足人的欲望并没有什么不妥。将这种思想移用于文艺领域,荀子揭示了人追求美的本性,并对这种本性加以了充分的肯定。《性恶》篇云:"若夫目好色,耳好声,口好味,心好利,骨体肤理好愉佚,是皆生于人之情性者也,感而自然,不待事而后生之者也。"《王霸》篇也说:"夫人之情,目欲綦色,耳欲綦声,口欲綦味,鼻欲綦臭,心欲綦佚。此五綦者,人情之所必不免也。"

荀子在肯定人追求满足欲望的合理性的基础上,还驳斥了种种禁欲、节欲的思想,其中,特别是批判了墨子的禁欲主义及其非乐的文艺观,指出按墨子的主张去做,那就会"大有天下,小有一国,将蹙然衣粗食恶,忧戚而非乐。若是则瘠,瘠则不足欲,不足欲则赏不行"。粗衣恶食、悲戚无乐的生活不能满足人的基本欲望,也就不能促进志士贤人奋发有为,即"赏不行则贤者不可得而进也"。

荀子肯定人的欲望,承认追求欲望满足的合理性,但并不认为人的欲望可以得到无休止的满足,而是必须受到礼的节制,礼正是顺应节制人们的欲望使之被控制在适度的范围内而产生的。《礼论》云:"礼起于何也?曰:人生而有欲,欲而不得,则不能无求,求而无度量分界,则不能不争。争则乱,乱则穷。先王恶其乱也,故制礼义以分之,以养人之欲,给人之求。使欲必不穷于物,物必不屈于欲,两者相持而长,是礼之所起也。"在荀子看来,先王制定礼来限制任意膨胀而导致社会动乱的欲望,不是要取消人对欲望的满足,而是要保障欲望得到合理的满足。在以礼节制欲望的思想的基础上,荀子还提出了"以道制欲"的命题。《乐论》云:"乐者,乐也。君子乐得其道,小人乐得其欲。以道制欲,则乐而不乱;以欲忘道,则惑而不乐。""以道制欲",既可指以道来限制人们无休止的欲望,也可以道的标准来约束文艺,使文艺符合礼仪的规范。因此,"以道制欲"的文艺思想,也可能导致以礼仪束缚文艺,取消文艺的独创性,压制个人情感的抒发,从而窒息文艺的勃勃生气。这也是荀子文学观消极的一面。

第三节 老庄及道家文论

老子和庄子是道家的创始人和主要代表人物,他们很少直接论述文艺问题,但他们的学说对后世的文学和文学理论产生了深刻的影响,特别是对中国文学艺术及其理论的民族特色的形成所起的作用尤为巨大。

一、老子的文学思想

老子(约前580—前500),姓李,名耳,字聃,楚国苦县(今河南鹿邑)人。关于老子的生平,说法很多,一说他是周守藏室之史,一说他是晚于孔子一百多年的周之太史儋,在世近200年。多数学者认为老子即老聃,是孔子同时代人,年龄比孔子大。司马迁写《史记》的时候,已经不十分清楚老子的情况,他说:"世莫知其然否。"《老子》大约成书于战国初期,不一定是老子所作,但基本上反映了老子的思想,也可能在流传的过程中掺进了老子后学的一些观点。全书寥寥5000字,言简意赅、博大精深,对后世产生了多方面的影响。老子的文学观和他的哲学思想是紧紧联系在一起的,所以要了解他的文学观,必须了解他的哲学思想。

1. 道法自然,无为而为

"道"是老子哲学的最高范畴,按照《老子》第一章的说法,"道"是不可说的,所谓"道可道,非常道",但老子还是要努力地去说。通观《老子》对"道"的论述,可以见出"道"的三大特征。其一,"道"是宇宙万物的本源。第二十五章说"道"是"先天地生""可以为天地母",第四十二章说"道生一,一生二,二生三,三生万物"。其二,"道"是无形、无声、无色、无味的,所谓"视之不见""听之不闻""无状之状,无象之象"(《老子》第十四章)。其三,"道"以自己为法则,"道法自然",自然就是道,所谓自然之道。道之所以为道,就在于它的自然而然。

老子将"自然之道"用之于社会政治,老子主张"处无为之事,行不言之教"。但是老子所说的"无为",并不是绝对的什么都不做,什么都不说。概而言之,老子的无为至少有两层意思。其一,完全顺应自然规律,不妄为,不强为,不做违反自然规律的事情。其二,凡是合乎自然规律的事情则必须去做,而且在做的过程中也要遵循自然规律[①]。这样,不仅可以成功地实现目标,而且不过分表现自己,即

[①] 顾易生、蒋凡:《先秦两汉文学批评史》,上海古籍出版社,1990年,第162页。

《老子》第二章所谓的"生而不有,为而不恃,功成而弗居"。

正是基于这种思想,老子认为言辞必须合乎自然。正如自然界的风雨过于猛烈就不能持久一样,言辞也不能过多过滥。《老子》第二十三章说:"希言自然。故飘风不终朝,骤雨不终日。孰为此者?天地。"老子非常痛恨巧言令色,主张"希言",反对"多言",认为"善者不辩,辩者不善","大辩若讷,大巧若拙",甚至过激地认为"信言不美,美言不信"。

2. 大音希声,大象无形

在论述大道玄奥、莫测、难明时,《老子》第四十章云:"大器晚成,大音希声,大象无形。"老子此语,虽与文艺无涉,但后两句因为触及艺术的高妙境界,从而给后来的文学创作和文学理论以深刻的启发。

关于"大音希声"的内涵,历来众说纷纭,以下是几种具有代表性的说法。其一,《韩非子·喻老》认为,巨大的声音需要长期积聚力量才能发出,所以罕有所闻,比如楚庄王"一鸣惊人"的比喻。其二,大音是最完整的声音,是各种声音的根本,它不可演奏,也无从与闻。此说以王弼为代表。其三,钱锺书以《琵琶行》"此时无声胜有声"为例说:"聆乐时每有听于无声之境。乐中音声之作与止,交织辅佐,相宣互衬……寂之于音,或为先声,或为遗响,当声之无,有声之用……静故曰'希声',虽'希声'而蕴响酝响,是为'大音'。"①

以上诸说,各有创见,但是偏颇之处也显而易见。韩非子认为"大音"就是宏大的声音,未免拘于具象;王弼过于强调"大音"不可闻,未免又太形而上;钱锺书以具体的诗句来分析,不免把这个含义丰富内涵深广的美学命题具体化了。"大音"和"希声"应该是相反相成的统一,"大音"固然是道,但是也并非不可表现,尽管表现得也许不够完美。"综合上述各家之言,'大音希声'的含义大致为:自然完美、蕴蓄宏深、变化多端之音,其声悠扬回荡,若断若续,混沌要妙,莫辨宫商,达到高度的和谐,闻者既不能听清,也不声听。"②

"大象无形"中的"形"和"象"也是既有联系又有区别的。"形"指具体事物的形状,"象"则既有象征之意,又有想象之意。所谓"大象",正如成玄英所注,乃是"大道之法象",也就是"大道之行"的理想社会图景。

晚唐司空图著《二十四诗品》论诗,得力于"大音希声,大象无形"二语尤深,比如"超以象外,得其环中";"遇之匪深,即之愈希";"遇之于天,泠然希音"以及《与极浦书》中所谓"象外之象""景外之景"和《与李生论诗书》中所谓"韵外之致"

---

① 钱锺书:《管锥编》第二册,中华书局,1979年,第449~450页。
② 顾易生、蒋凡:《先秦两汉文学批评史》,上海古籍出版社,1990年,第182页。

"味外之旨"。南宋严羽的"兴趣"说和"气象"说,以及近代王国维的"境界"说,其所受老子此二义的影响也是非常显著的。

3. 有无相生,致虚守静

作为老子哲学的最高范畴的"道"是高深莫测、玄妙难明的,几乎无法以言辞形容,但是老子仍然力图用诗意的语言加以描写。《老子》第二十一章云:"道之为物,惟恍惟惚。惚兮恍兮,其中有象;恍兮惚兮,其中有物。窈兮冥兮,其中有精;其精甚真,其中有信。自今及古,其名不去,以阅众甫。"第二十五章云:"有无混成,先天地生。寂兮寥兮,独立而不改,周行而不殆,可以为天地母。"

老子论道,世人多侧重从"无"的一面去考虑,其实老子经常是从"有""无"两方面去说明的。比如《老子》第一章云:"有,名天地之始;无,名天地之母。"第二章云:"有无相生,难易相成,长短相形,高下相倾,音声相和,恒也。"对此,明沈一贯《老子通·老子概辨》说:"老子兼'有''无'而名道也,其但以无为道也。"有无相生,相反相成,第十一章指出:"三十辐共一毂,当其无,有车之用。埏埴以为器,当其无,有器之用。凿户牖以为室,当其无,有室之用。"

老子论述的是一般世界的规律,但是为文艺创作提供了有益的启示。司空图的"不著一字,尽得风流",严羽的"言有尽而意无穷",强调言外之意,韵外之致,正是"当其无,有言之用"。明屠隆《与友人论诗文》说:"有虚而实,有实而虚,并行错出,何可端倪!"袁宏道《答梅客生开府》赞苏东坡云:"粗言细言,总归玄虚,恍惚变怪,无非实情。"老子论"有""无"对后世谈艺论虚实产生了深刻的影响,形成我国文艺思想史上一对富有艺术辩证法的理论范畴。

老子认为,主体要进入道的空无境界,必须要达到虚静的心理状态。《老子》第十章云:"专气致柔","涤除玄览";第十六章云:"致虚极,守静笃",都是讲心境的虚静。虚,空也,是指排除与至道无关的杂念或俗念;静,寂也,是指心境的平和、宁静。老子讲虚和静,虽然是指至道的途径和道的境界,但同样也适应文艺创作。创作主体要进入艺术世界,要孕育灵感、诱发创作冲动,也要虚静。如何才能进入虚静状态呢?须结聚精气以致柔顺,心平气和,极其静定。老子虚静说揭示出创作心理的一条重要规律,对后来的文学理论产生了很大的影响。老子之后,首先是庄子发挥并完善了老子的虚静论,然后有荀子谈"虚一而静",淮南子谈"游心于虚"。魏晋之后,受玄学影响,谈"虚静"的文论家更多,比如陆机的"收视返听"和"玄览",宗炳的"澄怀味象"和"卧游",刘勰所说的"陶钧文思,贵在虚静,疏瀹五藏,澡雪精神"等等。到了宋代,苏轼受佛学影响,提出"无厌空且静",将老庄的虚静和佛学的空寂融为一体。

二、庄子的文学思想

庄子(约前369—前286),名周,战国中期宋国蒙(今河南商丘)人,曾任漆园吏。现存《庄子》一书,是庄子及其后学论著的汇编。一般认为,《内篇》为庄子所作,《外篇》及《杂篇》为庄子的后学所作。庄子继承并发展了老子的学说,他和老子一样很少直接谈文学艺术的问题,他的文艺思想涵容于哲学思想之中。

1."朴素为美","法天贵真"

庄子继承和发展了老子"无为而无不为"的思想,认为"天道自然无为",不是人为的力量可以改变的。因此,他提出"无以人灭天,无以故灭命",主张尊重客观事物本身的规律,而不应当以人的主观愿望去违背它。庄子和老子一样,对现实社会感到悲观失望,希望回到古朴原始的初民生活时代,即回到自然状态的社会中去。因此,他对现实社会一切人为的东西均持否定态度,而对原始古朴的自然状态和天然存在的东西给予肯定和赞扬。庄子强调尊重自然事物的客观规律,有其合理的一面;但他忽略了人的主观能动性,否定了人通过掌握自然规律可以能动地改造自然的一面,这是他认识上的失误。

庄子自然主义的哲学观反映在文艺领域,就形成了"朴素为美"和"法天贵真"的文艺观。庄子认为,美在自然,任何人为的艺术都是对自然美的破坏。他在《齐物论》中以天籁、地籁、人籁三者比较来说明这种自然美:"地籁则众窍是已,人籁则比竹是已。""夫天籁者,吹万不同,而使其自己也,咸其自取,怒者其谁邪!"人籁是指人们用丝竹管弦演奏出来的声音,是属于人为的东西,属于等而下之的声音;地籁是风吹自然界大大小小的孔窍而发出的声音,它要借助风力的大小和孔窍的不同形状才能形成,也有外力的因素,也不是最自然的,因而也不是最美的。只有天籁是众窍自鸣而成,是完全自发的、不依赖任何外力而天然产生的声音,所以庄子认为这种声音才是最美的。庄子从崇尚自然的文艺观出发,主张弃绝一切人为的艺术:"擢乱六律,铄绝竽瑟,塞师旷之耳,而天下始人含其聪矣。灭文章,散五采,胶离朱之目,而天下始人含其明矣。毁绝钩绳而弃规矩,攦工倕之指,而天下始人有其巧矣。"(《庄子·胠箧》)庄子认为人为的文艺、甚至包括工艺都应该毁弃,因为它们破坏了人对自然美的感受能力。

庄子崇尚自然,反对人为,并不是要全部否定人所创造的艺术。庄子所否定的是显露人工斧凿痕迹的艺术,他所提倡的是由人所创造却不露人工痕迹的艺术,即出于人的自然流露又与客观自然融为一体的艺术。《天运篇》记有一则寓言,就很好地说明了这个道理:"西施病心而颦(矉)其里,其里之丑人见之而美之,归亦捧心而颦其里。其里之富人见之,坚闭门而不出;贫人见之,挈妻子而去之走。彼知矉美,而不知矉之所以美。"西施之颦,是天生丽质的自然流露,所以给人的感觉很美,而丑人外形条件本来就不好,且又要矫揉造作,就更显其丑陋了。

庄子对虚伪做作的东西深恶痛绝,对真诚的情感给予了很高的评价。《渔父》篇:"真者,精诚之至也。不精不诚,不能动人。故强哭者虽悲不哀,强怒者虽严不威,强亲者虽笑不和。真悲无声而哀,真怒未发而威,真亲未笑而和。真在内者,神动于外,是所以贵真也……真者,所以受于天也,自然不可易也。故圣人法天贵真,不拘于俗。"人的真性情禀受于自然,而自然是不可改变的。法天贵真,表现在文艺领域,既是创作的规律,也是情感的要求。从这段话中也可以看出,庄子崇尚那种与自然浑然一体的艺术,反对虚假矫情的艺术。

庄子在论述具体文艺样式的审美要求时,也体现出崇尚自然的文艺观。比如,在音乐领域庄子提出"天乐"的概念,天乐即与自然融为一体的音乐。《天道》云:"与天和者,谓之天乐。"庄子借助神话故事对天乐的自然状况作了生动的描绘:黄帝在"洞庭之野"奏"咸池之乐",北门成(黄帝的臣子)听了竟然神魂颠倒,陶醉其中,"乃不自得",忘记了自己的存在。这种音乐之所以具有如此感人的力量,是因为它是一种融入天地自然之中的音乐:"应之以人事,顺之以天理,行之以五德,应之以自然。"这是一种无拘无束、摆脱了任何羁绊的音乐:"其声能短能长,能柔能刚;变化齐一,不主故常;在谷满谷,在坑满坑。"郭象注云:"此乃无乐之乐,乐之至也。"

又比如,在语言艺术领域,庄子提出"言意之表",认为"道"是不能用言语来表达的,甚至是不能用心意去思考的。因此,对"道"的领悟,既不能凭借语言文字,也不能用心去体察,因为"道"是一种无言无意的自然存在。《秋水》篇说:"可以言论者,物之粗也;可以意致者,物之精也。言之所不能论,意之所不能察致者,不期精粗焉。""道"处于"无"的状态,所以无论精粗,只有进入无言无意的状态,才能领悟"道"的奥妙。这种见解未免过于玄乎,因为如果完全取消了语言,也就取消了包括文学在内的一切语言艺术,但是庄子的见解对于匡正文学中的艳辞风尚有着积极的作用。

2. "言不尽意","得意忘言"

庄子在论述道与语言的关系时,提出了"言不尽意"这一重要命题。《天道》篇说:"世之所贵道者,书也。书不过语,语有贵也;语之所贵者,意也。意有所随;意之所随者,不可以言传也。而世因贵言传书。世虽贵之,我犹不足贵也,为其贵非其贵也。故视而可见者,形与色也;听而可闻者,名与声也。悲夫,世人以形色名声为足以得彼之情!夫性形色名声果不足以得彼之情,则知者不言,言者不知,而世岂识之哉!"庄子所说"意之所随者",就是"道"。语言可以表达具有

"形色名声"的事物,但对于没有"形色名声"的"道",却是无法表达的。

庄子"言不尽意"讨论的虽然是道与言的关系,但对文学理论有着重要的启示和影响。文学是语言的艺术,离开了语言也就没有了文学;但问题还有另一方面,就是文学之中最精妙、最美好、最有魅力的东西,又往往是语言所无法表达的。从鉴赏的角度说,接受者对于文学之中那些微妙的意趣、复杂的情感、玄远的境界、悠长的韵味等等,只能求之于"言外"。所以,庄子讲"言不尽意"并不是要完全否定语言文字,而是要指出语言对于至道的暗示和导引作用,人们要通过语言的暗示来领悟"道"或者文学作品的"意"。

语言虽不能完全表达"道"或"意",但是却能充当人们理解"道"或"意"的工具。所以,当人们通过语言理解了"道"或"意"的时候,就可以舍弃语言了。《外物》篇云:"筌者所以在鱼,得鱼而忘筌。蹄者所以在兔,得兔而忘蹄。言者所以在意,得意而忘言。吾安得夫忘言之人而与之言哉!"筌与蹄是人们用来获取鱼或兔的工具,并不能等同于鱼与兔;语言文字可以帮助人们"得意",但并不就是意,所以要真正理解文艺作品的意思,就不能拘泥于语言文字本身,而要通过语言文字所具有的象征与暗示的作用去理解文艺作品的意思。这就要求读者充分发挥自己的主观能动性,调动自己的生活体验、知识积累,展开联想和想象,从有限的语言文字中去领悟无限的"言外之意"。庄子"言不尽意"与"得意忘言"涉及语言与思维的复杂关系,指出了语言文字的局限性以及突破这种局限性的途径,从而对中国文学理论和批评产生了深刻的影响。后世文学理论批评中有关言意关系的深入探讨、意境论的诞生、文学创作追求"意在言外"传统的形成,都与庄子的论述有着渊源关系。

3. "虚而待物","唯道集虚"

庄子继承和发展了老子空无、虚静的理论,同样将"虚静"视为至"道"的途径。庄子认为,"道"是一种神秘的存在,主体要至"道",必须进入"虚静"的精神状态。《人间世》说:"若一志,无听之以耳,而听之以心;无听之以心,而听之以气,耳止于听,心止于符。气也者,虚而待物者也。唯道集虚,虚者,心斋也。""虚",即是"心斋",要求人耳不能听,心不能思,而只能用"气"去连接,因为"气"既不能感知,也不能思考,是真正的"虚而待物"。由此可见,"虚"就是停止感官的活动,弃绝心智,割断主体与客观世界的一切联系,进入无知无欲的状态,这样才能与"道"合而为一,从而进入"道"的境界。

与"虚"相联系的是"静","静"是对"虚"的精神状态的强调和补充。《天道》篇云:"圣人之静也,非曰静也善,故静也。万物无足以铙心者,故静也。水静则明烛须眉,平中准,大匠取法焉。水静犹明,而况精神?圣人之心静乎!天地之鉴也,万物之镜也。夫虚静恬淡寂漠无为者,天地之平而道德之至也,故帝王圣人休焉。""静"是一种排除万物干扰的精神状况,与"虚"割断主观与客观世界之间的联系的精神状况是一致的。心静,犹如水静。水静了,就清澈明亮;心静了,就能明鉴天地,并像镜子一样烛照万物。可见,"虚静"是要求主体排除一切杂念,弃绝一切感知,进入与"道"合一的精神境界,从内心深处把握天下万物的根本规律。

庄子的"虚而待物""唯道集虚"既是应对黑暗现实的心理防御机制,又是个体人格修炼的措施与目的,还是审美知觉的技与道。庄子用了很多寓言故事来阐释"虚静"说,这些阐释可直接用来说明文学创作中的心理和精神状态。如《达生》中有"佝偻者承蜩"的故事,一佝偻老人用竹竿粘树上的蝉,犹如在地上拾东西一样得心应手,这是因为他专心致志,置身天下万物之中,只将注意力集中在蝉翼上,所谓"用志不分乃凝于神"。《达生》中还有"梓庆削木为鐻",人们视为鬼斧神工。这是因为梓庆在制作鐻这种乐器之前,一定要斋戒使心情处于宁静状态,去掉功名利禄之心,也不在乎别人的批评和赞扬,排除外界的一切干扰使自己超然于尘世之外,甚至忘记了自己四肢形体的存在。这时候的梓庆就进山去选择可以制作鐻的木材,看到合适的木材,鐻的形态就宛然如在眼前,此时,处于"虚静"状态的梓庆就完全和木材的自然本性合二为一了。《达生》还载有吕梁丈夫蹈水的故事,吕梁瀑布从二百多尺高的悬崖上飞流直下,水流奔腾湍急,泡沫飞溅,长达四十里,即使是鼋鼍鱼鳖这些水生动物也无法在这里游弋;但是吕梁丈夫却能在急流中游泳。孔子见了以为是这人想自杀,就派弟子去救,不料这人却在数百步远的地方浮出水面,悠然自得地唱着歌。孔子问他有没有游泳的道术,他回答说他并没有,只不过是从小在水中生活,习以成性,能够顺应水的规律而不加抗拒而已,感觉蹈水时"不知吾所以然而然",这是忘我的境界,是虚静的境界,也是自然的道的境界。《养生主》有"庖丁解牛"的故事,庖丁解牛游刃有余、出神入化,所谓"以神遇而不以目视,官知止而神欲行"。这是一种超感观之"观",是对感官知觉的否定,对超感官心智能力的推崇。这种超感观之"观"是通向道的,"有情有信""无为无形",可传而不可受,可得而不可见。

这些寓言故事都说明,各种技艺要达到高超的境界,作为创作主体的人必须排除外界和内心的干扰,进入"虚静"的精神状态,深切领悟创作对象的规律,实现创作主体与创作对象的合二为一。以这样的精神状态去从事文艺创作,也就会创作出自然天成、出神入化的艺术佳作。当然,庄子的"虚静"说在强调"无知无欲"的精神状态对于创作的重要意义的同时,否定了实践与认识的作用,这无疑是偏颇的;而且庄子的论述也有自相矛盾的地方,他所列出的那些用来说明"虚静"的故事,其实都在有意无意之中证明了实践对进入"虚静"的重要意义。

第四节 《易传》儒道兼综的文论思想

《易》有"经""传",《易传》是对《易经》的解释和发挥,包括十篇,为《彖》上、下,《象》上、下(分列于今本《周易》六十四卦),《文言》(分列于《乾》《坤》二卦),《系辞》上、下,《说卦》《序卦》《杂卦》(独立成篇,列于六十四卦之后)。《易传》十篇,又称为"十翼",相传为孔子所作,经反复考证,已知其为伪说。《易传》的撰写者只是借《易经》来阐述自己的思想,《易传》中的很多思想已与《易经》相去甚远。这一点,前人早有认识。朱熹说:"《易》所难读者,盖《易》本是卜筮之书,今却要就卜筮中推出讲学之道,故成两节功夫。"《易传》中的多篇大约产生于战国中期以后,融合了先秦多种文化思想,内容十分丰富,所以《易传》历来被看作是"弥纶天地,无所不包"。

《易传》最显著的特点是兼容了儒道两家的思想,成为实行儒道互补的最早的成功典范。《易传》历来被视为儒家的经典,并被列为群经之首,是因为它仍以儒家"仁学"为其思想根基,但同时,它又被后世道家学派奉为经典,魏晋玄学家将其并入《老子》《庄子》,成为"三玄"之一,这是因为它吸收了道家的宇宙起源论和辩证思想。有学者甚至认为,《易传》的哲学思想属于道家,而非儒家[①]。我们认为,《易传》哲学思想的取向是儒道兼综。《易传》在吸收儒道思想的合理部分的同时,又摈弃了它们各自的弊端,突破了它们各自的局限。《易传》的思想体系打破了儒家学说只注重社会政治伦理道德问题的局限,并尽可能地消除了道家学说中浓厚的虚玄色彩,可以说《易传》比较完美地实现了儒道思想的结合。《易传》中的文学理论批评也体现了这种儒道兼综的特点。

一、象与意

《易传》所说的"象",是一种和艺术形象相关却不能完全等同的概念。"象"本是指"卦象",属于抽象的符号,但是由于它也是对自然的模仿或描摹,所以和文艺创作中的形象有相通之处。"《易》者,象也;象也者,像也","象也者,像此者也","八卦以象告"(《周易·系辞下》),可见"象"即易,指的是卦象,卦象能显示吉凶,所以又包含象征的意思。至于"象"的产生,《易传》认为是圣人模拟天地自然而成。"圣人有以见天下之赜,而拟诸其形容,象其物宜,是故谓之象。"(《周易·系辞下》)作为卦象的"象",经过《易传》的阐释,已经成为和文艺形象相通的

---

① 陈鼓应:《易传与道家思想》,三联书店,1996年,第1页。

概念,可指表现或描摹现实事物且具有象征意义的艺术形象。

《易传》在论及"象"的意义时,还提出了"象"与"意"的关系问题。《易传·系辞上》说:"圣人立象以尽意,设卦以尽情伪,系辞焉以尽其言,变而通之以尽利,鼓之舞之以尽神。""立象"是为了"尽言",也就是说,描摹客观事物并不是最终的目的,最终目的是通过"象"来反映"意"。这正和文学艺术相通,文艺作品最重要的特点就是通过具有象征意义的艺术形象来让人领悟或感受作者的思想和情感。

先秦文论中,论及言与意的关系,有孔子儒家"辞达(意)而已"与道家"知者不言""言不尽意"之别。在这种"言尽意"与"言不尽意"的对立中,《易传》取其中,主张"立象以尽意"。《易传》的"立象以尽意"和庄子的"言不尽意""得意忘言",共同构成魏晋玄学"言意论"的思想来源。正始玄学的代表人物王弼,在他的玄学专著《周易略例》中,专门辟有"明象"一篇,用庄子的"筌蹄之喻"即"得意忘言"来重新解读《易传》的"立象以尽意",最终提出"得意在忘象,得象在忘言"这一重要思想。王弼的言意观与他的玄学思想一样,具有明显的儒道兼综的特征;而我们从他对《易传》"象"论的阐发中,也可以看出《易传》之中的道家思想内涵。《易传》的"象"论,通过王弼及魏晋玄学家的重新解释,对后来的文学理论和批评产生了深远的影响。魏晋以降,中国古代文论推崇"言外之意""韵外之致"者代不乏人,其精神之源正在《易传》关于象与意的理论之中。

二、阳刚与阴柔

"一阴一阳之谓道",《易传》用阴阳的观点来解释宇宙万物的形成与变化,所涉及的阴柔与阳刚之别与文学艺术密切相关。《易传》认为阴阳具有各自不同的特点,已经包含了朦胧的阴柔美与阳刚美的审美意识。

从《易传》的有关论述中可知,阳的特点是刚,趋向于动;阴的特点是柔,趋向于静。《易传》认为阳是与男相联系的,阴是与女相联系的。在卦象上,乾代表天,天被认为是动的,全部由阳爻组成;坤代表地,地被认为是静的,全部由阴爻组成。《易传》的阴阳观又不仅仅局限于对自然的诠释,而且还附会上了对社会的认识,将阴阳与社会道德精神等联系起来,分别赋予了阴、阳与道德精神相关的不同内涵,这样,阳被赋予了阳刚美的含义,阴被赋予了阴柔美的含义。

乾代表天,象征阳。《易传》有关乾卦的论述,包含了对阳刚的赞美。"《彖》曰:大哉乾元,万物资始,乃统天。云行雨施,品物流行。大明终始,六位时成,时乘六龙以御天。乾道变化,各正性命。保合大和,乃利贞。首出庶物,万国咸宁。"(《周易·乾》)这段论述将自然、人生、道德精神连接在一起,突出地表现了雄浑壮阔的自然所象征的壮美的人格精神。在论者看来,开创万物的"天"是十分伟大的,表现了壮美的气魄:云在飘行,雨在洒落,滋润万物,生机蓬勃,太阳驾着六条飞龙,日夜不停地运行。这正是阳刚人格的象征。

坤代表地,象征阴。《易传》有关坤的论述则赞美了阴柔美。"《象》曰:至哉坤元,万物资生,乃顺承天。坤厚载物,德合无疆。含弘光大,品物咸亨。牝马地类,行地无疆,柔顺利贞。君子攸行,先迷失道,后顺得常。西南得朋,乃与类行。东北丧朋,乃终有庆。安贞之吉,应地无疆。"(《周易·坤》)首先,坤的美体现在大地的特征上,大地具有孕育万物、承载万物、广大无垠的特征,包含了宽和、慈祥、含蓄、柔顺等母性之美;其次,坤的美还体现在与大地相类同的牝马上,牝马柔顺利贞的性格是柔和、温顺、贞洁等母性美的象征。

《易传》揭示阳刚美与阴柔美各自的特征,但并不将二者割裂开来,而认为它们是相反相成、相得益彰的。在《易传》的作者看来,世界上纯刚或纯柔的事物是极少的,绝大部分事物是刚中有柔、柔中有刚、刚柔相济。《易传》云:"刚柔相推,而生变化。""刚柔相推,变在其中焉。"这种刚柔相济的法则,是适用于自然界与人类社会的普遍规律:"日月相推,而明生焉","寒暑相推,而岁成焉","刚柔相摩,八卦相荡"。正是从刚柔相济的观点出发,《易传》认为刚柔都不能过,既不能过分刚,也不能过分柔,即所谓"德者正中",正与中实为一个意思,就是中庸。刚柔只有恰到好处,才能使事物处于平衡、和谐的状态,保持生生不息的活力。

《易传》还指出,过分"刚"是不好的,"盈不可久也",即没有柔和调剂的刚是不可能持久的;同样,过分"柔"也是不好的,"柔丽乎中正",柔必须控制在"中庸"的范围内,因为过分柔弱会导致生命的委顿,而恰到好处的柔不仅能保持旺盛的生命力,而且能够起到以柔克刚的作用,《彖》说:"柔变刚也。"这种辩证的见解无疑是十分精辟的。

《易传》有关阴柔美与阳刚美的区别及其二者的关系的论述,对后世文艺理论产生了极大的影响。文艺理论有关阳刚美与阴柔美风格的区分,就是从《易传》中引发出来的。曹丕论"文气"有"清"与"浊"之别;刘勰《文心雕龙·体性》将文学风格分为"八体",而八体又可分属为"刚"与"柔"两大类;司空图论二十四种诗歌风格,大体上也是或阳刚或阴柔。由《易传》所开创的阳刚与阴柔的美学理论,到清代姚鼐而集大成。姚鼐将文艺作品的风格划分为两大类,一类为阳刚,包括雄浑、健劲、豪放、壮丽等;一类为阴柔,包括淡远、高远、飘逸、温柔等。姚鼐还指出了阴柔美与阳刚美这两种风格之间相互联系、相互依存的辩证关系,认为文章应该做到:"阴阳刚柔并行而不容偏废,有其一端而绝亡其一,刚者至于偾强而拂戾,柔者至于颓废而暗幽,则必无与文者矣。"(姚鼐《海愚诗钞序》)姚鼐这一宏通之论无疑与《易传》的刚柔相济论有着渊源关系。

三、神与通其变

《易传》中的"神",除了在一些地方指鬼神外,更多的是指一种哲学和美学的概念。作为哲学和美学的"神"的具体含义是什么呢?《易传·系辞上》说:"通变之谓事,阴阳不测之谓神。"《易传·说卦》云:"神也者,妙万物而为言者也。"《易传·系辞下》说:"通其变,使民不倦;神而化之,使民宜之。"可见,"神"主要指万物在不停地变化,而且变化莫测,没有固定的格式和常规。变化是《易传》反复强调的主题:"易"就含有变化的意思,所谓"生生不息谓之易"。变化是宇宙间的普遍规律,"天地革而四时成。汤武革命,顺乎天而应乎人。革之时大矣哉!"变化的原因是刚柔相互作用的结果,"刚柔相推,而生变化"。变化的结果是新旧交替,"变化者,进退之象也"。变通是事物适应新的情况,以求得长久生存与发展的必由之路,"穷则变,变则通,通则久"。变化又不是以人的意志为转移的,它有其自身的规律性,"神无方而易无体",人们所做的是要适应其变化的规律,要懂得"通变",要应时而动。

《易传》的"神"论,即"变化"论,虽不是谈的文艺问题,但对文艺创作理论产生了很大的影响。首先,中国文艺理论中反复出现的提倡文学艺术创作随着时代的变化而不断变化,反对复古,主张创新的思潮,无不从《易传》的通变论中吸收了理论的养分。其次,通变论关于事物的变化既有规律但又有无法事先预料的观念,与文艺创作有相通之处。艺术创作不是一种机械的操作,是不能预先作出规定的,它往往是作者在一种不自主的情况下的活动,鬼斧神工,神奇莫测,这种过程既不能重复,又不能仿效;但同时文艺创作又是有规律可循的。文艺作品中那些既合乎规律又变化莫测的精彩之处,往往被称为神来之笔。

关键词释义

[诗言志] "诗言志"一语出于《尚书·尧典》,是中国文学思想的最早记录,也是纵贯古今、影响最大和最能代表中国古代文论特色的命题之一。朱自清《诗言志辨·序》称之为中国文学批评的"开山纲领"。诗言志,就是说,诗歌把蕴藏在诗人心里的情感、意愿表达出来。

[美刺] 中国古代关于诗歌社会功能的一种说法。"美"即歌颂,"刺"即讽

刺。先秦时期，人们已开始认识到诗歌美刺的功能。古人"献诗"而供天子"斟酌"，就是由于其中包含着美刺的内容。至汉，以美刺论诗成为一种普遍风尚，并一直是中国古代文学批评的一种重要方法。

〔三不朽〕《左传·襄公二十四年》记叔孙豹曰："太上有立德，其次有立功，其次有立言。虽久不废，此之谓不朽。"所谓三不朽，是对人生的价值和意义的追求，把声名的彰显看得比肉体的享受更重要，把青史留名看得比生前得意更重要。

〔兴观群怨〕《论语·阳货》载孔子之言曰："小子何莫学夫诗？诗，可以兴，可以观，可以群，可以怨。迩之事父，远之事君，多识于鸟兽草木之名。"孔子认为诗歌有感发志意、考见得失、联结精神、宣泄情感和认识世界等多方面的作用。孔子对诗歌作用以及作用之产生的特点和方式的认识，是精当而深刻的。

〔文质彬彬〕中国古代儒家美学关于文学内容和形式关系的见解。语出《论语·雍也》："子曰：质胜文则野，文胜质则史。文质彬彬，然后君子。"其原意是说，文华应与质朴配合得当。后为文论家引入文学理论领域，其美学意义是说，文学作品的思想内容和艺术形式应该统一，达到质文兼备，情文并茂，才符合文学艺术美的规律。

〔以意逆志〕孟子提出的分析和理解文学作品的方法。语出《孟子·万章上》："故说诗者，不以文害辞，不以辞害志，以意逆志，是为得之。"孟子主张根据完整的诗篇去探索作者原来的意图，去分析作品的实际内容，这就是"以意逆志"。而"以意逆志"的关键在于批评家能否"知言养气"和"知人论世"。

〔知人论世〕语见《孟子·万章下》："颂其诗，读其书，不知其人可乎？是以论其世也，是尚友也。"要求评论作品必须"知其人"和"论其世"，即要了解作者的身世经历、思想感情、人品德行，同时要了解作者所处的时代环境。"知人论世"是评论文学作品的重要方法，作为我国古代文学批评的一个传统，为历代文艺批评家自觉和不自觉地遵循。

〔知言养气〕孟子"知言养气"说本来论述的是关于道德修养的问题，后经文学批评家引申发挥，遂成为"文气"说的先导。所谓"养气"，是指一种道德修养，所养成的是精神上的气，即"浩然之气"。孟子所言"浩然之气"，是指人们经过道德修养所达到的崇高的精神状况，表现出来的是一种由义与道凝聚而成的凛然正气。"知言养气"合起来理解就是，一个人经过养气而具备了浩然之气，就能够知言，即具备正确鉴赏文学作品的能力。由于孟子"知言养气"的影响，在中国文学批评史上遂形成了不断传承发展的"文气"说。

〔大音希声〕老子自然美学的基本观念。语出《道德经》第四十一章："大方无隅，大器晚成，大音希声，大象无形。""大音"，即道之音；"希声"，即为一般人的听觉所不能感知的声音,但能为修道有功之人的心灵所领会。"大音希声"是老子哲学思想的基本概念"道"在美学领域的具体表述;同时也是其"无为"政治观在美学领域的具体化。老子提出"大音希声",并不是反对音乐或取消艺术,而是主张通过修身养性而得道,然后领会"大音",欣赏天乐,即欣赏顺应自然之道、符合人类天性的音乐(大音)。

〔言不尽意〕先秦庄子关于言意关系的重要命题,语出《庄子·天道》。"言不尽意"既是哲学命题,也是美学命题。作为一个哲学命题,其意是说,"道"是不可言传的,因为它是一个普遍、无限、绝对的抽象观念,人们的语言文辞不可能把它像一个有形有色的东西那样,加以描述和规定。作为一个美学命题,意思是说,"意"即是美,美的境界是感受的对象,不能诉之于抽象的理智,只能通过直觉、想象和情感去体验,而不能像科学认识那样用语言去作明确的规定。所以"言不尽意",乃正是审美感受的特点。这一命题对古代文论的言说方式和批评方法都产生了深远影响。

〔立象以尽意〕中国古代儒家美学的基本命题。语出《易传·系辞上》:"圣人立象以尽意,设卦以尽情伪,系辞焉以尽其言,变而通之以尽利,鼓之舞之以尽神。""立象以尽意",其本意是说,语言难以达意,可通过卦象,即以象征的方法达意。作为美学命题,所谓"立象以尽意",也就是说通过具体的"象"来表现无限深远幽隐而丰富复杂的"意"。这一命题对后世"意象"范畴的提出具有重要的启迪作用。

思考题

1. 试述先秦礼乐文化对先秦诗论的影响。
2. 孔子"兴观群怨"说的主要内容和文论价值是什么?
3. 试述先秦道家文论的"虚静"说。
4. 简释《易传》的"立象以尽意"。

进一步阅读文献

1. 顾易生、蒋凡:《先秦两汉文学批评史》,上海古籍出版社,1990年。(先秦部分)
2. 张少康:《先秦诸子的文艺观》,上海文艺出版社,1981年。
3. 朱自清:《诗言志辨》,华东师范大学出版社,1996年。
4. 钱锺书:《诗可以怨》,见钱锺书:《七缀集》(修订本),上海古籍出版社,1985年。
5. 徐复观:《庄子的艺术精神》,见罗宗强编:《古代文学理论研究》,湖北教育

6. 蔡钟翔:《先秦诸子与中国文论》,载《古典文学知识》,1990年第2期。
7. 李建中:《周易与中国文论的诗性之源》,载《江海学刊》,2006年第1期。

先秦文论选录

老子(选录)

一章

道可道,非常道;名可名,非常名。
无,名天地之始;有,名万物之母。
故常"无",欲以观其妙;常"有",欲以观其徼。
此两者,同出而异名,同谓之玄。玄之又玄,众妙之门。

二章

天下皆知美之为美,斯恶已;皆知善之为善,斯不善已。
有无相生,难易相成,长短相形,高下相盈,音声相和,前后相随。
是以圣人处无为之事,行不言之教;万物作而不为始,生而不有,为而不恃,功成而弗居。夫唯弗居,是以不去。

五章

天地不仁,以万物为刍狗;圣人不仁,以百姓为刍狗。
天地之间,其犹橐籥乎! 虚而不屈,动而愈出。
多言数穷,不如守中。

十章

载营魄抱一,能无离乎?
专气致柔,能如婴儿乎?
涤除玄览,能无疵乎?
爱民治国,能无为乎?

第一章 先秦文论

天门开阖,能为雌乎?
明白四达,能无知乎?

十一章

三十辐,共一毂,当其无,有车之用。
埏埴以为器,当其无,有器之用。
凿户牖以为室,当其无,有室之用。
故有之以为利,无之以为用。

十二章

五色令人目盲;五音令人耳聋;五味令人口爽;驰骋畋猎,令人心发狂;难得之货,令人行妨。
是以圣人为腹不为目,故去彼取此。

十四章

视之不见,名曰"夷";听之不闻,名曰"希";搏之不得,名曰"微"。此三者不可致诘,故混而为一。其上不皦,其下不昧,绳绳兮不可名,复归于无物。是谓无状之状,无物之象,是谓惚恍。迎之不见其首;随之不见其后。
执古之道,以御今之有。能知古始,是谓道纪。

十六章

致虚极,守静笃。
万物并作,吾以观复。
夫物芸芸,各复归其根。归根曰静,静曰复命。复命曰常,知常曰明。不知常,妄作凶。
知常容,容乃公,公乃全,全乃天,天乃道,道乃久,没身不殆。

十九章

绝智弃辩,民利百倍;绝伪弃作,民复孝慈;绝巧弃利,盗贼无有。此三者以为文,不足。故令有所属:见素抱朴,少私寡欲。

二十一章

孔"德"之容,惟"道"是从。"道"之为物,惟恍惟惚。惚兮恍兮,其中有象;恍兮惚兮,其中有物。窈兮冥兮,其中有精;其精甚真,其中有信。

自今及古,其名不去,以阅众甫。吾何以知众甫之状哉! 以此。

二十五章

有物混成,先天地生。寂兮寥兮,独立不改,周行而不殆,可以为天下母。吾不知其名,强字之曰"道",强为之名曰"大"。大曰逝,逝曰远,远曰反。

故"道"大,天大,地大,人亦大。域中有四大,而人居其一焉。

人法地,地法天,天法"道","道"法自然。

三十五章

执大象,天下往。往而不害,安平太。

乐与饵,过客止。"道"之出口,淡乎其无味,视之不足见,听之不足闻,用之不足既。

四十章

反者"道"之动,弱者"道"之用。

天下万物生于"有","有"生于"无"。

四十一章

上士闻道,勤而行之;中士闻道,若存若亡;下士闻道,大笑之。不笑不足以为道。故建言有之:

明道若昧,进道若退,夷道若颣,上德若谷,大白若辱,广德若不足,建德若偷,质真若渝,大方无隅,大器晚成,大音希声,大象无形。

"道"隐无名,夫唯"道",善贷且成。

四十二章

"道"生一,一生二,二生三,三生万物。万物负阴而抱阳,冲气以为和。

四十三章

天下之至柔,驰骋天下之至坚。无有入无间,吾是以知无为之有益。

不言之教,无为之益,天下希及之。

四十五章

大成若缺,其用不弊。

大盈若冲,其用不穷。

大直若屈,大巧若拙,大辩若讷。

躁胜寒,静胜热。清静为天下正。

五十六章

知者不言,言者不知。

塞其兑,闭其门,挫其锐,解其纷,和其光,同其尘,是谓"玄同"。故不可得而亲,不可得而疏;不可得而利,不可得而害;不可得而贵,不可得而贱。故为天下贵。

八十一章

信言不美,美言不信。

善者不辩,辩者不善。

知者不博,博者不知。

圣人不积,既以为人己愈有,既以与人己愈多。

天之道,利而不害;人之道,为而不争。

(选自陈鼓应《老子注译及评介》)

论语(选录)

学 而

子曰:"巧言令色,鲜矣仁!"

子曰:"弟子入则孝,出则悌,谨而信,泛爱众而亲仁。行有余力,则以学文。"

子贡曰:"贫而无谄,富而无骄,何如?"子曰:"可也。未若贫而乐,富而好礼者也。"子贡曰:"诗云:'如切如磋,如琢如磨。'其斯之谓与?"子曰:"赐也,始可与言诗已矣。告诸往而知来者。"

为　政

子曰:"《诗》三百,一言以蔽之,曰:'思无邪。'"

八　佾

孔子谓季氏,"八佾舞于庭,是可忍也,孰不可忍也?"

子曰:"人而不仁,如礼何?人而不仁,如乐何?"

子夏问曰:"'巧笑倩兮,美目盼兮,素以为绚兮。'何谓也?"子曰:"绘事后素。"曰:"礼后乎?"子曰:"起予者商也!始可与言诗已矣。"

子曰:"周监于二代,郁郁乎文哉!吾从周。"

子曰:"《关雎》乐而不淫,哀而不伤。"

子语鲁大师乐,曰:"乐其可知也:始作,翕如也;从之,纯如也,皦如也,绎如也,以成。"

子谓《韶》,"尽美矣,又尽善也"。谓《武》,"尽美矣,未尽善也"。

公冶长

子贡曰:"夫子之文章,可得而闻也;夫子之言性与天道,不可得而闻也。"

子贡问曰:"孔文子何以谓之文也?"子曰:"敏而好学,不耻下问,是以谓之文也。"

雍　也

(季康子)曰:"求也可使从政也与?"曰:"求也艺,于从政乎何有?"

子曰:"质胜文则野,文胜质则史。文质彬彬,然后君子。"

子曰:"知者乐水,仁者乐山。知者动,仁者静。知者乐,仁者寿。"

子曰:"君子博学于文,约之以礼,亦可以弗畔矣夫!"

述　而

子曰:"述而不作,信而好古,窃比于我老彭。"

子曰:"志于道,据于德,依于仁,游于艺。"

子在齐闻《韶》,三月不知肉味,曰:"不图为乐之至于斯也。"

子所雅言,诗、书、执礼,皆雅言也。

子以四教:文、行、忠、信。

子与人歌而善,必使反之,而后和之。

泰　　伯

　　曾子有疾，孟敬子问之。曾子言曰："鸟之将死，其鸣也哀；人之将死，其言也善。君子所贵乎道者三：动容貌，斯远暴慢矣；正颜色，斯近信矣；出辞气，斯远鄙倍矣。笾豆之事，则有司存。"
　　子曰："兴于诗，立于礼，成于乐。"
　　子曰："师挚之始，《关雎》之乱，洋洋乎盈耳哉！"
　　子曰："大哉尧之为君也！巍巍乎！唯天为大，唯尧则之。荡荡乎，民无能名焉。巍巍乎其有成功也，焕乎其有文章！"

子　　罕

　　子畏于匡，曰："文王既没，文不在兹乎？天之将丧斯文也，后死者不得与于斯文也；天之未丧斯文也，匡人其如予何？"
　　牢曰："子云，吾不试，故艺。"
　　子曰："吾自卫反鲁，然后乐正，雅颂各得其所。"

先　　进

　　子曰："先进于礼乐，野人也；后进于礼乐，君子也。如用之，则吾从先进。"
　　德行：颜渊，闵子骞，冉伯牛，仲弓。语言：宰我，子贡。政事：冉有，季路。文学：子游，子夏。

颜　　渊

　　棘子成曰："君子质而已矣，何以文为？"子贡曰："惜乎，夫子之说君子也！驷不及舌。文犹质也，质犹文也，虎豹之鞟犹犬羊之鞟。"
　　曾子曰："君子以文会友，以友辅仁。"

子　　路

　　子路曰："卫君待子而为政，子将奚先？"子曰："必也正名乎！"子路曰："有是哉，子之迂也！奚其正？"子曰："野哉，由也！君子于其所不知，盖阙如也。名不正，则言不顺；言不顺，则事不成；事不成，则礼乐不兴；礼乐不兴，则刑罚不中；刑罚不中，则民无所措手足。故君子名之必可言也，言之必可行也。君子于其言，无所苟而已矣。"
　　子曰："诵诗三百，授之以政，不达；使于四方，不能专对；虽多，亦奚以为？"

宪　问

子曰:"有德者必有言,有言者不必有德。仁者必有勇,勇者不必有仁。"

子曰:"为命,裨谌草创之,世叔讨论之,行人子羽修饰之,东里子产润色之。"

卫灵公

颜渊问为邦。子曰:"行夏之时,乘殷之辂,服周之冕,乐则《韶》舞。放郑声,远佞人。郑声淫,佞人殆。"

子曰:"巧言乱德。小不忍,则乱大谋。"

子曰:"辞,达而已矣。"

季　氏

孔子曰:"天下有道,则礼乐征伐自天子出;天下无道,则礼乐征伐自诸侯出。"

孔子曰:"益者三乐,损者三乐。乐节礼乐,乐道人之善,乐多贤友,益矣。乐骄乐,乐佚游,乐晏乐,损矣。"

陈亢问于伯鱼曰:"子亦有异闻乎?"对曰:"未也。尝独立,鲤趋而过庭。曰:'学诗乎?'对曰:'未也。''不学诗,无以言。'鲤退而学诗。他日,又独立,鲤趋而过庭。曰:'学礼乎?'对曰:'未也。''不学礼,无以立。'鲤退而学礼。闻斯二者。"陈亢退而喜曰:"问一得三,闻诗,闻礼,又闻君子之远其子也。"

阳　货

子曰:"小子何莫学夫诗?诗,可以兴,可以观,可以群,可以怨。迩之事父,远之事君,多识于鸟兽草木之名。"

子谓伯鱼曰:"女为《周南》《召南》矣乎?人而不为《周南》《召南》,其犹正墙面而立也与?"

子曰:"礼云礼云,玉帛云乎哉?乐云乐云,钟鼓云乎哉?"

子曰:"恶紫之夺朱也,恶郑声之乱雅乐也,恶利口之覆邦家者。"

(选自阮元刻《十三经注疏》本《论语注疏》)

孟子(选录)

梁惠王上

老吾老,以及人之老;幼吾幼,以及人之幼:天下可运于掌。《诗》云:"刑于寡妻,至于兄弟,以御于家邦。"言举斯心加诸彼而已。故推恩足以保四海,不推恩无以保妻子。古之人所以大过人者,无他焉,善推其所为而已矣。今恩足以及禽兽,而功不至于百姓者,独何与?

梁惠王下

齐宣王见孟子于雪宫。王曰:"贤者亦有此乐乎?"孟子对曰:"有。人不得,则非其上矣。不得而非其上者,非也;为民上而不与民同乐者,亦非也。乐民之乐者,民亦乐其乐;忧民之忧者,民亦忧其忧。乐以天下,忧以天下,然而不王者,未之有也。"

公孙丑上

曰:"敢问夫子之不动心与告子之不动心,可得闻与?"

"告子曰:'不得于言,勿求于心;不得于心,勿求于气。'不得于心,勿求于气,可;不得于言,勿求于心,不可。夫志,气之帅也;气,体之充也。夫志至焉,气次焉。故曰:'持其志,无暴其气。'"

"既曰'志至焉,气次焉',又曰'持其志,无暴其气'者,何也?"

曰:"志一则动气,气一则动志也。今夫蹶者趋者,是气也,而反动其心。"

"敢问夫子恶乎长?"

曰:"我知言,我善养吾浩然之气。"

"敢问何谓浩然之气?"

曰:"难言也。其为气也,至大至刚,以直养而无害,则塞于天地之间。其为气也,配义与道。无是,馁也。是集义所生者,非义袭而取之也。行有不慊于心,则馁矣。我故曰告子未尝知义,以其外之也。必有事焉而勿正,心勿忘,勿助长也,无若宋人然。宋人有闵其苗之不长而揠之者,芒芒然归,谓其人曰:'今日病矣!予助苗长矣!'其子趋而往视之,苗则槁矣。天下之不助苗长者寡矣。以为无益而舍之者,不耘苗者也;助之长者,揠苗者也。非徒无益,而又害之。"

"何谓知言?"

曰:"诐辞知其所蔽,淫辞知其所陷,邪辞知其所离,遁辞知其所穷。生于其心,害于其政。发于其政,害于其事。圣人复起,必从吾言矣。"

万章上

咸丘蒙问曰:"语云:'盛德之士,君不得而臣,父不得而子。'舜南面而立,尧帅诸侯北面而朝之,瞽瞍亦北面而朝之。舜见瞽瞍,其容有蹙。孔子曰:'于斯时也,天下殆哉,岌岌乎!'不识此语诚然乎哉?"

孟子曰:"否。此非君子之言,齐东野人之语也。尧老而舜摄也。尧典曰:'二十有八载,放勋乃徂落,百姓如丧考妣,三年,四海遏密八音。'孔子曰:'天无二日,民无二王。'舜既为天子矣,又帅天下诸侯以为尧三年丧,是二天子矣。"

咸丘蒙曰:"舜之不臣尧,则吾既得闻命矣。《诗》云:'普天之下,莫非王土;率土之滨,莫非王臣。'而舜既为天子矣,敢问瞽瞍之非臣,如何?"

曰:"是诗也,非是之谓也。劳于王事而不得养父母也。曰:'此莫非王事,我独贤劳也。'故说诗者,不以文害辞,不以辞害志,以意逆志,是为得之。如以辞而已矣,《云汉》之诗曰:'周余黎民,靡有孑遗。'信斯言也,是周无遗民也。孝子之至,莫大乎尊亲;尊亲之至,莫大乎以天下养。为天子父,尊之至也。以天下养,养之至也。《诗》曰:'永言孝思,孝思维则。'此之谓也。《书》曰:'祗载见瞽瞍,夔夔齐栗,瞽瞍亦允若。'是为父不得而子也。"

万章下

孟子谓万章曰:"一乡之善士,斯友一乡之善士;一国之善士,斯友一国之善士;天下之善士,斯友天下之善士。以友天下之善士为未足,又尚论古之人。颂其诗,读其书,不知其人,可乎?是以论其世也。是尚友也。"

告子上

孟子曰:"富岁,子弟多赖;凶岁,子弟多暴。非天之降才尔殊也,其所以陷溺其心者然也。今夫麰麦,播种而耰之。其地同,树之时又同。浡然而生,至于日至之时,皆熟矣。虽有不同,则地有肥硗,雨露之养,人事之不齐也。故凡同类者,举相似也,何独至于人而疑之? 圣人,与我同类者。故龙子曰:'不知足而为屦,我知其不为蒉也。'屦之相似,天下之足同也。口之于味,有同耆也。易牙先得我口之所耆者也。如使口之于味也,其性与人殊,若犬马之与我不同类也,则天下何耆皆从易牙之于味也？至于味，天下期于易牙，是天下之口相似也。惟耳亦然。至于声，天下期于师旷，是天下之耳相似也。惟目亦然。至于子都，天下莫不知其姣也。不知子都之姣者，无目者也。故曰：口之于味也，有同耆焉；耳之于声也，有同听焉；目之于色也，有同美焉。至于心，独无所同然乎？心之所同然者何也？谓理也，义也。圣人先得我心之所同然耳，故理义之悦我心，犹刍豢之悦我口。"

（选自阮元刻《十三经注疏》本《孟子注疏》）

庄子（选录）

齐物论

南郭子綦隐机而坐，仰天而嘘，荅焉似丧其耦。颜成子游立侍乎前，曰："何居乎？形固可使如槁木，而心固可使如死灰乎？今之隐机者，非昔之隐机者也。"

子綦曰："偃，不亦善乎，而问之也！今者吾丧我，汝知之乎？汝闻人籁而未闻地籁；汝闻地籁而未闻天籁夫！"

子游曰："敢问其方。"

子綦曰："夫大块噫气，其名为风。是唯无作，作则万窍怒呺。而独不闻之翏翏乎？山林之畏佳，大木百围之窍穴，似鼻，似口，似耳，似枅，似圈，似臼，似洼者，似污者；激者，謞者，叱者，吸者，叫者，譹者，宎者，咬者。前者唱于而随者唱喁。泠风则小和，飘风则大和，厉风济则众窍为虚。而独不见之调调之刁刁乎？"

子游曰："地籁则众窍是已，人籁则比竹是已。敢问天籁。"

子綦曰："夫天籁者，吹万不同，而使其自己也，咸其自取，怒者其谁邪！"

……………

昔者庄周梦为胡蝶，栩栩然胡蝶也，自喻适志与！不知周也。俄然觉，则蘧蘧然周也。不知周之梦为胡蝶与，胡蝶之梦为周与？周与胡蝶，则必有分矣。此之谓"物化"。

养生主

吾生也有涯，而知也无涯。以有涯随无涯，殆已；已而为知者，殆而已矣。为善无近名，为恶无近刑。缘督以为经，可以保身，可以全生，可以养亲，可以尽年。

庖丁为文惠君解牛,手之所触,肩之所倚,足之所履,膝之所踦,砉然向然,奏刀騞然,莫不中音;合于《桑林》之舞,乃中《经首》之会。文惠君曰:"嘻,善哉!技盖至此乎?"

庖丁释刀对曰:"臣之所好者,道也,进乎技矣。始臣之解牛之时,所见无非全牛者。三年之后,未尝见全牛也。方今之时,臣以神遇而不以目视,官知止而神欲行。依乎天理,批大郤,导大窾因其固然。枝经肯綮之未尝(微碍),而况大軱乎!良庖岁更刀,割也;族庖月更刀,折也。今臣之刀十九年矣,所解数千牛矣,而刀刃若新发于硎。彼节者有间,而刀刃者无厚;以无厚入有间,恢恢乎其于游刃必有余地矣。是以十九年而刀刃若新发于硎。虽然,每至于族,吾见其难为,怵然为戒,视为止,行为迟。动刀甚微,謋然已解,牛不知其死也,如土委地。提刀而立,为之四顾,为之踌躇满志,善刀而藏之。"

文惠君曰:"善哉!吾闻庖丁之言,得养生焉。"

人间世

颜回曰:"吾无以进矣,敢问其方。"

仲尼曰:"斋,吾将语若!有心而为之,其易邪?易之者,暤天不宜。"

颜回曰:"回之家贫,唯不饮酒不茹荤者数月矣。如此,则可以为斋乎?"

曰:"是祭祀之斋,非心斋也。"

回曰:"敢问心斋。"

仲尼曰:"若一志,无听之以耳而听之以心,无听之以心而听之以气!耳止于听,心止于符。气也者,虚而待物者也。唯道集虚。虚者,心斋也。"

大宗师

颜回曰:"回益矣。"

仲尼曰:"何谓也?"

曰:"回忘礼乐矣。"

曰:"可矣,犹未也。"

他日,复见,曰:"回益矣。"

曰:"何谓也?"

曰:"回忘仁义矣。"

曰:"可矣,犹未也。"

他日,复见,曰:"回益矣。"

曰:"何谓也?"

曰:"回坐忘矣。"

仲尼蹴然曰:"何谓坐忘?"

颜回曰:"堕肢体,黜聪明,离形去知,同于大通,此为坐忘。"

仲尼曰:"同则无好也,化则无常也。而果其贤乎!丘也请从而后也。"

应帝王

南海之帝为倏,北海之帝为忽,中央之帝为浑沌。倏与忽时相与遇于浑沌之地,浑沌待之甚善。倏与忽谋报浑沌之德,曰:"人皆有七窍以视听食息,此独无有,尝试凿之。"日凿一窍,七日而浑沌死。

天　地

黄帝游乎赤水之北,登乎昆仑之丘而南望,还归遗其玄珠。使知索之而不得,使离朱索之而不得,使喫诟索之而不得也。乃使象罔,象罔得之。黄帝曰:"异哉!象罔乃可以得之乎?"

天　道

天道运而无所积,故万物成;帝道运而无所积,故天下归;圣道运而无所积,故海内服。明于天,通于圣,六通四辟于帝王之德者,其自为也,昧然无不静者矣。圣人之静也,非曰静也善,故静也;万物无足以铙心者,故静也。水静则明烛须眉,平中准,大匠取法焉。水静犹明,而况精神!圣人之心静乎!天地之鉴也,万物之镜也。夫虚静恬淡寂漠无为者,天地之本,而道德之至,故帝王圣人休焉。休则虚,虚则实,实者备矣。虚则静,静则动,动则得矣。静则无为,无为也则任事者责矣。无为则俞俞,俞俞者忧患不能处,年寿长矣。夫虚静恬淡寂漠无为者,万物之本也。明此以南乡,尧之为君也;明此以北面,舜之为臣也。以此处上,帝王天子之德也;以此处下,玄圣素王之道也。以此退居而闲游,则江海山林之士服;以此进为而抚世,则功大名显而天下一也。静而圣,动而王,无为也而尊,朴素而天下莫能与之争美。

世之所贵道者书也,书不过语,语有贵也。语之所贵者意也,意有所随。意之所随者,不可以言传也,而世因贵言传书。世虽贵之,我犹不足贵也,为其贵非其贵也。故视而可见者,形与色也;听而可闻也,名与声也。悲夫,世人以形色名声为足以得彼之情!夫形色名声果不足以得彼之情,则知者不言,言者不知,而世岂识之哉!

桓公读书于堂上，轮扁斵轮于堂下，释椎凿而上，问桓公曰："敢问，公之所读者何言邪？"

公曰："圣人之言也。"

曰："圣人在乎？"

公曰："已死矣。"

曰："然则君之所读者，古人之糟魄已夫！"

桓公曰："寡人读书，轮人安得议乎！有说则可，无说则死。"

轮扁曰："臣也以臣之事观之。斵轮，徐则甘而不固，疾则苦而不入。不徐不疾，得之于手而应于心，口不能言，有数存焉于其间。臣不能以喻臣之子，臣之子亦不能受之于臣，是以行年七十而老斵轮。古之人与其不可传也死矣，然则君之所读者，古人之糟魄已夫！"

达　　生

仲尼适楚，出于林中，见痀偻者承蜩，犹掇之也。

仲尼曰："子巧乎！有道邪？"

曰："我有道也。五六月累丸二而不坠，则失者锱铢；累三而不坠，则失者十一；累五而不坠，犹掇之也。吾处身也，若橛株拘；吾执臂也，若槁木之枝；虽天地之大，万物之多，而唯蜩翼之知。吾不反不侧，不以万物易蜩之翼，何为而不得！"

孔子顾谓弟子曰："用志不分，乃凝于神，其痀偻丈人之谓乎！"

梓庆削木为鐻，鐻成，见者惊犹鬼神。鲁侯见而问焉，曰："子何术以为焉？"

对曰："臣工人，何术之有！虽然，有一焉。臣将为鐻，未尝敢以耗气也，必斋以静心。斋三日，而不敢怀庆赏爵禄；斋五日，不敢怀非誉巧拙；斋七日，辄然忘吾有四枝形体也。当是时也，无公朝，其巧专而外滑消；然后入山林，观天性；形躯至矣，然后成见鐻，然后加手焉；不然则已。则以天合天，器之所以疑神者，其由是与！"

知北游

知问黄帝曰："我与若知之，彼与彼不知也，其孰是邪？"

黄帝曰："彼无为谓真是也，狂屈似之；我与汝终不近也。夫知者不言，言者不知,故圣人行不言之教。道不可致,德不可至。仁可为也,义可亏也,礼相伪也。故曰:'失道而后德,失德而后仁,失仁而后义,失义而后礼。礼者,道之华而乱之首也。'故曰:'为道者日损,损之又损之以至于无为,无为而无不为也。'今已为物也,欲复归根,不亦难乎!其易也,其唯大人乎!生也死之徒,死也生之始,孰知其纪!人之生,气之聚也;聚则为生,散则为死。若死生为徒,吾又何患!故万物一也,是其所美者为神奇,其所恶者为臭腐;臭腐复化为神奇,神奇复化为臭腐。故曰:'通天下一气耳。'圣人故贵一。"

天地有大美而不言,四时有明法而不议,万物有成理而不说。圣人者,原天地之美而达万物之理,是故至人无为,大圣不作,观于天地之谓也。

孔子问于老聃曰:"今日晏闲,敢问至道。"
老聃曰:"汝斋戒,疏瀹而心,澡雪而精神,掊击而知!夫道,窅然难言哉!将为汝言其崖略。"

外　　物

荃者所以在鱼,得鱼而忘荃;蹄者所以在兔,得兔而忘蹄;言者所以在意,得意而忘言。吾安得夫忘言之人而与之言哉!

渔　　父

孔子愀然曰:"请问何谓真?"
客曰:"真者,精诚之至也。不精不诚,不能动人。故强哭者虽悲不哀,强怒者虽严不威,强亲者虽笑不和。真悲无声而哀,真怒未发而威,真亲未笑而和。真在内者,神动于外,是所以贵真也。其用于人理也,事亲则慈孝,事君则忠贞,饮酒则欢乐,处丧则悲哀。忠贞以功为主,饮酒以乐为主,处丧以哀为主,事亲以适为主,功成之美,无一其迹矣。事亲以适,不论所以矣;饮酒以乐,不选其具矣;处丧以哀,无问其礼矣。礼者,世俗之所为也;真者,所以受于天也,自然不可易也。故圣人法天贵真,不拘于俗。愚者反此。不能法天而恤于人,不知贵真,禄禄而受变于俗,故不足。惜哉,子之蚤湛于人伪而晚闻大道也。"

(选自陈鼓应《庄子今注今译》)

易传(选录)

系辞上

天尊地卑,乾坤定矣。卑高以陈,贵贱位矣。动静有常,刚柔断矣。方以类聚,物以群分,吉凶生矣。在天成象,在地成形,变化见矣。是故刚柔相摩,八卦相荡;鼓之以雷霆,润之以风雨。日月运行,一寒一暑。乾道成男,坤道成女。乾知大始,坤作成物。乾以易知,坤以简能。易则易知,简则易从。易知则有亲,易从则有功。有亲则可久,有功则可大。可久则贤人之德,可大则贤人之业。易简则天下之理得矣。天下之理得,而成位乎其中矣。

圣人有以见天下之赜,而拟诸其形容,象其物宜,是故谓之象。圣人有以见天下之动,而观其会通,以行其典礼,系辞焉以断其吉凶,是故谓之爻。言天下之至赜而不可恶也,言天下之至动而不可乱也。拟之而后言,议之而后动,拟议以成其变化。

子曰:"夫易何为者也?夫易,开物成务,冒天下之道,如斯而已者也。"是故圣人以通天下之志,以定天下之业,以断天下之疑。是故蓍之德圆而神,卦之德方以知,六爻之义易以贡。圣人以此洗心,退藏于密,吉凶与民同患。神以知来,知以藏往,其孰能与此哉!古之聪明睿知神武而不杀者夫!是以明于天之道,而察于民之故,是兴神物以前民用。圣人以此斋戒,以神明其德夫!是故阖户谓之坤,辟户谓之乾。一阖一辟谓之变,往来不穷谓之通。见乃谓之象,形乃谓之器,制而用之谓之法,利用出入,民咸用之谓之神。

子曰:"书不尽言,言不尽意。"然则圣人之意,其不可见乎?子曰:"圣人立象以尽意,设卦以尽情伪,系辞焉以尽其言。变而通之以尽利,鼓之舞之以尽神。"乾坤其易之缊邪?乾坤成列,而易立乎其中矣。乾坤毁,则无以见易。易不可见,则乾坤或几乎息矣。是故形而上者谓之道,形而下者谓之器。化而裁之谓之变,推而行之谓之通,举而措之天下之民谓之事业。是故夫象,圣人有以见天下之赜,而拟诸其形容,象其物宜,是故谓之象。圣人有以见天下之动,而观其会通,以行其典礼,系辞焉以断其吉凶,是故谓之爻。极天下之赜者存乎卦,鼓天下之动者存乎辞,化而裁之存乎变,推而行之存乎通,神而明之存乎其人。默而成之，不言而信，存乎德行。

系辞下

古者包牺氏之王天下也，仰则观象于天，俯则观法于地，观鸟兽之文与地之宜，近取诸身，远取诸物，于是始作八卦，以通神明之德，以类万物之情。作结绳而为罔罟，以佃以渔，盖取诸离。包牺氏没，神农氏作，斲木为耜，揉木为耒，耒耨之利，以教天下，盖取诸益。日中为市，致天下之民，聚天下之货，交易而退，各得其所，盖取诸噬嗑。神农氏没，黄帝、尧、舜氏作，通其变，使民不倦，神而化之，使民宜之。易，穷则变，变则通，通则久。是以自天祐之，吉无不利。黄帝、尧、舜垂衣裳而天下治，盖取诸乾坤。刳木为舟，剡木为楫，舟楫之利，以济不通，致远以利天下，盖取诸涣。服牛乘马，引重致远，以利天下，盖取诸随。重门击柝，以待暴客，盖取诸豫。断木为杵，掘地为臼，臼杵之利，万民以济，盖取诸小过。弦木为弧，剡木为矢，弧矢之利，以威天下，盖取诸睽。上古穴居而野处，后世圣人易之以宫室，上栋下宇，以待风雨，盖取诸大壮。古之葬者，厚衣之以薪，葬之中野，不封不树，丧期无数。后世圣人易之以棺椁，盖取诸大过。上古结绳而治，后世圣人易之以书契，百官以治，万民以察，盖取诸夬。

子曰："乾坤，其易之门邪？"乾，阳物也；坤，阴物也。阴阳合德，而刚柔有体。以体天地之撰，以通神明之德。其称名也，杂而不越。于稽其类，其衰世之意邪？夫易彰往而察来，而微显阐幽，开而当名，辨物正言，断辞则备矣。其称名也小，其取类也大。其旨远，其辞文。其言曲而中，其事肆而隐。因贰以济民行，以明失得之报。

夫乾，天下之至健也，德行恒易以知险。夫坤，天下之至顺也，德行恒简以知阻。能说诸心，能研诸侯之虑，定天下之吉凶，成天下之亹亹者。是故变化云为，吉事有祥，象事知器，占事知来。天地设位，圣人成能。人谋鬼谋，百姓与能，八卦以象告，爻彖以情言。刚柔杂居，而吉凶可见矣。变动以利言，吉凶以情迁。是故爱恶相攻而吉凶生，远近相取而悔吝生，情伪相感而利害生。凡易之情，近而不相得则凶，或害之，悔且吝。将叛者其辞惭，中心疑者其辞枝，吉人之辞寡，躁人之辞多，诬善之人其辞游，失其守者其辞屈。

（选自阮元刻《十三经注疏》本《周易正义》）

第二章 两汉文论

两汉是中国封建社会的第一个高峰,汉人以雄强的国力创造了特色鲜明的学术文化。汉代文学理论作为学术文化的一个重要组成部分,具有鲜明的时代特色。两汉文论在先秦文论的基础上进一步发展,在理论的自觉性、系统性及表述方式上都有很大的进展,从而为魏晋南北朝文论的繁荣打下了基础。

第一节 两汉文论概述

两汉文论是在两汉思想文化和文学的历史背景下产生与发展的,两汉思想文化和文学的特色及发展走向制约着两汉文论的基本特色及历史走向。汉初的黄老之学、西汉中期之后的"独尊儒术"、东汉的谶纬迷信及反迷信思想斗争、今古文经学思潮等,都对汉代文论产生了不同程度的影响。

一、两汉思想文化的基本状况

汉代的思想文化是紧紧围绕汉帝国政权的巩固发展和如何解决社会现实问题而发展的,因而具有极大的现实性和实用性。汉代思想的发展,表现为从重黄老之学到独尊儒术再到儒学与谶纬神学合流而最终式微的过程。

汉初,统治者鉴于秦末农民大起义及秦朝迅速灭亡的历史教训,在政治、经济方面采取了较宽松的政策,以黄老之学为指导思想,提倡无为而治、与民休息。这种治国方略顺应了当时社会历史发展的需要,具有积极的现实意义。正是这种"无为而治"的基本国策使汉初经济得以迅速恢复,政治得以巩固。汉初很多思想家都表现出对道家思想的高度重视,如陆贾《新语·无为》云:"天道莫大于无为。"又《新语·至德》云:"君子之为治也,块然若无事,寂然若无声,官府若无吏,亭落若无民。"这种思想为汉初政府所采纳,实行"从民之欲而不扰乱"的宽松政策。

经过几十年的休养生息,到汉武帝时,经济获得了长足的发展,积累了巨量财富,"无为而治"的思想和政策显然已不适应社会发展的需要。由于政权巩固,经济繁荣,武力强大,也要求思想上树立起适合专制统治的正统意识。董仲舒向武帝提出"罢黜百家,独尊儒术"的主张,正适应了这种思想转变的需要,因而为武帝所采纳,使儒家思想从此成为历代封建王朝的统治思想。董仲舒的理论以先秦儒学为核心并吸收了阴阳五行学说,对儒学进行了神学化改造,建立了一套以"天人感应"为基础的神学目的论思想体系,认为"天不变,道亦不变",以此来论证封建统治的合理性。"天人感应"意在强调"天"有人的意志,人应服从"天",而天子又是"天"的意志的体现者,君权天授,人应服从天子之命。这样,董仲舒通过强化神权而强化了君权。

进入东汉,董仲舒"天人感应"的神学目的论思想与流行的谶纬迷信结合起来,发展为谶纬神学。"谶"是神的预言,巫师方士假托它来示人以凶吉,并常常附以图示,又称"图谶"。"纬"与经相对而言,《释名·释典艺》云:"纬,围也。反复围绕以成经也。"所以,纬是依傍经义,并假托天意来解释经书。谶纬之学充满荒唐的迷信思想,刘秀起兵就利用图谶大造舆论,即位后便"宣布图谶于天下"。这种风尚影响极大,到汉章帝时,群儒会于白虎观,会议上作谶纬以释经义,由班固记录整理为《白虎通德论》,谶纬成为东汉的正宗神学,并被尊为"秘经",号称"内学"。此后,以谶纬释儒经成为十分流行的学术风气。儒学与谶纬之学结合,必然趋于式微。谶纬迷信的流行必然导致反谶纬迷信思想的产生,王充、桓谭等即是反谶纬、疾虚妄的思想家。特别是王充,他从朴素唯物主义哲学出发,猛烈抨击了谶纬迷信思想,并提出了一系列文学思想。

汉代思想文化的这种发展状况,构成了汉代文学理论的思想文化背景。

二、汉代思想文化对汉代文论的影响

儒家文化在先秦还仅仅是百家之一,到汉代成为百家唯一,成为被独尊的"经"。因此,汉代文化对文论的影响,主要表现为经学对文论的影响。

1. 汉初道家思想与文论

汉初政治上推行道家思想,文学思想受其影响,也主要反映了道家的观点。从贾谊对屈原的评价,到刘安对美丑的论述及司马迁的文论,都表现出了这种特点。在汉代,贾谊是最早评价屈原的。他被贬长沙,与屈原遭遇相似,对屈原的人格精神作了高度评价。但贾谊认为屈原在楚国受打击,不妨"隐处""自藏",或出走楚国,这种态度明显体现了道家达观处世的人生观。刘安《淮南子》论美丑云:"求美则不得美,不求美则美矣。求丑则不得丑,求不丑则有丑矣。"这种对美丑的看法体现了道家法天贵真,随顺自然的思想。司马迁虽生活于汉武帝时期,但其文艺思想未受儒学独尊的限制,他对屈原的评论及著名的"发愤著书"说,都不能归于儒家文论范畴,而与汉初不拘一格的文学思想相一致。

2. 汉代经学与文论

汉代文论的一个重要特色,是与经学密切相关,并在很大程度上受经学影响。汉武帝实行"罢黜百家,独尊儒术"的思想文化政策,确立儒学为统治思想。为了树立儒家思想的权威地位,将儒家典籍《诗》《书》《易》《礼》《春秋》尊为"五经",并由政府设立"五经"博士,广泛传播儒家思想。由此而兴起一门训解或阐释儒家经典著作的学问,即"经学",在以后两千年的封建社会中"经学"一直流传,并对历代的思想艺术产生了广泛影响。由于汉代经书有不同的抄本,因而产生了重"微言大义"的今文经学和重名物训诂的古文经学。今文经即以汉代流行的隶字抄录成的经书,古文经即在孔子故宅夹壁中发现的先秦经卷,用古篆写成。今、古文经学的不同不仅仅在于文字,主要在于对文字的训诂和内容阐释的不同。以董仲舒为代表的今文经学在西汉中后期已成为官学,古文经学则属私学。到东汉中叶,古文经学压倒了今文经学。今、古文经学的斗争持续了二百余年,直到东汉末,兼通古、今文经的经学大师郑玄遍注群经,才结束了这场学术思想斗争。

汉代经学的权威地位使宗经成为西汉中期以后人们的基本思想准则,文论亦深受其影响。主要表现在两个方面:其一,经学促进了文论的发展。汉代很多经学家在论述自己的政治学术观点时,也涉及对文学问题的论述或与文论问题相关。如董仲舒在创建今文经学的同时,也提出了一系列文学理论问题。他论六经之异同而提出了"诗无达诂"的著名命题;他提倡阴阳五行的灾异迷信思想和天人感应观点的同时,也论及了文艺可以"以类相动"的看法,认为文艺能够沟通自然与社会。撇开他的政治思想,他的很多文艺思想是很有价值的。再如扬雄是古文经学家,宗经、征圣的崇古思想也使他以此要求文学。他以为经莫大于《易》,故作《太玄》;传莫大于《论语》,故作《法言》。其《法言》中就有丰富的文学思想。

其二,经学的繁荣,对儒家经书阐释的加强,也带动了对文学阐释的发展和文论的发展。如汉代对《诗经》的研究、阐释就空前兴盛,因《诗经》是儒家五经之一。汉代众多经师、经生的研究实际使"《诗经》学"已经形成,立于官学的就有申培、辕固、韩婴三博士,此三家为今文经学,其书仅存《韩诗外传》。属于私学的古文经学有毛诗,并流传至今。《毛诗序》为汉代的一篇重要诗学论文,它是汉代经学对文论影响的重大成果。再如东汉后期的王逸对屈原作品的阐释,就是受经学章句阐释之风的影响。王逸从古文经学的立场出发,将屈原之诗提升到"经"的高度,在对其评价、阐释的同时,也提出了一系列重要的文学思想。

由于今、古文经学对儒经内容的解释不同,也导致了文论观点的很大差别。今文经学家的文论具有十分突出的神学化特征。董仲舒的很多文艺观点都是从他的神学目的论中引发出来的,如他提出"人生有喜怒哀乐之答,春秋冬夏之类也";"美事召美类,恶事召恶类。类之相应而起也"(《春秋繁露》);此观点对后世的审美感应论产生了重大影响,但董仲舒是从"天人感应"的神学目的论出发而提出的。到东汉,经学与谶纬学结合,纬书中对诗、乐的论述具有更加浓重的神学化色彩,如《诗纬含神雾》云:"诗者,天地之心。"《春秋纬说辞》云:"诗者,天文之精,星辰之度,人心之操也。"又认为乐与凶吉祸福相关,《礼纬稽命征》云:"王者制礼作乐……得鬼神之助,则有白玉赤文象其威仪之状"等。纬书论诗乐力图将其与社会、自然沟通,认为神、人与社会有一定的内在联系,这正是经学神学化在文艺思想上的表现。这种神学化倾向使文论趋于神秘而荒诞不经,对文论的发展实际上起着负面的作用。古文经学的文论则鲜有这种神学迷信成分,如扬雄的文学思想就没有神学痕迹。《毛诗序》虽有"动天地,感鬼神,莫近于诗"之语,但它主要是强调诗的政教功用,而无意于以鬼神论诗。

汉代经学的权威地位,使文论家的思想观点在很大程度上受到儒家经典的限制,宗经、征圣、依经立论是汉代文论的又一突出特征。如扬雄公开提倡宗经征圣;《毛诗序》体现了儒家经世致用、政教为本的传统思想;对屈原及《楚辞》的评论,集中体现着汉儒依经立论的特征。如扬雄虽钦佩屈原的人格及《楚辞》的成就,但出于经学偏见,对屈原之"湛身"及作品之浪漫特征多有微辞。班固从儒学正统思想出发,对屈原指责更多。王逸是全面肯定、高度赞扬屈原及作品的文论家,他把《离骚》尊之为"经",以同《诗经》进行比附,目的在于提高《离骚》的地位,甚至还把屈原作品的艺术特征也说成符合《诗经》的法则。他这样做,说明在经学占绝对统治地位的情况下,文论家们只能靠依经立论的方式使自己的理论观点行之于世。

汉代经学对文论有着制约性影响,这在古代文论史上没有任何一个时代能与之相比。这种影响使儒家的文学观念进一步系统化,加强了儒家文学理论的权威性和正统性,使儒家重视文学政教功用价值的现实精神、加强作家的社会责任心等思想观念得到极大的强化,但也使儒家的文学理论进一步经典化、神圣化,过分强调文学的政教功用价值而对文学的审美价值及内部规律有所忽视。

3. 汉代文学与文论

一般来说,一个时代的文论是对该时代文学的理论概括和总结,该时代的文学也就构成了该时代文论的重要生成土壤,但汉代文学对文论的影响远远不如经学对文论的影响大。这大概是因为汉人的文论意识还不像后世理论家那样自觉,汉人的文学观念也不像后人那样明确,再加上汉代治经与"利禄"密切结合,诱惑着文人们对经学投入更多的关注和思考。汉代文学虽发达,出现了众多的大、小赋作品及诗歌,但汉赋的御用性质使它具有浓重的宫廷贵族化色彩,其内容及功用主要是"润色鸿业"、歌功颂德,辞赋作家的地位不过是"倡优畜之"的文学弄臣;加上辞赋的"劝百讽一"效果,使汉代显赫壮丽的辞赋很难引起有见识的理论家的重视。所以,汉赋虽显赫,其赋论却很一般。而汉代富有勃勃生气的乐府诗歌,在经学重拟古、重师承的学术氛围中,也就难以得到人们的重视了,汉代文论家对它几乎没有论述,这是令人十分遗憾的。

三、两汉文论概况

汉代文学理论家所面对的文学遗产主要是《诗经》和《楚辞》,因而汉代文论的主要成就表现为"诗经批评"和"楚辞批评",前者以儒学为正宗,后者则在依经立论的同时又有多元的价值取向。

1. 汉代文论的深化

汉代文论在先秦文论的基础上继续发展,同先秦文论相比,又有进一步的深化。其一,从文论的形态看,出现了《毛诗序》《楚辞章句序》《诗谱序》这样一批理论性强、观点鲜明的序文。还有像王充《论衡》中的有关篇章及班固《汉书·艺文志》等,都比较集中地论述了文学理论问题,比先秦零散的议论有了明显的进步。其二,从论述的范围看,汉人所论大大超过先秦人所论。先秦文论主要是诗论,且数量有限;汉人所论有诗论、文论和赋论,所论涉及诗歌的本质、功用以及诗歌发展与社会政治的关系、创作动力等。其三,汉代理论家论述的自觉性也大大超过了先秦诸子。先秦文论往往是夹杂在诸子哲学或史传之中,论述的自觉意识很弱。汉人显示了较强的理论自觉性,如王充《论衡》中的若干篇章,司马迁的《史记》为文学家专门设传及班固《汉书》设《艺文志》,都显示了较强的理论自觉性。其四,汉人的文学观念较先秦也有很大提高。汉代文学比先秦文学有长足发展,汉代文学除诗歌外,还有辞赋、散文,这些都是纯文学样式,同学术理论著作相比有明显区别。文学已独立于学术而自成一体,特别是赋的大量创作,充分显示了文学的艺术特征,促进了人们对文学认识的深化。汉代文论家逐渐在认识上将文学与经、史、子之类学术著作区别开来。汉代有"文学""文章""文辞"等概念。"文学"一般指学术著作,如《史记·孝武本纪》云:"上乡儒术,招贤良,赵绾、王臧等以文学为公卿。"此"文学"指经学。《史记·晁错列传》云:"晁错以文学为太常掌故。"此"文学"指史学。"文章""文辞"则指文学作品,如《论衡·书解》云:"汉世文章之徒,陆贾、司马迁、刘子政、扬子云……"又云:"文辞施设,实情敷烈。"这同先秦视文学与学术不分的情况相比,确实是大大进步了。

当然,汉代文论毕竟是从先秦文论发展而来的,仍未完全摆脱与政论、经史掺杂相混的情况,如贾谊、司马迁、班固等人的文论都是其政论、史论的一部分;董仲舒、王充等人的文论是其哲学的一部分。汉代虽然出现了《诗大序》《两都赋序》《楚辞章句序》等论点集中、论述深刻的序文,但同魏晋南北朝时期的《典论·论文》《文赋》《诗品序》相比,其理论自觉性是相去甚远的。所以,汉代文论是萌芽状态的先秦文论向高度自觉的魏晋南北朝文论的过渡。

2. 汉代文论的基本层面

汉代文论大多是对具体作家、作品进行评论,具有较强的实际针对性。汉人的文学批评对象主要有三方面,即《诗经》《楚辞》和汉赋。对这三种文学样式的批评构成了汉代文论的基本层面。

其一,对《诗经》的研究。汉代经学的兴盛,使《诗经》的地位大为提高,《诗经》研究成为一门专门学问。《诗大序》是《诗经》研究最有理论价值的诗学论文,本章还要辟专节论述。班固《汉书·艺文志》有一段关于《诗经》的重要文字:

> 《书》曰:"诗言志,歌咏言。"故哀乐之心感,而歌咏之声发。诵其言谓之诗,咏其声谓之歌。故古有采诗之官,王者所以观风俗,知得失,自考正也。

班固继承"诗言志"的传统诗论,又有所发挥。认为诗是"哀乐之心感"的产物,即"情"的产物。这一看法既切近诗歌本质,也符合创作实际。班固还认为,古代"王者"以诗"观风俗,知得失,自考正",诗具有认识社会并使"王者"调整政策的重要政治功用,因为诗来自民间。

何休对诗歌创作原因和诗歌内容作了探索,他在《春秋公羊传·宣公十五年解诂》中说:

> 男女有所怨恨,相从而歌。饥者歌其食,劳者歌其事。

王逸认为,诗歌是诗人"有所怨恨"而创作的,所以诗与诗人情志相关。并且,诗之所歌,与诗人的切身利益和现实生活相关。

东汉末经学大师郑玄是《诗经》研究的著名学者。他以毛诗为主,兼采三家诗说,作《毛诗传笺》,对《诗经》各篇加以疏通说明。并著有《诗谱》,论述了十五国风、二雅和三颂产生的地域及该地域的政治历史变迁情况,以显示《诗经》各部分诗篇与其所产生的时代政治和社会风俗之间的关系。郑玄的这种联系社会历史的研究方法,是很有价值的。郑玄的诗论主要体现在《诗谱序》中,有如下几方面理论:

(1)论诗歌功能。郑玄从儒家思想出发,特别重视诗歌的功能。《诗谱序》

说:"论功颂德,所以将顺其美;刺过讥失,所以匡救其恶。"郑玄认为,诗歌的功用在于美刺两方面。以美刺论《诗经》,确实抓住了《诗经》的基本功能特征。美刺说对后世的诗论及诗歌创作都产生了深远影响。

(2) 诗是情与志之表现。郑玄认为,美刺之诗的创作是抒情言志的需要,他在《六艺论》中说:

> 诗者,弦歌讽喻之声也。自书契之兴,朴略尚质,而面称不为谄,目谏不为谤,君臣之接如朋友然,在于恳诚而已。斯道稍衰,奸伪以生,上下相犯。及其制礼,尊君卑臣,君道刚严,臣道柔顺。于是箴谏者稀,情志不通,故作诗以诵其美而讥其恶。

这揭示的是宫廷士大夫作刺诗的创作原因,但也阐明了"情志不通"压抑在心而必然导致诗歌创作这一基本原理。

(3) 论诗歌发展。郑玄进一步发挥《诗大序》的思想,将诗歌发展与时代政治和风俗盛衰联系起来,以历史发展的眼光考察诗歌之盛衰,认为政治清明,就产生"正诗",政治衰败,则产生"变诗"。

(4) 论诗歌方法。《诗经》的基本手法是赋比兴,《周礼》最初提出"六诗",包括此三法。后来《诗大序》提出"诗有六艺",只解释了"风雅颂",未解释"赋比兴"。再后郑众曾论述比兴。郑玄对此三法作了全面解释,《周礼注》云:

> 赋之言铺,直铺陈今之政教善恶;比,见今之失,不敢斥言,取比类以言之;兴,见今之美,嫌于媚谀,取善事以劝喻之。

这种解释基本抓住了赋比兴的特征。郑玄将此三法与政教功用联系起来,未免牵强,但作为全面解释的第一人,是很可贵的了。

其二,对屈原及其作品的研究。评论屈原及其作品,是汉代文学批评的一个热点。因为屈原及其作品对汉代文人及创作有巨大影响,汉赋就是在其影响下发展起来的。淮南王刘安是最早为屈原作品作注的人,但他的《离骚传》已亡佚。据班固《离骚序》所引刘安的评论记载,刘安对屈原及其作品的评价很高。刘安说:

> 《国风》好色而不淫,《小雅》怨悱而不乱,若《离骚》者,可谓兼之。蝉蜕浊秽之中,浮游尘埃之外,皭然泥而不滓,推此志,虽与日月争光可也。

这是说《离骚》兼有《国风》《小雅》之优点,而屈原则有出污泥而不染的高尚人格,其远大之志向,可与日月争光。与刘安同时代的司马迁,因自己不幸的遭遇而对屈原及其作品有着深刻的理解,与刘安的观点相一致。

两汉之交,儒家思想的独尊,使人们对屈原及其作品的评价也发生了变化。

扬雄率先提出异议,他从儒家思想出发,认为屈原不该"湛身",且作品也有不合经典处。稍后的班固对屈原及其作品既有肯定,又有否定。他在《离骚赞序》中说:

> 屈原痛君不明,信用群小,国将危亡,忠诚之情,怀不能已。故作《离骚》……至于襄王,复用谗言,逐屈原。在野又作《九章》,赋以风谏,卒不见纳,不忍浊世,自投汨罗。

班固对屈原忠于楚国,作辞讽谏的精神是肯定的;并同情屈原忠信见疑、遭谗被逐的不幸遭遇;对屈原的才能和《离骚》为辞赋之宗的开创地位及辞采之优美,也很赞赏,并称屈原"可谓妙才"。他在《离骚序》中说屈原"其文弘博丽雅,为辞赋宗。后世莫不斟酌其英华,则象其从容。自宋玉、唐勒、景差之徒……骋极文辞,好而悲之,自谓不能及也"。但他否定刘安对屈原的评价,认为屈原遭谗的原因是"露才扬己,竞乎危国群小之间",屈原"责数怀王"属"强非其人",导致"忿怼不容,沉江而死",屈原是"狂狷"之士。这些评价是不正确的,说明班固未能真正理解屈原的爱国主义精神。此外,他在《离骚序》中又以《诗经》为标准,说屈原的作品多"虚无之语,皆非法度之政,经义所载",未能认识屈原作品的浪漫主义特色。后来王逸对班固作了全面而有力的反驳。

其三,对汉赋的评论。汉赋是汉代文学的代表样式,取得了辉煌的成就,亦引起学者们的关注。葛洪《西京杂记》曾记载一段司马相如的赋论:

> 赋家之心,苞括宇宙,总揽人物,斯乃得之于内,不可得传于外。

这是司马相如的创作经验之谈,他是大赋作家,对大赋特点及创作规律,是深有体会的。大赋的特点是辞采繁缛,大量铺张排比,描写充分透彻,"苞括宇宙,总揽人物",正是对这一特点的概括。赋家创作时的心理活动极其微妙,无法言说,可以"得之于内,不可得传于外"。司马迁从大赋的形式特点及功用两方面进行评论,认为汉赋"靡丽多夸",有形式主义倾向;但"其指讽谏",有一定的讽谏作用。扬雄早年热衷于赋,后因认识到赋的不切实用而否定赋,但他以"丽""则""淫"的标准评价"诗人之赋"和"辞人之赋",是有独到之见的。班固是大赋的热烈赞成者,他从"润色鸿业"的角度对赋作了高度评价。他在《两都赋序》中说赋可"抒下情而通讽喻,或以宣上德而尽忠孝",赋为"雅颂之亚"。班固是站在正统的立场上要求用赋为统治者歌功颂德。

3. 汉代文论的历史发展阶段

汉代文论的发展进程大致可分为三个历史阶段:一是西汉中期以前。这一时期尚黄老之学,思想较自由,文论明显受道家思想影响。特别是《淮南子》,尚无为,重虚无,体现出突出的道家色彩。司马迁也表现出不拘一格的文论观,"发愤著书"说就与道家的愤世嫉俗思想一致。二是西汉中叶至东汉。这一时期在思想上"独尊儒术",文论受其影响,表现为依经立论的思维模式。儒家所要求的文艺"教化"论、"讽谏"论及文艺与社会政治的关系等问题成为阐释热点。三是东汉时期。此时谶纬迷信思想流行,经学进一步神学化,使文论依经立论的倾向愈加严重,并出现了《白虎通德论》及众多纬书以神学迷信阐释诗乐的荒诞观点,使文论陷入神秘化的困境,但也出现了王充这样的反神学迷信的思想家、文论家,并提出了一系列重要的理论观点。

第二节 《淮南子》的道家文论与司马迁的"发愤著书"说

《淮南子》的编者刘安与《史记》的作者司马迁是汉初文学思想的重要代表人物,他们不受经学影响,特别是司马迁的"发愤著书"说,在文论史上产生了深远的影响。

一、《淮南子》的道家文论

淮南王刘安(前179—前122)乃汉高祖之孙,他召集门客编写了一部子书,名《淮南王书》,又称《淮南鸿烈》《淮南子》。东汉高诱《淮南子序》说:"此书其旨近老子,淡泊无为,蹈虚守静,出入经道。"《淮南子》继承和发展了道家的文艺观点,又吸收了儒家的思想成分。主要观点如下:

1. 关于情感产生与艺术创作

《淮南子》没有关于文艺创作的直接论述,但很多地方都涉及了这一问题,很多见解十分精辟。综合全书这方面的言论,可知主要论述了三个问题:一是情感的产生,二是艺术创作的内在之"情"与外在之"文"的关系,三是艺术创作规律与作家才能的问题。

《淮南子》认为,艺术创作是"发乎词,本乎情"的活动,情是创作的关键。因为"文之所以接物也,情系于中而欲发于外者也"(《缪称训》)。有情才有艺术创作,情如何产生?《俶真训》云:

且人之情,耳目应感动,心志知忧乐……所以与物接也……今万物之来擢拔吾性,攓取吾情,有若泉源,虽欲勿禀,其可得邪?

耳目的功能在于应感而动,耳闻目见从而心感情动,心志的功能是知解忧乐,人的感情是与外物交接而产生的,外物是人之感情产生的本源。外物刺激人之耳目感官,产生对应的感情冲动,从而导致创作发生。这揭示了文艺创作源于物、本于心的基本原理。此后陆机、刘勰等论创作发生,都持此观点,只是论述得更明晰罢了。

《淮南子》又认为,文艺创作是一个内在感情表现于外的过程。《主术训》云:"有充于内而成象于外。"《修务训》云:"愤于中则应于外,故所以在感。"作家有"充于内""愤于中"的真情实感,表现于外,就能创作出感人的作品。《淮南子》要求外在的"文"与内在的"情"必须统一,达到"文情理通"。《缪称训》云:

> 文者所以接物也,情系于中而欲发于外者也。以文灭情则失情,以情灭文则失文。文情理通,则凤麟极矣。

"以文灭情"是有文无情的形式主义之作,这类似刘勰《文心雕龙·情采》篇所说的"为文而造情"。"以情灭文"正好相反。这两者都是极端,皆不可取。"文情理通"类似孔子所提倡的"文质彬彬"。这些论述表明,文艺创作既要有真诚的感情,又要有对应的形式,二者应完美统一。《淮南子》还提出,艺术家的感情应真诚不伪。《齐俗训》云:

> 且喜怒哀乐,有感而自然者也。故哭之发于口,涕之出于目,此皆愤于中而形于外者也。譬若水之下流,烟之上寻也,夫有孰推之者?故强哭者,虽病不哀;强亲者,虽笑不和,情发于中而声应于外。

这与《庄子·渔父》中所说的"真者,精诚之至也。不精不诚,不能动人"的思想是一致的。艺术只有情真,才能感人,《淮南子》要求情真,抓住了艺术真谛。

《淮南子》提出"中有本主"的命题,体现了艺术贵在独创的思想。《泛论训》云:

> 譬犹不知音者之歌也,浊之则郁而无转,清之则燋而不讴。及至韩娥、秦青、薛谈之讴,侯同、曼声之歌,愤于志,积于内,盈而发音,则莫不比于律,而和于人心。何则?中有本主,以定清浊,不受于外,而自为仪表也。

"不知音者"对所歌之歌无法"定清浊",心无"本主"当然唱不好。而像韩娥、侯同等大歌唱家"中有本主",对所歌之歌不但有准确把握,且有独特感受,"盈而发音"时能进行巧妙而独特的发挥,唱出独特的风格,即"自为仪表"。真正的艺术家就是要"中有本主",有自己独特的艺术感受,创作时就是要"不受于外",要"自为仪表",而不以别人之仪表为仪表。

关于艺术创作中匠心独具的技巧运用,《淮南子》进一步发挥了庄子的观点。其一,认为艺术创作离不开技巧。《齐俗训》说:"工匠之斫削凿枘也……曲得其宜而不折伤。拙工则不然,大则塞而不入,小则窕而不周,动于心枝于手而愈丑。"善于运斤的工匠"斫削凿枘"能得心应手,因为他们有出神入化的技巧。成功的作品离不开这种技巧。而"拙工则不然",他们缺乏技巧,"动于心枝于手",只能创作出"愈丑"之作。

其二,这种技巧的获得在于长期的勤学苦练。《修务训》云:

今夫盲者目不能别昼夜,分白黑,然而搏琴抚弦,参弹复徽……不失一弦。使未尝鼓瑟者,虽有离朱之明,攫援之捷,犹不能屈伸其指。何则?服习积贯之所致。

目盲的乐师平时持之以恒地练习抚弦,因而有高超的技巧;"未尝鼓瑟者"平时缺乏"服习积贯",演奏时"不能屈伸其指"。所以,艺术家必须平时勤于锻炼技巧。

其三,《淮南子》认为,出神入化的技巧具有不可传授的特点。《齐俗训》云:

庖丁用刀十九年,而刀如新剖硎。何则?游乎众虚之间。若夫规矩钩绳者,此巧之具也,而非所以巧也。故瑟无弦虽师文不能以成曲,徒弦,则不能悲,故弦悲之具也,而非所以为悲也。若夫工匠之为连𣙗运开,阴闭眩错,入于冥冥之眇,神调之极,游乎心手众虚之间,而莫与物为际者,父不能以教子。瞽师之放意相物,写神愈舞,而形乎弦者,兄不能以喻弟。今夫为平者准也,为直者绳也。若夫不在于绳准之中可以平直者,此不共之术也……其于五音无所比,而二十五弦皆应,此不传之道也。

艺术创造中的规矩技巧是"巧之具",非"所以巧"。"所以巧"在于艺术家匠心独运的巧妙运用。这种"所以巧"可以"不在于绳准之中可以平直者",即超越规矩技巧而达到"从心所欲而不逾距"的境界。这种高超的技巧运用是一种"不共之术""不传之道",故"父不能以教子","兄不能以喻弟",只能靠自己在长期的艺术实践中锻炼、把握。

2. 关于艺术欣赏

《淮南子》对艺术欣赏第一次作出了比较系统的论述。其一,"知音"之重要。正确的欣赏、批评以"知音"为保障,《修务训》云:"夫无规矩,虽奚仲不能以定方圆;无准绳,虽鲁班不能以定曲直。是故钟子期死,而伯牙绝弦破琴,知世莫赏也。"艺术品一旦产生,便有一定的艺术价值,但它要靠钟子期那样的"知音"来欣赏。而在实际欣赏、批评中,"知音"是很少的。

其二,审美意识与审美欣赏力。审美意识是欣赏的基础,若没有审美意识,也就没有艺术欣赏。《齐俗训》云:"《咸池》《承云》……人之所乐也,鸟兽闻之而惊。"因鸟兽没有审美意识,《咸池》《承云》等优美的音乐对它们演奏,只能使之"闻之而惊"。而人则"乐之",因为人有审美意识。艺术欣赏离不开审美欣赏力,《泰族训》云:"三代之法不亡而世不治者,无三代之智也。六律具存而莫能听者,无师旷之耳也。故法虽在必待圣而后治,律虽具必待耳而后听。"这是说欣赏力是艺术欣赏的基本条件。若无欣赏力，再好的作品也没有意义，因为无法欣赏。这与马克思《1844年经济学－哲学手稿》所说的"对于不辨音律的耳朵说来，最美的音乐也毫无意义"相类似。欣赏水平不同，对同一作品就会产生不同的感受。《人间训》云："夫歌《采菱》、发《阳阿》，鄙人听之，不若此《延路》《阳局》。非歌者拙也，听者异也。"艺术性高的《采菱》《阳阿》不为"鄙人"所欣赏，他们只对艺术水平低的《延路》《阳局》感兴趣，这不是"歌者拙"，而是欣赏力水平低所致。

其三，心理情绪影响艺术欣赏。《诠言训》云："心有忧者，筐床衽席弗能安也……琴瑟弗能乐也。患解忧除……居安游乐。"《齐俗训》云："夫载哀者闻歌而泣，载乐者见哭而笑，哀可乐者，笑可哀者，载使然也。"心理情绪忧伤者对音乐不会感到快乐，甚至会"闻歌而泣"；当"患解忧除"，便可欣赏音乐了。心理情绪是艺术欣赏的一个重要因素，在一定程度上会影响欣赏效果。《淮南子》的上述欣赏观对后来的葛洪、刘勰深有影响。

3. 论"文"与"质"

在文质观上，《淮南子》以道家思想为指导，重质轻文；但也吸收了儒家重视文的思想，并不完全否定文。其一，《淮南子》认为质重于文，文以质为本。《本经训》云：

心和欲得则乐，乐斯动，动斯蹈，蹈斯荡，荡斯歌，歌斯舞……故钟鼓管箫，干戚羽旄，所以饰喜也……兵革羽旄，金鼓斧钺，所以饰怒也。必有其质，乃为之文。

"心和欲得"的内在感情是乐舞艺术之"质"，乐舞则是心欲感情之"文"。"钟鼓管箫""金鼓斧钺"等乐器之声是喜、怒感情的表现形式，这些表现形式以人的内在之情为本。所以，"必有其质，乃为之文"。艺术以人之感情为质，感情作为艺术之质，当然比"文"即艺术形式更重要。《说林训》还以珠玉为喻，说明天然美质之重要："白玉不琢，美珠不文，质有余也。"这种美质根本不需要"文"了。

其二，《淮南子》认为形式之美也十分重要。《修务训》云：

今夫毛嫱西施，天下之美人。若使衔腐鼠，蒙猬皮，衣豹裘，带死蛇，则布衣韦带之人过者，莫左右眄睨而掩鼻。尝试使之施芳泽，正娥眉，设笄珥，衣阿锡……则虽王公大人有严志颉颃之行者，无不惮悇痒心而悦其色矣。

毛嫱西施这样的天下美人若装饰丑陋，也只能使人掩鼻而过。若精心打扮，则能使品行端正的王公大人"痒心而悦其色"。这又高度肯定了文饰之美，表现出了儒家的重文思想。

《淮南子》还论述了与文质相类似的一对范畴——形与神，其原理亦与文质相似，重神而不否定形。《原道训》云："夫形者，生之舍也……神者，生之制也。"又云："以神为主者，形从而利；以形为制者，神从而害。"人之生须形神兼具。形为"生之舍"，神离不开形，但形必须服从神，因为神为"生之制"，且人的"别异同，明是非"都是"神为之使"，所以《淮南子》格外重神。人之生命的这种形神原理与艺术原理相类，故《淮南子》将其推用于解释艺术。《说山训》云："画西施之面，美而不可悦；规孟贲之目，大而不可畏，君形者亡矣。""君形者"即艺术品之"神"。画家若未画出西施孟贲之"神"，其画是失败之作。所以，艺术创作的根本不在形似，而在传神。

4. 论美丑

《淮南子》吸收老庄美学思想的积极方面，又力图克服其消极方面，对美丑作了新阐发。其一，《淮南子》接受老庄关于美丑的相对性观点，认为刻意求美丑，则不得美丑；不求美丑，则得美丑。所以，不要斤斤计较美丑得失，以"无美无丑"的心态对待美丑，进入"玄同"的审美境界，反而能获得美。作家创作也应如此，若斤斤计较艺术成就的得失，反而不能发挥应有的艺术水平，作品反而不美。若放弃对成败得失的考虑，以自由心态创作，反而效果更佳。

其二，《淮南子》又认为美丑有一定的质的规定性。《说山训》云："琬琰之玉在洿（污）泥之中，虽廉者弗释；弊箅甑瓵在袇茵之上，虽贪者不搏。美之所在虽污辱，世不能贱；恶之所在虽高隆，世不能贵。"美玉即便在污泥中，也不失其价值；破笼甑瓵即便在袇茵上，也无法抬高其价值。美丑各有其质的规定。

《淮南子》在文论史上具有重要地位，影响深远。它以道家为主，兼采儒家，显示着儒道合流的思想倾向。它产生在汉初，当时还鲜有这样全面论述文艺及审美问题的著述。

二、司马迁的"发愤著书"说

司马迁（约前145—约前90），字子长，夏阳（今陕西韩城）人，伟大的历史学家和文学家。在文学理论方面有重要建树，主要表现在两方面，一是提出了著名的"发愤著书"说，对其后的文学创作和文论发展都产生了深远影响；二是在《史记》中专门为文学家设传，并对作家们的生平事迹及作品展开评论，推动了古代作家论和作品评论的发展。

"发愤著书"是司马迁最重要的文论命题，它的产生不但有司马迁创作《史记》的切身体会，而且有深远的理论背景。《诗经》已有这种思想萌芽，如《魏风·园有桃》云："心之忧矣，我歌且谣。"《小雅·四月》云："君子作歌，维以告哀。""忧""哀"只是在感情强度上不如"愤"。孔子提出"诗可以怨"；屈原《惜诵》有"发愤以抒情"之句;《淮南子》有"愤于中而形于外"之说。司马迁在前人这些思想资料的基础上,结合自身经验,明确提出了"发愤著书"说。《太史公自序》云:

> 夫《诗》《书》隐约者,欲遂其志之思也。昔西伯拘羑里,演《周易》;孔子厄陈、蔡,作《春秋》;屈原放逐,著《离骚》;左丘失明,厥有《国语》;孙子膑脚,而论兵法;不韦迁蜀,世传《吕览》;韩非囚秦,《说难》《孤愤》。《诗》三百篇,大抵贤圣发愤之所为作也。此人皆意有所郁结,不得通其道也,故述往事,思来者。

司马迁指出"愤"是作家"意有所郁结"的精神状态,即心理受压抑而不得伸展的状态。作家怨愤郁结,"不得通其道",从而借著书立说发挥疏通,以恢复心理平衡。司马迁对"发愤著书"的心理机制作了较深刻的探索和阐发,之后,很多理论家和艺术家都对此作了论说,如韩愈、刘禹锡、白居易、欧阳修、李贽、金圣叹、张竹坡、蒲松龄、廖燕等都从不同角度作了阐发。可以说,"发愤著书"说自司马迁提出后,贯穿古代文论史始终。

"发愤著书"说具有丰富的理论内涵和重要的理论意义。首先,它揭示了"愤"是作家创作的心理动力。作家"愤"而著书,创作动力在于内心的愤懑之情。这种动力具有极大的心理能量,因为"愤"常常是由于作家强烈的愿望受压抑而产生的,这种感情十分强烈。李贽《杂说》说它是"蓄极积久,势不可遏。一旦见景生情,触目兴叹,夺他人之酒杯,浇自己之垒块……发狂大叫,流涕恸哭,不能自止"。作家以此为动力,往往能坚忍不拔,在极艰苦的环境中克服困难进行创作,屈原、司马迁等都是这样的人。

其次,以"愤"为创作动力,其作品具有较高的品位和质量。因为精神意志脆弱者、信念理想卑微者和道德人格低下者只会逆来顺受,在逆境中消沉,精神世界永远迸发不出任何灿烂的火花,永远不会产生愤懑之情。"发愤著书"者都是精神生命的强者,他们有着美好、进步的社会理想和强烈的社会责任心和正义感,代表着进步的社会力量,又常常与环境中强大的反动势力发生尖锐冲突,生活于艰难的逆境甚至失败的惨境中,但他们人格高尚,意志坚定,不为恶势力所屈服,在同恶势力发生尖锐冲突时,必然撞击出灿烂的思想火花,从而产生愤懑之情。他们对人生痛苦和生命真谛有着更深的体验,他们的"愤"并不仅仅是一己私情,而是蕴含着积极进步的社会内容和强烈的正义精神。因此,他们以此"愤"为创作动力,其作品也必然具有积极进步的思想内容。这种作品是作家生命的写照,以作家生命为支撑力量,具有观照生命的功能,能直接打动读者的心扉,具有永恒的艺术魅力和最高品级的美。

再次,"发愤著书"说具有与儒家的"温柔敦厚"说、"中和"之美说完全不同的美学品格。作家"发愤著书",包含着对美好社会理想的强烈追求和对反动势力的极度愤恨,"发愤"之作与"温柔敦厚""讽谏""中和"之作格格不入,具有强烈的批判精神,对读者具有巨大的激励作用和鼓舞力量。

《史记》中的文学家传中也有重要的文学思想,主要表现在对屈原及作品的评价上。一是指出《离骚》是怨愤而作。《屈原贾生列传》云:"屈平疾王听之不聪也,谗谄之蔽明也,邪曲之害公也,方正之不容也,故忧愁幽思而作《离骚》。"又云:"信而见疑,忠而被谤,能无怨乎?屈平之作《离骚》,盖自怨生也。""怨"即怨愤,屈原因怨愤而作《离骚》,与"发愤著书"说相一致。二是分析了屈原作品的艺术特色。《屈原贾生列传》云:"其文约,其辞微……其称文小而其指极大,举类迩而见义远。"这不但是屈原作品的艺术特点,也是古代诗歌的突出特点。中国古诗追求言简意丰、言近旨远的艺术境界,后人写诗也总是力求文约旨丰、辞微意远。司马迁的评论与后世"文已尽而意有余""含不尽之意见于言外"等诗学命题十分相近。三是对屈原的思想及人格予以高度评价。《屈原贾生列传》说屈原"其志洁,其行廉",人格高尚;又说屈原作品的思想内容兼《国风》《小雅》之长,能"明道德之广崇,治乱之条贯,靡不毕见"。这些评论不但十分中肯,而且揭示了屈原人格与作品之间的内在联系。这种评价是古代较早的作家论、作品论,对后世作家论、作品论的建立不无影响。四是对屈原作品讽谏意义的肯定。《太史公自序》云:"作辞以讽谏,连类以争议,《离骚》有之。"屈原作品的讽谏是对黑暗政治的批判,有积极意义,因而司马迁给予充分肯定。《屈原贾生列传》指出,屈原之后的作家"皆祖屈原之从容辞令,终莫敢直谏",其批判精神,远逊于屈原。

第三节 《乐记》《诗大序》和董仲舒的文论: 儒家文论之总结

《乐记》和《诗大序》是儒家的经典性文论文献,它们集中体现了儒家的文艺观。《诗大序》受《乐记》的思想影响,二者所论述的一些重大的文论问题,如诗乐的本质特征、政教功用价值、诗乐发展与社会政治的关系、止乎礼义的诗教原则等,对于儒家文论都具有总结性,论述的理论系统性、深刻性及明晰性等都是空前的。董仲舒是今文经学大师,他以"天人感应"学说为基础,建立了一套为统治者服务的思想体系,同时也有很多诗文方面的论述,如文质论、美刺论、"诗无达诂"等,都是后来诗论文论的经常话题,特别是他的"天人感应"观,对后来的审美感应论产生了深远影响。董仲舒是汉代经学家文论的代表,他的文论虽与《乐记》基本同时而比《诗大序》产生稍早,且同为儒学(经学)文论,但由于影响不及前二者,故放在本节最后。《乐记》《诗大序》及董仲舒的文论形成了儒家文论的一个高峰。

一、《乐记》的文艺思想

《乐记》是我国古代第一部较系统的音乐理论著作,但它的意义远不限于音乐,因为先秦之乐可看作艺术之总称,《乐记》之论亦与诗文书画理论相通。

《乐记》由《乐本》《乐论》《乐施》《乐言》《乐象》《乐化》等十一篇文章组成,收在《礼记》中。此书作者尚无定论,班固《汉书·艺文志》云:"武帝时河间献王好儒,与毛生等共采《周官》及诸子言乐事者以作《乐记》。"此说很值得参考。书中有许多话与荀子的《乐论》相同,应是引述了荀子的观点。《史记》亦收录了此书,《史记》成书于汉武帝后,可知《乐记》当成书于荀子之后与武帝之前,吸收了先秦的音乐思想。主要理论如下:

1. 音乐艺术的创作发生

创作发生是最基础的文艺理论问题,《乐记》对此作了精辟的论述。《乐本》云:

> 凡音之起,由人心生也。人心之动,物使之然也。感于物而动,故形于声……情动于中,故形于声;声成文,谓之音。

这段话阐明了音乐创作发生的基本原理。首先,音乐的创作发生是"人心"活动的结果,音乐"由人心生也",这是一个正确的命题,任何艺术都是"人心生"的。音乐创作是为了表达人的感情,即"情动于中,故形于声"。人的喜怒哀乐之情激荡于心而表现于外,便产生音乐,音乐是人之感情表现于外的结果。内在感情是音乐创作发生的关键,若无内在之情,也就不会有音乐的创作发生。这实际上又揭示了音乐艺术的本质,即音乐是人之内在感情的表现。

创作发生还在于人之内在感情有一种必然表现于外的本能和要求,即"情动于中"必然"形于声"。感情激荡于内心,必然要表现出来,这是一种心理本能和规律。正因为"情动于中"而必然表现于外是人的心理活动规律,所以一旦艺术家感情激荡,必然设法表现出来,进行艺术创作。

其次,情之产生是人心对外物感应的结果。"人心之动,物使之然也",外物是感情萌生的本源。心物相触,而产生主客交融的审美活动,从而导致感情的萌发。由物生情,由情成乐,这是《乐记》论述的创作发生的基本程序,即感物→生情→成乐,实际上所有艺术的创作都是遵循这一规律。此后,陆机讲"诗缘情而绮靡",刘勰讲"为情而造文",钟嵘讲"长歌骋情",白居易讲"必动于情……而形于歌诗"等,都是循此原理。可以说《乐记》所论奠定了中国古代艺术创作发生论的基石。

《乐记》论创作发生，又是以人的心理活动规律为基础的。《乐本》云："人生而静，天之性也。感于物而动，性之欲也。""生而静"是人的天生本性，没有外物的刺激，人心就像一泓静态的水。"感于物而动"，是"性之欲"，即是人的本能欲望，这表明，人感物而生情是天性本能。人具有感物生情的心理本能，感物生情而必然表现于外又是人的心理活动的基本规律，《乐记》的创作发生论就是建立在这种心理活动规律基础之上的，体现了艺术创作是人的心理活动的思想。所以，《乐记》之论具有浓郁的文艺心理学色彩。

再次，音乐创作是一个由自然之声到审美之音的过程。《乐记》认为，并不是任何感情表现都是音乐，高兴时的大喊大叫，悲伤时的痛哭呼号，虽然"形于声"，却不为人欣赏，这种自然之声不是审美之音。"声成文，谓之音。"音是有"文"之声，即审美之声。"成文"，也就是自然之声的艺术化、审美化过程。这种音合乎形式美的规律。

2. 音乐的作用

《乐记》高度重视音乐的作用，这种作用有二：一是社会政治功用，二是审美娱乐作用。《乐记》对这两方面的论述都受荀子《乐论》的影响，又有新阐发。

其一，音乐的政治功用。《乐记》中有大量篇幅论音乐的社会政治功用，提出了一系列重要命题。

(1) 声音之道与政通。《乐本》指出："治世之音安以乐，其政和；乱世之音怨以怒，其政乖……声音之道与政通矣。"这是将音乐与社会政治的治乱状态联系起来，把音乐看作一种社会现象，而不是看作脱离社会政治的纯个人的艺术活动。这体现了儒家一贯从社会政治的角度来对待艺术的思想，认为艺术所表现的内容有深刻的社会性。这段论述表明，政治状态不同的时代有不同的音乐，音乐与时代政治密切相关。因为音乐创作是由物到心到乐，"物"包括影响人思想感情的社会政治，社会政治不同，人的思想感情不同，音乐内容也随之不同。音乐表现人的思想感情，人的思想感情折射着时代政治，这就是"音乐之道与政通"的基本原理。

(2) 审乐以知政。由于音乐与政治相通，《乐记》把"知音"即精通音乐道理看作治理社会的重要手段。《乐本》云："审声以知音，审音以知乐，审乐以知政，而治道备矣。""审乐以知政"与孔子诗"可以观"的思想是一致的，这要求执政者必须能"知音""审乐"，以有助于"治道"。乐与政通，有助"治道"，故《乐本》又说："知乐则几于礼矣。"乐通"政"、通"礼"，有重大的社会政治功用。

(3) 致乐以治心。乐之所以有助"治道"，关键在于能"治心"，即它可以节制人的各种欲望,消除人的悖逆之心、伪诈之思,使人的思想归于"礼"。《乐本》云:"先王之制礼乐也,非以极口腹耳目之欲也,将以教民平好恶,而反人道之正也。"《乐化》云:"致乐以治心,则易直子谅之心油然生矣。"音乐之功用不在"极口腹耳目之欲",而是要"教民平好恶,而反人道之正",即"治心"。通过音乐而净化人的各种不正当欲望,使民心"反人道之正",向善合礼,进而使社会稳定,即《乐化》所说的"易直子谅之心生则乐,乐则安,安则久,久则天,天则神"。这就是"致乐以治心",最终使社会持久安乐的基本原理。

由于音乐有巨大的政治功用,所以《乐记》把它看作国家"治道"的重要组成部分,与礼、刑、政并列。《乐本》指出:"礼以道其志,乐以和其声,政以一其行,刑以防其奸。礼乐刑政,其极一也,所以同民心而出治道也。"这就把艺术视为国家机器的一部分了。

其二,音乐的审美功用。《乐记》接受荀子《乐论》关于音乐审美功用的思想,但又作了进一步发挥。《乐化》云:"夫乐者乐也,人情之所不能免也。乐必发于声音,形于动静,人之道也。""乐者乐也"是说音乐就是使人快乐的,音乐具有审美娱乐作用,这是音乐也是所有艺术的特殊性之所在。音乐正是通过审美娱乐作用,陶冶、感化人的感情精神,审美娱乐是音乐及所有艺术的基本性质。而这种性质正是人之所需,即"人情之所不能免也"。"人不能免"审美娱乐,说明审美娱乐是人的基本需要,这揭示了人类审美需求的必然性和正当性,充分肯定了艺术对于人类的审美价值和意义。

3. 论艺术本质

《乐记》对音乐本质作了深入探讨,认为音乐是人内在感情的表现。《乐象》云:"乐者,心之动也。"此论表明,音乐的本质在于人的感情。有感情则有音乐,无感情则无音乐。将音乐的本质定性为人的感情表现,这种观点是十分精辟的。《乐记》对音乐本质的探讨具有普遍性意义,因为中国古代的诗画书舞等都是以情为本。如《乐象》云:

诗言其志也,歌咏其声也。舞动其容也。三者本于心,然后乐器从之。

这是说诗乐舞同出一源,其源即"情"。"情"是诗乐舞之本质。在中国古人的观念中,诗乐舞书画都是以"情"为本的,古人对"诗画同源""书画同体"等命题是确信不疑的。《乐记》明确将"情"视为音乐之本质,实际上揭示了艺术的普遍本质。

4. 音乐作品的内容与形式

《乐记》认为,音乐的内容是情,情又包括"仁""理"等社会性的政治感情,即所谓"通伦理""亲疏贵贱长幼男女之理"。这种情必须是真诚的,音乐是人真实感情的自然流露。《乐象》云："情深而文明,气盛而化神,和顺积中,而英华发外,唯乐不可以为伪。"音乐不可有任何虚伪之情,音乐家"情深"不伪,"和顺"美好之情"积中",才有"英华外发""文明"感人之作产生。强调主体感情之真,正是古代文学的基本特征之一。我国古代文学以抒情作品为主,对作品内容之真的要求,主要是要求"情"真,而不像西方文学那样要求描写对象之真。

《乐记》对音乐作品的内容与形式有独到的分析,《乐象》云："乐者,心之动也;声者,乐之象也,文采节奏,声之饰也。君子动其本,乐其象,然后治其饰。"这是说音乐作品包括乐本、乐象、乐饰三要素,乐本即"心之动",也就是作者的真情,它是作品的内容;乐象即音乐形象,它是由"和以柔""直以廉""粗以厉"等各种声音形式形成的"象",表现着对应的思想感情;乐饰指节奏、音节、旋律等形式因素,这些具体因素也是乐象不可缺少的成分。这很类似文学作品的意、象、言等因素。乐本虽是最重要的因素,但乐象、乐饰等形式因素亦不可缺少。

5. 音乐活动中的"以类相动"

《乐记》认为,音乐生于人心又作用于人心,一定的感情通过对应的音乐形式来表现,这种对应的音乐形式又能引起欣赏者的对应感情,创作和欣赏中都有这种主客体之间的"以类相动"。这也就是《乐本》所说的："其哀心感者,其声噍以杀;其乐心感者,其声啴以缓;其喜心感者,其声发以散;其怒心感者,其声粗以厉。"主体不同的感情需要相应的声音形式来表现,如喜悦之情用轻快松散的声音表现,愤怒之情用粗壮猛厉的声音表现。内在感情与外在声音有一定的对应性,主客体之间存在着异质同构的关系,音乐创作正是建立在这种异质同构关系之上的。

由于一定的声音形式表现着相应的感情,因而欣赏者通过对声音形式的欣赏就能把握到对应的感情,也就是《乐言》所说的"志微噍杀之音作,而民思忧;啴谐慢易繁文简节之音作,而民康乐;粗厉猛起奋末广贲之音作,而民刚毅"等等。在欣赏过程中,不同的声音形式引起欣赏者对应的感情,作品和欣赏者之间也存在着"以类相动"的异质同构关系。也正是这种异质同构关系,而使欣赏成为可能。作品与欣赏者之间的这种关系是在长期的历史过程中逐渐形成的。

《乐记》认为音乐中的感情与欣赏者的内心之"气"也是"以类相动"的,《乐象》云：

> 凡奸声感人,而逆气应之;逆气成象,而淫乐兴焉。正声感人,而顺气应之;顺气成象,而和乐兴焉。倡和有应,回邪曲直,各归其分,而万物之理各以类相动也。

"奸声"能引起"逆气"与之对应,胸有"逆气"者,对奸声感兴趣,在"逆气"作用下

"成象"的只能是"淫乐"。同样,"正声"引起"顺气"对应,并形成"和乐"。由于这种"倡和有应""以类相动"的作用,是"淫乐兴"还是"和乐兴",就要看"奸声"和"正声"对人们影响的孰强孰弱了。

二、《诗大序》的诗歌理论

《诗大序》是毛诗首篇《关雎》前的序,毛诗每篇都有小序,此大序应是整个《诗经》的序,可以视为儒家诗论的经典性总结。其作者历来众说纷纭,近人多认为是东汉卫宏作,但亦有异议。序中引录了《乐记》的文字,其思想源于《乐记》。

1."志之所之"和"吟咏情性"——对诗歌本质认识的深化

先秦的"诗言志"是古人对诗歌本质提出的最早的纲领性命题,《诗大序》接受此观点并作了重大突破,即吸收了《乐记》对音乐本质的论述,认为诗歌既是"志之所之",又是"吟咏情性"的。

> 诗者,志之所之也,在心为志,发言为诗。情动于中而形于言,言之不足故嗟叹之,嗟叹之不足故永歌之,永歌之不足,不知手之舞之,足之蹈之也。

《诗大序》以情志论诗,提出了情志统一的诗歌本质论,这不但大大发展了"诗言志"的思想,丰富了儒家诗学,而且也更准确全面地概括了诗歌的本质特征。中国古代诗歌的本质既是抒情,又是言志。古代诗歌以抒情诗为主,但又有大量的言志诗。情志统一的诗歌本质论符合古代诗歌实际,它表明诗歌既表现人的理性精神(志),也表现人的情感态度。西晋陆机又提出"诗缘情"之说,同"诗言志"相比较,陆机之论更为合理,但比较三者,还是情志统一论更切合古代诗歌的实际。故初唐孔颖达提出"情志一也"之论,就是因为他看到了"言志"与"缘情"论各有所偏,情志统一论才是对诗歌本质认识的深化。

2."止乎礼义"——儒家诗学的思想规范

《诗大序》论"变风"的创作时,提出了儒家诗学"止乎礼义"的思想规范:

> 变风发乎情,止乎礼义。发乎情,民之性也;止乎礼义,先王之泽也。

此论一方面指出了"变风""刺诗"创作的合理性,认为"变风"是"发乎情"而作,是人内在感情的表现,符合诗歌"吟咏情性"的本质;而且尤为可贵的是,《诗大序》进一步指出,"发乎情"而创作"变风"是"民之性也",即人之本性,这就把揭露批判性的"变风""刺诗"之创作上升到了人之本性的高度来予以肯定。这表明,"刺诗"之作是完全正当合理的,是合乎人性的,这为后世的批判性诗歌创作提供了理论依据。另一方面,此论又对"变风""刺诗"的创作作了思想限制,即必须以

"礼义"为规范,也就是要求"变风""刺诗"在"发乎情"时,不能超过封建道德思想的规定,只能在礼义道德的范围内进行,也就是只能在统治者所可接受的范围内进行讽刺批判。所以,"止乎礼义"具有极大的封建保守性,它体现了封建统治者对诗歌创作的最基本的思想要求,实际上代表了历代统治者对于文学创作的基本政治原则。

3. "讽谏"和"教化"——对诗歌政治功用的强调

儒家诗学的一个显著特色是强调诗歌的社会政治功用,孔子曾提出以诗"事父""事君";学诗可"授之以政","使于四方",高度重视诗的政治实用性。《诗大序》进一步发挥了这一思想,提出诗"所以风天下而正夫妇也。故用之乡人焉,用之邦国焉。风,风也,教也;风以动之,教以化之"。又说:"动天地,感鬼神,莫近于诗。先王以是经夫妇,成孝敬,厚人伦,美教化,移风俗。"这是说诗歌对于家庭夫妇关系之稳定、长幼人伦孝敬之实现及整个乡国社会教化风俗之美好都有巨大的作用。之所以有如此巨大的作用,就因为诗歌是"止乎礼义"的,体现着统治者的意志和态度。《诗大序》指出,诗歌的社会政治功用体现在两方面:"上以风化下"和"下以风刺上"。前者是说统治者用诗教化下层人民,使之成为安分守己的"顺民",从而稳定统治者的地位。后者是说下层人民可以以诗讽刺上政,表达人们的疾苦和不满,使统治者了解下层人的情况,从而调整政策,这对于巩固统治者的地位也同样是有利的。基于此,《诗大序》对于"下以风刺上"给予高度肯定,"言之者无罪,闻之者足以戒",这体现出朴素的民主精神。尽管《诗大序》要求的"刺上"不能出乎"礼义"范围,但毕竟还是允许"刺上"的。在诗歌的"化下"和"刺上"两大功用方面,《诗大序》更重视前者,序中所说"风天下""正夫妇""用之乡人""用之邦国"等,都是强调对下层人的"风教""风化"。当然,《诗大序》过于强调诗的教化功用,从而在一定程度上忽略了诗歌的审美功用和诗歌作为艺术的独立性价值。

4. "主文而谲谏"——对诗歌形式特点的要求

《诗大序》从统治者接受"刺上"之诗的心理角度,提出了诗歌形式应"主文而谲谏"的观点。"主文"即注重文采,讲究形式;"谲谏"即"刺上"的方式应委婉含蓄,不可直露急切。用文采优美、委婉曲折的诗对统治者进行讽谏,效果可能会更好,这样的诗可能会更容易为统治者所接受。因为形式优美的诗能给人带来快乐,使人喜爱,委婉曲折的批评更符合人的接受心理。《诗大序》提出"主文而谲谏"的要求,对后来诗歌创作讲究文采、追求含蓄曲折,产生了一定的影响。

5. "变风变雅"——诗歌创作与时代发展

《诗大序》分析"变风变雅"的创作原因,涉及诗歌创作与时代发展的关系问题,云:"至于王道衰,礼义废,国异政,家殊俗,而变风变雅作矣。""变风变雅"即"伤人伦之废,哀刑政之苛"的诗,这些诗的创作是社会历史变化的结果。从社会发展的角度探索诗歌的变化,体现了深邃的历史眼光。这种思想源于《乐记》,《诗大序》引录《乐记》说:"治世之音安以乐,其政和;乱世之音怨以怒,其政乖,亡国之音哀以思,其民困。"明确阐明了诗歌发展与历史政治的发展相一致。这一思想影响深远,后来的文论家如刘勰、孔颖达、白居易、欧阳修、李东阳、袁宏道、叶燮等都是从社会历史的角度考察文学创作的发展。

总之,《诗大序》的文论观点将儒家诗学系统化、明晰化了,是儒家诗学的一个高峰,对后世文论产生了深远的影响。当然,《诗大序》的文论也有很多局限和不足,特别是缺乏对诗歌内部规律的探索。

三、董仲舒的经学家文论

董仲舒(前179—前104),广川(今河北枣强)人,汉景帝时博士。主要著作有《举贤良对策》《春秋繁露》等。董仲舒政治上以"春秋大一统"思想为本,提倡"独尊儒术,罢黜百家",使儒家学说从此成为封建社会的统治思想。他对儒家学说进行了神学化改造,认为"天"是有意志的人格化的神,并主宰人世社会,人应顺从天;皇帝是天之子,代表天的意志,"君权天授",人应绝对服从皇帝。显而易见,这套思想是完全为统治者立论的,并为今文学派谶纬神学奠定了理论基础。董仲舒的文艺思想是在继承先秦儒家礼乐观的基础上形成的,因而常常是礼乐并举,诗乐一体,以诗释乐,诗乐不分。

1."天人感应"与文学创作

"天人感应""天人合一"本是董仲舒的神学化哲学观,他认为人是有意志的"天"所生,《春秋繁露·顺命》云:"天者,万物之祖母。"《春秋繁露·为人者天》云:"人之为人,本于天。"人与天有一定的对应关系,因为人与天有相似的形体和感情意识及道德伦理本质。《春秋繁露·为人者天》又云:

> 人之形体,化天数而成;人之血气,化天志而仁;人之德行,化天理而义……人之喜怒,化天之寒暑;人之受命,化天之四时。人生有喜怒哀乐之答,春秋冬夏之类也;喜,春之答也;怒,秋之答也;乐,夏之答也;哀,冬之答也。

由此,董仲舒认为"天人相副"而感应,天人相类而合一。这套思想体系是为适合汉武帝的统治需要而先验地构筑的,其荒谬性十分明显,但它作为研究天人之际的哲学,在原理和方法上都给文学理论以重要启示。人生于自然,不可避免地要与自然发生种种关系。自然作用于人,必然使人产生种种情感反应,人的很多感情就是在自然的作用下产生的。正是在这一理论层面上,董仲舒的天人感应学说对古代文论产生了重大影响,古代文论家论创作发生都是强调物我感应。如陆机《文赋》云:"遵四时以叹逝,瞻万物而思纷。"刘勰《明诗》篇云:"人禀七情,应物斯感,感物吟志,莫非自然。"这些论述表明,春秋四时、自然景色的变化与人的感情变化有一定的对应关系,四季景色变化能引起人的情感变化,从而导致创作发生。单纯的"物"或单纯的"我"都无法生成感情,无法导致创作发生,物我相感的审美感应是古代创作发生论的根本内核。创作发生的物我感应与董仲舒天人感应的原理相合不悖,董仲舒的天人感应学说实际上构成了古代文学创作论的哲学依据。古人论审美体验也是强调物我一体,认为只有在物我不二、天人合一的状态中,才能把握对象的本质精神,这种审美体验方式也深受董仲舒天人感应的思想影响。在中国古人眼中,万物皆有其神,"物"是生命活泼、精神充溢的鲜活世界。古代艺术家眼中的万物之"神"虽与董仲舒所说的天神意志不同,但在思想方法上不能说不受其影响。所以,董仲舒的"天人合一"学说对我国古代文学艺术的影响是极其深远的。正如李泽厚、刘纲纪所说:"几千年来,'天人合一''天人感应''天人相通',实际上是中国历代艺术家所遵循的一个根本原则。"①

2. 论诗歌内容和功用

《诗》为儒经之一,董仲舒高度重视。他对诗歌内容、功用的论述,体现了经学家对诗的一般看法。《春秋繁露·玉杯》云:"诗道志,故长于质。"这虽是对"诗言志"的祖述,但二者"志"的内涵有很大不同。"诗言志"之志指诗人之志向或感情,而"诗道志"之志主要指儒家的道德礼义。《春秋繁露·玉杯》云:"礼之所重者在其志。"《春秋繁露·身之养重于义》云:"先王显德以示民,民乐而歌之以为诗,民乐而化之以为俗。""民乐而歌之"的诗,以先王之德为内容,"志"为"礼之所重者",可见董仲舒所说的"志"实际是礼或德。董仲舒将"诗言志"的"志"狭隘化为儒家道德礼义,从而强化了诗以礼、德为内容的要求。这对《诗大序》的"止乎礼义"不无影响。董仲舒强调诗以礼、德为内容,目的在于发挥其教化作用,他认为,六艺都是"道之具",特点相异而目的相同,都是教化。而诗的教化作用又体现在"美刺"两方面。《举贤良对策》云:

至于宣王,思昔先王之德,兴滞补弊,明文武之功业,周道灿然复兴,诗人美之而作……及至周室之衰,其卿大夫缓于谊(议)而急于利,亡推让之风,而有争田之讼,故诗人疾而刺之。

董仲舒明确提出了诗的"美刺"功能,以"美刺"论诗是汉儒的普遍观点,这始于董

---

① 李泽厚、刘纲纪:《中国美学史》第一册,中国社会科学出版社,1984年,第489页。

仲舒。董仲舒揭示了诗之"美刺"原因在于社会：社会政治清明，则"美之而作"；当统治者"急于利"而政治昏暗，则有"疾而刺之"。诗之"美刺"都要求必须以儒家道德礼义为诗歌内容。所以，董仲舒强调诗歌以礼、德为内容，这与其"美刺"功用观是一致的。董仲舒还有很多关于性、情的论述，但都未能将其与诗联系起来，体现了经学家对诗歌抒情性认识的薄弱。

3. "诗无达诂"

"诗无达诂"是董仲舒论《诗》的一个重要命题，揭示了古诗欣赏的一般特点。《春秋繁露·精华》云："所闻《诗》无达诂。"达即通达、晓畅，诂即解释、阐说。此命题是说诗没有通达完备的解说。这种观念源于先秦人断章取义地"赋诗言志"的风气，此风对汉儒影响亦大，汉儒为迎合教化需要可不顾诗之本义，董仲舒是今文学家，解《诗》更是善于发挥"微言大义"。"诗无达诂"为汉儒们随意解诗提供了理论依据。但从诗歌欣赏角度看，此论又有合理处。诗歌以含蓄委婉为审美特点，言在此而意在彼，味外有味，象外有象，诗中的意义空白为读者发挥想象留下了广阔的思维空间。不同读者对同一首诗可有不同的解释，"诗无达诂"确是诗歌欣赏的常见现象。

4. 论文与质

董仲舒在《玉杯》篇论文质云："志为质，物为文。文著于质，质不居文，文安施质？质文两备，然后礼成；文质偏行，不得有我尔之名；俱不能备而偏行之，宁有质而无文。"此论要点有三：一是主张"质文两备"，反对"文质偏行"。二是主张质重于文，若文质"偏行"的话，"宁有质而无文"。三是重质表现为重志，即"志为质"，如上所说，志之内核为礼、德。这种文质观对后世文论家有深远影响。

第四节　扬雄、王充的文论和王逸的屈原论

西汉末著名文学家扬雄以自己的切身经验，提出了一系列文论观点，显示了汉代文学家的文论特色。进入东汉，由于儒学的进一步神学化和谶纬迷信的流行，文论也受其影响，如《白虎通义》及各种纬书对诗的阐释，神秘而荒诞。另外，由于大赋及繁琐解经的风靡，形成了虚妄华丽、无实寡用、模拟崇古、艰深古奥的恶劣文风。批判神学迷信及虚妄文风成为当时之急，王充便是这时出现的一位富于批判精神的哲学家和文论家。他以朴素唯物论为武器，批判了神学迷信，提出了一系列文论观点，在汉代独树一帜。屈原论是汉代文论的一个重要方面，东汉后期的王逸，对屈原给予高度肯定，使汉代屈原论达到高峰。

一、扬雄的作家论

扬雄(前53—18),字子云,成都人。著名辞赋家、哲学家和语言学家。除辞赋外,还有《太玄》《法言》等哲学著作及《方言》等语言学著作。扬雄也是一位文论家,他能从自己的创作经验中提出一些见解,显示了文学家的文论特点。

1. 明道、宗经、征圣

扬雄受经学思潮的影响,认为文学创作应以儒道为本,以经为范,学习圣人。《法言·吾子》云:"不合乎先王之法者,君子不法也。""先王之法"即儒家道德思想法则,扬雄认为这种法具有普遍意义,也是文学创作之法。儒道又体现于圣人著述的经书中,所以《法言·吾子》云:"或曰:人各是其是,而非其所非,将谁使正之?曰……众言淆乱,则折诸圣。或曰:在则人,亡则书,其统一也。"众人的言行要以圣人言行为标准,因圣人已不在世,就应以圣人所著的经典为标准。《法言·问神》说:"书不经,非书也;言不经,非言也。"言与书都应以儒经为本。扬雄认为,通过儒家五经才能"识道"。《法言·吾子》云:"舍舟而济乎渎者,末也;舍五经而济乎道者,末也……委大圣而好乎诸子者,恶睹其识道也?"可见扬雄是"独尊儒术"的。明道、宗经、征圣的文学观点在《荀子》中已有体现,扬雄作了更为系统、明晰的阐述,后来刘勰则以此设专篇讨论。

2. 论屈原及其作品

扬雄评论屈原及其作品也体现着以儒为本的思想。他对屈原及作品基本肯定,认为屈原的作品"丽以则",即文采美且与《诗经》精神一致,有巨大的艺术魅力。他在《反离骚》中说屈原"圣哲之一遭兮,因时命之所有",叹其不幸遭遇令人同情。但他又以儒家明哲保身的态度批评屈原不该以"湛身"的方式弃绝楚王。他认为屈原的作品在艺术上"过以浮""蹈云天",也就是有浪漫色彩,不合儒家经典。

3. 论赋

扬雄是大赋作家,早年非常佩服司马相如的赋。桓谭《新论》说他作《甘泉赋》"思虑精苦,赋成遂困倦小卧,梦其五脏出在地",最后竟大病一年之久。可见他作赋十分用力。《新论》又载:"子云曰:能读千赋则善赋。"这是说学习对于创作极其重要,也是他的创作经验之谈。但他晚年对赋产生了完全相反的看法。《法言·吾子》云:

> 或问:吾子少而好赋?曰:然。童子雕虫篆刻。俄而曰:壮夫不为也。

这种态度的转变,一是因他晚年思想中的儒家教化文艺观更浓重,二是因他在长期的创作中对辞赋的社会效益认识更清楚。辞赋虽对汉帝国的恢宏国势有润色作用,但教化功用甚微,与儒家的政教文艺观不符。晚年扬雄认为辞赋难以胜任讽谏教化功用,因而对其作了严厉批评,《汉书·扬雄传》载:

> 雄以为赋者,将以风也,必推类而言,极丽靡之辞,闳侈钜衍,竞于使人不能加也。既乃归之于正,然览者已过矣。往时武帝好神仙,相如上《大人赋》,欲以风,帝反缥缥有陵云之志,繇是言之,赋劝而不止,明矣……于是辍不复为。

扬雄从儒家教化观角度批评赋的欲讽反劝特点,是颇为准确的。扬雄在《法言·吾子》中还提出"诗人之赋丽以则,辞人之赋丽以淫"之论,这从形式与内容两方面肯定了屈原之赋,而批评了景差、宋玉、枚乘等人之赋的形式主义。扬雄以"丽"论诗赋,抓住了文学的形式美特点。他是较早以"丽"论述文学的人,显示了文学家的理论眼光。

4. 论"言"与"心"

文学创作实际上是作家以言达心的过程,《庄子》和《易传》已有对言意问题的论述,扬雄论"言"与"心"涉及文学本源、作品与作家人格的关系等问题,在文论史上有重要意义。《法言·问神》云:

> 言不能达其心,书不能达其言,难矣哉。惟圣人得言之解,得书之体……言,心声也;书,心画也。声画形,君子小人见矣。声画者,君子小人之所以动情乎?

言为心声、书为心画的观点,十分明确地指出了文学之源是作家的思想和情感,语言文字是作家的思想和情感的表现,作家思想和情感是创作关键。以心为源是古代文论家的一个基本态度,"诗言志""诗缘情"等都表现着心为本的文论传统。如果仅是从这个角度来理解这段话,基本上是可以成立的。但扬雄进一步认为"声画形,君子小人见矣",这就难以成立了。正如钱锺书所说:"'心画心声',本为成事之说,实少先见之明。然所言之物,可以饰伪:巨奸为忧国语,热中人作冰雪文,是也。其言之格调,则往往流露本相;狷急人之作风,不能尽变为澄淡,豪迈人之笔性,不能尽变为谨严。文如其人,在此不在彼也。"① 这就明确地指出了"心画心声"只能反映一个人的性格,而不能说明一个人的品格。

二、王充的文学观

王充(27—约97),字仲任,会稽上虞(今属浙江)人。出身贫贱,八十四篇

---

① 钱锺书:《谈艺录》,中华书局,1984年,第162~163页。

《论衡》为现存著作。王充所论的"文"是广义的文,包括各种文章、作品。

1. 提倡"实诚",反对"虚妄"——文学创作的基本原则

真实是一切文章著述的生命,而王充的时代则流行浮华无实之文,"文丽而务巨"的大赋,荒诞的纬书及繁琐的解经,形成了"众书并失实,虚妄之言胜真美"的反常现象。王充对此作了猛烈批判,并把"疾虚妄"作为全书的根本宗旨。《佚文》篇云:

《诗》三百,一言以蔽之,曰:思无邪。《论衡》篇以十数,亦一言也,曰:疾虚妄。

"疾虚妄""务实诚"贯穿《论衡》全书,也是王充文论的指导思想。《对作》篇云:

虚妄之语不黜,则华文不见息;华文放流,则实事不见用。故《论衡》者,所以铨轻重之言,立真伪之平,非苟调文饰辞为奇伟之观也。

"铨轻重之言",就是区别实诚与虚妄,并肯定实诚而否定虚妄。这样,王充就以"实诚"为尺度,确立了一个新的衡文标准,这在文论史上有重大意义。因为前此尚无明确的评文标准,孔子以"善"和"美"评乐,而未提到"真";老庄"法天贵真",但不是论文学;直到王充,才明确确定"实诚"为评文标准。王充之所以以此为评文标准,因为他认识到了文章是作家思想感情的表现。《超奇》篇云:"意奋而笔纵,故文见而实露也。"作家情意奋起于心,形成文章,情意实诚,文章才感人。此篇又云:"精诚由中,故其文语感动人深。"若虚妄无实,文章难以感人。又云:"饰面者皆欲为好,而运目者希;文音者皆欲为悲,而惊耳者寡。"王充"务实诚"的思想抓住了文学真谛之所在,不但有极大的理论价值和现实意义,且对后世文论家也产生了深远影响。

2. 提倡"事为",反对"增实"——论夸张

由于王充过于执著"实诚",且对文学的艺术特征认识不足,在评论文学的艺术夸张时就犯了错误。他把夸张称为"增",进行了深入分析。《艺增》篇云:

世俗所患,患言事增其实,著文垂辞,辞出溢其真,称美过其善,进恶没其罪。

在他看来,夸张是"世俗之患",因为夸张与事实相背,亦属"虚妄之言"。而人们喜欢夸张的原因,在于好奇心,《艺增》篇说人们总是"闻一增以为十,见百益以为千,使夫纯朴之事,十剖百判"。由于未能正确理解夸张,王充对很多文学夸张及神话传说都作了批判,认为女娲补天、夸父追日等都是虚妄之辞。这种批判还有一个历史原因,当时迷信流行,方士羽客的神仙奇谈,今文经学的灾异怪论严重左右着人们的思想,这些虚妄之谈虽然在本质上与神话传说不同,但形式类似。王充的文学观念不强,还划不清二者的区别,在批判迷信荒诞时,也批判了古代

神话。但他对经书中的夸张是肯定的,《艺增》篇对《诗经》的夸张及虚构的意义、作用作了很好的分析,如评《大雅·云汉》云:

> 《诗》曰:"维周黎民,靡有孑遗。"是谓周宣王之时,遭大旱之灾也。
> 诗人伤旱之甚,民被其害,言无有孑遗一人不愁痛。夫旱甚,则有之矣;
> 言无有孑遗一人,增之也……增益之文,欲言旱甚也。

"增益之文"不算虚妄之言,这一分析是颇为精辟的。王充还认为,经书中的夸张是"皆有事为"的,是必须的。《艺增》篇说这种夸张可令人"观览采择,得以开心通意,晓解觉悟"。可见,王充认为夸张可以使用,且有很大作用。但他认为,使用夸张必须"皆有事为",不可随意用,这又限制了夸张的使用范围和作用。

王充对夸张的心理根据也作了分析,《儒增》篇云:"为言不益,则美不足称;为文不渥,则事不足褒。"从艺术表现的角度看,夸张能使内容表现得更充分透彻,通过夸张,美事得以"足称",取得更好的表达效果。《艺增》篇说:"誉人不增其美,则闻者不快其意;毁人不益其恶,则听者不惬于心。"从读者接受心理看,夸张可满足读者的心理要求。读者阅读时,一般有"快其意""惬于心"的心理要求,并且总希望这种心理得到满足。夸张的运用,正好能满足读者的这一阅读心理。

3. 提倡"世用",反对"空作"——论文学功用

针对当时虚妄空作的文风,王充特别重视文章的社会功用,提倡文有"世用",反对"空作"。《对作》篇云:

> 贤圣之兴文也,起事不空为,因因不妄作。作有益于化,化有补于正……

"有益于化""有补于正"是要求文章为政治教化服务,树立社会正气。这体现了儒家的功用文学观。王充认为,有为之文多多益善,《自纪》篇云:"为世用者,百篇无害;不为用者,一章无补。"因为有用之文越多,社会效益越大。他还指出,先贤的著述都是有为而作的,《对作》篇云:"周道不衰弊,则民不文薄,民不文薄,《春秋》不作。杨墨之学不乱传义,则孟子之传不造。韩国不小弱,法度不坏废,则韩非之书不为。"孔孟韩非之文都是为解决现实问题而作的。他说《论衡》也是为"世用"而作的,并且起到了破除迷信、使民觉悟的作用。王充说的"世用",第一是要"劝善惩恶"。《佚文》篇云:

> 文岂徒调墨弄笔为美丽之观哉?载人之行,传人之名也。善人愿载,思勉为善;邪人恶载,力自禁栽。然则文人之笔,劝善惩恶哉。

文章不是为了华美之观,而是要"劝善惩恶",发挥道德教化力量,除邪恶,使人善,从而安定社会,这是对儒家尚用文学观的具体化和新发展。"世用"的第二义是要为统治者歌功颂德。《佚文》篇云:"周秦之际,诸子并作,皆论他事,不颂主

上,无益于国,无补于化。"《须颂》篇云:"古之帝王建鸿德者,须鸿笔之臣,褒颂纪载,鸿德乃彰,万世乃闻。"此论与《诗大序》"美盛德之形容"及班固"润色鸿业"的思想相一致,体现了儒家诗学美刺论的"美"的一面。

王充认为文章还有认识作用。《别通》篇云:"圣贤言行,竹帛所传,练人之心,聪人之知。""聪人之知",即从作品中获取知识,与孔子"多识鸟兽草木之名"之论相同。读者通过文章能够认识作者的思想感情,《佚文》篇云:"足蹈于地,迹有好丑,文集于礼,志有善恶。故夫占迹以睹足,观文以知情。"文章发于作者胸臆,所以观文可"知情"。这是对孟子"以意逆志"说的发展,后来对刘勰"披文以入情"的思想不无影响。

4."外内表里,自相副称"——论内容与形式

王充认为作品内容与形式应统一,《超奇》篇云:

> 有根株于下,有荣叶于上;有实核于内,有皮壳于外……实诚在胸臆,文墨著竹帛,外内表里,自相副称……人之有文,犹禽之有毛也。毛有五色,皆生于体。

王充以植物为喻,说明了作家品质与作品风貌及作品内容与作品形式的关系。从作家与作品的关系看,作家的思想品质像树之根和果之核,而作家的言辞文墨所形成的作品,则像树叶或果皮,根深才能叶茂。作家只有"实诚在胸臆","文墨著竹帛"的作品才有价值。作家的思想品质是创作之根本,它决定着作品风貌。从作品内容与形式的关系看,二者是表里相符的。作品内容像禽之体,形式像五色毛,毛"皆生于体",若离开内容,形式则成无体之毛,所以王充要求内容与形式必须高度统一。王充又认为,内容是主要因素,形式是第二位的,内容如树根、果实,形式如荣叶、皮壳,主次关系甚明。但王充重内容而不轻视形式,认为形式相当重要,《书解》篇云:"物以文为表,人以文为基。"万物及人都离不开形式。又说:"夫人有文,质乃成。物有华而不实,有实而不华者。《易》曰:圣人之情见乎辞……文辞施设,实情敷烈。"质因文而成,内容必须靠形式来表现,没有形式,内容就无法表现。"华而不实"与"实而不华"都不可取。王充的观点在当时有很强的针对性:王充重内容,有助于纠正辞赋家滥用辞采的形式主义;重形式,则有助于纠正经学家重质轻文的倾向。他的观点对后世的文质论也深有影响。

5.提倡朴实、独创,反对华巧、拟古——对文风的纠谬

汉代经学的流行及辞赋的发展,对文风的健康发展是不利的。经学与仕途结合,促使经师们皓首穷经,他们重章句,使经学日趋艰深繁琐。《后汉书·儒林传赞》载:"一经说至百余万言,大师众至千余人。"治经者重师法,尚复古模拟,助长了拟古之风和语言艰涩之风。汉代辞赋追求形式的巨丽而尽情堆砌文字,又形成空疏之风。对此,王充提出了一系列观点给予纠正。

一是主张文章"易晓"朴实,通俗易懂。经学的鼓噪使一些人热衷于文必艰深,如王充很佩服的扬雄就如此。王充在《自纪》篇批评这种风气是"口辩者其言深,笔敏者其文沉。案经艺之文……难卒晓睹"。这种文风对于学术和文学的发展都是不利的,因此王充提出了明白易懂、通俗晓畅的写作标准。《自纪》篇云:

> 夫笔著者,欲其易晓而难为,不贵难知而易造;口论务解分而可听,不务深迂而难睹。

又说:

> 口则务在明言,笔则务在露文。高士之文雅,言无不可晓,指无不可睹。观读之者,晓然若盲之开目,聆然若聋之通耳。

"高士之文"不是艰深难懂,而是"可晓""可睹",读了让人开目通耳。《自纪》篇还指出,文章若道理深,就应喻深以浅,喻难以易。

二是主张"自为佳好"。经学的权威使很多人依经立论,崇古贱今之风盛行,《齐世》篇说当时人"好高古而下今,贵所闻而贱所见"。《须颂》篇说"俗儒好长古而短今",虽"古有虚美",却"诚心然之,信久远之伪,忽近今之实"。《超奇》篇说这些人甚至认为"前人之业,菜果甘甜;后人所造,蜜酪辛苦"。以时间作为衡量文章的标准,盲目崇古到了可笑地步,王充对此作了尖锐批判。作品的价值在自身的真伪善恶,而不在时间的长短,衡文标准必须看作品实际。王充认为历史是发展的,《超奇》篇就以历史发展的眼光论证了今胜于古:"周有郁郁之文者,在百世之末也。汉在百世之后,文论辞说,安得不茂?"周朝的郁郁之文是"百世"发展的结果,汉在周之后,又发展了数百年,积累更多,当然胜于周。《案书》篇指出,从作者角度看,"古今一也。才有高下,言有是非",古人并非全是高才,其文亦并非全是高文;今人并非全是庸人,其文并非全是劣文。所以,此篇又说:"才有浅深,无有古今,文有真伪,无有故新。"王充批判了崇古贱今的褊狭之见,从而提出了创新的主张。《自纪》篇云:

> 文士之务,各有所从:或调辞以巧文,或辨伪以实事,必谋虑有合,文辞相袭,是则五帝不异事,三王不殊业也。

人不同,时不同,文亦不同。不可"文辞相袭",创新才是"文人之务"。此篇又说:

> 饰貌以强类者失形,调辞以务似者失情。百夫之子,不同父母,殊类而生,不必相似;各以所禀,自为佳好。

"强类""务似"的模拟之作,"失形""失情",没有个性,没有生命,违背创作规律而毫无价值。人是"殊类而生"的,故文章"不必相似",作家应"各以所禀,自为佳好"。独创之作才有生命。王充还认为,作家"各以所禀"而创作的作品多彩多姿、各有其美。《自纪》篇云:"美色不同面,皆佳于目,悲音不共声,皆快于耳。"美是多样的,文学作品的美也是多样的,作家应按照自己的"所禀"去创作,而不应只去模拟别人。

虽然王充反对崇古贱今,但并非彻底拒绝古代有价值的东西,而主张学习古人的可取之处。《正说》篇云:"温故知新,可以为师,今不知古,称师如何?"《谢知》篇云:"知今不知古,谓之盲瞽。"知今知古,博古通今,从前人遗产中吸收养分,才能有益于创新。王充还在《超奇》篇提出"贵通"之说:"凡贵通者,贵其能用也。"对古代有价值的东西精通熟悉,是创新的重要基础。

6. 重"胸臆""德盛""才力""学识"——论作家

王充认为,文章的写作与作家的心胸、才能及学识密切相关,这方面的论述初步构成了他的作家论的理论框架。

其一,"胸臆"。王充论创作时提出了"实诚在胸臆"的命题,这也包含作家论的意义。从创作方面看,"文由胸中而出","精诚由中,故其文语感动人深"。实诚的心胸及真诚的思想感情是作家创作之本,作家只有率先酿造出真诚的心胸,才能创作出优秀之作。王充强调作家"实诚在胸臆",一方面是针对当时的虚妄文风,另一方面也体现了古代理论家对作家主体条件的重视。

其二,"德盛"。这是王充对作家提出的又一要求。《书解》篇云:

德弥盛者文弥缛,德弥彰者文弥明。大人德扩,其文炳;小人德炽,其文斑……德高而文积。

此论受孔子"有德者必有言"的思想影响。王充认为,作家的道德品质高尚,其文亦繁富多彩,德与文是对应一致的。一般来说,作家有高尚的思想道德总是要想方设法表现出来的,因而德盛也就文缛。并且作家"德高",作品的思想内容也就有价值。但文学创作有其独特规律,作家若无艺术修养,才浅学疏,未必就能带来"文弥缛",所以王充也非常重视作家的才能。

其三,"才力"。王充在《效力》篇论述了作家才力的重要性:

少文之人,与董仲舒等涌胸中之思,必将不任……才力不相如,则其知思不相及也……其才劣者,笔墨之力尤难,况乃连句结章,篇至十百哉!力独多矣!

才力是作家创作的一个关键因素,像董仲舒那样的鸿才,在表达"胸中之思"时,就能得心应手。"才劣者"在构思想象、运笔用墨等方面都感到吃力。才力宏大,想象力就丰富,语言运用力亦强,创作时就能挥洒自如。无才之人难以写出优美之作。《超奇》篇云:"鸿眇之才,故有嘉令之文。"又云:"足不强,则迹不远;锋不铦,则割不深。连结篇章,必大才智鸿懿之俊也。"

其四,"学识"。作家仅有才力还不够,还需有广博的学识。才与学是相辅相成的,作家需二者兼备。因为创作过程包含着作家发挥才力运用学识,无学识,才力亦难以发挥。《别通》篇云:"不能博众事,守信一学,不好广观,无温故知新之明,而有守愚不览之暗……夫闭心塞意,不高瞻览者,死人之徒也哉!"学识不广博,众事不广观,就有"闭心塞意"之弊,亦难以创作出优美之作。所以,才力离不开学识。《效力》篇云:"人有知学,则有力。"而且,学识还能使作家"雕琢其才",提高才能。《量知》篇云:"故学者所以反情治性,尽材成德也。"学识学问可使作家之情、性陶冶升华,才能和品德都可完善起来。后来刘勰《文心雕龙》论作家的"才、气、学、习",叶燮《原诗》论作家的"才、胆、识、力",均可见出王充"才力""学识"之论的影响。

三、王逸的屈原论

对屈原及其作品的评论是汉代文论的一个重要方面,汉代的屈原评论始于刘安,中经扬雄、班固的褒贬,到王逸达到了高峰。王逸批驳班固对屈原的指责,其屈原论在汉代具有总结性质。

王逸,字叔师,南郡宜城(今属湖北)人。生卒年不详,主要活动于东汉安、顺两帝时期。曾任校书郎及侍中。他的《楚辞章句》是现存最早的《楚辞》注本,此书的序全面分析了屈原及其作品。

1. 高度肯定屈原的人格精神

《楚辞章句序》云:

> 且人臣之义,以忠正为高,以伏节为贤。故有危言以存国,杀身以成仁……若夫怀道以迷国,详愚而不言,颠则不能扶,危则不能安,婉娩以顺上,逡巡以避患,虽保黄耇,终寿百年,盖志士之所耻,愚夫之所贱也。

王逸认为,班固的明哲保身是一种"耻而贱"的苟生思想,是通过庸俗手段保全性命而对国家不负责任。屈原"以忠正为高,以伏节为贤",坚持正义,为真理不惜杀身,敢于同邪恶斗争,所以屈原是"膺忠贞之质,体清洁之性,直若砥矢,言若丹青,进不隐其谋,退不顾其命,此诚绝世之行,俊彦之英也"(《楚辞章句序》)。班固说屈原"露才扬己""竞于群小",王逸认为是对屈原高尚品格的诋毁。

2. 分析屈原作品的创作动机及作品功用

《楚辞章句序》云:

> 而屈原履忠被谮,忧悲愁思,独依诗人之义,而作《离骚》,上以讽谏,下以自慰。遭时暗乱,不见省纳,不胜愤懑,遂复作《九歌》以下凡二十五篇。

王逸认为,《离骚》等作品的创作原因是"遭时暗乱"。社会政治昏暗,诗人"履忠"却"被谮",现实的不公使诗人"忧愤愁思",满腔"愤懑",《离骚》就是在这种情况下创作出来的。这一观点与司马迁"发愤著书"的精神相一致,也符合屈原的创作实际,屈原《惜诵》中就有"发愤以抒情"之句。王逸认为,屈原作《离骚》,其作用有二,即"上以讽谏,下以自慰"。班固曾对《离骚》的讽谏深为不满,而王逸认为这是"独依诗人之义",即符合《诗经》传统,因为儒家诗论是提倡讽谏、怨刺的。屈原"上以讽谏"体现了儒家诗学精神。"下以自慰"是王逸对屈原诗歌创作功用提出的新见解。"自慰"即诗人从自己的作品中获得了精神安慰和满足,这种作用与政治讽谏的功用完全不同。诗人从自己的作品中获得精神安慰是实际情况,因为作品是诗人本质力量的对象化,体现着诗人的思想、感情、理想及个人能力等,一旦作品被创造出来,它就成为诗人本质力量的一种确证,成为诗人观照自己本质力量的对象,从而获得心理快感。后世理论家对这种情况论述很多,如陆机《文赋》说创作是:"伊此事之可乐,固圣贤之所钦"。陶渊明《五柳先生传》说他"常著文章自娱……酬觞赋诗,以乐其志"。钟嵘《诗品序》说诗可以"使穷贱易安,幽居靡闷"。对于任何作家来说,他的成功作品都能使他获得自慰。所以,王逸的"自慰"说揭示了文学创作的一种普遍现象,具有广泛意义。古代文论史上有一种"自适""自娱"创作动力说和文学功用说,最早提出者,当是王逸。

3. 高度肯定屈原作品的艺术成就

《远游序》说,屈原"思欲济世,则意中愤然,文采秀发,遂叙妙思,托配仙人……是以君子珍重其志,而玮其辞焉"。屈原诗歌秀美的文采是"济世"思想愤然而发的结果,故志辞双美。班固认为屈原的作品多"虚无之语",不合经义。王逸《离骚经序》则说:"《离骚》之文,依诗取兴,引类譬谕。故善鸟香草,以配忠贞,恶禽臭物,以比谗佞;灵修美人,以媲于君……飘风云霓,以为小人。"王逸认为,屈原诗歌的艺术方法是与《诗经》一致的。屈原诗歌以香草美人比君子,以"恶禽臭物"比小人,实际是对《诗经》比兴方法的一种发展。王逸认为,屈原的人格伟大,其作品内容与形式兼美,是后人学习的楷范,具有不朽的价值。《楚辞章句序》云:

故智弥盛者其言博,才益多者其识远。屈原之词,诚博远矣。自终没以来,名儒博达之士,著造词赋,莫不拟则其仪表,祖式其模范,取其要妙,穷其华藻。所谓金相玉质,百世无匹,名垂罔极,永不刊灭者矣。

"金相玉质,百世无匹,名垂罔极,永不刊灭"这是对屈原作品的真实评价。文学发展的史实也证明,屈原的作品与《诗经》一样,对一代又一代的文学产生了难以估量的影响。在今天,仍有巨大的思想和艺术价值。

应该指出，王逸为了提高屈原作品的地位，而处处将其与《诗经》相比附，看不到二者的区别，不但显得十分牵强，而且忽视了屈原作品独特的浪漫特色，表现出汉代经学对文学批评的消极影响，也是汉代文论依经立论的一种表现。

关键词释义

[罢黜百家，独尊儒术] 西汉中期，董仲舒给汉武帝上《天人三策》，建议以经他改造的儒学作为专制帝国的统治思想，"诸不在六艺之科、孔子之术者，皆绝其道，勿使并进"。董仲舒"罢黜百家，独尊儒术"的建议为汉武帝所采纳。

[经学] 历代训解和阐发儒家经书之学，其起源可追溯至春秋战国时代的子夏和荀子。汉武帝时罢黜百家，独尊儒术，立五经博士，以通经作为进选人才的标准，治经、尊经成为当时的社会风尚，经学大盛于汉代，并绵延于后世。

[五经] 汉武帝时，独尊儒术，以《诗》《书》《礼》《易》《春秋》为儒家经典的代表，称为"五经"，并由朝廷设立"五经"博士，广泛传播儒家经典。

[愤中应外] 《淮南子》关于创作发生的理论观点。《淮南子》认为文艺创作是一个内在感情表现于外的过程。《主术训》云："有充于内而成象于外。"《修务训》云："愤于中则应于外，故所以在感。"作家有"充于内""愤于中"的真情实感，表现于外，就能创作出感人的作品。《淮南子》要求外在的"文"与内在的"情"必须统一，达到"文情理通"。

[发愤著书] 司马迁也是汉代文论最重要的命题。《太史公自序》云："夫诗书隐约者，欲遂其志之思也。昔西伯拘羑里，演《周易》；孔子厄陈、蔡，作《春秋》；屈原放逐，著《离骚》；左丘失明，厥有《国语》……《诗三百》篇，大抵贤圣发愤之所为作也。此人皆意有所郁结，不得通其道也。""愤"是作家"意有所郁结"即心理受压抑而不得伸展的状态，作家怨愤郁结"不得通其道"，从而借创作发挥疏通，以恢复心理平衡。司马迁的"发愤著书"对文学创作的心理机制作了较深的探索和阐发。两汉之后的诸多文论家如韩愈、刘禹锡、白居易、欧阳修、李贽、金圣叹、张竹坡、蒲松龄、廖燕等都从不同角度对此作出阐发。

[温柔敦厚] 儒家的诗教，始见于《礼记·经解》："温柔敦厚，诗教也……其为人也，温柔敦厚而不愚，则深于诗教者也。"儒家提出"温柔敦厚"作为诗教，主要是作为一种道德伦理规范，要求诗歌遵从这一规范以施行教化，使人人遵从礼教，作为国家治本的一个方面。"温柔敦厚"的诗教在中国古代文学创作和批评史上有过深远影响。

[《诗大序》] 《诗大序》是毛诗首篇《关雎》前的序，毛诗每篇都有小序，此大序应是整个《诗经》的序。其作者历来众说纷纭，近人多认为是东汉卫宏作，但亦

多有异议。序中引录了《乐记》的文字,其思想源于《乐记》。《诗大序》是儒家诗论的经典性总结。

　　[情志说]《诗大序》关于诗歌本质的观点,认为诗歌既是"志之所之",又是"吟咏情性"的,诗歌本质是抒发人的情和志:"诗者,志之所之也,在心为志,发言为诗。情动于中而形于言……"《诗大序》以情志论诗,提出了情志统一的诗歌本质论,这不仅大大发展了"诗言志"的思想,丰富了儒家诗学,而且也更准确全面地概括了诗歌的本质特征。

　　[六义说]《诗大序》提出的文论观点:"诗有六义",即风、赋、比、兴、雅、颂。本来,风、雅、颂是《诗》之异体(体式、样式),赋、比、兴是《诗》之异辞(修辞,即语言表现方法)。但《诗大序》的解释,重点在于强调"六义"的政教功能:"诗有六义",故可以"经夫妇,成孝敬,厚人伦,美教化,移风俗"。

　　[诗无达诂]董仲舒论《诗》的一个重要命题,语出《春秋繁露·精华》。达即通达、晓畅,诂即解释、阐说。此命题是说诗没有通达完备的解说。董仲舒是今文学家,解《诗》善于发挥"微言大义",故"诗无达诂"为汉儒随意解诗提供了理论依据;但诗以含蓄为美,有言外之意,不同的读者对同一首诗完全可以有不同的解释,故"诗无达诂"又是对诗歌鉴赏现象及规律的真实表述。

　　[实诚说]王充《论衡》提出的文学观点,包括两层含义:一是指文章的真实性价值,以"实诚"为尺度,确立新的衡文标准,肯定实诚而否定虚妄;二是指作家内在情感的真实性,所谓"实诚在胸臆,文墨著竹帛,外内表里,自相副称","精诚由中,故其文语感动人深",强调情感真实对于文学作品的决定性作用。

思考题

1. 汉代的思想文化对文论的影响如何?汉代文论主要有哪几个理论层面?
2. "发愤著书"说的基本内涵及其理论意义是什么?
3. 《乐记》论述了哪些重要文艺理论问题?
4. 《诗大序》对诗歌本质、诗歌功用及诗歌创作的思想规范提出了哪些命题?其内涵、意义如何?
5. 王充的文论有哪些主要内容?

进一步阅读文献

1. 顾易生、蒋凡:《先秦两汉文学批评史》,上海古籍出版社,1996年。(两汉部分)
2. 于迎春:《汉代文人与文学观念的演进》,东方出版社,1997年。

3. 陈良运:《中国诗学批评史》,江西人民出版社,1995年。(第三章"两汉的功利主义诗学观")

4. 李建中:《王充文艺心理学思想初探》,见《李建中自选集》,华中理工大学出版社,1999年。

5. 刘怀荣:《汉初文学思想的历史继承与转换》,载《东方论坛》,1996年第3期。

6. 孙元璋:《两汉的文学观与两汉文学》,载《文史哲》,1989年第5期。

两汉文论选录

论六家之要指

司马谈

《易·大传》曰:"天下一致而百虑,同归而殊途。"夫阴阳、儒、墨、名、法、道德,此务为治者也,直所从言之异路,有省不省耳。尝窃观阴阳之术,大祥而众忌讳,使人拘而多畏,然其序四时之大顺,不可失也。儒者博而寡要,劳而少功,是以其事难尽从,然其序君臣父子之礼,列夫妇长幼之别,不可易也。墨者俭而难遵,是以其事不可遍循,然其强本节用,不可废也。法家严而少恩,然其正君臣上下之分,不可改矣。名家使人俭而善失真,然其正名实,不可不察也。道家使人精神专一,动合无形,赡足万物。其为术也,因阴阳之大顺,采儒墨之善,撮名法之要,与时迁移,应物变化,立俗施事,无所不宜,指约而易操,事少而功多。儒者则不然,以为人主天下之仪表也,主倡而臣和,主先而臣随。如此,则主劳而臣佚。至于大道之要,去健羡,绌聪明,释此而任术。夫神大用则竭,形大劳则敝。神形骚动,欲与天地长久,非所闻也。

夫阴阳四时、八位、十二度、二十四节各有教令,顺之者昌,逆之者不死则亡。未必然也,故曰"使人拘而多畏"。夫春生夏长,秋收冬藏,此天道之大经也,弗顺则无以为天下纲纪,故曰"四时之大顺,不可失也"。

夫儒者,以六艺为法。六艺经传以千万数,累世不能通其学,当年不能究其礼,故曰"博而寡要,劳而少功"。若夫列君臣父子之礼,序夫妇长幼之别,虽百家弗能易也。

墨者亦尚尧舜道,言其德行曰:"堂高三尺,土阶三等,茅茨不翦,采椽不刮,食土簋,啜土刑,粝粱之食,藜藿之羹。夏日葛衣,冬日鹿裘。"其送死,桐棺三寸,举音不尽其哀。教丧礼,必以此为万民之率。使天下法若此,则尊卑无别也。夫世异时移,事业不必同,故曰"俭而难遵"。要曰强本节用,则人给家足之道也。此墨子之所长,虽百家不能废也。

法家不别亲疏,不殊贵贱,一断于法,则亲亲尊尊之恩绝矣。可以行一时之计,而不可长用也,故曰"严而少恩"。若尊主卑臣,明分职不得相逾越,虽百家弗能改也。

名家苛察缴绕,使人不得反其意,专决于名而失人情,故曰"使人俭而善失真"。若夫控名责实,参伍不失,此不可不察也。

道家无为,又曰无不为,其实易行,其辞难知。其术以虚无为本,以因循为用。无成势,无常形,故能究万物之情。不为物先,不为物后,故能为万物主。有法无法,因时为业;有度无度,因物与合。故曰"圣人不朽,时变是守"。虚者道之常也,因者君之纲也。群臣并至,使各自明也。其实中其声者谓之端,实不中其声者谓之窾。窾言不听,奸乃不生,贤不肖自分,白黑乃形。在所欲用耳,何事不成!乃合大道,混混冥冥。光耀天下,复反无名。凡人所生者神也,所托者形也。神大用则竭,形大劳则敝,形神离则死。死者不可复生,离者不可复反,故圣人重之。由是观之,神者生之本也,形者生之具也。不先定其神(形),而曰"我有以治天下",何由哉?

(选自司马迁《史记·太史公自序》)

史记·太史公自序(选录)

司马迁

太史公曰:先人有言,自周公卒五百岁而有孔子。孔子卒后至于今五百岁,有能绍明世,正《易传》,继《春秋》,本《诗》《书》《礼》《乐》之际,意在斯乎,意在斯乎,小子何敢让焉?

上大夫壶遂曰:昔孔子何为而作《春秋》哉?

太史公曰:余闻董生曰,"周道衰废,孔子为鲁司寇,诸侯害之,大夫壅之。孔子知言之不用,道之不行也,是非二百四十二年之中,以为天下仪表,贬天子,退诸侯,讨大夫,以达王事而已矣。"子曰:"我欲载之空言,不如见之于行事之深切著明也。"夫《春秋》,上明三王之道,下辨人事之纪,别嫌疑,明是非,定犹豫,善善恶恶,贤贤贱不肖,存亡国,继绝世,补敝起废,王道之大者也。《易》著天地阴阳四时五行,故长于变;《礼》经纪人伦,故长于行;《书》记先王之事,故长于政;《诗》记山川谿谷禽兽草木牝牡雌雄,故长于风;《乐》乐所以立,故长于和;《春秋》辩是非,故长于治人。是故《礼》以节人,《乐》以发和,《书》以道事,《诗》以达意,《易》以道化,《春秋》以道义。拨乱世,反之正,莫近于《春秋》。《春秋》文成数万,其指数千,万物之散聚,皆在《春秋》。《春秋》之中,弑君三十六,亡国五十二,诸侯奔走不得保其社稷者,不可胜数。察其所以,皆失其本已。故《易》曰:"失之毫厘,差以千里。"故曰:臣弑君,子弑父,非一旦一夕之故也,其渐久矣。故有国者,不可不知《春秋》,前有谗而弗见,后有贼而不知。为人臣者,不可以不知《春秋》,守经事而不知其宜,遭变事而不知其权。为人君父而不通于《春秋》之义者,必蒙首恶之名;为人臣子而不通于《春秋》之义者,必陷篡弑之诛,死罪之名。其实皆以为善,为之不知其义,被之空言而不敢辞。夫不通礼义之旨,至于君不君,臣不臣,父不父,子不子。夫君不君则犯,臣不臣则诛,父不父则无道,子不子则不孝。此四行者,天下之大过也。以天下之大过予之,则受而弗敢辞。故《春秋》者,礼义之大宗也。夫礼禁未然之前,法施已然之后,法之所为用者易见,而礼之所为禁者难知。

壶遂曰:孔子之时,上无明君,下不得任用,故作《春秋》,垂空文以断礼义,当一王之法。今夫子上遇明天子,下得守职,万事既具,咸各序其宜,夫子所论,欲以何明?

太史公曰:唯唯,否否,不然。余闻之先人曰:伏羲至纯厚,作《易》《八卦》,尧、舜之盛,《尚书》载之,礼乐作焉;汤、武之隆,诗人歌之;《春秋》采善贬恶,推三代之德,褒周室,非独刺讥而已也。汉兴以来,至明天子获符瑞,封禅,改正朔,易服色,受命于穆清,泽流罔极,海外殊俗,重译款塞,请来献见者,不可胜道。臣下百官,力诵圣德,犹不能宣尽其意。且士贤能而不用,有国者之耻;主上明圣而德不布闻,有司之过也。且余尝掌其官,废明圣盛德不载,灭功臣世家贤大夫之业不述,堕先人所言,罪莫大焉。余所谓述故事,整齐其世传,非所谓作也;而君比之于《春秋》,谬矣。

于是论次其文。七年,而太史公遭李陵之祸,幽于缧绁,乃喟然而叹曰:是余之罪也夫!是余之罪也夫!身毁不用矣!退而深惟曰:夫《诗》《书》隐约者,欲遂其志之思也。昔西伯拘羑里,演《周易》;孔子厄陈、蔡,作《春秋》;屈原放逐,著《离骚》;左丘失明,厥有《国语》;孙子膑脚,而论兵法;不韦迁蜀,世传《吕览》;韩非囚秦,《说难》《孤愤》;《诗》三百篇,大抵贤圣发愤之所为作也。此人皆意有所郁结,不得通其道也,故述往事,思来者。于是卒述陶唐以来,至于麟止,自黄帝始。

(选自中华书局本二十四史《史记》卷一百三十)

礼记·乐记(选录)

乐　本

一

凡音之起，由人心生也。人心之动，物使之然也。感于物而动，故形于声。声相应，故生变，变成方，谓之音。比音而乐之，及干戚羽旄，谓之乐。乐者，音之所由生也，其本在人心之感于物也。是故其哀心感者，其声噍以杀；其乐心感者，其声啴以缓；其喜心感者，其声发以散；其怒心感者，其声粗以厉；其敬心感者，其声直以廉；其爱心感者，其声和以柔：六者非性也，感于物而后动。是故先王慎所以感之者。故礼以道其志，乐以和其声，政以一其行，刑以防其奸：礼、乐、刑、政，其极一也，所以同民心而出治道也。

二

凡音者，生人心者也。情动于中，故形于声；声成文，谓之音。是故治世之音安以乐，其政和；乱世之音怨以怒，其政乖；亡国之音哀以思，其民困：声音之道与政通矣。宫为君，商为臣，角为民，徵为事，羽为物，五者不乱，则无怗懘之音矣。宫乱则荒，其君骄；商乱则陂，其官坏；角乱则忧，其民怨；徵乱则哀，其事勤；羽乱则危，其财匮；五者皆乱，迭相陵，谓之慢。如此，则国之灭亡无日矣。郑卫之音，乱世之音也，比于慢矣。桑间濮上之音，亡国之音也，其政散，其民流，诬上行私而不可止也。

三

凡音者，生于人心者也。乐者，通伦理者也。是故知声而不知音者，禽兽是也。知音而不知乐者，众庶是也。惟君子为能知乐。是故审声以知音，审音以知乐，审乐以知政，而治道备矣。是故不知声者，不可与言音；不知音者，不可与言乐。知乐，则几于礼矣。礼乐皆得，谓之有德：德者，得也。是故乐之隆，非极音也；食飨之礼，非致味也。清庙之瑟，朱弦而疏越，一倡而三叹，有遗音者矣。大飨之礼，尚玄酒而俎腥鱼，大羹不和，有遗味者矣。是故先王之制礼乐也，非以极口腹耳目之欲也，将以教民平好恶，而反人道之正也。

人生而静，天之性也；感于物而动，性之欲也。物至知知，然后好恶形焉。好恶无节于内，知诱于外，不能反躬，天理灭矣。夫物之感人无穷，而人之好恶无节，则是物至而人化物也。人化物也者，灭天理而穷人欲者也。于是有悖逆诈伪之心,有淫泆作乱之事。是故强者胁弱,众者暴寡,知者诈愚,勇者苦怯,疾病不养,老幼孤独不得其所。此大乱之道也。是故先王之制礼乐,人为之节:衰麻哭泣,所以节丧纪也;钟鼓干戚,所以和安乐也;昏姻冠笄,所以别男女也;射乡食飨,所以正交接也。礼节民心,乐和民声,政以行之,刑以防之:礼乐刑政,四达而不悖,则王道备矣。

乐　　论

一

乐者为同,礼者为异。同则相亲,异则相敬。乐胜则流,礼胜则离。合情饰貌者,礼乐之事也。礼义立,则贵贱等矣;乐文同,则上下和矣;好恶者,则贤不肖别矣;刑禁暴,爵举贤,则政均矣。仁以爱之,义以正之,如此则民治行矣。

二

乐由中出,礼自外作。乐由中出,故静;礼自外作,故文。大乐必易,大礼必简。乐至则无怨,礼至则不争。揖让而治天下者,礼乐之谓也。暴民不作,诸侯宾服,兵革不试,五刑不用,百姓无患,天子不怒,如此则乐达矣。合父子之亲,明长幼之序,以敬四海之内,天子如此,则礼行矣。

乐　　言

一

夫民有血气心知之性,而无哀乐喜怒之常。应感起物而动,然后心术形焉。是故志微噍杀之音作,而民思忧;啴谐慢易繁文简节之音作,而民康乐;粗厉猛起奋末广贲之音作,而民刚毅;廉直劲正庄诚之音作,而民肃敬;宽裕肉好顺成和动之音作,而民慈爱;流辟邪散狄成涤滥之音作,而民淫乱。

二

是故先王本之情性,稽之度数,制之礼义。合生气之和,道五常之行,使之阳而不散,阴而不密,刚气不怒,柔气不慑,四畅交于中而发作于外,皆安其位而不相夺也。然后立之学等,广其节奏,省其文采,以绳德厚。律小大之称,比终始之序,以象事行。使亲疏贵贱长幼男女之理,皆形见于乐,故曰"乐观其深矣"。

乐　　化

一

君子曰:礼乐不可斯须去身。致乐以治心,则易直子谅之心油然生矣。易直子谅之心生则乐,乐则安,安则久,久则天,天则神。天则不言而信,神则不怒而威。致乐,以治心者也;致礼以治躬则庄敬,庄敬则严威。心中斯须不和不乐,而鄙诈之心入之矣;外貌斯须不庄不敬,而易慢之心入之矣。故乐也者,动于内者也;礼也者,动于外者也。乐极和,礼极顺,内和而外顺,则民瞻其颜色而弗与争也,望其容貌而民不生易慢焉。故德辉动于内而民莫不承听;理发诸外而民莫不承顺。故曰:"致礼乐之道,举而错之,天下无难矣。"

二

乐也者,动于内者也;礼也者,动于外者也。故礼主其减,乐主其盈。礼减而进,以进为文;乐盈而反,以反为文。礼减而不进,则销;乐盈而不反,则放。故礼有报而乐有反,礼得其报则乐,乐得其反则安。礼之报,乐之反,其义一也。

三

夫乐者乐也,人情之所不能免也。乐必发于声音,形于动静,人之道也。声音动静,性术之变,尽于此矣。故人不耐无乐,乐不耐无形,形而不为道,不耐无乱。先王耻其乱,故制雅颂之声以道之。使其声足乐而不流,使其文足论而不息,使其曲直繁瘠廉肉节奏,足以感动人之善心而已矣,不使放心邪气得接焉。是先王立乐之方也。是故乐在宗庙之中,君臣上下同听之,则莫不和敬;在族长乡里之中,长幼同听之,则莫不和顺;在闺门之内,父子兄弟同听之,则莫不和亲。故乐者,审一以定和,比物以饰节,节奏合以成文,所以合和父子君臣,附亲万民也,是先王立乐之方也。故听其雅颂之声,志意得广焉,执其干戚,习其俯仰诎伸,容貌得庄焉;行其缀兆,要其节奏,行列得正焉,进退得齐焉。故乐者,天地之命,中和之纪,人情之所不能免也。

(选自阮元刻《十三经注疏》本《礼记正义》)

诗大序

《关雎》,后妃之德也,风之始也,所以风天下而正夫妇也。故用之乡人焉,用之邦国焉。风,风也,教也,风以动之,教以化之。

诗者,志之所之也,在心为志,发言为诗。情动于中而形于言,言之不足故嗟叹之,嗟叹之不足故永歌之,永歌之不足,不知手之舞之,足之蹈之也。

情发于声,声成文谓之音。治世之音安以乐,其政和;乱世之音怨以怒,其政乖;亡国之音哀以思,其民困。故正得失,动天地,感鬼神,莫近于诗。先王以是经夫妇,成孝敬,厚人伦,美教化,移风俗。

故诗有六义焉:一曰风,二曰赋,三曰比,四曰兴,五曰雅,六曰颂。上以风化下,下以风刺上,主文而谲谏,言之者无罪,闻之者足以戒,故曰风。至于王道衰,礼义废,政教失,国异政,家殊俗,而变风、变雅作矣。国史明乎得失之迹,伤人伦之废,哀刑政之苛,吟咏情性,以风其上,达于事变而怀其旧俗者也。故变风发乎情,止乎礼义。发乎情,民之性也;止乎礼义,先王之泽也。是以一国之事,系一人之本,谓之风;言天下之事,形四方之风,谓之雅。雅者,正也,言王政之所由废兴也。政有小大,故有小雅焉,有大雅焉。颂者,美盛德之形容,以其成功告于神明者也。是谓四始,诗之至也。

然则《关雎》、《麟趾》之化,王者之风,故系之周公。南,言化自北而南也。《鹊巢》、《驺虞》之德,诸侯之风也,先王之所以教,故系之召公。《周南》、《召南》,正始之道,王化之基。是以《关雎》乐得淑女,以配君子,忧在进贤,不淫其色;哀窈窕,思贤才,而无伤善之心焉。是《关雎》之义也。

(选自阮元刻《十三经注疏》本《毛诗正义》)

论衡·超奇

王　充

　　通书千篇以上,万卷以下,弘畅雅闲,审定文读,而以教授为人师者,通人也。杼其义旨,损益其文句,而以上书奏记,或兴论立说,结连篇章者,文人鸿儒也。好学勤力,博闻强识,世间多有;著书表文,论说古今,万不耐一。然则著书表文,博通所能用之者也。入山见木,长短无所不知;入野见草,大小无所不识;然而不能伐木以作室屋,采草以和方药,此知草木所不能用也。夫通人览见广博,不能掇以论说,此为匿生书主人,孔子所谓"诵诗三百,授之以政,不达"者也;与彼草木不能伐采,一实也。孔子得《史记》以作《春秋》;及其立义创意,褒贬赏诛,不复因《史记》者,眇思自出于胸中也。凡贵通者,贵其能用之也。即徒诵读,读诗讽术,虽千篇以上,鹦鹉能言之类也。衍传书之意,出膏腴之辞,非俶傥之才,不能任也。夫通览者,世间比有;著文者,历世希然。近世刘子政父子、扬子云、桓君山,其犹文、武、周公并出一时也。其余直有,往往而然。譬珠玉不可多得,以其珍也。

　　故夫能说一经者为儒生;博览古今者为通人;采掇传书,以上书奏记者为文人;能精思著文,连结篇章者为鸿儒。故儒生过俗人,通人胜儒生,文人逾通人,鸿儒超文人。故夫鸿儒,所谓超而又超者也。以超之奇,退与儒生相料,文轩之比于敝车,锦绣之方于缊袍也。其相过,远矣。如与俗人相料,太山之巅埒，长狄之项跖，不足以喻。故夫丘山以土石为体，其有铜铁，山之奇也。铜铁既奇，或出金玉。然鸿儒，世之金玉也，奇而又奇矣。奇而又奇，才相超乘，皆有品差。

儒生说名于儒门，过俗人远也，或不能说一经，教诲后生。或带徒聚众，说论洞溢，称为经明。或不能成牍治一说。或能陈得失，奏便宜，言应经传，文如星月，其高第若谷子云、唐子高者，说书于牍奏之上，不能连结篇章。或抽列古今，纪著行事，若司马子长、刘子政之徒，累积篇第，文以万数，其过子云、子高远矣，然而因成纪前，无胸中之造。若夫陆贾、董仲舒论说世事，由意而出，不假取于外，然而浅露易见，观读之者，犹曰传记。阳城子长作《乐经》，扬子云作《太玄经》，造于助思，极窅冥之深，非庶几之才，不能成也。孔子作《春秋》，二子作两经，所谓卓尔蹈孔子之迹，鸿茂参贰圣之才者也。

王公子问于桓君山以扬子云。君山对曰："汉兴以来，未有此人。"君山差才，可谓得高下之实矣。采玉者心羨於玉，钻龟者（者，原作"能"，据黄晖《校释》改）知神于龟，能差众儒之才，累其高下，贤于所累。又作《新论》，论世间事，辩照然否，虚妄之言，伪饰之辞，莫不证定。彼子长、子云说论之徒，君山为甲。自君山以来，皆为鸿眇之才，故有嘉令之文。笔能著文，则心能谋论。文由胸中而出，心以文为表，观见其文，奇伟倜傥，可谓得论也。由此言之，繁文之人，人之杰也。

有根株于下，有荣叶于上，有实核于内，有皮壳于外。文墨辞说，士之荣叶皮壳也。实诚在胸臆，文墨著竹帛，外内表里，自相副称，意奋而笔纵，故文见而实露也。人之有文也，犹禽之有毛也。毛有五色，皆生于体，苟有文无实，是则五色之禽毛妄生也。选士以射，心平体正，执弓矢审固，然后射中。论说之出，犹弓矢之发也。论之应理，犹矢之中的。夫射以矢中效巧，论以文墨验奇。奇巧俱发于心，其实一也。

文有深指巨略，君臣治术，身不得行，口不能继，表著情心，以明己之必能为之也。孔子作《春秋》以示王意，然则孔子之《春秋》，素王之业也。诸子之传书，素相之事也。观《春秋》以见王意，读诸子以睹相指。故曰：陈平割肉，丞相之端见；孙叔敖决期思，令尹（原作"君"，据孙诒让《札迻》说改）之兆著。观读传书之文，治道政务，非徒割肉决水之占也。足不强，则迹不远；锋不铦，则割不深。连结篇章，必大才智鸿懿之俊也。

或曰：著书之人，博览多闻，学问习熟，则能推类兴文。文由外而兴，未必实才学文相副也。且浅意于华叶之言，无根核之深，不见大道体要，故立功者希。安危之际，文人不与，无能建功之验，徒能笔说之效也。

曰：此不然。周世著书之人，皆权谋之臣；汉世直言之士，皆通览之吏，岂谓文非华叶之生,根核推之也。心思为谋,集札为文,情见于辞,意验于言。商鞅相秦,致功于霸,作《耕战》之书。虞卿为赵,决计定说,行退作《春秋》之思。《春秋》之思(四字据孙诒让《札迻》说增),赵(原作"起",刘盼遂引孙诒让曰:"元本作'赵',是。"据改)城中之议,耕战之书,秦堂上之计也。陆贾消吕氏之谋,与《新语》同一意;桓君山易晁错之策,与《新论》共一思。观谷永之陈说,唐林之宜言(黄晖《校释》:"'宜',元本作'直',朱校同。作'直言'疑是。"),刘向之切议,以知为本,笔墨之文,将而送之,岂徒雕文饰辞,苟为华叶之言哉?精诚由中,故其文语感动人深。是故鲁连飞书,燕将自杀;邹阳上疏,梁孝开牢。书疏文义,夺于肝心,非徒博览者所能造,习熟者所能为也。

夫鸿儒希有,而文人比然。将相长吏,安可不贵?岂徒用其才力游文于牒牍哉?州郡有忧,能治章上奏,解理结烦,使州郡连事,有如唐子高、谷子云之吏,出身尽思,竭笔牍之力,烦忧适有不解者哉?

古昔之远,四方辟匿,文墨之士,难得记录。且近自以会稽言之,周长生者,文士之雄也,在州为刺史任安举奏,在郡为太守孟观上书,事解忧除,州郡无事,二将以全,长生之身不尊显,非其才知少功力薄也。二将怀俗人之节,不能贵也。使遭前世燕昭,则长生已蒙邹衍之宠矣。长生死后,州郡遭忧,无举奏之吏,以故事结不解,征诣相属,文轨不尊,笔疏不续也。岂无忧上之吏哉?乃其中文笔不足类也。长生之才,非徒锐于牒牍也,作《洞历》十篇,上自黄帝,下至汉朝,锋芒毛发之事,莫不纪载,与太史公表纪相似类也。上通下达,故曰《洞历》。然则长生非徒文人,所谓鸿儒者也。前世有严夫子,后有吴君商,末有周长生。

白雉贡于越,畅草献于宛,雍州出玉,荆扬生金,珍物产于四远,幽辽之地,未可言无奇人也。孔子曰:"文王既没,文不在兹乎?"文王之文在孔子,孔子之文在仲舒,仲舒既死,岂在长生之徒与?何言之卓殊,文之美丽也!唐勒、宋玉,亦楚文人也。竹帛不纪者,屈原在其上也。会稽文才,岂独周长生哉?所以未论列者,长生尤踰出也。九州多山,而华岱为岳;四方多川,而江河为渎者,华岱高而江河大也,长生,州郡高大者也。同姓之伯贤,舍而誉他族之孟,未为得也。长生说文辞之伯,文人之所共宗,独纪录之,《春秋》纪元于鲁之义也。

俗好高古而称所闻。前人之业,菜果甘甜;后人新造,蜜酪辛苦。长生家在会稽,生在今世,文意虽奇,论者犹谓稺于前人。天禀元气,人受元精,岂为古今者差杀哉?优者为高,明者为上,实事之人,见然否之分者。睹非却前,退置于后;见是推今,进置于古。心明知昭,不惑于俗也。班叔皮续太史公书百篇以上，记事详悉，义浅理备。观读之者以为甲，而太史公乙。子男孟坚为尚书郎，文比叔皮非徒五百里也，乃夫周、召、鲁、卫之谓也。苟可高古，而班氏父子不足纪也。

周有郁郁之文者，在百世之末也。汉在百世之后，文论辞说，安得不茂？喻大以小。推民家事，以睹王廷之义。庐宅始成，桑麻才有。居之历岁，子孙相续，桃李梅杏，庵丘蔽野。根茎众多，则华叶繁茂。汉氏治定久矣，土广民众，义兴事起，华叶之言，安得不繁？夫华与实俱成者也；无华生实，物希有之。山之秃也，孰其茂也？地之洿也，孰其滋也？文章之人，滋茂汉朝者，乃夫汉家炽盛之瑞也。天晏，列宿焕炳；阴雨，日月蔽匿。方今文人并出见者，乃夫汉朝明明之验也。

高祖读陆贾之书，叹称万岁；徐乐、主父偃上疏，徵拜郎中，方今未闻。膳无苦酸之肴，口所不甘味，手不举以咦人。诏书每下，文义经传四科；诏书斐然，郁郁好文之明验也。上书不实核，著书无义指，"万岁"之声，"徵拜"之恩，何从发哉？饰面者皆欲为好，而运目者希；文音者皆欲为悲，而惊耳者寡。陆贾之书未奏，徐乐、主父之策未闻。群诸瞽言之徒，言事粗丑，文不美润，不指所谓，文辞淫滑，不被涛沙之谪，幸矣！焉蒙征拜为郎中之宠乎？

（选自刘盼遂《论衡集解》卷十三）

楚辞章句序

王　逸

昔者孔子睿圣明哲，天生不群，定经术，删《诗》《书》，正《礼》《乐》，制作《春秋》，以为后王法。门人三千，罔不昭达。临终之日，则大义乖而微言绝。

其后周室衰微，战国并争，道德陵迟，谲诈萌生，于是杨、墨、邹、孟、孙、韩之徒，各以所知著造传记，或以述古，或以明世。而屈原履忠被谮，忧悲愁思，独依诗人之义，而作《离骚》，上以讽谏，下以自慰。遭时暗乱，不见省纳，不胜愤懑，遂复作《九歌》以下凡二十五篇。楚人高其行义，玮其文采，以相教传。

至于孝武帝，恢廓道训，使淮南王安作《离骚经章句》，则大义粲然。后世雄俊，莫不瞻慕，舒肆妙虑，缵述其词。逮至刘向典校经书，分为十六卷。孝章即位，深弘道艺，而班固、贾逵复以所见改易前疑，各作《离骚经章句》。其余十五卷，阙而不说。又以壮为状，义多乖异，事不要括。今臣复以所识所知，稽之旧章，合之经传，作十六卷章句。虽未能究其微妙，然大指之趣略可见矣。

且人臣之义，以忠正为高，以伏节为贤。故有危言以存国，杀身以成仁。是以伍子胥不恨于浮江，比干不悔于剖心，然后忠立而行成，荣显而名著。若夫怀道以迷国，详愚而不言，颠则不能扶，危则不能安，婉娩以顺上，逡巡以避患，虽保黄耇，终寿百年，盖志士之所耻，愚夫之所贱也。

今若屈原，膺忠贞之质，体清洁之性，直若砥矢，言若丹青，进不隐其谋，退不顾其命，此诚绝世之行，俊彦之英也。而班固谓之露才扬己，竞于群小之中，怨恨怀王，讥刺椒、兰，苟欲求进，强非其人，不见容纳，忿恚自沉，是亏其高明，而损其清洁者也。昔伯夷、叔齐让国守分，不食周粟，遂饿而死，岂可复谓有求于世而怨望哉？且诗人怨主刺上曰："呜呼小子，未知臧否。匪面（原误作"而"）命之，言提其耳。"风谏之语，于斯为切。然仲尼论之，以为大雅。引此比彼，屈原之词，优游婉顺，宁以其君不智之故，欲提携其耳乎？而论者以为露才扬己，怨刺其上，强非其人，殆失厥中矣。

夫《离骚》之文，依托五经以立义焉。"帝高阳之苗裔"，则"厥初生民，时惟姜嫄"也。"纫秋兰以为佩"，则"将翱将翔，佩玉琼琚"也。"夕揽洲之宿莽"，则《易》"潜龙勿用"也。"驷玉虬而乘鹥"，则"时乘六龙以御天"也。"就重华而陈词"，则《尚书》咎繇之谋谟也。登昆仑而涉流沙，则《禹贡》之敷土也。故智弥盛者其言博，才益多者其识远。屈原之词，诚博远矣。自终没以来，名儒博达之士，著造词赋，莫不拟则其仪表，祖式其模范，取其要妙，窃其华藻。所谓金相玉质，百世无匹，名垂罔极，永不刊灭者矣。

（选自《四部丛刊》影明翻宋本《楚辞》卷一）

第三章　魏晋南北朝文论

中国古代文论发展到魏晋南北朝形成高潮。魏晋南北朝文论在中国文论史上至少拥有四个"第一"：第一部文论专篇——曹丕《典论·论文》；第一部创作论专篇——陆机《文赋》；第一部体大精深的文论巨制——刘勰《文心雕龙》和第一部诗话——钟嵘《诗品》。本章在概述此时期文化与文论关系的基础上，依次介绍曹丕、陆机、刘勰、钟嵘四家的文论思想及其对于中国古代文论的巨大贡献。

第一节　魏晋南北朝文论概述

就文学理论与文化的关系而言，魏晋南北朝文论的巨大成就，与老庄道学复兴、魏晋玄学兴起以及儒道释三教合流有着直接的关系。才性之本，言意之辨，以及心物、形神之论，动静、虚实之说，既是玄学清谈的话题，也是文学理论的命题。玄学文化，以及玄佛合流、儒道兼综的文化走向，成为魏晋南北朝文论发展和繁荣的思想文化动因。我们从曹丕"文气"说、陆机"缘情"说、钟嵘"直寻"说，尤其是从刘勰关于文学本体论、方法论、体系论的思想中，可以深刻地把握到玄学文化以及儒道释三教合流对魏晋南北朝文学理论的巨大影响。

一、从玄学兴盛到三教合流

自汉武帝接受董仲舒的建议而颁令"罢黜百家，独尊儒术"起，儒学便由先秦诸子百家之一演变为汉代文化哲学及意识形态之"唯一"。如果说孔子的儒学是将具有神学特征的上古巫祝文化人学化，那么董仲舒的天人感应和君权神授则是将先秦儒学重新神学化，以阴阳五行学说表达儒家伦常政治。这种充满神秘主义色彩的理论体系，后来发展为以制造宗教预言为能事的谶纬之学。时至东汉，古文经学家相继起来攻击董仲舒今文经学的天人感应、谶纬符命之学，从儒学内部酿成董仲舒之学的蹇剥命运。等到黄巾起义以及继之而起的天下大乱，大一统帝国摇摇欲坠,而作为汉帝国之精神支撑的汉代儒学也是岌岌可危了。

东汉桓、灵二帝时期,宦官专权,先后制造两次"党锢之祸"。本来,儒家的"忠君忧道"思想是汉代士大夫安身立命的精神支柱,东汉党人的言行举止,突出地表现了儒家人格的行义忧道,殉义殉道。比如范滂,对朝廷一片忠诚却并不为朝廷所理解,反遭党锢之祸,临刑前给儿子留下的遗训是"吾欲使汝为恶,则恶不可为;使汝为善,则我不为恶"(《后汉书·党锢列传》)。以生命为代价来实践儒家理想人格的东汉党人,却在临终时显露出"善恶不为"的道家人格倾向,可见儒家式微、庄学复兴、玄学诞生已是不可避免的了。

闻一多曾以诗人的激情描述庄学在魏晋的复兴:

> 像魔术似的,庄子忽然占据了那全时代的身心,他们的生活、思想、文艺——整个文明的核心是庄子。他们说"三日不读《老》《庄》,则舌本间强"。尤其是《庄子》,竟是清谈家的灵感的泉源。从此以后,中国人的文化上永远留着《庄子》的烙印。①

老庄道家的自然无为原则和抽象思辨风格,是魏晋之际的思想家反对汉儒天人感应目的论和谶纬神学的思想武器,因而成为魏晋玄学的思想渊源。身处乱世的魏晋士人,从老庄哲学中发现了新的精神世界和精神支撑。老庄哲学的最高概念既非天地,亦非鬼神,而是作为"天地之始""众妙之门"的"道"或"自然"。道家宇宙本体论以其对汉儒神学论的挑战而受到魏晋士人的重视。老庄的社会政治思想是顺其自然而清静无为,对儒家纲常伦理持否定态度,这对于见惯了儒学"名教"之虚伪的魏晋士人来说,无疑具有极大的吸引力。庄子极度鄙视尘世间的沽名逐利、尔虞我诈,主张心斋、坐忘、游心于虚,在清静无为的精神世界作无待之游。道家的这种人生哲学,对于乱世中的魏晋士人真可谓是久旱之雨、久寒之炭。汉魏之际,严重的社会动荡造成时人的生死无常、得失骤变;时代的苦痛酿造出心灵的痛苦,人身与人心同受煎熬。心理焦虑需要消释,人格冲突需要化解,个体企盼着从社会与心灵的双重苦难中解脱出来,在玄学形而上的空间重建逍遥之游。正是在这种思想文化背景下,老庄道家思想满足了魏晋文人士大夫的心理需求,满足了魏晋士人重择生存方式、重铸才性范型的理论需求。

汉魏之际,儒家经学向魏晋玄学的转化还有另一个特征:以道释儒,儒道兼综。三国时荆州学派王肃伪作的《孔子家语》,带有明显的儒道兼综的思想倾

---

① 闻一多:《庄子》,见《闻一多全集》第二卷,生活·读书·新知三联书店,1982年,第279~280页。

向①。《孔子家语》杜撰出孔子如何拜老子为师,西周社会如何用道家的原则治理天下等,表明王肃要用老庄之"道"重释孔子之"道"的理论愿望。当然,在王肃那里,儒学是本而道家是末,以道释儒最终是为了补充、证实并挽救儒学。到了正始年间,道家思想复兴,玄学思潮兴起,才将儒道之本末、主次关系颠倒过来,以道家思想为本,以儒家思想为末。正始玄学领袖王弼作《论语释疑》,直接用老庄道家的观念和方法重释儒家经典。王弼注孔子"老于道"一语,称"道者,无之称也,无不通也,无不由也。况之曰道,寂然无体,不可为象。是道不可体,故但志慕而已",这样一来,王弼将孔子的"道"释为"无"的代称,从而将儒学玄学化。由正始玄学所开创的这种以道释儒、儒道兼综的哲学风习,一直延续到东晋乃至南朝。

魏晋玄学的发展大体上经历了从"道学复兴"到"儒道兼综"的阶段;而东晋以后,由于佛教的传入和兴盛,"儒道兼综"又发展为"三教合流"。学术界一般认为,佛教正式传入中国在后汉明帝永平年间。作为一种外来的宗教,佛教要想在中国生根开花结果,必须与中国本土固有的思想文化结合起来,才能为人们所接受和信仰。所以,佛教在汉代刚传入中国时,常常与中国传统的神仙方术思想相结合,宣扬无为无欲、精灵起灭,中国人也常常视佛如仙,视佛法如道术。在中国佛学史上,汉代佛教被称为"佛学方术化"时期;与此相衔接的则是魏晋佛教的"佛学玄学化"时期。

佛学在魏晋南北朝时期的玄学化,其基本特征就是佛教徒在盛极一时的玄学思想影响下,用玄学思想来解释和宣扬佛教的般若空学,从而使得佛教大乘空宗的思想得到了极大的发展。魏晋玄学始于何晏、王弼,而何、王又继承和发展了老子的贵无哲学,认为世界的本体是"无",现象世界("有")只是本体世界("无")的外部表现。而这种崇无的哲学,正好与佛教的大乘般若空学所主张的"一切皆空"的空宗思想相类似,正如刘勰《文心雕龙·论说》篇在谈到玄学"贵无论"时所指出的:"动极神源,其般若之绝境乎!"玄智之"无"与般若之"空"的会通,是玄学与佛学之融合在理论形态上的重要表现。

从汉魏之际儒学式微、庄学复兴,到玄学三期以道释儒、儒道兼综,再到东晋南朝玄佛双修、三教合流,魏晋南北朝文化的发展演变特征对这一时期的文学理论产生了巨大的影响。曹丕"文气说"专论作家个性气质而忽略儒家德性标准,陆机探讨为文之用心而主张"课虚无""叩寂寞",钟嵘品评五言诗重"直寻"、重"滋味",尤其是刘勰分别以道、儒、释作文学的本体论、方法论和系统论之阐述,均可视为玄学兴盛、三教合流之文化特征在文学理论上的具体体现。

---

① 许杭生等:《魏晋玄学史》,陕西师范大学出版社,1989年,第22~27页。

二、魏晋玄学对文论的影响

文学理论是文化的组成部分,任何一个时代的文学理论,都不可避免地要受到该时代文化的影响。魏晋南北朝时期,玄学文化对文学理论的影响,突出地表现在以下三个理论范畴的形成及演变之中。

1. 言意论

言意之辨从广义上讲是一个文化哲学命题,从狭义上讲则是一个文学理论命题。魏晋南北朝之前的言意论,大体上可分为儒家经学中心主义的"立言",道家自然主义的"无言",以及《易传》对儒道两家言意观的折衷。《易传·系辞上》既讲"言不尽意",又讲"立象以尽意";而魏晋玄学的开创者之一的王弼,正是在讨论《易传》"言—象—意"之关系时提出自己的言意观的。

《周易》中的"言",指一个卦的卦辞和爻辞,如乾卦的卦辞是"乾,元亨利贞",它的初爻的爻辞是"初九,潜龙勿用";《周易》中的"象",指八卦象、六十四别卦象及阴(——)阳(—)两爻象,同时也指象征卦象意义的事物,如乾卦的卦相是"健",而天、朝廷、君、父、首、玉、金、寒、冰、大赤、马、木果、龙、衣等,则是象征这一卦象意义的事物;《周易》中的"意",指卦象及其所表征的事物所包含的意义,如乾卦所包含的意义为刚健,坤卦所包含的意义为柔顺等。

王弼《周易略例·明象》从两个不同的角度来辨析"言—象—意"三者之间的关系。首先,从"作卦"(创造)的角度论,象生于意,意以象尽,意为象之内涵,象为意之形式或外观;言生于象,象以言著,象为言之对象,言为象之形式。其次,从"解卦"(接受)的角度论,要寻言以观象,得象忘言;要寻象以观意,得意忘象。"言"和"象"均为得"意"之工具,有如庄子的"筌蹄"之喻(王弼《周易略例·明象》也用了这一比喻),舍弃了名言和卦象,当然无从得意;但是若滞拘于名言和卦象,也无从得意。"忘言忘象,体会其所蕴之义,则圣人之意乃昭然可见。王弼依此方法,乃将汉易象数之学一举而廓清之,汉代经学转为魏晋玄学,其基础由此而奠定矣。"[①]

得意忘言不仅为解读经典之新法,而且为正始玄学之要义。"玄贵虚无,虚者无象,无者无名。超言绝象,道之体也。因此本体论所谓体用之辨亦即方法上所称言意之别……故玄学家之贵无者,莫不用得意忘言之义以成其说。"[②]正始玄学的王弼、何晏如此,竹林玄学的嵇康、阮籍亦然。王、何兼综名理,会通儒道,

---

① 汤用彤:《言意之辨》,见《汤用彤学术论文集》,中华书局,1983年,第216页。
② 汤用彤:《言意之辨》,见《汤用彤学术论文集》,中华书局,1983年,第218~219页。

注重本体之宗旨；嵇、阮越名任心，旷达奔放，追求天地之和美，尤其是嵇康的《声无哀乐论》，论音乐亦本"得意"之旨。就文学理论而言，魏晋南北朝时期第一个受言意之辨影响而探讨为文用心的是西晋的陆机。陆机自称"恒患意不称物，文不逮意"，作《文赋》专论文学创作过程中的"物—意—文（言）"之间的关系。陶渊明是受言意之辨影响的又一位诗人，自谓"好读书，不求甚解；每有会意，便欣然忘食"（《五柳先生传》），这正是玄学家不为繁琐经学所束缚而轻言重意的审美态度。陶渊明《饮酒》一诗写道："山气日夕佳，飞鸟相与还。此中有真意，欲辨已忘言。"诗人感物心动，忽有所悟，欲以言传意，却觉得不待言或不必言，"真意"在不言之中或在言语之外。后来刘勰讲"文外之重旨"，钟嵘讲"文已尽而意有余"，均含有对"言外之意"之美学旨趣的推崇和追求。

2. 形神论

魏晋玄学始于清谈，而清谈又起于以人物品鉴为己任的清议。魏晋玄学的言意论、形神论以及下面要谈到的才性论，均与人物品评相关。汤用彤先生说："玄学统系之建立，有赖于言意之辨。但详溯其源，则言意之辨实亦起于汉魏间之名学。名理之学源于评论人物。"①汉末人物识鉴常常名不副实，故魏晋人品评人物主张神鉴，主张掌握人的内在神理而不要看重外在的形名。这种品鉴人物的观念和方法，就言意观而论是重意轻言、得意忘言，就形神观而论是重神轻形、得神忘形。

形神论与人物品评的关系最为密切，而魏晋玄学对魏晋文论形神观的影响更是与人物品鉴紧密相关。魏晋时期儒学式微、庄学复兴，文人士大夫不受世俗礼法的羁绊而放浪形骸之外。他们或身居庙堂却心存江湖，或远离尘世，遁迹山林，或潇洒风流，佯狂自适。这种重风神而轻形迹的名士风度，在当时受到人们的高度评价和推崇。汤用彤先生指出，"汉人朴茂，晋人超脱。朴茂者尚实际，故汉代观人之方，根本为相法，由外貌差别推知其体内五行之不同。汉末魏初犹有此风（如刘劭《人物志》），其后识鉴乃重神气，而入于虚无难言之域"，所谓"汉代相人以筋骨，魏晋识鉴在神明"②。

受魏晋玄学的影响，《世说新语》评品识鉴人物尤其注重风神，如冠之以"神"的品人用语就有神气、神色、神情、神姿、神隽、神检、神颖、神明、神清等，又如冠之以"风"的则有风姿、风韵、风格、风骨、风气、风标、风期、风尚、风情、风仪、风量、风检等。《世说新语》的人物品评，对文学作品的审美鉴赏和评价产生了巨大

---

① 汤用彤：《言意之辨》，见《汤用彤学术论文集》，中华书局，1983年，第215页。
② 汤用彤：《言意之辨》，见《汤用彤学术论文集》，中华书局，1983年，第226页。

的影响,尤其是重视风神的美学倾向,对文学理论中形神观的发展有直接的推动作用。中国古代文论中有关形神理论的诸多概念、术语,大多是从《世说新语》的品人用语中移植过来的。

魏晋玄学的形神论,对南朝的绘画理论也产生了影响。顾恺之画人物重在传神,据《世说新语·巧艺》载,顾恺之画人,或数年不点目睛。人问其故,顾答曰:"四体妍蚩,本无关于妙处;传神写照,正在阿堵中。"顾恺之与人论画,称"手挥五弦易,目送归鸿难"。"手挥五弦"是绘其形,"目送归鸿"是传其神,绘形易而传神难,可见顾恺之也是重神轻形的。当然,"目睛"或"目送"也是形,从根本上说,绘画是不可能略其"形"的,所以顾恺之又提出"以形写神"。"形"在这里只是"传神"的手段,作画者重神似不重形似,品画者则得其神而忘其形。这就好比魏晋的人物品评,观眸子以知人,重其神韵而略其玄黄。

玄学形神论的重神轻形,到了南朝以后又与佛教的"神不灭论"相互融合。佛教的中心思想是强调形神分离、灵魂不灭,当时有不少的佛教徒精通玄学并以玄理释佛理,其中包括用玄学的形神观释佛学的神不灭论。读《全上古三代秦汉三国六朝文》可知,魏晋南北朝时期讨论形神关系的文章很多,如释家支遁的《神无形论》、慧远的《形尽神不灭论》等。玄心与佛心合流,共同铸成形神论的美学内涵。

3. 才性论

才性论与前述言意论、形神论一样,既是魏晋玄学清谈的主要话题,又是魏晋南北朝文学理论的核心范畴,同时又鲜明地显示出玄学文化对文学理论的巨大影响。"才性"之说始于荀子,儒家的人格品鉴虽说是"才性"并举,但看重的是德性而不是才能。汉儒之褒贬屈原,依经立义,从"才性"角度塑造屈原的道德形象。汉魏之际,在东汉党人将孔儒人格之"性"高扬到佼而欲折的程度之后,曹操举起"唯其才"的大旗,向儒家仁孝道德挑战。随后,则是刘劭《人物志》以"才性"为纲要,建构起系统而精致的人格理论。《人物志》的人格类型说和曹操的人才思想,共同赋予"才性论"以新义:一是重才情而轻德性,二是其思想内涵发生从伦理向心理的转型,三是超越实用功利而走向艺术与审美,四是以"气质性格"之"性"和"文章诗赋"之"才"塑造出新的人格形象。

魏晋玄学有专论才性关系的《才性四本论》,《世说新语·文学》篇"钟会撰《四本论》始毕"条有刘孝标注引:

《魏志》曰:"(钟)会论才性同异,传于世。《四本》者:言才性同,才性异,才性合,才性离也。"

钟会的《四本论》已佚,"才性四本"讨论才能与德性的关系,或主"才性合同",或主"才性离异"。陈寅恪先生认为主"合同"者为司马氏一党,旨在"宗经义""贵仁孝"，以儒家礼教为其篡魏服务。而曹氏一党的"离异"论，实为曹操求贤令中人才思想之继续，以重"文辞"、重"智术"与司马氏重礼教针锋相对①。就文学理论这一特定领域而论，才性合同论将并无必然之因果联系的才能与德性，主观地置于因果之链，最终导致用正统礼教的眼光曲解作品、苛求作家，如班固之指责屈原，韦诞之历诋群才。而才性离异论努力使作家的创作之才冲破儒家政教伦理之德性的束缚，以获得独立的美学意义和价值。在魏晋南北朝这一"人的觉醒"和"文的自觉"的时代，才性离异论是主流，包括刘勰在内的不少的文学家和文论家（如徐幹、葛洪、刘义庆、萧纲、颜之推等），都发表过才性离异的言论。比如刘勰的《文心雕龙》，虽有《程器》篇排比历代文士的德性之疵，却先有《才略》篇褒奖这些文士的创作之才。刘勰在认同"才性离异"的基础上，更看重创作之才，所谓"才难然乎，性各异禀"。

受魏晋玄学才性之辨的影响，魏晋南北朝文论的才性论重文才重才情，而且在讨论才性关系时，有意无意地淡化"性"的政教伦理内涵而强调其个性心理学特质。前举刘勰的"性各异禀"之"性"已有个性之义，而《文心雕龙·体性》中的"性"，更多的是指作家的气质、个性或情性，所谓"才力居中，肇自血气"，"吐纳英华，莫非情性"。曹丕《典论·论文》的"文气"之说，更是有着鲜明的个性心理学内涵，这一点，我们将在本章下一节详论。

三、魏晋南北朝文论的巨大成就

宗白华指出："汉末魏晋六朝是中国政治上最混乱、社会上最苦痛的时代，然而却是精神史上极自由、极解放，最富于智慧、最浓于热情的一个时代。因此也就是最富有艺术精神的一个时代。"②以玄学兴盛和三教合流为特征的"精神自由"促进了文学创作的繁荣，而精神自由与创作繁荣一道促进了文学理论的发展。下面分三个方面介绍魏晋南北朝文论的巨大成就。

1. 作家论

这一时期，出现了中国古代文论史上第一部作家论专篇（曹丕《典论·论文》）和系统的作家论专章（刘勰《文心雕龙》的《程器》篇和《才略》篇）。这一时期的文论家，以"才性之辨"为中心，提出了不少有新意有创见的理论观点。一是开始认识到文学创作需要特殊的才能，非常看重并系统研究这种才能。有人请曹植润饰文章，曹植"自以才不过若人，辞不为也"（《与杨德祖书》）；《世说新语·文

---

① 陈寅恪：《陈寅恪先生文史论集》，香港文文出版社，1972年，第1页。
② 宗白华：《美学散步》，上海人民出版社，1981年，第177页。

学》篇称"殷仲文天才宏赡";《颜氏家训·文章》篇认为创作需要特殊的"才思","必乏天才,勿强操笔";被钟嵘选入《诗品》的122位诗人都是有才的,所谓"预此宗流者,便称才子",并讽称那些政论型、应用型文体的作者是"虽谢天才,且表学问"。《文心雕龙》除了作家论专章之外,还有《神思》《熔裁》《夸饰》《练字》《养气》等篇章,着重讨论创作才能的意义、特征及其培养方法。二是强调作家才性的差异性。刘劭《人物志》将才能和性格各分为十二种类型;葛洪《抱朴子·辞义》称"才有清浊,思有修短,虽并属文,参差万品";钟嵘品诗,所依据的也是诗人才性的差异;刘勰更是从作家的个性、才能与创作风格的关系,社会、时代和地域环境对创作的影响等不同角度,系统讨论了作家才性的差异性,得出"才性异区""各师成心,其异如面"的结论。

2. 创作论

与汉代文学相比,魏晋南北朝的文学创作不再以取悦皇帝或巩固皇权为指归,而以个体的精神追求与情感愉悦为目的;不再看重政教伦理性之"言志",而看重感性生命以及个性化之"缘情"。文学创作的新面貌、新主题直接酿成文学理论的新观念、新思想。魏晋南北朝文论中的创作论,除了上一节已谈到的言意论、形神论之外,还有缘情说、心物交融说和动静相济说。

中国古代文论历来有"诗言志"的传统,而汉代儒家将"志"伦理道德化,将文学视为美刺讽喻的工具。时至儒学式微的魏晋,"'缘情'的五言诗发展了,'言志'以外迫切地需要一个新目标。于是陆机《文赋》第一次铸成'诗缘情而绮靡'这个新语"①。"诗缘情"确立了创作主体之情感在创作中的重要地位,开启了中国古代文论"重情"的传统。魏晋南北朝的"缘情说"有三大特征:一是既强调外物对主体情感的感召或摇动,又强调主体情感在整个创作过程中的主导作用;二是强调"摇荡性情"之"物",不仅指"春风春鸟,秋月秋蝉"之类的自然世界,同时也指"塞客衣单,孀闺泪尽"之类的社会现象;三是强调悲哀之情在创作发生中的重要意义。

关于创作过程中的心物关系,魏晋之前主要有三派:《乐记》的物感说、《庄子》的心造说、《荀子》的精合感应说。魏晋南北朝文论谈心物关系,既注重"心"在感"物"之中的主导作用,又看到"物"对"心"的制约、决定作用,形成独具特色的心物交融说。一方面,作家将一己之情主动赠予自然外物,使物"与心而徘徊",使"物以情观","辞与情发";另一方面,被作家所观照之物,又来回答情的馈赠,使心"随物而宛转",使"情以物迁","神与物游"。通过这种心物之间的赠答

---

① 朱自清:《朱自清古典文学论文集》上册,上海古籍出版社,1981年,第223页。

或交融,最终达到"情理同致"的境界,写出"情貌无遗"的作品。心物交融说将各执一端的"物感"与"心造"辩证地融合为一体,从总体上描绘出创作过程中心物交感的特征,对中国古代文论的创作论思想作出了贡献。

创作过程的基本特征是"故哀乐之心感,而歌咏之声发"(《汉书·艺文志》),主体之心由"感"到"发"当然是以"动"为主,这可以说是中国古代创作论的一般规律,而这个"一般规律"在魏晋南北朝时期却表现出它的特殊性。汉魏之交庄学复兴,正始年间玄学兴盛,东晋以降玄佛合流。庄学以"虚静""淡泊"为本,玄学讲"玄对""玄览",佛教则主"清空""寂寞"。大体而言,道、玄、佛都是以"静"为主要特征。在这种文化和哲学思想的影响之下,魏晋南北朝文论的创作论具有一种"动静相济"的内涵。陆机《文赋》论创作灵感(应感之会),既讲"天机骏利"之动,也讲"六情底滞"之静;刘勰《文心雕龙·神思》主张"陶钧文思,贵在虚静","寂然凝虑,思接千载",前者是动前之静,后者是动中之静;宗炳《画山水序》提出"澄怀味象",则是主张以静养动,以静促动。

3. 鉴赏论

魏晋南北朝的鉴赏论受玄学清议(即人物品评)影响,将品人与品文融为一体。这一时期,不仅出现了中国古代文论史上第一篇鉴赏论专篇《文心雕龙·知音》和第一部诗歌品评的专著《诗品》,还出现了各种艺术种类的识鉴与品藻,如谢赫的《古画品录》、姚最的《续画品》和庾肩吾的《书品》等。概言之,魏晋南北朝文论的鉴赏理论有两大内容:鉴赏才性论与鉴赏方法论。创作需要才性,鉴赏也需要才性,《文心雕龙·知音》论鉴赏者的才能,提出"圆照之象,务先博观"和"将阅文情,先标六观",前者指鉴赏者要有丰富的阅读经验和公允、通脱的鉴赏眼光,后者指鉴赏者对文学作品从内容到形式的深识奥鉴。关于鉴赏者的性情,魏晋南北朝的文论家针对当时文学批评中贵古贱今、崇己抑人等倾向,也多有贬斥。如曹丕《典论·论文》指责"文人相轻""崇己抑人",葛洪《抱朴子·钧世》批评"贵古贱今""贵远贱近",《文心雕龙·知音》篇批评"信伪迷真""深废浅售",等等。魏晋南北朝文论家常用的鉴赏品评方法是"味诗法"和"意象法"。钟嵘《诗品序》称五言诗"是众作之有滋味者也",作诗者,诗要作得有味;赏诗者,则要会心味诗,体悟诗之味,意会诗之妙,所谓"味之者无极,闻之者动心",在味诗之中获得极大的心理快感与审美愉悦。味诗的过程及其结果需要用文字来表达,而钟嵘《诗品》对诗人及其作品的评价,对一己之鉴赏心得的传达,用的大多不是概念化语言,而是意象性描述:将鉴赏者之"意"蕴于生动、具体的形象之中,使意与象会、心与物谐,以意象来记录味诗的结果。

第二节　玄学才性论与曹丕《典论·论文》

才性论是魏晋玄学清谈的主要话题之一,魏晋才性论重才能、轻德性和标举创作个性,表现出那个时代的精神特质。曹丕《典论·论文》名曰论"文",实为论"文人(作家)"。而曹丕之论作家受魏晋玄学的影响,表现出忽略儒家礼教而推崇作家创作个性及才能的理论倾向,在中国文学理论史上第一次将才性之"性"阐释为气质、个性,并深入探讨了作家气质、个性与文学文体及风格的关系。

一、铨衡群彦,品评才性

曹丕(187—266),字子桓,曹操次子,沛国谯(今安徽亳州市)人。建安二十五年(220年)代汉立魏,史称魏文帝。有后人所辑的《魏文帝集》。《典论》一书,为曹丕所精心结撰,全书已佚,清严可均辑其佚文入《全三国文》卷八,《论文》便是佚文中的一篇。据《文选》附蔡邕《典引注》:"典者,常也,法也。"《典论》,按作者原意即是讨论各种文体的法则,但《论文》这一篇,既讨论文体,也评论作家;既阐发文气、才性之论,也高扬文学的文化价值和社会作用,是中国文学批评史上现存的第一篇文学理论专论。

当然,曹丕之前亦有专篇的文学论文,如《诗大序》、班固《离骚序》《两都赋序》、王逸《楚辞章句序》等,但这些文章所论述的对象,或者是一部(篇)作品,或者是一种文体,或者是一位作家,而《典论·论文》则是讨论多种文体和评论多位作家,并以"才性—文气"为中心,涉及一些重要的文学理论问题。

汉魏之际,文学繁荣,不仅文学种类、文学作品的数量增多,而且那些有名有姓的作品能有声有色地展示出创作主体不同的个性气质。同为诗人,王粲与刘桢各异;同作章表书记,陈琳与阮瑀有别;甚至父子诗风不同(如曹操与曹丕、曹植),兄弟文气相殊(如曹丕与曹植)。文学创作的彬彬之盛,文学风格的其异如面,既为这一时期文论的发展提供了丰富的思想资料及例证,同时也给这一时期的文论研究提出了更高的理论要求:不再是品评某一位作家或某一种文体,而是要铨衡群彦,品藻诸家,析才性之精微,探文气之奥秘——曹丕的《典论·论文》便担当起了这一历史重任。

《典论·论文》从贬斥"文人相轻"、推崇"审己度人"入手,借助对建安七子创作风格及个性的分析,提出了"文本同而末异""文以气为主""文章经国之大业"等重要的理论观点。

1. 文本同而末异

这里的"本"与"末",分别就文学的本质特征与文体特征而言,属于文体论。无论哪一种文体,都是用语言文字来表达思想情感,其"本"相同;而不同的文体在表现形态、语言形式、体貌风格等方面各有不同,其"末"相异。先秦两汉的儒家文论,一向以"德"为本,以"文"为末。而曹丕论文章之"本末",已经没有多少儒学内涵,更多地是表现出玄学思辨和文学自觉的时代精神。

曹丕将文体分为四科八种,大体上说,奏议书论属无韵之笔,铭诔诗赋属有韵之文;而"末异"中的四类,"雅"和"丽"偏重于语言形式,"实"和"理"偏重于思想内容,而作为对不同文体的界定,这四类都属于风格体貌。可见曹丕的"文本同而末异"讨论的是文体与风格的关系。奏议之类的公文,经常用于朝廷和军国大事,其言语风格应该典雅。子书和论文的写作,谈玄原道,辨名析理,应当以理为主,不应仅以言辞求胜,否则就会枝蔓诡异。碑诔之作历来有溢美失实、徒事华辞之习,曹丕反对谀墓之风,主张铭诔之作应朴实无华。诗歌和辞赋属纯文学,其语言形式当与前面几种应用型文体有别,曹丕用"丽"来概述诗赋的风格特征,较为准确地标示出文学与非文学在语言风格上的区别,表明他对文学作品的审美特征已有了初步的认识。后来陆机《文赋》提出"诗缘情而绮靡,赋体物而浏亮",萧统《文选序》将"综缉辞采""错比文华"视为选文之标准,从中都可以看到曹丕"诗赋欲丽"的影响。

中国古代文学理论的文体论产生、形成于魏晋,成熟于南北朝,而曹丕的"文本同而末异"对于文体论的发展具有奠基的意义。首先,曹丕的文体论将属于纯文学的"诗赋"与属于应用型文体的"奏议""书论"等分而论之,并提出完全不同的风格要求,表明那个时代的文论家对文学独立和文学自觉的体认。其次,曹丕"四科八种"的文体分类,对后来的辨体明性产生了很大的影响。从曹丕开始,文体之分类愈来愈细,陆机《文赋》论述了诗赋等十种文体应具备的风格特征,而刘勰《文心雕龙》自《明诗》至《书记》整整二十篇,分别对近三十种文体进行了系统而深入的研究。再次,曹丕的文体论有明显的风格论内涵,他在分析建安七子之文气类型时,谈到不同的作家长于或短于不同的文体,所谓"此四科不同,故能之者偏也"。受曹丕影响,刘勰《文心雕龙》有《体性》一篇专门讨论作家才性与文章体貌的关系,得出的结论是"才性异区,文辞繁诡",从中又可见魏晋南北朝的文体论与玄学才性论的关系。

2. 文以气为主

以"气"论文和文人(作家),是曹丕《典论·论文》最为突出的理论贡献,关于曹丕"文气"说的文论内涵及文化价值,我们将在下一节专门讨论,这里简略介绍

"文气"说的文化背景及要义。汉魏之际,人物品藻之风盛行,而"气"是品人用语中最常见的词之一,如称道人物纯正美好的品质和智慧才能,有"纯和之气""淑灵之气""玄妙之气""清明之气""休懿之气"等,称道人物坚定果敢的品质和性格特征,则有"忠烈之气""坚刚之气""沉勇之气""猛气"等[1],可见当时用于人物品藻的"气",其含义是很宽泛的,它包括了人的道德品质、个性气质、才能智慧等各个方面。除此之外,汉魏之际还用"气"来形容音乐与言辞。在这种文化背景下,曹丕以"气"论文和文人,以"文气"说表述作家气质个性与文章风格体貌的关系。

曹丕"文气"说的要义有三:一是曹丕所言之"气",是指表现在文学作品中的作家的自然禀赋、个性气质,属于生理和心理范畴,全然没有伦理道德色彩,完全不同于孟子所倡言的"浩然之气"。二是曹丕将"文气"大致上分为"清"与"浊"两大类,清为阳刚之气,浊为阴柔之气。人禀阴阳二气而生,表现在文学作品之中,则有文气的清浊之别,如曹丕在《典论·论文》和《与吴质书》中所谈到"逸气"与"齐气"。曹丕的文气二分法,实际上开后世以阳刚之美、阴柔之美论文学风格的先河。三是曹丕论为文之气,尤其强调创作个性的独特性及不可改变性,他认为文气的不同是因人的天赋禀性不同,因而无法以人力来改变,亦无法以人为的方式来授受。曹丕的这一观点,强调作家独特个性对于作品风格的决定性意义,表现出魏晋时期"人的自觉"及"文的独立"的时代精神。

3. 建安七子之文气研究

曹丕是建安时期的著名作家,他的文体论和文气说,既有着对自己创作经历和体会的概括总结,同时也建立在对建安文学概括总结的基础之上。《典论·论文》用一半的篇幅对当时著名的作家孔融等七人逐一品评,后世"建安七子"之称即出于此。曹丕评论建安七子,其要义有二:一是指出七子的创作在文体方面的专长或特征,如《典论·论文》说"王粲长于辞赋",陈琳、阮瑀的"章表书记,今之隽也";《与吴质书》也说"孔璋(陈琳)章表殊健,微为繁富","元瑜(阮瑀)书记翩翩,致足乐也",还说王粲"善于辞赋",应玚"其才学足以著书",等等。二是以或"清"或"浊"两大系列来品评七子的文气及才性,并指出不同的才性特征必然表现为不同的文辞风格。《典论·论文》说"徐干时有齐气",齐气舒缓阴柔,所以《与吴质书》又说徐干"怀文抱质,恬淡寡欲,有箕山之志",其作品风格则是"辞义典雅"。《与吴质书》说"公干(刘桢)有逸气",逸气乃高逸刚健之气,所以《典论·论文》又说"刘桢壮而不密"。在建安七子中,属于逸气(阳刚)之列的还有"体气高妙""理不胜辞"的孔融和"章表殊健"的陈琳;而属于齐气(阴柔)之列则还有

---

[1] 王运熙、杨明:《魏晋南北朝文学批评史》,上海古籍出版社,1996年,第26～27页。

"和而不壮""斐然有述作之意"的应场。

4. 文章不朽之盛事

曹丕《典论·论文》将文章的价值和作用概括为两句话:"经国之大业,不朽之盛事。"看他的第一句,似乎与儒家文学观没有多大区别。其实不然。儒家讲三不朽,"立言"次于"立德","立功"居于最末,而且"立言"是为"立德""立功"服务的,文学只是政治教化之工具。从《典论·论文》的上下文来看,曹丕对文章价值及作用的体认,最后落脚到成就个体生命及声名之不朽,落脚到个体人格的完善与美好。作为个体的"人",其生命的价值不是追逐富贵逸乐,而是"寄身于翰墨,见意于篇籍";其人格及声名的不朽"不假良史之辞,不托飞驰之势",而是要借愤而著书,借"文章之无穷"。

与正统儒家文论相比,曹丕的文学价值论有两点独特之处。一是将文学不朽的价值落实到个体的人格与生命,表现出那个时代的文人士大夫欲借文章以垂世不朽的强烈愿望。曹丕自己有很高的政治地位,却依然看重自己的文章和文才,不仅说明他对文学的高度重视,而且说明他的价值观与正统儒家的价值观已有很大的区别。二是曹丕所极力推崇的文章之中,包括了为汉儒所轻视的辞赋、诗歌。汉魏之际的五言诗和抒情小赋,或抒发作者胸中的慷慨磊落之气,或咏诵个体之感性生命及男女私情,并无汉儒所念兹在兹的美刺讽喻、礼义教化。将这一类的"文章"也包括在"不朽之盛事"中,足见曹丕的文学价值观已经摆脱了儒家思想的束缚,代表了那个时代的新精神、新风貌。所以,鲁迅先生要说"用近代的文学眼光看来,曹丕的一个时代可说是'文学的自觉时代'"①。

5. 文人相轻与贵远贱近

一方面,不同的作家有不同的气质和个性,在作品中又表现为不同的体貌风格;另一方面,不同的作家偏爱或擅长不同的文体,只有极少数的"通才"才能"备其体"。本来,文学创作中作家们各禀其性、各擅其体是很正常的,但在文学批评中作家们却常常"各以所长,相轻所短","暗于自见,谓己为贤"。曹丕《典论·论文》对"文人相轻"的弊端痛下针砭,主张"君子审己以度人"。此外,曹丕所批评的"贵远贱近,向声背实"也是另一种形式的文人相轻,其中还包含了复古守旧的思想。后来葛洪发扬曹丕的这一观点,在《抱朴子》的《钧世》《尚博》等篇中,对"贵远贱近"作了更深入的批评。

作家品藻及文学批评中的文人相轻与贵远贱近,也是汉魏之际人物品评中

---

① 鲁迅:《魏晋风度及文章与药及酒之关系》,见《鲁迅全集》第三卷,人民文学出版社,1981年,第504页。

常见的弊端。与曹丕同时代的刘劭，在《人物志·接识》中指出，大多数人的才性各有偏至，他们对于才性与自己相近者的优点尚能认识，而对于才性与自己相异者的优点则会视而不见，于是相互非难辩驳，不肯承认对方的长处。《人物志·七缪》还指出，一般人鉴察人物之所以常有失误，还因为他们"信耳而不敢信目"，人云亦云，人否亦否。显然，曹丕对"文人相轻""贵远贱近"的批评，与刘劭《人物志》的一些观点是相通的，其思想特色是儒学内蕴极淡而玄学味道渐浓，从文学理论的特定角度反映出由两汉经学向魏晋玄学转型的文化特征。

二、文气与才性

"文气"说是《典论·论文》的核心范畴，是曹丕对中国古代文论的重要贡献。就文论与文化的关系而言，"文气"说也是魏晋玄学才性论在魏晋文学理论中的具体表现。

曹丕的"文气"说，实际上就是"作家才性论"，这一点已成为现代学者的共识，郭绍虞、罗根泽、朱东润、王瑶等先生都有这方面的论述。朱东润先生指出：

> 子桓之所谓气，指才性而言……又《典论》称"徐干时有齐气"，"孔融体气高妙"，《与吴质书》言"公干有逸气"，其所指者，皆不外才性也。①

王瑶先生说：

> 这种禀赋之气底表现，就是人的才性；而文即才性底表现。才性因了赋受的多寡清浊而有昏明，则文之"引气不齐，巧拙有素"，也是"不可力强而致"的。②

郭绍虞也指出曹丕"这里所谓'气'，是指才气说的"③，罗根泽亦将曹丕的"文气"解释为"先天的才气及体气"和"文章的气势声调"④。

曹丕以气论文和文人，实际上就是以气论作家之才性，这里的"性"，特指与文学创作密切相关的气质、性格，与正统儒家的德性、品性全无关系；这里的"才"，既不是泛指一般的智慧或才能，也不是曹操所渴求的治国用兵之才，而专指文章之才，辞赋之才，亦即文学创作之才。"才"与"性"，共同塑造出主体作为"文人"的人格形象。这一点，与魏晋之前的思想家以气论才性是有区别的。

---

① 朱东润：《中国文学批评史大纲（校补本）》，上海古籍出版社，2016年，第28页。
② 王瑶：《中古文学史论》，北京大学出版社，1998年，第66页。
③ 郭绍虞：《中国文学批评史》，上海古籍出版社，1979年，第44页。
④ 罗根泽：《中国文学批评史》第一册，上海古籍出版社，1984年，第165页。

气,首先是一个哲学范畴,有着物质与精神两个层面的含义。《周易·系辞》"精气为物",王充《论衡·说日》篇"天地并气,故能生物",是以物质性的"气"解释万物的起源;《礼记·祭义》"气也者,神之盛也",《孟子·公孙丑上》"我善养吾浩然之气",则是以精神性的"气"状写人格与神情;而《汉书·礼乐志》"人函天地阴阳之气,有喜怒哀乐之情",则是将二者打通。人禀气而生,因其所禀之气的多寡清浊不同,人的个性、才能也随之产生差异,这也就是嵇康《明胆论》所言"夫元气陶铄,众生禀焉。赋受有多少,故才性有昏明"。

上一节谈到魏晋玄学才性论的两大要义,一是才性关系上的重才情而轻德性,二是才性评价上的推崇个体才性的独特性及差异性,这两点在曹丕的"文气"说中都有明显的体现。建安时期,曹操唯才是举,知人善任,其才性观冲破正统儒家礼教的束缚,赋予"才"独立于儒家"德性"的意义与价值。子承父志,曹丕也深知人才重要与知人之难,其《秋胡行》诗曰:"得人则安,失人则危。唯贤知贤,人不易知。"同样是爱才重才,打江山的曹操更多是出于政治军事上的考虑,而坐江山的曹丕,作为一位"文士气"颇重的帝王,格外推崇文章辞赋之才。曹丕之知赏建安七子,首先因为他们都是才华出众的文士。读《典论·论文》和《与吴质书》,我们可以深切地感受到曹丕的爱才之心、惜才之情。《与吴质书》悲叹:"徐陈应刘,一时俱逝,痛可言邪!……谓百年己分,可长共相保。何图数年之间,零落略尽,言之伤心!"从曹丕对亡友的哀悼中不难见出他对建安才子的一片至情。

曹丕这种重才情的思想,深深地渗透在他的"文气"说之中。在曹丕看来,建安七子或精于辞赋或长于章表,或和而不壮或壮而不密,都是极有才气的,所谓"自骋骥骤于千里,仰齐足而并驰"(《典论·论文》),这也就是曹植《与杨德祖书》所言"人人自谓握灵蛇之珠,家家自谓抱荆山之玉"。曹丕认为,"才"是文人从事创作的必要前提,《与吴质书》称应玚"其才学足以著书",若无才,则"著书"之事无从谈起。更进一步说,"才"是驾驭不同文体并能相应地显出各自风格的能力。《典论·论文》称"此四科不同,故能之者偏也;唯通才能备其体"。"能之者"是指建安七子这样的硕才名士,精于某一种文体,并显露出或"丽"或"雅"的体貌以及或"清"或"浊"的文气。"通才"则是罕见的大家高手,曹丕对此语焉不详,可见"通才"之难遇。

"才"有先天与后天之分,自然与人为之别。曹丕所标举所推崇的"才",主要是指出于人之自然禀赋的先天之才。清浊之气既禀于自然,那么所作文章的美恶也主要取决于天才,所以曹丕要说"不可力强而至"。魏晋人崇尚自然,凡识鉴人物之美,往往归之于自然禀赋,如曹丕《九日与钟繇书》:"至于芳菊,纷然独荣,非夫含乾坤之纯和,体芬芳之淑气,孰能如此?"魏晋人在文学品评之中,又常常将善于著文归诸自然,如陈琳《答东阿王笺》称曹植"乃天然异禀,非钻仰者所庶几也";杨修《答曹植书》亦称曹植文才"非夫体通性达,受之自然,其谁能至于此乎!"

有的中国古代文论教材和专著,指责曹丕论作家才性只强调先天禀赋而忽略后天因素,这种观点是有欠公允的。读曹丕《典论·自叙》可知,曹丕并不否认作家创作要受他人影响。曹丕自叙:"上(曹操)雅好诗书文籍,虽在军旅,手不释卷,每每定省从容,常言人少好学则思专,长则善忘,长大而能勤学者,唯吾与袁伯业耳。余是以少诵诗、论,及长而备历五经、四部,《史》《汉》、诸子百家之言,靡不毕览。所著书、论、诗、赋凡六十篇。"①可见在勤学、博览、好思等方面,曹丕从小就接受了父亲及家庭的影响。后天的影响,还表现在地域环境方面,比如曹丕说"徐干时有齐气",据《文选》李善注,所谓"齐气",是"言齐俗文体舒缓,而徐干亦有斯累",齐地舒缓的生活环境,影响到作家个性及作品风格的形成。后来刘勰《文心雕龙·体性》论文气与才性,"才气"与"学习"并举,"才有天资"与"学慎始习"并重。这种"唯务折衷"的辩证观点已在曹丕这里初见端倪。

上一节在介绍魏晋玄学才性论时,曾指出才性论的思想内涵在曹丕那个时代发生了从伦理向心理的转型。正统儒家的才性论,注重的是才性与德性的关系,强调的是德性对于才能的决定性作用。因为德性是社会的整体规范,所以它要求的是人的群体性或共同性,从而忽略甚至消解人的个体性或独特性。在儒学式微、庄学复兴的汉魏之际,儒家的整体规范(礼教)受到挑战,重才情、重个性成为社会风习。这一文化思潮铸成才性论上的两大特征:一是"才能"开始从汉儒的"德性"中独立出来,二是"才性"之"性"的伦理内涵渐淡而心理意味渐浓。前者以曹操的"唯才是举"为旗帜,后者则以曹丕的"文气"说为标志。

曹丕"文气"说实质上是从"才"与"性"两个方面论述作家气质、个性及其与文学体貌风格的关系,尤其强调作家才性与作品风格的个别性和独特性。建安七子"自骋骥騄","成一家言",各人擅长不同的文体,形成不同的风格,显示出不同的才能特征。而"才"之差异,从根本上说又是由"性"之差异所引起的,各人禀气有异,个性有别,正如音乐之巧拙,"虽在父兄,不能以移子弟"。以三曹的创作为例,曹操的诗风是古直悲凉,梗概多气;曹丕则将其父之悲慨淡为哀婉,形成哀怨淡逸的诗风;而曹植的诗作则是在对心理焦虑的化解之中,咏叹无边的孤寂和郁闷,从而将其兄之悲惋酿为悲苦。父子三人,气质个性各异,诗歌作品的体貌风格亦别,而三曹在中国文学史上的地位和价值,正是由他们各自不同的创作个性及诗歌风格所决定的。

---

① 夏传才、唐绍忠:《曹丕集校注》,河北教育出版社,2013年,第252页。

曹魏时期,刘劭《人物志》亦以"气"论才性,称"凡有血气者,莫不含元一以为质,禀阴阳以立性",并细致地辨析由气之阴阳所导致的人之才性在迟速动静等方面的个体差异,这与曹丕"气之清浊有体,不可力强而致"在本质上是一致的。曹丕及刘劭所言之"气",实际上是心理学上具有先天性、稳定性及个体差异性的气质、个性,它们构成个体才性的心理要素,而非正统儒家的道德伦理要素。无论是徐干"舒缓"的"齐气",还是刘桢"壮而不密"的"逸气",抑或孔融的"体气高妙""信含异气",都是心理学意义上的气质、个性,而非孔儒之学的品性、德性。曹丕以"气"论文人之才性,描绘的是建安七子以气质、个性及其作品风格为内蕴的诗人形象,而非以儒学礼教为要义的道德形象——这一点,是汉魏之际的思想转型给那个时代的文学理论所带来的巨大变化,也是曹丕"文气"说的文化价值之所在。

第三节　陆机《文赋》的创作心理学思想

汉魏六朝文论肇始于才性品评,而陆机《文赋》一句"得其用心",宣告了汉魏六朝文论家的理论兴趣或重心已由"品评才性"转移到"精析文心"。严格地说,《文赋》之前的文论著作,还没有一篇(部)是专门谈创作的。它们或者是在哲学、史学著作中议论一下文学问题,或者是在品评作家之时兼顾剖析文心,或者是在探讨音乐的鉴赏与玄学本体时旁及音乐的创作,如嵇康的《声无哀乐论》。即便是包含某些创作理论成分的、被称为中国文论史上第一篇专论的《典论·论文》亦如此。因此,陆机的《文赋》当之无愧地可称为中国文论史上第一部"创作心理"专论。

一、陆机和《文赋》

陆机(261—303),字士衡,吴郡吴县华亭(今上海松江区)人。祖父陆逊为吴国丞相,父陆抗为吴国大司马,伯父陆绩为汉末著名经学大师。其诗与潘岳并称,《晋书》有"陆海潘江"之喻,钟嵘《诗品序》称其为"太康之英",《晋书·陆机传》称其为"一代之杰"。今人朱东润称陆机:"自文学史方面论之,继两汉之风雅,开六代之声色,卓荦复绝,一人而已。"[①]有集四十七卷。严可均收其文入《全晋文》卷九十六至卷九十九;丁福保收其诗入《全晋诗》卷三。《晋书》卷五十四有传。

[①] 朱东润:《中国文学批评史大纲(校补本)》,上海古籍出版社,2016年,第30页。

陆机的文学理论见于《文赋》。在中国文论史上，《文赋》具有继往开来之重要地位。前承曹丕《典论·论文》，就文学的内部规律、文学创作的基本理论作了细致的探索和系统的论述；后启两晋南北朝文论，如刘勰《文心雕龙》受《文赋》启发极大，清代章学诚说："刘勰氏出，本陆机氏说而昌论文心。"（《文史通义·文德》）《文赋》的写作目的在于总结文章写作经验，探讨创作规律。陆机有感于文人才士之作"意不称物，文不逮意"之弊，着力论述文士写作之"用心"，亦即如何用心写好文章，以达"曲尽其妙"之旨。

陆机抓住了文学创作中的三个重要概念：物、意、文。所谓"物"指作为表现对象的客观外物，即人思维活动的对象；"意"指创作主体之心，即构思过程中的心理活动；"文"是言辞，亦即外化为语言文字的文章。从创作的全过程看，由物到意是讲创作的发生阶段，而由意至文则是讲构思和表现的阶段，这一阶段所体现的言意关系，是一个古老的哲学命题。《庄子》认为，"意之所随者，不可以言传也"（《庄子·天道》），提出"得意忘言"；《周易·系辞》说"言不尽意"，又说"立象以尽意"。至魏晋，言意之辨成为玄学家们讨论的重要课题，陆机的"恒患……文不逮意"即与此思潮相契。所不同的是，玄学家们的言意之辨重在精微之理与言辞之关系，而陆机的文意之虑强调微妙的审美感受与言辞之关系。后来刘勰谈及艺术构思时云："方其搦翰，气倍辞前，暨乎篇成，半折心始。何则？意翻空而易奇，言征实而难巧也。"（《文心雕龙·神思》）苏轼《答谢民师书》论及艺术表达时说："求物之妙，如系风捕影，能使是物了然于心者，盖千万人而不一遇也。而况能使了然于口与手者乎？"这些都与陆机的"恒患意不称物，文不逮意"有异曲同工之妙。可以说，"物—意—文"三者的关系构成了文学创作的全部内容。《文赋》一文，即围绕着文学创作中的这三个概念展开。

《文赋》首先探讨的是创作冲动的产生。在创作过程中，作家内心会萌发一种冲动或欲望，进而造成心理上的驱动或张力，并推动作家进入创作过程，此即创作心理的发生。关于这个问题，陆机总的观点是"缘情"，即由心感物而生情，情动而纳物、言物，最终形成另一种意义上的"物"，即文辞。

其次论述的是艺术构思的特点。构思是艺术的内部孕育活动，是形成一部文学作品的重要阶段，也是《文赋》一文论述的重点。陆机用形象的语言描述了艺术构思的全过程："其始也，皆收视反听，耽思傍讯，精骛八极，心游万仞。其致也，情瞳昽而弥鲜，物昭晰而互进。"而且还精练地刻画出艺术构思的特征："观古今于须臾，抚四海于一瞬。"艺术构思是一打破物理时空的心理时空概念，这一概念强调形象、情感和语言三者密不可分，同时还与创作主体的主观能力相关，"或操觚以率尔，或含毫而邈然"。陆机《文赋》还讨论了"应感之会"（即创作灵感）这一重要问题。

再次阐述的是文章风格的多样性。陆机认为,作品风格各异源于两点:第一是作者个性特征及审美取向的不同。如果说嵇康《琴赋》所云"怀戚者""康乐者""和平者"是指鉴赏主体的情性与气质,那么《文赋》的"夸目者""惬心者""言穷者""论达者",指的则是创作主体的个性特征。不同的作家具有不同的才性或文气,表现在文辞中便形成不同的艺术风格:或"奢"或"当",或"无隘"或"旷"。第二是文体不同。就诗而言,其风格为"缘情而绮靡";就赋而言,其风格为"体物而浏亮"。陆机文中列举出十类文体,并一一概括其风格特征。较之曹丕《典论·论文》之四科八种,陆机的划分更细致,概括更贴切。后来刘勰《文心雕龙》有论文叙笔二十篇,其论述即在陆机文章分类的基础上演化而成。陆机文体论尤以"诗缘情而绮靡"对后世影响甚深。朱东润先生将中国古代诗论分为两派,其中一派就是陆机的"缘情说":

> 温柔敦厚者为一派,其说出于《戴记》;缘情绮靡者为一派,其说出于陆赋。中国一统,儒教思想足以支配全社会之时,则温柔敦厚之说盛,两汉之间,唐代以后是也。国家分裂,儒教思想不足支配全社会之时,则缘情绮靡之说盛,晋宋六代之间是也。然人情所在,出乎天性,自有为名教所不能尽者,缘情之作,遂见之于乐府,于五代北宋之词,于元明之散曲,此则又广义之诗也。①

最后言及的是文章的审美标准。陆机以音乐为喻,论文章之五病:"含清唱而靡应""应而不和""和而不悲""悲而不雅""雅而不艳",从而确立文章的五点要求:应、和、悲、雅、艳。这五点要求可谓情辞相兼,文质相称,但后人大多取其"尚巧""贵妍"和"音声迭代"之说,则不免流于片面,并产生不良影响。

总体上说,陆机《文赋》的文论思想表现出儒道结合的特征,其儒家思想主要表现在论及文学的社会功能,如"济文武于将坠,宣风声于不泯",以及阐释文章的内容与形式之关系。其道家思想则贯穿于对文学创作的论述,如称艺术构思的条件为"伫中区以玄览,颐情志于典坟",视言意之关系为"是盖轮扁所不得言,故亦非华说之所能精"。儒道兼综的思想特征,使得陆机的文论既有一种宽阔的视野,更有一种深邃的创作心理内涵。

二、陆机论创作心理

汉魏六朝文论的发展历史,大致经历了由"品评才性"到"精析文心"的过程。

---

① 朱东润:《中国文学批评史大纲(校补本)》,上海古籍出版社,2016年,第32~33页。

一般来说,从两汉屈原论到曹丕的《典论·论文》是"品评才性"期;从陆机《文赋》到刘勰《文心雕龙》是"精析文心"期。当然,这种划分较为粗略,实际上品评才性不乏精析文心之因素,反之亦然。称《文赋》为汉魏六朝"精析文心"之始,并非说陆机之前无人析文心。刘安的"游心于虚"、司马相如的"赋家之心"、司马迁的"发愤著书"、扬雄的"心声心画",以及曹丕的"文气说"、嵇康的"声无哀乐论"等等,都具有析文心之内容。但是,他们的析文心还只是一种"粗析"而非"精析",并缺乏系统性、深刻性,而且所涉及的多是创作心理的外显特征。所以,从创作心理学的角度看,陆机的"得其用心"不仅标志着汉魏六朝文论家的理论已由作家心理转移到创作心理,还标志着汉魏六朝创作心理学的成熟、深化和系统化。

陆机的创作心理学主要包括作家心理特征和创作主体的心理功能两部分。

1. 作家心理特征

上一小节总述陆机文论,提到他的"缘情"说。作为创作发生时作家的心理特征,"缘情"又有三种不同的情况:

一是"感物"。《文赋》说:"遵四时以叹逝,瞻万物而思纷。悲落叶于劲秋,喜柔条于芳春。"自然万物,四时更替,无不触动作家的情思,激起主体的创作欲望,这也就是后来刘勰《文心雕龙》所说"物色之动,心亦摇焉",钟嵘《诗品序》所说"非陈诗何以展其义,非长歌何以释其情"。陆机的许多作品,都是感物骋情、物动心摇的结果,如《感时赋》写大自然的云雾冰雪风、山川鱼鸟猿感动作者之心,使得他"抚伤怀以呜咽,望永路而汍澜","矧余情之含瘁,恒睹物而增酸"。外物引起诗人情感,情感又感染外物(所谓"移情而入");而诗人眼中这类染上情绪色彩的物,反过来又加深诗人已有的情绪,使之更为强烈,更为感人。

二是"因事"。《文赋》虽未言明这一点,但我们从陆机的作品中可以见出。陆机作赋,大多要在序中说明其创作动机,如《怀土赋序》称:"余去家渐久,怀土弥笃。方思之殷,何物不感?……故述斯赋。"又《思归赋序》说:"(余)去家四载……怀归之思,愤而成篇。"《叹逝赋序》云:"懿亲戚属,亡多存寡,昵交密友,亦不半在……以是思哀,哀可知矣。乃为赋曰。"或怀土,或思归,或缅怀密友……均因事而动心,为情而造文。

三是"浩叹人生"。既不感可见之物,亦不因具体之事,而是一种超越于"物""事"之上的沧桑浩叹,死生玄想。《大暮赋序》:"使死而有知乎,安知其不如生?如遂无知耶,又何生之足恋?故极言其哀,而终之以达,庶以开夫近俗云。"并感叹"何天地之辽阔,而人生之不可久长"。当然,这种超越于"物""事"之上的人生感叹,实际上凝聚着创作主体对所有之物与一切之事的体验与感悟。

无论是"感物""因事",还是"浩叹人生",都是作家的心理需求。这种需求,从根本上说,源于外物的感召、触发;而需求的满足,又有赖于缘情赋诗,感物言志,以意去称物,以文去逮意。所以说,陆机论创作的心理发生,既有着唯物论的内涵,也有着能动反映论的倾向——这一点,也是整个汉魏六朝文艺心理学思想的一大特征。

就"心物"关系而论,创作发生时表现为心感物而动,而进入创作构思阶段,则表现为心(意)如何去"称物"。就创作过程而论,意是否称物,最终还要看文是否逮意,意称物是前提或起因,文逮意才是目的或结果。作家的创作,说到底,是要用文辞表现出他的"意",而文中之"意"能否称物,也只有从"文"本身才能看出。所以,《文赋》论创作构思,谈得更多的还是如何"以文逮意"。

在此,陆机指出了"称物逮意"之难:"沉辞怫悦,若游鱼衔钩,而出重渊之深;浮藻联翩,若翰鸟缨缴,而坠曾云之峻。"逮意之"文"或"沉"或"浮",作家以文逮意,好比令九重深渊的鱼儿上钩,叫九天之上的鸟儿中箭,此中该有多少艰难。构思之难,在创作主体,是一种心理上的焦虑;在文辞本身,又有一个务去陈言、独出心裁的问题。处于创作过程中的作家,他所面对的不仅仅是客观外物,还有"百世之阙文""千载之遗韵"。在收采遗韵阙文的同时,如何做到"谢朝华于已披,启夕秀于未振",同样是一大难关。无论是"沉辞""浮藻"之难,还是"谢朝华""启夕秀"之难,心理学上都称为言语的痛苦。

如何去克服语言的痛苦?陆机认为要"用心"。所谓"用心",就"意辞"关系论,是要以意为主,会意遣辞。创作主体要"意司契而为匠",则"会意也尚巧",要"辞程才以效伎",则"遣言也贵妍"。只有苦心经营,尽力推敲,才能够穷究物情以成意之巧,曲达思绪以形言之艳。另外,陆机谈创作构思,涉及想象与灵感的心理特征,对此,我们在稍后详论。

《文赋》花了不少的篇幅,细致地讨论"作文利害"和"文章之病",而这些大都涉及创作表现阶段的"意辞"关系:如主张意辞"双美",反对"两伤";立意要新颖独到,"怵他人之我先",遣辞要"立片言而居要,乃一篇之警策";无论内在之意还是外显之言,都要有"情"有"味",倘若"寡情而鲜爱""阙大羹之遗味",则为文章之病了。关于意辞问题主要涉及两点:一是文才文体与文辞风格的关系,这在前面已提及;二是创作表现阶段称物逮意所带来的心理快感。

陆机认为:作家一旦超越了语言的痛苦,就会获得极大的心理快感。当创作发生之时,主体之"意",理本虚无,心自寂寞,通过构思和表现,以意称物,以文逮意。原本互不相干的"物""意""文",现在浑然一体,称物之意发为文辞,使无形者可睹,无声者可听,意虽远而能含文于尺素之上,物虽大而能吐辞于寸心之间。行文得意之时,心手交畅,如"粲风飞",似"郁云起",其乐无穷。所以,陆机感叹

"伊兹事之可乐,固圣贤之所钦。"

陆机的创作心理学思想以"物—意—文"为纬,以创作过程的"发生→构思→表现"为经,立体交叉地构成严整的创作心理学体系:创作发生时,主体之心(意)或感物,或因事,或浩叹人生而动;创作构思中,主体以"用心"来超越语言痛苦;创作表现阶段,主体之个性气质最终形成不同的文辞风格,而"表现"(即"称物逮意")本身又给主体带来心理快感和愉悦。无论是从"经"还是从"纬"的角度看,陆机的创作心理学,都十分强调主体之心的作用。所谓"得其用心",也就是通过具体的分析、深入的探求,而掌握了创作全过程中主体的心理功能之所在(亦即"用心"之所在)。

2. 创作主体的心理功能

概言之,陆机论主体心理功能,主要有三个方面的内容:一是"精骛八极,心游万仞"的想象心理,二是"天机骏利,何纷不理"的灵感心理,三是"眇众虑而为言""挫万物于笔端"的驾驭文学语言的心理能力。

陆机论想象,既强调"玄静",又强调"玄览",前者是想象之必要心理准备,后者乃想象之心理过程。玄学心理的"玄静"与"玄览",是对主体心理功能的描述和强调,而玄心(主体)之"静"与"览",最终是为了进入"众妙之门",亦即主体与玄学本体(道或自然)玄同为一。陆机的想象论,吸收了玄学心理的两大特征:一是十分重视主体之心的能动作用,二是将艺术想象与遨游天地、浩叹人生联在一起。"收视反听,耽思傍讯"是言心之虚静;"精骛八极,心游万仞"是状心之飞动。"动"与"静",既是作家艺术想象的两大特征,又是创作主体的心理功能。静,不仅仅是为想象的到来作心理或精神上的准备,而且是为想象开辟或提供一个巨大的心理空间。艺术想象的这种动静关系,也就是后来苏轼所言"静故了群动,空故纳万境"(《送参寥师》),若无因虚静而造成的心理空间,"了群动""纳万境"的艺术想象则难以发生,或者无从展开。

当然,玄学心理讲玄静玄览,一般不谈言辞之作用,因为从根本上说,贵"无"的玄学,是重意轻言的。而以"物—意—文"为体系的陆机创作心理学,颇为看重文辞在艺术想象中的作用。在整个创作过程中,"想象"并不是目的,而是主体以文逮意的心理功能之一,艺术想象的最终成果是将"万境"与"群动"物化(亦即化为言辞)。这是陆机既吸收玄学心理特征同时又重视文学自身创作规律的体现。

陆机论灵感心理,也是"动静"兼顾,"意辞"相连。一般来说,灵感与想象,均以"动"为主要特征,尤其是灵感,可谓动之极致。然而在灵感的"动"之中,依然有"静"的一面,陆机称灵感为"应感之会,通塞之纪","通"为动,"塞"为静,"识夫开塞之所由"也就是识动静之所由。"行犹响起""来不可遏,去不可止",状灵感之动;"藏若景灭""六情底滞""兀若枯木,豁若涸流",写灵感之静。心理学认为,中枢神经系统的抑制,不仅能引起兴奋,而且能加强兴奋。因此,兴会之际、灵感袭来之时,主体心理状态的"静"会诱导并强化心之"动","塞"会促动"开"。而灵感的心理过程,就是由"藏若景灭"之静与"行犹响起"之动交替组成。当然,动静之交替、开塞之所由,说到底,还是创作主体的心理功能。陆机认为,作家在驱使这一功能时,应顺其自然,循其规律,不可力强而致,否则便会"竭情而多悔"。

应感兴会之际,仍然有一个意与言的关系问题。首先,陆机认为,灵感会导致思如风发,言如泉涌,思绪盛多,可随笔挥写。其次,陆机指出,当文思汹涌奔腾之时,创作主体应该"揽营魂以探赜,顿精爽于自求",也就是"理"清思绪,外化为言辞,以奏出"泠泠而盈耳"之音,写出"徽徽以溢目"之文。

陆机关于驾驭文学语言之能力的论述,也是一个心理学的问题,并有着心理学的内涵。概言之,它是"称物逮意",亦即将"意"(主体之心)"物"化,具体而论,大致有三个方面的内容:

其一,高度重视创作主体的语言能力。在"物—意—文"结构中,在"发生→构思→表现"的全过程中,在想象、灵感、称物逮意等心理功能中,作家能否成功地驾驭文学语言,都是至关重要的。陆机还进一步在宏观的层次赞扬作家遣辞以会意的心理能力,所谓"恢万里而无阂,通亿载而为津","涂无远而不弥,理无微而不纶",甚至"配沾润于云雨,象变化乎鬼神"。

其二,对如何以文逮意、遣辞会意,陆机提出了多方面的具体要求:一是要有独创性,在收采阙文遗韵并且含英咀华的前提下,更须务去陈言,独出心裁;二是要有情有味;三是要"尚巧""贵妍",所谓"音声之迭代""五色之相宣",见出陆机颇重视文辞音声的"绮靡"之美;四是要"达变而识次",掌握文辞音韵的自然变化并对之作出有机的组织与安排。

其三,创作主体不同,其遣词会意的方法亦不一样:或者是拙辞孕以巧义,或者是真意饰以华辞,或是化腐朽为神奇,或是变柔浊为刚清,或是一览即察微情,或是精研乃得蕴意……作家的才性、文气各异,所擅长的文体也各有所偏。因此,驾驭语言的能力及方式当然各具特色,所谓"丰约之裁,俯仰之形。因宜适变,曲有微情",以至于连论者本人也感到"随手之变,良难以辞逮""轮扁所不得言,故亦非华说之所能精"。但陆机还是"言"了,而且言而"能精"。

陆机之前的文论家谈创作心理往往侧重某一方面,如司马迁"愤书说"谈创作发生,王充"表里论"谈创作表现。又如刘安"游心"专论想象,嵇康"哀乐"专论情感,等等。而陆机的《文赋》,不仅依次论及创作的全过程,而且涵括创作主体最根本的心理功能，从而使他的创作心理学具有精致的形态和系统的结构。

《文赋》的系统性，集中体现在"物—意—文"结构中。此结构的核心是"心物论"，其横坐标是主体之心的三大功能（心游→应感→称物逮意），纵坐标是创作过程三阶段（发生→构思→表现）。陆机正是在这样一个结构和体系中，纵横交错、立体交叉地展开他的文艺心理学思想。

《文赋》的精致与系统并非大而不当、略而不详，而是对许多心理学问题都有着深入细致的探讨，用他自己的话说，是"研之后精""曲有微情""穷形尽相""曲尽其妙"。如前面已详论的思想与灵感心理的动静交替、辞意相连，关于驾驭言语能力的诸多心理要求，文辞风格与创作主体之才性、文气、行文方式之间的微妙关系等等，都是深刻而细致的。

中国古代作家，尤其是上、中古时期的文人，很少写文章或著作谈他们自己的创作经过或体会，更无多少与创作有关的日记、书信、手稿之类流传于世。很有限的一些正史传记，也多是记载传主的宦途历程，而很少谈及与文学创作相关的事。因此，当时的文论家研究作家和创作的主要文字资料就是作品。陆机写《文赋》，便是"观才士之所作"的结果（当然也加进了他自己的创作体会）。作品是作家行为的结果，是"用心"之所在，从作品窥到主体的行为方式与智力特质，而最终"得其用心"——古代的文论家大多走这样一条治学之路。后来刘勰著《文心雕龙》、钟嵘著《诗品》，虽然其理论的系统和深刻在《文赋》之上，但研究文学的方法，基本上还是陆机的"观才士之所作"而"得其用心"。仅从这一点上看，陆机"得其用心"的文艺心理学价值也是不朽的。

第四节　刘勰《文心雕龙》与三教合流

《文心雕龙》体大思精，自问世以来，历代文人对其评价极高。与刘勰同时代的作家沈约说它"深得文理，常陈诸几案"（《梁书·刘勰传》）。鲁迅先生将之与西方最有影响的文艺和美学专著《诗学》相提并论，他在《题记一篇》中说："篇章既富，评骘遂生，东则有刘彦和之《文心》，西则有亚里士多德之《诗学》，解析神质，包举洪纤，开源发流，为世楷式。"① 这些评论不仅表明了《文心雕龙》的理论特色，亦揭示出此书在整个古代文论史上的崇高地位，在此之前或之后无一文论专著能出其右。

---

① 鲁迅：《题记一篇》，见《鲁迅全集》第八卷，人民文学出版社，1982年，第332页。

一、刘勰的三个世界及《文心雕龙》中的儒道释

刘勰(约465—约521),字彦和,祖籍东莞莒县(今山东莒县)。其祖先永嘉之乱后避难江南,世居京口(今江苏镇江)。关于刘勰的身世,有两种说法。一说出身士族,为汉齐悼惠王刘肥之后;一说出身庶族。由于他家境贫寒,在世时声名不彰,《梁书》《南史》对其生平、思想皆语焉不详,故今人多取第二种说法。

《梁书·刘勰传》记载:"勰早孤,笃志好学,家贫不婚娶,依沙门僧祐,与之居处,积十余年,遂博通经论,因区别部类,录而序之。"刘勰依沙门僧祐时大约24岁,时为齐武帝永明年间。"舍人依居僧祐后,必'纵意渔猎',为后来'弥纶群言'之巨著'积学储宝'。于继续攻读经史群籍外,研阅释典,谅亦焚膏继晷,不遗余力。"①刘勰入定林寺,时间达十年之久,《文心雕龙》就是这期间的成果,成书时他约在32岁至35岁之间。十年之后,刘勰出仕为官。梁初官至仁威南康王记室,兼东宫通事舍人,世称刘舍人。据《梁书》本传,天监十八年刘勰受敕重返定林寺。这一次他"燔发以自誓",并改名慧地。《梁书》本传说他"有文集行于世",但《隋书·经籍志》中未见著录。现存著作除《文心雕龙》外,仅存《灭惑论》和《梁建安王造石城寺石像碑》两个单篇。

刘勰所处的南北朝时期,其思想文化的特征是儒道释三教合流。无论是就现实生活还是就精神生活而言,刘勰都可谓同时生活于"儒道释"这三个世界。《文心雕龙》的最末两句话是"文果载心,余心有寄"。刘勰在其佛学著作《灭惑论》中说"孔、释教殊而道契","梵言菩提,汉语曰道","梵汉语隔而化通"。可见,刘勰之"心"是佛玄同构、儒道兼综之心。

刘勰一生有两次入佛寺,并以"僧"的身份辞世,可以说是始于沙门而终于沙门。佛寺不仅为这位出身贫寒的青年提供了较好的生存环境,而且为他撰写《文心雕龙》提供了很好的文化和学术环境。更为重要的是,印度佛学精致的分析理论为《文心雕龙》的理论建构提供了重要的思想资料和方法论参照。佛学对刘勰文论的影响主要体现在《文心雕龙》的理论结构和用语上,范文澜即认为《文心雕龙》全书的构想、条理明晰的理论及"圆通"等词的运用均多受佛学思想影响。对此,日本学者兴膳宏虽对范氏的具体分析,如《阿毗昙心论》与《文心雕龙》两书结构相似提出异议,但对《文心雕龙》的理论结构明显受佛典影响却持肯定态度②。

---

① 杨明照:《文心雕龙校注拾遗》,上海古籍出版社,1982年,第393页。
② [日]兴膳宏:《文心雕龙》与《出三藏记集》,见彭恩华编译:《兴膳宏〈文心雕龙〉论文集》,齐鲁书社,1984年,第15~16页。

此外，定林寺还为刘勰跻身仕途提供了一种机遇，而且刘勰在仕途上唯一的一次晋升也与佛学有关。

就人生理想和人格取向而言，刘勰是一位儒者。《文心雕龙·序志》篇记述了他自己的两个梦，一为七龄之梦："予生七龄，乃梦彩云若锦，则攀而采之"；一为逾立之梦："齿在逾立，则尝夜梦执丹漆之礼器，随仲尼而南行。"如果说七龄之梦尚只是依稀成就一番大事业之愿，那么逾立之梦则清楚地表明刘勰对孔孟之道的追随。首次入定林寺十年不剃度，直至晚年仕途无望才重返定林寺燔发为僧，此中经历及取向亦可窥见刘勰对入世的执著。

当然，刘勰对儒家思想的追求，集中体现在《文心雕龙》之中。《序志》篇指出："文章之用，实经典枝条"，而时下之风却"去圣久远，文体解散；辞人爱奇，言贵浮诡"。为了纠正这种"离本弥甚，将遂讹滥"的风气，有必要正末归本，宗经征圣。在文学理论和批评的方法论上，刘勰也是以儒为主。《序志》篇自言"擘肌分理，唯务折衷"，这是将孔儒"中庸"的人格法式创造性地转换为文学理论的思想方法。《论语·雍也》篇载："子曰：'中庸之为德也，其至矣乎！民鲜久矣。'"朱熹解释为："中者，不偏不倚、无过不及之名。庸，平常也。"①刘勰取其意而作为一种思想方法，从而将前人视为相互对立或互不相关的文论命题、范畴和概念，通过剖析辩证，找到它们之间互相关联着的某种共同性，从而建立起一种更为深刻的关于统一的看法。诚如黄叔琳《文心雕龙》校本序言所称："刘舍人《文心雕龙》一书，盖艺苑之秘宝也。观其苞罗群籍，多所折衷。"②从方法论的特定意义上讲，《文心雕龙》之所以能"苞罗群籍"、弥纶群言而最终成为魏晋南北朝思想之总结，正是刘勰"唯务折衷"的结果。

可以说，刘勰"唯务折衷"的思想方法，贯穿《文心雕龙》全书，涉及诸多命题、范畴和概念，比如属于玄学范畴的"才性""言意""哀乐"，属于儒学范畴的"心物""通变""文质"，具有佛学意味的"奇正"，以及"情采""华实""比兴""隐秀"这类较为纯粹的文论术语，大多染上了"折衷"的色彩，或者说就是"折衷"的产物。以"心物"为例，刘勰之前的思想家论心物关系，有着"物感"与"心造"的区别。前者如儒家经典《礼记·乐记》"人心之动，物使之然也"，主张心感物而动，强调物对心的感召、触发作用，可以称之为"物感派"；后者如老子所神往的大音、大象，庄子所醉心的梦中之蝶、北冥之鲲，实乃心造之物，其思想实质是重"心"而轻"物"，强调"我心"造物乃至化物的神奇功能，又可称之为"心造派"。后来玄学讲"玄

---

① 朱熹：《四书章句集注》，中华书局，2011年，第19页。
② 范文澜：《文心雕龙注》，人民文学出版社，1958年，第2页。

览",佛学讲"顿悟",亦属"心造"一派。

　　大体上说,道、玄、佛家心目中的"象",并非是心感物而动的结果,而是心造之幻想。这两路心物观"各执一隅之解",又何能拟心物间的"万端之变"!刘勰之论"心物",对前论旧谈进行折衷改造,扬弃其偏颇而申发其优长。刘勰并没有把心物关系图解成单向的、线形的因果之链,而是描绘成双边的、互动的馈赠与答谢。《物色》篇指出:主体感物,将一己之情主动地赠与自然外物,所谓"情往似赠",从而使外物"与心而徘徊",使"辞以情发"。与此同时,被主体所观照之物又回答情的馈赠而使心"随物而宛转",使"情以物迁"。诗人在经历了这种心物间的双向赠答之后,最终创作出"情貌无遗"的作品。原本各执一端的"物感"与"心造",被刘勰改造成精致甚至完美的"心物赠答论",可见"唯务折衷"的妙处。

　　儒家思想重在"礼",因此它要求文艺的情感表现合乎"礼",所以形成"乐而不淫,哀而不伤"(《论语·八佾》)的中庸标准。基于对此思想的吸收,刘勰一方面树立"征圣""宗经"之宗旨,《征圣》篇称"征之周孔,则文有师矣";另一方面,他对儒家思想本身又加以折衷演化为他自己的文艺观。刘勰在强调文艺思想合乎儒家规范的同时,也主张文采艳丽的美。加之魏晋南北朝时期人们对文的自觉、对文章形式的普遍重视,由此形成刘勰"酌奇而不失其真,玩华而不坠其实"(《文心雕龙·辨骚》)的文学创作尺度,也就是新奇与真实,内容与形式相统一的原则。

　　《文心雕龙·序志》篇云"傲岸泉石,咀嚼文义",透露出刘勰隐遁于自然的道家人格理想;而刘勰晚年辞官入寺,既是宗佛,亦为崇道:崇尚老庄的"道隐无名"。而刘勰"道"的世界,最集中地表现在《文心雕龙》以老庄及魏晋玄学的自然之道作文学本体之论。《原道》篇云:

　　　　文之为德也大矣,与天地并生者何哉?夫玄黄色杂,方圆体分,日月叠璧,以垂丽天之象;山川焕绮,以铺理地之形:此盖道之文也。仰观吐曜,俯察含章,高卑定位,故两仪既生矣。惟人参之,性灵所钟,是谓三才;为五行之秀,实天地之心。心生而言立,言立而文明,自然之道也。

天地之道也就是自然之道,这是魏晋玄学的中心命题。张湛注《列子·仲尼》篇云:

　　　　夏侯玄曰:"天地以自然运,圣人以自然用。自然者,道也。道本无名,故老氏曰强为之名。"①

夏侯玄与何晏齐名,同为正始玄学中人。按照他们的说法,道就是自然,自然就是道。而魏晋玄学的自然主义的天道说,又来源于老庄的自然主义。《韩非子·解老》篇云:"道者,万物之所然也。"《庄子·天下》篇云:"古之所谓道术者,果恶

---

① 杨伯峻:《列子集释》,中华书局,2012年,第116页。

乎在？曰：无乎不在。""无乎不在"的是天地自然，故老庄之言道，"犹言万物之所由然……道者，玄名也，非著名也，玄名故通于万理"①。

或许是对于"玄名"的"道"不宜亦不易界定，故《原道》篇论"道"并未像后来诸篇先对关键词"释名以章义"，而是迂回曲折且文采飞扬地言说"道之文"。"日月叠璧，以垂丽天之象"，这是天道之文；"山川焕绮，以铺理地之形"，这是地道之文。不唯天地有文，而且动植皆文："龙凤以藻绘呈瑞，虎豹以炳蔚凝姿；云霞雕色，有逾画工之妙；草木贲华，无待锦匠之奇"；更有"林籁结响，调如竽瑟；泉石激韵，和若球锽"。日月、山川、草木、林泉、龙凤、虎豹，自然界的万事万物，五彩缤纷，千姿百态，以它们的"形"与"象"，以它们的"妙"与"奇"，以它们的变化无穷、魅力无穷的"文"无言地言说着自然之道。而这种言说过程乃至言说实质本身，就是自然，就是道。天地之间是人，人乃"性灵所钟"，乃"五行之秀，天地之心"（《文心雕龙·原道》）。遵循着天地自然的规律，人也有着自己的"文"（人之文，亦即"人文"）。人文的创造者"心生而言立，言立以文明"，同样在言说着自然之道，而这种言说过程乃至言说实质本身，同样是自然，同样是道。

老庄及玄学的"自然之道"不仅为《文心雕龙》的本体论定位了一个玄学的起点，而且将魏晋玄学的自然主义具体地贯穿于创作论之中。《定势》篇论"自然之势"，以自然之趣为文章旨趣，以自然之势为文章体势。《丽辞》篇讲"自然成对"，认为文学的声律、丽辞、章句是"神理为用，事不孤立"。《神思》篇更是将老庄的"虚静"理论直接引入"神思"："古人云：'形在江海之上，心存魏阙之下。'神思之谓也"；"是以陶钧文思，贵在虚静，疏瀹五藏，澡雪精神"。《养气》篇又说："率志委和，则理融而情畅；钻砺过分，则神疲而气衰。"

概言之，刘勰的三个世界表现在他的文学理论之中，则是儒道释文化对《文心雕龙》的深刻影响；而这种影响又由刘勰文论的本体论和方法论两大层面构成。刘勰的本体论是自然之道，它是先秦道家和魏晋玄学之自然观的审美化；刘勰的方法论是唯务折衷，它是孔儒中庸思想在文章学中的创造性运用。此外，刘勰方法论中的思辨论证色彩又得力于佛学的滋养。刘勰从文学研究的特定角度出发，充分利用并重新解读前代各种思想流派的思想资源，在总结儒道玄佛诸家思想的基础上建立起自己独特的思想体系，从而在中国文论史乃至思想史上占有重要的地位②。

---

① 黄侃：《文心雕龙札记》，华东师范大学出版社，1996年，第4页。
② 关于儒道释文化思想对刘勰文论的影响，请参见李建中：《试论〈文心雕龙〉的思想史价值》，见《李建中自选集》，华中理工大学出版社，1999年，第206页。

二、《文心雕龙》的理论体系

刘勰在《文心雕龙·序志》篇中解释了书名大意：何为"文心"？"夫文心者，言为文之用心也。"此处"用心"包括"用心之所在"及"心之如何用"两层含义。何为"雕龙"？"古来文章，以雕缛成体"，精雕细刻，错彩镂金，有如雕镂龙文。所以，《文心雕龙》不仅是一部文学理论著作，也是一部文章学著作，还是一部文学及各类文体的发展史。

《文心雕龙》体大精深，自成体系，在中国文论史上最为显著的特征就是以"论"的方式谈论文学理论问题。论即论理，《说文解字》说"论，议也"，即对事物道理的讨论和说明，也就是一般逻辑意义上的论证。它首先要求对语词或者概念进行明确的规定，然后用这个概念作出判断，最后作出推理（包括演绎和归纳等）。作为一种言说的表达方法，论古已有之，如儒家的正名（《论语·子路》篇有"名不正，则言不顺"），道家的辨析（《庄子·天下》篇有"析万物之理"）。但是此时"论"的思辨性还有限度，直至佛学的引入、玄学的兴起，"论"自身作为辨名析理才得以充分发展。众所周知，佛学引入后对中国学术的影响是多方面的，其中尤以论证文体的出现作为其成果，意味着中国思想的飞跃：理论系统、条理分明且剖析细致。而玄学的兴起，更以其强烈的思辨色彩不同于传统经学，其立论之超拔、析理之明晰，深刻地影响了中国艺术的思维及表达方式。"玄学在方法论上既抛弃了汉代阴阳五行学说那种为建立宇宙系统论而进行的经验性的观察描述，也抛弃了经学的烦琐考证，而以比过去任何时代都更为纯粹的哲学思辨作为解决它所提出的课题的方法。"[①]不少关于文艺的重要著作，如嵇康的《声无哀乐论》、刘勰的《文心雕龙》等，都具有前代少见的严密的理论系统。

哲学思想的变化很快引起了文学理论的变化。陆机《文赋》辨别各种文体，将"论"这种文体释为"精微而朗畅"，所谓"精微"，即必须剖析分辨、条分缕析；所谓"朗畅"，即将道理逻辑顺序显现出来。刘勰承续陆机的思想，对"论"作了更自觉的把握。《文心雕龙·论说》篇云："述经叙理曰论。论者，伦也。""经"和"理"是关于自然、人伦、思想的根本道理，它不是人事或自然之物，而是思想。这种思想不存在于他处，而是存在于语言之中，亦即圣人之言。此种语言需要后人的解释和阐述，即所谓的"述经叙理"。因此，刘勰之"论"是对思想的思想、对思想的言说，类似于逻辑。它重在证明、显现经书本身的道理具有绝对正确性，同时，这

---

① 李泽厚、刘纲纪：《中国美学史》第二卷，中国社会科学出版社，1987年，第109页。

种证明本身具有严密的逻辑性。

基于"论"的此种特点,《文心雕龙》形成严密而明晰的整体结构。全书分上、下两篇。上篇明纲领,共二十五篇,包括总论("文之枢纽")和文体论("论文叙笔"),其中《原道》至《辨骚》前五篇归入总论,《明诗》至《书记》后二十篇归入文体论;下篇显毛目,亦为二十五篇,包括创作论和批评论(总为"剖情析采"),其中《神思》至《物色》大体可并入创作论,《才略》至《程器》并入批评论,最后一篇《序志》阐明全书宗旨、方法及内容。整个文本的叙述结构由大到小,先是总体概括,后是局部分析,形成"体大虑周"的理论体系。

《文心雕龙》理论体系由"文之枢纽""论文叙笔""剖情析采"三大部分构成。

1. 文之枢纽

《文心雕龙》的前五篇(《原道》《征圣》《宗经》《正纬》《辨骚》)是全书的总论,是关于文学本质的理论,其核心概念是道、圣、文。刘勰指出,"道"是宇宙的本源、本体,是"自然之道",即自然自身具有的规律。但自然之道本身隐而不显,深奥精妙,所谓"道心惟微"。不过,自然之道在遮蔽自身的同时又昭示于众,此即"道之文"。

"文"的本义为天地一切事物显现的痕迹和纹路。《说文解字》云,"文,错画也,象交文",意为线条交错的图形、花纹,后引申为文字、文明、文化、文章。刘勰将"文"分为三个层次。首先是道之文,即道在天地间显现的轨迹。《原道》篇说:"夫玄黄色杂,方圆体分,日月叠璧,以垂丽天之象。山川焕绮,以铺理地之形。此盖道之文也。"道之文体现为宇宙的色彩和形体的交互错杂,然而其最根本的色彩和形体则是天上的日月和地上的山川,它们昭示了自然之道。

其次是圣人之文。圣人是天地之道的代言人,是能体察此道并用言语、文章彰明此道的人。因此,圣人所作的文字是神圣、合道的文字,亦即后人所说的经典。经典中又以《易》《书》《诗》《礼》《春秋》五部书合称五经,为一切文章的来源和榜样。所谓来源,即《宗经》篇所言:

> 故论说辞序,则《易》统其首;诏策章奏,则《书》发其源;赋颂歌赞,则《诗》立其本;铭诔箴祝,则《礼》总其端;纪传铭檄,则《春秋》为根;并穷高以树表,极远以启疆;所以百家腾跃,终入环内者也。

所谓榜样,即文学的尺度和标准。《宗经》篇云:

> 故文能宗经,体有六义:一则情深而不诡,二则风清而不杂,三则事信而不诞,四则义直而不回,五则体约而不芜,六则文丽而不淫。

如果用一句简练的话概括这六义,则是《征圣》篇所说的"然则圣文之雅丽,固衔华而佩实者也";《辨骚》篇所说的"酌奇而不失其真,玩华而不坠其实"。

最后是文人之文,即一般人创作的文章,它是作家作为个体所创造的文字。道、圣、文三者的关系,即《原道》篇所说的"道沿圣以垂文,圣因文而明道"。"圣"是连接道与文的中介,"文"则因此而具有崇高的地位,也就是《原道》篇所说"文之为德也大矣","辞之所以能鼓天下者,乃道之文也"。

2. 论文叙笔

刘勰的《文心雕龙》也是一部文章学著作,其研究对象几乎包括了所有用文字书写的文本。刘勰将他所研究的文章分为"文"和"笔"两大类:前者是有韵之文,如诗、赋、骈文等,大体上相当于我们今天所说的"文学";后者是无韵之笔,如史传、论说、诏策等,属于广义的"文学"。《文心雕龙》在《明诗》篇以下二十篇的篇名中,提到的文体共有三十三类。

刘勰在《序志》篇中对自己的文体论研究作了方法论上的界定:"原始以表末,释名以章义,选文以定篇,敷理以举统。"以《明诗》为例,刘勰将四言诗、五言诗的源头追溯至传说中的古代帝王:"昔葛天氏乐辞云:《玄鸟》在曲",谓《玄鸟》等八首歌为诗的起源。经尧、舜、禹、汤、西周、春秋、战国等时期,以《诗经》为诗歌成熟之标志,之后历两汉、建安诗歌发展至高峰:"观其结体散文,直而不野,婉转附物,怊怅切情,实五言之冠冕也","暨建安之初,五言腾踊"。然而至晋代开始,诗歌创作走了浮浅绮丽的道路:"晋世群才,稍入轻绮。"一直到刘勰所在的宋齐时代,在他看来,诗歌已完全偏离儒家经典而没入文辞奇异浮诡之邪途,亟须"正末归本",重新开始新一轮的发展。正是在对诗歌这种文体的历史描述中,刘勰不但评析了这其间的诗人、诗作,而且还归纳总结出诗之特点:"若夫四言正体,则雅润为本;五言流调,则清丽居宗。"刘勰所论述的三十多种文体,涉及两百多个作家,基本概括了从先秦到晋宋千余年的文学风貌。

当然,刘勰对文、笔的区分,还只是从文章的形式(或有韵或无韵)着眼,属于杂文学观。至萧绎《金楼子·立言》,对文笔的区分不仅仅讲了文体形式,还试图把握文学的情感特质,如"吟咏风谣,流连哀思者,谓之文……至如文者,维须绮縠纷披,宫徵靡曼,唇吻遒会,情灵摇荡"。

3. 剖情析采

剖情析采意为从内容和形式两方面分析文章。刘勰用此词总括文章创作中的种种理论问题,涉及文学的构思与创作、风格与体裁、写作技巧、批评鉴赏以及文学的历史发展与时代的关系等。《文心雕龙》的创作论和批评鉴赏论是刘勰文论思想的精华之所在,本书专辟一个小节作详细介绍。

三、《文心雕龙》的创作论和批评鉴赏论

文学创作对于刘勰而言是一个"以文体道"的过程,亦即自然之道的具体化过程。"以文体道"包括两个阶段:第一是由物到情的内在化阶段,第二是由情到辞的外在化阶段。这两个阶段正是由文学创作中"物—情—辞"三个核心概念构成。这一点,上节介绍陆机《文赋》时已经论及。在此也可以看出,刘勰的创作论深受陆机影响,十分注重从文学自身的特点着眼探讨文学理论问题。下面分四个方面来介绍刘勰的创作论、作家论和批评鉴赏论。

1. 刘勰论创作构思和艺术想象

《神思》篇是《文心雕龙》创作论之首,也是刘勰创作论之总纲。何为"神思"？神思是创作构思和艺术想象,所谓"文之思也,其神远矣","神与物游"。刘勰还借庄子的"形在江海之上,心存魏阙之下"来描绘神思"人在此而心在彼"的特征。创作构思的过程,是一个从物(自然景物,如山、海)到情(内在情感、精神)再到辞(形诸文字)的过程。在这一过程中,"神居胸臆,而志气统其关键",作家的"志气"(感情意志、个性气质)一方面与外物共游,"登山则情满于山,观海则意溢于海";另一方面又与表达内心志气的辞令交融,"我才之多少,将与风云而并驱矣"。刘勰指出,在神思的驱动下用言辞表达情志并非易事,其难处表现为"意翻空而易奇,言征实而难巧"。当然,言意之关系并非完全不可把握,意由思生,言则由意至,"是以意授于思,言授于意"。在此,"神与物游"概括了从物到情到辞令的整个创作过程。

刘勰在肯定神思具有广泛的心理时空含义和"神与物游"的思维特征时,还强调创作构思和艺术想象要顺应自然之道:"是以秉心养术,无务苦虑;含章司契,不必劳情也。"具体而言,对内要求作者内心澄静,精神净化,"是以陶钧文思,贵在虚静,疏瀹五藏,澡雪精神";对外强调积累知识、明辨事理、训练驾驭文辞的能力,"积学以储宝,酌理以富才,研阅以穷照,驯致以怿辞"。由此也可见出,刘勰的"神思"涉及创作过程的诸多方面和问题。

2. 刘勰论创作过程中的"物—情—辞"

文学创作的过程,就是感物而动情,情动而辞发。《物色》篇说"物色相召,人谁获安","情以物迁,辞以情发",作家情感随外界景物的变化而变化,而文章即是这些情感的抒发,亦即《明诗》篇所说的"人禀七情,应物斯感,感物吟志,莫非自然"。刘勰还谈到外物与文思及情感与文辞之关系,如《物色》篇中说"若乃山林皋壤,实文思之奥府","物色虽繁,而析辞尚简";《体性》篇说"情动而言形",《情采》篇说"为情而造文",《知音》篇说"缀文者情动而辞发"……如果说上举诸

篇大多是从基本原理上讨论文学创作的内化与外化问题,那么《养气》《比兴》《声律》《章句》《练字》等篇则是从具体方法上探究这些问题的实施。

一方面,文学创作的成败取决于创作主体的精神状态。《养气》篇即强调作家在创作时须保持精神和心态的从容不迫:"水停以鉴,火静而朗。无扰文虑,郁此精爽。"由于个体不同,其文思有利有钝,但只要顺应自然,注重养气则可顺利由物到情,亦即进入到构思这一创作的内化过程。另一方面,文学作品的优劣也取决于作家的写作技巧及艺术方法,取决于作家能否做到言意相称、情采相兼。《情采》篇"情""采"并重,既强调"言以文远",也指出"繁采寡情,味之必厌"。基于对语言传达情感重要性的认识,《文心雕龙》从《声律》到《练字》共七篇专门讨论写作技巧,其中《声律》篇专论声律的运用,《章句》篇专论分章造句及二者的密切关系,《丽辞》篇专论文辞的对偶问题,《比兴》篇专论比、兴这两种艺术方法,《夸饰》篇专论夸张手法的作用及运用,《事类》篇专论诗文中典故的运用,《练字》篇探讨写作中如何锤炼字词。除这七篇之外,涉及创作技巧的篇章还有《附会》《镕裁》《指瑕》《隐秀》诸篇。

3. 刘勰论作家个性和作品风格

我们在介绍曹丕的文论观点时已经指出,魏晋作家论是以"才性"为中心范畴,而且才性之"性"主要不是指道德品性而是指气质个性(也就是文气)。刘勰的作家论继承了曹丕的理论传统,从"文才""个性"及二者关系立论。《体性》篇指出:"才力居中,肇自血气;气以实志,志以定言,吐纳英华,莫非情性。"这里的"血气""情性"大体上相当于心理学上的气质、个性。《体性》篇一口气举出十二个例子,说明不同气质个性的作家,其作品的艺术风格是大不一样的,所谓"各师成心,其异如面","才性异区,文辞繁诡"。因此,作家要"因性以练才",要根据自己的个性气质来培养文才,从而形成作品的艺术风格。

刘勰对作家个性和作品风格的最高要求是要有"风骨",要"风清骨峻",所以紧随《体性》篇之后的是《风骨》篇。关于"风骨"的定义,古代文论界尚存在着争议。《风骨》篇说:"怊怅述情,必始乎风,沉吟铺辞,莫先于骨。故辞之待骨,如体之树骸;情之含风,犹形之包气。"根据刘勰的论述,我们认为"风清"偏于作家的创作个性和人格风貌,而"骨峻"则是作家的个性、人格在作品中所形成的一种艺术风格的力量或魅力。总起来说,"风骨"是指在创作个性和作品风格高度统一的基础上所形成的文学作品的美学力量。

4. 刘勰论文学批评和文学鉴赏

《文心雕龙》的批评鉴赏论,包括《才略》《知音》《程器》三篇,其中《才略》篇论述了从先秦两汉到魏晋时期的近百位作家,可谓中国古代文论史上的作家论专篇。《程器》篇主要评述作家的道德品质问题，也可视为从特定角度书写的作家论。而专门讨论文学的批评、鉴赏问题的应属《知音》篇。

知音本意是指懂得音乐，对音乐能作正确的理解和评论。刘勰这里借指对文学作品能正确理解和批评。《知音》篇首先感叹文学批评之艰难："知音其难哉！音实难知，知实难逢，逢其知音，千载其一乎！"正是在对批评实践的深刻体会中，刘勰一一列举出文学批评中存在的各种不良现象：贵古贱今、崇己抑人和信伪迷真。知音之难，既在于文学作品本身十分复杂，"夫篇章杂沓，质文交加"，又在于批评者本人又各有偏好，"知多偏好，人莫圆该"，于是导致批评过程中的"东向而望，不见西墙"，不能对文学作品作出全面公正的评价。因此，为改变这种状况，刘勰提出了系统的批评理论。

其一是端正批评态度，要"无私于轻重，不偏于憎爱"。只有这样，批评者才能"平理若衡，照辞如镜"，也就是能做到像秤一样公正，像镜子一样明鉴。

其二是做好批评前的准备，所谓"圆照之象，务先博观"。只有大量阅读、钻研文学作品，认识并掌握文学创作的规律及特点，比较鉴别各种文学作品，才能客观、公正地进行文学批评。这也就是《知音》篇所说的"操千曲而后晓声，观千剑而后识器"。

其三是掌握批评原则。与文学创作中由内（情意）到外（言辞）的途径相反，文学批评是一个从外（文本）到内（情意）的过程，所谓"夫缀文者情动而辞发，观文者披文以入情"。此种不同决定了文学批评的原则，它必须从文本、言辞逆向追溯作者之心意。孟子有"以意逆志"之说，其剥茧式阅读方法在刘勰处得以深刻而明晰地展现。

其四是注重批评方法。与其他文论家对批评方法的一般性说明不同，刘勰在此提出了具体而极具操作性的"六观"说。所谓"六观"，即从六个方面考察、分析文学作品的优劣高下。一观位体，观作品之体制，而不同的体制亦有不同的要求；二观置辞，观作品之运用辞采；三观通变，观作品之因革，即文学的继承与发展问题；四观奇正，观文学之正统与新奇与否；五观事义，观作品如何"据事以类义，援古以证今"（《文心雕龙·事类》）；六观宫商，观作品之声律。这六观在《知音》篇之外的篇章中也有详细论述。如位体之观，见于《定势》《体性》；置辞之观，见于《章句》《丽辞》《比兴》《夸饰》《练字》《隐秀》《指瑕》等；通变之观，见于《通变》《辨骚》等；奇正之观，见于《定势》《辨骚》《宗经》《正纬》等；事义之观，见于《事类》；宫商之观，见于《声律》。概言之，在这六个方面中，位体、置辞和宫商偏于形式，通变、奇正、事义则关涉内容。刘勰的"六观"说对中国古代的批评鉴赏学作出了重大贡献，今人黄维樑曾从中西文论比较的角度对刘勰"六观"说给予极高的评价：

(六观说)既审视作品的字辞章句,也通览整篇作品的主题、结构、风格,更比较该作品与其他众多作品(刘勰强调"操千曲而后晓声,观千剑而后识器")的异同,这真是有微观有宏观,见树又见林,显微镜与望远镜并用的批评体系。这在中国少有甚或没有,在西方,自亚里士多德的《诗学》到19世纪的诸批评名著,似乎也是少有甚或没有的。此外,难得的是,刘勰有理论,还有实践。《辨骚》篇就是以六观说为精神基础的实际批评佳例。①

　　最后谈谈刘勰《文心雕龙》对于中国古代文论的贡献。

　　贡献之一在于《文心雕龙》提出了一个完整的文学理论体系,它包括文学的本质与特征、文学的构思与创作、文学的风格与体裁、文学的艺术与思想标准、文学的创作技巧、文学的鉴赏与批评、文学的继承与发展以及文学与时代的关系等等,并阐释或首创了一系列重要的理论概念,如神思、隐秀、风骨、通变、奇正等,这对中国古代文论乃至美学的发展具有十分深远的影响。

　　贡献之二在于《文心雕龙》的理论特色,也就是章学诚所说的"体大思精""笼罩群言"。在《文心雕龙》出现之前,古代文论绝大部分都是单篇论文,或内容欠充实丰富,或形式流于粗糙零碎,都不能与《文心雕龙》相提并论。曹丕《典论·论文》虽是中国文论史上第一部文论专篇,但失于零散;陆机《文赋》为中国文论史上第一部专论,但仅仅论及创作问题;挚虞《文章流别志论》虽规模宏大、内容丰富,但也只是论述了各种文体的性质、历史发展和写作方法。《文心雕龙》之后,就其"体大"而言,尚有叶燮《原诗》,叶著分内外两篇,其理论体系包含本原论、正变论、创作论和批评论,突破了自北宋以来以片言只字评诗论诗的"诗话"体裁,而成为具有自身逻辑结构和理论体系的诗论文本;但就其"思深""笼罩群言"而论,《原诗》也难以与《文心雕龙》媲美。完全可以说,在中国文学批评史上,刘勰的《文心雕龙》是前无古人,后无来者。

　　贡献之三在于《文心雕龙》成功地吸收了儒道释文化的思想精华,以自己的理论建树体现出三教合一的文化趋向。这一点,我们在本节的第一小节中已作了详细介绍,此不赘述。

第五节　钟嵘《诗品》的诗歌理论

　　钟嵘《诗品》是我国最早的一部诗论专著,它品评了从汉代到南朝共123位

---

① 黄维樑:《中国古典文论新探》,北京大学出版社,1996年,第35页。

五言诗人(包括《古诗》的无名作者),论其优劣,定其品第。全书论述系统,见解深刻,与《文心雕龙》并称为南朝两大文论专著。就批评文体而言,由《诗品》所开创的诗话形式对南朝以后的文论产生了很大影响。

一、钟嵘及其《诗品》

钟嵘(约468—518),字仲伟,颍川长社(今河南长葛)人,与刘勰同生于齐梁时代。齐时官至司徒行参军,梁时官至西中郎晋安王记室,世人亦称钟记室。本传称其书为《诗评》,《隋书·经籍志》说,"《诗评》三卷,钟嵘撰,或曰《诗品》",但至后代只流行《诗品》一名。《诗品》约成书于钟嵘晚年,其间正值中国文学艺术理论批评空前活跃时期。宗白华说:

> 中国艺术和文学批评的名著,谢赫的《画品》,袁昂、庾肩吾的《画品》、钟嵘的《诗品》、刘勰的《文心雕龙》,都产生在这热闹的品藻人物的空气中。①

"品"之渊源可追溯至中国古代的人物品评,所品之对象及内容涉及人的容止、才能、德行等。因为在对人的品评中常要用自然喻象,所以至魏晋,品藻已很自然地从对人物的品评推及对自然美、艺术美的鉴赏。如《世说新语·言语》云:"顾长康从会稽还,人问山川之美,顾云:'千岩竞秀,万壑争流,草木蒙笼其上,若云蒸霞蔚。'"宗白华称顾恺之此语为后来五代北宋荆浩、关同、董源、巨然等山水画境界的绝妙写照。钟嵘在《诗品序》中谈及自己品诗的由来时说,"昔九品论人,七略裁士,校以宾实,诚多未值。至若诗之为技,较尔可知"。可见其品诗源于人物品藻之风,是将原用于政治上的"九品论人"之法推及诗人、诗作的品评。

如果说热闹的品藻之风尚只是外因的话,那么当时文艺批评中"准的无依""不显优劣""曾无品第"的现状则是内因。钟嵘写作《诗品》的直接目的即在于"辨彰清浊,掎摭病利",亦即显优劣、列品第。《诗品》书名的由来正在于此。就钟嵘而言,"品"自身有作为动词和作为名词的两层意义。作动词的"品"为品尝、品味之意。首先,它是人的个体感觉,与个人的具体经验相关;其次,它不仅仅是对一个对象的感觉,而且也是对感觉的感觉,即用自身的感觉对感觉进行体验,这就是所谓的品味、回味;再次,"品"作为感觉是审美的开端,如味美感觉等;最后,"品"是分辨、区分,分辨有和无、是或否,然后在是中决定好和坏,在好中又决定较好和最好,之后选择最好的,故有三品、九品之分。作名词的"品"为种、类的意思,它作为品类是品尝的结果。"品"的划分即归类、区分,《诗品》意为诗的品

---

① 宗白华:《美学散步》,上海人民出版社,1981年,第210页。

种、类别。"至斯三品升降"是钟嵘为其所品诗人划分的三个标准,一品即为一类,为一个区分标准,据此他建立了"三品论诗"的文本结构。

相对于刘勰所论之文来说,钟嵘所品对象纯粹单一,不是广义的文,而是狭义的文,即诗;但它又不是一般的诗,而是五言诗。钟嵘对文学尤其是诗有一种自觉,他将其所品对象与"经国文符""撰德驳奏"相分离,而独为"吟咏情性"之诗。在所有的诗歌形式中,他又以五言诗为最完美的诗。这不仅因为五言诗是魏晋时期主要的诗歌形式,更因为相对四言诗和骚体来说,五言诗的内容、形式均恰到好处。四言诗简练,却不足以表达丰富的内容;骚体能表现较多的内涵,其语言却过于铺张、繁多。相比之下,五言诗比四言诗多一字,又比骚体短许多,但是它表达的容量优于上述两者。所以,钟嵘《诗品序》称五言诗"指事造形,穷情写物,最为详切","是众作之有滋味者也","凡百二十人。预此宗流者,便称才子"。

钟嵘品诗试图追溯诗人的风格渊源和诗派流承,并由此概括出诗歌特征,分出诗人高下。这种品评目的及方法通过界定品第、追溯源流和分类比较得以完成。在三品论诗中,钟嵘虽然并未给任何一种诗歌风格作一明确定义,但他将所品 123 位诗人的文学风格归结为三种:《国风》《楚辞》和《小雅》。事实上,这三大类别已标明了三种截然不同的文学风格。《国风》既温柔敦厚又富于文采变化,钟嵘以文采的质朴或华丽将这一派一分为二:古诗一派和曹植一派,这两派各有不同诗人承继;《楚辞》重个体遭遇及其情感抒发,这种风格以李陵为代表;《小雅》则将个人情感上升为哲学思考,以深沉的忧患意识为突出特点,此一派独阮籍一人①。钟嵘在评判诗人及其作品风格时即遵循这三大类风格的意义。

钟嵘结合三种文学流派,通过比较诗人之间潜在的细致差别分出名次。以上品为例,钟嵘分为四组,第一组为《国风》分出的古诗一派,这一组的排序为古诗、刘桢、左思;第二组为《国风》分出的曹植一派,其顺序为曹植、陆机、谢灵运;第三组为《楚辞》一派,依次为李陵、王粲、潘岳、张协、班姬;第四组为《小雅》派,阮籍一人归此。同一组中名次昭然,组与组之间亦有比较。就骨气而言,张协在潘岳、左思之间:"雄于潘岳,靡于太冲"("上品 · 张协"条);就文质比较,左思又在潘岳、陆机之间:"虽浅于陆机,而深于潘岳"("上品 · 左思"条);以诗才而论,潘、陆两人不相上下,"陆才如海,潘才如江"("上品·潘岳"条),由此可排列出陆机、左思、张协、潘岳这一高下顺序。可见,钟嵘品诗有一种内在的逻辑准则。

《诗品》全书分总论及正文两大部分,总论论及诗的本质、五言诗的历史、品诗的标准及方法等,并提出一些重要的理论概念,如滋味说、直寻说、吟咏情性说、三

---

① 参见张伯伟:《钟嵘诗品研究》,南京大学出版社,1999 年,第 116~156 页。

义说;正文以上、中、下三品为经,以《国风》《小雅》《楚辞》三种文学风格为纬,逐一品评123位五言诗人。经、纬交织,形成一个理论结构模式,图示如下:

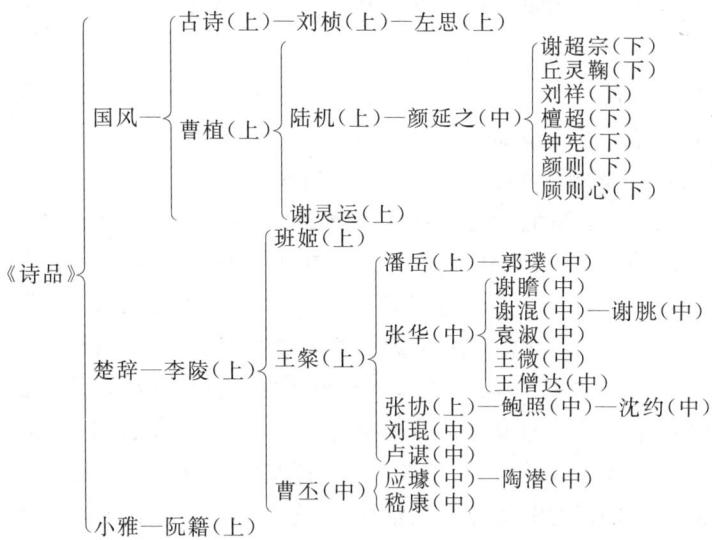

二、钟嵘的文论思想

钟嵘的文论思想主要有吟咏情性说、直寻说、三义说、滋味说。

1. 吟咏情性说

《诗品序》云:"至乎吟咏情性,亦何贵于用事?"钟嵘认为,诗歌的性质或基本特征是吟咏情性,即抒发情感,表达个性。钟嵘认为,创作情性的萌动,又有赖于"气""物"的感召,所谓"气之动物,物之感人,故摇荡性情,形诸舞咏"。在此,"气"并不直接规定诗,而是经由外物到人的性情再到诗。这是个从外(气、物)到内(人之性情)再到外(形诸舞咏,即显现于外的诗歌、音乐和舞蹈)的过程,也是上一节所谈到的文学创作内在化与外在化的过程。

具体而言,"气"这一范畴首先是自然的、人可领受的,具有自然性特征;其次,它也是发自主体的,气作用于人形成神气,作用于文形成文气、体气和骨气;最后,创作主体的性情感应天地万物的运动变化,这种感应形成诗。只有这种诗才能够既具有真情实感又自然天成。因此,钟嵘反对空洞无情或遮蔽情感的诗,如称玄言诗"理过其辞,淡乎寡味",称傅亮诗"亦复平美",等等。

"气"驱动、产生并显现出"物",因此"物"不仅指自然景物(如"春风春鸟,秋月秋蝉,夏云暑雨,冬月祈寒"),还指人世灾患(如"或骨横朔野,或魂逐飞蓬,或负戈外戍,杀气雄边"),同时也指个人际遇(如"楚臣去境,汉妾辞宫")。比较而言,刘勰《文心雕龙》虽专辟《物色》篇谈及物与诗人之心的关系,但刘勰所谈之物偏于自然景物。钟嵘则更强调自然景物和人世沧桑对于作家情性的深刻而复杂的影响。因此,就心物关系而论,钟嵘的"吟咏情性说"比刘勰的"感物心动"有着更深的内涵。

钟嵘所论"情性"有两层含义。其一,除了指物色之情,还特指离怨之情。魏晋南北朝时期,陆机有"诗缘情而绮靡",刘勰有"为情而造文",均不似钟嵘将"怨"摆在情之中心。钟嵘概括诗之情感为"嘉会寄诗以亲,离群托诗以怨",并联系孔子的"兴观群怨"加以说明。在此,钟嵘紧紧抓住"兴观群怨"中的"群怨"尤其是"怨"字,以突出情感对于创作的意义。虽然在孔子那里,"怨"也不仅限于后儒所说的"怨刺上政",还包含了人生的感慨,包含了仁人志士在弘道之时所遭遇的种种打击和挫折,但孔子所说的"怨"毕竟与群体的"事父""事君"相关,因而具有某种政治教化的含义。钟嵘所论之"怨",已是个体由"离群"而产生的悲哀和痛苦。所以,钟嵘评五言诗,尤其注重作品对离怨之情的吟咏,如评《古诗十九首》"文温以丽,意悲而远",评李陵"文多凄怆,怨者之流",评左思"文典以怨",等等。

其二,钟嵘所强调的以"怨"为特征的情性,是个体的情性。钟嵘在论述诗的意义时说:"动天地,感鬼神,莫近于诗。"这句话出于《毛诗序》,但钟嵘在引用时省略了此句中的"正得失"一语。《毛诗序》的"正得失"有着明显的政治教化色彩,而钟嵘删除此语,意味着他的诗论要冲破儒家诗学的政教局限,而凸显诗人自身的情感世界及个性化品质,从而进入对诗的艺术品评之中。在钟嵘的品评中,享有最高赞誉的诗人有曹植、刘桢、王粲、陆机、潘岳、张协、谢灵运等。这些诗人大多不重群体性讽喻,而重个体性的遭遇和悲怨,正是这种重视才构成诗的情性内涵及感染力,舍此则无诗可吟。因此,钟嵘说:"使(李)陵不遭辛苦,其文亦何能至此!"("上品·李陵"条)诚然,司马迁的"发愤著书说"也谈个人遭遇,但在司马迁那里,"愤"主要是著书之动机;而在钟嵘这里,"愤"则是作品本身。

2. 直寻说

《诗品序》说:"观古今胜语,多非补假,皆由直寻。"所谓"直寻",就是从感物(此"物"即前述自然景物与人世沧桑)动情之中直接求得胜语佳句,而不是在前人典故或诗作中寻词觅句。也就是说,诗歌的创作灵感、素材和语言都有赖于"物"的感召和"情"的摇动,而不靠用典(用事)。《诗品》还讲"寓目辄书",这是对"直寻说"的补充。"寓目辄书",即将眼中所见不假思虑地书写下来,如"高台多悲风""清晨登陇首""明月照积雪"等五言名句,都是诗人直抒胸臆、自由流淌的结果,而与"故实""经史"无关。其中"高台多悲风"一句出自曹植《杂诗》,全诗十二句,并无一句用典。诗中所咏高台、北林、孤雁、悲风、朝日、方舟都是眼前之物。而正是这些眼前景物直接触动诗人，诗人"寓目辄书"遂成千古名句。可见钟嵘直寻说主张在创作过程中将当时、当地的真情实感用简明、自然的语言表达出来，这就是"胜语"，而不是事后加工处理，或借助于典故字斟句酌的结果。

钟嵘的直寻说还揭示了诗歌创作中艺术思维的三大特征。其一，直接性。在直观感悟中，心与物直接对话而无须以逻辑推理作中介，这也就是朱光潜所说"不假思索，不生分别，不审意义，不立名言"之意。在具体的创作中，这种思维的直接性表现为吾心与外物的相摩相撞，寓目与书写的相伴相生。

其二，形象性。作为创作思维的感知阶段，直寻的结果不需用概念表达，而是用意象显示。当然，文学创作本身即要求用形象来言说，而直寻更强调形象的重要性，若没有形象，则直寻无从谈起。

其三，契合性。在直寻的过程中，主体与客体不仅直接对话，而且融为一体，以至于达到后来王国维所说的"不知何者为我，何者为物"的境界。创作主体之情性与作品所欲表现之外物两相契合，方能"形诸舞咏"。

钟嵘之所以提出直寻说，是因为他深刻地认识到补假、用典在诗歌创作中的弊端。首先，补假、用典不但远离诗人内心性情，而且还以事遮蔽了诗人本有的真性情，其诗"动辄用事，所以诗不得奇"（"中品·任昉"条）；其次，补假、用典造成情与辞之间的间隔、阻碍。气物交感于人之性情，无须借助他者（如书本、典故、前人诗句）即可传达。此外，在钟嵘的时代，文学创作崇尚文采、华绮、声韵，沈约有声律论，刘勰有《声律》《丽辞》专篇。有鉴于此，钟嵘在反对补假、用典的同时，树立"不贵用事""自然英旨"及"真美"等审美标准，目的即在于勿使"文多拘忌，伤其真美"，伤其所要表达的真情实感。

如果说，"吟咏情性说"强调对诗人情性的重视，"直寻说"强调由情性到达言辞的思维原则，那么"三义说"则进入文学创作的总体规则或要求。

3. 三义说

何为"三义"？《诗品序》云："故诗有三义焉：一曰兴，二曰比，三曰赋。"三义说是指钟嵘探讨兴、比、赋及其三者关系的理论观点。本书在"两汉文论"一章中曾介绍过《诗大序》的"六义说"，钟嵘的"三义"即出自"六义说"。《诗大序》之后，刘勰对赋、比、兴问题作了具体探讨，《文心雕龙》辟有《诠赋》篇、《比兴》篇。刘勰继承《诗大序》的儒学传统，仍然强调诗的讽喻作用，《比兴》篇强调"比则畜愤以斥言，兴则环譬以托讽"；同时，刘勰仍然沿用旧论，将比、兴视为具体的创作手法，将赋视为一种文体。钟嵘的"三义说"对传统的"六义说"有所突破而自有新意。他从诗歌"吟咏情性"的本质特征和"寓目辄书"的思维特征从发，一改赋、比、兴的传统排序，而变为兴、比、赋。这种改动不仅凸显了六义中"兴"的地位，同时又扩充并深化了兴、比、赋的文论内涵。

其一,"文已尽而意有余,兴也"。这显然同老庄道家和魏晋玄学的"言不尽意"论相关。玄学的"意"具有形而上的思辨色彩,而诗文中的意则与"怨"密切相关。玄言诗之所以"理过其辞,淡乎寡味","平典似《道德论》"(《诗品序》),原因即在于未能对这两种"意"作出区分。"兴"相关于意而又超越于意,是一种诗意之外令人回味无穷的东西,能引起读者的广泛联想和体验。钟嵘对"兴"的解释远远超出了将"兴"仅视为表现手法的旧谈,而涉及艺术的根本特征。从钟嵘开始,唐代有司空图的"不著一字,尽得风流",宋代有严羽的"羚羊挂角,无迹可求",清代有金圣叹的"夫笔墨都停处,此正是我得意处"等。这种对言外之意、韵外之致的追求,成为中国古代文论一以贯之的审美倾向。

基于对"兴"的这种全新解释,钟嵘又将"比"界定为"因物喻志",将"赋"界定为"直书其事,寓言写物",三者相辅相成,不可偏废。一方面,"若专用比兴,则患在意深,意深则词踬",这样既妨碍诗人对情感的抒发,又妨碍味诗者对诗意的把握;另一方面,"若但用赋体,患在意浮",其诗作不免有"芜漫之累",而味诗者同样无从感受诗情。因此,兴、比、赋三者以"兴"为主,共同构成文章写作的总体性要求或艺术性标准,而非技巧性的表现手法。

其二,"宏斯三义,酌而用之,干之以风力,润之以丹彩"。意谓诗歌应以明朗刚健的风格和质朴有力的语言为骨干,以华美的辞藻加以润色,这样写出来的诗才是"诗之至也",也才能使听者动心,评者一唱三叹。与前所述"直寻说"相比,此处的"丹彩"似与"不贵用事""自然英旨"及"真美"相矛盾,其实不然。钟嵘以为,好的诗歌不仅要达到感情与表达的无碍(即直寻),亦要配之以优美的诗歌形式。缺乏形式美的诗,在钟嵘看来"率皆鄙质如偶语"("中品·魏文帝"条)。五言诗的发展,经历了一个由无形式美(杂言、鄙质、田家语)到有形式美的过程。从根本上说,"吟咏情性"的诗歌不仅不排斥文采,而且应重视文采,这已是钟嵘那个时代的诗人和诗论家的共识。钟嵘的深刻之处在于他把握住了"情性"与"文采"这两者之间的度:"余谓文制,本须讽读,不可蹇碍。但令清浊通流,口吻调利,斯为足矣。"所以,钟嵘最终能够融会他的吟咏情性说、直寻说和三义说进而提出"滋味说"。

4. 滋味说

"味"的本义原指由口腹的欲望满足所获得的生理快感,先秦时期,人们已发现饮食之"味"与艺术之"味"的联系(如孔子说"闻韶乐而三月不知肉味")。魏晋之后,文学理论和批评中大量引入"味"的概念。钟嵘《诗品序》明确提出"滋味说":"五言居文辞之要,是众作之有滋味者也……岂不以指事造形,穷情写物,最为详切者耶!"可见"有滋味"就是指作品在描写外物、抒发情感方面达到了淋漓尽致、尽善尽美的程度。

"滋味"之"味"在钟嵘《诗品》中有两层含义：一是作为动词的品味、品尝、鉴赏，类似于"品"的第一层含义。"味诗"就是钟嵘对诗的品评方法，所谓"使味之者无极"。二是作为名词的味道、滋味、余味。

由于"滋味"基于个体的感觉经验，所以钟嵘对具体诗人及其作品的评价不能通过论证推理和分类比较的方法，而只能通过印象描述和选摘佳句的方式实现。如品评李陵诗歌"凄怆"文风："使陵不遭辛苦，其文亦何能至此！"（"上品·李陵"条）类似于一种设身处地的感叹；为证曹丕诗"美瞻"之风格，则引其诗句"西北有浮云"（"中品·魏文帝"条）。在这一品味过程中，品味者不可能与品味的对象保持距离，而更多是融入其内，将所品、所味对象化为自我的一部分，进而将这种感受表达出来。因此，"味诗"只能是感悟的、主观的，而不是客观的、论理的。所以，"诗之味"亦只能"差非定制"。

由此看来，"滋味"这一诗美标准在树立起自身的同时，亦淹没于诗人（或味诗者）的个人经验和感受之中。钟嵘之后，文论家们虽发展、丰富了钟嵘的滋味说，如司空图《与李生论诗书》的"辨于味而后可以言诗"、欧阳修《六一诗话》的"又如食橄榄，真味久愈在"、苏轼《送参寥师》的"咸酸杂众好，中有至味永"等等，但他们对"味"的论述并未超出钟嵘的"滋味说"。

自《诗品》问世以来，模仿者不绝于缕。唐代殷璠《河岳英灵集》和高仲武《中兴间气集》两书，分别选录盛唐和中唐诗歌，并对其风格特色进行点评，其中的评语多有沿袭《诗品》者，如《中兴间气集》评崔峒诗"斯亦披沙拣金，往往见宝"，显然直接出于《诗品》评陆机："陆文如披沙简金，往往见宝。"（"上品·潘岳"条）晚唐张为的《诗人主客图》追溯诗歌的派别源流亦可明显地看到《诗品》的痕迹。司空图以诗论诗，把诗的风格分为二十四品，亦题名《诗品》，虽然此"品"非彼"品"，但也可看出钟嵘《诗品》的影响。

唐宋以降，诗话、词话成为古代文论中最常见的文本形式，其数量亦最多，之所以如此，与钟嵘《诗品》有着直接关系。清人何文焕编《历代诗话》，以钟嵘《诗品》冠首，钟嵘亦被称为百代诗话之祖，可见《诗品》对中国古代诗话的开创之功。钟嵘的直寻式思维方式，意象式点评方法，尤其是《诗品》中一组独具诗性精神的文论范畴，对于中国古代文论诗性特征的发展和成熟产生了深远的影响。

关键词释义

［魏晋玄学］魏晋时期以老庄思想为骨架的哲学思潮，其基本内容是重新解读《老子》《庄子》和《周易》（合称为"三玄"），其中心问题是讨论形而上学本体论

的"本末有无",其代表人物有王弼、何晏、嵇康、阮籍、郭象等。魏晋玄学对文论的影响主要表现在言意论、形神论和才性论等方面。

[言意论] 又称"言意之辨",主要讨论语言与思想的关系,它既是一个文化哲学命题,又是一个文学理论命题。魏晋南北朝之前的言意论,大体上可分为儒家经学中心主义的"立言"、道家自然主义的"无言"以及《易传》对儒道两家言意观的折衷。魏晋玄学言意之辨对古代文论的影响,主要表现在将庄子的"得意忘言"用于文学创作和鉴赏,追求文学的言外之意。

[文气说] 曹丕《典论·论文》提出,其要义有三:气,指表现在文学作品中的作家的自然禀赋、个性气质;文气大致上分为"清"与"浊"两大类,"清"为阳刚之气,"浊"为阴柔之气。人禀阴阳二气而生,表现在文学作品之中,则有文气的或清或浊之别;曹丕论为文之气,尤其强调创作个性的独特性及其对作品风格的决定性意义,表现出魏晋时期"人的自觉"及"文的独立"的时代精神。

[缘情说] 语出陆机《文赋》"诗缘情而绮靡","诗缘情"有两层含义:一是诗歌创作因情感而发生,二是诗歌作品因情感而绮靡(文辞华丽)。朱自清《诗言志辨》说:"'缘情'的五言诗发展了,'言志'以外迫切地需要一个新标目。于是陆机《文赋》第一次铸成'诗缘情而绮靡'这个新语。"

[《文赋》] 西晋时期的文学理论专篇,作者陆机。《文赋》用赋体写成,正文前有序,说明写作《文赋》的原因是"恒患意不称物,文不逮意",目的是"以述先士之盛藻,因论作文之利害所由"。《文赋》在中国古代文论史上第一次论述了文学创作的心理过程,提出了著名的"缘情说",讨论了创作主体之情感在创作活动中的重要地位、创作主体的心理功能、灵感心理和想象心理等。

[《文心雕龙》] 南朝梁刘勰著,是中国文学批评史上第一部体大精深、弥纶群言的专著,包括总论、文体论、创作论、批评论四大部分。总论含《原道》至《辨骚》五篇,文体论含《明诗》至《书记》二十篇,创作论含《神思》至《总术》十九篇,批评论含《时序》至《程器》五篇。最后一篇《序志》叙述作者写作此书的动机、态度和原则。《文心雕龙》继承并发挥了儒家的文学思想,把原道、征圣、宗经作为理论核心,同时也受到老庄道家、佛学思想的影响,体现出三教合流的文化倾向。其文学理论体系由"解思""体性""风骨""通变""情采""隐秀"等重要范畴构成。《文心雕龙》在中国古代文学批评和文艺理论的发展史上具有巨大的奠基意义和深远的影响。

[唯务折衷] 刘勰在《文心雕龙·序志》篇提出,是贯穿《文心雕龙》全书的批评方法。刘勰认为,在他之前的文学思想家,虽说在理论上各有建树且各具特色,但有着不同程度的偏颇和局限。因此,他在《文心雕龙》中创造性地将儒家中

庸思想运用于文学批评之中,将前人视为相互对立或互不相关的许多命题、范畴和概念,通过剖析辩证,找到它们之间互相关联的某种共同性,从而建立起一种更深刻的统一的看法。如对"才性""言意""心物""文质""奇正""情采""隐秀"等范畴或术语的讨论,都运用了"唯务折衷"的方法。

[文笔说] 魏晋南北朝时期的文论家将文体分为"文"和"笔"两大类,但区分的标准却并未统一。《文心雕龙·总术》篇从形式上划分"文"和"笔":"今之常言,有文有笔,以为无韵者笔也,有韵者文也。""文""笔"之分,是中国文学批评史发展过程中的一件大事。从秦汉以前的文史哲不分,到魏晋以来文学创作的大发展,关于文体的辨析越来越精,关于文学作品与非文学作品的区别越来越明确,"文""笔"之辨,可以说是这一认识发展中的一个重要里程碑。

[神思] 刘勰关于创作构思和艺术想象的理论观点。《神思》篇为《文心雕龙》创作论之首,亦为创作论之总纲。刘勰认为,创作构思的过程是一个从物到情到辞令的过程,此过程的总体特征是"神与物游",亦即"内心与外境相接也"(黄侃《文心雕龙札记》)。作家之"神"既与外物共游,又与辞令交融;既能思接千载,又能视通万里。而创作构思的难处则在于处理"物—情—辞"三者的关系,刘勰提出三点:一是陶钧文思,贵在虚静;二是以博见馈贫,以贯一拯乱;三是积学储宝,酌理富才,研阅穷照,驯致怿辞。

[体性] 刘勰关于作家个性与作品风格之关系的论述,其《文心雕龙》有《体性》专篇。体,指文章的体貌,即作品的风格;性,即性情,指作家的个性。刘勰认为,作品的风格是由作家的个性决定的,且文如其面,"表里必符"。这里所讲的作家个性,包括先天的才能、气质和后天的学力工夫、习染兴趣。刘勰的"体性"说对后代文学风格论的研究具有开创意义,诸如对唐代李峤的《评诗格》、皎然的《诗式》、司空图的《二十四诗品》,对宋代严羽的《沧浪诗话》,以及对清代姚鼐等关于诗歌风格的研究,都有着深刻的影响。

[六观] 刘勰关于文学鉴赏、文学批评的方法。其《文心雕龙·知音》云:"是以将阅文情,先标六观:一观位体,二观置辞,三观通变,四观奇正,五观事义,六观宫商。斯术既形,则优劣见矣。"在这六观中,一三五项属作品的内容;二四六项属作品的形式。上述六观,就是从六个方面"披文入情","沿波讨源",对文学作品从形式到内容进行全面赏析和评价的方法。"六观"说对中国文学批评有着深远的影响。

[三品论诗] 钟嵘《诗品》的论诗方法。《诗品》评述了自汉魏至齐梁的123位诗人,分为上、中、下三品,每品一卷。每品中都对诗人创作特色和渊源流变作了评论。

[滋味] 钟嵘用以表述诗歌特殊艺术效果的一个重要概念。借"味"来谈文学,

并非始于钟嵘。晋代陆机在《文赋》中就已讲到,略早于钟嵘的刘勰在《文心雕龙》中也多次言"味"。然而直到钟嵘,才开始自觉地将"滋味"视为诗歌的基本审美特征。《诗品》所谓的"滋味",大体是形容诗歌深远悠长的艺术效果。钟嵘对"滋味"极为重视,有无"滋味",是他衡量诗歌作品优劣的首要标准。此外,钟嵘还具体地阐发了诗歌"滋味"生成的必要条件。钟嵘所倡导的"滋味"说,在诗论史上一直产生着积极的影响,后人多承其旨,特别是晚唐司空图,进一步提出诗要有"味外之旨",将诗"味"与诗歌意境联系起来。

[直寻] 钟嵘论诗歌创作的重要概念。所谓"直寻"是强调诗歌创作应以"自然"为上,要在感物兴情的基础上,直书所见,以景寓情。"直寻"的真谛,就在于能自然地传达出真情实感。与倡导"直寻"相联系,钟嵘反对竞相"用事"之流俗,认为在诗歌作品中堆砌典故有伤"自然英旨"。钟嵘重视"直寻",体现了对《诗经》以来"感兴"传统的继承和发扬。中国古典诗歌情景交融的特色,正是在"感兴""直寻"的创作实践中逐步形成的。

思考题
1. 魏晋玄学的言意之辨是如何影响魏晋南北朝文论的?
2. 试论曹丕"文气说"的理论内涵及历史价值。
3. 陆机的创作心理有哪些内容?
4. 试述儒道释文化对刘勰及《文心雕龙》的影响。
5. 试述《文心雕龙》创作论和鉴赏批评论的主要范畴。
6. 试述钟嵘诗歌理论在思维方式上的特征。

进一步阅读文献
1. 王运熙、杨明:《魏晋南北朝文学批评史》,上海古籍出版社,1996年。
2. 詹福瑞:《中古文学理论范畴》,河北大学出版社,1997年。
3. 李建中:《魏晋文学与魏晋人格》,湖北教育出版社,1998年。
4. 汤用彤:《魏晋玄学和文学理论》,载《中国哲学史研究》,1980年第1期。
5. 张少康:《六朝文学的发展和"风骨"论的文化意蕴》,载《中国文化研究》,1998年第2期。
6. 傅刚:《汉魏六朝文体辨析的学术渊源》,载《中国社会科学》,2000年第2期。
7. 李建中:《谁其尸之? 神理而已——试论〈文心雕龙〉的诗性特征》,见中国文心雕龙学会编:《文心雕龙研究》第6辑,学苑出版社,2005年。

魏晋南北朝文论选录

典论·论文

曹　丕

　　文人相轻,自古而然。傅毅之于班固,伯仲之间耳,而固小之,与弟超书曰:"武仲以能属文为兰台令史,下笔不能自休。"夫人善于自见,而文非一体,鲜能备善。是以各以所长,相轻所短。里语曰:"家有弊帚,享之千金。"斯不自见之患也。

　　今之文人,鲁国孔融文举,广陵陈琳孔璋,山阳王粲仲宣,北海徐干伟长,陈留阮瑀元瑜,汝南应玚德琏,东平刘桢公干:斯七子者,于学无所遗,于辞无所假,咸以自骋骥𫘧于千里,仰齐足而并驰。以此相服,亦良难矣。盖君子审己以度人,故能免于斯累,而作论文。

　　王粲长于辞赋,徐干时有齐气,然粲之匹也。如粲之《初征》《登楼》《槐赋》《征思》,干之《玄猿》《漏卮》《圆扇》《橘赋》,虽张、蔡不过也。然于他文未能称是。琳、瑀之章表书记,今之隽也。应玚和而不壮。刘桢壮而不密。孔融体气高妙,有过人者,然不能持论,理不胜词,以至乎杂以嘲戏。及其所善,扬、班俦也。

　　常人贵远贱近,向声背实,又患暗于自见,谓己为贤。

　　夫文,本同而末异,盖奏议宜雅,书论宜理,铭诔尚实,诗赋欲丽。此四科不同,故能之者偏也;唯通才能备其体。

　　文以气为主;气之清浊有体,不可力强而致。譬诸音乐,曲度虽均,节奏同检;至于引气不齐,巧拙有素,虽在父兄,不能以移子弟。

　　盖文章经国之大业,不朽之盛事。年寿有时而尽,荣乐止乎其身。二者必至之常期,未若文章之无穷。是以古之作者,寄身于翰墨,见意于篇籍,不假良史之辞,不托飞驰之势,而声名自传于后。故西伯幽而演《易》,周旦显而制《礼》,不以隐约而弗务,不以康乐而加思。夫然,则古人贱尺璧而重寸阴,惧乎时之过已。而人多不强力,贫贱则慑于饥寒,富贵则流于逸乐,遂营目前之务,而遗千载之功。日月逝于上,体貌衰于下,忽然与万物迁化,斯志士之大痛也!

　　融等已逝,唯干著论,成一家言。

(选自萧统编,李善注《文选》卷五十二)

周易略例·明象

王　弼

　　夫象者，出意者也。言者，明象者也。尽意莫若象，尽象莫若言。言生于象，故可寻言以观象；象生于意，故可寻象以观意。意以象尽，象以言著。故言者所以明象，得象而忘言；象者，所以存意，得意而忘象。犹蹄者所以在兔，得兔而忘蹄；筌者所以在鱼，得鱼而忘筌也。然则，言者，象之蹄也；象者，意之筌也。是故，存言者，非得象者也；存象者，非得意者也。象生于意而存象焉，则所存者乃非其象也；言生于象而存言焉，则所存者乃非其言也。然则，忘象者，乃得意者也；忘言者，乃得象者也。得意在忘象，得象在忘言。故立象以尽意，而象可忘也；重画以尽情，而画可忘也。

　　是故触类可为其象，合义可为其征。义苟在健，何必马乎？类苟在顺，何必牛乎？爻苟合顺，何必坤乃为牛？义苟应健，何必乾乃为马？而或者定马于乾，案文责卦，有马无乾，则伪说滋漫，难可纪矣。互体不足，遂及卦变；变又不足，推致五行。一失其原，巧愈弥甚。纵复或值，而义无所取。盖存象忘意之由也。忘象以求其意，义斯见矣。

文　赋

陆　机

　　余每观才士之所作，窃有以得其用心。夫放言遣辞，良多变矣，妍蚩好恶，可得而言。每自属文，尤见其情，恒患意不称物，文不逮意，盖非知之难，能之难也。故作《文赋》，以述先士之盛藻，因论作文之利害所由，他日殆可谓曲尽其妙。至于操斧伐柯，虽取则不远，若夫随手之变，良难以辞逮，盖所能言者，具于此云。

　　伫中区以玄览，颐情志于典坟。遵四时以叹逝，瞻万物而思纷。悲落叶于劲秋，喜柔条于芳春，心懔懔以怀霜，志眇眇而临云。咏世德之骏烈，诵先人之清芬。游文章之林府，嘉丽藻之彬彬。慨投篇而援笔，聊宣之乎斯文。

　　其始也，皆收视反听，耽思傍讯，精骛八极，心游万仞。其致也，情曈昽而弥鲜，物昭晰而互进。倾群言之沥液，漱六艺之芳润。浮天渊以安流，濯下泉而潜浸。于是沉辞怫悦，若游鱼衔钩，而出重渊之深；浮藻联翩，若翰鸟缨缴，而坠曾云之峻。收百世之阙文,采千载之遗韵。谢朝华于已披,启夕秀于未振。观古今于须臾,抚四海于一瞬。

然后选义按部,考辞就班,抱暑者咸叩,怀响者毕弹。或因枝以振叶,或沿波而讨源。或本隐以之显,或求易而得难。或虎变而兽扰,或龙见而鸟澜,或妥帖而易施,或岨峿而不安。罄澄心以凝思,眇众虑而为言。笼天地于形内,挫万物于笔端。始踯躅于燥吻,终流离于濡翰。理扶质以立干,文垂条而结繁。信情貌之不差,故每变而在颜。思涉乐其必笑,方言哀而已叹。或操觚以率尔,或含毫而邈然。

伊兹事之可乐,固圣贤之所钦。课虚无以责有,叩寂寞而求音。函绵邈于尺素,吐滂沛乎寸心。言恢之而弥广,思按之而逾深。播芳蕤之馥馥,发青条之森森。粲风飞而猋竖,郁云起乎翰林。

体有万殊,物无一量。纷纭挥霍,形难为状。辞程才以效伎,意司契而为匠。在有无而僶俛,当浅深而不让。虽离方而遁员,期穷形而尽相。故夫夸目者尚奢,惬心者贵当。言穷者无隘,论达者唯旷。

诗缘情而绮靡,赋体物而浏亮。碑披文以相质,诔缠绵而悽怆。铭博约而温润,箴顿挫而清壮。颂优游以彬蔚,论精微而朗畅。奏平彻以闲雅,说炜晔而谲诳。虽区分之在兹,亦禁邪而制放。要辞达而理举,故无取乎冗长。

其为物也多姿,其为体也屡迁。其会意也尚巧,其遣言也贵妍。暨音声之迭代,若五色之相宣。虽逝止之无常,固崎锜而难便。苟达变而识次,犹开流以纳泉。如失机而后会,恒操末以续颠。谬玄黄之袟叙,故淟涊而不鲜。

或仰逼于先条,或俯侵于后章。或辞害而理比,或言顺而义妨。离之则双美,合之则两伤。考殿最于锱铢,定去留于毫芒。苟铨衡之所裁,固应绳其必当。或文繁理富,而意不指适。极无两致,尽不可益。立片言而居要,乃一篇之警策。虽众辞之有条,必待兹而效绩。亮功多而累寡,故取足而不易。

或藻思绮合,清丽千眠。炳若缛绣,悽若繁弦。必所拟之不殊,乃暗合乎曩篇。虽杼轴于予怀,怵他人之我先。苟伤廉而愆义,亦虽爱而必捐。

或苕发颖竖,离众绝致。形不可逐,响难为系。块孤立而特峙,非常音之所纬。心牢落而无偶,意徘徊而不能揥。石韫玉而山辉,水怀珠而川媚。彼榛楛之勿翦,亦蒙荣于集翠。缀《下里》于《白雪》,吾亦济夫所伟。

或托言于短韵,对穷迹而孤兴。俯寂寞而无友,仰寥廓而莫承。譬偏弦之独张,含清唱而靡应。或寄辞于瘁音,徒靡言而弗华。混妍媸而成体,累良质而为瑕。象下管之偏疾,故虽应而不和。或遗理以存异,徒寻虚以逐微。言寡情而鲜爱,辞浮漂而不归。犹弦么而徽急,故虽和而不悲。或奔放以谐合,务嘈囋而妖冶。徒悦目而偶俗,固高声而曲下。寤《防露》与《桑间》,又虽悲而不雅。或清虚以婉约,每除烦而去滥。阙大羹之遗味,同朱弦之清氾。虽一唱而三叹,固既雅而不艳。

若夫丰约之裁,俯仰之形。因宜适变,曲有微情。或言拙而喻巧,或理朴而辞轻。或袭故而弥新,或沿浊而更清。或览之而必察,或研之而后精。譬犹舞者赴节以投袂,歌者应弦而遣声。是盖轮扁所不得言,故亦非华说之所能精。

普辞条与文律,良余膺之所服。练世情之常尤,识前修之所淑。虽濬发于巧心,或受欤于拙目。彼琼敷与玉藻,若中原之有菽。同橐籥之罔穷,与天地乎并育。虽纷蔼于此世,嗟不盈于予掬。患挈瓶之屡空,病昌言之难属。故踸踔于短垣,放庸音以足曲。恒遗恨以终篇,岂怀盈而自足。惧蒙尘于叩缶,顾取笑乎鸣玉。

若夫应感之会,通塞之纪。来不可遏,去不可止。藏若景灭,行犹响起。方天机之骏利,夫何纷而不理。思风发于胸臆,言泉流于唇齿。纷葳蕤以馺遝,唯毫素之所拟。文徽徽以溢目,音泠泠而盈耳。及其六情底滞,志往神留。兀若枯木,豁若涸流。揽营魂以探赜,顿精爽于自求。理翳翳而愈伏,思乙乙其若抽。是以或竭情而多悔,或率意而寡尤。虽兹物之在我,非余力之所勠。故时抚空怀而自惋,吾未识夫开塞之所由。

伊兹文之为用,固众理之所因。恢万里而无阂,通亿载而为津。俯贻则于来叶,仰观象乎古人。济文武于将坠,宣风声于不泯。涂无远而不弥,理无微而弗纶。配沾润于云雨,象变化乎鬼神。被金石而德广,流管弦而日新。

(选自萧统编,李善注《文选》卷十七)

文心雕龙(选录)

刘　勰

原道第一

文之为德也大矣,与天地并生者何哉?夫玄黄色杂,方圆体分,日月叠璧,以垂丽天之象;山川焕绮,以铺理地之形:此盖道之文也。仰观吐曜,俯察含章,高卑定位,故两仪既生矣。惟人参之,性灵所钟,是谓三才;为五行之秀,实天地之心。心生而言立,言立而文明,自然之道也。傍及万品,动植皆文:龙凤以藻绘呈瑞,虎豹以炳蔚凝姿;云霞雕色,有逾画工之妙;草木贲华,无待锦匠之奇:夫岂外饰?盖自然耳。至于林籁结响,调如竽瑟;泉石激韵,和若球锽;故形立则章成矣,声发则文生矣。夫以无识之物,郁然有彩;有心之器,其无文欤!

人文之元,肇自太极,幽赞神明,《易》象惟先。庖牺画其始,仲尼翼其终。而乾坤两位,独制《文言》。言之文也,天地之心哉!若乃河图孕乎八卦,洛书韫乎九畴,玉版金镂之实,丹文绿牒之华,谁其尸之,亦神理而已。自鸟迹代绳,文字始炳。炎皞遗事,纪在《三坟》,而年世渺邈,声采靡追。唐虞文章,则焕乎始盛。元首载歌,既发吟咏之志;益稷陈谟,亦垂敷奏之风。夏后氏兴,业峻鸿绩,九序惟歌,勋德弥缛。逮及商周,文胜其质,雅颂所被,英华日新。文王患忧,繇辞炳曜,符采复隐,精义坚深。重以公旦多材,振其徽烈,剬诗缉颂,斧藻群言。至夫子继圣,独秀前哲,镕钧六经,必金声而玉振;雕琢情性,组织辞令,木铎起而千里应,席珍流而万世响,写天地之辉光,晓生民之耳目矣。

爰自风姓,暨于孔氏,玄圣创典,素王述训;莫不原道心以敷章,研神理而设教,取象乎河洛,问数乎蓍龟,观天文以极变,察人文以成化;然后能经纬区宇,弥纶彝宪,发辉事业,彪炳辞义。故知道沿圣以垂文,圣因文而明道,旁通而无滞,日用而不匮。《易》曰:"鼓天下之动者存乎辞。"辞之所以能鼓天下者,乃道之文也。

赞曰:道心惟微,神理设教。光采玄圣,炳耀仁孝。龙图献体,龟书呈貌。天文斯观,民胥以效。

神思第二十六

古人云:形在江海之上,心存魏阙之下,神思之谓也。文之思也,其神远矣,故寂然凝虑,思接千载;悄焉动容,视通万里;吟咏之间,吐纳珠玉之声;眉睫之前,卷舒风云之色;其思理之致乎。故思理为妙,神与物游。神居胸臆,而志气统其关键;物沿耳目,而辞令管其枢机。枢机方通,则物无隐貌;关键将塞,则神有遁心。是以陶钧文思,贵在虚静,疏瀹五藏,澡雪精神,积学以储宝,酌理以富才,研阅以穷照,驯致以怿辞,然后使玄解之宰,寻声律而定墨;独照之匠,窥意象而运斤;此盖驭文之首术,谋篇之大端。夫神思方运,万涂竞萌,规矩虚位,刻镂无形,登山则情满于山,观海则意溢于海,我才之多少,将与风云而并驱矣。方其搦翰,气倍辞前,暨乎篇成,半折心始。何则?意翻空而易奇,言征实而难巧也。是以意授于思,言授于意;密则无际,疏则千里;或理在方寸而求之域表,或义在咫尺而思隔山河。是以秉心养术,无务苦虑;含章司契,不必劳情也。

人之禀才,迟速异分;文之制体,大小殊功:相如含笔而腐毫,扬雄辍翰而惊梦,桓谭疾感于苦思,王充气竭于思虑,张衡研京以十年,左思练都以一纪,虽有巨文,亦思之缓也。淮南崇朝而赋骚,枚皋应诏而成赋,子建援牍如口诵,仲宣举笔似宿构,阮瑀据案而制书,祢衡当食而草奏,虽有短篇,亦思之速也。若夫骏发之士,心总要术,敏在虑前,应机立断;覃思之人,情饶歧路,鉴在疑后,研虑方定。机敏故造次而成功,虑疑故愈久而致绩。难易虽殊,并资博练。若学浅而空迟,才疏而徒速,以斯成器,未之前闻。是以临篇缀虑,必有二患:理郁者苦贫,辞溺者伤乱。然则博见为馈贫之粮,贯一为拯乱之药,博而能一,亦有助乎心力矣。

若情数诡杂,体变迁贸。拙辞或孕于巧义,庸事或萌于新意;视布于麻,虽云未费,杼轴献功,焕然乃珍。至于思表纤旨,文外曲致,言所不追,笔固知止。至精而后阐其妙,至变而后通其数,伊挚不能言鼎,轮扁不能语斤,其微矣乎!

赞曰:神用象通,情变所孕。物以貌求,心以理应。刻镂声律,萌芽比兴。结虑司契,垂帷制胜。

体性第二十七

夫情动而言形,理发而文见,盖沿隐以至显,因内而符外者也。然才有庸俊,气有刚柔,学有浅深,习有雅郑,并情性所铄,陶染所凝,是以笔区云谲,文苑波诡者矣。故辞理庸俊,莫能翻其才;风趣刚柔,宁或改其气;事义浅深,未闻乖其学;体式雅郑,鲜有反其习;各师成心,其异如面。若总其归涂,则数穷八体:一曰典雅,二曰远奥,三曰精约,四曰显附,五曰繁缛,六曰壮丽,七曰新奇,八曰轻靡。典雅者,镕式经诰,方轨儒门者也;远奥者,馥采典文,经理玄宗者也;精约者,核字省句,剖析毫厘者也;显附者,辞直义畅,切理厌心者也;繁缛者,博喻酿采,炜烨枝派者也;壮丽者,高论宏裁,卓烁异采者也;新奇者,摈古竞今,危侧趣诡者也;轻靡者,浮文弱植,缥缈附俗者也。故雅与奇反,奥与显殊,繁与约舛,壮与轻乖,文辞根叶,苑囿其中矣。

若夫八体屡迁,功以学成,才力居中,肇自血气;气以实志,志以定言,吐纳英华,莫非情性。是以贾生俊发,故文洁而体清;长卿傲诞,故理侈而辞溢;子云沉寂,故志隐而味深;子政简易,故趣昭而事博;孟坚雅懿,故裁密而思靡;平子淹通,故虑周而藻密;仲宣躁锐,故颖出而才果;公幹气褊,故言壮而情骇;嗣宗俶傥,故响逸而调远;叔夜俊侠,故兴高而采烈;安仁轻敏,故锋发而韵流;士衡矜重,故情繁而辞隐;触类以推,表里必符,岂非自然之恒资,才气之大略哉!

夫才有天资,学慎始习,斫梓染丝,功在初化,器成采定,难可翻移。故童子雕琢,必先雅制,沿根讨叶,思转自圆,八体虽殊,会通合数,得其环中,则辐辏相成。故宜摹体以定习,因性以练才,文之司南,用此道也。

赞曰:才性异区,文辞繁诡。辞为肤根,志实骨髓。雅丽黼黻,淫巧朱紫。习亦凝真,功沿渐靡。

情采第三十一

圣贤书辞，总称文章，非采而何？夫水性虚而沦漪结，木体实而花萼振，文附质也。虎豹无文，则鞟同犬羊；犀兕有皮，而色资丹漆，质待文也。若乃综述性灵，敷写器象，镂心鸟迹之中，织辞鱼网之上，其为彪炳，缛采名矣。故立文之道，其理有三：一曰形文，五色是也；二曰声文，五音是也；三曰情文，五性是也。五色杂而成黼黻，五音比而成韶夏，五情发而为辞章，神理之数也。《孝经》垂典，丧言不文；故知君子常言未尝质也。老子疾伪，故称美言不信；而五千精妙，则非弃美矣。庄周云辩雕万物，谓藻饰也。韩非云艳采辩说，谓绮丽也。绮丽以艳说，藻饰以辩雕，文辞之变，于斯极矣。研味李老，则知文质附乎性情；详览庄韩，则见华实过乎淫侈。若择源于泾渭之流，按辔于邪正之路，亦可以驭文采矣。夫铅黛所以饰容，而盼倩生于淑姿；文采所以饰言，而辩丽本于情性。故情者，文之经；辞者，理之纬；经正而后纬成，理定而后辞畅，此立文之本源也。

昔诗人什篇，为情而造文；辞人赋颂，为文而造情。何以明其然？盖风雅之兴，志思蓄愤，而吟咏情性，以讽其上，此为情而造文也；诸子之徒，心非郁陶，苟驰夸饰，鬻声钓世，此为文而造情也；故为情者要约而写真，为文者淫丽而烦滥。而后之作者，采滥忽真，远弃风雅，近师辞赋，故体情之制日疏，逐文之篇愈盛。故有志深轩冕，而泛咏皋壤；心缠几务，而虚述人外：真宰弗存，翩其反矣。夫桃李不言而成蹊，有实存也；男子树兰而不芳，无其情也。夫以草木之微，依情待实；况乎文章，述志为本，言与志反，文岂足征！

是以联辞结采，将欲明经，采滥辞诡，则心理愈翳。固知翠纶桂饵，反所以失鱼。言隐荣华，殆谓此也。是以衣锦褧衣，恶文太章；贲象穷白，贵乎反本。夫能设谟以位理，拟地以置心，心定而后结音，理正而后摛藻，使文不灭质，博不溺心，正采耀乎朱蓝，间色屏于红紫，乃可谓雕琢其章，彬彬君子矣。

赞曰：言以文远，诚哉斯验。心术既形，英华乃赡。吴锦好渝，舜英徒艳。繁采寡情，味之必厌。

物色第四十六

春秋代序，阴阳惨舒，物色之动，心亦摇焉。盖阳气萌而玄驹步，阴律凝而丹鸟羞，微虫犹或入感，四时之动物深矣。若夫珪璋挺其惠心，英华秀其清气，物色相召，人谁获安？是以献岁发春，悦豫之情畅；滔滔孟夏，郁陶之心凝；天高气清，阴沉之志远；霰雪无垠，矜肃之虑深；岁有其物，物有其容；情以物迁，辞以情发。一叶且或迎意，虫声有足引心。况清风与明月同夜，白日与春林共朝哉！

是以诗人感物,联类不穷,流连万象之际,沉吟视听之区;写气图貌,既随物以宛转;属采附声,亦与心而徘徊。故灼灼状桃花之鲜,依依尽杨柳之貌,杲杲为出日之容,瀌瀌拟雨雪之状,喈喈逐黄鸟之声,喓喓学草虫之韵。皎日嘒星,一言穷理;参差沃若,两字穷形:并以少总多,情貌无遗矣。虽复思经千载,将何易夺?及《离骚》代兴,触类而长,物貌难尽,故重沓舒状,于是嵯峨之类聚,葳蕤之群积矣。及长卿之徒,诡势瑰声,模山范水,字必鱼贯,所谓诗人丽则而约言,辞人丽淫而繁句也。

　　至如《雅》咏棠华,或黄或白;《骚》述秋兰,绿叶紫茎;凡摛表五色,贵在时见,若青黄屡出,则繁而不珍。

　　自近代以来,文贵形似,窥情风景之上,钻貌草木之中。吟咏所发,志惟深远;体物为妙,功在密附。故巧言切状,如印之印泥,不加雕削,而曲写毫芥。故能瞻言而见貌,印字而知时也。然物有恒姿,而思无定检,或率尔造极,或精思愈疏。且诗骚所标,并据要害,故后进锐笔,怯于争锋。莫不因方以借巧,即势以会奇,善于适要,则虽旧弥新矣。是以四序纷回,而入兴贵闲;物色虽繁,而析辞尚简;使味飘飘而轻举,情晔晔而更新。古来辞人,异代接武,莫不参伍以相变,因革以为功,物色尽而情有余者,晓会通也。若乃山林皋壤,实文思之奥府,略语则阙,详说则繁。然屈平所以能洞监风骚之情者,抑亦江山之助乎!

　　赞曰:山沓水匝,树杂云合。目既往还,心亦吐纳,春日迟迟,秋风飒飒。情往似赠,兴来如答。

知音第四十八

　　知音其难哉!音实难知,知实难逢,逢其知音,千载其一乎!夫古来知音,多贱同而思古,所谓日进前而不御,遥闻声而相思也。昔《储说》始出,《子虚》初成,秦皇汉武,恨不同时。既同时矣,则韩囚而马轻,岂不明鉴同时之贱哉?至于班固傅毅,文在伯仲,而固嗤毅云下笔不能自休。及陈思论才,亦深排孔璋,敬礼请润色,叹以为美谈;季绪好诋诃,方之于田巴,意亦见矣。故魏文称文人相轻,非虚谈也。至如君卿唇舌,而谬欲论文,乃称史迁著书,咨东方朔;于是桓谭之徒,相顾嗤笑,彼实博徒,轻言负诮,况乎文士,可妄谈哉!故鉴照洞明,而贵古贱今者,二主是也;才实鸿懿,而崇己抑人者,班曹是也;学不逮文,而信伪迷真者,楼护是也;酱瓿之议,岂多叹哉!

　　夫麟凤与麏雉悬绝,珠玉与砾石超殊,白日垂其照,青眸写其形。然鲁臣以麟为麏,楚人以雉为凤,魏氏以夜光为怪石,宋客以燕砾为宝珠。形器易征,谬乃若是;文情难鉴,谁曰易分?

　　夫篇章杂沓,质文交加,知多偏好,人莫圆该。慷慨者逆声而击节,酝藉者见密而高蹈,浮慧者观绮而跃心,爱奇者闻诡而惊听。会己则嗟讽,异我则沮弃,各执一隅之解,欲拟万端之变:所谓东向而望,不见西墙也。

凡操千曲而后晓声,观千剑而后识器;故圆照之象,务先博观。阅乔岳以形培塿,酌沧波以喻畎浍,无私于轻重,不偏于憎爱,然后能平理若衡,照辞如镜矣。是以将阅文情,先标六观:一观位体,二观置辞,三观通变,四观奇正,五观事义,六观宫商。斯术既形,则优劣见矣。

夫缀文者情动而辞发,观文者披文以入情,沿波讨源,虽幽必显。世远莫见其面,觇文辄见其心。岂成篇之足深,患识照之自浅耳。夫志在山水,琴表其情,况形之笔端,理将焉匿?故心之照理,譬目之照形,目瞭则形无不分,心敏则理无不达。然而俗监之迷者,深废浅售,此庄周所以笑《折杨》,宋玉所以伤《白雪》也!昔屈平有言,文质疏内,众不知余之异采,见异唯知音耳。扬雄自称心好沉博绝丽之文,其事浮浅,亦可知矣。夫唯深识鉴奥,必欢然内怿,譬春台之熙众人,乐饵之止过客。盖闻兰为国香,服媚弥芬;书亦国华,玩泽方美:知音君子,其垂意焉。

赞曰:洪钟万钧,夔旷所定。良书盈箧,妙鉴乃订。流郑淫人,无或失听。独有此律,不谬蹊径。

序志第五十

夫文心者,言为文之用心也。昔涓子《琴心》,王孙《巧心》,心哉美矣,故用之焉。古来文章,以雕缛成体,岂取驺奭之群言雕龙也。夫宇宙绵邈,黎献纷杂,拔萃出类,智术而已。岁月飘忽,性灵不居,腾声飞实,制作而已。夫有肖貌天地,禀性五才,拟耳目于日月,方声气乎风雷,其超出万物,亦已灵矣。形同草木之脆,名逾金石之坚,是以君子处世,树德建言,岂好辩哉?不得已也!

予生七龄,乃梦彩云若锦,则攀而采之。齿在逾立,则尝夜梦执丹漆之礼器,随仲尼而南行;旦而寤,乃怡然而喜,大哉圣人之难见哉,乃小子之垂梦欤!自生人以来,未有如夫子者也。敷赞圣旨,莫若注经;而马郑诸儒,弘之已精,就有深解,未足立家。唯文章之用,实经典枝条,五礼资之以成,六典因之致用,君臣所以炳焕,军国所以昭明,详其本源,莫非经典。而去圣久远,文体解散,辞人爱奇,言贵浮诡,饰羽尚画,文绣鞶帨,离本弥甚,将遂讹滥。盖《周书》论辞,贵乎体要;尼父陈训,恶乎异端;辞训之异,宜体于要。于是搦笔和墨,乃始论文。

详观近代之论文者多矣:至于魏文述典,陈思序书,应玚文论,陆机《文赋》,仲洽《流别》,宏范《翰林》,各照隅隙,鲜观衢路;或臧否当时之才,或铨品前修之文,或泛举雅俗之旨,或撮题篇章之意。魏典密而不周,陈书辩而无当,应论华而疏略,陆赋巧而碎乱,《流别》精而少巧,《翰林》浅而寡要。又君山公干之徒,吉甫士龙之辈,泛议文意,往往间出,并未能振叶以寻根,观澜而索源。不述先哲之诰,无益后生之虑。

盖《文心》之作也,本乎道,师乎圣,体乎经,酌乎纬,变乎骚,文之枢纽,亦云极矣。若乃论文叙笔,则囿别区分,原始以表末,释名以章义,选文以定篇,敷理以举统,上篇以上,纲领明矣。至于割情析采,笼圈条贯,摛神性,图风势,苞会通,阅声字,崇替于《时序》,褒贬于《才略》,怊怅于《知音》,耿介于《程器》,长怀《序志》,以驭群篇,下篇以下,毛目显矣。位理定名,彰乎大易之数,其为文用,四十九篇而已。

夫铨序一文为易,弥纶群言为难,虽复轻采毛发,深极骨髓,或有曲意密源,似近而远,辞所不载,亦不胜数矣。及其品列成文,有同乎旧谈者,非雷同也,势自不可异也。有异乎前论者,非苟异也,理自不可同也。同之与异,不屑古今,擘肌分理,唯务折衷。按辔文雅之场,环络藻绘之府,亦几乎备矣。但言不尽意,圣人所难,识在瓶管,何能矩矱。茫茫往代,既沉予闻;眇眇来世,倘尘彼观也。

赞曰:生也有涯,无涯惟智。逐物实难,凭性良易。傲岸泉石,咀嚼文义。文果载心,余心有寄!

诗 品 序

钟 嵘

序曰:气之动物,物之感人,故摇荡性情,形诸舞咏。欲以照烛三才,晖丽万有。灵祇待之以致飨,幽微藉之以昭告。动天地,感鬼神,莫近于诗。

昔《南风》之辞,《卿云》之颂,厥义夐矣。夏歌曰:"郁陶乎予心。"楚谣曰:"名余曰正则。"虽诗体未全,然略是五言之滥觞也。

逮汉李陵,始著五言之目矣。古诗眇邈,人世难详。推其文体,固是炎汉之制,非衰周之倡也。

自王、扬、枚、马之徒,词赋竞爽,而吟咏靡闻。从李都尉迄班婕妤,将百年间,有妇人焉,一人而已。诗人之风,顿已缺丧。东京二百载中,惟有班固《咏史》,质木无文致。

降及建安,曹公父子,笃好斯文;平原兄弟,郁为文栋;刘桢、王粲,为其羽翼。次有攀龙托凤,自致于属车者,盖将百计。彬彬之盛,大备于时矣。

尔后陵迟衰微,迄于有晋。太康中,三张、二陆、两潘、一左,勃尔复兴,踵武前王,风流未沫,亦文章之中兴也。

永嘉时,贵黄、老,尚虚谈。于时篇什,理过其辞,淡乎寡味。爰及江表,微波尚传；孙绰、许询、桓、庾诸公诗，皆平典似《道德论》。建安风力尽矣。

先是郭景纯用隽上之才，变创其体；刘越石仗清刚之气，赞成厥美。然彼众我寡，未能动俗。逮义熙中，谢益寿斐然继作。元嘉中，有谢灵运，才高词盛，富艳难踪，固已含跨刘、郭，凌轹潘、左。故知陈思为建安之杰，公干、仲宣为辅；陆机为太康之英，安仁、景阳为辅；谢客为元嘉之雄，颜延年为辅。斯皆五言之冠冕，文词之命世也。

夫四言，文约意广，取效《风》《骚》，便可多得。每苦文烦而意少，故世罕习焉。五言居文词之要，是众作之有滋味者也，故云会于流俗。岂不以指事造形，穷情写物，最为详切者耶！

故诗有三义焉：一曰兴，二曰比，三曰赋。文已尽而意有余，兴也；因物喻志，比也；直书其事，寓言写物，赋也。弘斯三义，酌而用之，干之以风力，润之以丹彩，使咏之者无极，闻之者动心，是诗之至也。

若专用比兴，则患在意深，意深则词踬。若但用赋体，则患在意浮，意浮则文散。嬉成流移，文无止泊，有芜漫之累矣。

若乃春风春鸟，秋月秋蝉，夏云暑雨，冬月祁寒，斯四候之感诸诗者也。嘉会寄诗以亲，离群托诗以怨。至于楚臣去境，汉妾辞宫，或骨横朔野，或魂逐飞蓬，或负戈外戍，杀气雄边；塞客衣单，孀闺泪尽；又士有解佩出朝，一去忘返；女有扬蛾入宠，再盼倾国：凡斯种种，感荡心灵，非陈诗何以展其义，非长歌何以释其情？故曰："诗可以群，可以怨。"使穷贱易安，幽居靡闷，莫尚于诗矣。

故词人作者，罔不爱好。今之士俗，斯风炽矣。才能胜衣，甫就小学，必甘心而驰骛焉。于是庸音杂体，各各为容。至使膏腴子弟，耻文不逮，终朝点缀，分夜呻吟。独观谓为警策，众睹终渝平钝。

次有轻荡之徒，笑曹、刘为古拙，谓鲍照羲皇上人，谢朓今古独步。而师鲍照，终不及"日中市朝满"；学谢朓，劣得"黄鸟度青枝"。徒自弃于高听，无涉于文流矣。

嵘观王公缙绅之士，每博论之余，何尝不以诗为口实，随其嗜欲，商榷不同？淄渑并泛，朱紫相夺，喧议竞起，准的无依。近彭城刘士章，俊赏之士，疾其淆乱，欲为当世诗品，口陈标榜，其文未遂。嵘感而作焉。

昔九品论人，七略裁士，校以宾实，诚多未值。至若诗之为技，较尔可知，以类推之，殆均博弈。

方今皇帝，资生知之上才，体沉郁之幽思。文丽日月，学究天人。昔在贵游，已为称首。况八纮既奄，风靡云蒸，抱玉者联肩，握珠者踵武。固以瞰汉、魏而不顾，吞晋、宋于胸中。谅非农歌辕议，敢致流别。嵘之今录，庶周旋于闾里，均之于谈笑耳。

序曰：一品之中，略以世代为先后，不以优劣为诠次。又其人既往，其文克定；今所寓言，不录存者。

夫属词比事，乃为通谈。若乃经国文符，应资博古；撰德驳奏，宜穷往烈。至乎吟咏情性，亦何贵于用事？"思君如流水"，既是即目；"高台多悲风"，亦惟所见；"清晨登陇首"，羌无故实；"明月照积雪"，讵出经、史？观古今胜语，多非补假，皆由直寻。

颜延、谢庄，尤为繁密，于时化之。故大明、泰始中，文章殆同书抄。近任昉、王元长等，词不贵奇，竞须新事。尔来作者，寖以成俗。遂乃句无虚语，语无虚字，拘挛补衲，蠹文已甚。但自然英旨，罕值其人。词既失高，则宜加事义。虽谢天才，且表学问，亦一理乎！

陆机《文赋》，通而无贬；李充《翰林》，疏而不切；王微《鸿宝》，密而无裁；颜延论文，精而难晓；挚虞《文志》，详而博赡，颇曰知言：观斯数家，皆就谈文体，而不显优劣。至于谢客集诗，逢诗辄取；张骘《文士》，逢文即书。诸英志录，并义在文，曾无品第。

嵘今所录，止乎五言。虽然，网罗今古，词人殆集。轻欲辨彰清浊，掎摭病利，凡百二十人。预此宗流者，便称才子。至斯三品升降，差非定制，方申变裁，请寄知者尔。

序曰：昔曹、刘殆文章之圣，陆、谢为体贰之才。锐精研思，千百年中，而不闻宫商之辨，四声之论。或谓前达偶然不见，岂其然乎？

尝试言之：古曰诗颂，皆被之金竹，故非调五音，无以谐会。若"置酒高殿上"，"明月照高楼"，为韵之首。故三祖之词，文或不工，而韵入歌唱。此重音韵之义也，与世之言宫商异矣。今既不备管弦，亦何取于声律耶？

齐有王元长者，尝谓余云："宫商与二仪俱生，自古词人不知用之。惟颜宪子论文乃云律吕音调，而其实大谬。唯见范晔、谢庄，颇识之耳。尝欲造《知音论》，未就而卒。"

王元长创其首，谢朓、沈约扬其波。三贤咸贵公子孙，幼有文辨。于是士流景慕，务为精密。襞绩细微，专相凌架，故使文多拘忌，伤其真美。余谓文制，本须讽读，不可蹇碍。但令清浊通流，口吻调利，斯为足矣。至如平上去入，则余病未能；蜂腰、鹤膝，闾里已甚。

陈思赠弟，仲宣《七哀》，公干思友，阮籍《咏怀》，少卿双凫，叔夜双鸾，茂先寒夕，平叔衣单，安仁倦暑，景阳苦雨，灵运《邺中》，士衡《拟古》，越石感乱，景纯咏仙，王微风月，谢客山泉，叔源离宴，鲍照戍边，太冲《咏史》，颜延入洛，陶公《咏贫》之制，惠连《捣衣》之作：斯皆五言之警策者也。所以谓篇章之珠泽，文彩之邓林。

(选自曹旭集注《诗品集注（增订本）》)

第四章 唐宋金元文论

中国古代文论在经历了魏晋南北朝的鼎盛之后,至唐宋金元时期又有了新的发展。文学创作的辉煌成就,为理论总结注入了鲜活的血液。这一时期的文论家大都是作家,理论与实践有密切联系。文论更加专门化,出现了以"意境"为核心的诗论,以"载道"为核心的散文理论,词曲与小说理论亦初露端倪。本章在概述儒道释文化与文论关系的基础上,依次介绍韩愈、柳宗元、白居易、皎然、司空图、苏轼、严羽、元好问等人的文论思想及其理论价值。

第一节 唐宋金元文论概述

唐宋金元时期,儒道释文化既独立发展又相互融合,其对文论的影响更加突出。自韩愈建立起以儒家思想为核心的"道统"文论之后,经柳宗元、白居易至宋代道学家,形成了成熟的儒学文论系统;道家思想对司空图的诗论有深刻影响;佛家思想在皎然和严羽的诗论中有突出表现。苏轼融会三教思想成一家之言,而以朱熹为代表的理学家的文论则表现出以佛道思想通变孔孟之学的新儒学特征。

一、三教思想的分立与融合

这里所谓"三教"是指儒道释三种文化思想,并不是指三种宗教形态。冯友兰说:"在中国历史中,从汉魏以来,逐渐出现了所谓儒释道三教。这里所谓教,是教育或教化之教,不是宗教之教。教育或教化之教是中国原有名词,宗教之教是从西方传来的外国名词。"[①]从文化与文论的关系上看待"三教",也是立足于三教的教义,而不是立足于三种宗教形态。

唐朝统治者吸取隋亡的教训,广泛施行休养生息政策,社会普遍安定繁荣,

---

① 冯友兰:《中国哲学史新编》中册,人民出版社,1998年,第598页。

儒道释文化思想既获得独立发展的机遇,又具有广泛融合的趋向。如《中国道教史》中说:

> 唐宋以来,儒、释、道三教基本上成为封建统治者控制和利用的工具,这就促使三教的相互融合,三教都在不同程度上声称三教同源,三教同旨,主张三教一家,三教合一。三教合一论的基本出发点是三教都从不同角度和不同方式来维护三纲五常,有利于封建统治。①

唐朝三教的地位随帝王的变更而各有轩轾。唐高祖将三教的地位定为一道二儒三佛,给道儒两教以极高的地位。武则天执政与韦后掌权时期,兴佛抑道,佛教又获得发展。唐代帝王每逢国家大典,常诏命儒道释三教领袖集会,讲论各家经义,给三教的独立发展提供了广阔空间。唐朝实行科举制度,设有"明经""进士"两科,以儒学经典为考试内容,选录新的人才以为经师与官吏,极大地提高了儒学的地位。唐太宗令孔颖达撰《五经正义》,令颜师古考定"五经"文字,撰成《五经定本》,巩固了儒学在后世的主流文化地位。儒学的政治教化、人格修养和文章的经世致用原则成为儒家文论的主导思想。

唐朝帝王极度尊崇道教,认为老子是李唐王朝的"圣祖",册封老子为"玄元皇帝",还将《老子》定为贡举人必修之学,老庄道学得到了官方的极力倡导,因之获得了前所未有的发展。文人一旦仕途受挫,则普遍推崇道家的自然天命之说,不仅寄情山水自然,为文倡导平淡素朴之美,而且将道家的学说运用到作家修养、诗境风格特征上来,出现了以司空图为代表的道家诗论。

唐代虽多次抑佛灭佛,却并未动摇佛教的思想文化地位。唐高祖、唐武宗灭佛,主要是从政治经济而不是从文化思想上抑制佛教势力,因此佛教思想仍然获得发展。唐代佛教流派众多,教义纷呈,其中慧能创立的中国化的佛教禅宗迅速发展,成为唐代佛教文化的主流。禅宗对唐代文学,或者更准确地说,对唐代以后的中国古代文学产生了深刻的影响;表现在诗歌创作上是以禅入诗,表现在诗歌理论上是以禅喻诗。皎然的诗论就受禅宗思想影响。

宋代的三教从内容上相互吸收、相互为用,形成"理学"。理学是以儒学为主体,吸收、改造释道,涵容三教建立起来的伦理本体论,以"理"为宇宙最高本体和哲学思辨的最高范畴。理学所张扬的孔孟传统在融合佛道中被改造,具有焕然一新的面貌,故被称之为"新儒学"。宋代理学吸收道佛思想,以"主静""明心见性"的道佛方式修炼儒学人格。周敦颐作《太极图说解》《通书》等,既吸收道学,又融合易学中的阴阳五行学说,将儒学思想中的三纲五常等礼教规范纳入天道

---

① 任继愈主编:《中国道教史》,上海人民出版社,1990年,第487页。

秩序之中，为儒学寻找到了天道之本。二程（程颢、程颐）则将儒学经典上升为先天存在的"天理""圣道"，又将《礼记》中的《大学》《中庸》两篇抽出来，与《论语》《孟子》配合。至南宋朱熹著《四书集注》，"四书"之名始立。此后，《四书》一直成为封建王朝开科取士的必读书。总之，宋儒将儒学发展为包括宇宙观、社会历史观、人性道德论和知行论为一体的理学体系，成为中国文化史上最为庞大也最为严密的儒学理论，对后世文化与文论产生了深远的影响。

北宋道教文化因为受到统治者的倡导而获得发展，南宋帝王吸取徽宗崇道亡国的教训，严格控制、管理道教，但道教因为社会的动乱不安而在民间仍有较大的发展，并且吸收儒学和禅宗思想，将关注的焦点转移到"心性"上来。道教南宗认为修道在于修心，"至道在心，即心是道"；净明道以忠孝为本，著有《净明忠孝全书》；全真道以"明心见性"为修炼宗旨。上述诸家均明显向理学和禅旨靠拢。宋代道教思想对道家文论，特别是对苏轼的文艺思想有深刻影响。

宋代的佛教也得到统治者的倡导而获得发展，尤其是禅宗思想在文人士大夫中广泛传播，成为文士的精神生活方式，也成为佛教影响文论的主要思想资源。禅宗融会儒道思想，探讨人的心性问题及人人皆可顿悟成佛的观念，将佛学转化为人生修养之学并与理学合流。宋代诗僧与文人普遍流行以禅论诗，推崇"识""悟""不立文字"等禅理在诗学中的运用，并在严羽那里形成了以禅喻诗的诗论专著。

金元时期，北方少数民族统治者大都取汉文化为己用。忽必烈统一中国后，广泛吸纳各种宗教势力，使各种宗教文化获得发展。耶律楚材主张以"周孔之道"治理中国，统治汉人，儒学文化逐渐成为官方主流文化。元代汉儒的地位较低，文人参政影响较弱，许多文士不满民族歧视，笑傲林泉，心向佛老。因此，三教文化思想仍在文学中发挥各自的功能。

二、儒道释文化对唐宋金元文论的影响

儒道释文化对唐宋金元时期文论的影响突出表现在意境说、载道论、妙悟说三大理论中。

1. 意境说

意境说是《诗经》以来中国抒情诗歌创作与欣赏的艺术审美经验长期积淀的产物，也是经过唐诗的繁荣而进一步确证的诗美规律，更是中国传统儒道释文化影响诗艺及诗论的理论结晶。意境揭示的是抒情诗文的审美特征，是指客体之"境"与主体之"意"交融所产生的一种情景妙契、虚实相生、韵味不尽的艺术境界。

意境说的思想渊源可追溯至先秦时代的文化思想。先秦礼乐文化崇尚天人以和,孔儒文化追求中和之美,老庄道家文化追求人与自然的和谐统一。此外,佛教文化对心理空间及境界的开拓,都为意境说的产生奠定了厚重的文化哲学基础。

就唐代文化与文论的关系而论,先有初唐儒学家孔颖达将"境"这一范畴运用到文论中来,他在《礼记正义》中解《乐记》之"感物"时说:"物,外境也。言乐初所起,在于人心之感外境也。"又说:"若外境痛苦,则其心哀,哀感在心,故其声必踧急而速杀也。"孔颖达反复讲的"外境"一语,指的是客观的物象世界。

根据唐初的诗格、诗式等辑录而成的《文镜秘府论》,谈到诗歌的"景""情""理"之关系,认为诗歌应该景意相兼,理景相惬,"诗不可一向把理,皆须入景,语始清味","诗一向言意,则不清及无味;一向言景,亦无味。事须景与意相兼始好。凡景语入理语,皆须相惬"(《文镜秘府论·地卷》之《十七势》)。对诗歌的情景关系的探讨,是意境论的核心内容,因为"艺术意境的创构,是使客观景物作我主观情思的象征"①。

王昌龄《诗格》将"境"作为诗歌理论的重要概念来运用,并提出了"诗有三境"说:

> 诗有三境:一曰物境,欲为山水诗,则张泉石云峰之境,极丽绝秀者,神之于心,处身于境,视境于心,莹然掌中,然后用思,了然境象,故得形似。二曰情境,娱乐愁怨,皆张于意而处于身,然后驰思,深得其情。三曰意境,亦张之于意,而思之于心,则得其真矣。

王昌龄将"诗境"的构成分为三个层面:物境,指自然景物层面;情境,指主体情感层面;意境,指整首诗的深层意蕴层面。后人所谓意境,实则包括了此三境。王昌龄还将意与境二者统一起来谈诗文创作,"夫作文章,但多立意……思若不来,即须放情却宽之,令境生。然后以境照之,思则便来,来即作文。如其境思不来,不可作也";又说"夫置意作诗,即须凝心,目击其物,便以心击之,深穿其境"。这些观点既强调了客体之"境"在创作中的基础作用,又揭示了主体之"意""思"在创作中的主导地位。

王昌龄的意境论还明确了诗歌创作中象与境的关系,认为先须有境,然后构象,至意、象契合才算完成。"搜求于象,心入于境,神会于物,因心而得","久用精思,未契意象,力疲智竭,放安神思,心偶照境,率然而生"。诗境的创造,关键在意、象契合,当久思不得时,不可力强,只有当境成熟于胸,象才会生

---

① 宗白华:《艺境》,北京大学出版社,1999年,第140页。

生不穷。

可以说，王昌龄"诗有三境"论开唐宋意境论之先。此后，以"境"论诗者代不乏人。李白、杜甫、殷璠、白居易等都曾运用"境"这一范畴谈诗。刘禹锡《董氏武陵集纪》提出"境生于象外"的命题，丰富了意境说的理论内涵。刘禹锡不仅阐明了象与境的关系，认为诗境是由表层之象与象外之意共同构成的整体意象，而且还从欣赏的角度揭示了诗境的特征，认为象外的艺术空白、不尽意蕴都是诗境的构成部分。此外，本章将要介绍的皎然的"取境"、司空图的"诗品"、严羽的"兴趣"等，均构成唐宋意境说的丰富内涵。

2. 载道论

"文以载道"是中国古代文论的核心命题之一，是儒家文论关于文与道之关系的主张，意为文如车，道如物，文之用即为载道。也就是说，文章及文学作品要以表达某种思想（即道）为目的，要"有为而作"，要有思想意义。缺乏思想内涵的纯形式主义作品、游戏之作等均不符合"文以载道"的原则。

"文以载道"中的"道"，经历了一个由多元道统走向独尊儒学道统的演变过程。唐以前文论中所讲的"道"，在儒道释诸家文论中意旨各不相同。刘勰《文心雕龙·原道》篇所原之"道"，既是老庄的自然之道，也是孔孟的仁义之道，还含有释家的般若之道，故"刘勰所说的'道'，具有儒、道、佛三教合流的含义"①。至唐宋时期，"文以载道"论逐渐演变为独尊儒学道统的文学观。

初唐时期，陈子昂目睹齐梁以来重辞采音律等形式之美而轻思想内容的文学创作现实，力求拨正初唐文风。他在《与东方左史虬修竹篇叙》中大声疾呼：

  文章道弊五百年矣！汉魏风骨，晋宋莫传，然而文献有可征者。仆尝暇时观齐梁间诗，彩丽竞繁，而兴寄都绝，每以永叹。思古人，常恐逶迤颓靡，风雅不作，以耿耿也。

陈子昂认为齐梁文学只重辞采雕琢，无深刻内容，缺乏思想和精神的震撼力，既无"兴寄"，亦乏"风骨"。所以，他以复古为号召，呼吁文学重新重视古人文章之"道"，再现汉魏风骨。陈子昂所谓"兴寄"并不是就比兴、象征等艺术手法而言，而是要求作品中有深沉的人生感慨，强调诗文的内容应有感染人的力量。陈子昂所谓文章之"道"，具有传统儒学重思想功用的色彩。

以韩愈、柳宗元为代表的古文运动，高举"文以明道"旗帜，将承续并弘扬儒家之道视为文学的使命。韩愈《争臣论》提出"修其辞以明其道"的观点，柳宗元《答韦中立论师道书》说："始吾幼且少，为文章以辞为工。及长，乃知文者以明

---

① 张少康主编：《中国历代文论精品》，时代文艺出版社，1995年，第173页。

道,是故不苟为炳炳烺烺,务采色、夸声音而以为能也。"韩、柳倡导"文以明道",旨在强调文章思想内容的主导地位,二人又有所不同:韩愈所讲的"道",重在宣扬儒家圣贤经典的思想观念;柳宗元所讲的"道",重在指出散文主题思想应反映民生现实。白居易在诗论中也赞同"文以明道"的文学观,重视儒道的经世致用原则,倡导诗歌干预现实的"美刺"作用。

宋代道学家为韩愈所创立的"道统"文论注入新的内容,周敦颐明确提出"文以载道"观,将韩愈文道并重的思想演变为重道轻文。理学家吸纳佛道思想为儒学所用,其目的仍在于建立新的儒家道统。欧阳修等古文家继承韩愈的"文以明道"思想,重振文道并重的文学观,欧阳修所讲的"道"仍是指儒家之道,只是到了"三苏"才不拘囿于儒道,将"道"看作文学作品表达出的思想、道理。时至南宋,"文以载道"论经朱熹进一步阐释后,成为新儒学的文学观。宋代理学家中,程颐提出"作文害道"的观点,认为文学写作妨害儒道的传播,将文学与儒道对立起来,最终走向文学取消主义,这显然是错误的。

3. 妙悟说

妙悟说是宋代严羽创立的诗学理论。严羽以禅喻诗,认为学诗作诗要用禅道的"妙悟"方式去熟参上乘诗作,体悟作诗的道理。严羽所谓妙悟是指禅宗顿悟,其意是指在熟参前人诗作时,突然领会诗的妙谛,彻悟诗美特质。

> 所谓"妙悟",指的是学诗写诗时产生的犹如学禅领悟真如佛性一样的认识上的飞跃,领悟诗的"兴趣"及其艺术特质。诗不同于学术文章,创作激情的爆发,带有一定的直觉思维的非理性因素,因而应从审美整体去加以形象的把握。[①]

钱钟书说:"夫'悟'而曰'妙',未必一蹴即至也;乃博采而有所通,力索而有所入也。"[②]指出妙悟这种直觉思维是以"博采""力索"的积累和思考为基础或前提,这就使得"妙悟"说不致流于神秘空泛。

"悟"本是中国传统儒道文化中早已存在的概念,指人的生理和心理的一种觉悟、觉醒。佛教传入中国后,"悟"在佛经翻译中大量用于指称由混沌迷惑变为知晓洞明的心理认识过程。早在晋代僧肇的《涅槃无名论》中就有"妙悟"之语:"然则玄道在于妙悟,妙悟在于即真。即真则有无齐观,齐观则彼己莫二。"妙悟即是把握真义真谛。自禅宗兴起后,就有渐悟(北宗神秀)与顿悟(南宗慧能)之分,形成两种不同的修炼悟道方式:一主坐禅念经、渐明佛性,一主见性成佛,顿

---

① 王运熙、顾易生、刘明今:《宋金元文学批评史》,上海古籍出版社,1996年,第409页。
② 钱锺书:《谈艺录》,中华书局,1984年,第98页。

悟真如。佛经中"世尊拈花,迦叶微笑"即是顿悟一法,经慧能的广泛阐释而获发展,慧能的顿悟说在士人中广泛流传,进而影响到诗论和文论。

传为王维所作的《山水诀》中说:"心潜岁月之久,自能探索幽微。妙悟者不在多言,善学者还从规矩。"说明画道亦靠心中了悟,不在言语传授。诗僧皎然则大量以禅悟谈诗,将禅悟与诗悟沟通,开以禅说诗之先河。司空图《二十四诗品》中谈"自然"一品,有"薄言情悟,悠悠天钧",以"悟"论诗人对自然天成之美境的豁然洞见。

至宋,禅与悟已成为人们写诗论诗的"口头禅"。苏轼既学禅、通禅,又能引禅趣入诗,以禅意谈诗。其《琴诗》《涵虚亭》等都有禅趣,又《跋李端叔诗卷》说"暂借好诗销永夜,每逢佳处辄参禅",道出诗与禅的相通相契。师从苏轼、黄庭坚的江西诗派的诗人都善于以禅喻诗,同时其他诗人及各种诗话中都有以禅说诗的风气,只不过都停留在只言片语或几个诗句的直觉感悟上,没有具体深入的诗艺诗美探究。唯吕本中所谓"识活法""悟入"之论将禅悟与诗悟沟通,具有一定的理论性。至严羽的妙悟说,才在禅学与诗学的全面沟通方面作出了总结。

三、唐宋金元文论的成就

就批评文体而论,唐宋金元文论的一大特色是文体的多样化,除了论文、论著这类标准的理论性文体之外,还有书信体、语录体、诗格体、诗话体以及论诗诗等文学性文体。又由于这一时期是中国文学的繁荣鼎盛期,诗人(作家)型的理论家大量涌现,他们的理论思想都是针对创作实践和文学活动而发,具有较强的现实性和实用性。因此,文论更加专门化,诗论、散文理论、词曲与小说理论都有显著发展。

1. 高度发达的诗论

唐宋金元的诗论取得了巨大成就,其诗学理论以"意境"为中心,广泛涉及诗歌的本质与功能、诗人修养、创作技法、音韵格律、诗境风格、欣赏批评等诸多问题。初、晚唐《诗格》与宋、元《诗话》种类繁富,盛极一时。

在诗人主体修养方面,此时期的诗论既有崇尚儒家人格精神的"养气"说,也有推重道家自然性情和佛家禅悟心境的"静定"说。在诗歌功能方面,儒家诗教传统被发扬光大。杜甫以儒家精神为支柱,奉行仁政爱民的儒家政治理想,在诗歌内容上强调反映民生疾苦。韩愈则提出"不平则鸣"。元稹、白居易推重诗歌的教化功能。欧阳修有"诗穷而后工"之论。杨万里深感江西诗法的局限,认为作诗是来自大自然的美景与感受,"闭门觅句非诗法,只是征行自有诗"。陆游也说"汝果欲学诗,工夫在诗外";"文章本天成,妙手偶得之";"纸上得来终觉浅,绝知此事要躬行",认为诗因人的抑郁悲愤之情不能控制而作,"盖人之情,悲愤积于中而无言,始发为诗,不然无诗矣"(《澹斋居士诗序》《曾裘父诗集序》)。陆游还强调诗以情动人的效果,"感激悲伤,忧时悯己,托情寓物,使人读之,至于太息流涕"(《澹斋居士诗序》《曾裘父诗集序》)。陆游的诗作具有强烈的艺术感染力,其诗歌观念是对创作实践的总结。

在诗的创作技法与音韵格律上,唐代有各种《诗格》来探讨诗歌形式,如上官仪、崔融等人的著作,对诗的对偶格式、声律规则等问题作出了总结性说明,为唐代律诗的成熟铺平了道路。唐代诗论还有对"格"与"调"之关系的论述:"凡作诗之体,意是格,声是律,意高则格高,声辨则律清,格律全,然后始有调。用意于古人之上,则天地之境,洞焉可观。"(《文镜秘府论·南卷·论文意》)从格、调关系之论中可见唐代诗论不是孤立地研究形式,而是将形式与意境相结合,从而寻找整体的诗美。杜甫的"语不惊人死不休"表达了对诗歌语言锤炼的重视,殷璠的《河岳英灵集》表达了内容与形式并重、兴象与风骨兼具的诗美观点,杜牧的《李贺文集序》表明了"理"与"辞"并重的诗论观点等等。到了宋代,江西诗派提出"点铁成金""夺胎换骨"之说,强调诗的形式技法,虽不乏创见,但其以议论、才学、文字为诗的风气流弊甚远。

诗歌风格论方面,皎然有十九种风格说,司空图有二十四种诗境风格类型说,后者将诗歌风格论的研究引向深入。唐宋诗论普遍推重自然天工、质朴清新的诗风。李白的《古风》集中表达了他"以复古为革新"的诗歌见解,推重"风骨""兴寄",崇尚道家的自然天真之美,"对于诗歌创作,意见最突出的是强调诗歌的语言和风貌应当清新真率,出之自然,反对雕琢和涂饰"①。李白的这种自然天真之趣在其诗作中有鲜明体现,"在追求'清真'自然之美方面,杜甫的态度与李白是一致的"②。不过杜甫更善于创造"凌云笔健意纵横"的雄浑气象,并追求"传神"之美。宋诗追求"理趣"与唐诗长于"情趣"的诗风相抗衡。

在诗歌的鉴赏与批评方面,司空图提出"韵味"说(后为苏轼、杨万里等继承发扬)。杜甫提出"别裁伪体亲风雅""不薄今人爱古人"的诗歌接受观。唐宋金元时期,围绕初唐四杰之争、陈子昂功过、李杜优劣、元白之争、齐梁诗风、苏黄诗风、江西诗法等问题,展开了广泛的评论,各类《诗话》中均有丰富的诗评。欧阳修《六一诗话》、张戒《岁寒堂诗话》、姜夔《白石道人诗说》、严羽《沧浪诗话》、王若虚《滹南诗话》等都具有丰富的诗学理论内涵。

---

① 王运熙、杨明:《隋唐五代文学批评史》,上海古籍出版社,1996年,第222页。
② 袁行霈等:《中国诗学通论》,安徽教育出版社,1994年,第342页。

2. 以"载道"为核心的散文理论

唐宋散文以八大家为代表,取得了突出成就,相应的散文理论也丰富多彩。总体上是以儒家思想为核心,形成道统散文理论。

在散文家的修养方面,古文家都强调要以孔子的儒家人格理想来修身养性。韩愈继承孟子的"养气"说,提出"气盛言宜"之论。欧阳修认为修"道"应在广泛的社会实践活动中增加阅历体验,强调作家的实践经验和修养。苏轼则以"空静"说看待主体修养。苏辙《上枢密韩太尉书》亦重"养气",并说明了养气与能文的关系。元代郝经发扬了"养气"说的修养功能。

在散文的功能方面,古文家普遍推重"有为而作",主张"文以载道",文章要有益于社会政治和道德建构。李觏、王安石推重散文的匡时济世作用,王安石说"文者,言乎志者也","尝谓文者,礼教治政云尔","且所谓文者,务为有补于世而已矣"(《上张太傅书》《上人书》)。在"载道"论一统天下时,李商隐《上崔华州书》认为文章之"道"不限于周、孔古道,一切可道之"道"都是作文之道。

在散文内容与形式的关系上,古文家普遍重内容,或内容、形式兼重,反对雕琢辞句且内容空泛的浮艳文风。韩愈主张"惟陈言之务去",柳宗元认为实用性散文也应"高壮广厚,词正而理备"。杜牧《答庄充书》提出"文以意为主","辞彩章句为之兵卫"。欧阳修认为"道胜者文不难而自至"。王安石亦认为"文"(意)是本,"辞"(形式)是末。

在散文的风格美上,苏轼倡导自然平易、天工自在之美。曾巩则主"气"之美,他在《读贾谊传》中反复强调的"气","包括其内容的合于道义,接触现实,具有真情实感,其艺术形式的丰富多彩,文质兼备,言辞流畅而富有变化等多种因素,对文气认识比较全面"[①]。曾巩的文气美是对古文家散文全美理念的一次总结。

3. 词、曲、小说理论的兴起

随着唐、宋词的兴盛,词论应运而生。宋代词坛的创作与理论都透露出一种全新的审美意识:

> 不论晏殊、张先、欧阳修、柳永、苏轼、晏几道、秦观,都着重在词中抒发个人感情,强调"情"为人之固有,天之赋予,大胆自承"多情""情痴"。其歌咏男女爱情者,具有冲决封建禁锢的普遍意义;而抒发爱国家、爱自然之情中也有着强烈的主体意识与反抗精神。这里闪烁着人

[①] 王运熙、顾易生、刘明今:《宋金元文学批评史》,上海古籍出版社,1996年,第98、532~533页。

性觉醒与个性解放的辉芒……在宋代,这种思潮主要澎湃于词坛,是当时文学理论批评领域灵秀之所钟。①

正因为宋代词坛有此全新的审美意识,所以许多词人或诗人都以这种新的理念来谈论词艺,或宗"花间"传统,或倡"豪放"词风,或宗"婉约"词派,或尚"以诗为词",各种观念竞相呈现。宋代词论中,以李清照《词论》和张炎《词源》成就最高。

李清照《词论》是第一篇词论专文,也是我国古代第一篇女性文学家的理论批评文章。李清照注重词与诗文的区别,提出词"别是一家"。她还从词的历史发展中寻找词的独特规律,并以词的音律为依据,品评词人词作。张炎的《词源》是第一部词论专著,他从词境整体美角度标举"清空"风格:"词要清空,不要质实。清空则古雅峭拔,质实则凝涩晦昧。"认为词境应清丽空灵,不能质直板滞;在内容上以儒家思想为标准,要求"雅正";在艺术鉴赏趣味上,追求超凡脱俗的高远"意趣"。

南宋、金、元时代,杂剧、诸宫调、院本的创作非常兴盛,戏曲雅俗兼备,盛行于社会各阶层并引起文人关注,于是产生了曲论曲评。最早论曲的是金、元时期的胡祗遹,其《赠宋氏序》总结了杂剧的娱悦作用,并对杂剧之"杂"作了说明。他还在《黄氏诗卷序》中对女乐唱说艺人提出了"九美"要求,不乏创见。燕南芝庵的《唱论》是一部论说戏曲演唱理论及演唱方法的专著,他对歌唱的重要性与技巧,歌唱的题目、处所与病忌,各宫调的演唱特色等作了具体说明。又有周德清的《中原音韵》,这是一部较早又较全面地总结元代戏曲创作经验的专著②,其主要内容是以中原之音为正宗音韵,强调"文章"同"音律"相谐和。钟嗣成的《录鬼簿》记载了152位戏曲、散曲作者的生平小传,400多种作品及品评。他对封建正统文人歧视戏曲极为不满,专为曲家立传以昭传天下。此外,他对作家作品的艺术优劣也作出了具体评论,从中表现出他"发越新鲜"的宗旨,以及注重音律、反对过多"俳谐"的艺术追求。杨维桢从儒家审美观念出发,强调戏曲的"讽谏"作用,又在《周月湖今乐府序》中称"曲"为"今乐府",并认为今乐府应继承古乐府特点,"宜有风雅余韵"。杨维桢的儒学曲论观对提高曲的地位和作用有重要意义。

小说至唐又有新的发展,唐代兴起的变文与传奇,是古典小说的成熟形态,宋元小说更加复杂多样,小说理论随日益兴盛的小说而生。唐代小说理论的一

---

① 王运熙、顾易生、刘明今:《宋金元文学批评史》,上海古籍出版社,1996年,第98、532～533页。

② 王运熙、顾易生、刘明今:《宋金元文学批评史》,上海古籍出版社,1996年,第98、532～533页。

个中心议题是小说观念与小说功用,其论小说者,或承《汉书·艺文志》中的小说观念,仍视小说为街谈巷语、道听途说之文,为稗官所作之野史,不入正史之流;或认为小说虽有虚妄之谈,但仍有补时政,有助教化。唐代刘知几在《史通·采撰》中以史家眼光评小说,既斥小说"混淆真伪",又对小说的功用有所肯定。韩、柳都写过古文小说,都认为小说有益于世,不同的是韩愈称小说"以文为戏",柳宗元称小说有"奇味"。李肇、沈既济等都站在儒家立场肯定唐代小说的政治教化功能。

宋代小说理论侧重对具体问题的深入探究。曾慥编了一部小说总集《类说》,其序将小说的功能概括为"资治体,助名教,供谈笑,广见闻",已是全面觉醒的小说功能观。洪迈将唐人小说与诗歌同称"一代之奇",并在《夷坚乙志序》中对小说的特征与作用予以说明,认为小说虽写奇怪之事,却有寓言和寄托,这已经涉及小说艺术的虚构特质。吴自牧在《梦粱录·小说讲经史》中,对宋代白话小说进行分类,并揭示小说"顷刻间捏合"的虚构特质。罗烨《醉翁谈录》的《小说引子》《小说开辟》两段文字反映了宋人的小说观念:一是指明了小说具有虚构性、内容广阔性、表现人生的综合性等特质;二是揭示了小说的生动形象和艺术感染特征;三是广泛探讨了小说的题材、结构、语言等内在要素的特征;四是强调了小说家的阅历与知识修养的重要性;五是重视小说寓教于乐的社会作用。

宋元之际,刘辰翁的《世说新语》评点系小说评点之首创,他对小说中人物形象与性格刻画、心理与细节描写、情节布置等等问题都作出了评点。"一方面加强评点中主体意识的介入与理论个性的张扬,一方面则企望化初期诗文评点中科场味甚浓的批评模式,为不拘一格、随意生发的理论创造……加强了艺术规律的揭示和审美鉴赏的发挥。其评点与作品浑然一体,匠心独运,化抽象理论为兴趣诱人的解说,逐渐形成了区别于以往评点著作的自己的特点。"①刘辰翁的评点方法为后世李卓吾、金圣叹等人所承续,形成中国古代小说评点之大观。

第二节 载道与取境:唐代文论中的儒与道释

"文以载道"观和诗歌意境论是唐代文论中最突出的两大理论。自陈子昂以拨正齐梁文风而倡导"兴寄"与"风骨"后,初唐延续的齐梁华靡文风遭到遏制,至韩愈、柳宗元力倡"文以明道"的文学观,以及元稹、白居易推举诗教说,形成了唐代的儒家道统文论。诗仙李白、诗圣杜甫、诗佛王维分别将道儒禅这三种诗风发

---

① 王运熙、顾易生、刘明今:《宋金元文学批评史》,上海古籍出版社,1996年,第735页。

扬至极,在儒道佛多重文化合力中产生了诗学意境说。"取境"一路,由王昌龄首创,经刘禹锡、皎然、司空图等进一步完善,形成有着佛道文化特征的意境理论系统。

一、韩愈、柳宗元的文道观

文道观是指唐宋时期广泛流行的有关文、道关系的文论观点,主要包括韩愈、柳宗元的"文以明道"论和宋代道学家的"文以载道"论。韩愈、柳宗元发起古文运动,倡导"文以明道",提出一系列以宏扬儒道为宗旨的文学观。

1. 韩愈

韩愈(768—824),字退之,河阳(今河南孟州市)人。世称韩昌黎,谥号文,又称韩文公。幼孤,依兄嫂生活,苦读成才,唐德宗贞元八年(792年)进士,曾任监察御史、刑部侍郎等职,因事两度被贬,第一次贬为广东阳山令,第二次贬为潮州刺史,后又召拜国子祭酒,卒于吏部侍郎任。韩愈是著名散文家、诗人、文论家,有《昌黎先生集》传世。

韩愈一生始终坚守儒家思想,儒学文化是他立命、行官、为文的精神支柱。为了实践其儒家政治理想,韩愈曾上书辟佛,并因此获罪遭贬。但他的抑佛只立足于政治经济,并非从文化思想上拒绝佛家思想。韩愈尚雄健奇峻、诡怪艰险的诗风深受儒佛影响,陈允吉在《论唐代寺庙壁画对韩愈诗歌的影响》[①]一文中,论述了韩诗尚险怪的风格与韩愈爱好佛寺壁画的关系。韩愈受佛教思想的影响,在罗香林的《唐代文化史研究·唐释大颠考》和陈寅恪的《金明馆丛稿初编·论韩愈》中有详细考述。韩愈论诗,重想象力的创造性作用,他在《调张籍》中说:"我愿生两翅,捕逐出八荒。精诚忽交通,百怪入我肠。刺手拔鲸牙,举瓢酌天浆。"这是对诗人创造性想象力的形象化说明,也是佛道所尚自由精神的体现。

韩愈论文以儒家思想为主。作为中唐文坛领袖,韩愈在散文理论上极力反对内容空洞而形式华丽的骈文,主张继承先秦、两汉散文风气。韩愈在一系列文章中反复强调"文以明道"的主张,《争臣论》云"修其辞以明其道",《题哀辞后》讲"通其辞者,本志乎道者也",《答李秀才书》说"愈之所志于古者,不惟其辞之好,好其道焉尔"。韩愈撰"五原",首篇即《原道》,并在文中声言所原者乃尧舜孔孟之道:

> 吾所谓道也,非向所谓老与佛之道也。尧以是传之舜,舜以是传之

---

① 陈允吉:《论唐代寺庙壁画对韩愈诗歌的影响》,载《复旦学报》(社会科学版),1983年第1期。

禹,禹以是传之汤,汤以是传之文、武、周公,文、武、周公传之孔子,孔子传之孟轲,轲之死,不得其传焉。

韩愈明确提出他所宏扬的是儒道,认为儒道至孟子后而不传,韩愈自承此道而传之。韩愈宏扬儒道的具体内容是指社会政治与道德人伦规范,在作家身上体现为"修身、齐家、治国、平天下"的人格修养和仁义品德。《答李翊书》说"仁义之人,其言蔼如也","行之乎仁义之途,游之乎诗书之源,无迷其途,无绝其源,终吾身而已矣"。仁义之人才能写出仁义之文,本着这一思想,他在《答李翊书》中,上承孟子的"养气"论和曹丕的"文气"说,提出"气盛言宜"观:"气盛则言之短长与声之高下者皆宜也。"韩愈此论既是对"文如其人"思想的发挥,也是本着宏扬儒道的根本目的而提出的。

在宏扬儒道思想的同时,韩愈并不轻视文采等形式美,而是文、道并重。《答刘正夫书》说"若圣人之道不用文则已,用则必尚其能者",即言以文倡道。《答李翊书》提出"惟陈言之务去",强调语言创新,而不是机械摹古、复古。《答尉迟生书》强调"体不备,不可以为成人,辞不足,不可以为成文",表明韩愈道、文并重的思想倾向。韩愈《师说》提出:"古之学者必有师,师者所以传道、授业、解惑也。"对此,曾国藩的解说最为精当:"传道谓修己治人之道,授业谓古人六艺之业,解惑谓解此二者之惑。韩公一生学道好文,二者兼营,故往往并言之。末幅云'闻道有先后,术业有专攻',乃作双修。"(《求阙斋读书录》)曾氏结合韩愈的文学活动来解释此论,把握了韩愈文、道兼重的思想实质。

在"文道合一"的基础上,韩愈还强调了创作个性的重要性。《伯夷颂》极赞伯夷"特立独行"的品格,"不顾人之是非","信道笃而自知明","举世非之力行而不惑"。韩愈显然是以伯夷自况,并为自己的树立己见、不随波逐流寻找精神支柱。《与冯宿论文书》说"作者不祈人之知也明矣",意即作者的创作不一定要求得到人们的理解与支持,只要心存一坚定信念就行,做到这样才算是明白作文的旨趣。正是这种"特立独行"的创作个性,使他的创作实践不仅没有以道损文,相反是因文胜道。所以,郭绍虞评论说:"比较言之,则韩愈于道的方面所窥尚浅,于文的方面所得实深。"①

此外,韩愈还提出"不平则鸣"的文学创作动因观。《送孟东野序》:"大凡物不得其平则鸣……人之于言也亦然,有不得已者而后言。其歌也有思,其哭也有怀。凡出乎口而为声者,其皆有弗平者乎!"他在文中列举了一大批不得志而鸣者,如孔子、庄子、屈原、司马迁、杜甫、孟郊等。"不平则鸣"上承司马迁"发愤著

---

① 郭绍虞:《中国文学批评史》上卷,百花文艺出版社,1999年,第215页。

书"说,并在此说基础上又有发展,韩愈《荆潭唱和诗序》云:"夫和平之音淡薄,而愁思之声要妙;欢愉之辞难工,而穷苦之言易好也。"认为人于顺境之时,于腾达显贵之际,便没有心思创作,即使写作也难以工深曲妙;而不平者身处逆境之中,有愁苦之思,有真情实感,因之便可写出绝妙文辞。韩愈的"不平则鸣"说把握了文学创作心理活动的普遍规律。

2. 柳宗元

柳宗元(773—819),字子厚,河东(今山西运城)人,人称柳河东,晚年任柳州刺史,又称柳柳州。唐德宗贞元九年(793年)进士,曾任校书郎、蓝田尉等官,后任礼部员外郎,因参与王叔文为首的革新运动,失败后贬为永州司马,后迁柳州刺史。中唐著名散文家、诗人、文论家,有《柳河东集》传世。

柳宗元和韩愈都是"文以明道"的倡导者,但柳氏对"道"及文道关系的理解与韩氏同中有异。柳宗元对"道"的理解是兼容儒道释各家之道。《答韦中立论师道书》云:

  本之《书》以求其质,本之《诗》以求其恒,本之《礼》以求其宜,本之《春秋》以求其断,本之《易》以求其动,此吾所以取道之原也。

  参之谷梁氏以厉其气,参之孟、荀以畅其支,参之庄、老以肆其端,参之《国语》以博其趣,参之《离骚》以致其幽,参之《太史公》以著其洁,此吾所以旁推交通而以为之文也。

可见柳宗元所言之道既在儒家六经之中,又兼综老庄等各家义理。因此,柳宗元的"文以明道"论具有儒道兼综的特征。

柳宗元注重"道"的现实性,要求文章有益于世。他强调"道"的"及物"与"辅时"功能,所谓"道之及,及乎物而已耳"(《报崔黯秀才论为文书》),"意欲施之事实,以辅时及物为道"(《答吴武陵论〈非国语〉书》),强调用古代圣贤所言之道理,来解决现实生活中存在的各种矛盾。柳宗元把"道"的内容强调为"生民之意""利于人"等等,要求文学应该有益于人民百姓的生存,这是很富有民本思想的。柳宗元《杨评事文集后序》进一步强调文章与文学作品对现实生活的"讽喻""针砭"作用,因而在以"道"干预现实的思想上,也就比韩愈更加深入、具体。

柳宗元与韩愈一样重视"道文合一",强调思想性与艺术性的统一,但柳宗元对"文"的理解有别于韩愈。柳宗元更注重韵文的艺术性特征,对诗的特征有更深入的认识。《杨评事文集后序》说:"文有二道:辞令褒贬,本乎著述者也;导扬讽喻,本乎比兴者也。"他认为文章有两类,一类是"著述"类的学术著作,一类是"比兴"类的文学作品,而这两类文章都能明道,且后者的艺术性更强。

二、白居易的儒学诗教观

白居易(772—864),字乐天,号香山居士,陕西下邽人。唐德宗贞元十六年(800年)进士,任翰林学士、左拾遗等官职。因事贬为江州司马,后迁杭州、苏州刺史。又内召为太子宾客等职,后官至刑部尚书。中唐诗人、文论家,有《白氏长庆集》传世。白居易是中唐"新乐府运动"的倡导者,其诗歌理论主要集中在《与元九书》。

白居易生活的时代大致与韩、柳相同。中唐急速加剧的社会矛盾使得一批科举而仕的文人官吏抱着"中兴"的幻想,企图以儒家思想促进文学的政教风化,取得经世致用的效果。以元稹、白居易为代表的"新乐府运动"即循此旨,他们以急功近利的实用态度,采取乐府诗的"美刺"传统,更重"刺"的一面,利用诗歌补察时政、泄导民情,写下了大量浅白易懂而又能反映民生疾苦的新乐府诗。白居易的诗论正是这一新乐府诗歌运动的理论纲领。

1. 白居易儒学诗教的基本内容

白居易以宏扬儒道为诗歌的根本宗旨,企图以诗歌这种艺术样式去完成儒学诗教目的。《与元九书》在阐明自己对孟子"穷则独善其身,达则兼济天下"的理解时说:"仆志在兼济,行在独善,奉而始终之则为道,言而发明之则为诗。"可见白居易是以儒家之"道"为志,发言为诗。白居易又在《新乐府序》中阐明自己的诗歌创作主旨:"总而言之,为君为臣为民为物为事而作,不为文而作也。"文学创作不是为文,而是为君、臣、民、物、事,即为社会政治和民众的现实问题而作。"文章合为时而著,歌诗合为事而作"的创作精神,也是在宏扬儒道的基础上提出来的。尽管白居易也强调"情"为诗之根,说"诗者:根情,苗言,华声,实义",但他是承《毛诗序》"发乎情,止乎礼义"之说,认为诗歌的根本目的在"实义",此"义"是《毛诗序》所扬诗之"六义"。可见白居易所宣讲的诗之道、志、义、情,均系于儒家诗教体系。

儒家诗教的又一理论传统是以孔子的"兴观群怨"说为核心,强调诗歌的社会作用,这一点在白居易诗论中有明确的表现。白居易极为重视诗歌的认识、教化、讽谏等社会政治功能。"稽政"功能是其核心,他认为诗歌就是考察"王政之得失",而王政的得与失体现在全体民众的现实生活状况之中。因此,诗歌要以"其事核而实""言直而切"的"实录"原则写作,这样才能真实地反映社会生活的实际状况,才能有望"天子知",才能刺激贤君改革政治。白居易以诗歌揭露现实病弊、批判现实的观念是具有历史价值和进步意义的。

从另一方面说,白居易过于强调诗歌的政治功能,而不太重视诗歌的艺术性,提倡"系于意,不系于文","辞质而径",表现出重道轻文的倾向。白居易还要求诗歌浅白直露地直奔主题,"首句标其目,卒章显其志",做到妇孺皆懂。宋代释惠洪《冷斋夜话》中说:"白乐天每作诗,令一老妪解之。问曰:解否?妪曰解,则录之。不解,则易之。"这说明白居易的创作也坚持明白晓畅、通俗易懂的风格。

2. 白居易诗论的得与失

其一,白居易重视诗歌的批判现实功能,不主张歌功颂德,而提倡暴露时弊,反映民生疾苦,呼吁统治者体察民情:"惟歌生民病,愿得天子知"(《读张籍古乐府诗》),"上可裨教化,舒之济万民;下可理情性,卷之善一身"(《寄唐生》),"救济人病,裨补时缺"(《与元九书》)等等,其报国济民、守仁求善的民本思想是其诗论的进步之处。白居易诗论的弊端是将诗歌变成了政教工具,以政治实用立场否定诗的审美价值,认为一些优美的写景抒情之作不过是"嘲风雪,弄花草而已"。

其二,由于极端重视诗歌的政教功能,所以在创作原则上倡导"实录",反对虚构和想象,这一方面坚持了文学的现实主义精神,另一方面却忽视了想象、虚构在诗歌创作中的重要作用。

其三,在道与文的关系中,强调思想内容的重要性,力主有为而作,不尚形式主义和风月之作;但他将内容与形式对立起来,过分轻视艺术性。

其四,在诗的语言艺术上,白居易以"新乐府"的方式继承了乐府诗的民间语言传统,力求明白晓畅;但过分求直露、浅显,忽视了含蓄、蕴藉。

白居易得失兼备的诗论是其得失并存的诗歌实践经验的总结。白居易后期的诗歌创作已由讽喻转向闲适和感伤,淡化了政教目的,表现出与前期偏激诗论不符的特征。就文学史来看,白居易的传世之作是《长恨歌》《琵琶行》等情辞双美的诗作,真正体现了他的诗歌理论的大量的新乐府诗歌却几乎不为人知,更不为文学史所重。从中亦可见出他的诗歌创作与诗歌理论的错位。

三、皎然《诗式》与诗歌意境论

皎然(约720—约800),中唐诗僧,俗名谢清昼,晚年字昼。湖州长城(今浙江长兴)人,谢灵运十世孙。早岁在杭州灵隐山天竺寺受戒出家,爱好写诗论诗,常与当时名士颜真卿、韦应物等人交游唱和。有著作《杼山集》(即《皎然集》十卷)、《儒释交游传》等传世,其诗论著作有《诗式》《诗评》及《诗议》(全书已佚)等。

作为一位寄身佛门的僧人,皎然深受佛道思想浸染,鲜有一般儒士的功利目的。皎然一生爱好诗艺,因而能兼众家之长来谈诗,其诗论在兼顾内容与形式的同时,更重于诗歌艺术性的探究,其理论贡献体现在诗歌意境论中,他的缘境论、取境论、文外论、风格论等颇具理论价值。

1. 诗情缘境发——诗境构成论

在诗歌创作问题上，皎然《秋日遥和卢使君》提出了"诗情缘境发"的命题，明确指出诗的创造要缘境生情，这是对传统感物说的继承，强调物象境界在诗歌创作中的作用。《杼山集序》说"极于缘境绮靡，故词多芳泽"，认为有佳境成熟于心，则有美词溢于句表。情思须借助外境的具象表现出来，"假象见意"、"缘境不尽曰情"。皎然对"情"的看法是强调"真"。缘境生情，情才有根有据，自有真意在其间。皎然多次称道谢灵运的诗是"真于情性，尚于作用"、"情不虚情，景皆可景；景非滞景，景总含情"，并极赞其"池塘生春草"、"明月照积雪"等名句，可见皎然认为诗之美既在物境的鲜明生动，又在情感的真切自然，二者不可偏废。此外，皎然对境的观念重在"心境"，这是佛教重心性的义理在意境说中的体现。在皎然看来，一切境象无不由心性生出，貌似客观的物境实则是经诗人主观选择之后，经心性浸淫而成为心境的外显。所以，物境亦心境，这进一步促进了物我合一说在意境论中的发展。皎然在"诗情缘境发"的基础上，引发出取境、采奇于象外等一系列意境创造的理论。

2. 取境——诗境创造论

皎然的诗境创造论之精义在"取境"一语上。首先，诗人取境的眼光要高远而不拘囿，所谓"高手述作，如登衡、巫，觌三湘、鄢、郢山川之盛，萦回盘礴，千变万态"（《诗式》）。他认为高妙的诗人，或登高临远，体察万象盘礴的气势，把握物境跃动的意态；或立于平川涛涛、碧波万顷之处，体察万象高深丰繁之状，把握物境幽远浩渺之态。有此宏阔的艺术眼光，才会造就堪称逸品的妙境。

其次，皎然强调取境与风格的关系。"诗人之思初发，取境偏高，则一首举体便高；取境偏逸，则一首举体便逸。"（《诗式》）诗歌的风格特征决定于诗人取境的特质，取何种境象就会产生何种风格，从而进一步阐明了取境的风格论意义。

再次，皎然辨析了诗人造境时的难易情况。诗人灵感袭来，思如泉涌，"宛如神助"，这种"易"的得来又非偶然天赐，而是先积精思、神旺而得。另一种是构思艰难，于至难至险中搜思觅句，入于虎穴而得虎子，尔后才有奇句创生，《诗议》所云"绎虑于险中，采奇于象外，状飞动之句，写冥奥之思"即言此理。此种苦吟的结果，不是生僻冷怪，而应似得之于天然，不露艰思痕迹。

最后，诗境的创造极重比兴手法的运用。皎然对比兴作了新的解说："取象曰比，取义曰兴，义即象下之意。凡禽鱼草木人物名数万象之中义类同者，尽入比兴。"比喻是取物象作比，兴则取象下之义，而"物象"既有象又有义。因此，诗人选择物象作比时就含兴于其中，实则是比兴合一。诗境的创造离不开景物万象,因而也就尽入比兴。从某种意义上说,意境就是由比兴构成。皎然的比兴因"象"而合一的见解,是对唐诗比兴合一之创作经验的总结。

3. 文外之旨——诗境特征论

皎然认为成功的诗境创造会超越文字表层意蕴,由象到象外,由文到文外,引发读者不尽联想,从而产生"文外之旨"。皎然继承刘禹锡"境生于象外"之论,强调诗境创造要"采奇于象外",《诗式》中所谓"情在言外,旨冥句中","两重意以上,皆文外之旨","但见情性,不睹文字"等论述,谈的都是诗境的特征。引人入胜的诗境,就是要使读者在言、象、意三层面中得象忘言,得意忘象,最终不睹文字,只见情性,深味文外之重旨、不尽之意趣。

皎然还指出诗境虚实相生的特征,其《诗议》说:"夫境象非一,虚实难明。有可睹而不可取,景也;可闻而不可见,风也。虽系乎我形,而妙用无体,心也;义贯众象,而无定质,色也。凡此等,可以偶虚,亦可以偶实。"这段文字是皎然对诗境虚实交合特征的深刻体会。景、风、色等自然事物和人的心性,既实又虚,有形又无体,皆处于变动不定中,其用之于诗境创造,既可按实的方式摹其"形",亦可按虚的方式传其"神";既可按实的方式显其"有",亦可按虚的方式藏其"无";既可实写其"静",亦可虚显其"动",这样就会产生虚实交合的意境美。

4. 辨体有一十九字——诗境风格论

皎然继承了陆机、刘勰、钟嵘的文学风格论,在诗境风格方面作出创造性思考。他用十九个字标示诗境的十九种风格,分类标准虽不统一,有些类型也不太精当,但却在诗歌领域开全面概括诗境风格之先河。皎然在具体概括诗境风格类型时,既看到诗人的人格、气质对风格的影响,又重视题材对风格的作用,还兼顾到形式因素特别是语言对于风格形成的作用。比如,"立性不改""情性疏野"等是从作家的个性气质论风格;"放词正直""体裁劲健"等是从形式上谈风格。皎然还特别强调"取境"对于诗境风格的决定性意义。此外,皎然诗论崇尚自然之美,反对过分雕饰。

作为诗僧,皎然于诗境理论中推崇禅境、禅意的创造和表现,其《答俞校书冬夜》说"月彩散瑶碧,示君禅中境"。皎然还以禅说诗,如"法性寄筌空""得非空王之道助""但见情性,不睹文字"等语,既暗含了皎然对"悟"性的重视,更表现出佛家文化对他的影响。

四、司空图《二十四诗品》与诗境风格论

司空图(837—908),字表圣,自号知非子、耐辱居士,河中虞乡(今山西永济)人。咸通十年(869年)进士,官至礼部郎中。后因黄巢起义军入长安而归

乡。黄巢败灭后，召拜为中书舍人，后辞官归隐于中条山王官谷，屡召不赴。有《司空表圣文集》《司空表圣诗集》传世，其文论主要在《二十四诗品》和一些论文中。

司空图生活在大唐帝国衰败的末代，前期宗儒，后期归佛，表现出多种文化兼容的品格。其诗论以道家精神为主导，形成了有关诗歌意境的理论。《与王驾评诗书》说："长于思与境偕，乃诗家之所尚。"认为诗家的创作理念就是"思与境偕"。"思"即指诗思、构思或神思；"境"既指客体境象，亦指情感化了的物象世界；"思与境偕"即是说主体的诗思与客体的境象交相偕往，从而创造出情景交融、物我合一的诗歌意境。

1. 韵味说——诗境特征论

司空图的韵味说主要集中于下面两段文字：

> 文之难，而诗之难尤难，古今之喻多矣，而愚以为辨于味，而后可以言诗也。江岭之南，凡足资于适口者，若醯，非不酸也，止于酸而已；若鹾，非不咸也，止于咸而已。华之人以充饥而遽辍者，知其咸酸之外，醇美者有所乏耳……近而不浮，远而不尽，然后可以言韵外之致耳……倘复以全美为工，即知味外之旨矣。（《与李生论诗书》）

> 戴容州云："诗家之景，如蓝田日暖，良玉生烟，可望而不可置于眉睫之前也。"象外之象，景外之景，岂容易可谭哉？（《与极浦书》）

司空图在钟嵘"滋味"说的基础上，进一步将"味"作为一个专门的审美范畴提出，强调只有辨于味才可言诗。"味"有两种，一是单一的本色之味，二是多种味调配成的醇美的味外之味。他以醋和盐为例说明了这种醇美之味是味外之味。诗境的整体之"全美"就在于具有多重美质交互作用的醇美之韵味。可见"韵味"说是司空图对诗境整体特征的总结。韵味的整体美又具体表现为"象外之象""景外之景""韵外之致"和"味外之旨"这"四外"之中。

"象外之象"与"景外之景"除去象与景的不同（象是单个的物象、景是整体的景象）外，其意相同，可合而看待。第一个象与景，是指诗境具体描绘的实象与实景；象外、景外的第二个象与景，则是由眼前实象、实景联想生发的不尽虚象与虚景，它可望而不可置于眉睫之前，朦胧恍惚，捉摸不定。美妙的诗境，总有许多象外、景外的虚象、虚景供人味之不尽，这也就是韵味美。

"韵外之致"与"味外之旨"各有不同指向。"韵外之致"可作两种解释，一是指声音韵律之美将人引入余音不绝的美感境域，或由听觉之美联觉其他感觉之美，造成各种感官的通感效果，而韵味不尽。二是结合司空图原文语境，将"韵外之致"的产生归因为"近而不浮，远而不尽"。"近而不浮"是指形象鲜明生动，如在目前,不浮泛含混,亦可指诗景明畅鲜活,不晦涩;"远而不尽"既指远景无限延伸,时空境界因廓大深远而想象不尽,又可指诗意隐曲悠远,含蓄隽永。"味外之旨"即言诗境意旨有境中表层义、境外联想义等多重意旨,而更重要的则是对境外之义的把握。综合起来看,"韵外之致""味外之旨"与"象外之象""景外之景"其涵义有相通之处,同属于"韵味"说,旨在说明诗歌意境的内在特征,揭示诗境内容与形式美的多元综合性和多层次性特征。

2. 二十四诗品——诗境风格论

司空图在皎然的诗境风格论基础上,进一步将诗境风格分出二十四种类型,每种类型都用一首四言诗描述其特征。《二十四诗品》的理论特色主要表现为以下几个方面:

首先,司空图以道家哲学思想为依据来描述诗境风格的类型特征,同时也兼顾儒家诗歌美学倾向,形成阳刚、阴柔、中和三种风格齐备的格局,从而使得他的风格类型学说具有普适性。司空图在描述风格特征的四言诗中,大量使用道家术语,并用具有道家审美趣味的景物事象来比喻、暗示诗境风格状态。即使是极富儒家文化特色的风格类型,司空图也以道家文化精神加以解说。以"雄浑"一品为例,雄浑乃阳刚之美,为杜甫一类的诗人所尚,司空图的解说用的却是道家术语:"大用外腓,真体内充。返虚入浑,积健为雄。"是说有"真体"(即道气)充满于内,才能外显为强力,"返虚"即养道气,有浑厚的道气就会聚结雄健的心力。主体内炼雄浑之气与力,才能含孕八荒,吐纳万象,生成雄浑风格。"超以象外,得其环中"亦源自庄子《齐物论》,"环中"是虚空之处,"象外"也是虚空之所,以虚驭实,实亦可虚。因此,才可由象内之实生出象外之虚,虚空生出,气则充溢其间,道气周流弥漫不息,则诗境动力无穷,故雄而浑。从"雄浑"一品中,我们不难看出魏晋玄学以道释儒、儒道兼综对司空图的影响。司空图的二十四种风格中,既有道家所尚阴柔之美,如冲淡、洗炼、自然、飘逸、旷达等,又有儒家所尚阳刚之美,如雄浑、沉着、劲健、豪放、悲慨等,亦有儒道合一的中和之美,如高古、典雅、疏野、含蓄、委曲等。

其次,司空图对诗境风格多样性与独特性的原因作了多层面的揭示。一是重视诗人人格气质与诗歌风格的联系,气质不同则诗境风格不同,如"含蓄"一品"是有真宰,与之沉浮",就是从主体内在气质上分析含蓄的风格。"真宰"出自《庄子·齐物论》,"真"即自然之道,"宰"即主宰,意为主体被自然之道主宰,就会随"道"适往(即"沉浮"),自有含蓄之处。二是注意到艺术形象(包括人格形象)与风格的联系,司空图谈每一品风格都要用艺术形象来比喻。比如用"美人"和"佳士"分别体貌诗歌风格的"纤秾"和"典雅",用"畸人"和"壮士"体貌"高古"和

"悲慨"等,司空图的二十四种诗歌风格说到底就是二十四种人格形象。又如"如渌满酒,花时返秋。悠悠空尘,忽忽海沤",运用形象化的比喻,从形象构成的内容特色上论述含蓄风格形成的原因。三是关注形式技法与风格的联系。尽管皎然也注意到形式因素与风格的关系,但在皎然那里,形式要素与诗歌风格是相分离的,至司空图才真正将各种形式因素与诗歌风格统一起来。如"不着一字,尽得风流。语不涉难,已不堪忧"四句与"浅深聚散,万取一收"两句,讲的都是造境方法,说明语言、艺术方法等形式要素对于含蓄风格的意义。司空图每论一品风格都有这三方面内容,可见其在思想上已将三者视为形成诗境风格的必备要素。司空图的风格类型说较为全面地揭示了风格形成的原因,对后世的风格理论产生了极大的影响。

第三节 苏轼、严羽及宋代文论的以禅喻诗

宋代文论主要有三个方面的内容:一是道学家、古文家、政论家的文论,继续在文以载道的论题上发掘深化,并形成了多种文道论思想;二是出现了苏轼这样一位崇尚自由精神的艺术家,建立了自己独立的文艺理论体系;三是受禅宗思想的影响,在严羽那里形成了以禅喻诗的专著《沧浪诗话》。

一、宋代道学家的文道论

郭绍虞将宋代的文道论者分为道学家、古文家、政治家三派:"因文统、道统各有其中心主张,所以北宋的文论以古文家与道学家的主张最足以代表其两极端,至界其间者,则又有政治家的论调。古文家所重在文,道学家所重在道,政治家则以用为目标而不废道与文。"[①]

这段文字从宏观上对宋代文道论的差异作出了适当的区分。北宋政治家的文论以司马光、王安石、李觏为代表。旧党领袖司马光偏向于道学家思想,新党领袖王安石侧向古文家一派,但二者在文道观念上却有共同的特色,即无论重道轻文还是道文并重,其根本目的都是注重文学为社会现实服务,这是政治家崇尚文学功利观念的典型代表。本着这种实用的、功利的目的,他们都强调文章要有为而作,要言之有物、切近现实,要有益于礼教政治。

北宋道学家以周敦颐、邵雍、程颢、程颐等人为代表,他们独尊儒道,将道与文对立起来,乃至否定文学的价值。周敦颐提出"文以载道"说,开宋代道学家文

[①] 郭绍虞:《中国文学批评史》上卷,百花文艺出版社,1999年,第289页。

道论之风气。其《通书·文辞》说："文，所以载道也。轮辕饰而弗庸，徒饰也。况虚车乎？文辞，艺也；道德，实也。"可见直接将"文"看成载道的工具。邵雍则在诗论中否定情感的价值，认为"情"的危害甚大，"情之溺人也甚于水"，诗人不能"溺于情好"，提出以"性理"取代"情志"。至程颐那里进一步提出了"作文害道"的偏颇之论：

> 问：作文害道否？曰：害也。凡为文不专意则不工，若专意则志局于此，又安能与天地同其大也？《书》云"玩物丧志"，为文亦玩物也。或问：诗可学否？曰：既学诗，须是用功方合诗人格。既用功，甚妨事。古人诗云："吟成五个字，用破一生心。"又谓："可惜一生心，用在五字上。"此言甚当……且如今言能诗无如杜甫，如云："穿花蛱蝶深深见，点水蜻蜓款款飞。"如此闲言语，道出做甚？某所以不常作诗。（《二程语录》）

可见道学家从特定政治立场和极端实用主义态度出发，发展到敌视艺术、否定文学，最终走向文学取消主义。

南宋道学家的文学观以朱熹为代表，朱熹提出文道合一说，认为文即道，道即文。《朱子语类》批评唐代李汉的"文者，贯道之器"说："这文皆是从道中流出，岂有文反能贯道之理？"认为不应将文与道一分为二。朱熹又说：

> 道者文之根本，文者道之枝叶。惟其根本乎道，所以发之于文皆道也。三代圣贤文章，皆从此心写出，文便是道。今东坡之言曰："吾所谓文，必与道俱。"则是文自文道自道，待作文时，旋去讨个道来入放里面，此是他大病处。

他对苏轼"文与道俱"之说的理解与批评自有不确之处，苏轼为文也不是讨个道来放入文中，而是道文并生，但朱熹的用意是借批驳他人之论来阐明自己"文便是道"的观点。朱熹还进一步说明了文对于道的重要性，纠正了"作文害道"的偏颇。

朱熹的诗论有不少可取之处，《诗集传》将诗中的文与道的关系置换为诗与志的关系，十分重视志对诗的决定作用。关于诗的艺术性，朱熹一方面主张不必关注格律、词采等形式技法，另一方面又重视诗的感兴作用，对"兴"的功能与特点作出了深入的阐发。他不像邵雍那样否定情感的价值，而是肯定了诗言情的本质，《诗集传序》中说："诗者，人心之感物而形于言之余也。"他对诗人主体的虚静修养，诗歌审美欣赏中的玩味与涵泳，追求诗的平淡自然风格等问题的看法，都有可取之处。总之，朱熹的理学文学观既具有儒家道统尚实用的特点，又在以上诸多方面表现出艺术的、审美的特性。

二、苏轼融合儒道释的文艺思想

苏轼(1037—1101),字子瞻,号东坡居士,四川眉山人。宋仁宗嘉祐二年(1057年)进士,官至礼部尚书。后屡遭贬谪。他是北宋著名文学艺术家,在诗、词、文、书、画多方面均有显著成就。苏轼一生,政治上失意,文学创作上则取得很大的成就:散文为唐宋八大家之一;诗或与李白、杜甫、韩愈并称"李杜韩苏",或与黄庭坚并称"苏黄";词与辛弃疾形成"苏辛"之豪放一派;书法、绘画也有精深的造诣。苏轼著述丰富,有《东坡文集》传世。苏轼一生由于有着丰富而精湛的文艺实践,又有儒道释兼容的文化哲学修养,更具有文学艺术的自由创造精神,所以他的文艺思想博大精深,自成一家。

1. 追求自由的艺术创造精神

苏轼一生致力于文学艺术的审美实践,是中国历史上少有的文艺通才,他的文学思想集中体现在他对自由的艺术创造精神的追求之中。这一精神的养成首先得益于包括其父、弟在内的"蜀学"的影响,使他能够自由地穿行于中国传统文化哲学思想的诸多学派之中,不为任何一种文化思想所束缚,而能融儒道释为一体,用之于人生实践,诗化为文学艺术作品,熔铸成一家之文论。罗根泽评三苏说:

> 因而只有思想的由儒家扩展贾陆佛老和文章的由古文扩展到一切的辞章,然后吸收熔铸,成为自由的思想和辞达的文章。我们应当指出,就是这自由的思想和辞达的文章,对推动文学和文学理论批评的发展,起了很大的作用。[①]

苏轼生活在文道论盛行的宋代,而不空谈文、道,主要原因之一是得力于其父苏洵的正确引导。与欧阳修同时代的苏洵并不独尊儒道经典,常推崇贾谊、陆贽之文,其论圣贤经书,也只论其文而不论其道,故形成了"文统"观念。苏洵在《仲兄字文甫说》一文中用"风水相遭"这一比喻,说明写文章应是"无意乎相求,不期而相遭",反对雕琢刻镂组绣之文,崇尚"不得已而言出""不能不为文"的自然创造,这"实际是在强调为文的意与言的自由"[②]。苏洵所推重的自由的文学创造精神与自由的文化继承思想,在苏轼、苏辙身上均有体现。

苏轼一生的科举仕途始终以儒家思想为支柱,晚年看似有归依佛学之迹象,实则仍不离儒学,如苏辙说其兄晚年读佛书仍"参之孔老"。苏轼并不独尊儒学,

---

① 罗根泽:《中国文学批评史》第三册,上海古籍出版社,1984年,第102~103页。
② 张少康主编:《中国历代文论精品》,时代文艺出版社,1995年,第392页。

而是兼综三教。苏轼少年时读《庄子》，就深受其感染："既而读《庄子》，喟然叹曰：昔吾有见于中，口未能言，今见《庄子》，得吾心也。"（苏辙《亡兄子瞻端明墓志铭》）苏轼一生以庄子的自由思想和自由艺术精神指导自己的文学实践，从而获得道家所追求的人与自然规律和谐统一的自由精神。自贬黄州之后，苏轼常与僧道交游，并潜心佛学研究，用佛学解脱心理冲突，化解心灵矛盾，获取精神上的自由，获得佛家所追求的人与自我心性和谐统一的境界。苏轼《祭龙井辩才文》说："孔、老异门，儒、释分宫，又于其间，阐律交攻。我见大海，有此南东，江河虽殊，其至则同。"苏轼正是融三教于一体的大海，他自由地吸纳各种文化思想进行创造，实践于文学和文论，产生了具有自由艺术精神的文学作品和文论思想。

2. 创作主体的"空静"及对"常理"的把握

苏轼的空静观是融合佛道谈文艺创作主体的精神修养，要求创作主体以虚空、宁静的心胸观照事物，把握事物的常理。《送参寥师》说："欲令诗语妙，无厌空且静；静故了群动，空故纳万境。"又《书王定国所藏王晋卿画著色山》说："烦君纸上影，照我胸中山……我心空无物，斯文何足关。君看古井水，万象自往还。"老庄之道强调心斋、坐忘，主张用空静之心以应万象的无穷变化之动，把握动静的变化规律和万物的无穷奥理，达到"物物而不物于物"的自由境界。此外，佛学也讲究以空静的方式体悟真如佛性。苏轼强调空静的目的是为了自由地"求物之妙"，因此他又主张"神与物交""身与竹化"，即神与物游。

创作主体以空静的心胸来观照体物，要想达到"随心所欲而不逾矩"的自由状态，必须在把握客观事物"常形"的基础上把握其"常理"。苏轼《净因院画记》说：

> 余尝论画，以为人禽宫室器用，皆有常形。至于山石竹木水波烟云，虽无常形，而有常理。常形之失，人皆知之；常理之不当，虽晓画者有不知……世之工人，或能曲尽其形。而至于其理，非高人逸才不能辨。

此虽言画，也通于文学。苏轼不常言"道"，他所说的"道"也主要是指万事万物的"理"，此处的常形、常理之说就是这一思想的鲜明体现。郭绍虞在比较苏轼重理与苏辙重气时说，"求之于理，重在体物，而更须有了然于口与手的本领"[①]，切中了苏轼"常理"说重在体物之要害。"体物之妙"以求物之"常理"是苏轼反复强调的主体修养，徐复观对此有精当的解说：

> 他所说的"常理"不是当时理学家所说的伦理物理之理。因为伦理物理，都有客观而抽象的规范性、原则性。他所说的常理，实出于《庄

[①] 郭绍虞：《中国文学批评史》上卷，百花文艺出版社，1999年，第309页。

子·养生主》庖丁解牛的"依乎天理"的理,乃指出于自然的生命构造,及由此自然的生命构造而来的自然的情态而言。①

苏轼所言"常理"既指自然生命构造的"天理",也指这天理中隐含的生命的审美情态,即主体观照对象时,从对象的生命中发现艺术审美情态。所以,此常理"非高人逸才不能辨"。苏轼所言"常理"是在庄子式的自由审美观照中,在精神上获得艺术性的自由解放,从而能够"得之于象外",在"身与物化"之中深深体味出自然事物的审美意味,在"空静"的心灵中由物理的自然升华为人化的自然,于是便"了然于心"。这就是苏轼对创作主体修养提出的最高要求,也是审美主体真正自由地观照审美客体所必备的素质。

3."有为而作"与自由"达意"的创作论

在文学创作方面,苏轼既强调"有为而作",又主张自由"达意"。他在《凫绎先生诗集叙》中说:"先生之文,皆有为而作。精悍确苦,言必中当时之过。"他从儒家思想出发,强调文章反映现实的功能,既循欧阳修反对时文于"枝词"上用力的形式主义文风,又反对道学家空谈道义的"游谈"。其《答王庠书》说,"儒者之病,多空文而少实用",认为文章应该"言必中当时之过",以疗救社会人生。苏辙也称其兄"缘诗人之义,托事以讽,庶几有补于国",足见苏轼注重文学作品的社会实用价值和现实批判精神。但苏轼的自由创造精神决定了他并不为此类尚实用的思想所束缚,其所谓"有为而作"之"为",也不尽指"言必中当时之过"和"有补于国"的实用目的。从他自身的创作实践来看,"有为而作"之"为"更多地是指为"文统"目的而写作,即为自由"达意"而写作。

在苏轼看来,文学作品都是要"达意"的,无理无意的游词便是无为而作。他在《策总叙》中说:"有意而言,意尽而止,天下之至言也。"又说:"天下之事,散在经史之中,不可徒得,必有一物以摄之,然后为己用;所谓一物者,'意'是也。不得'钱'不足以取物,不得'意'不可以用事,此作文之要也。"②"文以意为主"并非苏轼首创,但苏轼强调文章以达意为主又有创造性意义。古文家、道学家爱讲道,苏轼则变道为理或意,认为理或意才是作文的内容与目的。"意是极端自由的,可以挹取各种学说,但不接受任何限制。"③正因为苏轼所强调的"意"是自由变化的,所以他反对文章思想雷同。他在《答张文潜书》中说,王安石的文章并非写得不好,但"患在于好使人同己","欲以其学同天下"。

---

① 徐复观:《中国艺术精神》,春风文艺出版社,1987年,第315页。
② 《韵语阳秋》卷三中记述苏轼在儋耳答葛延之问作文方法之言。
③ 罗根泽:《中国文学批评史》第三册,上海古籍出版社,1984年,第107~108页。

在如何自由达意问题上,苏轼发挥孔子的"辞达"说,既强调了意的主导地位,"言止于达意",又重视文辞自由表达的重要性,"了然于口与手"。《答谢民师书》说:

> 孔子曰:"言之不文,行而不远。"又曰:"辞达而已矣。"夫言止于达意,即疑若不文,是大不然。求物之妙,如系风捕影,能使是物了然于心者,盖千万人而不一遇也,而况能了然于口与手者乎?是之谓辞达。辞至于能达,则文不可胜用矣。

如上文所说,苏轼以"空静"观强调体物的自由,以便于求物之妙,得物之"常理",了然于心,这就是"求意"的审美创造思维过程的几个环节。有理与意了然于心,余下的就是艺术表达,如何表达呢?苏轼所推崇的是"了然于口与手"。文辞表达应做到:

> 大略如行云流水,初无定质,但常行于所当行,常止于所不可不止,文理自然,姿态横生。(苏轼《答谢民师书》)

这是一种出神入化的艺术表达。只有对一切言辞烂熟于心、对一切艺术技法纯熟于手的艺术大家,才能达到心、口、手三者相应,才能写出内容与形式完美统一的天下至文。《书李伯时〈山庄图〉后》又说"有道而不艺,则物虽形于心,不形于手",可见这种自由创造的境界是很难达到的。苏轼在《文与可画筼筜谷偃竹记》中讲,画竹须"先得成竹于胸中",然后随灵感涌出而"振笔直遂,以追其所见,如兔起鹘落,少纵则逝",但有时虽有成竹于胸,却"内外不一,心手不相应,不学之过也"。没有长期的学习,就不会由技而进乎道,也就不会产生庖丁解牛式的"神乎技"。苏轼一方面强调练习表达技法的重要性,同时更推重"无法之法",主张"得自然之数"的"天全"之法。

4. 崇尚自然天成之美,追求风格的自由变化

苏轼认为,艺术家在了然于心、口与手的自由创造中,必然达到自然天成、传神入化的境地。《文说》云:

> 吾文如万斛泉源,不择地而出。在平地滔滔汩汩,虽一日千里无难。及其与山石曲折,随物赋形,而不可知也。所可知者,常行于所当行,常止于不可不止,如是而已矣,其他虽吾亦不能知也。

因其空而静的心胸,便有万斛泉源不择地而出;因其善于把握"常理",故能平地滔滔,一日千里无难;因其立意自由,了然于心,所以随物赋形而与山石曲折;因其了然于口与手,才能行于所当行而止于不可不止。此等文章就是自然天成的文章,见之于风格,就是"天工与清新"之美。

苏轼在《书黄子思诗集后》中,对苏李之天成、曹刘之自得、陶谢之超然、李杜

之高绝、韦柳之淡泊都给予极高的评价。苏轼追求自然天成的风格美,他所拈出的诗人,其诗作都有自然天成之美。据《冷斋夜话》载,苏轼对陶渊明"初视若散缓,熟视有奇趣"的诗作极为推赏,陶诗如"采菊东篱下,悠然见南山"、"犬吠深巷中,鸡鸣桑树颠"等等,属天工之作,随意写来,似漫不经意,反复吟咏则奇趣迭出,实是"外枯而中膏,似淡而实美"。所以,苏轼感叹道:"大率才高意远,则所寓得其妙,遂能如此。如大匠运斤,无斧凿痕,不知者疲精力,至死不悟。"苏轼所推举的都是这等运斤无痕的大匠,其作品皆有自然天成之美。

苏轼也追求诗歌风格的多样化,对苏李、曹刘、陶谢、李杜、韦柳这些风格各异的作家及作品,都予以充分肯定,表现出一种兼容并蓄的姿态。其《饮湖上初晴后雨》写道:"水光潋滟晴方好,山色空濛雨亦奇。欲把西湖比西子,淡妆浓抹总相宜。"此诗不仅描写了自然景色变化的不尽之美,也表达了苏轼的艺术创造理念。客观事物是变化多姿的,见之于文学风格也必然有多种形态,这样才能"无穷出清新"。此外,他在《答王庠书》中反对"千人一律"的文风,也体现出其兼容并蓄的风格观。

5. 诗画一律与传神入化的诗境特征论

苏轼在《书鄢陵王主簿所画折枝》一诗中说:

  论画以形似,见与儿童邻。赋诗必此诗,定知非诗人。诗画本一律,天工与清新。边鸾雀写生,赵昌花传神。

"诗画一律"并非苏轼首创,郭熙《林泉高致·画意》中就有"诗是无形画,画是有形诗"之论。苏轼特别注重诗歌这门语言艺术的视觉美感,诗由感而见,画由见而感,诗中有画,画中有诗,可互补其短。苏轼不仅关注到诗境的视觉性特征,而且在如画的诗境中,还强调要有韵味,要能传神,达到传神入化的境界。

"传神"是中国古代艺术理论的审美范式,一切艺术都以传神为最高境界,文学自不例外。传神论始于庄子,顾恺之论画首倡"以形写神""传神写照",往后便不断为人论及。苏轼反复强调诗画要追求传神入化之美,自有独到之见。首先,要想达到作品传神的化境,作者必须与物同化,做到"物化传神"。"物化"之论始于庄子,强调主体深入客体生命情态之中,与客体化合为一,不分物我,从而得物之神。苏轼同样认为只有遗身于物、身与物化,于凝神观照中才可于外得其常形,于内得其常理,终至产生传神而入化境的作品。

其次,苏轼还从司空图的"离形得似"与"超以象外,得其环中"二论中,融合生发出"象外传神"的创见。"赋诗必此诗,定知非诗人",说明"物化"并非只观照此物此景而不旁及他物他景;相反,越是能体物之妙,就越是能超以象外而求之。

象外传神更是化工之境,东坡《题王维吴道子画》说:"吴生虽妙绝,犹以画工论。摩诘得之于象外,有如仙翮谢笼樊。"称吴道子为画匠,而王维能得之象外,于象外得常理而传神。又《题文与可墨竹》说:"诗鸣草圣余,兼入竹三昧。时时出木石,荒怪轶象外。"都是说明象外传神之美。

再次,苏轼融合司空图的韵味说,主张诗境的"韵味传神"。其《传神记》明确提出传神要"得其意思所在"。《书黄子思诗集后》对司空图的"美在咸酸之外"极为赏赞,并认为黄子思之诗亦有此味,"信乎表圣之言,美在咸酸之外,可以一唱而三叹也"。又《送参寥师》说"咸酸杂众好,中有至味永",诗之至味即在含不尽之意见于言外,也就是能于象外、景外、韵外、味外传达出不尽神韵,给人一唱三叹、余味不绝的美感。《东坡文谈录》曰:"意尽而言止者,天下之至言也,然而言止而意不尽,尤为极致。"

总之,传神入化的艺术至境的生成,是文艺家自由的生命精神与自由的艺术精神相融合的产物。"这所谓'神',包含着人本崇拜的象征,生命自由的表现,智慧灵感的显示,人格力量的回归,甚至还包含着无法超越现实对人的异化而借助心灵之神对审美极致的追求。"① 苏轼崇尚传神论也正是这种精神的体现,并丰富了传神论的理论内涵。

三、严羽《沧浪诗话》及以禅喻诗

严羽,字仪卿,自号沧浪逋客,福建邵武人。生活于南宋末年,生卒年不详。早年隐居不仕,后因家乡战乱而离家避乱并漫游吴越。严羽一生留下一百多首诗,结集为《沧浪吟》,其《沧浪诗话》为宋代诗话中最佳诗论专著。

严羽的《沧浪诗话》由诗辨、诗体、诗法、诗评、考证五部分组成,其中"诗辨"部分是全书的理论核心;"诗体"讲述历代诗歌体制的流变;"诗法"谈诗歌创作技法;"诗评"评论历代诗人诗作与风格,其中也涉及一些诗论内容;"考证"是对诗人行迹或作品的考证与辨析。五大部分兼顾到了诗学研究的主要领域,故其体系在宋代诸多诗话中最为完善。

《沧浪诗话》的理论特色在于"以禅喻诗",即以禅理比喻诗理,阐发诗歌的审美特点。严羽将佛学禅宗的思想运用到诗学中来,提出了一系列理论命题,诸如以识为主、妙悟、兴趣、熟参、悟第一义等。严羽虽然以禅理谈诗艺,但其诗学思

---

① 张皓:《中国美学范畴与传统文化》,湖北教育出版社,1996年,第381页。

想仍是儒道释兼容的结果。"严羽虽然是以禅喻诗,但他于佛学涉猎不深,从他谈诗歌作品的总体倾向看,所受佛教思想影响较浅。其思想基本上仍属儒家系统。"①不过严羽所受到的儒学影响并非来自朱熹而是来自陆象山,象山一派受禅宗启发颇深。严羽推崇的诗人诗作,既有得于佛学的谢灵运、王维,又有得于道家的李白,也有得于儒学的杜甫,可见其诗学理想并非宗于某一家。

1. "以识为主"与"妙悟"说

严羽以禅喻诗,主要强调创作主体的诗性修养,这与禅宗强调个体心灵体悟是一致的。诗人的修养之一是以"识"学诗,"识"是禅语,指人的意识中先验存在的一种悟性,是体验禅意的认知能力,严羽推崇的"正法眼"也就是指禅学中的上乘之识。严羽借"识"喻指熟悉诗歌的整体历史状况,正确把握诗的高下优劣。有了"识"的基础,还要确立高远的志向,"学其上,仅得其中;学其中,斯为下矣",这也就是"入门须正"。严羽强调"入门须正",是针对宋代诗坛现状而言的。其《答出继叔临安吴景仙书》说:"作诗正须辨尽诸家体制,然后不为旁门所惑。今人作诗,差入门户者,正以体制莫辨也。"江西诗派以议论、才学、文字为诗,学者甚众,四灵诗人们独爱贾岛、姚合,江湖派主张从晚唐诗学起等,整个宋代诗坛崇尚学古,但却常常误入歧途,故严羽提出的"入门须正"既有现实意义,又有理论价值。他还专列"诗体"一章,供人辨识正旁诗道,并举汉魏晋、盛唐诗歌为正门,为第一义,以资学诗者从正门学起。

"妙悟"是严羽以禅论诗的一个关键命题。严羽所谓"妙悟",与"识"是同一个意思,都是讲学诗要广、参之要熟、入门要正、立志要高等,终至把握诗艺的本真含义。严羽将孟浩然与韩愈作比,指出孟之学识虽不如韩广博,但诗却在韩之上,由此可见,妙悟作为艺术思维与学问关系不大,全在能否熟参古人上乘之作的妙处。严羽对"悟"作了多方面的说明:一是用禅宗的大乘与小乘、第一义与第二义来比喻诗的高下与正邪,从而得出汉魏晋与盛唐诗为上乘第一义之见,以供学诗的人看准哪些诗人的诗可学;二是认为"悟"是"识"当行、"识"本色,即"识"诗的本真之美,但这"悟"或"识"又有深与浅,即透彻之悟与一知半解之悟的分别。他认为汉魏诗人是不假悟而自得诗的真谛,谢灵运至盛唐诗人为透彻之悟,他者皆未悟到第一义;三是讲学诗的人要"熟参"历代诗作,从比较中辨别"真是非",悟出"真识"。这三个方面实际上都是说学诗必从"识"中悟出最好的诗人诗作来作范本,反过来根据范本来悟出自己作诗的路数。他在《诗法》篇中说:"诗之是非不必争,试以己诗置之古人诗中,与识者观之而不能辨,则真古人矣。"足

---

① 顾易生、蒋凡、刘明今:《宋金元文学批评史》,上海古籍出版社,1996年,第371页。

见严羽崇拜古人诗作的复古倾向,也表明他始终以古人诗作为范本,认为熟参范本即可妙悟诗歌的创作要领与诗美的本真实相。

2."别材别趣"说

严羽诗论的又一重要命题是"别材别趣"之说。

> 夫诗有别材,非关书也;诗有别趣,非关理也。然非多读书、多穷理,则不能极其至。所谓不涉理路、不落言筌者,上也。(《沧浪诗话》)

"别材"与书、学对立,"别趣"与理对立,严羽将写诗与读书穷理区别开来,目的是反对宋人以文字、才学、议论为诗的风气。严羽的别材与别趣说同时也是强调诗歌的思维特征,他认为写诗有着与读书、穷理不同的思维特点,诗歌创作要有灵性和情性,而不是靠"鸿才硕学,博通坟典"。当然,严羽并非将学诗写诗与读书穷理对立起来,而只是反对时人作诗的书病与理病。

严羽在谈"别材"与"别趣"问题时,举盛唐诗人重"兴趣"即重情致为诗歌典范,以反对宋诗重学问道理的时弊:

> 近代诸公乃作奇特解会,遂以文字为诗,以才学为诗,以议论为诗。夫岂不工,终非古人之诗也,盖于一唱三叹之音,有所歉焉。且其作多务使事,不问兴致;用事必有来历,押韵必有出处,读之反复终篇,不知着到何处。其末流甚者,叫噪怒张,殊乖忠厚之风,殆以詈骂为诗。诗而至此,可谓一厄也。(《沧浪诗话》)

严羽认为近代诗人以文字、才学、议论为诗,多务使事,用字必有来历,押韵必有出处,这些风气都有悖诗歌的形象思维特征。"在严羽的'别材''别趣'的论述里,实际上是提出了文艺不同于'书''理'的思维表现特点。"[①]具体说来,艺术思维所要求的是诗人的艺术气质,是重视形象的兴发感动作用,是触景、即物、缘事而生情意,创造意象、意境以抒怀写意,而不是讲学问功底,不是掉书袋。《中国诗学通论》中的解释也与此义相通:

> "材"指材具,诗人特有的艺术气质;"趣"指兴趣,是进行诗歌创作时的兴发感动作用,以及由此产生的特有的艺术趣味。"材"和"趣",要以"情性"为基础,又要不涉理路,言有尽而意无穷。[②]

严羽从"自己实证实悟"中体会出的"别材别趣",是就诗人主体的艺术思维和艺术修养而言,而这种思维和修养又以盛唐为典范。盛唐诗美含有别材、别趣之特质,而对这些诗美特质的学习是为了培养艺术思维,从而不为旁门左道所惑。

---

① 敏泽:《中国文学理论批评史》上,人民文学出版社,1981年,第601页。
② 袁行霈等:《中国诗学通论》,安徽教育出版社,1994年,第601页。

3."兴趣"与"入神"

严羽将盛唐诗美概括为"惟在兴趣",又将李杜诗歌奉为"入神","兴趣"与"入神"说,代表了严羽的诗美理想。"'妙悟'是就诗歌创作主体而言的,'兴趣'则是'妙悟'的对象和结果,即指诗人直觉到的那种诗美的本体、诗境的实相。"[①]可见严羽以盛唐为范,谈诗境审美特征的理想形态,尽在兴趣说与入神说中。

严羽区别唐宋诗歌的优劣标准即在于"兴趣":唐诗有气象、兴致、兴趣、意兴等特质,宋诗则以文字、才学、议论为诗,更有理学家朱熹等以性理为诗,都缺少盛唐诗歌的特质。《诗评》说"唐人与本朝诗人,未论工拙,直是气象不同","唐人尚意兴而理在其中",《考证》说"'迎旦东风骑蹇驴'绝句,决非盛唐人气象",《诗辨》说"近代诸公""不问兴致"。因此,他所谓"盛唐诸人惟在兴趣"与前面这些说法是相通的,兴趣与兴致、意兴、气象是相似的概念。严羽反复强调的"兴"即托物起情、即景起情的抒情方式,"趣"是相对"理"而言的,"诗有别趣,非关理也",可见"趣"是指唐人的情趣,而非宋人的理趣,是唐诗的自然天工之趣。综上所述,严羽所谓"兴趣",是指唐诗即景生情、情景妙合、情趣无穷的诗美特质,景真情切,不露人工痕迹,是本色、当行、浑然天成。

严羽在推举盛唐"兴趣"中,用了很多禅语以喻指兴趣,诸如"不涉理路,不落言筌","羚羊挂角,无迹可求","透彻玲珑,不可凑泊","如空中之音,相中之色,水中之月,镜中之象","金翅擘海,香象渡河"等。严羽借助这些禅语都旨在表达对盛唐诗歌重兴趣的看法,首先是说诗境不能胶着板滞,应有灵动之美。水月镜象之喻,香象渡河之比,羚羊挂角之说,都旨在强调诗境的不黏不脱、不即不离之美,亦即皎然所谓"夫境象非一,虚实难明"所揭示的虚实交合之美。其次是说诗境在情景交融、虚实交合中能产生想象不尽、味之无穷的美感。不涉理路、不落言筌之喻,玲珑凑泊之说,都旨在强调诗境不拘囿、不直露,言有尽而意无穷。

严羽推崇的最高诗美是"入神"。他说"诗之极致有一,曰入神",接着说只有李白、杜甫的诗才达到入神之美。何为"入神"?严羽并未说明,但从他所举出的例子来看,所谓"入神"是诗歌创作所能达到的最高境界,如太白之飘逸(即"优游不迫")与子美之沉郁(即"沉着痛快"),恰好是李、杜二人分别具备的,均能使诗境传神,所谓"诗而入神,至矣,尽矣,蔑以加矣!"

4.严羽以禅喻诗的得与失

严羽继皎然、司空图之后,又一次以佛道文化论诗,形成了重艺术、重审美的诗论体系。严羽从诗的艺术特质而不是从教化功能出发来谈论诗歌问题,在创

---

① 张少康主编:《中国历代文论精品》,时代文艺出版社,1995年,第448页。

作主体的诗性修养与艺术思维、理想诗境的审美特征、诗歌体制与风格等领域,提出了一系列富有创见的理论命题。郭绍虞评严羽以禅喻诗的优点说:"以禅论诗,确有相当的长处。盖一般人只知求诗于诗内,不是论其内容,以道德绳诗,便是论其辞句以规律衡诗。惟以禅论诗则可以超于迹象,无事拘泥,不即不离,不黏不脱,以导人启悟。"①

但严羽的诗论也有不足之处,他以禅喻诗却不太精通禅学知识,如他将禅宗分为大乘、小乘、声闻与辟支,就有悖常识,故遭后人讥刺。又禅宗之识之悟讲究参活句不参死句,给人以识和悟的方法而不是定论和故辙。严羽却以他悟出的至理、至门、至法去教人,这是违背禅学宗旨的。严羽重视诗人"识"与"悟"之重要性的同时,过分强调学古的重要性,而不从生活现实和自我心灵实际出发,实则断绝了作为"万斛泉源"之根的现实生活与创作的联系。另外,严羽对古诗与宋诗的评价也有偏颇之处,既没有看到中晚唐诗歌的成就,也忽视了宋诗的功绩。

严羽诗论的不足并未减弱他在诗论史上的地位,他的诗论对明清诗论影响很大,明代前后七子的"诗必盛唐"即受他以盛唐为第一义的影响,"性灵派"亦受其"吟咏情性"的启发,格调派亦受其体制与格力说的影响,王士祯的神韵说更是将其兴趣说推向极致,直至王国维的境界说亦可见严羽思想的痕迹。

第四节 元好问及金元文论

金元两代虽然是少数民族政权,但儒学依然是主流文化,佛道之学也继续发挥影响和作用。这时期的文学创作以民间艺术家的戏曲创作为主,诗文走向衰微,文学理论远不及前代和后朝辉煌。金代有影响的文论家有赵秉文、王若虚、元好问等,元代则以郝经、方回、刘辰翁等为代表。

一、金元文论的主要特征

金元时期的文论思想主要有两大特征。一是对传统儒家文学精神的发扬。一批金元文人以重振汉文化为己任,力图在文学领域继承汉文化传统。宋代理学尚空谈而少实用,故不足以为宗师,金元文人普遍推重先秦儒学的经世致用精神;加之金元的统治者也希望发挥儒学的政教功能,以利于文化统治;又因金朝前期文坛广学苏、黄,且形式主义文风日盛。所以,在多重合力下,金元文论领域继唐初、宋初复古之后,又再次掀起了复古的思潮。赵秉文是金朝文学复古之风

---

① 郭绍虞:《中国文学批评史》下卷,百花文艺出版社,1999年,第64页。

的首倡者,他以儒家的"中和"为审美准则,追求雅正文风,以行诗教之用。元好问是复归传统儒学的代表理论家,他论诗本于性情,主风雅正体,代表了传统儒家诗学精神的复归。其弟子郝经标榜"六经"为诗文的典范,强调诗文的实用性和政教功能,主张文学应将道理、政事、辞章合为一体。

二是强调对真情性的自由表现。金朝社会意识形态禁锢较少,在儒学复兴的同时,佛、老学说亦流行于文人之中,故文学精神中多有自由的思想。苏轼的文学创作与文学观是金朝文人普遍效法的榜样,苏轼一生追求自由创造、崇尚真性情自然流露的文学精神在北方得到广泛的师法,故在文论观念上,不少人推崇个性、崇尚真性情的自由表达。许多以复古为号召的文论家,实质上也在宏扬表达真性情的文学精神。此外,金代李纯甫以儒道释兼容的开放性文化立场,主张"人心不同如面""各言其志",又有戴表元举"清言",刘将孙倡"清气",王若虚尚"真文字",杨维桢认为"人各有性情则人各有诗",他们都注重抒写性情,强调对真性情的自由表现。

二、元好问的诗论

元好问(1190—1257),字裕之,号遗山,山西秀容(今忻县)人。祖系出自北魏拓跋氏,兴定进士,曾任行尚书省左司员外郎等职,金亡不仕。金代著名诗人、文学家。著有《遗山先生文集》,编有《中州集》。其《论诗三十首》绝句是继杜甫《戏为六绝句》之后,以诗体的形式论诗的又一最富影响力的诗论之作。

元好问生活在文化思想自由开放的北方金朝,其思想以儒学为主,兼容佛老,他对佛教与道教文化均有研习,反映在他的文学思想上,则是兼容佛道色彩的儒家文学观。元好问一生师法苏轼,不仅在诗歌创作上与苏轼的豪放风格相似,而且在文学思想上也如苏轼一样,崇尚自由的艺术精神,以文为本,兼容众家之长。元好问的文论思想以诗论为主,其诗论观点主要有以下几个方面:

1. 宏扬儒家诗学传统,疏凿诗家各体,辨识雅正诗风

杜甫《戏为六绝句》主张"别裁伪体亲风雅",至元好问时代,诗坛各种"伪体"流泛,后世学者无所适从,金朝学江西诗派日趋奇险,学苏黄诗又流于形式。针对诗坛积弊,元好问以"诗中疏凿手"自任,通变古代诗歌的优秀传统,从辨体入手,自建安至宋,梳理"正体",以"暂教泾渭各清浑"。

元好问疏凿"正体"的标准与杜甫一样,是"亲风雅",即宏扬儒家诗学精神。他所推重的"雅""正""和"等都是这一精神的体现,具体而言,包括三层意旨。一是推崇诗人的儒家人格修养,追求仁义道德和雅正品德;二是宏扬《诗经》中的"风雅"传统,不以"颂"为然;三是崇尚儒家诗教所推重的"中和之美"与雅正诗风。元好问在《闲闲公墓铭》中称颂赵秉文"不溺于时俗,不泊于利禄,慨然以道德仁义性命祸福之学自任",这是对儒家人格精神的肯定;又在《杨叔能小亨集引》中倡导"温柔敦厚、蔼然仁义之言",亦以儒家人格理想为文学中的雅正内容。面对金代诗坛现状,元好问叹息"诗亡又已久,雅道不复陈"(《赠答杨焕然》),"大雅久不作"(《断愚轩和党承旨雪诗》)"雅道湮沉易"(《挽赵参谋》)。所谓"雅"即指《诗经》的"风雅"旨趣。《太中大夫刘公墓碑》又说"风雅三百正而葩,何以蔽之思无邪",都是将师古与儒家精神结合,强调中和雅正之美。本着这一精神,元好问对尚隐曲的李商隐、尚变化的苏轼等颇有微词,所谓"温李新声奈尔何","只知诗到苏黄尽",这两首诗即但对温、李、苏、黄的"变体"表示不满,这也是他诗论的片面之处。

2. 以儒家诚正为本,崇尚真情实感的自然流露

元好问在《杨叔能小亨集引》中对作家的儒家人格修养作了具体说明,推崇以"诚"为本的主体修养:

> 诗与文,特言语之别称耳。有所记述之谓文,吟咏性情之谓诗,其为言语则一也。唐诗所以绝出于《三百篇》之后者,知本焉尔矣。何谓本?诚是也。古圣贤道德言语,布在方册者多矣……故由心而诚,由诚而言,由言而诗也。

"诚",一是指"真",即真诚、不自欺;二是指"正",即"温柔敦厚""蔼然仁义"的雅正品格,《杨叔能小亨集引》中所讲的"诚"即侧重这种人格修养。有此"真"而"正"的人品,写出的诗作才能厚人伦、敦教化。

本着对诚正品德的重视,元好问极为赞赏盛唐诗人诗作对真情实感的自然抒发。他说:"唐人之诗,其知本乎,何温柔敦厚、蔼然仁义之言之多也!幽忧憔悴,寒饥困惫,一寓于诗,而其厄穷而不悯,遗佚而不怨者,故在也。至于伤谗疾恶,不平之气不能自掩,责之愈深,其旨愈婉,怨之愈深,其辞愈缓,优柔餍饫,使人涵于先王之泽,情性之外,不知有文字。"(《杨叔能小亨集引》)在元好问看来,唐诗之美,在于抒写真实情性,即涵泳先王之泽的温柔敦厚。唐诗中杜甫、白居易、韩愈等人确有此诚正诗风,但王孟诗派等也是真情性的自然抒发,却不是儒家的境界,这是元好问所未兼顾到的。

在论诗绝句中,元好问批评潘岳的诗品与人品不统一:"心声心画总失真,文章宁复见为人?"潘诗因矫情而失其真纯。元好问又反对卢仝诗的险怪,称卢诗是"鬼画符",有失真诚雅正。本着对诚正诗品的追求,元好问在论诗绝句中还强调现实生活是真情实感的基础,他评杜诗"眼处心生句自神,暗中摸索总非真",杜甫在多篇诗作中写秦川之景,正是他亲临长安的切身体会和真实感受。因此,只有"眼处生心"才能真切传神,若"暗中摸索",则终隔一层。

3. 崇尚建安风骨，推崇豪放之声

元好问生活在北方，禀赋了北国文士刚健豪迈的性格，自然向往豪迈刚健的诗文风格。清人赵翼认为元好问"生长云朔，其天禀本多豪健英杰之气；又值金源亡国，以宗社丘墟之感，发为慷慨悲歌，有不求工而自工者，此固地为之也，时为之也"（《瓯北诗话》卷八《元遗山诗》）。

元好问在论诗诗中极力推崇建安风骨：曹、刘诗是"坐啸虎生风"，阮籍则"纵横诗笔"，《敕勒歌》具有"万古英雄气"，这些都是北国的刚健之音、雅正之体、真情豪放之作。由于推崇刚健诗风，故反对浮艳纤巧诗格，如贬斥孟郊穷愁苦吟的诗囚作风和秦观的"女郎诗"习气。元好问在《希颜墓铭》中评同时代的雷渊诗说："辞气纵横，如战国游士，歌谣慷慨，如关中豪杰。"又在《中州集》卷十之《李汾小传》中评李诗说："虽辞旨危苦，而耿耿自信者故在，郁郁不平者能掩；清壮磊落，有幽并豪侠歌谣慷慨之气。"这些诗人虽名气不高，但因有慷慨激昂之音而受元好问关注。

4. 崇尚自然天成、超然自得的诗美境界

元好问在《杜诗学引》中说："窃尝谓子美之妙，释氏所谓学至于无学者耳。"杜甫说"读书破万卷，下笔如有神"，强调学习的重要，但他写诗绝无江西诗派的"书病"，而是能达到自然天工、不露斧凿痕印的传神之美，这就是元好问以释氏的"学至于无学"来衡定杜甫的原因，也说明元好问对释氏的某些观念深感契合。他在《赠嵩山隽侍者学诗》中说："诗为禅客添花锦，禅是诗家切玉刀。"又在《陶然集诗序》中说：

> 虽然，方外之学，有为道日损之说，又有学至于无学之说，诗家亦有之。子美夔州以后，乐天香山以后，东坡海南以后，皆不烦绳削而自合，非技进于道者能之乎？诗家所以异于方外者，渠辈谈道不在文字，不离文字。诗家圣处，不离文字，不在文字。唐贤所谓情性之外，不知有文字云耳。

这段文字表明元好问深知不即不离的禅理与"技进于道"的庄学。他将禅、道的旨趣运用到文学中来，说明诗文至于极美之境，便是只尚情性的自然流露，不在文字音律的形式雕琢，然又于"不烦绳削"中切中绳墨之规矩，若天然"自合"，超然自得，这也就是"不离文字，不在文字"之要旨。

元好问论诗从禅、道旨趣中悟得天工之美，故不拘于文字格律。他在诗论绝句中极力推崇陶渊明的"一语天工万古新"，又赞许柳宗元的"朱弦一拂遗音在"，还赞许谢灵运"池塘春草谢家真，万古千秋五字新"。杜、白、苏、陶、柳、谢诸人诗作均因超然自得、自然天成之美而为元好问所赞赏。

关键词释义

[诗有三境] 唐代署名王昌龄著《诗格》中对诗歌三种不同境界的概括。《诗格》云:"诗有三境:一曰物境……二曰情境……三曰意境。"《诗格》对"诗有三境"的阐释,总结了唐代诗歌创作的艺术经验,体现了唐代受佛家思想影响而以"境"言诗的风气,丰富了正趋于成熟的诗歌"意境"学说。

[古文运动] 唐代中叶及北宋时期以提倡古文、反对骈文为特点的文体改革运动。这一运动发起于中唐,成功于北宋。韩愈最先提出"古文"概念,他把六朝以来讲求声律及辞藻、排偶的骈文视为俗下文字,认为他自己的散文继承了先秦两汉文章的传统,所以称"古文"。韩愈提倡古文,目的在于恢复古代的儒学道统,文道合一,以道为主,这是韩愈倡导古文运动的基本观点。由于韩愈、柳宗元等人的宣传倡导和创作实践,唐后期古文写作极盛,质朴流畅的散体终于取代骈体,成为文坛的主要风尚。

[文以明道] 唐代古文运动的思想纲领。古文运动的一个重要理论问题,是文与道的关系。柳宗元《答韦中立论师道书》说:"始吾幼且少,为文章以文辞为工。及长,乃知文者所以明道。""文以明道"的主张,强调了文章的社会现实内容,表现了唐代文论家的文学观念与价值尺度,具有一定的积极意义。

[不平则鸣] 唐代韩愈提出的关于作家生平际遇与创作之间的关系的见解。韩愈《送孟东野序》说"大凡物不得其平则鸣",而庄周、屈原、司马迁、李白、杜甫等人之所以卓然不朽,正因为"择其善鸣者而假之鸣"。韩愈的不平则鸣说,继承了孔子"诗可以怨"和司马迁"发愤著书"的思想,在文论史上有重要的意义。

[《二十四诗品》] 唐署名司空图(837—908)著。《二十四诗品》把诗歌的艺术风格和意境分为雄浑、冲淡、纤秾、沉着、高古、典雅、洗炼、劲健、绮丽、自然、含蓄、豪放、精神、缜密、疏野、清奇、委曲、实境、悲慨、形容、超诣、飘逸、旷达、流动等24品类,每品用12句四言韵语来加以描述,也涉及作者的思想修养和写作手法。《二十四诗品》用诗的语言体貌、诗的风格意境,鲜明地表现出古代文论的诗性特征。

[自然天成] 苏轼《答谢民师书》论写作艺术:"大略如行云流水,初无定质,但常行于所当行,常止于所不可不止,文理自然,姿态横生。"苏轼认为创作自由的获得:一是要摆脱精神枷锁,敢于直抒胸臆,这是自由抒写的思想基础;二是形式上的解放,要能破除陈规旧套的障碍;三是创作的高度自由还须遵循一定艺术法则。苏轼的自然观高出前人之处,正在于自由与规律的统一。

[妙悟] 严羽以禅喻诗的诗歌理论。指学诗过程中经过长期的揣摩、体会,

最后进入心领神会、豁然贯通的境界。《沧浪诗话·诗辨》："大抵禅道惟在妙悟，诗道亦在妙悟。""妙悟"说要求诗人从古代最优秀的诗作中探求成功的创作经验，汲取其精神实质，而不是只求"夺胎换骨"，"点铁成金"。这对于针砭江西诗派模拟古人之风，对于提高诗歌创作水平有着积极意义。"妙悟"说把"熟参"前人精华视为能否写出好诗的主要途径和方法，在某种程度上忽略了诗歌创作与生活经验的关系，这是它的局限之所在。

［以禅喻诗］严羽《答吴景仙书》："以禅喻诗，莫此亲切。"以禅喻诗，旨在借禅理说明诗理，为文学批评提供一种新的方法和途径。以禅喻诗在宋代较为流行，并非严羽首创。但严羽把以禅喻诗的方法加以提炼、升华，使之系统化、理论化，并有其独到见解，对后世影响深远。

［《论诗绝句三十首》］金代元好问著。自杜甫《戏为六绝句》后，以绝句形式论诗者不乏其人，而元好问这组论诗诗最为有名，成就较高。《论诗绝句三十首》完整系统地评述了汉魏以降一千多年间诗人诗作与诗派诗风，以作家论为主，兼及诗歌艺术创作原理，充分显示出元好问诗学崇尚古雅恬淡的审美情趣和艺术风范。

思考题

1. 理解唐宋金元文论的意境说、韵味说和妙悟说。
2. 试比较唐宋两代文道论的异同。
3. 试述儒道释思想对苏轼文论的影响。
4. 从元好问的论诗诗看中国古代文论批评文体的民族特色。

进一步阅读文献

1. 王运熙、杨明：《隋唐五代文学批评史》，上海古籍出版社，1994年。
2. 顾易生、蒋凡、刘明今：《宋金元文学批评史》，上海古籍出版社，1996年。
3. 罗宗强：《隋唐五代文学思想史》，上海古籍出版社，1986年。
4. 韩经太：《理学文化与文学思想》，中华书局，1997年。
5. 敏泽：《中国古典意象论》，载《文艺研究》，1983年第3期。
6. 李建中：《〈二十四诗品〉：古代文论的诗眼画境》，载《郧阳高等师范专科学校学报》，2006年第1期。
7. 张毅：《对理趣与老境美的追求——宋文化成熟时期文学思想的特征》，载《南开学报》（哲学社会科学版），1992年第5期。

唐宋金元文论选录

六祖坛经(选录)

慧 能

（二六）何名般若？般若是智惠。一切时中，念念不愚，常行智惠，即名般若行。一念愚即般若绝，一念智即般若生。世人心中常愚，自言我修般若。般若无形相，智惠性即是。何名波罗蜜？此是西国梵音，唐言彼岸到。解义离生灭，著境生灭起，如水有波浪，即是为此岸；离境无生灭，如水永长流，故即名到彼岸，故名波罗蜜。迷人口念，智者心行，当念时有妄，有妄即非真有；念念若行，是名真有。悟此法者，悟般若法，修般若行；不修即凡，一念修行，法身等佛。善知识！即烦恼是菩提。前念迷即凡，后念悟即佛。善知识！摩诃般若波罗蜜，最尊、最上、第一，无住、无去、无来，三世诸佛从中出，将大智惠到彼岸，打破五阴烦恼尘劳，最尊、最上、第一。赞最上乘法，修行定成佛。无去、无住、无来往，是定惠等，不染一切法，三世诸佛从中变三毒为戒定惠。

（二七）善知识！我此法门，从一般若生八万四千智惠。何以故？为世有八万四千尘劳；若无尘劳，般若常在，不离自性。悟此法者，即是无念、无忆、无著，莫起诳妄，即是真如性。用智惠观照，于一切法不取不舍，即见性成佛道。

（二八）善知识！若欲入甚深法界、入般若三昧者，直修般若波罗蜜行，但持金刚般若波罗蜜经一卷，即得见性，入般若三昧。当知此人功德无量，经中分明赞叹，不能具说。此是最上乘法，为大智上根人说；少根智人，若闻此法，心不生信。何以故？譬如大龙，若下大雨，雨于阎浮提，如漂草叶；若下大雨，雨于大海，不增不减。若大乘者，闻说《金刚经》，心开悟解。故知本性自有般若之智，自用智惠观照，不假文字。譬如其雨水，不从天有，元是龙王于江海中，将身引此水，令一切众生、一切草木、一切有情无情，悉皆蒙润。诸水众流，却入大海，海纳众水，合为一体；众生本性般若之智，亦复如是。

（二九）少根之人，闻此顿教，犹如大地草木根性自少者，若被大雨一沃，悉皆自倒，不能增长；少根之人，亦复如是。有般若之智者，与大智之人，亦无差别，因何闻法师不悟？缘邪见障重，烦恼根深。犹如大云，盖覆于日，不得风吹，日无能现。般若之智,亦无大小,为一切众生,自有迷心,外修觅佛,未悟本性,即是小根人。闻其顿教,不假外修,但于自心,令自本性常起正见,烦恼尘劳众生,当时尽悟,犹如大海,纳于众流,小水大水,合为一体,即是见性。内外不住,来去自由,能除执心,通达无碍,能修此行,即与《般若波罗蜜经》本无差别。

(三〇)一切经书,及诸文字,小大二乘,十二部经,皆因人置,因智惠性故,故然能建立。若无世人,一切万法,本元不有。故知万法,本因人兴;一切经书,因人说有。缘在人中有愚有智,愚为小人,智为大人。迷人问于智者,智人与愚人说法,令彼愚者悟解心解;迷人若悟解心开,与大智人无别。故知不悟,即是佛是众生;一念若悟,即众生是佛。故知一切万法,尽在自身中,何不从于自心顿现真如本性。《菩萨戒经》云:"我本元自性清净。"识心见性,自成佛道。《维摩经》云:"即时豁然,还得本心。"

(三一)善知识!我于忍和尚处,一闻言下大悟,顿见真如本性。是故将此教法,流行后代,令学道者顿悟菩提,令自本性顿悟。若不能自悟者,须觅大善知识示道见性。何名大善知识?解最上乘法,直示正路,是大善知识,是大因缘。所谓化道,令得见性。一切善法,皆因大善知识能发起故。三世诸佛,十二部经,亦在人性中本自具有。不能自悟,须得善知识示道见性;若自悟者,不假外善知识。若取外求善知识,望得解脱,无有是处。识自心内善知识,即得解脱。若自心邪迷,妄念颠倒,外善知识即有教授,救不可得。汝若不得自悟,当起般若观照,刹那间,妄念俱灭,即是自真正善知识,一悟即知佛也。自性心地,以智惠观照,内外明彻,识自本心,若识本心,即是解脱,既得解脱,即是般若三昧。悟般若三昧,即是无念。何名无念?无念法者,见一切法,不著一切法;遍一切处,不著一切处。常净自性,使六贼从六门走出,于六尘中不离不染,来去自由,即是般若三昧,自在解脱,名无念行。若百物不思,当令念绝,即是法缚,即名边见。悟无念法者,万法尽通;悟无念法者,见诸佛境界;悟无念顿法者,至佛位地。

诗式(选录)

皎　然

夫诗者,众妙之华实,六经之菁英,虽非圣功,妙均于圣。彼天地日月,玄化之渊奥,鬼神之微冥,精思一搜,万象不能藏其巧。其作用也,放意须险,定句须难,虽取由我衷,而得若神表。至如天真挺拔之句,与造化争衡,可以意冥,难以言状,非作者不能知也。洎西汉以来,文体四变。将恐风雅浸泯,辄欲商较以正其源。今从两汉已降,至于我唐,名篇丽句,凡若干人,命曰《诗式》,使无天机者坐致天机。若君子见之,庶有益于诗教矣。

明　势

高手述作,如登衡、巫,觌三湘、鄢、郢山川之盛,萦回盘礴,千变万态:或极天高峙,崒焉不群,气腾势飞,合杳相属;或修江耿耿,万里无波,欻出高深重复之状。古今逸格,皆造其极妙矣。

明作用

作者措意,虽有声律,不妨作用。如壶公瓢中,自有天地日月,时时抛针掷线,似断而复续。此为诗中之仙,拘忌之徒,非所企及矣。

明四声

乐章有宫商五音之说,不闻四声。近自周颙、刘绘流出,宫商畅于诗体,轻重低昂之节,韵合情高,此未损文格。沈休文酷裁八病,碎用四声,故风雅殆尽。后之才子,天机不高,为沉生弊法所媚;懵然随流,溺而不返。

诗有四不

气高而不怒,怒则失于风流;力劲而不露,露则伤于斤斧;情多而不暗,暗则蹶于拙钝;才赡而不疏,疏则损于筋脉。

诗有四深

气象氤氲,由深于体势;意度盘礴,由深于作用;用律不滞,由深于声对;用事不直,由深于义类。

诗有二要

要力全而不苦涩,要气足而不怒张。

诗有二废

虽欲废巧尚直,而思致不得置;虽欲废言尚意,而典丽不得遗。

诗有四离

虽期道情,而离深僻;虽用经史,而离书生;虽尚高逸,而离迂远;虽欲飞动,而离轻浮。

诗有六迷

以虚诞而为高古,以缓慢而为澹泞,以错用意而为独善,以诡怪而为新奇,以烂熟而为稳约,以气少力弱而为容易。

诗有六至

至险而不僻,至奇而不差,至丽而自然,至苦而无迹,至近而意远,至放而不迂。

诗有七德

一、识理,二、高古,三、典丽,四、风流,五、精神,六、质干,七、体裁。

诗有五格

不用事第一,作用事第二,直用事第三,有事无事第四,(比于第三格中稍下,故入第四。)有事无事,情格俱下第五。

文章宗旨

评曰:康乐公早岁能文,性颖神澈,及通内典,心地更精,故所作诗,发皆造极,得非空王之道助邪?夫文章天下之公器,安敢私焉。曩者尝与诸公论康乐为文,真于情性,尚于作用,不顾词彩,而风流自然。彼清景当中,天地秋色,诗之量也;庆云从风,舒卷万状,诗之变也。不然,何以得其格,高其气,正其体,贞其貌,古其词,深其才,婉其德,宏其调,逸其声谐哉?至如《述祖德》一章、《拟邺中》八首、《经庐陵王墓》《临池上楼》,识度高明,盖诗中之日月也,安可攀援哉!惠休所评,谢诗如芙蓉出水,斯言颇近矣,故能上蹑风骚,下超魏、晋,建安制作,其椎轮乎?

用　　事

评曰:诗人皆以征古为用事,不必尽然也。今且于六义之中,略论比兴。取象曰比,取义曰兴,义即象下之意。凡禽鱼草木人物名数,万象之中义类同者,尽入比兴,《关雎》即其义也。如陶公以孤云比贫士,鲍照以直比朱弦,以清比冰壶。时人呼比为用事,祀用事为比。如陆机《齐讴行》:"鄙哉牛山叹,未及至人情,爽鸠苟已徂,吾子安得停!"此规谏之中,是比非用事也。如康乐公《还旧园作》:"偶与张邴合,久欲归东山。"此叙志之中,是比非用事也。详味可知。

取　境

评曰：或云：诗不假修饰，任其丑朴，但风韵正，天真全，即名上等。予曰：不然。无盐阙容而有德，曷若文王太姒有容而有德乎？又云：不要苦思，苦思则丧自然之质。此亦不然。夫不入虎穴，焉得虎子。取境之时，须至难至险，始见奇句。成篇之后，观其气貌，有似等闲，不思而得，此高手也。有时意静神王，佳句纵横，若不可遏，宛如神助。不然，盖由先积精思，因神王而得乎？

重意诗例

评曰：两重意已上，皆文外之旨。若遇高手如康乐公，览而察之，但见情性，不睹文字，盖诗道之极也。向使此道尊之于儒，则冠六经之首；贵之于道，则居众妙之门；崇之于释，则彻空王之奥；但恐徒挥其斤而无其质，故伯牙所以叹息也。畴昔国朝协律郎吴兢与越僧玄监集秀句，二子天机素少，选又不精，多采浮浅之言，以诱蒙俗，特入瞽夫偷语之便，何异借贼兵而资盗粮，无益于诗教矣。

辩体有一十九字

评曰：夫诗人之思初发，取境偏高，则一首举体便高；取境偏逸，则一首举体便逸。才性等字亦然。体有所长，故各功归一字。偏高偏逸之例，直于诗体篇目风貌。不妨一字之下，风律外彰，体德内蕴，如车之有毂，众辐归焉。其一十九字，括文章德体风味尽矣，如《易》之有象辞焉。今但注于前卷中，后卷不复备举。其比兴等六义；本乎情思，亦蕴乎十九字中，无复别出矣。

　　高——风韵朗畅曰高。　　逸——体格闲放曰逸。　　贞——放词正直曰贞。　　忠——临危不变曰忠。　　节——持操不改曰节。　　志——立性不改曰志。　　气——风情耿介曰气。　　情——缘境不尽曰情。　　思——气多含蓄曰思。　　德——词温而正曰德。　　诫——检束防闲曰诫。　　闲——情性疏野曰闲。　　达——心迹旷诞曰达。　　悲——伤甚曰悲。　　怨——词调凄切曰怨。　　意——立言盘泊曰意。　　力——体裁劲健曰力。
　　静——非如松风不动，林狖未鸣，乃谓意中之静。　　远——非如渺渺望水，杳杳看山，乃谓意中之远。

复古通变体

评曰：作者须知复变之道，反古曰复，不滞曰变。若惟复不变，同陷于相似之格，其状如驽骥同厩，非造父不能辨，能知复变之手，亦诗人之造父也。以此相似一类,置于古集之中,能使弱手视之眩目,何异宋人死鼠为玉璞,岂知周客卢胡而笑哉!又复变二门,复忌太过,诗人呼为膏肓之疾,安可治也。如释氏顿教学者,有沉性之失,殊不知性起之法,万象皆真。夫变若造微,不忌太过,苟不失正,亦何咎哉!如陈子昂复多而变少,沈、宋复少而变多。今代作者不能尽举,吾始知复变之道,岂惟文章乎?在儒为权,在文为变,在道为方便。后辈若乏天机,强效复古,反令思扰神沮。何则?夫不工剑术,而欲弹抚干将太阿之铗,必有伤手之患,宜其诫之哉!

(选自《十万卷楼丛书》本《诗式》)

与元九书

白居易

月日,居易白,微之足下:

自足下谪江陵,至于今,凡枉赠答诗仅百篇。每诗来,或辱序,或辱书,冠于卷首。皆所以陈古今歌诗之义,且自叙为文因缘与年月之远近也。仆既受足下诗,又谕足下此意,常欲承答来旨,粗论歌诗大端,并自述为文之意,总为一书,致足下前。累岁已来,牵故少暇,间有容隙,或欲为之,又自思所陈亦无出足下之见,临纸复罢者数四,卒不能成就其志以至于今。今俟罪浔阳,除盥栉食寝外无余事,因览足下去通州日所留新旧文二十六轴,开卷得意,忽如会面。心所蓄者,便欲快言,往往自疑,不知相去万里也。既而愤悱之气思有所泄,遂追就前志,勉为此书。足下幸试为仆留意一省。

夫文尚矣,三才各有文:天之文,三光首之;地之文,五材首之;人之文,六经首之。就六经言,《诗》又首之。何者?圣人感人心而天下和平。感人心者,莫先乎情,莫始乎言,莫切乎声,莫深乎义。诗者:根情,苗言,华声,实义。上自圣贤,下至愚骏,微及豚鱼,幽及鬼神,群分而气同,形异而情一,未有声入而不应,情交而不感者。

圣人知其然,因其言,经之以六义;缘其声,纬之以五音。音有韵,义有类。韵协则言顺,言顺则声易入;类举则情见,情见则感易交。于是乎孕大含深,贯微洞密,上下通而一气泰,忧乐合而百志熙。五帝三皇所以直道而行,垂拱而理者,揭此以为大柄,决此以为大宝也。

故闻"元首明,股肱良"之歌,则知虞道昌矣。闻五子洛汭之歌,则知夏政荒矣。言者无罪,闻者足戒,言者闻者莫不两尽其心焉。

洎周衰秦兴，采诗官废，上不以诗补察时政，下不以歌泄导人情。乃至于谄成之风动，救失之道缺。于时六义始刓矣。

国风变为骚辞，五言始终苏、李。苏、李、骚人，皆不遇者，各系其志，发而为文。故河梁之句，止于伤别，泽畔之吟，归于怨思。彷徨抑郁，不暇及他耳。然去《诗》未远，梗概尚存。故兴离别则引双凫一雁为喻，讽君子小人则引香草恶鸟为比。虽义类不具，犹得风人之什二三焉。于时六义始缺矣。

晋、宋以还，得者盖寡，以康乐之奥博，多溺于山水；以渊明之高古，偏放于田园。江、鲍之流，又狭于此。如梁鸿《五噫》之例者，百无一二焉。于时六义浸微矣，陵夷矣。

至于梁、陈间，率不过嘲风雪、弄花草而已。噫！风雪花草之物，《三百篇》中岂舍之乎？顾所用何如耳。设如"北风其凉"，假风以刺威虐也；"雨雪霏霏"，因雪以愍征役也；"棠棣之华"，感华以讽兄弟也；"采采芣苢"，美草以乐有子也。皆兴发于此而义归于彼。反是者，可乎哉！然则"余霞散成绮，澄江净如练"，"离花先委露，别叶乍辞风"之什，丽则丽矣，吾不知其所讽焉。故仆所谓嘲风雪、弄花草而已。于时六义尽去矣。

唐兴二百年，其间诗人不可胜数。所可举者，陈子昂有《感遇诗》二十首，鲍防有《感兴诗》十五首。又诗之豪者，世称李、杜。李之作，才矣奇矣，人不逮矣，索其风雅比兴，十无一焉。杜诗最多，可传者千余首，至于贯串今古，觙缕格律，尽工尽善，又过于李。然撮其《新安吏》《石壕吏》《潼关吏》《塞芦子》《留花门》之章，"朱门酒肉臭，路有冻死骨"之句，亦不过三四十首。杜尚如此，况不逮杜者乎！

仆常痛诗道崩坏，忽忽愤发，或食辍哺、夜辍寝，不量才力，欲扶起之。嗟夫！事有大谬者，又不可一二而言，然亦不能不粗陈于左右。

仆始生六七月时，乳母抱弄于书屏下，有指"无"字"之"字示仆者，仆虽口未能言，心已默识。后有问此二字者，虽百十其试，而指之不差，则仆宿昔之缘，已在文字中矣。及五六岁，便学为诗，九岁谙识声韵，十五六始知有进士，苦节读书。二十已来，昼课赋，夜课书，间又课诗，不遑寝息矣。以至于口舌成疮，手肘成胝，既壮而肤革不丰盈，未老而齿发早衰白，瞥瞥然如飞蝇垂珠在眸子中也，动以万数。盖以苦学力文所致，又自悲矣。

家贫多故，二十七方从乡赋。既第之后，虽专于科试，亦不废诗。乃授校书郎时，已盈三四百首。或出示交友如足下辈，见皆谓之工，其实未窥作者之域耳。自登朝来，年齿渐长，阅事渐多，每与人言，多询时务，每读书史，多求理道，始知文章合为时而著，歌诗合为事而作。是时皇帝初即位，宰府有正人，屡降玺书，访人急病。仆当此日,擢在翰林,身是谏官,手请谏纸,启奏之外,有可以救济人病,裨补时阙,而难于指言者,辄咏歌之,欲稍稍递进闻于上。上以广宸聪,副忧勤;次以酬恩奖,塞言责;下以复吾平生之志。岂图志未就而悔已生,言未闻而谤已成矣。

又请为左右终言之。凡闻仆《贺雨诗》,而众口籍籍,已谓非宜矣。闻仆《哭孔戡诗》,众面脉脉,尽不悦矣。闻《秦中吟》,则权豪贵近者相目而变色矣。闻《乐游园》寄足下诗,则执政柄者扼腕矣。闻《宿紫阁村》诗,则握军要者切齿矣。大率如此,不可遍举。不相与者号为沽名,号为诋讦,号为讪谤。苟相与者,则如牛僧孺之戒焉。乃至骨肉妻孥皆以我为非也。其不我非者,举世不过两三人。有邓鲂者,见仆诗而喜,无何而鲂死。有唐衢者,见仆诗而泣,未几而衢死。其余则足下,足下又十年来困踬若此。呜呼!岂六义四始之风,天将破坏不可支持耶?抑又不知天之意不欲使下人之病苦闻于上耶?不然,何有志于诗者不利若此之甚也。

然仆又自思关东一男子耳。除读书属文外,其他懵然无知,乃至书画棋博可以接群居之欢者,一无通晓,即其愚拙可知矣。初应进士时,中朝无缌麻之亲,达官无半面之旧,策蹇步于利足之途,张空拳于战文之场。十年之间,三登科第,名入众耳,迹升清贯,出交贤俊,入侍冕旒。始得名于文章,终得罪于文章,亦其宜也。

日者,又闻亲友间说:礼、吏部举选人,多以仆私试赋判传为准的。其余诗句,亦往往在人口中。仆恧然自愧,不之信也。及再来长安,又闻有军使高霞寓者,欲聘倡妓,妓大夸曰:"我诵得白学士《长恨歌》,岂同他妓哉?"由是增价。又足下书云,到通州日,见江馆柱间有题仆诗者,复何人哉?又昨过汉南日,适遇主人集众乐,娱他宾,诸妓见仆来,指而相顾曰:"此是《秦中吟》《长恨歌》主耳。"自长安抵江西,三四千里,凡乡校、佛寺、逆旅、行舟之中往往有题仆诗者,士庶、僧徒、孀妇、处女之口每每有咏仆诗者。此诚雕虫之技,不足为多,然今时俗所重,正在此耳。虽前贤如渊、云者,前辈如李、杜者,亦未能忘情于其间哉!

古人云:"名者公器,不可以多取。"仆是何者,窃时之名已多。既窃时名,又欲窃时之富贵,使己为造物者,肯兼与之乎?今之迍穷,理固然也。况诗人多蹇,如陈子昂、杜甫,各授一拾遗,而迍剥至死。李白、孟浩然辈不及一命,穷悴终身。近日孟郊六十,终试协律;张籍五十,未离一太祝。彼何人哉!彼何人哉!况仆之才又不逮彼。今虽谪佐远郡,而官品至第五,月俸四五万,寒有衣,饥有食,给身之外,施及家人,亦可谓不负白氏之子矣。微之微之,勿念我哉!

仆数月来,检讨囊帙中,得新旧诗,各以类分,分为卷首。自拾遗来,凡所适所感，关于美刺兴比者，又自武德讫元和，因事立题，题为《新乐府》者，共一百五十首，谓之讽谕诗。又或退公独处，或移病闲居，知足保和，吟玩情性者一百首，谓之闲适诗。又有事物牵于外，情理动于内，随感遇而形于叹咏者一百首，谓之感伤诗。又有五言、七言、长句、绝句，自一百韵至两韵者四百余首，谓之杂律诗。凡为十五卷，约八百首。异时相见，当尽致于执事。

微之！古人云："穷则独善其身，达则兼济天下。"仆虽不肖，常师此语。大丈夫所守者道，所待者时。时之来也，为云龙，为风鹏，勃然突然，陈力以出；时之不来也，为雾豹，为冥鸿，寂兮寥兮，奉身而退。进退出处，何往而不自得哉？故仆志在兼济，行在独善，奉而始终之则为道，言而发明之则为诗。谓之讽谕诗，兼济之志也；谓之闲适诗，独善之义也。故览仆诗，知仆之道焉。其余杂律诗，或诱于一时一物，发于一笑一吟，率然成章，非平生所尚者，但以亲朋合散之际，取其释恨佐欢。今铨次之间，未能删去，他时有为我编集斯文者，略之可也。

微之！夫贵耳贱目，荣古陋今，人之大情也。仆不能远征古旧，如近岁韦苏州歌行，才丽之外，颇近兴讽。其五言诗又高雅闲淡，自成一家之体。今之秉笔者谁能及之？然当苏州在时，人亦未甚爱重，必待身后，然后人贵之。今仆之诗，人所爱者，悉不过杂律诗与《长恨歌》已下耳。时之所重，仆之所轻。至于讽谕者，意激而言质，闲适者，思淡而词迂，以质合迂，宜人之不爱也。

今所爱者，并世而生，独足下耳。然千百年后，安知复无如足下者出而知爱我诗哉？故自八九年来，与足下小通则以诗相戒，小穷则以诗相勉，索居则以诗相慰，同处则以诗相娱。知吾罪吾，率以诗也。如今年春游城南时，与足下马上相戏，因各诵新艳小律，不杂他篇，自皇子陂归昭国里，迭吟递唱，不绝声者二十里余。樊、李在旁，无所措口。知我者以为诗仙，不知我者以为诗魔。何则？劳心灵，役声气，连朝接夕，不自知其苦，非魔而何？偶同人当美景，或花时宴罢，或月夜酒酣，一咏一吟，不知老之将至。虽骖鸾鹤、游蓬瀛者之适，无以加于此焉。又非仙而何？微之微之！此吾所以与足下外形骸、脱踪迹、傲轩鼎、轻人寰者，又以此也。

当此之时，足下兴有余力，且与仆悉索还往中诗，取其尤长者，如张十八古乐府，李二十新歌行，卢、杨二秘书律诗，窦七、元八绝句，博搜精掇，编而次之，号《元白往还诗集》。众君子得拟议于此者，莫不踊跃欣喜，以为盛事。嗟乎！言未终而足下左转，不数月而仆又继行，心期索然，何日成就，又可为之叹息矣。

又仆尝语足下：凡人为文，私于自是，不忍于割截，或失于繁多，其间妍媸益又自惑，必诗文友有公鉴无姑息者，讨论而削夺之，然后繁简当否得其中矣。况仆与足下，为文尤患其多。已尚病之，况他人乎？今且各纂诗笔，粗为卷第，待与足下相见日，各出所有，终前志焉。又不知相遇是何年，相见在何地，溘然而至，则如之何！微之微之！知我心哉！

浔阳腊月，江风苦寒，岁暮鲜欢，夜长无睡。引笔铺纸，悄然灯前，有念则书，言无次第，勿以繁杂为倦，且以代一夕之话也。微之微之！知我心哉！乐天再拜。

（选自文学古籍刊行社影宋本《白氏长庆集》卷四十五）

答李翊书

韩　愈

六月二十六日，愈白，李生足下：

生之书辞甚高，而其问何下而恭也！能如是，谁不欲告生以其道？道德之归也有日矣，况其外之文乎？抑愈所谓望孔子之门墙而不入于其宫者，焉足以知是且非邪？虽然，不可不为生言之：

生所谓立言者是也，生所为者与所期者，甚似而几矣。抑不知生之志，蕲胜于人而取于人耶？将蕲至于古之立言者耶？蕲胜于人而取于人，则固胜于人而可取于人矣。将蕲至于古之立言者，则无望其速成，无诱于势利，养其根而俟其实，加其膏而希其光。根之茂者其实遂，膏之沃者其光晔，仁义之人，其言蔼如也。

抑又有难者，愈之所为不自知其至犹未也？虽然，学之二十余年矣。始者非三代两汉之书不敢观，非圣人之志不敢存，处若忘，行若遗，俨乎其若思，茫乎其若迷。当其取于心而注于手也，惟陈言之务去，戛戛乎其难哉！其观于人，不知其非笑之为非笑也。如是者亦有年，犹不改，然后识古书之正伪，与虽正而不至焉者，昭昭然白黑分矣。而务去之，乃徐有得也。当其取于心而注于手也，汩汩然来矣。其观于人也，笑之则以为喜，誉之则以为忧，以其犹有人之说者存也。如是者亦有年，然后浩乎其沛然矣。吾又惧其杂也，迎而距之，平心而察之，其皆醇也，然后肆焉。虽然，不可以不养也。行之乎仁义之途，游之乎诗书之源，无迷其途，无绝其源，终吾身而已矣。

气，水也；言，浮物也；水大而物之浮者大小毕浮。气之与言犹是也，气盛则言之短长与声之高下者皆宜。虽如是，其敢自谓几于成乎！虽几于成，其用于人也奚取焉？虽然，待用于人者，其肖于器邪？用与舍属诸人。君子则不然，处心有道，行己有方，用则施诸人，舍则传诸其徒，垂诸文而为后世法。如是者，其亦足乐乎？其无足乐也？

有志乎古者希矣。志乎古，必遗乎今，吾诚乐而悲之。亟称其人，所以劝之，非敢褒其可褒，而贬其可贬也。

问于愈者多矣,念生之言不志乎利,聊相为言之。愈白。

(选自蝉隐卢影宋世彩堂本《昌黎先生集》卷十六)

二十四诗品

司空图

一　雄浑

大用外腓,真体内充。返虚入浑,积健为雄。具备万物,横绝太空。
荒荒油云,寥寥长风。超以象外,得其环中。持之匪强,来之无穷。

二　冲淡

素处以默,妙机其微。饮之太和,独鹤与飞。犹之惠风,荏苒在衣。
阅音修篁,美曰载归。遇之匪深,即之愈希。脱有形似,握手已违。

三　纤秾

采采流水,蓬蓬远春。窈窕深谷,时见美人。碧桃满树,风日水滨。
柳阴路曲,流莺比邻。乘之愈往,识之愈真。如将不尽,与古为新。

四　沉着

绿林野屋,落日气清。脱巾独步,时闻鸟声。鸿雁不来,之子远行。
所思不远,若为平生。海风碧云,夜渚月明。如有佳语,大河前横。

五　高古

畸人乘真,手把芙蓉。泛彼浩劫,窅然空踪。月出东斗,好风相从。
太华夜碧,人闻清钟。虚伫神素,脱然畦封。黄唐在独,落落玄宗。

六　典雅

玉壶买春,赏雨茅屋。坐中佳士,左右修竹。白云初晴,幽鸟相逐。
眠琴绿阴,上有飞瀑。落花无言,人淡如菊。书之岁华,其曰可读。

七　洗炼

犹矿出金,如铅出银。超心炼冶,绝爱缁磷。空潭泻春,古镜照神。

体素储洁,乘月返真。载瞻星气,载歌幽人。流水今日,明月前身。

八　劲健

行神如空,行气如虹。巫峡千寻,走云连风。饮真茹强,蓄素守中。
喻彼行健,是谓存雄。天地与立,神化攸同。期之以实,御之以终。

九　绮丽

神存富贵,始轻黄金。浓尽必枯,淡者屡深。雾余水畔,红杏在林。
月明华屋,画桥碧阴。金尊酒满,伴客弹琴。取之自足,良殚美襟。

十　自然

俯拾即是,不取诸邻。俱道适往,着手成春。如逢花开,如瞻岁新。
真与不夺,强得易贫。幽人空山,过雨采蘋。薄言情悟,悠悠天钧。

十一　含蓄

不着一字,尽得风流。语不涉己,若不堪忧。是有真宰,与之沉浮。
如渌满酒,花时返秋。悠悠空尘,忽忽海沤。浅深聚散,万取一收。

十二　豪放

观花匪禁,吞吐大荒。由道返气,处得以狂。天风浪浪,海山苍苍。
真力弥满,万象在旁。前招三辰,后引凤凰。晓策六鳌,濯足扶桑。

十三　精神

欲返不尽,相期与来。明漪绝底,奇花初胎。青春鹦鹉,杨柳楼台。
碧山人来,清酒深杯。生气远出,不着死灰。妙造自然,伊谁与裁。

十四　缜密

是有真迹,如不可知。意象欲出,造化已奇。水流花开,清露未晞。
要路愈远,幽行为迟。语不欲犯,思不欲痴。犹春于绿,明月雪时。

十五　疏野

唯性所宅,真取弗羁。控物自富,与率为期。筑室松下,脱帽看诗。
但知旦暮,不辨何时。倘然适意,岂必有为。若其天放,如是得之。

十六　清奇

娟娟群松,下有漪流。晴雪满汀,隔溪渔舟。可人如玉,步屧寻幽。
载行载止,空碧悠悠。神出古异,淡不可收。如月之曙,如气之秋。

十七　委曲

登彼太行,翠绕羊肠。杳霭流玉,悠悠花香。力之于时,声之于羌。
似往已回,如幽匪藏。水理漩洑,鹏飞翱翔。道不自器,与之圆方。

十八　实境

取语甚直,计思匪深。忽逢幽人,如见道心。晴涧之曲,碧松之阴。
一客荷樵,一客听琴。情性所至,妙不自寻。遇之自天,泠然希音。

十九　悲慨

大风卷水,林木为摧。适苦欲死,招憩不来。百岁如流,富贵冷灰。
大道日丧,若为雄才。壮士拂剑,浩然弥哀。萧萧落叶,漏雨苍苔。

二十　形容

绝伫灵素,少回清真。如觅水影,如写阳春。风云变态,花草精神。
海之波澜,山之嶙峋。俱似大道,妙契同尘。离形得似,庶几斯人。

二一　超诣

匪神之灵,匪机之微。如将白云,清风与归。远引若至,临之已非。
少有道气,终与俗违。乱山高木,碧台芳辉。诵之思之,其声愈希。

二二　飘逸

落落欲往,矫矫不群。缑山之鹤,华顶之云。高人惠中,令色絪缊。
御风蓬叶,泛彼无垠。如不可执,如将有闻。识者期之,欲得愈分。

二三　旷达

生者百岁,相去几何。欢乐苦短,忧愁实多。何如尊酒,日往烟萝。
花覆茅檐,疏雨相过。倒酒既尽,杖藜行歌。孰不有古,南山峨峨。

二四　流动

若纳水辂,如转丸珠。夫岂可道,假体如愚。荒荒坤轴,悠悠天枢。载要其端,载闻其符。超超神明,返返冥无。来往千载,是之谓乎!

书黄子思诗集后

苏　轼

予尝论书,以谓钟、王之迹,萧散简远,妙在笔画之外。至唐颜、柳,始集古今笔法而尽发之,极书之变,天下翕然以为宗师。而钟、王之法益微。

至于诗亦然。苏、李之天成,曹、刘之自得,陶、谢之超然,盖亦至矣。而李太白、杜子美以英玮绝世之姿,凌跨百代,古今诗人尽废。然魏、晋以来,高风绝尘,亦少衰矣。李、杜之后,诗人继作,虽间有远韵,而才不逮意。独韦应物、柳宗元发纤秾于简古,寄至味于澹泊,非余子所及也。唐末司空图,崎岖兵乱之间,而诗文高雅,犹有承平之遗风。其论诗曰:"梅止于酸,盐止于咸,饮食不可无盐梅,而其美常在咸酸之外。"盖自列其诗之有得于文字之表者二十四韵,恨当时不识其妙,予三复其言而悲之。

闽人黄子思,庆历、皇祐间号能文者。予尝闻前辈诵其诗,每得佳句妙语,反复数四,乃识其所谓。信乎表圣之言,美在咸酸之外,可以一唱而三叹也。予既与其子几道、其孙师是游,得窥其家集。而子思笃行高志,为吏有异材,见于墓志详矣,予不复论,独评其诗如此。

(选自文学古籍刊行社《经进东坡文集事略》卷六十)

沧浪诗话·诗辨

严　羽

一

夫学诗者以识为主:入门须正,立志须高;以汉魏晋盛唐为师,不作开元天宝以下人物。若自退屈,即有下劣诗魔入其肺腑之间;由立志之不高也。行有未至,可加工力;路头一差,愈骛愈远;由入门之不正也。故曰:学其上,仅得其中;学其中,斯为下矣。又曰:见过于师,仅堪传授;见与师齐,减师半德也。工夫须从上做下，不可从下做上。先须熟读《楚辞》，朝夕讽咏以为之本；及读古诗十九首，乐府四篇，李陵苏武汉魏五言皆须熟读，即以李杜二集枕藉观之，如今人之治经，然后博取盛唐名家，酝酿胸中，久之自然悟入。虽学之不至，亦不失正路。此乃是从顶颔上做来，谓之向上一路，谓之直截根源，谓之顿门，谓之单刀直入也。

二

诗之法有五：曰体制，曰格力，曰气象，曰兴趣，曰音节。

三

诗之品有九：曰高，曰古，曰深，曰远，曰长，曰雄浑，曰飘逸，曰悲壮，曰凄婉。其用工有三：曰起结，曰句法，曰字眼。其大概有二：曰优游不迫，曰沉着痛快。诗之极致有一，曰入神。诗而入神，至矣，尽矣，蔑以加矣！惟李杜得之。他人得之盖寡也。

四

禅家者流，乘有小大，宗有南北，道有邪正。学者须从最上乘，具正法眼，悟第一义。若小乘禅，声闻、辟支果，皆非正也。论诗如论禅，汉魏晋与盛唐之诗，则第一义也。大历以还之诗，则小乘禅也，已落第二义矣。晚唐之诗，则声闻、辟支果也。学汉魏晋与盛唐诗者，临济下也。学大历以还之诗者，曹洞下也。大抵禅道惟在妙悟，诗道亦在妙悟。且孟襄阳学力下韩退之远甚，而其诗独出退之之上者，一味妙悟而已。惟悟乃为当行，乃为本色。然悟有浅深，有分限，有透彻之悟，有但得一知半解之悟。汉魏尚矣，不假悟也。谢灵运至盛唐诸公，透彻之悟也；他虽有悟者，皆非第一义也。吾评之非僭也，辨之非妄也。天下有可废之人，无可废之言。诗道如是也。若以为不然，则是见诗之不广，参诗之不熟耳。试取汉魏之诗而熟参之，次取晋宋之诗而熟参之，次取南北朝之诗而熟参之，次取沈宋王杨卢骆陈拾遗之诗而熟参之，次取开元天宝诸家之诗而熟参之，次独取李杜二公之诗而熟参之，又取大历十才子之诗而熟参之，又取元和之诗而熟参之，又尽取晚唐诸家之诗而熟参之，又取本朝苏黄以下诸公之诗而熟参之，其真是非自有不能隐者。倘犹于此而无见焉，则是为外道蒙蔽其真识，不可救药，终不悟也。

五

夫诗有别材，非关书也；诗有别趣，非关理也。然非多读书，多穷理，则不能极其至。所谓不涉理路，不落言筌者，上也。诗者，吟咏情性也。盛唐诸人，惟在兴趣，羚羊挂角，无迹可求。故其妙处，透彻玲珑，不可凑泊，如空中之音，相中之色，水中之月，镜中之象，言有尽而意无穷。近代诸公乃作奇特解会，遂以文字为诗，以才学为诗，以议论为诗。夫岂不工，终非古人之诗也。盖于一唱三叹之音，有所歉焉。且其作多务使事，不问兴致；用字必有来历，押韵必有出处，读之反复终篇，不知着到何在。其末流甚者，叫噪怒张，殊乖忠厚之风，殆以骂詈为诗。诗而至此，可谓一厄也。然则近代之诗无取乎？曰有之，吾取其合于古人者而已。国初之诗，尚沿袭唐人：王黄州学白乐天，杨文公刘中山学李商隐，盛文肃学韦苏州，欧阳公学韩退之古诗，梅圣俞学唐人平淡处。至东坡、山谷始自出己意以为诗，唐人之风变矣。山谷用工尤为深刻，其后法席盛行，海内称为江西宗派。近世赵紫芝、翁灵舒辈，独喜贾岛、姚合之诗，稍稍复就清苦之风；江湖诗人多效其体，一时自谓之唐宗；不知止入声闻、辟支之果，岂盛唐诸公大乘正法眼者哉！嗟乎！正法眼之无传久矣。唐诗之说未唱，唐诗之道或有时而明也。今既唱其体曰唐诗矣，则学者谓唐诗诚止于是耳，得非诗道之重不幸邪！故余不自量度，辄定诗之宗旨，且借禅以为喻，推原汉魏以来，而截然谓当以盛唐为法，（后舍汉魏而独言盛唐者，谓古律之体备也。）虽获罪于世之君子，不辞也。

论诗三十首（选录）

元好问

汉谣魏什久纷纭，正体无人与细论。谁是诗中疏凿手？暂教泾渭各清浑。
曹刘坐啸虎生风，四海无人角两雄。可惜并州刘越石，不教横槊建安中。
邺下风流在晋多，壮怀犹见缺壶歌。风云若恨张华少，温李新声奈尔何！
一语天然万古新，豪华落尽见真淳。南窗白日羲皇上，未害渊明是晋人。
纵横诗笔见高情，何物能浇块垒平？老阮不狂谁会得？出门一笑大江横。
心画心声总失真，文章宁复见为人。高情千古《闲居赋》，争信安仁拜路尘。
慷慨歌谣绝不传，穹庐一曲本天然。中州万古英雄气，也到阴山敕勒川。
沈宋横驰翰墨场，风流初不废齐梁。论功若准平吴例，合著黄金铸子昂。
斗靡夸多费览观，陆文犹恨冗于潘。心声只要传心了，布谷澜翻可是难。
排比铺张特一途，藩篱如此亦区区。少陵自有连城璧，争奈微之识碔砆。
眼处心生句自神，暗中摸索总非真。画图临出秦川景，亲到长安有几人？
望帝春心托杜鹃，佳人锦瑟怨华年。诗家总爱西昆好，独恨无人作郑笺。
万古文章有坦途，纵横谁似玉川卢？真书不入今人眼，儿辈从教鬼画符。

东野穷愁死不休,高天厚地一诗囚。江山万古潮阳笔,合在元龙百尺楼。
窘步相仍死不前,唱酬无复见前贤。纵横正有凌云笔,俯仰随人亦可怜。
奇外无奇更出奇,一波才动万波随。只知诗到苏黄尽,沧海横流却是谁?
曲学虚荒小说欺,俳谐怒骂岂诗宜?今人合笑古人拙,除却雅言都不知。
有情芍药含春泪,无力蔷薇卧晚枝。拈出退之《山石》句,始知渠是女郎诗。
金入洪炉不厌频,精真那计受纤尘。苏门果有忠臣在,肯放坡诗百态新?
百年才觉古风回,元祐诸人次第来。讳学金陵犹有说,竟将何罪废欧梅?
古雅难将子美亲,精纯全失义山真。论诗宁下涪翁拜,未作江西社里人。
池塘春草谢家真,万古千秋五字新。传语闭门陈正字,可怜无补费精神。

(选自《四部丛刊》影明弘治本《遗山先生文集》卷十一)

第五章 明清文论

中国古代文论发展到明清遂进入它的繁荣和鼎盛期,此时期除了传统的诗文理论得到前所未有的研究和总结外,小说理论和戏曲理论也呈现出空前繁荣的景象。本章在概述这一时期文化与文论关系的基础上,依次介绍李贽、金圣叹的小说评点,王骥德、李渔的戏曲理论以及王夫之、叶燮的诗歌理论。

第一节 明清文论概述

与前代文论一样,明清文论与同时期的文化有着千丝万缕的联系。需要特别指出的是,由于明清思想文化异常复杂,因而它对此期文论的影响也曲折幽微。一方面,明清两代的统治者都把程朱理学奉为官方哲学,这就使明清两代宗经明道和复古的文论观点不绝如缕。另一方面,从明代中叶开始,从理学内部分化出心学,心学的出现不仅造成了理学的瓦解,而且也为明清两代文艺新思潮的产生提供了思想上的催化剂;而明清之际经世实学的兴起又内在地制约和影响着此期文论向儒家传统文论的回归。与此同时,援道佛以入儒,三教兼综本是此期理论家(包括理学家和心学家)的普遍取向,这又使此期的文论明显带有禅、道思想的印痕。尽管如此,从理论总体上看,制约和影响此期文论基本走向和基本面貌的还是心学的兴盛。这即是说,是明代中后期从理学内部产生的心学给明清两代文论带来更显著和更直接的影响。因此,本章侧重从心学与文论的关系这一特定的视角来审视此期的文论。

一、从程朱理学到阳明心学

儒学发展到宋代出现了一个有影响的流派,理学。之所以称为理学,是因为以程颢、程颐和朱熹为代表的理学家们把所谓"天理"(实即三纲五常、忠孝节义等一整套封建伦理规范)看作是宇宙的本体,并将其提升到永恒的、至高无上的地位。在相当长的一段时间内,程朱理学被奉为官方哲学,起着桎梏人的思想和延续封建统治的消极作用,同时也对种种文艺新思想和新思潮的诞生起着阻碍作用。

明初统治者为了加强专制统治,亦把程朱理学作为统治思想而强力推行。明太祖朱元璋多次诏示"一宗朱子之学。令学者非五经、孔孟之书不读,非濂洛关闽之学不讲"(陈鼎《高攀龙传》)。明成祖朱棣敕儒臣胡广等纂修《性理大全》《四书大全》《五经大全》,颁行天下,作为士子求学、出仕的必读教科书,而那些不符合程朱理学的思想则被视为异端,统统加以排斥。因此,在明代前期,思想领域内依然是程朱理学一统天下。

明中叶开始,随着社会经济的发展和封建生产方式内在矛盾的深化,商品经济的空前繁荣,资本主义萌芽的出现,再加上政治、社会等多方面矛盾因素的影响,作为封建社会正统思想的程朱理学已经无法回答和解决现实所提出的种种问题,其虚伪性和欺骗性也日益被人们认识。正是在这种情况下,王阳明创立的心学应运而生。

王阳明的心学对程朱理学的最大突破就在于他一反二程和朱熹的"理"本体论而提出了"心"本体论。在二程和朱熹那里,三纲五常、忠孝节义等封建伦理规范就是"天理",就是整个宇宙的最高本体,它在天地万物产生以前就已经存在,天地万物无不是它派生出来的,同样,人心也是"理"的产物。而王阳明则提出"心即理""心外无理"的著名命题,认为只有"心"才是整个宇宙的本体,天地万物都是由"心"产生的。"人者,天地万物之心也;心者,天地万物之主也;心即是天,言心则天地万物皆举之矣。"(《答季明德书》)"心之本体无所不该。"(《传习录》下)既然如王阳明所言,"心即理""心外无理",世上事物之理都存在于心中,心就是宇宙的本体,那么必然的结论就是:对宇宙的认识,对自我人性的修养和是非辨别能力的提升也全在自己心中,因此完全可以独立审断,自行裁决,而不必依据外来道理,即使是孔圣人之言也概莫能外。"夫学贵得于心,求之于心而非也,虽言出于孔子,不敢以为是也,而况其未及孔子者乎?求之于心而是也,虽其言出于庸常,不敢以为非也,而况其言出于孔子者乎?"(《传习录》中)。虽然王阳明建立的以"心"为本体的心学体系从根本上看具有主观唯心主义的性质,其现实目的也是为了补救由于程朱理学自身的僵化所造成的封建意识形态的缺陷,但他通过"心"本体论充分肯定和强调了人的主体性和主观能动性,否定了圣贤的绝对权威,这无疑起到了思想解放和个性解放的作用。

王阳明还提出"致良知"的命题。在王阳明看来,所谓"良知",其实就是存在于人心中的天理。"天理在人心,亘古亘今,无有始终,天理即是良知。"(《传习录》下)但王阳明所称为"良知"的"天理"已经完全不同于程朱理学的"天理",这个不同就在于王阳明吸收了禅宗"人人皆有佛性""顿悟成佛"的思想,认为不分圣愚,人人心中皆有良知,凭借这一点,人人都可以成为圣贤:"良知在人心,无间与圣愚,天下古今之所同也"(《答聂文蔚》);"人皆可以为尧舜"(《传习录》上),"满街都是圣人"(《传习录》下)。王阳明的"良知"说从根本上否定了理学家所谓"天理"的至高无上的绝对地位,颠覆了理学的威严和神秘,冲击了上下尊卑的伦理纲常,树立了人人平等的价值观念,这一切不仅直接孕育出具有离经叛道色彩的泰州学派,也成为明清两代特别是晚明人文主义启蒙思潮产生的哲学渊薮。

泰州学派的创立人是王阳明的门下弟子王艮,他将王阳明心学体系中的某些异端因子予以创造性的发展,从而对程朱理学的一整套纲常伦理教条进行更彻底的突破和扫荡。王艮的学说中最具创造性的有两点:其一,他将王阳明所规定的"心"的伦理特性置换成人的自然本性:"天性之体,本是活泼,鸢飞鱼跃,便是此体","良知之体,与鸢鱼同一活泼泼地……自然天则,不着人力安排","凡涉人为,便是作伪"(《语录》)。王艮以这种纯真自然的人之本性来对抗程朱理学仁义道德的"天理"决定论,在理论上无疑比他的老师更为彻底,也更有分量。其二,王艮还提出"百姓日用即道"的命题,认为圣人之道就在普通百姓的生活之中:"圣人之道,无异于百姓日用。凡有异者,皆是异端";"百姓日用条理处,即是圣人之条理处,圣人知,便不失,百姓不知,便会失"(《语录》)。百姓的日常生活本来就包含着物质和精神的双重需要(即人欲),这样一来,被理学家视为洪水猛兽的"人欲"在王艮那儿反成了"圣人之道",这对程朱理学奉行的泯灭人欲、窒息人的自然本性的理学禁欲主义无疑是致命的一击。

泰州学派经过发展,产生了被人视为"异端之尤",并且自己也以"异端"自居的思想家李贽。李贽的"异端"思想集中表现在他对假道学的批判上。在李贽看来,那些假道学往往以理学信徒自居,并处处以理学教条衡人;他们口头上讲天理,讲性命,讲道德,而实际上荒淫腐败,利欲熏心;他们专门灭别人的"人欲",却放纵自己的"人欲"。在他们身上最能体现官方意识形态的虚伪性和欺骗性。因此在《焚书》《续焚书》《藏书》《续藏书》等著作中,凡有机会,李贽决不放弃对假道学的抨击和嘲讽。而李贽批判假道学的主要思想武器则是他承袭阳明后学王艮而来的充分肯定"人欲"即自然人性论的观点。李贽曾提出著名的"童心"说,以人的"绝假纯真,最初一念之本心"为"童心"(《童心说》)。李贽所谓的"童心",从其现实性上看其实就是理学家灭之唯恐不尽的"人欲",正是在这一点上,李贽发挥了王艮"百姓日用即道"的观点:"穿衣吃饭即是人伦物理。除却穿衣吃饭,无伦物矣。世间种种,皆衣与饭类耳,故举衣与饭,而世间种种自然在其中,非衣饭之外,更有所谓种种绝与百姓不相同者也。"(《答邓石阳》)在李贽看来,真正的人伦物理，并不是程朱理学所极力宣扬和维护的那个"天理"，而是老百姓的穿衣吃饭及其实际生活中的种种自然追求。既然如此，人的"私欲""物欲"乃至"好货""好色"等，也就是天经地义的了，因为"夫私者，人之心也，人必有私，而后其心乃见；若无私，则无心矣"（《德业儒臣后论》）。李贽对假道学的批判和对"人欲"的高扬，打破了理学教条强加在人们头上的枷锁，启发人们意识到自己在物质上、精神上一切自然之追求的合理性，这不仅对于抗击文化强权，呼吁个性自由，反对理学禁欲主义而主张人心的解放具有文化启蒙的意义，而且也直接激荡起明清文艺新思潮的滚滚洪流。

虽然阳明心学及其后学在许多方面实现了对程朱理学的批判和超越，但随着明代后期的社会大变动，中国封建制度日益走向没落，其自身的弊端也进一步显露出来，其中最重要的一点就是明显的禅学化，使心学严重脱离实际，成为空疏无用之学，完全失去了王学以及泰州学派的那种反理学、反传统的精神。对这一点明后期的一些思想家早就有所认识，如杨慎就把心学斥为"学而无实"之学，认为心学"渐进清谈，逐流禅学"（《云南乡试录》）。明亡之后，更有一些有识之士对心学末流的清谈空疏之学风进行深刻的反思和批判，如黄宗羲抨击心学末流"从事游谈，更滋流弊……然拘执经术，不适于用"（《清代七百名人传》）。颜元指责清谈家们"浮言之祸，甚于焚坑"（《存学编》卷一）。顾炎武也认为心学末流"以明心见性之空言，代修己治人之术。股肱惰而万事荒，爪牙亡而四国乱，神州荡覆，宗社丘墟"（《夫子之言性与天道》），把明朝覆亡的历史罪责直接归之于心学末流的清谈。在这种情况下，阳明心学被经世致用的实学所取代便是历史的必然了。但即便是这样，阳明心学在孕育明清文艺新思潮和新观念方面所起的积极作用仍是毋庸置疑的。

二、阳明心学对文论的影响

阳明心学对明清文论的影响，主要体现在它直接启发和影响此期的文论家普遍认识到"心"（包括人的意识、情感、心灵和个性等）在文艺创作中的重要作用，明清时期流行的比较有影响的"情感论""性灵论"和"本色论"等文论观点，就是阳明心学浸润的结果。

1. 情感论

如前所言，程朱理学把忠孝节义、三纲五常等封建伦理道德教条视为"天理"，并提出"存天理，灭人欲"的口号。很明显，程朱理学对包含有"情"因素的"人欲"是深恶痛绝并极力排斥的。而王阳明则不同，他提出"心外无理""心即理"的理论观点，而他所谓的"心"本身却包含着"情"："喜、怒、哀、惧、爱、恶、欲，谓之七情,七者俱是人心合有的。"(《传习录》下)既然"情"是人心所固有的,那么对于文艺创作来说,对人"心"固有之"情"进行传达和表现就是题中应有之义了。总之,王阳明以"情"为人"心"所固有的观点消除了程朱理学以性化情、存理灭欲的强制色彩,为明清两代的作家、艺术家在文艺创作中尽力表现人的情感以及明清文论中"情感"论的盛行奠定了坚实的理论基础。

明清两代的许多文艺家和理论家正是在阳明心学这种思想的影响下而在文学艺术领域内树起情感论的大旗的。例如,明代文艺新思潮的代表人物李贽曾提出"童心"说,主张"天下之至文"是"童心"亦即"真心"和"真情"的表现,认为文艺与一切违背"真心""真情"的"假理"不能相容。他还提出"以自然为美",即以自然地表现人的"情性"为美,并且认为"情性"只要是自然而然地表现出来,就必然是"止乎礼义"的,"礼义"(即"天理")并不在"情性"(即"人欲")的自然表现之外。显然,李贽这种提倡"真情",反对"假理"的文艺主张和程朱理学认为"天理"和"人欲"不相容,以"天理"来扼杀"人欲"的思想是完全对立的,而这种对封建礼教具有叛逆性的、有启蒙色彩的文艺主张无疑浸润于阳明心学。和李贽同时代的大戏剧家汤显祖也是站在礼教的对立面来进一步发挥重"情"的理论思想的。他把文艺产生的根源概括为一个"情"字:"世总为情,情生诗歌。"他认为文艺作品中人物形象的魅力也是一个"情"字:"如丽娘者,乃可谓之有情人耳。情不知所起,一往而深,生者可以死,死可以生。生而不可与死,死而不可复生者,皆非情之至也。"(《牡丹亭记题词》)汤显祖还对道学家宣扬的以"理"格"情"、以"理"灭"情"的命题提出大胆的怀疑:"第云理之所必无,安知情之所必有邪?"(《牡丹亭记题词》)"情有者,理必无;理有者,情必无。"(《寄达观》)明代戏剧家王骥德也提出戏剧创作的要害在于"模写物情,体贴人理",即表现人的真情实感。明清之际的黄宗羲和王夫之,虽然思想和阳明心学及其后学已有很大的不同,但在批判程朱理学的封建伦理教条、张扬人性人情方面,则毫无二致。他们都主张在文艺作品中要充分表现人的真情实感。黄宗羲认为,"凡情之至者,其文未有不至者也"(《明文案序》上)。王夫之也把"情"放在很高的位置,提出"诗以道情"的主张:"诗以道情……诗之所至,情无不至。情之所至,诗之至也。"(《古诗评选》)他认为,诗歌所以具有"兴观群怨"的作用,最根本的一点就在于"有一切真情在内"。《红楼梦》的作者、清代著名的小说家曹雪芹宣称他的作品"大旨谈情",并在创作中赋予"情"以特定历史条件下个性解放的内涵,以它来冲破礼教的束缚,则是李贽以来重"情"理论的回响。

2. 性灵论

"性灵"一词的普遍运用始于六朝。如庾信《庾子山集》中说"四始六义,实动性灵"。钟嵘《诗品》评阮籍诗云:"咏怀之作,可以陶性灵,发幽思。"北齐颜之推《颜氏家训·文章篇》亦云:"夫文章者……陶冶性灵,从容讽谏,入其滋味,亦乐事也。"在六朝人那里,"性灵"最主要的含义就是性情,这与当时的艺术创作普遍重视情感的作用是分不开的。到了明清两代,由于受理学的影响,有相当一些理论家所说的"性情"实际上指的是合乎儒家礼教规范的心性之情。如宋濂就说诗歌"本乎情性,而不外于物则民彝"(《霞川集序》)。薛瑄也认为"诗一经,性情二字括尽"(《读书录》)。到了晚明,公安派主将袁宏道提出的"性灵论"才使传统的情性理论发生根本性逆转:

> 大都独抒性灵,不拘格套,非从自己胸臆流出,不肯下笔。有时情与境会,顷刻千言,如水东注,令人夺魂。其间有佳处,亦有疵处。佳处自不必言,即疵处亦多本色独造语。然予则极喜其疵处,而所谓佳者,尚不能不以粉饰蹈袭为恨,以为未能尽脱近代文人气习故也。(《叙小修诗》)

在袁宏道看来,只有那些冲破假道学的种种束缚,将自己的真性灵、真感情自然而然地流露出来的诗歌作品,才是真正有感染力的好作品。这与理学家所讲的合乎礼教规范的、为"性"所约束的"情"已经完全不同,明显受到阳明心学及其后学否定"天理"、肯定"人欲"思想的影响。

袁宏道的"性灵论"除了具有突破礼教规范、提倡抒写性灵、表现内心真情这层意思外,还有一个更为重要的含义,那就是对作家主体性和创作个性的强调。而袁宏道的这一理论主张也明显来自阳明心学:

> 我的灵明,便是天地鬼神的主宰。天没有我的灵明,谁去仰他高?地没有我的灵明,谁去俯他深?鬼神没有我的灵明,谁去辨他吉凶灾祥?天地鬼神万物离却我的灵明,便没有天地鬼神万物了,我的灵明离却天地鬼神万物,亦没有我的灵明。(《传习录》下)

王阳明这段话无疑带有唯心主义的倾向,因为他把认识主体和认识对象的关系颠倒了。但这段话无疑又包含有主体自觉和个性自觉的意蕴,即人是世界的主体,人所生活的世界如果离开了作为主体的人就毫无意义,而人的主体性又是与人的个性乃至独创性紧密相关的。正是在阳明心学这一思想的影响下,袁宏道才提出文学创作要"独抒性灵,不拘格套",要"从自己胸臆流出",要有"本色独造语",一句话,就是要充分发挥文学家的主体性、个性和独创性。也正是依据这一思想,袁宏道对明代前后七子复古模拟的不良文风进行了有力的批判。

清代的袁枚和袁宏道一样,也把"性灵"作为文艺上反道学、反传统、反复古、主张个性解放的基本理论武器。但有一点不同的是,袁枚对作家的主体意识和创作个性似乎更为重视。因为在袁枚看来,每个诗人都有着各自不同的主体意识和创作个性——"凡作诗者,各有身分,亦各有心胸"(《随园诗话》卷四),诗人只有真实地表现出自己的主体意识和创作个性,作品才会产生感人的力量。所以,他提出了"作诗不可以无我"这一著名的理论主张:"为人,不可以有我,有我,则自恃用之病多,孔子所以'无固''无我'也。作诗,不可以无我,无我,则剿袭敷衍之弊大,韩昌黎所以'惟古于词必己出'也。北魏祖莹云:'文章当自出机杼,成一家风骨,不可寄人篱下。'"(《随园诗话》卷七)袁枚"作诗不可以无我"的理论主张高扬作家的主体意识和创作个性,与王阳明通过"心"本体论来充分肯定人的主体性和主观能动性的思想是一脉相承的。

3. 本色论

"本色"一语较早用于演艺活动,可推诸唐代;作为文论术语始见于宋人诗话;而在戏曲理论中广为使用则是从明代才开始的。明清两代的戏曲理论中,"本色"往往被赋予不同的内涵,但就其基本点来看,不外乎以下两个方面,并且都与阳明心学的浸润有关。

首先,本色论强调戏剧语言应是剧作家自然禀赋、创作个性和真情实感的自然流露。明代剧作家何良俊在《四友斋丛说》中最早对本色论的这一内涵予以强调:"盖填词须用本色语,方是作家。"怎样才能做到"语入本色"呢?何良俊直接以王阳明的"良知"说为自己张目:

> 阳明先生拈出"良知"以示人,真可谓扩前圣所未发。盖此"良知",即孔子所谓"本来面目",即《中庸》所谓"性",即佛氏所谓"见性见佛"。乃得于禀受之初,从胞胎中带来,一毫不假于外。(《四友斋丛说》卷四)

在他看来,只有这种不受外来道理影响的"良知",也即人的天然质朴的自然禀赋才能保证戏剧达到极高的艺术境界,才有可能"语入本色"。何良俊的这一看法与阳明心学的关联是显而易见的。此外,何良俊还认为"语入本色"的另一个条件是"情真语切",即剧作家创作个性和真情实感的自然流露,这也明显受到阳明心学及其后学高扬人的主体性、反对"天理"重视"人欲"的思想的影响。后来徐渭明确要求戏剧语言应"从人心中流出",王骥德要求戏剧创作必须真实地表现真情等,都可以从阳明心学中找到演化的源头。

其次,本色论还包含着对于戏剧创作通俗性的要求。我们知道,明清戏剧的繁荣与新兴市民力量的增长及其精神需求的高涨是分不开的,而来自市民阶层的戏剧表演者和欣赏者大多文化水平较低,所以戏剧的通俗性问题就显得异常重要。明清时期的一些戏剧家对此有深刻的认识,如徐渭认为戏剧的语言"越俗、越家常、越警醒,此才是好水碓,不杂一毫糠衣,真本色"(《题昆仑奴杂剧后》)。徐复祚说:"传奇之体,要在使田畯红女闻之跃然而喜,悚然而惧。"(《曲论》)王骥德说:"作剧戏,亦须令老妪解得,方入众耳,此即本色之说也。"(《曲律·杂论上》)李渔也说:"传奇不比文章。文章做予读书人看,故不怪其深。戏文做予读书人与不读书人同看,又做予不读书之妇人、小儿同看,故贵浅不贵深。"(《闲情偶寄·词曲部》)明清的戏剧理论家对戏剧如何为广大下层民众服务的问题予以如此高度的重视,表现出如此强烈的平民主义倾向,从思想渊源上看,与王阳明"满街都是圣人"的理论观点亦有着某种内在的联系。

三、明清文论的巨大成就

明清时期,由于阳明心学从内部对程朱理学造成瓦解,再加上伴随而来的狂飙突进的市民思潮,这就使这一时期的文学创作和理论批评呈现出一种有别于以往任何一个时期的崭新面貌。就文学理论与批评而言,其主要特点可以概括为两大方面:一方面是新兴的小说、戏曲等通俗文学理论的空前繁荣,一方面是传统的诗词理论的深刻总结。

1. 小说评点

明清时期随着小说创作的空前繁荣,小说批评也进入空前发展的新阶段。从形式上看,此期的小说理论和批评既体现在一些作品的序跋和笔记杂著里,也体现在小说评点中。但比较起来,最能代表明清小说批评成就和水平的,还是小说评点。李贽、金圣叹、毛宗岗、张竹坡等一大批批评家正是通过评点这种方式表达了他们的思想见解和文学见解,从而使此期的小说理论批评达到了前所未有的高度。此期的小说评点主要有以下几个特点:

首先,敢于突破儒家传统思想的束缚,竭力抬高通俗文学的地位。长期以来,在中国封建士大夫文人心目中,小说(包括戏曲)是不登大雅之堂的"小道",只有诗文才能"厚人伦""美教化",才是文学的正宗。而明清的小说批评家则针锋相对,他们不仅把小说、戏曲作为文学研究和批评的对象,而且还把小说和戏曲提高到正统文学的地位。如李贽就把《水浒传》和《西厢记》放到与"六经"《论语》《孟子》平等的地位。金圣叹也称赞被封建统治阶级骂为"诲淫之书"的《水浒传》"是非不谬于圣人",并将《水浒传》《西厢记》命名为"第五才子书""第六才子书"而与《庄子》《离骚》《史记》、杜诗并列。正是由于李贽、金圣叹等批评家的不懈努力,明清时期一批像《水浒传》这样优秀的通俗文学作品尽管屡遭禁毁,却仍然能够在下层民众中广为流传。

其次,重视小说的社会批判功能,表现与现实政治决裂的异端思想。受阳明心学特别是王学"左派"的影响,明清小说批评家在小说评点活动中往往对现实社会的种种弊端进行无情的揭露和深刻的批判,把小说批评与社会批评紧密结合起来,从而体现出强烈的现实批判精神。例如,李贽不仅将《水浒传》视为"发愤"之作,还将"发愤著书"用于小说评点,借评点《水浒传》来进行社会政治批评,抨击朝廷的腐朽黑暗,痛骂贪官污吏,揭露假道学的虚伪性,具有相当强烈的现实针对性和批判性。金圣叹的思想尽管复杂一些,但借小说评点来表达对现实政治的不满和批判则与李贽完全相同,他也在《水浒传》的评点中把攻击的矛头直指最高统治者皇帝,认为"万方之罪,罪在朕躬",甚至一针见血地指出梁山起义的根本原因是"上失其道""乱自上作",是官逼民反。

再次,对小说的艺术特征进行了系统的理论探讨和总结。如李贽以"同而不同处有辨"来概括《水浒传》擅长刻画同类人物不同个性特征的方法;金圣叹以"因文生事"和"以文运事"来区分小说与历史的不同特点,他还在强调小说创作应该以塑造人物性格为中心的同时归纳总结出许多具体的人物刻画手法;毛宗岗提出用虚实结合和对比的方法来刻画人物性格,将波浪起伏和张弛相间作为小说情节结构安排的最佳选择;张竹坡高度赞扬《金瓶梅》"处处体贴人情天理"的化工之笔。所有这些都极大地丰富了中国古代小说理论。

2. 戏曲理论

明清时期的戏曲理论和批评同样也是伴随着此期戏曲创作的空前繁荣而发展起来的。此期戏曲理论和批评不仅流派纷呈,大家辈出,而且内容丰富,形式多样。从总体上看,明清时期的戏曲批评主要有以下特点:

首先,具有鲜明的反理学倾向。从某种程度上看,明清戏曲是以反理学的姿态出现的,这是因为程朱理学宣扬"存天理,灭人欲",主张用封建伦理道德规范来禁锢和灭绝人的情感欲望,而这恰恰与戏曲艺术注重情感表现的审美本质形成尖锐对立。明清的戏曲批评家深知这一点,所以他们在对理学的虚伪本质予以深刻揭露和批判的同时,力主戏曲创作要表现自然的人性和人情。如徐渭指出:"夫曲本取于感发人心……经、子之谈,以之为诗且不可,况此等耶?"(《南词叙录》)汤显祖以极富近代自然人性论色彩的"情"来与理学的最高范畴"理"相抗衡,提出"第云理之所必无,安知情之所必有"的理论主张。金圣叹则针对道学先生对《西厢记》的无端诋毁,赞扬《西厢记》"断断不是淫书,断断是妙文"。

其次,对戏曲创作的通俗化要求。与传统诗文的接受对象主要是文化修养较高的文人士大夫不同,戏曲的接受对象主要是一些文化层次不高的下层民众,这就内在地决定了戏曲创作只有在各个方面都尽力做到通俗化、大众化,才能充分满足普通民众的需要。明清的戏曲批评家对此亦有很好的认识,如徐渭认为戏曲应"歌之使奴、童、妇、女皆喻,乃为得体"。王骥德也指出戏曲不同于文人之作的特点就在于它的通俗性:"剧戏之行与不行,良有其故。庸下优人,遇文人之作,不惟不晓,亦不易入口。村俗戏本,正与其识见不相上下,又鄙猥之曲,可令不识字人口授而得,故争相演习,以适从其变。"(《曲律·杂论下》)李渔也从同样的角度提出"贵浅不贵深"的戏曲创作通俗化要求。明清戏曲批评家对戏曲创作通俗化的要求固然主要是考虑到一般下层民众的接受,但与阳明心学及其后学有关"满街都是圣人""百姓日用即道""人人皆可成圣人"的思想的内在关联却是清晰可辨的。

再次,对戏曲自身艺术特征的探讨。明清时期,众多的批评家从多个侧面、多个角度对戏曲自身的艺术特征进行了深入的探讨,从而深化了人们对戏曲审美本质的认识。如受李贽倡导的绝假纯真思想影响的徐渭提出重情尚真的戏曲"本色论";深受阳明心学影响的汤显祖以与程朱理学的"理"截然对立的"情"字来概括戏曲的本质特征;王骥德从情节结构、人物塑造、语言个性化等方面对戏曲创作规律进行总体把握;李渔更是提出"结构第一"的思想,对戏剧的美学特征进行了全面而深刻的理论探讨。

3. 诗词理论

虽然明清时期的诗歌创作不可能再现唐宋的辉煌,但此期的诗歌理论和批评却取得了比唐宋更大的发展。从动态的角度考察明清诗歌理论和批评发展的全过程,我们可以发现此期的诗歌理论和批评具有以下三个显著特征:

首先,从倡导复古模拟到提倡抒写性灵。明代前期到后期的诗歌理论和批评正是沿着这样一条路径发展的:明代从弘治、正德之交到隆庆、万历之际的近百年间,是以前后七子为代表的复古模拟文艺思潮占据文坛的统治地位,其文学思想的核心是强调复古。尽管前后七子提倡复古的初衷是为了用一种创作上的高标准来改变当时文坛毫无生气的局面,但由于未能从创作本源上解决问题,不仅没有能够振兴当时的文坛,反而把诗歌创作引向了模拟蹈袭的死胡同。从明代中叶开始,由于受阳明心学以及市民文化思潮的影响,文坛上出现一股反对复古模拟,要求文学冲破封建礼教藩篱,摆脱理学束缚,充分表现人的心灵和情性的创作潮流,这种创作潮流在诗歌理论方面的代表就是公安三袁提出的"性灵说"。公安派提出的"性灵说"要求诗歌创作应该"信心而出","见从己出",反对"依傍古人",这对于把诗歌创作从复古派专以依傍、模拟古人为能事,且又制造种种清规戒律的限制下解放出来,对于摆脱假道学的羁绊,具有积极意义。

其次,从抒写性灵向儒家传统诗教的回归。这可以说是从明末到清初诗歌理论和批评发展过程出现的一种耐人寻味的现象。本来,从汉代开始,儒家传统诗论的理论重心在于诗教,所谓"兴观群怨",所谓"经夫妇、成孝敬、厚人伦、美教化、移风俗",但明中叶以后,从儒学内部产生的心学造成理学的瓦解,特别是以李贽"童心说"为代表的人文启蒙思潮的出现,都直接启发和孕育了晚明公安派"独抒性灵,不拘格套"这一新的诗歌理论口号的提出,但同时也使文学日益疏离社会现实而仅仅成为作家一己之情感世界的浅吟低唱。从明末到清初,一些理论家正是从他们所处的严峻的现实出发看到晚明公安派"性灵论"的这种局限,才提出把抒写性灵与反映现实结合起来的新的诗歌理论主张,从而表现出向儒家传统诗教回归的倾向。黄宗羲和公安派一样,也强调诗歌创作要抒发"真情",但这种"情"不仅是"一时之性情",而是与孔子所讲的"兴观群怨"紧密相连的"万古之性情",这就突出了诗歌表现之"情"所具有的广泛的社会现实意义。王夫之则对儒家传统诗教"兴观群怨"说进行重新阐释,把"曲写心灵"与"动人兴观群怨"结合起来,更为清楚地显示出向儒家传统诗教回归的倾向。叶燮明确把儒家"温柔敦厚"的"诗教"之核心"雅"作为诗歌创作的关键,认为诗"一言以蔽之曰雅。雅也者,作诗之原而可以尽乎诗之流者也"(《汪秋原浪斋二集诗序》)。

再次,对诗歌审美特征和艺术表现方法的深入研究和全面总结。这是清代诗歌理论和批评最能显示实绩的地方。清代有不少诗歌理论批评家或批评流派都致力于诗歌审美特质和艺术表现方法的探讨,如以王士禛为代表的"神韵"派,以沈德潜为代表的"格调"派,以翁方纲为代表的"肌理"派,但其中最全面最成体系的则是王夫之和叶燮两位诗歌批评大家。王夫之的诗歌理论在艺术上的主要特点表现在:其一,以"兴"(与经生之理相对立的诗歌的审美感兴作用)与"不兴"作为区分诗与非诗的根本标准。其二,对诗歌创作的核心问题——情景关系作了系统的阐述,以情景互藏、情景交融作为诗歌创作的最高境界。叶燮则构建起以理、事、情和才、胆、识、力为中心的诗学理论体系,从创作的主客体两个方面对诗歌的艺术特质作了相当全面的理论阐述。

第二节　从李贽到金圣叹:异端思潮下的小说评点

由于明清时期小说的繁荣,小说评点也蔚为大观,先后有李贽、叶昼、金圣叹对《水浒传》的评点,毛宗岗父子对《三国演义》的评点,脂砚斋对《红楼梦》的评点,将中国古代小说评论推向了新的高度。这些评点虽然未成系统,往往以"夹批""眉批""旁批"的方式存在,但却闪耀着思想的火花,主要涉及小说的历史真实与艺术真实、小说人物性格的塑造、小说的艺术结构、小说的语言艺术等问题,对作家的创作和读者的阅读产生了深远影响。在这些评点中,以李贽和金圣叹对《水浒传》的评点最具特色,他们不仅对小说艺术有精深的见解,而且体现了对社会的批判精神,表现出与现实政治决裂的异端思想。

一、李贽对《水浒传》的评点

李贽(1527—1602),又名载贽,号卓吾,又号宏甫,福建晋江(今泉州)人。晚明大思想家,曾任云南姚安知府,后被统治者以"敢倡乱道,惑世诬民"的罪状,下狱迫害致死。著有《焚书》《续焚书》《藏书》《续藏书》等著作约30余种。李贽文艺思想的核心是"童心说",他认为天下至美的文章应该出自童心。"童心者,真心","最初一念之本心也",意在反对程朱理学,倡导个性解放。这一思想也体现在他对《水浒传》的评点中,他将小说批评和社会批判紧密结合在一起,运用小说批评来宣传反道学、反传统的思想。他对历代正统文人瞧不起的小说与戏曲给予极高评价,称《水浒传》《西厢记》为"天下之至文"。目前所存题为李卓吾先生批评的《水浒传》主要有两个本子:一为容与堂刻本《李卓吾先生批评忠义水浒传》一百回本;一为袁无涯刊刻的、题李卓吾评的《出像评点忠义水浒全传》一百二十回本。究竟何为李贽所评《水浒传》,学术界尚有争议。我们认为容与堂本为李贽所评的说法较为可信,因为其中的观点与李贽的思想比较一致。

1."不愤则不作也"

李贽在对《水浒传》的评点中,首先分析了作者的创作意图和动机,认为《水浒传》是作者"发愤著书"的产物。他说:"古之贤圣,不愤则不作矣。不愤而作,譬如不寒而颤,不病而呻吟也,虽作何观乎?《水浒传》者,发愤之所作也。"(《忠义水浒传序》)"发愤著书"其实是中国古代文论史上一以贯之的思想。早在西汉时期,司马迁在《史记·太史公自序》和《报任安书》中就说过:"昔西伯拘羑里,演《周易》,孔子厄陈、蔡,作《春秋》;屈原放逐,著《离骚》……大抵圣贤发愤之所为作也。此人皆意有所郁结,不得通其道也,故述往事,思来者。"(《史记·太史公自序》)后来刘勰也指出,不朽之作往往是"志思蓄愤,而吟咏性情"的结果。韩愈提出"不平则鸣"的口号:"大凡物不得其平则鸣。草木之无声,风挠之鸣。水之无声,风荡之鸣……人之于言也亦然,有不得已者而后言。其歌也有思,其哭也有怀,凡出乎口而为声者,其皆有弗平者乎!"(《送孟东野序》)欧阳修则将前人的这些说法概括为"非诗之能穷人,殆穷者而后工";"内有忧思感愤之郁积,其兴于怨刺,以道羁臣寡妇之所叹,写人情之难言。盖愈穷则愈工。"(《梅圣俞诗集序》)。

李贽继承了前人的说法但又有进一步的发挥,他认为真正的好作品绝不是无病呻吟,而是作家心中郁结的不平之气的尽情倾吐:

> 且夫世之真能文者,比其初皆非有意于为文也。其胸中有如许无状可怪之事,其喉间有如许欲吐而不敢吐之物,其口头又时时有许多欲语而莫可所以告语之处,蓄极积久,势不能遏。一旦见景生情,触目兴

叹;夺他人之酒杯,浇自己之垒块;诉心中之不平,感数奇于千载。既已喷唾玉珠,昭回云汉,为章于天矣,遂亦自负,发狂大叫,流涕恸哭,不能自止。(《杂说》)

由于作者身处逆境,郁郁不得志,感受了世道艰险、人情冷暖,体验了人间的种种曲折和不平,心中蓄积了无限的愤懑,一旦触景生情,发而为文,便是天地间的绝好文章。在李贽看来,《水浒传》的作者施耐庵正是有感于现实的黑暗与官场的腐败,痛心于"冠履倒施,大贤处下,不肖处上"才发愤著书的。李贽评点《水浒传》还赋予作品以"忠义"之名,这是为了说明在那个倒行逆施的社会里,"忠义""不在朝廷、不在君侧、不在干城腹心",而在"水浒"。水浒的英雄豪杰虽然处于官府与朝廷的对立面,却忠肝义胆,都是"大力大贤有忠有义之人",他们落草为寇是因为官府的逼迫和奸臣的陷害,他们的行为是对"忠义"的最好说明。作者因对此种现实极为不满,所以才将一股怨怒愤懑之情表达在作品中。李贽的分析既是对《水浒传》作者创作意图的揭示,也是借评点之名对当时黑暗的社会进行揭露与批判,这明显是对传统的"发愤著书"说的补充和丰富。

2. "全在同而不同处有辨"

李贽还对《水浒传》的人物性格描写进行了精彩的分析。他认为《水浒传》写人,能够"得其意思之所在",擅长于描写人物不同的个性特征,能把握同一性格类型人物的不同特点。"《水浒传》文字,妙绝千古,全在同而不同处有辨。如鲁智深、李逵、武松、阮小七、石秀、呼延灼、刘唐等人,都是急性的。渠形容刻画来,各有派头,各有光景,各有家数,各有身份,一毫不差,半些不混,读去自有分辨,不必见其姓名,一睹事实,就知某人某人也。"(《容与堂本李卓吾先生批评忠义水浒传·第三回回评》)他强调《水浒传》人物塑造的成功之处在于同中有异,能从人物的共性中进一步区别出人物的个性来,让读者只要一看人物的言语、动作、行为、举止,就知道他是谁。

写出人物的个性特征也就是李贽所说的"传神"。李贽在分析人物时,从中国绘画理论的"传神写照"出发,认为《水浒传》人物刻画的成就,在于尽传人物之"神",达到"咄咄逼真"的化工境界:

卓吾曰:此回文字逼真,化工肖物。摩写宋江、阎婆惜并阎婆处,不惟能画眼前,且画心上;不惟能画心上,且并画意外。顾虎头、吴道子安得到此?至其中转转关目,恐施、罗二君亦不自料到此,余谓断有鬼神助之也。(《容与堂本李卓吾先生批评忠义水浒传·第二十回回评》)

李贽曰:《水浒传》文字形容既妙,转换又神,如此回文字形容刻画周谨、杨志、索超处,已胜太史公一筹;至其转换到刘唐处,真有出神入化手段,此岂人力可到? 定是化工文字,可先天地始,后天地终也,不妄,不妄!(《容与堂本李卓吾先生批评忠义水浒传·第十三回回评》)

这正是中国古代画论中所说的不仅要形似(即"画眼前"),而且要神似(即"画心上");不仅要有画面传神之妙,而且要在画外有含蓄无穷之意味(即"画外意"),达到形似与神似的统一、有限与无限的统一,这也就是李贽所标举的最高艺术境界——"化工"境界。李贽曾在《杂说》中将艺术境界区分为"画工"与"化工"。"画工"虽然高妙,但毕竟是人工雕琢的产物;而"化工"则是艺术家妙造自然,在不经意之间捕捉到对象的自然灵气,它属于传统画论中所说的"逸品"境界,也是庄子和禅宗,特别是南宗画论所崇尚的最高审美境界。

康德在《判断力批判》中分析艺术与自然的关系时说过:"一件艺术作品必须被看成是艺术,而不是自然。但是,由于它在形式上的合目的性,它必须显得从一切人为规律的束缚中解放出来,好像就是一种自然的产物。……当自然看起来像艺术时,是美的;而艺术,也只有当我们明知其是艺术但看起来却又像自然时,才是美的。"[①]"化工"其实就是康德所描述的这种境界。作家在描绘人物时,既要调动语言文字和艺术技巧,又要摆脱技巧和语言的限制,将人物之神生动逼真地传达出来:"说淫妇便像个淫妇,说烈汉便像个烈汉,说呆子便像个呆子",从而达到"不知有所谓语言文字"的化工境界。

二、金圣叹对《水浒传》的评点

金圣叹(1608—1661),名采,字若采,明朝灭亡后改名人瑞,字圣叹,江苏吴江人。性格狂放怪诞,思想激进,对封建社会的黑暗腐败极为痛恨,具有一定的叛逆性,后因"哭庙案"被杀。他的文学思想主要体现在对《离骚》《庄子》《史记》《杜工部集》《水浒传》《西厢记》六部书的评点中,他称为"六才子书",其中最重要的是对《水浒传》与《西厢记》的评点。他称《水浒传》为"第五才子书",对其评点最为有名,最集中地体现了他的文论思想。他系统评点了《水浒传》在人物塑造、情节结构、细节描写、语言艺术等方面的艺术成就,将中国古代小说批评提高到一个新的高度。其理论的深度与广度都是空前的,对毛宗岗、张竹坡、脂砚斋产生了很大影响。现流传的著作有《第五才子书施耐庵水浒传》《第六才子书王实甫西厢记》等。金圣叹对《水浒传》的倾心,并不仅仅因为其艺术价值的高超,还在于《水浒传》说出了他心里想说的话。他对农民起义的态度是矛盾的,他一方面维护封建皇权,反对农民起义;另一方面又认为农民起义是酷吏赃官逼出来

---

① 转引自蒋孔阳:《德国古典美学》,商务印书馆,1980年,第104页。

的。他说:"一部大书七十回,将写一百八人也,乃开书未写一百八人,而先写高俅者,盖不写高俅便写一百八人,则乱自下生也。不写一百八人,先写高俅,则是乱自上作也。"(《第五才子书施耐庵水浒传·第一回回首总评》)所谓"乱自上作",就是肯定农民造反的根源在于封建统治者的压迫,这是金圣叹对《水浒传》思想意义的概括。他提出了一个读《水浒传》的三段法:"高俅来而王进去矣。王进去而一百八人来矣。则是高俅来而一百八人来矣。"所谓"高俅来而王进去",意在说明"天下无道"。高俅是贪官污吏的代表,此等小人当道,必然会使王进这样的忠臣被逼而去,最终则导致"一百八人来矣",这就是"官逼民反"的必然结果。由此可见,金圣叹在评点中表现了对贪官污吏的强烈愤慨和对现实的批判。金圣叹的《水浒传》评点涉及的内容十分广泛,这里仅仅择其要者而论之。

1. "庶人之议"与"怨毒著书"

金圣叹在《读第五才子书法》中说,大凡读书,须要先晓得作书之人的心胸。如《史记》,就是太史公一肚皮怨气的发泄。他对《水浒传》的阅读,就是首先揣摩作者施耐庵为文之用心。第一回回首总评中,金圣叹借史进的名字发了一段很精彩的议论:

> 王进去后,更有史进。史者,史也,寓言稗史亦史也。夫古者史以记事,今稗史所记何事?殆记一百八人之事也。记一百八人之事,而亦居然谓之史也,何居?从来庶人之议皆史也。庶人则何敢议也?庶人不敢议也。庶人不敢议而又议,何也?天下有道,然后庶人不议也。今则庶人议矣。何用知其天下无道?曰:王进去而高俅来矣。(《第五才子书施耐庵水浒传·第一回回首总评》)

这是对施耐庵写作意图的揭示,施耐庵是借"庶人之议"(老百姓的言论与呼声)来向统治者发出呼吁,对社会的黑暗进行针砭和抨击。也说明只要"天下无道",就必然会有"庶人之议",小说艺术必然会行使其社会批判功能。

金圣叹还吸收李贽"发愤著书"的观点,认为《水浒传》是"怨毒著书"的产物。第六回,在林冲所说"男子汉空有一身本事,不遇明主,屈沉在小人之下,受这般腌臜气"一句下,金圣叹批道:"发愤著书之故,其号耐庵不虚也。"第十四回,在阮小七所说"如今那官司一处处动掸便害百姓;但一声下乡村来,倒先把好百姓家养的猪羊鸡鹅尽都吃了,又要盘缠打发他"一句之下,金圣叹又批道:"千古同悼之言,《水浒》之所以作也。"在第十八回,金圣叹更明确地说:

> 此回前半幅借阮氏口痛骂官吏,后半幅借林冲口痛骂秀才,其言愤激,殊伤雅道。然怨毒著书,史迁不免,于稗官又奚责焉?(《第五才子书施耐庵水浒传·第十八回回首总评》)

金圣叹认为,施耐庵写作《水浒传》的目的不在于维护封建社会的统治,也不在于闲暇之余的消遣,而在于对社会的揭露与批判。所谓"怨毒著书"不过是"发愤著书"的另外一种说法,在金圣叹看来,小说的主要艺术功能就是对社会邪恶的批判,《水浒传》的作者能够体察老百姓的疾苦,感受老百姓的满腔怨气,借作品中人物之口来"怨毒"——发泄对统治者的不满和怨恨,这是理所应当的,没有任何可以指责的。

2. "因文生事"与"以文运事"

在小说发展的初始阶段,由于人们对于小说的审美特征还缺乏明确的认识,常常误将小说与历史混为一谈,写小说的人也有意无意将小说当作历史来看待。到了金圣叹,对于小说与历史的界限才有了比较明确的观念。他在总结明代关于小说与历史之争的基础上,通过《史记》与《水浒传》的比较,指出了小说与历史的不同特点:

> 某尝道《水浒》胜似《史记》,人都不肯信,殊不知某却不是乱说。其实《史记》是以文运事,《水浒》是因文生事。以文运事,是先有事生成如此如此,却要算计出一篇文字来,虽是史公高才,也毕竟是吃苦事。因文生事即不然,只是顺着笔性去,削高补低都由我。(《读第五才子书法》)

他认为《史记》是"以文运事",也就是说历史著作所写的"事"(包括人物和事件)都是先已存在的,作者不能任意改变事实,只要用文字记录下来就行了。在历史文本的写作中,"文"是为记"事"服务的。而《水浒传》的写作则是"因文生事",是作者为了构想一篇小说而虚拟出若干的人物和事件。这里的"生"就是虚构和创造,小说创作要"顺着笔性"去写,要服从于人物和事件本身的发展规律。小说中所写的"事"不一定是真实的历史事实,而是作家在概括大量生活材料的基础上按照"笔性"想象出来的,这就是具有文学色彩的历史著作和纯粹的小说艺术作品的差异。小说以塑造美的艺术形象为目的,讲究艺术美,不受历史事实的限制。而像《史记》这样具有文学价值的历史著作,毕竟还是历史,文字要服从历史事实的真实。金圣叹的这一观点,显然比同时代人的认识要高出一等。

金圣叹认为小说的特点是"因文生事",强调小说中的"事"应该服从于"文",这实际上是要求作家应根据艺术规律对事件进行艺术处理。用金圣叹的话来说,就是要有"纵横曲直,经营惨淡之志":

> 吾见其事之钜者而隐括焉;又见其事之细者而张皇焉;或见其事之缺者而附会焉;又见其事之全者而轶去焉;无非为文计,不为事计也。
> (《第五才子书施耐庵水浒传·第二十八回回首总评》)

小说艺术不等于生活材料的记录,为了"文"的需要,必须对事实进行"削高补低",即提炼、想象、虚构和剪裁,以服从于艺术形象的创造。但"为文计,不为事计",并不等于不要真实性。小说艺术的真实性是合情合理,所谓"未必然之文,又必定然之事"。如《水浒传》第二十二回写武松打虎,武松按住虎的脑袋,"把只脚望大虫面门上眼睛里只顾乱踢。那大虫咆哮起来,把身底下爬起两堆黄泥,做了一个大坑。"这绝非客观的记事,施耐庵没有看到过人虎相搏的场面,但写来却如在目前,极为真实,显然是艺术想象的结果。

3. "人有其性情,人有其气质"

金圣叹评《水浒》,最为闪光的是其人物性格理论。他说:

> 别一部书,看过一遍即休,独有《水浒传》,只是看不厌,无非为他把一百八个人性格都写出来。《水浒传》写一百八个人性格,真是一百八样。若是别一部书,任他写一千个人,也只是一样;便只写得两个人,也只是一样。(《读第五才子书法》)

> 《水浒传》所叙,叙一百八人,人有其性情,人有其气质,人有其形状,人有其声口。(《水浒传序三》)

在金圣叹看来,小说艺术的核心即创造各具个性的人物形象。他在汲取李贽的人物性格理论的基础上,通过对《水浒传》艺术经验的归纳和总结,提出了很多有价值的看法。

首先,金圣叹认为《水浒传》在写人时,达到了"传神""逼真"的"化境"。他在具体的评点中,凡是比较生动的人物性格描写,他都有"传神""如画"之类的批语。如第三十七回写李逵出场:"戴宗便起身下去,不多时引着一个黑凛凛大汉上楼来。宋江看见,吃了一惊。"金圣叹在"黑凛凛大汉"五字下批道:"画李逵只五字,已画得出相。"又说:"黑凛凛三字,不惟画出李逵形状,兼画出李逵顾盼、李逵性格、李逵心地来。下便紧接宋江吃惊句。盖深表李逵旁若无人,不晓阿谀,不可以威劫,不可以名服,不可以利动,不可以智取。宋江吃一惊,真吃一惊也。""黑凛凛"三字是对李逵外形的描写,但却活画出李逵的神情来。这就是中国古典小说常用的白描手法,用简练疏淡的笔墨勾勒出人物的外形,从而产生传神的艺术效果。

其次,金圣叹认为要使人物传神和逼真,必须写出人物性格的"同中之异",即刻画出同类人物性格的不同个性。他指出,《水浒传》写人的粗鲁就有许多写法,鲁达粗鲁是急性,史进粗鲁是年少任性,李逵粗鲁是蛮,武松粗鲁是豪杰不受羁绊,阮小七粗鲁是悲愤无处诉说,焦挺粗鲁是气质不好。都是粗鲁,但各人因为生活的遭遇和人格构成的不同,性格又显出具体的差异。在金圣叹看来,施耐庵很善于将同一性格类型的人物放在一起刻画,来显出他们的"同中之异"。如

第二回,金圣叹将史进和鲁达这两个英雄人物进行比较:

> 此回方写过史进英雄,接手便写鲁达英雄;方写过史进粗糙,接手便写鲁达粗糙;方写过史进爽利,接手便写鲁达爽利;方写过史进劂直,接手便写鲁达劂直。作者盖特地走此险路,以显自家笔力,读者亦当处处看他所以定是两个人,定不是一个人处,毋负良史苦心也。

在金圣叹看来,史进与鲁达的性格有相似之处,但作者偏偏要把这性格相似的两个人放在一起,通过对比的方式来突出各自不同的个性特征,使读者很容易发现他们的"同中之异",这就是施耐庵的高明之处。

再次,金圣叹认为《水浒传》能通过独特的动作和语言来表现人物与众不同的个性。以《水浒传》为代表的中国古典小说往往是用人物的动作和语言来刻画人物性格的,金圣叹充分认识到了这一特点。第二回写鲁达出场,在酒楼上遇到金老父女,听他们哭诉恶霸郑屠如何欺压他们。鲁达当时便要起身去打郑屠,被史进勉强劝住,仍然怒气难消,当晚"回到经略府前下处,到房里,晚饭也不吃,气愤愤地睡了"。对于这段描写,金圣叹批道:"写出鲁达性情来。妙笔。"同一回,在鲁达打店小二的描写上面,金圣叹又批道:"一路鲁达文中,皆用'只一掌','只一拳','只一脚',写鲁达阔绰,打人亦打得阔绰。"这些批语都表明,金圣叹已经充分认识到《水浒传》擅长通过个性化的人物动作来展示人物的个性特征。关于人物语言的个性化,金圣叹有更多的议论,他在《读第五才子书法》中说:"《水浒传》中并无之乎者也等字,一样人,便还他一样说话,真是绝奇本事。"他在很多批语中都指出了这一特点:"是鲁达语,别人说不出。""定是小七语,小二小五说不出。""如此妙语,自非李大哥,谁能道之?""非鲁达定说不出此语,非此语定写不出鲁达。"这意味着,人物性格和语言是相互联系的,一方面,有什么样的性格就有什么样的语言;另一方面,只有通过个性化的语言,才能刻画出个性化的人物。

4. "十年格物"与"因缘生法"

金圣叹根据《水浒传》在塑造人物性格方面的巨大成就,提出了作家的主体修养问题。他认为作家应该熟悉生活,对生活有切身体会,只有经过长期的生活实践和艺术酝酿,才能够把人物写活。他在《水浒传序三》中说:

> 天下之文章,无有出《水浒》右者;天下之格物君子,无有出施耐庵先生右者;学者诚能澄怀格物……施耐庵以一心所运,而一百八人各自入妙者,无他,十年格物而一朝物格,斯以一笔而写百千万人,固不以为难也。

所谓"澄怀格物",就是要求作家在积累生活经验的基础上,虚心静虑,排除一切杂念的干扰,进行反复的酝酿和推敲,才能使所要描写的人物在心中活泼起来。"格物"一说来源于宋明理学所推崇的"格物致知",它主张推究事物的原理,获得对事物的根本性认识。但理学大多强调运用内省功夫去"格物致知",脱离对实际生活的观察、体验和研究。金圣叹将此借用过来,强调作家必须在了解生活的基础上,深入地揣摩和研究人物的性格和心理,从而为成功地刻画人物性格奠定了坚实的基础。

金圣叹还认为,"格物"必须讲究一定的方法,那就是要懂得"大千一切,皆因缘生法"。"因缘生法"本是佛家用语,"因"指根源,"缘"指条件,"法"指大千世界的各种现象,"因缘生法"的意思是说,世界上的各种现象都是因了一定的原因和条件而产生的。用在小说创作上,就是要求小说家应该研究生活中各种现象的"因"和"缘",应该"尽人之性",分析人物的言行和性格所形成的条件,准确把握各类人物的性格特点。在第五十五回回首总评中,金圣叹指出,作家对所写的人物不可能都有亲身体会,他不可能既是豪杰,又是奸雄,又是偷儿,又是淫妇。但作家如果能从"因缘生法"的角度了解这些人物,就有可能准确地刻画出各种不同的人物性格。

值得注意的是,金圣叹对《水浒传》人物描写的推崇,除了小说家在人物刻画方面所取得的极高艺术成就之外,还与他的异端思想不无关系。因为《水浒传》中人物性格的鲜明和突出是与他们的反抗性密切相关的,他们在朝廷官府的逼迫之下,走向社会的对立面,不甘于当顺民,具有强烈的反抗性,个性十分鲜明,金圣叹对这些人物性格的倾心和赏识,正透露出此中消息。

第三节 王骥德、李渔及明清戏曲理论

随着明清戏曲创作与表演的繁荣,明清戏曲理论和批评也得到空前的发展,这不仅表现在此时期涌现出许多卓有建树的批评家和系统的批评著述,更表现在此时期的戏曲理论对创作、表演等问题作出了深入的探讨和总结,并形成了不同戏曲批评流派之间的理论交锋和论争。而在明清戏曲理论和批评繁荣的大背景下,王骥德的《曲律》和李渔的《闲情偶寄》无疑是最为亮丽的两道风景。

一、王骥德和他的《曲律》

王骥德(?—1623),字伯良,一字伯骥,号方诸生、玉阳生,别署秦楼外史,浙江会稽(今绍兴)人。祖、父辈均曾从事戏曲创作,家藏元人杂剧数百种,自称"童年辄有声律之癖"。徐渭为其同里,早年曾师事之。与沈璟为曲学同好,"诸所撰

著,往来商榷"。与汤显祖虽未谋面,但为神交;与吕天成关系尤深,所作《曲律》《曲品》,堪称当时曲苑之双璧。

王骥德一生漂泊无定,万历三十六年(1608年)始"左持药碗,右驱管城",写作《曲律》,历时十数年而成定稿,天启三年(1623年)秋,将刊行《曲律》之事委诸挚友毛以燧,书未刊出即去世。《曲律》堪称明代戏曲理论之集大成者,作者权衡各流派之得失,兼取众长,独出己见,形成了自己的理论体系。王骥德的戏曲理论主要有以下三个方面的特点:

1. 对戏曲本色论的全面阐述

"本色"之说,其源甚早,唐人以之论琴、论舞,宋人以之论诗,所指大抵为某种艺术形式发展至登峰造极之典型,这往往会成为死守陈法之精神枷锁,当然应当突破。明代戏曲理论家中,徐渭以"真我面目"为"本色";李开先等以曲词通俗平易为"本色";而沈景则以一遵宋元之旧为"本色"。王骥德的"本色"论,则综合了诸家之说,理论上更具有包容性。

首先,王骥德的本色论强调的是戏曲"可演可传"的审美本性。明代一些所谓的"文辞家"在戏曲创作中往往寻章摘句,雕饰藻绘,卖弄典故,故其所作文辞之博奥,即置之案头,亦不易卒读,何况演诸舞台。对这种现象王骥德提出尖锐的批评:"益工修词,质几尽掩","一涉藻绩,便蔽本来"(《曲律·论家数》)。把华丽的文辞和繁复的用典看成是对戏曲艺术可演可传的审美本性的背离,可谓切中要害。他还指出:"词之异于诗也,曲之异于词也,道迥不相侔也。诗人而以诗为曲也,文人而以词为曲也,误矣,必而可言曲也。"(《曲律·杂论下》)根据戏曲"可演可传"的审美特点来判定"以诗为曲"和"以词为曲"的谬误,抓住了问题的实质所在。

其次,王骥德的本色论蕴涵有对于戏曲创作的通俗性的要求。王骥德对戏曲的接受者有比较深切的了解,所以他把通俗性问题也纳入"本色"的范畴。他说:"剧戏之行与不行,良有其故。庸下优人,遇文人之作,不惟不晓,亦不易入口。村俗戏本,正与其识见不相上下,又鄙猥之曲,可令不识字人口授而得,故争相演习,以适从其变。"(《曲律·杂论上》)他还直接以戏曲创作的通俗性来界定他所理解的本色论:"作剧戏,亦须令老妪解得,方入众耳,此即本色之说也。"(《曲律·杂论上》)王骥德的本色论对戏曲的通俗性如此关注,并表现出如此鲜明的平民主义倾向,除了他对戏曲的审美本性有深刻的了解之外,与他受阳明心学的影响也是分不开的。

再次,王骥德的戏曲本色论还包含着对作家主体性和创作个性的张扬。明代持本色论的戏曲家中,徐渭侧重于戏曲家的创作个性,强调戏曲创作应出于自己之所自得,"出于己而不由于人"。王骥德对此也是赞同的,因此他对在创作中充分表现出作家情感和创作个性的戏曲家汤显祖予以极高的评价,称他"技出天纵,匪有人造","前无作者,后鲜来者,二百年来,一人而已"(《曲律·杂论下》)。王骥德的本色论对作家主体性和创作个性的张扬,与阳明心学高扬人的主体性和个性的思想显然有着内在的联系。

2. 对戏曲特征的整体把握

戏曲是综合艺术,戏曲艺术诸因素之特征及其互相调谐配合的规律,都有许多须探讨的问题,王骥德对此进行了较为全面系统的探讨和总结。

其一,关于戏曲的情感。在强调戏曲应表现与理学禁欲主义相对立的自然的人性人情方面,王骥德与汤显祖十分一致。他说:"作闺情曲,而多及景语,吾知其窘矣。此在高手,持一'情'字,摸索洗发,方挹之不尽,写之不穷,淋漓渺漫,自有余力,何暇及眼前与我相二之花鸟烟云,俾掩我真性,混我寸管哉?世之曲,咏情者强半,持此律之,品力可立见矣。"(《曲律·杂论》)把戏曲对真性真情的表现视为评判曲作家功力高下的最高标尺,表明他受到晚明文艺新思潮的熏陶,对以情感为本位的戏曲的根本特质已经有了相当深刻的认识。

其二,关于戏曲的情节结构。王骥德提出"贵剪裁,贵锻炼"的原则。随着戏曲的发展,传奇的体制较杂剧更为繁复,如何安排情节结构显得尤为重要。在王骥德看来,就全剧言,要有总体结构("大间架"),要有段落("折""出"),要合情合理,要紧凑有序,要重点突出。就套曲言,"犹造宫室者然",要规划井然,要安排妥帖,要衔接自然,更重要的则是符合人物性格逻辑和生活逻辑的艺术构思("结撰")。类似说法还有:"有起有止,有开有阖。须先定下间架,立下主意,排下曲调,然后遣句,然后成章;切忌凑插,切忌将就。务如常山之蛇,首尾相应;又如鲛人之锦,不着一丝纰颣。"(《曲律·论套数》)

其三,关于戏曲人物的性格化。戏曲只有通过舞台上人物的表演,才能表达作者的思想感情,从而获得强烈的艺术效果:"令观者借为劝惩兴起,甚或扼腕裂眦,涕泗交下而不能已。""华衮其贤者,粉墨其慝者。"(《曲律·杂论下》)王骥德在这里还强调了演员通过戏曲之服饰、脸谱等特殊的艺术形式的夸张表演来显示人物"贤"与"慝"的特点,这实际上是指出戏曲创作可以采用多种艺术手段来促成戏曲人物的性格化。

正是基于这一认识,王骥德进一步对戏曲音乐和戏曲人物语言如何为人物性格化服务的问题作出了理论规定:就戏曲的音乐而言,"须称事之悲欢苦乐","以调合情"(《曲律·论剧戏》)。"而其妙处,政在声调之中,而在句字之外。又须烟波渺漫,姿态横逸,揽之不得,把之不尽。摹欢则令人神荡,写怨则令人断肠。不在快人,而在动人。"(《曲律·论套数》)就戏曲人物的语言而言,"须以自己之肾肠,代他人之口吻","我设以身处其地,模写其似"(《曲律·论引子》)。他指责《浣纱记》范蠡上场道"尊王定霸,不在桓、文下",越夫人上场道"金井辘轳鸣,上苑笙歌度,帘外忽闻宣召声,忙蹙金莲步"这两句话与剧中人物身份、性格不合,前者施之越王则可,而后者则只是一宫人之语,同样也是着眼于人物的性格化。

关于戏曲的宾白与科诨。针对以往戏曲创作一般重"曲"轻"白"之弊,王骥德于书中列《论宾白》一章。他指出,宾白"虽不是曲,却要美听。诸戏曲之工,白未必佳,其难不下于曲"(《曲律·杂论下》)。进而分别就"定场白"与"对口白"加以讨论。认为前者可稍露才华,然不可深晦;后者为各人散语,须明白简质,用不得大文字;凡用之、乎、者、也,都不妥当。关于科诨,前人如高明、李开先、徐渭都曾论及。王骥德更强调"科诨"与剧情之结合,须做得极巧,又下得恰好,使之成为"剧戏眼目"。他还强调科诨必须认真创作,按"本子"表演,不可"优人穿插"。

必须指出的是,王骥德的戏曲理论在对创新与守旧、"真性情"与"风化"、文采与俚俗等关系的看法上,时有徘徊不定乃至前后矛盾之处。例如,他一方面强调戏曲的本质在于"动人",在于表现人的"真性情";另一方面,他又强调戏曲作品必须有关世教,否则,不关风化,纵好也徒然。其实,这没有什么值得大惊小怪的。因为从思想发展史的实际来看,王骥德正处在阳明心学向清初经世实学过渡的转折阶段,所以这一特定时代思想文化的过渡性特征也就必然要反映到王骥德的身上,从而使他的戏曲理论带有明显的过渡性特点——从提倡抒写真情真性到向倡导儒教风化的复归。

二、李渔的戏曲理论

李渔(1611—1680),字笠鸿,又字谪凡,号笠翁,别署笠道人、随庵主人、新亭樵客、觉世稗官等。祖籍浙江兰溪,出生于江苏雉皋(今如皋)。明诸生,经历明末的社会大变乱,入清后绝意仕进,移家南京、杭州等地。穷愁中,刻书卖文,领家庭戏班四处演出以糊口,自为编导,乃至粉墨登场,可算是职业戏曲家。所作有小说集《十二楼》《无声戏》(又名《连城璧》);戏曲集《笠翁十种曲》;诗文杂著《笠翁一家言》。其戏曲理论见于收入《笠翁一家言》中的《闲情偶记》。

《闲情偶记》内容甚多,如声容、居室、饮食、器玩等。其中第一卷"词曲部"、第二卷"演习部"是关于戏曲之专论。"词曲部"从结构、音律、宾白、科诨、格局等方面论述了戏曲的创作原则、技巧;"演习部"从选剧、变调、授曲、教白、脱套等方面论述了戏曲的表演、导演艺术。后人将这两个部分汇辑为单册,名为《李笠翁曲话》。此外,在"声容部"的"歌舞"条内,还涉及演员的挑选、教育、训练等内容。

李渔的一些戏曲观点,已多见于前人论著之中,尤其是前述王骥德之《曲律》。他的贡献在于将一些分散、零碎的观点系统化、理论化,使之成为有机的理论形态。正是从这个意义上讲,他的《曲话》是我国古代一部最完备最系统的戏曲理论专著。

李渔戏曲理论最显著的特点是紧密联系舞台演出实践。"填词之设,专为登场",他深知"优人搬弄之三昧",无论是理论阐释还是作品创作都从舞台演出实践来考虑,是从戏曲作为时间艺术与空间艺术相结合的特征和观众的视听效果来考虑的。他是这样描述他的剧本创作情况的:

> 笠翁手则握笔,口却登场,全以身代梨园,复以神魂四绕,考其关目,试其声音,好则直书,否则搁笔,此其所以观听咸宜也。(《词曲部·宾白》)

在他看来,戏曲的生命力就在于舞台和观众的结合,舞台演出效果是检验戏曲作品的根本标准。对于那种"首重音律",视戏曲为音乐,或专求辞采,视戏曲为"文人把玩"的案头之作的倾向,都是极力反对的。

1. 论戏曲结构

李渔将"结构"置诸《曲话》之前,并宣称"独先结构"。所谓"结构",实即戏曲创作前之总体构想,表现为剧本中全局性的框架,有机的意象系统。所谓"先",既言其在戏曲诸构成因素中地位之重要,亦言其在戏曲创作过程中次序居首。

"独先结构"是有针对性而发的。自南戏至宋元杂剧,都是"首重音律",此前如王骥德等虽已论及结构问题,但未提到"独先"的地位,且语焉不详。他说,他曾读过时下名人苦心经营之作,却不适宜演出于舞台之上,原因"非审音协律之难,而结构全部规模之未善也"(《词曲部·结构》)。所以,"结构"应在引商刻羽之先,拈韵抽毫之始,如造物之赋形,如工师之建宅。

这里"结构"的涵义较今日文艺理论中的"结构"为宽。李渔在此项下,共列出了七目,既讲组织构造,亦讲选材、立意、虚实等问题。

首先,"立主脑"。李渔之前,王骥德等也使用过"头脑""大头脑"的概念,涵义并不一致。李渔说:"主脑非他,即作者立言之本意也。"但下文又说"此一人一事,即作传奇之主脑也"(《词曲部·结构》),其涵义似乎兼指戏曲之主题和主要人物、中心事件。作为戏曲,这两者密不可分,前者统摄后者,而后者体现前者。他指出《琵琶记》的"主脑"即"重婚牛府",《西厢记》的"主脑"即"白马解围",其他人物、事件,种种矛盾冲突都由此展开。

要"立主脑",就必须"减头绪"。过多的次要事件、人物穿插、活动其间,枝枝蔓蔓,势必喧宾夺主,而舞台上演员的表演稍纵即逝,必然令观场者如入山阴道中,人人应接不暇。所以说头绪繁多为传奇之大病。《荆》《刘》《拜》《杀》之所以得以流传,"止为一线到底,并无傍见侧出之情"(《词曲部·结构》)。

其次,"密针线"。合理而周密地安排情节是戏曲的又一基本要求,李渔以它与曲、白并重。他以缝衣为喻,指出要着眼"全篇",要前后照应,要细致周密。他一一揭出《琵琶记》中之疏漏、悖谬之处,而对其"中秋赏月"一折则倍加赞赏:"一座两情,两情一事,此其针线之最密者。"(《词曲部·结构》)由此看来,所谓"密针线",说到底是要求戏曲情节安排必须符合生活真实,合乎人情物理。

再次,"脱窠臼"。"脱窠臼"即突破陈规,开拓创新,这是针对复古模拟之倾向而言的。冯梦龙在为王骥德《曲律》所写《叙》中就批评了"人翻窠臼,家画葫芦"的现象。李渔说:

> 人惟求旧,物惟求新。新也者,天下事物之美称也。而文章一道,较之他物,尤加倍焉。戛戛乎陈言务去,求新之谓也。至于填词一道,较之诗、赋、古文,又加倍焉。非特前人所作,于今为旧,即出我一人之手,今之视昨,亦有间焉……古人呼剧本为"传奇"者,因其事甚奇特,未经人见而传之,是以得名,可见非奇不传。新,即奇之别名也。(《词曲部·结构·脱窠臼》)

他以"洗涤窠臼"为可贵,而以"盗袭窠臼"为鄙陋。要求戏曲创作有新意,不可为"老僧碎补之衲衣,医士合成之汤药"。

但求"奇"求"新"绝不可背离生活真实,杜撰荒唐不经的故事。这是关于戏曲艺术真实性和典型化的问题。"王道本乎人情,凡作传奇,只当求于耳目之前,不当索诸闻见之外。无论词曲,古今文字皆然。凡说人情物理者千古相传;凡涉荒唐怪异者,当日即朽。"又说:"世间奇事无多,常事为多;物理易尽,人情难尽,有一日之君臣父子,即有一日之忠孝节义。性之所发,愈出愈奇,尽有前人未作之事,留之以待后人;后人猛发之心,较之胜于先辈者。"(《词曲部·结构·戒荒唐》)

戏曲创作正是要通过"常事"表现丰富多彩的"人情";通过"难尽"的"人情"揭示"易尽"的"物理";设身处地去摹写未尽之情,描画不全之态。由此即可看出,李渔并不主张简单地照搬生活,而以表现"不尽之情"为依据,于"见闻"的"常事"中选取、提炼题材。他进而提出通过艺术虚构塑造典型,"传奇无实,大半皆寓言耳",只要合乎人情物理则不必"考其事从何来,人居何地"(《词曲部·结构·审虚实》)。表现孝子之"孝"与纣之"不善","不必尽有其事",选择此类事情"悉取而加之",可以取得更强烈的艺术感染力,这说的其实就是典型化的问题。

2. 关于戏曲语言

《词采》一章专论语言，提出了"贵浅显""戒浮泛""重机趣""忌填塞"四项主张。

李渔是从戏曲与诗文的不同特点来论"贵浅显"的。

> 传奇不比文章。文章做与读书人看，故不怪其深。戏文做与读书人与不读书人同看，又做予不读书之妇人小儿同看，故贵浅不贵深。

(《词曲部·词采·忌填塞》）

这首先是由戏曲之平民性所决定的，它是演给大众看的，"话则本之街谈巷议，事则取其直说明言"。其次是由戏曲的舞台艺术特征决定的，剧本不如诗文"看"之于案头，而是"看"之于时空结合的舞台，不可沉思默想，更无从反复回味。

"浅"与"深"不是绝对对立的，应当"以其深而出之以浅，非借浅以文其不深"，而且要"能于浅处见才，方是文章高手"(《词曲部·词采·忌填塞》）。他批评《牡丹亭》中"袅晴丝吹来闲庭院，摇漾春如线"等词曲"字字俱费经营，字字皆欠明爽，此等妙语，止可作文字观，不得作传奇观"。反之，对"看你春归何处归，春睡何曾睡？气丝儿怎度的长天日"等曲词，则称其"意深词浅，全无一毫书本气也"。

但"显浅"绝不意味着粗俗，于是提出"戒浮泛"，强调了戏曲语言的个性化和情景化。戏曲语言"宜从脚色起见"。生、旦、净、丑谈吐不同，衣冠仕官、小姐、夫人、仆从，声腔各异，要做到"说一人肖一人，弗使雷同，勿使浮泛"。描写景物也要体贴人物心境，同样不可浮泛。他称赏《琵琶记》中之"赏月"说："同一月也，牛氏有牛氏之月，伯喈有伯喈之月。所言者月，所寓者心。"(《词曲部·词采·戒浮泛》）

"重机趣""忌填塞"二项也都是从语言个性化来考虑的。"机者，传奇之精神；趣者，传奇之风致，少此二物，则如泥人、土马，有生形而无生气。"而要做到有"机趣"，一要"勿使有断痕"，即前后一贯，血脉相连；二要"勿使有道学气"，即戒板腐，嬉笑怒骂均依人物个性、境遇，自然而出。

"填塞"之病，以"多用古事，叠用人名，直书成句"为特征，脱离剧情，不顾人物性格、情景，只"借典核以明博雅，假脂粉以见风姿，取现成以免思索"，必然窒息戏曲语言的"机趣"，理应反对。

以上是就曲词而言，李渔的过人之处还在于提出了"宾白一道，当与曲文等观"的观点，并在《曲话》中作专项探讨。他指出戏曲中，白与曲是相辅相成、互为触发的。

针对前人对宾白的忽视，李渔在创作实践中增加了宾白的分量，他说："传奇中宾白之繁，实自予始。"李渔是从舞台表演艺术的角度来考虑宾白的写作："从来宾白,只要纸上分明,不顾口中顺逆。常有观刻本极其透彻,奏之场上便觉糊涂者,岂一人之耳目有聪明、聋聩之分乎?因作者只顾挥毫,并未设身处地,既以口代优人,复以耳当听者,心口相维,询其好说不好说,中听不中听,此其所以判然之故也。"(《词曲部·宾白·词别繁简》)他要求宾白既有利于演员演唱,又有利于观众视听;既有利于表现人物个性,又有利于推进剧情发展。关于宾白,他提出了八点具体要求,论及宾白之音乐性、个性化、多新意、少方言等等,其中不乏精到之见。

3. 关于戏曲之科诨

插科打诨为传统戏曲之有机组成部分,李渔也很重视,认为戏曲文字佳、情节佳,而科诨不佳,不仅俗人怕看,即雅人韵士,亦有瞌睡之时。李渔形象地称精彩的科诨为"看戏人之参汤"。为此,他对科诨提出了具体要求,首先,"重关系",即科诨的思想性要于嬉笑诙谐之处,包含绝大文章,成为引人入道之方便法门。其次,要"贵自然",即科诨必须融入剧情发展与人物性格之中,不可生硬插入,"妙在水到渠成,天机自露。我本无心说笑话,谁知笑话逼人来,斯为科诨之妙境耳"(《词曲部·科诨·贵自然》)。这都是颇有价值的见解。当然也应看到,他所重的"关系"无非是封建道德的说教;而且,他之所说与所作也并不统一,如他提出"戒淫亵",但所作的十种曲中却不免"浓盐赤酱"。

李渔活动的年代,我国戏曲已有过元杂剧和明传奇的两度繁荣,戏曲理论也有长足的发展;而他本人既有深厚的理论修养,又有丰富的戏曲创作、编导乃至演出的实践经验。特别是他对社会现实的深刻理解和与下层民众的广泛接触,再加上深受阳明心学、李贽"童心说"以及公安派"性灵说"的影响,因而具备了更全面、系统地总结戏曲理论的主客观条件。于是他"遂不觉以生平底里,和盘托出,并前人已传之书,而为取长弃短,别出瑕瑜,使人知所从违,而不为诵读所误"(《词曲部·结构》)。这就是说,他的《曲话》是针对戏曲发展中存在的诸多问题,为谋求解决途径而撰著的。李渔将他关于戏曲的全部理论都与舞台演出实际紧密联系起来,这与明代戏曲理论中"案头之作"与"场上之作"相争辩的实际相关。

总的来看,李渔是以兼收并蓄的态度来对待他以前的戏曲理论遗产的,所以在他身上可以明显地看到徐渭、王骥德等人的影响。但李渔不仅仅是现成地接受前人的理论成果,而是极富批判精神和创新精神,这正如他自己所宣称的:"不佞半世操觚,不攘他人一字……至于剿窠袭臼,嚼前人唾余,而谓舌花新发者,则不特自信其无,而海内名闲,亦尽知其不屑有也。"(《闲情偶记·凡例》)惟其如此,他对许多问题才能独辟蹊径、自出手眼,从而建立起宏大且极富创见性的戏曲理论体系。

第四节 王夫之、叶燮及明清诗词理论

虽然明清时期的诗歌创作没有再现往日的辉煌,但此期的诗歌理论和批评却取得了前所未有的发展:一方面,要求冲破封建礼教束缚、充分表现人的心灵和情性的创作主张受到越来越多人的信奉;另一方面,重视文学的政治教化功能、强调文学经世致用的传统诗歌理论也时时被一些理论家所提起;同时,着眼于诗歌自身的艺术特质、探讨其独立的文本结构、艺术特征和审美价值的理论批评也不绝如缕。在这些不同价值取向的理论批评中,以王夫之、叶燮的诗歌理论和批评最为著称,他们二人都在批判继承前代诗歌理论成果的基础上,建构起了自己颇具规模的诗学理论体系。

一、王夫之的诗论

王夫之(1619—1692),字而农,号姜斋,别号夕堂,湖南衡阳人,晚年隐居湘西石船山,人称船山先生。明崇祯十五年(1642年)举人。明亡后曾于衡山组织抗清斗争,失败后退居肇庆。晚年隐居著书,意在总结明王朝覆亡之教训。与黄宗羲、顾炎武并称为明末清初三大思想家。

王夫之著作甚富,共百余种,后人编订的《船山遗书》搜集到七十余种。内容广及哲学、政治、历史、文艺、天文、历算等。他又是著名诗人,诗作有《自定稿》《分体稿》《编年稿》《剩稿》《柳岸吟》等十数卷,丰富的创作实践经验使他深得诗学之三昧。

他的诗论著作《姜斋诗话》,系后人所辑,凡三卷,卷一《诗绎》专论《诗经》,卷二《夕堂永日绪论》内编为广义诗论,卷三《南窗漫记》录载诗友之断章。就诗论之价值言,重在卷一、卷二。现存诸本以人民文学出版社出版的戴鸿森《姜斋诗话笺注》为佳。王夫之还有《古诗评选》《唐诗评选》《明诗评选》之作,精选自汉至明近千家诗人的作品并加以评品,其中不乏精彩的诗学见解。此外,所作《诗广传》《楚辞通释》等亦可参读。

作为杰出的哲学家,王夫之在思想学术上既不同于黄宗羲之注重真实,亦不同于顾炎武之着意于实用,而是以深刻的思辨精神,对事物的本质和规律进行深入探究。这一点决定了他的诗论的美学深度,因而使他成为明清之际诗歌理论最高成就的代表者之一。

1. 关于诗歌的特征和社会作用——"兴观群怨"论

在我国诗歌理论发展史上,长期存在着"言志"与"缘情"、"情"与"理"的争

论。主"言志"(理)者,强调诗歌的教化作用,但往往忽视诗歌抒情、审美的特征;而主"缘情"者,则强调诗歌抒写性灵,但往往忽视诗歌的社会性和"情"的社会根源。王夫之对这一争论不休的问题细加辨析,取长弃短,提出了以"善美"为主的儒家政教诗学与以"真美"为主的审美诗学融会统一的诗学观,对诗歌的本质和功能作了十分全面的阐述,这就是他所说的"摇荡声情而檃括于兴观群怨"。

首先,诗歌的特征在于"摇荡声情""曲写心灵":

> 诗以道情,道之为言,路也。诗之所至,情无不至;情之所至,诗以之至。一遵路委蛇,一拔木通道也……古人于此,乍一寻之,如蝶无定宿,亦无定飞,乃往复百歧,总为情止,卷舒独立,情依以生。(《古诗评选》)

诗歌是诗人情感、心灵的自然流露:"盖心灵人所自有,而不相贷,无从开方便法门,任陋人支借也。"(《夕堂永日绪论内编·序》)因此,只有"曲写心灵,动人兴观群怨",才不致"卑陋不灵,病相苦也"(《夕堂永日绪论内编·序》)。

王夫之还认为,诗歌抒写的心灵必须是真实、自由的,不掩其哀,亦不隐其乐,可以"质之鬼神,告之宾客,诏之乡人,无吝无惭"(《诗广传》)。反之,如果死守陈法,便会扼杀诗歌的生命力。所以,他尖锐地指出:"有皎然《诗式》而后无诗,有《八大家文钞》而后无文。"(《夕堂永日绪论》外编)一切派别门户之立都是诗歌的桎梏:"才一立门庭,则但有其局格,更无性情,更无兴会,更无思致。"(《夕堂永日绪论》内编)

王夫之强调诗歌要真实、自由地抒写人的情感和心灵,并认为只有这样的作品才能具有强烈的艺术感染力。这与李贽的"童心说"无疑存在着某些相通的地方,与公安派倡导的"独抒性灵,不拘格套"也是十分一致的,这可以视为王夫之对晚明文艺新思想中积极因素的继承和发扬。

其次,"诗不言理而理自至"。如前所述,王夫之强调诗歌本质特征在于抒写心灵,表达感情,但他并不否定诗歌中的"理"。他针对王世懋所说"诗有妙悟,非关理也"的话,质问道:"非理亦将何悟?"他说:

> 诗源情,理源性,斯二者岂分辕反驾者哉?不因自得,则花鸟禽虫,累情尤甚,不徒理也。

这就是说"理"与"情"并非对立,只是必须"自得",即发自内心深处而非外加。"理"如蕴涵于艺术形象之中,则"情""理"相融,故称赏陶潜《癸卯岁始春怀古田舍》是"通人于诗不言理而理自至"。又称赏谢灵运《田南树园激流植援》"亦理亦情亦趣,逶迤而下,多取象外,不失圜中"(《古诗评选》)。视"理""情""趣"为一体,这无疑是较前人更为全面、更为稳妥的见解。

这里还涉及"以意为主"的问题,王夫之从考察诗歌发展史入手,严格区分了两类不同的"以意为主"。在《夕堂永日绪论》内编中论"以意为主"说:"意犹帅也,无帅之兵,谓之乌合。"这里的"意"即"意象",为"意"与"象"融为一体的艺术形象。而在《古诗评选》中说:"宋人论诗,以意为主,如此类直用意相标榜,则与村黄冠、盲女子所弹唱,亦何异哉?"这里的"意",是抽象的"理念",这不是艺术创作,而是"经生思路"。故在评郭璞的《游仙》时说:"故知以意为主之说,真腐儒也。诗言志,岂志即诗乎?"使诗论中这一长期纠缠不清的问题得以澄清,应是王夫之的又一大贡献。

再次,关于诗歌"兴观群怨"的社会作用。王夫之虽然强调诗歌要真实自由地抒写人的心灵和情感,但并没有像公安派末流那样一味地放纵个人情怀而忽视诗歌的社会功能,而是十分重视诗歌的社会教化作用。他一再强调,诗中的"情"必须是健康积极的,要"艳极而有所止","婉姿中自矜风轨"。这显然是针对晚明诗歌创作中放纵感情乃至格调低下的现实而发的。基于这一认识,他提出了"摄兴观群怨于一炉"的思想:

> "诗可以兴,可以观,可以群,可以怨。"尽矣!辨汉、魏、唐、宋之雅俗得失以此,读《三百篇》者必此也。可以云者,随所以而皆可也。于所兴而可观,其兴也深;于所观而可兴,其观也审。以其群者而怨,怨愈不忘;以其怨者而群,群乃益挚。出于四情之外,以生起四情;游于四情之中,情无所窒。作者用一致之思,读者各以其情而自得。(《诗绎》)

王夫之的"兴观群怨"说改造和发展了前人的见解,对诗歌的本质和功能作了更为全面、系统的阐述。这具体表现在以下几个方面:

其一,兴、观、群、怨四者都是"情"的表现。尽管它们的表现形态不同,但它们的共同本质都是"情",是人们在各自的社会生活实践中(事父、事君、识草木鸟兽等)所触发的形形色色的感情的具体表现,这就深刻地阐明了诗歌的社会本质。

其二,兴、观、群、怨四者并不是各自独立无关的,而是相互联系、相互补充的:兴中可观,观中有兴,群而愈怨,怨而益群,四者的配合使作品更具有艺术感染力。

其三,对兴、观、群、怨作雅俗得失之辨。王夫之不是一般地讲"兴观群怨"的社会本质和社会功能,而是对"兴观群怨"作审美价值的判断。王夫之评阮籍《咏怀》诗时说:

> 唯此窅窅摇摇之中,有一切真情在内,可兴、可观、可群、可怨,是以有取于诗。然而因此而诗,则又往往缘景、缘事、缘已往、缘未来,终年苦吟而不能自道。以追光蹑景之笔,写通天尽人之怀,是诗家正法眼藏。(《古诗评选》)

诗歌创作是艺术活动,仅有真情在内是不够的,必须有艺术的感受,遵循诗歌创作的艺术规律,方可"以追光蹑景之笔,写通天尽人之怀"。因此,"兴观群怨"是诗歌社会教化功能与艺术审美功能的辩证统一。

其四,"作者用一致之思,读者各以其情而自得"。诗人的创作与读者的阅读鉴赏都与"兴观群怨"紧密相关。它既是诗人表达感情、进行创作的基本方式,也是读者"用诗""解诗""赏诗"的向导。而这两方面都由"情"贯穿起来,即"人情之游也无涯,而各以其情遇"。随着读者情况的不同,每个读者从作品中体会到的内容也就各不相同。

总之,在王夫之看来,"兴观群怨"是一个有机的整体,它们互为配合,相得益彰,极大地增强了诗歌的艺术感染力,故而不同的读者可以根据各自不同境况、经历来接受这种艺术感染。

2. 关于诗歌的基本范畴——"情景"论

在我国古代文论中,情景关系是核心问题之一。王夫之在前人论述的基础上,对此作了更为全面、系统、深刻的阐发,提出了一些新的看法。

首先,"情景互藏其宅"。"情、景虽有在心在物之分,而景生情、情生景、哀乐之触,荣悴之迎,互藏其宅。"(《诗绎》)诗人以其特有的怀抱、情感,"触""迎"着相应的外界事物,即"情生景";诗人因不期而遇的外界事物之触发而生情,即"景生情"。而当"情"生之"景"与"景"生之"情"都化作"情"之载体,使之"互藏其宅",生动的诗歌意象便油然而生。

其次,"景中生情,情中含景"。王夫之的"情景融和"论,按其构成形态有着不同的层次和特征。"神"者"妙合无垠",为最高层次。在这一层次里,诗人的心灵与大千世界互相蕴涵,情亦景,景亦情,物我浑然融为一体。他说:"情景名为二,而实不可离。神于诗者,妙合无垠。巧者则有情中景,景中情。"(《夕堂永日绪论》内编)所谓"情中景",指诗人在强烈的感情抒发中,创造出抒情主体之鲜明形象。情中有景,使情更得以具现。他以杜甫《登岳阳楼》中"亲朋无一字,老病有孤舟"为例来说明之:"尝试设身作杜陵,凭轩远望观,则心中目中二语居然出现,此亦情中景也。"(《夕堂永日绪论》内编)所谓"景中情",是指在客观地描写自然、社会景象时,寓情于其中,既突出审美对象,又充溢着主体之情。他以李白的《子夜吴歌》"长安一片月"和杜甫的《喜达行在所》"影尽千官里"为例,谓前者"一片月色"突现出诗人"孤栖忆远之情",后者写百官纷纷上朝,突现出诗人"喜达行在之情"(《夕堂永日绪论》内编)。

再次,"即景会心"。如何创造出情景交融的艺术境界呢?王夫之发展了钟嵘"即目所见"的"直寻"说,提出"即景会心"的"现量"说。他在评说贾岛、王维的名句时使用了这两个概念。所谓"即景会心",即指主体之情与客体之景融为一体,成为一种非情非景、亦情亦景的状态。所谓"现量",本出释家,简言之,即感官直接应对外物之触发,不加判断、推理而成的真实图象。这种灵感冲动式的主客体的自然契合,正是艺术思维的特征所在。但这并非不尊重生活实践,他有"身之所历,目之所见,是铁门限"之说。当然,要诗人所写均为亲历亲见是办不到的,但视现实生活为诗歌创作的最终根源,则无疑是正确的。况且,他对所说的"历"和"见"是有分析的。在描述诗歌创作过程时便认为情与景的契合并非千篇一律,"要亦各视其所怀来而与景相迎者也"。现实生活中事物联系复杂,具有多义性,"天情物理,可哀而可乐,用之无穷,流而不滞,穷且滞者不知尔"(《诗绎》)。正是因此,他提出了"以乐景写哀,以哀景写乐,一倍增其哀乐"(《诗绎》)的著名命题。且"所云眼者,亦问其何如眼,若俗子肉眼,大不出寻丈,粗欲如牛目,所取之景亦何堪向人道出"(《古诗评选》)。他重视"眼",更"问其何如眼",强调"眼"的同时也强调"心"。绝不因尊重客观生活而忽略了艺术想象。

最后,"以意为主,势次之"。王夫之说:

> 势者,意中之神理也。唯谢康乐为能取势,宛转屈伸以求尽其意,意已尽则止,殆无剩语。夭矫连蜷,烟云缭绕,乃真龙,非画龙也。(《夕堂永日绪论》内编)

"势者",即诗歌意象内在的自然而然的感情逻辑。"取势",则为灵感勃发、情不可已时所形成的意与象和意象之间的贯通,通过它的"宛转屈伸以求尽其意"。这样的诗自然生机沛然,"乃真龙,非画龙也"。正是从这个意义上,他批评杜甫的《千秋节有感》:"杜于排律,极为漫烂,使才使气太多,大损神理。"(《唐诗评选》)

"势""取势"常见于古代画论,王夫之借之论诗。他说:"论画者曰:'咫尺有万里之势',一'势'字宜着眼。若不论势,则缩万里于咫尺,直是《广舆记》前一天下图耳。"接着引崔颢《长干行》四首之一评之曰:"墨气所射,四表无穷,无字处皆其意也。"(《夕堂永日绪论》内编)画家以有限之画幅,可以表现磅礴万里之气势,于无笔墨处可以见山见水,见无限的感情世界,虚实相生,于无画处皆成妙境。诗歌创作亦然。所引《长干行》,即以短暂的泊舟问答,引起读者无限情思。

二、叶燮的《原诗》

叶燮(1627—1730),字星期,号已畦,吴江(今属江苏)人,晚年著书、讲学于吴江之横山,世称横山先生。康熙九年(1670年)进士,康熙十四年(1675年)选为江苏宝应县知县。未几,"以伉直不附上官意,因细故落职"(《清史稿》本传)。此后漫游山川名胜,以著书、授徒终。所著有星土之学《江南星野辨》、诗文集《已畦集》。

诗论著作主要为《原诗》。其书以见解之透辟、体系之完整,为清代诸诗歌理论著作中颇有价值的一部。它针对有明以来诗坛流弊,深入阐述了诗歌发展规律和创作原则等问题。书分内外篇,内篇阐述基本理论,外篇运用理论作具体评说。又取同郡古文大家汪琬文章十篇,披瑕指疵,作《汪文摘谬》,亦可见其文学见解。此外,所作序跋、书信亦有关于诗文的议论(参见《已畦集》),可与《原诗》参读。

《原诗》的理论体系,可概括为以下诸方面:探讨诗歌与生活关系之本原论,探讨诗歌创作主客观条件及艺术思维规律之创作论,探讨诗歌批评原则、标准及其实践之批评论等。这里择要介绍两个方面。

1. 诗歌发展论

叶燮的诗歌发展论实际上研究的是诗歌的因革沿创关系。在叶燮看来,诗歌的发展是一个自然进行的过程,未有一日不相续相禅绵延发展。但自明代以来,诗歌发展中出现了复古主义,五言必建安、黄初,其余诸体,必初唐盛唐。后来公安派"起而掊之、矫而反之","然又往往溺于偏畸之私说。其说胜,则出乎陈腐而入乎偏颇;不胜,则两敝。而诗道遂沦而不可救"(《原诗》内篇。以下引文不另注者皆出此)。因此,他的《原诗》是有为而作的,既要批判复古主义的倒退,又要批判否定传统的"偏畸"。叶燮指斥他们才短力弱,既不能知诗之源流本末正变盛衰,又不能辨古今作者之心思才力深浅、高下、长短,因而不能正确说明诗歌发展中"孰为沿为革,孰为创为因,孰为流弊而衰,孰为救衰而盛"。

在"正变"中,叶燮首重的是"变",这显然受到公安派的影响。

> 盖自有天地以来,古今世运气数,递变迁以相禅。古云"天道十年一变"。此理也,亦势也,无事无物不然,宁独诗之一道胶固而不变乎?今就《三百篇》言之:《风》有正风,有变风;《雅》有正雅,有变雅。《风》《雅》已不能不由正而变,吾夫子亦不能存正而删变也。则后此为风雅之流者,其不能伸正而诎变也明矣。

诗歌同万事万物一样,是在发展变化中前进的,这是不可违逆的客观规律,是历史的必然。发展变化具体表现为"因"与"创"。苏、李五言诗和"古诗十九首"的出现是"创",但它们"因""三百篇"之传统而不同于"三百篇";建安、黄初之诗

"因"苏、李五言诗和"古诗十九首",但"古诗十九首"均言情之作,而建安、黄初之诗有了献酬、纪行、颂德诸体,开启了后世诸应酬诗,所以说"因而实为创"。由此"变"之而为晋、为六朝,为唐、宋,莫不是"因""创"的结果。

叶燮一反前后七子等割断诗歌发展历史、否定传统等偏见,在论"变"的同时,又吸取萧统的见解,提出了"踵事增华"的发展原则。他说:

> 大凡物之踵事增华,以渐而进,以至于极。故人之智慧心思,在古人始用之,又渐出之,而未穷未尽者,得后人精求之,而益用之出之。乾坤一日不息,则人之智慧心思,必无尽与穷之日,惟叛于道、戾于经、乖于事理,则为反古之愚贱耳。苟于此数者无尤焉,此如治器然,切磋琢磨,屡治而益精,不可谓后此者不有加乎其前也。

自《尚书》中"虞廷'喜''起'之歌"始,"一增华于《三百篇》,再增华于汉,又增华于魏。自后尽态极妍,争新竞异,千状万态,差别井然"。这是诗歌发展的客观规律,非人力所可改变。只有"不肯沿袭前人以为依傍",方能有所前进。凡文学史上之"健者",均"虽各有所因,而实一一能为创","正有渐衰,故变能启盛",诗歌的艺术生命正在于此。正是基于这种历史眼光,叶燮对明末复古模拟之风进行了强烈的批判:

> 惟有明末造,诸称诗者,专以依傍临摹为事,不能得古人之兴会、神、理,句剽字窃,依样葫芦,如小儿学语,徒有喔咿,声音虽似,都无成说,令人哕而却走耳。乃妄自称许曰:此得古人某某之法。尊盛唐者,盛唐以后俱不挂齿。

叶燮坚持诗歌在"变"中发展的原则的同时,又特别指出诗歌发展中的"变"并非简单、机械的直线运动,而是"递衰递进"、曲折向前的。

> 诗始于《三百篇》,而规模体具于汉……而要之诗有源必有流,有本必达末;又有因流而溯源,循末以返本。其学无穷,其理日出。乃知诗之为道,未有一日不相续相禅而或息也。但就一时而论,有盛必有衰;综千古而论,则盛而必至于衰,又必自衰而复盛,非在前者之必居于盛,后者之必居于衰也。

就中国古代文学史的范围而论,诗歌的发展变化是一个辩证过程:"正"至极而衰,于是有"变",由"变"而盛,乃有新的"正"。正是在这循环往复、正变相继中,诗歌不断创新、发展。

叶燮强调诗歌在"变"中发展、创新,但同时又指出诗歌在发展中有其不变的部分,那就是"温柔敦厚"的"诗教"。不过,他不是要简单地回到儒家所谓"哀而不伤,乐而不淫"的传统,而是将"温柔敦厚"视作诗歌立意的原则。作为原则,它是不变的,但具体内容却是可变的。

> 不知"温柔敦厚",其意也,所以为体也,措之于用则不同;辞者,其文也,所以为用也,返之于体则不异。汉、魏之辞,有汉、魏之温柔敦厚,唐、宋、元之辞,有唐、宋、元之温柔敦厚……且温柔敦厚之旨,亦在作者神而明之,如必执而泥之,则《巷伯》《投畀》之章,亦难合于斯言矣。

作为"诗教"的"温柔敦厚"是"体",是不变的;而它在不同时代的具体表现是"用",则是可变的。随着时代的发展变化,"温柔敦厚"的"诗教"也在发展变化。所谓"神而明之",便是点醒人们要有头脑,不可执泥。这一点同他论"雅"为不变之原创,而"雅"之"平奇、浓淡、巧拙、清浊"之种种表现是可变的,是完全一致的。

2. 创作主客体

叶燮《原诗》对中国古代文论最大的贡献是提出"才、胆、识、力"和"理、事、情",此论涉及创作主客体及其二者的关系。

首先,关于创作客体,《原诗》以草木之滋生发育为例来说明:"其能发生者,理也;其既发生,则事也;既发生之后,夭乔滋植,情状万千,咸有自得之趣,则情也。""理"是事物发生的内在根据;"事"是事物存在的实际;"情"则为事物发展中之千姿万态。在叶燮之前,我国古代文论中即有"神""形""势"之说,苏轼有"常形""常理"之说,王夫之也有"物态""物理"之说,其义相通,叶燮总其成。

在叶燮看来,理、事、情是有机的统一体,三者缺一则不成物。"然是三者,又有总而持之、条而贯之者,曰气。事、理、情之所为用,气为之用也。"气是充盈于一切事物内部的生机,离开了气,理、事、情便失去了生命力。他以"合抱之木"为喻说:"百尺干霄,纤叶微柯,以万计,同时而发,无有丝毫异同,是气之为也;苟断其根,则气尽而立萎,此时理、事、情俱无从施矣。"

叶燮提出理、事、情之说,是针对作诗之"法"而言的,意在说明作诗之"法"必须依据理、事、情之种种状态。从这个意义上讲,绝无固定不变之"法",因而"法"是"虚名";但"法"之形成终须以理、事、情之种种状态为变化之依据,从这个意义上说,"法"又是"定位"。故诗歌创作绝无不变之死法,而是如云之舒卷,自然成文。

其次,关于创作主体。叶燮将诗歌创作之诸因素概括为基础、取材、匠心、文辞四端,其中以基础为最要。

> 我谓作诗者,亦必先有诗之基焉。诗之基,其人之胸襟是也。有胸襟,然后能载其性情、智慧、聪明、才辩以出,随遇发生,随生即盛。

叶燮认为，"胸襟"具体体现为诗人之才、胆、识、力，这四者是诗歌创作中不可或缺的要素。"无才，则心思不出；无胆，则笔墨畏缩；无识，则不能取舍；无力，则不能自成一家。"而四者之中，又以"识"为最。它既表现为对客体理、事、情之观察、分析、鉴别、取舍之能力，又表现为主体之见识、理论之水平。所以他说："四者无缓急，而要在先之以识；使无识，则三者俱无所托。"无识，则面对理、事、情而是非莫辨，黑白不分，一片茫然；无识，虽有诗兴如潮而无所适从。

"才"则是诗人认识生活、表现生活之能力。才源于识，识为才之体，才为识之用。同时，才又通过胆得以展现。它不受"法"之束缚，所以说："夫才者，诸法之蕴隆发现处也。""胆"为突破樊篱、开拓创新之胆略。胆以识为基础，"识明则胆张，任其发宣而无所于怯，横说竖说，左宜而右有，直造化在手，无有一之不肖乎物也"。"力"即艺术创造力。力与才直接相关，离开力，则才无从展现。"试合古今之才，一一较其所就，视其力之大小远近，如分寸铢两之悉称焉。"历代诗人之才，"必有其力以载之"。"识"高，则"胆"壮，则"才"现，则"力"大。反之，无"识"而有"胆"，则不免鲁莽、悖道；无"识"而有"才"，则不免是非混淆、黑白颠倒；无"识"而有"力"，则不免怪僻荒诞，误人惑世。

再次，关于主客体关系。就创作主体言，叶燮着重"识"；就创作客体言，则首重"理"。有高超的见识，方能洞察物理。所以他说："凡文章之道，当求之察识之心，而专征之自然之理。"（《已畦文集自序》）以"识""理"为基础，将"才""胆""力"与"事""情"结合起来，从而深入阐释了诗歌创作中主客观诸因素的内涵及其相互关系。

叶燮《原诗》着重从艺术思维的角度论述创作主客体之关系。叶燮认为，"诗之至处，妙在含蓄无垠"。又说："惟不可名言之理，不可施见之事，不可径达之情，则幽渺以为理，想象以为事，惝恍以为情，方为理至事至情至之语。"（《原诗》内篇下）这与严羽"羚羊挂角，无迹可求"之说颇为相似，但不同于严羽的是，他认为诗歌并不只是主情，亦可有事有理，只不过诗中的事、理别有其特征而已，与所谓"不涉理路，不落言筌"之说是不相同的。在诗论中，这样将理、事、情之形象与艺术思维结合起来论述，正是他超越前人之处。

叶燮诗论的价值，不仅在于他运用变化、发展的观点对诗歌源流正变的规律和诗歌创作的主客体关系进行了开拓性的理论探讨，更在于他力图构架起自己独具特色的诗歌理论体系。但同时也应该看到，他仍然受着儒家宗经复古观念的束缚，虽看到了发展变化，看到了矛盾对立，但只求调和折衷，最终仍然摆不脱保守复古和形而上学的窠臼。在叶燮身上，我们可以更为清楚地看到清代中期以后诗歌理论向传统儒家诗学复归的轨迹。

关键词释义

[心学] 宋明时期以陆九渊、王守仁为代表的唯心主义哲学流派。南宋时，陆九渊倡言"心即理"。到明代中期，王守仁以陆学传人自任，宣扬心学，并提出"心外无物""心外无理"的命题，在认识论上提倡"致良知"的方法，认为"良知"就是"天理"，同时提出"知行合一"，反对宋儒知先行后的说法或知而不行的做法。王守仁是陆九渊以后影响最大的主观唯心主义哲学家。他的思想对明中后期文学理论产生了深刻的影响。

[童心说] 明代李贽的文学主张，其《焚书·童心说》指出："夫童心者，真心也……绝假存真，最初一念之本心也。"李贽主张文学要写"童心"，认为"天下之至文，未有不出于童心焉者也"。文学写童心，其实质就是要表现"真情"，反对描写受理学束缚的"伪情"。童心说为性灵说奠定了基础。

[化工] 明代李贽的文学主张。其《焚书·杂说》将《拜月亭》《西厢记》与《琵琶记》相比，称前两部为纯真自然的"化工"之作，而后一部为人工雕琢的"画工"之作。李贽所言"化工"是指自然朴素的艺术风格，他注重作品的真情实感，要求自然朴素的艺术风格，反对拘泥于字句法度在形式上过于雕琢的"画工"之作。这一主张与其"童心说"相表里。

[本色] 明代王骥德的戏曲理论主张。但它并非王骥德首倡。明代曲论家多论本色，虽然具体的解释不尽相同，或以平易通俗为本色，或以真情实感为本色，或以宋元之旧为本色，但大都以本色与文辞藻丽相对立。王骥德则主张本色与文采相结合，采取比较灵活的兼收并蓄的态度。他根据剧中具体情况提出不同要求，力求达到本色而不俚腐，有文采而不粉饰的效果。故其本色论博采众长，自出新意，对后世戏曲理论产生较大影响。

[情景融合] 王夫之诗歌理论的最重要组成部分。其认为情景交感是诗歌创作的重要触机，主张从心物交融中去捕捉诗歌创作的灵感，反复强调"心目相取""触目惊心""即目成吟"等对于创作的重要意义。情景一旦在诗人艺术构思和具体诗篇里相融会，其原先存在的区别和界限实际上已归于消泯，情景已是名二实一，水乳交融，成为新的审美对象向人们呈现自己的蕴意。王夫之关于情景的论述，否定了诗歌创作和批评中割裂情景的倾向，将古代诗歌批评中的情景论提高到一个新的水平。

[六才子书] 清代金圣叹对《庄子》《离骚》《史记》、杜甫诗集、《水浒》《西厢记》六部作品的合称。

[因文生事] 清代金圣叹关于小说审美特征的理论,其《读第五才子书法》通过《史记》与《水浒传》的比较,指出小说与历史的不同特点:《史记》是"以文运事,是先有事生成如此如此,却要算计出一篇文字来";《水浒传》则是"因文生事","只是顺着笔性去,削高补低都由我"。"因文生事"强调小说中的"事"应服从于"文",这实际上是要求作家对历史事件进行艺术提炼、想象和虚构,以服从于艺术形象的创造。

[立主脑] 清代李渔提出的戏曲创作观点。所谓"主脑"就是文章"作者立言之本意",而传奇的"主脑"则是剧中主要的"一人一事",即全剧的主要人物和主干情节。这与现代文论中所谓"主题思想"不是一回事。李渔认为剧本的写作一定要先立主脑,这样才能使作品结构完整而集中,主次分明,详略得当。

[才胆识力] 清代叶燮关于创作主体的重要理论。其《原诗》将诗人的主观条件概括为"才、胆、识、力",认为客观世界的"理、事、情"必须经由诗人的"才、胆、识、力"才能产生诗。那些在诗坛上独树一帜、自成一家的诗人,必有这样的综合能力。这四者又是辩证统一、相互作用的。叶燮的这一观点源于前人,如刘勰曾提出"才"与"气",刘知几提出过"史有三长:才、学、识"等。叶燮之论专指诗歌创作,且更加完备、辩证。

[神韵说] 清代王士禛倡导的论诗主张。其《唐贤三昧集》极力推崇司空图"味在酸咸之外"的诗论和严羽"妙悟""兴趣"之说,主张诗歌应该蕴藉、含蓄,艺术风格应该冲淡、清远、超诣。"神韵"一说最早出现于南朝画论,王士禛将其作为诗歌创作的理论提出,影响清代诗坛近百年之久。

[性灵说] 清代袁枚倡导的诗论观点,其核心是强调诗歌创作要直接抒发诗人的心灵,表现真情实感。《随园诗话》指出:"从《三百篇》至今日,诗之传者,都是性灵,不关堆垛。"性灵说把能否抒发真情实感作为评价诗歌优劣的标准,打破了轻视民间文学的封建传统偏见,提高了通俗文学的地位。

思考题

1. 谈谈阳明心学的主要思想及其对明清文论的影响。
2. 简析李贽的"童心说"和公安派的"性灵说"。
3. 试比较李贽与金圣叹的《水浒传》评点。
4. 王夫之是如何解释"兴观群怨"的?这一解释对儒家文论的发展有何贡献?
5. 怎样理解叶燮的"理、事、情"与"才、胆、识、力"?

进一步阅读文献

1. 袁震宇、刘明今:《明代文学批评史》,上海古籍出版社,1991年。
2. 邬国平、王镇远:《清代文学批评史》,上海古籍出版社,1995年。
3. 林岗:《明清之际小说评点学之研究》,北京大学出版社,1999年。
4. 张健:《清代诗学研究》,北京大学出版社,1999年。
5. 蔡钟翔:《明代哲学情性论的嬗变与主情论文学思想》,载《中国哲学史》,1996年第3期。
6. 左东岭:《从良知到性灵——明代性灵文学思想的演变》,载《南开学报》(哲学社会科学版),1999年第6期。
7. 王达津:《说方苞义法》,载《古代文学理论研究》,1987年第12辑。

明清文论选录

焚书(选录)

李 贽

答邓石阳

穿衣吃饭即是人伦物理。除却穿衣吃饭,无伦物矣。世间种种,皆衣与饭类耳,故举衣与饭,而世间种种自然在其中,非衣饭之外,更有所谓种种绝与百姓不相同者也。学者只宜于伦物上识真空,不当于伦物上辨伦物,故曰"明于庶物,察于人伦"。于伦物上加明察,则可以达本而识真源;否则只在伦物上计较忖度,终无自得之日矣。支离易简之辨正在于此。明察得真空,则为由仁义行;不明察,则为行仁义,入于支离而不自觉矣,可不慎乎!

昨者复书"真空"十六字,已说得无渗漏矣,今复为注解以请正,何如?所谓"空不用空"者,谓是太虚空之性,本非人之所能空也。若人能空之,则不得谓之太虚空矣,有何奇妙,而欲学者专以见性为极则也耶?所谓"终不能空"者,谓若容得一毫人力,便是塞了一分真空,塞了一分真空,便是染了一点尘垢,此一点尘垢,便是千劫系驴之橛,永不能出离矣,可不畏乎!世间荡平大路,千人共由,万人共履,我在此,兄亦在此,合邑上下俱在此,若自生分别,则反不如百姓日用矣。幸裁之。

弟老矣，作笔草草，甚非其意。兄倘有志易简之理，不愿虚生此一番，则弟虽吐肝胆之血以相究证，亦所甚愿。如依旧横此见解，不复以生死为念，千万勿劳赐教也！

（选自《李氏焚书》卷一）

答耿中丞

昨承教言，深中狂愚之病。夫以率性之真推而扩之，与天下为公，乃谓之道。既欲与斯世斯民共由之，则其范围曲成之功大矣。

"学其可无术欤"，此公至言也，此公所得于孔子，而深信之以为家法者也，仆又何言之哉！然此乃孔氏之言也，非我也。夫天生一人，自有一人之用，不待取给于孔子而后足也。若必待取足于孔子，则千古以前无孔子，终不得为人乎？故为愿学孔子之说者，乃孟子之所以止于孟子，仆方痛憾其非夫，而公谓我愿之欤？

且孔子未尝教人之学孔子也。使孔子而教人以学孔子，何以颜渊问仁，而曰"为仁由己"，而不由人也欤哉。何以曰"古之学者为己"，又曰"君子求诸己"也欤哉？惟其由己，故诸子自不必问仁于孔子，惟其为己，故孔子自无学术以授门人。是无人无己之学也。无己，故学莫先于克己，无人，故教惟在于因人。试举一二言之：如仲弓居敬行简人也，而问仁焉，夫子直指之曰，敬恕而已。雍也聪明，故悟焉而请事。司马牛遭兄弟之难，尝怀忧惧，是谨言慎行人也，而问仁焉，夫子亦直指之曰"其言也讱"而已。牛也不聪，故疑焉，而反以为未足。由此观之，孔子亦何尝教人之学孔子也哉！夫孔子未尝教人之学孔子，而学孔子者务舍己而必以孔子为学，虽公亦必以为真可笑矣。夫惟孔子未尝以孔子教人学，故其得志也，必不以身为教于天下。是故圣人在上，万物得所，有由然也。

夫天下之人得所也久矣，所以不得所者，贪暴者扰之而"仁者"害之也。"仁者"以天下之失所也而忧之，而汲汲焉欲赒之以得所之域，于是有德礼以格其心，有政刑以絷其四体，而人始大失所矣。夫天下之民物众矣，若必欲其皆如吾之条理，则天地亦且不能。是故寒能折胶，而不能折朝市之人。热能伏金，而不能伏竞奔之子，何也？富贵利达所以厚吾天生之五官，其势然也。是故圣人顺之，顺之则安之矣。是故贪财者与之以禄，趋势者与之以爵，强有力者与之以权，能者称事而官，懦者夹持而使，有德者隆之虚位，但取具瞻，高才者处以重任，不问出入，各从所好，各骋所长，无一人之不中用，何其事之易也！虽欲饰诈以投其好，我自无好之可投；虽欲掩丑以著其美，我自无丑之可掩，何其说之难也！是非真能明明德于天下，而坐致太平者欤？是非真能不见一丝作为之迹而自享心逸日休之效者欤？然则孔氏之学术亦妙矣，则虽谓孔子有学有术以教人亦可也。

然则无学无术者,其兹孔子之学术欤!公既深信而笃行之,则虽谓公自己之学术亦可也,但不必人人皆如公耳。故凡公之所为自善,所用自广,所学自当,仆自敬公,不必仆之似公也,公自当爱仆,不必公之贤于仆也,则公此行,人人有弹冠之庆矣。否则同者少而异者多,贤者少而愚不肖者多,天下果何时而太平乎哉!

(选自《李氏焚书》卷一)

童心说

龙洞山农叙西厢,末语云:"知者勿谓我尚有童心可也。"夫童心者,真心也,若以童心为不可,是以真心为不可也。夫童心者,绝假纯真,最初一念之本心也。若失却童心,便失却真心。失却真心,便失却真人。人而非真,全不复有初矣。童子者,人之初也;童心者,心之初也。夫心之初曷可失也!

然童心胡然而遽失也?盖方其始也,有闻见从耳目而入,而以为主于其内而童心失。其长也,有道理从闻见而入,而以为主于其内而童心失。其久也,道理闻见日以益多,则所知所觉日以益广,于是焉又知美名之可好也,而务欲以扬之而童心失;知不美之名之可丑也,而务欲以掩之而童心失。夫道理闻见,皆自多读书识义理而来也。古之圣人曷尝不读书哉!然纵不读书,童心固自在也,纵多读书,亦以护此童心而使之勿失焉耳,非若学者反以多读书识义理而反障之也。

夫学者既以多读书识义理障其童心矣,圣人又何用多著书立言以障学人为耶?童心既障,于是发而为言语,则言语不由衷;见而为政事,则政事无根柢;著而为文辞,则文辞不能达。非内含以章美也,非笃实生辉光也,欲求一句有德之言,卒不可得。所以者何?以童心既障,而以从外入者闻见道理为之心也。

夫既以闻见道理为心矣,则所言者皆闻见道理之言,非童心自出之言也。言虽工,于我何与?岂非以假人言假言而事假事、文假文乎?盖其人既假,则无所不假矣。由是而以假言与假人言,则假人喜;以假事与假人道,则假人喜;以假文与假人谈,则假人喜。无所不假,则无所不喜。满场是假,矮人何辩也?然则虽有天下之至文,其湮灭于假人而不尽见于后世者,又岂少哉!何也?天下之至文,未有不出于童心焉者也。苟童心尚存,则道理不行,闻见不立,无时不文,无人不文,无一样创制体格文字而非文者。诗何必古《选》,文何必先秦,降而为六朝,变而为近体,又变而为传奇,变而为院本,为杂剧,为《西厢曲》,为《水浒传》,为今之举子业,大贤言圣人之道皆古今至文,不可得而时势先后论也。故吾因是而有感于童心者之自文也,更说甚么六经,更说甚么《语》《孟》乎?

夫六经、《语》《孟》,非其史官过为褒崇之词,则其臣子极为赞美之语。又不然,则其迂阔门徒、懵懂弟子、记忆师说,有头无尾,得后遗前,随其所见,笔之于书。后学不察,便谓出自圣人之口也,决定目之为经矣,孰知其大半非圣人之言乎?纵出自圣人,要亦有为而发,不过因病发药,随时处方,以救此一等懵懂弟子、迂阔门徒云耳。药医假病,方难定执,是岂可遽以为万世之至论乎?然则六经、《语》《孟》乃道学之口实,假人之渊薮也,断断乎其不可以语于童心之言明矣。呜呼!吾又安得真正大圣人童心未曾失者而与之一言文哉!

(选自《李氏焚书》卷三)

忠义水浒传序

太史公曰:"《说难》《孤愤》,贤圣发愤之所作也。"由此观之,古之贤圣,不愤则不作矣。不愤而作,譬如不寒而颤,不病而呻吟也,虽作何观乎?《水浒传》者,发愤之所作也。盖自宋室不竞,冠屦倒施,大贤处下,不肖处上。驯致夷狄处上,中原处下,一时君相犹然处堂燕鹊,纳币称臣,甘心屈膝于犬羊已矣。施、罗二公身在元,心在宋;虽生元日,实愤宋事。是故愤二帝之北狩,则称大破辽以泄其愤;愤南渡之苟安,则称灭方腊以泄其愤。敢问泄愤者谁乎?则前日啸聚水浒之强人也,欲不谓之忠义不可也。是故施、罗二公传《水浒》而复以忠义名其传焉。

夫忠义何以归于水浒也?其故可知也。夫水浒之众何以一一皆忠义也?所以致之者可知也。今夫小德役大德,小贤役大贤,理也。若以小贤役人,而以大贤役于人,其肯甘心服役而不耻乎?是犹以小力缚人,而使大力者缚于人,其肯束手就缚而不辞乎?其势必至驱天下大力大贤而尽纳之水浒矣。则谓水浒之众,皆大力大贤有忠有义之人可也,然未有忠义如宋公明者也。今观一百单八人者,同功同过,同死同生,其忠义之心,犹之乎宋公明也。独宋公明者身居水浒之中,心在朝廷之上,一意招安,专图报国,卒至于犯大难,成大功,服毒自缢,同死而不辞,则忠义之烈也!真足以服一百单八人者之心,故能结义梁山,为一百单八人之主。最后南征方腊,一百单八人者阵亡已过半矣,又智深坐化于六和,燕青涕泣而辞主,二童就计于"混江"。宋公明非不知也,以为见几明哲,不过小丈夫自完之计,决非忠于君义于友者所忍屑矣。是之谓宋公明也,是以谓之忠义也。传其可无作欤!传其可不读欤!

故有国者不可以不读,一读此传,则忠义不在水浒,而皆在于君侧矣。贤宰相不可以不读,一读此传,则忠义不在水浒,而皆在于朝廷矣。兵部掌军国之枢,督府专阃外之寄,是又不可以不读也,苟一日而读此传,则忠义不在水浒,而皆为干城心腹之选矣。否则不在朝廷,不在君侧,不在干城腹心,乌乎在?在水浒。此传之所为发愤矣。若夫好事者资其谈柄,用兵者藉其谋画,要以各见所长,乌睹所谓忠义者哉!

(选自中华书局排印本《焚书》卷三)

容与堂本李卓吾先生批评忠义水浒传回评(节选)

第一回:[本回总批]李贽曰:《水浒传》事节都是假的,说来却似逼真,所以为妙。常见近来文集乃有真事说做假者,真钝汉也,何堪与施耐庵、罗贯中作奴。

第三回:[本回总批]李和尚曰:描画鲁智深,千古若活,真是传神写照妙手。且《水浒传》文字妙绝千古,全在同而不同处有辨。如鲁智深、李逵、武松、阮小七、石秀、呼延灼、刘唐等众人,都是急性的。渠形容刻画来各有派头,各有光景,各有家数,各有身份,一毫不差,半些不混,读去自有分辨,不必见其姓名,一睹事实,就知某人某人也。读者亦以为然乎?读者即不以为然,李卓老自以为然,不易也。

第九回:[本回总批]李卓吾曰:施耐庵、罗贯中真神手也,摹写鲁智深处,便是个烈丈夫模样;摹写洪教头处,便是忌嫉小人底身份,至差拨处,一怒一喜,倏忽转移,咄咄逼真,令人绝倒,异哉!

第十回:[本回总批]秃翁曰:《水浒传》文字原是假的,只为他描写得真情出,所以便可与天地相终始。即此回中李小二夫妻两人情事咄咄如画,若到后来混天阵处都假了,费尽苦心亦不好看。

第十三回:[本回总批]李贽曰:《水浒传》文字形容既妙,转换又神,如此回文字形容刻画周谨、杨志、索超处,已胜太史公一筹。至其转换到刘唐处来,真有出神入化手段,此岂人力可到?定是化工文字。可先天地始,后天地终也。不妄,不妄!

第二十三回:[本回总批]李卓吾曰:人以武松打虎到底有些怯在,不如李逵勇猛也,此村学究见识,如何读得《水浒传》!不知此正施、罗二公传神处,李是为母报仇不顾性命者,武乃出于一时不得不如此耳。俗人何足言此,俗人何足言此!

第二十四回:[本回总批]李生曰:说淫妇便像个淫妇,说烈汉便像个烈汉,说呆子便像个呆子,说马泊六便像个马泊六,说小猴子便像个小猴子。……文人有此肺肠,有此手眼!若令天地间无此等文字,天地亦寂寞了也。

第五十三回:[本回总批]李和尚曰:有一村学究道:李逵太凶狠,不该杀罗真人,罗真人亦无道气,不该磨难李逵。此言真如放屁,不知《水浒传》文字当以此回为第一。试看种种摹写处,那一事不趣,那一言不趣?天下文章当以趣为第一。既是趣了,何必实有是并实有是人?若一一推究如何如何,岂不令人笑杀?又曰:罗真人处固妙绝千古,戴院长处亦令人绝倒,每读至此,喷饭满案。

第七十八回:〔本回总批〕李秃翁曰:《水浒传》文字不可及处,全在伸缩次第,但看这回,若一味形容梁山泊得胜,便不成文字了,绝妙处正在董平一箭,方有伸缩,方有次第,观者亦知之乎?

第九十七回:〔本回总批〕李和尚曰:《水浒传》文字,不好处只在说梦,说怪,说阵处,其妙处都在人情物理上,人亦知之否?

(选自容与堂本《忠义水浒传》)

读第五才子书法(选录)

金圣叹

大凡读书,先要晓得作书之人,是何心胸。如《史记》,须是太史公一肚皮宿怨发挥出来,所以他于游侠、货殖传,特地着精神,乃至其余诸记传中,凡遇挥金杀人之事,他便啧啧赏叹不置。一部《史记》,只是"缓急人所时有"六个字,是他一生著书旨意。《水浒传》却不然,施耐庵本无一肚皮宿怨要发挥出来,只是饱暖无事,又值心闲,不免伸纸弄笔,寻个题目,写出自家许多锦心绣口,故其是非皆不谬于圣人。后来人不知,却于《水浒》上加"忠义"字,遂并比于史公发愤著书一例,正是使不得。

或问:施耐庵寻题目写出自家锦心绣口,题目尽有,何苦定要写此一事?答曰:只是贪他三十六个人,便有三十六样出身,三十六样面孔,三十六样性格,中间便结撰得来。

或问题目如《西游》《三国》如何?答曰:这个都不好。《三国》人物事体说话太多了,笔下拖不动,踅不转,分明如官府传话奴才,只是把小人声口,替得这句出来,其实何曾自敢添减一字?《西游》又太无脚地了,只是逐段捏捏撮撮,譬如大年夜放烟火,一阵一阵过,中间全没贯串,便使人读之,处处可住。

凡人读一部书,须要把眼光放得长。如《水浒传》七十回,只用一目俱下,便知其二千余纸,只是一篇文字。中间许多事体,便是文字起承转合之法。若是拖长看去,却都不见。

某尝道《水浒》胜似《史记》,人都不肯信。殊不知某却不是乱说,其实《史记》

是以文运事，《水浒》是因文生事。以文运事是先有事生成如此如此，却要算计出一篇文字来，虽是史公高才，也毕竟是吃苦事。因文生事即不然，只是顺着笔性去，削高补低都由我。

《水浒传》不说鬼神怪异之事，是他气力过人处。《西游记》每到弄不来时，便是南海观音救了。

《水浒传》并无之乎者也等字，一样人，便还他一样说话，真是绝奇本事。

《水浒传》一个人出来，分明便是一篇列传，至于中间事迹，又逐段逐段自成文字。亦有两三卷成一篇者，亦有五六句成一篇者。

别一部书，看过一遍即休，独有《水浒传》，只是看不厌，无非为他把一百八个人性格，都写出来。

《水浒传》写一百八个人性格，真是一百八样。若别一部书，任他写一千个人，也只是一样，便只写得两个人，也只是一样。

《水浒传》章有章法，句有句法，字有字法。人家子弟稍识字，便当教令反复细看。看得《水浒传》出时，他书便如破竹。

江州城劫法场一篇，奇绝了，后面却又有大名府劫法场一篇，一发奇绝。潘金莲偷汉一篇，奇绝了，后面却又有潘巧云偷汉一篇，一发奇绝。景阳冈打虎一篇奇绝了，后面却又有沂水县杀虎一篇，一发奇绝：真正其才如海！

劫法场、偷汉、打虎，都是极难题目，直是没有下笔处，他偏不怕，定要写出两篇。

《宣和遗事》，具载三十六人姓名，可见三十六人是实有。只是七十回中许多事迹，须知都是作书人凭空造谎出来。如今却因读此七十回，反把三十六个人物都认得了，任凭提起一个，都似旧时熟识，文字有气力如此。

《水浒传》只是写人粗卤处，便有许多写法：如鲁达粗卤是性急，史进粗卤是少年任气，李逵粗卤是蛮，武松粗卤是豪杰不受羁靮，阮小七粗卤是悲愤无说处，焦挺粗卤是气质不好。

李逵是上上人物，写得真是一片天真烂熳到底。看他意思，便是山泊中一百七人，无一个入得他眼。《孟子》"富贵不能淫，贫贱不能移，威武不能屈"，正是他好批语。

看来作文，全要胸中先有缘故。若有缘故时，便随手所触，都成妙笔；若无缘故时，直是无动手处，便作得来，也是嚼蜡。

只如写李逵，岂不段段都是妙绝文字，却不知正为段段都在宋江事后，故便妙不可言。盖作者只是痛恨宋江奸诈，故处处紧接出一段李逵朴诚来，做个形击。其意思自在显宋江之恶，却不料反成李逵之妙也。此譬如刺枪，本要杀人，反使出一身家数。

写李逵色色绝倒，真是化工肖物之笔。他都不必具论，只如逵还有兄李达，便定然排行第二也。他却偏要一生自叫李大，直等急切中移名换姓时，反称作李二，谓之乖觉。试想他肚里，是何等没分晓。

任是真正大豪杰好汉子，也还有时将银子买得他心肯，独有李逵，便银子也买他不得。须要等他自肯，真又是一样人。

吾最恨人家子弟，凡遇读书，都不理会文字，只记得若干事迹，便算读过一部书了。虽《国策》《史记》，都作事迹搬过去，何况《水浒传》。

《水浒传》有许多文法，非他书所曾有，略点几则于后：

有倒插法，谓将后边要紧字，蓦地先插放前边，如五台山下铁匠间壁父子客店，又大相国寺岳庙间壁菜园，又武大娘子要同王干娘去看虎，又李逵去买枣糕，收得汤隆等是也。

有夹叙法，谓急切里两个人一齐说话，须不是一个说完了，又一个说，必要一笔夹写出来。如瓦官寺崔道成说："师兄息怒，听小僧说"，鲁智深说："你说你说"等是也。

有草蛇灰线法，如景阳冈连叙许多"哨棒"字，紫石街连写若干"帘子"字等是也。骤看之，有如无物，及至细寻，其中便有一条线索，拽之通体俱动。

有大落墨法，如吴用说三阮，杨志北京斗武，王婆说风情，武松打虎，还道村捉宋江，三打祝家庄等是也。

有绵针泥刺法，如花荣要宋江开枷，宋江不肯；又晁盖番番要下山，宋江番番劝住，至最后一次便不劝是也。笔墨外，便有利刃直戳进来。

有背面铺粉法，如要衬宋江奸诈，不觉写作李逵真率；要衬石秀尖刻，不觉写作杨雄糊涂是也。

有弄引法，谓有一段大文字，不好突然便起，且先作一段小文字在前引之。如索超前，先写周谨；十分光前，先说五事等是也。《庄子》云："始于青萍之末，盛于土囊之口。"《礼》云："鲁人有事于泰山，必先有事于配林。"

有獭尾法，谓一段大文字后，不好寂然便住，更作余波演漾之，如梁中书东郭演武归去后，知县时文彬升堂；武松打虎下冈来，遇着两个猎户；血溅鸳鸯楼后，写城壕边月色等是也。

有正犯法，如武松打虎后，又写李逵杀虎，又写二解争虎；潘金莲偷汉后，又写潘巧云偷汉；江州城劫法场后，又写大名府劫法场；何涛捕盗后，又写黄安捕盗；林冲起解后，又写卢俊义起解；朱仝雷横放晁盖后，又写朱仝雷横放宋江等。正是要故意把题目犯了，却有本事出落得无一点一画相借，以为快乐是也，真是浑身都是方法。

有略犯法，如林冲买刀与杨志卖刀，唐牛儿与郓哥，郑屠肉铺与蒋门神"快活林"，瓦官寺试禅杖与蜈蚣岭试戒刀等是也。

有极不省法，如要写宋江犯罪，却先写招文袋金子，却又先写阎婆惜与张三有事，却又先写宋江讨阎婆惜，却又先写宋江舍棺材等。凡有若干文字，都非正文是也。

有极省法，如武松迎入阳谷县，恰遇武大也搬来，正好撞着；又如宋江琵琶亭吃鱼汤后，连日破腹等是也。

有欲合故纵法，如白龙庙前李俊、二张、二童、二穆等救船已到，却写李逵重要杀人城去；还道村玄女庙中，赵能、赵得都已出去，却有树根绊跌士兵叫喊等。令人到临了，又加倍吃吓是也。

有横云断山法，如两打祝家庄后，忽插出解珍、解宝争虎越狱事；又正打大名府时，忽插出截江鬼、油里鳅谋财倾命事等是也。只为文字太长了，便恐累坠，故从半腰间暂时闪出，以间隔之。

有鸾胶续弦法，如燕青往梁山泊报信，路遇杨雄、石秀，彼此须互不相识，且由梁山泊到大名府，彼此既同取小径，又岂有止一小径之理。看他便顺手借如意子打鹊求卦，先斗出巧来，然后用一拳打倒石秀，逗出姓名来等是也，都是刻苦算得出来。

旧时《水浒传》，子弟读了，便晓得许多闲事。此本虽是点阅得粗略，子弟读了，便晓得许多文法。不惟晓得《水浒传》中有许多文法，他便将《国策》《史记》等书，中间但有若干文法，也都看得出来。旧时子弟读《国策》《史记》等书，都只看了闲事，煞是好笑。

《水浒传》到底只是小说，子弟极要看；及至看了时，却凭空使他胸中添了若干文法。

（选自中华书局影印金圣叹批改贯华堂原本《水浒传》卷一）

曲律（选录）

王骥德

总论南北曲第二

曲之有南、北，非始今日也。关西胡鸿胪侍《珍珠船》（其所著书名）引刘勰《文心雕龙》，谓：涂山歌于"候人"，始为南音；有娀谣于"飞燕"，始为北声；及夏甲为东,殷整为西。古四方皆有音,而今歌曲但统为南、北。如《击壤》《康衢》《卿云》《南风》,诗之二南,汉之乐府,下逮关、郑、白、马之撰,词有雅、郑,皆北音也;《孺子》《接舆》《越人》《紫玉》,吴歈、楚艳,以及今之戏文,皆南音也。豫章左克明《古乐府》载:晋马南渡,音乐散亡,仅存江南吴歌,荆楚西声。自陈及隋,皆以《子夜》《欢闻》《前溪》《阿子》等曲属吴,以《石城》《乌栖》《估客》《莫愁》等曲属西。盖吴音故统东南,而西曲则后之,人概目为北音矣。以辞而论,则宋胡翰所谓:"晋之东,其辞变为南、北;南音多艳曲,北俗杂胡戎。"以地而论,则吴莱氏所谓:"晋、宋、六代以降,南朝之乐,多用吴音;北国之乐,仅袭夷虏。"以声而论,则关中康德涵所谓:"南词主激越,其变也为流丽;北曲主慷慨,其变也为朴实。惟朴实故声有矩度而难借,惟流丽故唱得宛转而易调。"吴郡王元美谓:南、北二曲,"譬之同一师承,而顿、渐分教;俱为国臣,而文武异科"。"北主劲切雄丽,南主清峭柔远。""北字多而调促,促处见筋;南字少而调缓,缓处见眼。北辞情少而声情多,南声情少而辞情多。北力在弦,南力在板。北宜和歌,南宜独奏。北气易粗,南气易弱。"此其大较。康北人,故差易南调,似不如王论为确,然阴阳、平仄之用,南、北故绝不同,详见后说。

论须读书第十三

词曲虽小道哉,然非多读书,以博其见闻,发其旨趣,终非大雅。须自国风、《离骚》、古乐府及汉、魏、六朝、三唐诸诗,下迨《花间》《草堂》诸词,金、元杂剧诸曲,又至古今诸部类书,俱博汇精采,蓄之胸中,于抽毫时,掇取其神情标韵,写之律吕,令声乐自肥肠满脑中流出,自然纵横该洽,与剿袭口耳者不同。胜国诸贤及实甫、则诚辈,皆读书人,其下笔有许多典故,许多好语衬副,所以其制作千古不磨。至卖弄学问,堆垛陈腐,以吓三家村人,又是种种恶道。古云:"作诗原是读书人,不用书中一个字。"吾于词曲亦云。

论家数第十四

曲之始,止本色一家,观元剧及《琵琶》《拜月》二记可见。自《香囊记》以儒门手脚为之,遂滥觞而有文词家一体。近郑若庸《玉玦记》作,而益工修词,质几尽掩。夫曲以模写物情,体贴人理,所取委曲宛转,以代说词,一涉藻绩,便蔽本来。然文人学士,积习未忘,不胜其靡,此体遂不能废,犹古文六朝之于秦、汉也。大抵纯用本色,易觉寂寥;纯用文调,复伤珮镂。《拜月》质之尤者,《琵琶》兼而用之,如小曲语语本色,大曲引子如"翠减祥鸾罗幌""梦绕春闱",过曲如"新篁池阁""长空万里"等调,未尝不绮绣满眼,故是正体。《玉玦》大曲,非无佳处;至小曲亦复填垛学问，则第令听者愦愦矣！故作曲者须先认其路头，然后可徐议工拙。至本色之弊，易流俚腐；文词之病，每苦太文。雅俗浅深之辨，介在微茫，又在善用才者酌之而已。

论章法第十六

作曲，犹造宫室者然。工师之作室也，必先定规式，自前门而厅、而堂、而楼，或三进、或五进、或七进，又自两厢而及轩寮，以至廪庾、庖湢、藩垣、苑榭之类，前后、左右、高低、远近，尺寸无不了然胸中，而后可施斤斲。作曲者，亦必先分段数，以何意起，何意接，何意作中段敷衍，何意作后段收煞，整整在目，而后可施结撰。此法，从古之为文，为辞赋，为歌诗者皆然。于曲，则在剧戏，其事头原有步骤，作套数曲，遂绝不闻有知此窍者，只漫然随调，逐句凑泊，掇拾为之，非不间得一二好语，颠倒零碎，终是不成格局。古曲如《题柳》"窥青眼"，久脍炙人口，然弇州亦訾为牵强而寡次序，他可知矣。至闺怨、丽情等曲，益纷错乖迕，如理乱丝，不见头绪，无一可当合作者。是故修辞，当自练格始。

论句法第十七

句法，宜婉曲不宜直致，宜藻艳不宜枯瘁，宜溜亮不宜艰涩，宜轻俊不宜重滞，宜新采不宜陈腐，宜摆脱不宜堆垛，宜温雅不宜激烈，宜细腻不宜粗率，宜芳润不宜噍杀。又总之，宜自然不宜生造。意常则造语贵新，语常则倒换须奇。他人所道，我则引避；他人用拙，我独用巧。平仄调停，阴阳谐叶，上下引带，减一句不得，增一句不得。我本新语，而使人闻之，若是旧句，言机熟也；我本生曲，而使人歌之，容易上口，言音调也。一调之中，句句琢炼，毋令有败笔语，毋令有欺嗓音，积以成章，无遗恨矣。

论字法第十八

下字为句中之眼，古谓百炼成字，千炼成句，又谓前有浮声，后须切响。要极新，又要极熟；要极奇，又要极稳。虚句用实字铺衬，实句用虚字点缀。务头须下响字，勿令提挈不起。押韵处，要妥帖天成，换不得他韵。照管上下文，恐有重字，须逐一点勘换去。又闭口字少用，恐唱时费力。今人好奇，将戏剧标目，一一用经、史隐晦字代之。夫列标目，欲令人开卷一览，便见传中大义，亦且便繙阅，却用隐晦字样，彼庸众人何以易解！此等奇字，何不用作古文？而施之剧戏，可付一笑也。

论用事第二十一（节录）

曲之佳处，不在用事，亦不在不用事。好用事，失之堆积，无事可用，失之枯寂。要在多读书，多识故实，引得的确，用得恰好，明事暗使，隐事显使，务使唱去人人都晓，不须解说。又有一等事，用在句中，令人不觉，如禅家所谓撮盐水中，饮水乃知咸味，方是妙手。《西厢》《琵琶》用事甚当，然无不恰好，所以动人。《玉玦》句句用事，如盛书柜子，翻使人厌恶，故不如《拜月》一味清空，自成一家之为愈也。

论剧戏第三十

剧之与戏，南北故自异体。北剧仅一人唱，南剧则各唱。一人唱则意可舒展，而有才者得尽其春容之致；各人唱则格有所拘，律有所限，即有才者，不能恣肆于三尺之外也。于是，贵剪裁，贵锻炼，以全帙为大间架，以每折为折落，以曲白为粉垩、为丹臒；勿落套，勿不经，勿太蔓，蔓则局懈，而优人多删削；勿太促，促则气迫，而节奏不畅达；毋令一人无着落，毋令一折不照应。传中紧要处，须重著精神，极力发挥使透。如《浣纱》遗了越王尝胆及夫人采葛事，红拂私奔，如姬窃符，皆本传大头脑，如何草草放过？若无紧要处，只管敷演，又多惹人厌憎：皆不审轻重之故也。又用宫调，须称事之悲欢苦乐，如游赏则用仙吕、双调等类，哀怨则用商调、越调等类，以调合情，容易感动得人。其词格俱妙，大雅与当行参间，可演可传，上之上也；词藻工，句意妙，如不谐里耳，为案头之书，已落第二义；既非雅调，又非本色，掇拾陈言，凑插俚语，为学究，为张打油，勿作可也。

论宾白第三十四

宾白，亦曰"说白"。有"定场白"，初出场时，以四六饰句者是也。有"对口白"，各人散语是也。"定场白"稍露才华，然不可深晦。《紫箫》诸白，皆绝好四六，惜人不能识；《琵琶》黄门白，只是寻常话头，略加贯串，人人晓得，所以至今不废。"对口白"须明白简质，用不得太文字；凡用之、乎、者、也，俱非当家。《浣纱》纯是四六，宁不厌人！又凡"者"字，惟北剧有之，今人用在南曲白中，大非礼也。句字长短平仄，须调停得好，令情意宛转，音调铿锵，虽不是曲，却要美听。诸戏曲之工者，白未必佳，其难不下于曲。《玉玦》诸白，洁净文雅，又不深晦，与曲不同，只稍欠波澜。大要多则取厌，少则不达，苏长公有言："行乎其所当行，止乎其所不得不止。"则作白之法也。

论插科第三十五

插科打诨，须作得极巧，又下得恰好。如善说笑话者，不动声色，而令人绝倒，方妙。大略曲冷不闹场处，得净、丑间插一科，可博人哄堂。亦是剧戏眼目。若略涉安排勉强，使人肌上生粟，不如安静过去。古戏科诨，皆优人穿插，传授为之，本子上无甚佳者。惟近顾学宪《青衫记》，有一二语咄咄动人，以出之轻俏，不费一毫做造力耳。黄山谷谓："作诗似作杂剧，临了须打诨，方是出场。"盖在宋时已然矣。

杂论第三十九上（选录）

南、北二调，天若限之。北之沉雄，南之柔婉，可画地而知也。北人工篇章，南人工句字。工篇章，故以气骨胜；工句字，故以色泽胜。

胡鸿胪言："元时，台省元臣、郡邑正官，皆其国人为之；中州人每沉抑下僚，志不获展。如关汉卿乃太医院尹，马致远江浙行省务官，宫大用钓台山长，郑德辉杭州路吏，张小山首领官，于是多以有用之才，寓于声歌，以抒其拂郁感慨之怀，所谓不得其平而鸣也。"然其时如贯酸斋、白无咎、杨西庵、胡紫山、卢疏斋、赵松雪、虞邵庵辈，皆昔之宰执贵人也，而未尝不工于词。以今之宰执贵人，与酸斋诸公角而不胜；以今之文人墨士，与汉卿诸君角而又不胜也。盖胜国时，上下成风，皆以词为尚，于是业有专门。今吾辈操管为时文，既无暇染指，迨起家为大官，则不胜功名之念，致仕居乡，又不胜田宅子孙之念，何怪其不能角而胜之也。

曲之尚法固矣，若仅如下算子、画格眼、垛死尸，则赵括之读父书，故不如飞将军之横行匈奴也。当行本色之说，非始于元，亦非始于曲，盖本宋严沧浪之说诗。沧浪以禅喻诗，其言："禅道在妙悟，诗道亦然。惟悟乃为当行，乃为本色。有透彻之悟，有一知半解之悟。"又云："行有未至，可加工力；路头一差，愈骛愈远。"又云："须以大乘正法眼为宗，不可令堕入声闻、辟支之果。"知此说者，可与语词道矣。

杂论第三十九下（选录）

……宋词句有长短，声有次第矣，亦尚限边幅，未畅人情。至金、元之南北曲，而极之长套，敛之小令，能令听者色飞，触者肠靡，洋洋纚纚，声蔑以加矣！此岂人事，抑天运之使然哉。

…………

作闺情曲,而多及景语,吾知其窘矣。此在高手,持一"情"字,摸索洗发,方挹之不尽,写之不穷,淋漓渺漫,自有余力,何暇及眼前与我相二之花鸟烟云,俾掩我真性,泥我寸管哉?世之曲,咏情者强半,持此律之,品力可立见矣。

··········

古人往矣,吾取古事,丽今声,华衮其贤者,粉墨其慝者,奏之场上,令观者借为劝惩兴起,甚或扼腕裂眦,涕泗交下而不能已,此方有关世教文字。若徒取漫言,既已造化在手,而又未必其新奇可喜,亦何贵漫言为耶?此非腐谈,要是确论。故不关风化,纵好徒然,此《琵琶》持大头脑处,《拜月》只是宜淫,端士所不与也。

(选自中国戏剧出版社《中国古典戏曲论著集成》)

闲情偶寄(选录)

李 渔

结构第一

填词一道,文人之末技也,然能抑而为此,犹觉愈于驰马试剑纵酒呼卢。孔子有言:"不有博弈者乎?为之犹贤乎已。"博弈虽戏具,犹贤于饱食终日,无所用心;填词虽小道,不又贤于博弈乎?吾谓技无大小,贵在能精;才乏纤洪,利于善用。能精善用,虽寸长尺短,亦可成名,否则才夸八斗,胸号五车,为文仅称点鬼之谈,著书惟供覆瓿之用,虽多,亦奚以为?填词一道,非特文人工此者足以成名,即前代帝王,亦有以本朝词曲擅长,遂能不泯其国事者。请历言之:高则诚、王实甫诸人,元之名士也,舍填词一无表见。使两人不撰《西厢》《琵琶》,则沿至今日,谁复知其姓字?是则诚、实甫之传,《琵琶》《西厢》传之也。汤若士,明之才人也,诗文尺牍,尽有可观,而其脍炙人口者,不在尺牍诗文,而在《还魂》一剧。使若士不草《还魂》,则当日之若士,已虽有而若无,况后代乎?是若士之传,《还魂》传之也。此人以填词而得名者也。历朝文字之盛,其名各有所归,汉史、唐诗、宋文、元曲,此世人口头语也。《汉书》《史记》,千古不磨,尚矣。唐则诗人济济,宋有文士跄跄,宜其鼎足文坛,为三代后之"三代"也。元有天下,非特政刑礼乐,一无可宗,即语言文字之末,图书翰墨之微,亦少概见。使非崇尚词曲,得《琵琶》《西厢》以及《元人百种》诸书传于后代,则当日之元,亦与五代、金、辽同其泯灭焉,能附三朝骥尾而挂学士文人之齿颊哉!此帝王国事以填词而得名者也。由是观之,填词非末技,乃与史传诗文同源而异派者也。近日雅慕此道,刻欲追踪元人、配飨若士者尽多，而究竟作者寥寥，未闻绝唱。其故维何？止因词曲一道，但有前书堪读，并无成法可宗，暗室无灯，有眼皆同瞽目，无怪乎觅途不得，问津无人，半途而废者居多，差毫厘而谬千里者亦复不少也。尝怪天地之间，有一种文字，即有一种文字之法脉准绳，载之于书者，不异耳提面命。独于填词制曲之事，非但略而未详，亦且置之不通。揣摩其故，殆有三焉。一则为此理甚难，非可言传，止堪意会。想入云霄之际，作者神魂飞越，如在梦中，不至终篇，不能返神收魂。谈真则易，说梦为难，非不欲传，不能传也。若是则诚异诚难，诚为不可道矣。吾谓此等至理，皆言最上一乘，非填词之学节节皆如是也，岂可为精者难言，而粗者亦置弗道乎！一则为填词之理，变幻不常，言当如是，又有不当如是者。如填生、旦之词，贵于庄雅，制净、丑之曲，务带诙谐；此理之常也。乃忽遇风流放佚之生、旦，反觉庄雅为非；作迂腐不情之净、丑，转以诙谐为忌；诸如此类者，悉难胶柱，恐以一定之陈言，误泥古拘方之作者，是以宁为阙疑，不生蛇足。若是，则此种变幻之理，不独词曲为然，帖括诗文皆若是也。岂有执死法为文，而能见赏于人，相传于后者乎？一则为从来名士以诗赋见重者，十之九；以词曲相传者，犹不及什一，盖千百人一见者也。凡有能此者，悉皆剖腹藏珠，务求自秘，谓此法无人授我，我岂独肯传人！使家家制曲，户户填词，则无论《白雪》盈车，《阳春》遍世，淘金选玉者，未必不使后来居上，而觉糠秕在前，且使周郎渐出，顾曲者多，攻出瑕疵，令前人无可藏拙，是自为后羿而教出无数逢蒙，环执干戈而害我也，不如仍仿前人缄口不提之为是。吾揣摩不传之故，虽三者并列，窃恐此意居多。以我论之：文章者，天下之公器，非我之所能私；是非者，千古之定评，岂人之所能倒！不若出我所有，公之于人，收天下后世之名贤，悉为同调。胜我者，我师之，仍不失为起予之高足；类我者，我友之，亦不愧为攻玉之他山。持此为心，遂不觉以生平底里，和盘托出。并前人已传之书，亦为取长弃短，别出瑕瑜，使人知所从违，而不为诵读所误。知我罪我，怜我杀我，悉听世人，不复能顾其后矣。但恐我所言者，自以为是，而未必果是；人所趋者，我以为非，而未必尽非。但矢一字之公，可谢千秋之罚。意元人可作，当必贳予。

　　填词首重音律，而予独先结构者，以音律有书可考，其理彰明较著。自《中原音韵》一出，则阴阳、平仄，画有塍区，如舟行水中，车推岸上，稍知率由者，虽欲故犯而不能矣。《啸馀》《九宫》二谱一出，则葫芦有样，粉本昭然。前人呼制曲为填词。填者，布也，犹棋枰之中，画有定格，见一格布一子，止有黑白之分，从无出入之弊。彼用韵而我叶之，彼不用韵而我纵横流荡之。至于引商刻羽，戛玉敲金，虽曰神而明之，匪可言喻，亦由勉强而臻自然，盖遵守成法之化境也。至于结构二字，则在引商刻羽之先，拈韵抽毫之始，如造物之赋形，当其精血初凝，胞胎未就,先为制定全形,使点血而具五官百骸之势。倘先无成局,而由顶及踵,逐段滋生,则人之一身,当有无数断续之痕,而血气为之中阻矣。工师之建宅亦然,基址初平,间架未立,先筹何处建厅,何方开户,栋需何木,梁用何材,必俟成局了然,始可挥斤运斧。倘造成一架,而后再筹一架,则便于前者不便于后,势必改而就之,未成先毁,犹之筑舍道旁,兼数宅之匠资,不足供一厅一堂之用矣。故作传奇者,不宜卒急拈毫。袖手于前,始能疾书于后。有奇事,方有奇文。未有命题不佳,而能出其锦心,扬为绣口者也。尝读时髦所撰,惜其惨淡经营,用心良苦,而不得被管弦、副优孟者,非审音协律之难,而结构全部规模之未善也。

词采似属可缓,而亦置音律之前者,以有才、技之分也。文词稍胜者,即号才人;音律极精者,终为艺士。师旷止能审乐,不能作乐;龟年但能度词,不能制词;使与作乐制词者同堂,吾知必居末席矣。事有极细,而亦不可不严者,此类是也。

立主脑

古人作文一篇,定有一篇之主脑。主脑非他,即作者立言之本意也。传奇亦然。一本戏中,有无数人名,究竟俱属陪宾;原其初心,止为一人而设。即此一人之身,自始至终,离合悲欢,中具无限情由,无穷关目,究竟俱属衍文;原其初心,又止为一事而设。此一人一事,即作传奇之主脑也。然必此一人一事,果然奇特,实在可传,而后传之,则不愧传奇之目,而其人其事与作者姓名,皆千古矣。如一部《琵琶》,止为蔡伯喈一人,而蔡伯喈一人又止为重婚牛府一事。其余枝节,皆从此一事而生——二亲之遭凶,五娘之尽孝,拐儿之骗财匿书,张大公之疏财仗义,皆由于此。是"重婚牛府"四字,即作《琵琶记》之主脑也。一部《西厢》止为张君瑞一人;而张君瑞一人,又止为白马解围一事。其余枝节,皆从此一事而生——夫人之许婚,张生之望配,红娘之勇于作合,莺莺之敢于失身,与郑恒之力争原配而不得,皆由于此。是"白马解围"四字,即作《西厢记》之主脑也。余剧皆然,不能悉指。后人作传奇,但知为一人而作,不知为一事而作,尽此一人所行之事,逐节铺陈,有如散金碎玉。以作零出则可,谓之全本,则为断线之珠,无梁之屋,作者茫然无绪,观者寂然无声,无怪乎有识梨园望之而却走也。此语未经提破,故犯者孔多。而今而后,吾知鲜矣。

密针线

编戏有如缝衣,其初则以完全者剪碎,其后又以剪碎者凑成。剪碎易,凑成难。凑成之工,全在针线紧密。一节偶疏,全篇之破绽出矣。每编一折,必须前顾数折,后顾数折。顾前者,欲其照映;顾后者,便于埋伏。照映埋伏,不止照映一人,埋伏一事,凡是此剧中有名之人,关涉之事,与前此后此所说之话,节节俱要想到。宁使想到而不用,勿使有用而忽之。吾观今日之传奇,事事皆逊元人,独于埋伏照映处,胜彼一筹。非今人之太工,以元人所长,全不在此也。若以针线论,元曲之最疏者,莫过于《琵琶》,无论大关节目,背谬甚多——如子中状元三载,而家人不知;身赘相府,享尽荣华,不能自遣一仆,而附家报于路人;赵五娘千里寻夫,只身无伴,未审果能全节与否,其谁证之;诸如此类,皆背理妨伦之甚者。再取小节论之。如五娘之剪发,乃作者自为之,当日必无其事。以有疏财仗义之张大公在,受人之托,必能忠人之事,未有坐视不顾,而致其剪发者也。然不剪发不足以见五娘之孝,以我作《琵琶》,《剪发》一折亦必不能少,但须回护张大公,使之自留地步。吾读《剪发》之曲,并无一字照管大公,且若有心讥刺者。据五娘云:"前日婆婆没了,亏大公周济。如今公公又死,无钱资送,不好再去求他,只得剪发"云云。若是,则剪发一事,乃自愿为之,非时势迫之使然也;奈何曲中云:"非奴苦要孝名传,只为上山擒虎易,开口告人难。"此二语虽属恒言,人人可道,独不宜出五娘之口。彼自不肯告人,何以言其难也?观此二语,不似怼怨大公之词乎?然此犹属背后私言,或可免于照顾;迨其哭倒在地,大公见之,许送钱米相资,以备衣衾棺椁,则感之颂之,当有不啻口出者矣。奈何曲中又云:"只恐奴身死也兀自没人埋,谁还你恩债?"试问:公死而埋者何人?姑死而埋者何人?对埋瘗公姑之人而自言暴露,将置大公于何地乎?且大公之相资,尚义也,非图利也,"谁还恩债"一语,不几抹倒大公,将一片热肠付之冷水乎?此等词曲,幸而出自元人;若出我辈,则群口讪之,不识置身何地矣。予非敢于仇古。既为词曲,立言必使人知取法;若扭于世俗之见,谓事事当法元人,吾恐未得其瑜,先有其瑕。人或非之,即举元人借口,乌知圣人千虑,必有一失;圣人之事犹有不可尽法者,况其他乎?《琵琶》之可法者原多,请举所长以盖短:如《中秋赏月》一折,同一月也,出于牛氏之口者,言言欢悦;出于伯喈之口者,字字凄凉;一座两情,两情一事,此其针线之最密者。瑕不掩瑜,何妨并举其略。然传奇,一事也,其中义理,分为三项:曲也,白也,穿插联络之关目也。元人所长者,止居其一,曲是也;白与关目,皆其所短。吾于元人,但守其词中绳墨而已矣。

减头绪

头绪繁多,传奇之大病也。《荆》《刘》《拜》《杀》之得传于后,止为一线到底,并无旁见侧出之情。三尺童子,观演此剧,皆能了了于心,便便于口,以其始终无二事，贯串只一人也。后来作者，不讲根源，单筹枝节，谓多一人可增一人之事。事多则关目亦多，令观场者如入山阴道中，人人应接不暇。殊不知戏场脚色，止此数人；使换千百个姓名，也只此数人装扮。止在上场之勤不勤，不在姓名之换不换。与其忽张忽李，令人莫识从来，何如只扮数人，使之频上频下，易其事而不易其人，使观者各畅怀来，如逢故物之为愈乎？作传奇者，能以"头绪忌繁"四字刻刻关心，则思路不分，文情专一。其为词也，如孤桐劲竹，直上无枝，虽难保其必传，然已有《荆》《刘》《拜》《杀》之势矣。

审虚实

传奇所用之事，或古或今，有虚有实，随人拈取。古者，书籍所载，古人现成之事也；今者，耳目闻见，当时仅见之事也；实者就事敷陈，不假造作，有根有据之谓也；虚者，空中楼阁，随意构成，无影无形之谓也。人谓古事多实，近事多虚。予曰：不然。传奇无实，大半皆寓言耳。欲劝人为孝，则举一孝子出名，但有一行可纪，则不必尽有其事，凡属孝亲所应有者，悉取而加之，亦犹纣之不善不如是之甚也。一居下流，天下之恶皆归焉。其余表忠表节，与种种劝人为善之剧，率同于此。若谓古事皆实，则《西厢》《琵琶》，推为曲中之祖，莺莺果嫁君瑞乎？蔡邕之饿莩其亲，五娘之干蛊其夫，见于何书，果有实据乎？《孟子》云："尽信书不如无书。"盖指《武成》而言也，经史且然，矧杂剧乎？凡阅传奇而必考其事从何来，人居何地者，皆说梦之痴人，可以不答者也。然作者秉笔，又不宜尽作是观。若纪目前之事，无所考究，则非特事迹可以幻生，并其人之姓名，亦可以凭空捏造，是谓虚则虚到底也。若用往事为题，以一古人出名，则满场脚色，皆用古人，捏一姓名不得；其人所行之事，又必本于载籍，班班可考，创一事实不得。非用古人姓字为难，使与满场脚色同时共事之为难也；非查古人事实为难，使与本等情由贯串合一之为难也。予既谓"传奇无实，大半寓言"，何以又云"姓名事实，必须有本"，要知古人填古事易，今人填古事难。古人填古事，犹之今人填今事，非其不虑人，考无可考也；传至于今，则其人其事，观者烂熟于胸中，欺之不得，罔之不能，所以必求可据，是谓实则实到底也。若用一二古人作主，因无陪客，幻设姓名以代之，则虚不似虚，实不成实，词家之丑态也。切忌犯之。

戒浮泛

词贵显浅之说，前已道之详矣。然一味显浅，而不知分别，则将日流粗俗，求为文人之笔而不可得矣。元曲多犯此病，乃矫艰深隐晦之弊而过焉者也。极粗极俗之语，未尝不入填词，但宜从脚色起见。如在花面口中，则惟恐不粗不俗；一涉生、旦之曲，便宜斟酌其词。无论生为衣冠、仕宦，旦为小姐、夫人，出言吐词，当有隽雅春容之度；即使生为仆从，旦作梅香，亦须择言而发，不与净、丑同声；以生、旦有生、旦之体，净、丑有净、丑之腔故也。元人不察，多混用之。观《幽闺记》之陀满兴福，乃小生脚色，初屈后伸之人也，其《避兵》曲云："遥观巡捕卒，都是棒和枪。"此花面口吻，非小生曲也。均是常谈俗语，有当用于此者，有当用于彼者。又有极粗极俗之语，止更一二字，或增减一二字，便成绝新绝雅之文者，神而明之，只在一熟。当存其说，以俟其人。

　　填词义理无穷，说何人肖何人，议某事切某事，文章头绪之最繁者，莫填词若矣。予谓总其大纲，则不出情景二字。景书所睹，情发欲言。情自中生，景有外得。二者难易之分，判如霄壤。以情乃一人之情，说张三要像张三，难通融于李四；景乃众人之景，写春夏尽是春夏，止分别于秋冬。善填词者，当为所难，勿趋其易。批点传奇者，每遇游山、玩水、赏月、观花等曲，见其止书所见不及中情者，有十分佳处，只好算得五分，以风云月露之词，工者尽多，不从此剧始也。善咏物者，妙在即景生情。如前所云《琵琶·赏月》四曲，同一月也，牛氏有牛氏之月，伯喈有伯喈之月。所言者月，所寓者心。牛氏所说之月可移一句于伯喈，伯喈所说之月可挪一字于牛氏乎？夫妻二人之语，犹不可挪移混用，况他人乎？人谓：此等妙曲，工者有几？强人以所不能，是塞填词之路也。予曰：不然。作文之事，贵于专一。专则生巧，散乃入愚。专则易于奏工，散者难于责效。百工居肆，欲其专也。众楚群咻，喻其散也。舍情言景，不过图其省力，殊不知眼前景物繁多，当从何处说起？咏花既愁遗鸟，赋月又想兼风。若使逐件铺张，则虑事多曲少；欲以数言包括，又防事短情长。展转推敲，已费心思几许。何如只就本人生发，自有欲为之事，自有待说之情，念不旁分，妙理自出。如发科发甲之人，窗下作文，每日止能一篇二篇，场中遂至七篇。窗下之一篇二篇，未必尽好，而场中之七篇，反能尽发所长而夺千人之帜者，以其念不旁分，舍本题之外，并无别题可做，只得走此一条路也。吾欲填词家舍景言情，非责人以难，正欲其舍难就易耳。

忌填塞

　　填塞之病有三：多引古事，叠用人名，直书成句。其所以致病之由，亦有三：借典核以明博雅，假脂粉以见风姿，取现成以免思索。而总此三病，与致病之由之故，则在一语。一语维何？曰："从未经人道破。"一经道破，则俗语云"说破不值半文钱"，再犯此病者鲜矣。古来填词之家，未尝不引古事，未尝不用人名，未尝不书现成之句，而所引所用与所书者则有别焉。其事不取幽深，其人不搜隐僻，其句则采街谈巷议。即有时偶涉诗书，亦系耳根听熟之语，舌端调惯之文，虽出诗书，实与街谈巷议无别者。总而言之，传奇不比文章，文章做与读书人看，故不怪其深；戏文做与读书人与不读书人同看，又与不读书之妇人小儿同看，故贵浅不贵深。使文章之设，亦为与读书人不读书人及妇人小儿同看，则古来圣贤所作之经传，亦只浅而不深，如今世之为小说矣。人曰：文士之作传奇，与著书无别，假此以见其才也，浅则才于何见？予曰：能于浅处见才，方是文章高手。施耐庵之《水浒》、王实甫之《西厢》，世人尽作戏文小说看，金圣叹特标其名曰"五才子书""六才子书"者，其意何居？盖愤天下之小视其道，不知为古今来绝大文章，故作此等惊人语以标其目。噫！知言哉！

宾白第四

自来作传奇者，止重填词，视宾白为末着。常有《白雪阳春》其调而《巴人下里》其言者，予窃怪之。原其所以轻此之故，殆有说焉。元以填词擅长，名人所作，北曲多而南曲少。北曲之介白者，每折不过数言。即抹去宾白而止阅填词，亦皆一气呵成，无有断续，似并此数言亦可略而不备者。由是观之，则初时止有填词，其介白之文，未必不系后来添设。在元人，则以当时所重不在于此，是以轻之。后来之人又谓：元人尚在不重，我辈工此何为！遂不觉日轻一日，而竟置此道于不讲也。予则不然，尝谓曲之有白，就文字论之，则犹经文之于传注；就物理论之，则如栋梁之于椽桷；就人身论之，则如肢体之于血脉；非但不可相无，且觉稍有不称，即因此贱彼，竟作无用观者。故知宾白一道，当与曲文等视。有最得意之曲文，即当有最得意之宾白。但使笔酣墨饱，其势自能相生。常有因得一句好白而引起无限曲情，又有因填一首好词而生出无穷话柄者，是文与文自相触发，我止乐观厥成，无所容其思议。此系作文恒情，不得幽渺其说而作化境观也。

语求肖似

文字之最豪宕，最风雅，作之最健人脾胃者，莫过填词一种。若无此种，几于闷杀才人，困死豪杰。予生忧患之中，处落魄之境，自幼至长，自长至老，总无一刻舒眉。惟于制曲填词之顷，非但郁藉以舒，愠为之解，且尝僭作两间最乐之人，觉富贵荣华，其受用不过如此，未有真境之为所欲为，能出幻境纵横之上者——我欲做官，则顷刻之间便臻荣贵；我欲致仕，则转盼之际又入山林；我欲作人间才子，即为杜甫、李白之后身；我欲娶绝代佳人，即作王嫱、西施之元配；我欲成仙作佛，则西天蓬岛，即在砚池笔架之前；我欲尽孝输忠，则君治亲年，可跻尧、舜、彭笺之上。非若他种文字,欲作寓言,必须远行曲譬,酝藉包含。十分牢骚,还须留住六七分;八斗才学,止可使出二三升。稍欠和平,略施纵送,即谓失风人之旨,犯佻达之嫌。求为家弦户诵者,难矣。填词一家,则惟恐其蓄而不言,言之不尽。是则是矣,须知畅所欲言,亦非易事。言者,心之声也,欲代此一人立言,先宜代此一人立心。若非梦往神游,何谓设身处地。无论立心端正者,我当设身处地,代生端正之想,即遇立心邪辟者,我亦当舍经从权,暂为邪辟之思。务使心曲隐微,随口唾出,说一人肖一人,勿使雷同,弗使浮泛,若《水浒传》之叙事,吴道子之写生,斯称此道中之绝技。果能若此,即欲不传,其可得乎?

少用方言

填词中方言之多,莫过于《西厢》一种。其余今词古曲,在在有之。非止词曲,即四书之中,《孟子》一书,亦有方言。天下不知,而予独知之。予读《孟子》五十余年不知,而今知之。(王宓草云:"石破天惊,轰雷四起。")请先毕其说。儿时读"自反而缩,虽褐宽博,吾不惴焉",观朱注云:"褐,贱者之服。宽博,宽大之衣。"心甚惑之。因生南方,南方衣褐者寡。间有服者,强半富贵之家,名虽褐而实则绒也。因讯蒙师,谓褐乃贵人之衣,胡云贱者之服?既云贱矣,则当从约,短一尺省一尺购办之资,少一寸免一寸缝纫之力,胡不窄小其制,而反宽大其形,是何以故?师默然不答。再询,则顾左右而言他。具此狐疑,数十年未解。及近游秦塞,见其土著之民,人人衣褐。无论丝罗罕觏,即见一二衣布者,亦类空谷足音。因地寒不毛,止以牧养自活。织牛羊之毛以为衣,又皆粗而不密,其形似毯。诚哉,其为贱者之服,非若南方贵人之衣也。又见其宽则倍身,长复扫地,即而讯之。则曰:此衣之外,不复有他,衫、裳、襦、袴,总以一物代之。日则披之当服,夜则拥以为衾,非宽不能周遭其身,非长不能尽覆其足。《鲁论》必有寝衣,长一身有半,即是类也。予始幡然大悟曰:太史公著书,必游名山大川,其斯之谓欤?盖古来圣贤,多生西北,所见皆然,故方言随口而出。朱文公南人也,彼乌知之!故但释字义,不求甚解,使千古疑团,至今未破。非予远游绝塞,亲觏其人,乌知斯言之不谬哉。(胆大包身,始能发此快论。然有此识,方有此胆。胆亦不易大也。)由是观之,四书之文,犹不可尽法,况《西厢》之为词曲乎?凡作传奇,不宜频用方言,令人不解。近日填词家见花面登场,悉作姑苏口吻,遂以此为成律,每作净、丑之白,即用方言。不知此等声音,止能通于吴、越。过此以往,则听者茫然。传奇,天下之书,岂仅为吴、越而设?至于他处方言,虽云入曲者少,亦视填词者所生之地。如汤若士生于江右,即当规避江右之方言;粲花主人吴石渠生于阳羡,即当规避阳羡之方言。盖生此一方,未免为一方所囿,有明是方言,而我不知其为方言,及入他境,对人言之而人不解,始知其为方言者,诸如此类,易地皆然。欲作传奇,不可不存桑弧蓬矢之志。

科诨第五

　　插科打诨,填词之末技也。然欲雅俗同欢,智愚共赏,则当全在此处留神。文字佳,情节佳,而科诨不佳,非特俗人怕看,即雅人韵士,亦有瞌睡之时。作传奇者,全要善驱睡魔。睡魔一至,则后乎此者,虽有钧天之乐,霓裳羽衣之舞,皆付之不见不闻,如对泥人作揖、土佛谈经矣。予尝以此告优人,谓戏文好处,全在下半本。只消三两个瞌睡,便隔断一部神情,瞌睡醒时,上文下文已不接续,即使抖起精神再看,只好断章取义作零出观。若是,则科诨非科诨,乃看戏之人参汤也。养精益神,使人不倦,全在于此,可作小道观乎?

大收煞

　　全本收场,名为"大收煞"。此折之难,在无包括之痕,而有团圆之趣。如一部之内,要紧脚色共有五人,其先东西南北,各自分开,到此必须会合。此理谁不知之?但其会合之故,须要自然而然,水到渠成,非由车牵。最忌无因而至,突如其来,与勉强生情,拉成一处,令观者识其有心如此,与恕其无可奈何者,皆非此道中绝技,因有包括之痕也。骨肉团聚,不过欢笑一场,以此收锣罢鼓,有何趣味?水穷山尽之处,偏宜突起波澜,或先惊而后喜,或始疑而终信,或喜极、信极而反致惊疑,务使一折之中,七情俱备,始为到底不懈之笔,愈远愈大之才,所谓有团圆之趣者也。予训儿辈,尝云:场中作文,有倒骗主司入彀之法。开卷之初,尝以奇句夺目,使之一见而惊,不敢弃去,此一法也。终篇之际,当以媚语摄魂,使之执卷留连,若难遽别,此一法也。收场一出,即勾魂摄魄之具,使人看过数日而犹觉声音在耳,情形在目者,全亏此出撒娇,作临去秋波那一转也。

(选自中国戏剧出版社《中国古典戏曲论著集成》)

夕堂永日绪论内编(选录)

王夫之

内编上

　　无论诗歌与长行文字,俱以意为主。意犹帅也,无帅之兵,谓之乌合。李、杜所以称大家者,无意之诗,十不得一二也。烟云泉石,花鸟苔林,金铺锦帐,寓意则灵。若齐、梁绮语,宋人抟合成句之出处(原注:宋人论诗字字求出处),役心向彼掇索,而不恤己情之所自发,此之谓小家数,总在圈缋中求活计也。

把定一题、一人、一事、一物,于其上求形模、求比似、求词采、求故实;如钝斧子劈栎柞,皮屑纷霏,何尝动得一丝纹理。以意为主,势次之,势者意中之神理也。唯谢康乐为能取势。宛转屈伸,以求尽其意,意已尽则止,殆无剩语。夭矫连蜷,烟云缭绕,乃真龙,非画龙也。

"僧敲月下门",只是妄想揣摩,如说他人梦;纵令形容酷似,何尝毫发关心。知然者以其沉吟推敲二字,就他作想也。若即景会心,则或推或敲,必居其一;因景因情,自然灵妙,何劳拟议哉?"长河落日圆",初无定景,"隔水问樵夫",初非想得,则禅家所谓现量也。

诗文俱有主宾,无主之宾,谓之乌合。俗论以比为宾,以赋为主,以反为宾,以正为主,皆塾师赚童子死法耳。立一主以待宾,宾无非主之宾者,乃俱有情而相浃洽。若夫"秋风吹渭水,落叶满长安",于贾岛何与?"湘潭云尽暮烟出,巴蜀雪消春水来",于许浑奚涉?皆乌合也。"影静千官里,心苏七校前",得主矣,尚有痕迹;"花迎剑佩星初落",则宾主历然,镕合一片。

身之所历,目之所见,是铁门限。即极写大景,如"阴晴众壑殊","乾坤日夜浮",亦必不逾此限。非按舆地图便可云"平野入青徐"也,抑登楼所见者耳。隔垣听演杂剧,可闻其歌,不见其舞;更远则但闻鼓声,而可云所演何出乎?前有齐、梁,后有晚唐及宋人,皆欺心以炫巧。

以神理相取,在远近之间,才着手便煞,一放手又飘忽去。如物在人亡无见期捉煞了也。如宋人咏河鲀云:"春洲生荻芽,春岸飞杨花",饶他有理,终是于河鲀没交涉。"青青河畔草"与"绵绵思远道",何以相因依,相含吐,神理凑合时,自然拾(原作"恰",误)得。

"海暗三山雨",接"此乡多宝玉",不得迤逦;说到"花明五岭春",然后彼句可来,又岂尝无法哉?非皎然、高棅之法耳。若果足为法,乌容破之?非法之法,则破之不尽,终不得法。诗之有皎然、虞伯生,经义之有茅鹿门、汤宾尹、袁了凡,皆画地为牢以陷人者,有死法也。死法之立,总缘识量狭小。如演杂剧,在方丈台上,故有花样步位,稍移一步,则错乱。若驰骋康庄,取途千里,而用此步法,虽至愚者不为也。

情景名为二,而实不可离。神于诗者,妙合无垠。巧者则有情中景,景中情。景中情者,如"长安一片月",自然是孤栖忆远之情;"影静千官里",自然是喜达行在之情。情中景尤难曲写,如"诗成珠玉在挥毫",写出才人翰墨淋漓自心欣赏之景。凡此类知者遇之,非然亦鹘突看过,作等闲语耳。

不能作景语,又何能作情语邪?古人绝唱句多景语,如"高台多悲风","胡蝶飞南园","池塘生春草","亭皋木叶下","芙蓉露下落"皆是也。而情寓其中矣。以写景之心理言情,则身心中独喻之微轻安拈出,谢太傅于毛诗取"讦谟定命,远猷辰告",以此八字如一串珠,将大臣经营国事之心曲写出次第,故与"昔我往矣,杨柳依依;今我来思,雨雪霏霏",同一达情之妙。

一解弈者,以诲人弈为游资,后遇一高手与对弈,至十数子,辄揶揄之曰:"此教师棋耳。"诗文立门庭,使人学己,人一学即似者,自诩为大家、为才子,亦艺苑教师而已。高廷礼、李献吉、何大复、李于鳞、王元美、钟伯敬、谭友夏所尚异科,其归一也。才立一门庭,则但有其局格,更无性情,更无兴会,更无思致。自缚缚人,谁为之解者?昭代风雅,自不属此数公。若刘伯温之思理,高季迪之韵度,刘彦昺之高华,贝廷琚之俊逸,汤义仍之灵警,绝壁孤骞,无可攀蹑,人固望洋而返,而后以其亭亭岳岳之风神,与古人相辉映。次则孙仲衍之畅适,周履道之萧清,徐昌穀之密赡,高子叶之戍削,李宾之之流丽,徐文长之豪迈,各擅胜场,沉酣自得,正以不悬牌开肆,充风雅牙行,要使光焰熊熊,莫能掩抑,岂与碌碌馀子争市易之场哉?李文饶有云:"好驴马不逐队行。"立门庭与依傍门庭者,皆逐队者也。

(选自太平洋书店重校刊本《船山遗书》《夕堂永日绪论》内编)

原诗(选录)

叶　燮

内篇下

曰理、曰事、曰情,此三言者足以穷尽万有之变态。凡形形色色,音声状貌,举不能越乎此。此举在物者而为言,而无一物之或能去此者也。曰才、曰胆、曰识、曰力,此四言者所以穷尽此心之神明。凡形形色色,音声状貌,无不待于此而为之发宣昭著。此举在我者而为言,而无一不如此心以出之者也。以在我之四,衡在物之三,合而为作者之文章,大之经纬天地,细而一动一植,咏叹讴吟,俱不能离是而为言者矣。在物者前已论悉之,在我者虽有天分之不齐,要无不可以人力充之。其优于天者,四者具足,而才独外见,则群称其才,而不知其才之不能无所凭而独见也。其歉乎天者,才见不足,人皆曰才之歉也,不可勉强也。不知有识以居乎才之先,识为体而才为用,若不足于才,当先研精推求乎其识。人惟中藏无识,则理、事、情错陈于前,而浑然茫然,是非可否,妍媸黑白,悉眩惑而不能辨,安望其敷而出之为才乎?文章之能事,实始乎此。今夫诗,彼无识者既不能知古来作者之意,并不自知其何所兴感触发而为诗。或亦闻古今诗家之论,所谓体裁格力、声调兴会等语,不过影响于耳,含糊于心,附会于口,而眼光从无着处,腕力从无措处,即历代之诗陈于前,何所决择?何所适从?人言是则是之,人言非则非之。夫非必谓人言之不可凭也,而彼先不能得我心之是非而是非之,又安能知人言之是非而是非之也?有人曰,诗必学汉、魏,学盛唐,彼亦曰学汉、魏,学盛唐,从而然之;而学汉、魏与盛唐所以然之故,彼不能知,不能言也;即能效而言之,而终不能知也。又有人曰,诗当学晚唐,学宋,学元,彼亦曰学晚唐,学宋,学元,又从而然之;可学晚唐与宋、元所以然之故,彼又终不能知也。或闻诗家有宗刘长卿者矣,于是群然而称刘随州矣。又或闻有崇尚陆游者矣,于是人人案头无不有《剑南集》以为秘本,而遂不敢他及矣。如此等类,不可枚举,一概人云亦云,人否亦否,何为者耶?夫人以著作自命,将进退古人,次第前哲,必具有只眼,而后泰然有自居之地。倘议论是非,聋瞽于中心,而随世人之影响而附会之,终日以其言语笔墨为人使令驱役,不亦愚乎?且有不自以为愚,旋愚成妄,妄以生骄,而愚益甚焉。原其患,始于无识不能取舍之故也。是即吟咏不辍,累牍连章,任其涂抹,全无生气,其为才耶,为不才耶?惟有识则是非明,是非明则取舍定,不但不随世人脚跟,并亦不随古人脚跟,非薄古人为不足学也。盖天地有自然之文章,随我之所触而发宣之,必有克肖其自然者,为至文以立极。我之命意发言,自当求其至极者。昔人有言:"不恨我不见古人,恨古人不见我。"又云:"不恨臣无二王法,但恨二王无臣法。"斯言特论书法耳,而其人自命如此。等而上之,可以推矣。譬之学射者,尽其目力臂力,审而后发,苟能百发百中,即不必学古人,而古有后羿、养由基其人者,自然来合我矣。我能是,古人先我而能是,未知我合古人欤?古人合我欤?高适有云:"乃知古时人,亦有如我者。"岂不然哉?故我之著作与古人同,所谓其揆之一;即有与古人异,乃补古人之所未足,亦可言古人补我之所未足,而后我与古人交为知己也。惟如是,我之命意发言,一一皆从识见中流布。识明则胆张,任其发宣而无所于怯,横说竖说,左宜而右有,直造化在手,无有一之不肖乎物也。且夫胸中无识之人,即终日勤于学,而亦无益。俗谚谓为两脚书橱,记诵日多,多益为累。及伸纸落笔时,胸如乱丝,头绪既纷,无从割择,中且馁而胆愈怯,欲言而不能言,或能言而不敢言,矜持于铢两尺蠖之中,既恐不合于古人,又恐贻讥于今人。如三日新妇,动恐失体;又如跛者登临,举恐失足。文章一道,本摅写挥洒乐事,反若有物焉以桎梏之,无处非碍矣。于是强者必曰:古人某某之作如是,非我则不能得其法也。弱者亦曰:古人某某之作如是,今之闻人某某传其法如是,而我亦如是也。其黠者心则然而秘而不言;愚者心不能知其然,徒夸而张于人,以为我自有所本也。更或谋篇时,有言已尽本无可赘矣,恐方幅不足而不合于格,于是多方拖沓以扩之,是蛇添足也。又有言尚未尽,正堪抒写,恐逾于格而失矩度,亟阖而已焉,是生割活剥也。之数者,因无识,故无胆,使笔墨不能自由,是为操觚家之苦趣,不可不察也。昔贤有言:"成事在胆。"文章千古事,苟无胆,何以能千古乎?吾故曰:无胆则笔墨畏缩。胆既诎矣,才何由而得伸乎?惟胆能生才,但知才受于天,而抑知必待扩充于胆耶?吾见世有称人之才,而归美之曰,能敛才就法。斯言也,非能知才之所由然者也。夫才者,诸法之蕴隆发现处也。若有所敛而为就,则未敛未就以前之才,尚未有法也。其所为才,皆不从理、事、情而得,为拂道悖德之言,与才之义相背而驰者,尚得谓之才乎?夫于人之所不能知,而惟我有才能知之;于人之所不能言,而惟我有才能言之。纵其心思之氤氲磅礴,上下纵横,凡六合以内外,皆不得而囿之。以是措而为文辞,而至理存焉,万事准焉,深情托焉,是之谓有才。若欲其敛以就法,彼固掉臂游行于法中久矣,不知其所就者又何物也?必将曰,所就者乃一定不迁之规矩,此千万庸众人皆可共趋之而由之,又何待于才之敛耶?故文章家止有以才御法而驱使之,决无就法而为法之所役,而犹欲诩其才者也。吾故曰:无才则心思不出,亦可曰:无心思则才不出。而所谓规矩者,即心思之肆应各当之所为也。盖言心思,则主乎内以言才;言法,则主乎外以言才;主乎内,心思无处不可通,吐而为辞,无物不可通也。夫孰得而范围其心,又孰得而范围其言乎?主乎外,则囿于物而反有所不得于我心,心思不灵,而才销铄矣。吾尝观古之才人,合诗与文而论之,如左丘明、司马迁、贾谊、李白、杜甫、韩愈、苏轼之徒,天地万物皆递开辟于其笔端,无有不可举,无有不能胜,前不必有所承,后不必有所继,而各有其愉快。如是之才,必有其力以载之;惟力大而才能坚,故至坚而不可摧也。历千百代而不朽者以此。昔人有云:掷地须作金石声。六朝人非能知此义者,而言金石,喻其坚也。此可以见文家之力。力之分量,即一句一言,如植之则不可仆,横之则不可断,行则不可遏,住则不可迁。易曰:"独立不惧。"此言其人,而其人之文当亦如是也。譬之两人焉,共适于途,而值羊肠蚕丛、峻栈危梁之险:其一弱者,精疲于中,形战于外,将裹足而不前;又必不可已而进焉,于是步步有所凭藉,以为依傍,或借人之推之、挽之,或手有所持而扪,或足有所缘而践;即能前达,皆非其人自有之力,仅愈于木偶为人舁之而行耳。其一为有力者,神旺而气足,径往直前,不待有所攀援假借,奋然投足,反趋弱者扶掖之前;此直以神行而形随之,岂待外求而能者?故有境必能造,有造必能成。吾故曰:立言者,无力则不能自成一家。夫家者,吾固有之家也;人各自有家,在己力而成之耳,岂有依傍想象他人之家以为我之家乎？是犹不能自求家珍，穿窬邻人之物以为己有，即使尽窃其连城之璧，终是邻人之宝，不可为我家珍，而识者窥见其里，适供其哑然一笑而已。故本其所自有者而益充而广大之以成家，非其力之所自致乎？然力有大小，家有巨细。吾又观古之才人，力足以盖一乡，则为一乡之才；力足以盖一国，则为一国之才；力足以盖天下，则为天下之才。更进乎此，其力足以十世，足以百世，足以终古，则其立言不朽之业，亦垂十世、垂百世、垂终古，悉如其力以报之。试合古今之才，一一较其所就，视其力之大小远近，如分寸铢两之悉称焉。又观近代著作之家，其诗文初出，一时非不纸贵，后生小子，以耳为目，互相传诵，取为模楷；及身没之后，声问即泯，渐有起而议之者；或间能及其身后，而一世再世渐远而无闻焉；甚且诋毁丛生，是非竞起，昔日所称其人之长，即为今日所指之短，可胜叹哉！即如明三百年间，王世贞、李攀龙辈盛鸣于嘉、隆时，终不如明初之高、杨、张、徐，犹得无毁于今日人之口也。钟惺、谭元春之矫异于末季，又不如王、李之犹可及于再世之余也。是皆其力所至远近之分量也。统百代而论诗，自三百篇而后，惟杜甫之诗，其力能与天地相终始，与三百篇等。自此以外，后世不能无人者主之，出者奴之，诸说之异同，操戈之不一矣。其间又有力可以百世，而百世之内，互有兴衰者，或中湮而复兴，或昔非而今是，又似世会使之然；生前或未有推重之，而后世忽崇尚之。如韩愈之文，当愈之时，举世未有深知而尚之者；二百余年后，欧阳修方大表章之，天下遂翕然宗韩愈之文，以至于今不衰。信乎文章之力有大小远近，而又盛衰乘时之不同如是，欲成一家言，断宜奋其力矣。夫内得之于识而出之而为才，惟胆以张其才，惟力以克荷之，得全者其才见全，得半者其才见半，而又非可矫揉蹴至之者也，盖有自然之候焉。千古才力之大者，莫有及于神禹，神禹平成天地之功，此何等事？而孟子以为行所无事，不过顺水流行坎止自然之理，而行疏瀹排决之事，岂别有治水之法，有所矫揉以行之者乎？不然者，是行其所有事矣。大禹之神力，远及万万世，以文辞立言者，虽不敢几此，然异道同归，勿以篇章为细务自逊，处于没世无闻已也。大约才、识、胆、力，四者交相为济，苟一有所歉，则不可登作者之坛。四者无缓急，而要在先之以识，使无识，则三者俱无所托。无识而有胆，则为妄，为卤莽，为无知，其言背理叛道，蔑如也。无识而有才，虽议论纵横，思致挥霍，而是非淆乱，黑白颠倒，才反为累矣。无识而有力，则坚僻妄诞之辞，足以误人而惑世，为害甚烈。若在骚坛，均为风雅之罪人。惟有识则能知所从，知所奋，知所决，而后才与胆力，皆确然有以自信，举世非之，举世誉之，而不为其所摇，安有随人之是非以为是非者哉？其胸中之愉快自足，宁独在诗文一道已也？然人安能尽生而具绝人之姿，何得易言有识？其道宜如《大学》之始于格物；诵读古人诗书，一一以理、事、情格之，则前后中边,左右向背,形形色色,殊类万态,无不可得,不使有毫发之罅,而物得以乘我焉,如以文为战,而进无坚城,退无横阵矣。若舍其在我者,而徒日劳于章句诵读,不过剿袭依傍,摹拟窥伺之术,以自跻于作者之林,则吾不得而知之矣。

或曰:"先生发挥理、事、情三言,可谓详且至矣。然此三言,固文家之切要关键;而语于诗,则情之一言,义固不易,而理与事,似于诗之义未为切要也。先儒云:'天下之物,莫不有理。'若夫诗似未可以物物也。诗之至处,妙在含蓄无垠,思致微渺,其寄托在可言不可言之间,其指归在可解不可解之会;言在此而意在彼,泯端倪而离形象,绝议论而穷思维,引人于冥漠恍惚之境,所以为至也。若一切以理概之,理者,一定之衡,则能实而不能虚,为执而不为化,非板则腐,如学究之说书,闾师之读律;又如禅家之参死句,不参活句,窃恐有乖于风人之旨。以言乎事,天下固有有其理而不可见诸事者,若夫诗,则理尚不可执,又焉能一一征之实事者乎?而先生断断焉必以理、事二者与情同律乎诗,不使有毫发之或离,愚窃惑焉,此何也?"予曰:"子之言诚是也。子所以称诗者,深有得乎诗之旨者也。然子但知可言、可执之理之为理,而抑知名言所绝之理之为至理乎?子但知有是事之为事,而抑知无是事之为凡事之所出乎?可言之理,人人能言之,又安在诗人之言之?可征之事,人人能述之,又安在诗人之述之?必有不可言之理,不可述之事,遇之于默会意象之表,而理与事无不灿然于前者也。今试举杜甫集中一二名句,为子晰而剖之,以见其概,可乎?如《玄元皇帝庙作》'碧瓦初寒外'句,逐字论之。言乎外,与内为界也,初寒何物,可以内外界乎?将碧瓦之外,无初寒乎?寒者,天地之气也,是气也,尽宇宙之内,无处不充塞,而碧瓦独居其外,寒气独盘踞于碧瓦之内乎?寒而曰初,将严寒或不如是乎?初寒无象无形,碧瓦有物有质,合虚实而分内外,吾不知其写碧瓦乎?写初寒乎?写近乎?写远乎?使必以理而实诸事以解之,虽稷下谈天之辨,恐至此亦穷矣。然设身而处当时之境会,觉此五字之情景,恍如天造地设,呈于象,感于目,会于心。意中之言,而口不能言;口能言之,而意又不可解。划然示我以默会相象之表,竟若有内有外,有寒有初寒,特借碧瓦一实相发之。有中间,有边际,虚实相成,有无互立,取之当前而自得,其理昭然,其事的然也。昔人云:王维诗中有画。凡诗可入画者,为诗家能事,如风云雨雪景象之至虚者,画家无不可绘之于笔,若初寒、内外之景色,即董、巨复生,恐亦束手搁笔矣。天下惟理、事之入神境者,固非庸凡人可摹拟而得也。又宿左省作'月傍九霄多'句,从来言月者,只有言圆缺,言明暗,言升沉,言高下,未有言多少者。若俗儒不曰'月傍九霄明',则曰'月傍九霄高',以为景象真而使字切矣。今曰多,不知月本来多乎?抑傍九霄而始多乎?不知月多乎?

月所照之境多乎？有不可名言者。试想当时之情景，非言明、言高、言升可得，而惟此多字可以尽括此夜宫殿当前之景象。他人共见之，而不能知、不能言；惟甫见而知之，而能言之。其事如是，其理不能不如是也。又《夔州雨湿不得上岸作》'晨钟云外湿'句，以晨钟为物而湿乎？云外之物，何啻以万万计？且钟必于寺观，即寺观中，钟之外，物杂无算，何独湿钟乎？然为此语者，因闻钟声有触而云然也。声无形，安能湿？钟声入耳而有闻，闻在耳，止能辨其声，安能辨其湿？曰云外，是又以目始见云，不见钟，故云云外。然此诗为雨湿而作，有云然后有雨，钟为雨湿，则钟在云内，不应云外也。斯语也，吾不知其为耳闻耶？为目见耶？为意揣耶？俗儒于此，必曰'晨钟云外度'，又必曰'晨钟云外发'，决无下湿字者。不知其于隔云见钟，声中闻湿，妙悟天开，从至理实事中领悟，乃得此境界也。又《摩诃池泛舟作》'高城秋自落'句，夫秋何物？若何而落乎？时序有代谢，未闻云落也；即秋能落，何系之以高城乎？而曰高城落，则秋实自高城而落，理与事俱不可易也。以上偶举杜集四语，若以俗儒之眼观之，以言乎理，理于何通？以言乎事，事于何有？所谓言语道断，思维路绝。然其中之理，至虚而实，至渺而近，灼然心目之间，殆如鸢飞鱼跃之昭著也。理既昭矣，尚得无其事乎？古人妙于事理之句，如此极多，姑举此四语以例其余耳。其更有事所必无者，偶举唐人一二语，如'蜀道之难难于上青天''似将海水添宫漏''春风不度玉门关''天若有情天亦老''玉颜不及寒鸦色'等句，如此者，何止盈千累万？决不能有其事，实为情至之语。夫情必依乎理，情得然后理真，情理交至，事尚不得耶？要之：作诗者，实写理、事、情，可以言，言可以解，解即为俗儒之作。惟不可名言之理，不可施见之事，不可径达之情，则幽渺以为理，想象以为事，惝恍以为情，方为理至、事至、情至之语，此岂俗儒耳目心思界分中所有哉？则余之为此三语者，非腐也，非僻也，非锢也，得此意而通之，宁独学诗？无适而不可矣。"

或曰："先生之论诗，深源于正变、盛衰之所以然，不定指在前者为盛，在后者为衰；而谓明二李之论为非是，又以时人之模棱汉、魏，貌似盛唐者，熟调陈言，千首一律，为之反复以开其锢习，发其愦蒙。乍闻之，似乎矫枉而过正，徐思之，真膏肓之针砭也。然则学诗者，且置汉、魏、初盛唐诗勿即寓目，恐从是入手，未免熟调陈言相因而至，我之心思终于不出也。不若即于唐以后之诗而从事焉，可以发其心思，启其神明，庶不堕蹈袭相似之故辙，可乎？"余曰："吁！是何言也？余之论诗，谓近代之习，大概斥近而宗远，排变而崇正，为失其中而过其实，故言非在前者之必盛，在后者之必衰。若子之言，将谓后者之居于盛，而前者反居于衰乎？吾见历来之论诗者，必曰苏、李不如《三百篇》，建安、黄初不如苏、李，六朝不如建安、黄初，唐不如六朝；而斥宋者，至谓不仅不如唐，而元又不如宋；惟有明二三作者,高自位置,惟不敢自居于三百篇,而汉、魏、初盛唐居然兼总而有之而不少让。平心而论,斯人也,实汉、魏、唐人之优孟耳。窃以为相似而伪,无宁相异而真,故不必泥前盛后衰为论也。夫自三百篇而下,三千余年之作者,其间节节相生,如环之不断,如四时之序,衰旺相循而生物而成物,息息不停,无可或间也。吾前言踵事增华,因时递变,此之谓也。故不读'明良''击壤'之歌,不知三百篇之工也。不读三百篇,不知汉、魏诗之工也。不读汉、魏诗,不知六朝诗之工也。不读六朝诗,不知唐诗之工也。不读唐诗,不知宋与元诗之工也。夫惟前者启之,而后者承之而益之;前者创之,而后者因之而广大之。使前者未有是言,则后者亦能如前者之初有是言;前者已有是言,则后者乃能因前者之言而另为他言。总之:后人无前人,何以有其端绪?前人无后人,何以竟其引伸乎?譬诸地之生木然,《三百篇》则其根,苏、李诗则其萌芽由蘖,建安诗则生长至于拱把,六朝诗则有枝叶,唐诗则枝叶垂荫,宋诗则能开花,而木之能事方毕。自宋以后之诗,不过花开而谢,花谢而复开,其节次虽层层积累,变换而出,而必不能不从根柢而生者也。故无根则由蘖何由生?无由蘖则拱把何由长?不由拱把则何自而有枝叶垂荫而花开花谢乎?若曰:审如是,则有其根斯足矣,凡根之所发,不必问也。且有由蘖及拱把成其为木,斯足矣;其枝叶与花,不必问也。则根特蟠于地而具其体耳,由蘖萌芽仅见其形质耳,拱把仅生长而上达耳;而枝叶垂荫,花开花谢,可遂以已乎?故止知有根芽者,不知木之全用者也。止知有枝叶与花者,不知木之大本者也。由是言之:诗自《三百篇》以至于今,此中终始相承相成之故,乃豁然明矣,岂可以臆画而妄断者哉?大抵近时诗人,其过有二:其一,奉老生之常谈,袭古来所云忠厚和平、浑朴典雅、陈陈皮肤之语,以为正始在是,元音复振,动以道性情、托比兴为言;其诗也,非庸则腐,非腐则俚;其人且复鼻孔撩天,摇唇振履,面目与心胸,殆无处可以位置,此真虎豹之鞟耳。其一,好为大言,遗弃一切,掇采字句,抄集韵脚,睹其成篇,句句可画,讽其一句,字字可断;其怪戾则自以为李贺,其浓抹则自以为李商隐,其涩险则自以为皮、陆,其拗拙则自以为韩、孟,土苴建安,弁髦'初''盛';后生小子,诧为新奇,竞趋而效之,所云牛鬼蛇神,夔蚿罔两,揆之风雅之义,风者真不可以风,雅者则已丧其雅,尚可言耶?吾愿学诗者,必从先型以察其源流,识其升降。读《三百篇》而知其尽美矣,尽善矣,然非今之人所能为;即今之人能为之,而亦无为之之理,终亦不必为之矣。继之而读汉、魏之诗,美矣善矣,今之人庶能为之,而无不可为之,然不必为之,或偶一为之,而不必似之。又继之而读六朝之诗,亦可谓美矣,亦可谓善矣,我可以择而间为之,亦可以恝而置之。又继之而读唐人之诗,尽美尽善矣,我可尽其心以为之,又将变化神明而达之。又继之而读宋之诗、元之诗,美之变而仍美,善之变而仍善矣,吾纵其所如,而无不可为之,可以进退出入而为之。此古今之诗相承之极致,而学诗者循序反复之极致也。原夫创始作者之人,其兴会所至,每无意而出之,即为可法可则。如三百篇中,里巷歌谣,思妇劳人之吟咏居其半。彼其人非素所诵读讲肆推求而为此也,又非有所研精极思腐毫辍翰而始得也;情偶至而感,有所感而鸣,斯以为风人之旨,遂适合于圣人之旨,而删之为经以垂教。非必谓后之君子,虽诵读讲习,研精极思,求一言之几于此而不能也。乃后之人,颂美训释三百篇者,每有附会,而于汉、魏、初盛唐亦然,以为后人必不能及。乃其弊之流,且有逆而反之;推崇宋、元者,菲薄唐人;节取学诗者,使竟从事于宋、元近代,而置汉、魏、唐人之诗而不问,不亦大乖于诗之旨哉?"

第六章 近代文论

中国古代文论的总结在清代,清代文论兼有以前各代的特点但缺少自己的个性。这种局面到了近代才有突破性的变化。1840年的鸦片战争使国门被迫打开,西方文化伴随着其坚船利炮排闼而来。西学东渐、中西文化的冲突与交汇构成近代文论的文化背景。近代文论一方面是古代文论的余绪,一方面又开启了新的文论时代,带有现代性特征。说是余绪,其实也出现了叛离传统的文学新主张,如龚自珍、魏源的理论;西方新说的输入引进,使中国古代文论的发展显示出不同于传统的品格:戏曲理论和小说理论发生了质的变化,涌现出前所未有的小说专论和专著,也诞生了可以与西方戏剧理论相媲美的王国维的戏曲理论。本章先概述近代文化与文论的关系以及近代文论的主要成就,然后介绍龚自珍、刘熙载、梁启超、王国维等人的文论思想及其在中国文论史(尤其是在近现代文论史)上的地位。

第一节 近代文论概述

近代是一个过渡时代,充分显示出文化转型的特点。由洋务运动到维新运动,再到新文化运动,涉及对西方军事、科技、工商、理论学说、社会制度的引进和文化的更新变革等一系列过程,中国因此迈入了半封建半殖民地的社会阶段。这一文化背景下的近代文论也表现出激烈变化和多元共存的态势。最明显的成就是对西方理论的移植,从而提高了文学的启蒙功能和小说的地位;其次也表现在发源于传统内部的启蒙的文学主张,如龚自珍、魏源的理论。传统的诗论和词论在此时同样具有发展空间,只是不再占有主流地位。

一、"过渡时代"的文化转型特点

梁启超曾经以"过渡时代"称谓近代社会,即1840年鸦片战争之后的中国社会。这个时代在社会生活的各个领域或层面尤其是在文化的层面,发生了巨大的、整体性的变革,因此被称之为"文化转型期"。虽说"转型"的标志性事件是1840年爆发的鸦片战争,但若从更为深广的文化背景考察,这一"转型"早在明代中叶(16世纪)就已经开始了。明代中期以来,长江中下游及东南沿海,工场手工业和商品经济渐成规模,出现从"农本"向"重商"转化的苗头。在观念领域也初露启蒙动向:明清之际的黄宗羲在《明夷待访录》中对专制君主的抨击,对君臣之间从主奴依附向平等关系转化的期待,对学校议政、工商皆本的热烈倡导,都昭示着新的文化精神的逼近。此外,还有归有光等人对"节烈观"的批判,戴震对"以理杀人"的谴责。即使是清学的主潮——乾嘉考据学,虽然弥漫着古典气息,但其间洋溢着的理性的实证精神,显示出将神圣的经书还原为历史典籍的努力,其对经学传统的解构,也为文化观念的转换准备了条件①。

一般说来,转型时期的文化与传统文化存在着"离异"的关系。在此期间,文化发展明显地产生危机和断裂,同时又进行急遽的重组与更新。对主流文化的否定和怀疑,打乱既成的规范和界限,形成对主流文化的冲击乃至颠覆。中国近代文化的转型也具备了这种特性,具体显示的是对传统文化的"离异"以及"抗夷""制夷""御侮""救亡图存"的发展过程。

西方侵略者的坚船利炮击破了中国人"天朝上国"的观念,并迫使中国人不得不去了解西方。林则徐最早开始走向"开眼看世界"的"知夷"新途;魏源则提出"师夷之长技以制夷"的思想;冯桂芬也提出"采西学""制洋器"的主张。一时间出现了从政府官僚到士人学子均参与在内的洋务运动。张之洞提出"中学为体,西学为用"的主张,曾国藩、李鸿章也都是洋务派的代表。他们主张学习西方的器物技术,试图从军事、经济、技术等方面进行变革。

甲午战争的失败宣告了洋务运动的破产,中国的仁人志士认识到落后挨打的根本原因是封建专制体制,于是选择变法维新和反清革命为新的救亡图存的道路。以康有为、梁启超为代表的维新派从洋务运动的失败中认识到,不但要学习外国的科技、制械和练兵之术,而且必须学习西方的政治制度和文化理论,改变中国的君主专制制度。康有为、梁启超发动了维新变法运动,试图按照西方资本主义国家的面貌自上而下地改造中国。严复介绍了西方的进化论和天赋人权说,提出"开民智""教民力""新民德"的主张,在思想上发挥了极大的启蒙作用。以孙中山为代表的革命派则更进一步认为只有推翻清朝政府才能真正救国。孙中山反对封建专制,宣传西方的自由、平等、博爱,提出民族、民权、民生的三民主

---

① 参见冯天瑜为《中国文化的现代转型》所作的"序言",该书由湖北大学中国思想文化史研究所主编,湖北教育出版社,1996年。

义政治纲领。陈独秀和李大钊则从中西文化比较的角度,深入剖析中国落后挨打的文化根源。因而有了后来的五四新文化运动。

史学界一般将1840年—1919年这一段称为我国的近代时期;但从"文化转型"的角度而论,这一分期还可以向前向后延伸:向前可延伸至明代中叶,向后则可延伸至"五四"之后。近代文化的转型经历了由军事、经济到国家体制再到思想文化的过程,其间充满了矛盾和冲突。毕竟中国传统文化有着悠久的历史和深厚的社会基础,对其怀疑、否定、更新都非常不容易,因而"中学为体,西学为用"或"全盘西化"或"以中化西",便形成近代这一转型期的错综复杂的文化格局。其间因冲突而带来的力量消长也不总是指向现代性。但是,近代毕竟不同于古代,其文化转型的进程,虽障碍重重甚至千难万险,却依然是向着现代性的目标挺进。

明确了近代文化转型的复杂特性,我们才可以理解龚自珍、魏源的启蒙思想并非空穴来风,他们尽管还没有接受西方文化,但同样为近代文化和文论建设作出了不可低估的贡献;以后的改良维新派人士和后来者的努力则是更加直接地参与到近代文化和文论的建设中。

二、"古今中西大交会"中的近代文论

近代文论与近代文化转型息息相关,具体而言又大致表现出三个方面:一是因为新术语、新思想的引入和应用,改变了中国古代文论的品质,使其具有了近代才可能形成的特点;二是对古代文论乃至古代文化采取了怀疑、否定和背叛的态度,成为传统的逆子贰臣,即冲破了封建社会道统和文统的束缚,其思想和理论具有启蒙色彩;三是近代文论中的一部分虽然属于古代文论的余绪,但它与传统文论比较,已经有了近代的气息。

1. 脱胎于传统母体的叛逆思想

中国传统文化经过几千年的发展,形成从尧舜禹汤至孔孟的道统和从秦汉古文到唐宋八大家的文统。根深蒂固的道统和文统,作为正统意识形态,在历史的变革过程中虽然有过动摇或局部的变异,但总体上还是以超稳定的形态决定着文化的发展进程,形成封建社会占据中心地位的主流文化。明代中叶,封建社会超稳定的文化结构开始受到"破块启蒙"的冲击。因为阳明心学的影响,明代的文论已经出现了"童心说""至情说""性灵说"和"神韵说"。不过,清代文论并没有沿着明代的这一方向发展,而是对古代文论作了一个全面的总结和整理,似乎又回到主流文化的正统之中。封建文化因乾嘉王朝的显赫而辉煌,但这是封建社会末代的辉煌,是行将衰败的回光返照。在西方侵略者还没有轰开中国的

国门之前,一些有识之士就敏感地觉察到大清帝国的危机,最突出的代表是魏源和龚自珍。

龚自珍目睹清朝统治急剧衰落,深感社会矛盾深重、危机四伏,故用公羊学说唤醒世人,倡导变革。他对公羊"三世"说哲学体系实行革命性改造,论证封建统治的演变规律为"治世——衰世——乱世",大声疾呼衰世已经到来,"乱亦将不远矣"。从此,公羊学说同晚清社会的脉搏相合拍,成为鼓吹变革、呼吁救亡图强的有力的思想武器。龚氏写有一系列重要政论,有力地论证:"自古及今,法无不改,势无不积,事例无不变迁,风气无不移易。"(《上大学士书》)并且警告统治者,不改革就会自取灭亡。他又形象地用"早时""午时""昏时"来描述三世:早晨的太阳,沐浴身心,宜君宜王,统治集团处于上升阶段;中午的太阳,五色文明,炎炎其光,同样宜君宜王,统治集团尚能控制局面;时至暮色,人思灯烛,吸饮暮气,"不闻余言,但闻鼾声,夜之漫漫,鹖旦不鸣",统治集团已到了日暮途穷的境地,大变动就要发生了。与古文学派一向宣扬三代是太平盛世、统治秩序天经地义、永恒不变的僵死教条相比,龚自珍所阐发的公羊三世哲学观点,新鲜活泼,容易触发人们对现实的感受,启发人们警醒起来投身于改革的事业。

龚自珍以通达的眼光、阔大的胸襟、独立不羁的个性气质和敢破敢立的精神风貌特立独行,提出"尚真""尚完""尚奇"的文论主张,其文论思想透射出民主自由的曦光。魏源的文学主张特别注重其政治社会作用,指出"考治""辨学""合观""合听"是纂选诗文的根本标准,把诗文作为表达政治思想的工具,认为诗文的汇集具有尊重民意、启迪民智、考察民情、博采民议的意义。龚自珍和魏源是"托古改制"的倡导者,他们企慕的是"古人之能创",追求的是"古则复于本"的正道,属于脱胎于传统母体的叛逆思想和文论。

2. 浸润了欧风美雨的启蒙精神

西方新思想、新术语的引进和运用,使整个近代思想界发生了巨大变化。以"新思想之陈涉"自居的梁启超在国学从古代走向现代的过程中发挥了巨大的作用。梁启超较早认识到经史子集的学术之路已是一条死胡同,他在诸多学科拓荒耕耘,在文学、新闻、出版编辑、图书目录、文献、历史、政治、法律、经济等学科都作出了相当大的贡献。梁启超明确提出,必须从根本上改造传统国学,使之成为重铸国民精神的思想武器。主张通过东西方两大文明的融合,创造出健康活泼的新文化。梁启超还与当时的思想家一起,为新国学创造出"不中不西,即中即西"这一带有普遍意义的学术形式。

在文学理论领域,梁启超、黄遵宪等人发动了"诗界革命""文界革命"和"小说界革命",并开始建立新的文学理论和文学批评的价值观念,比如将西方的悲剧观念和崇高观念引入中国文论，以批评的科学化、逻辑化去改变古代印象批评、评点式批评的传统格局，冲破以诗文为正宗的文体观念而确立小说的正宗地位，等等。参与到这个变革过程的人士，既有革命家、改良派思想家，也有较为纯粹的学者，如康有为、梁启超、黄遵宪、裘廷梁、严复、王国维、柳亚子，等等。

3. 作为传统文论余绪的文学理论和批评

作为传统文论余绪的文学理论和批评又可以分为两个方面：一是在方法和结论两方面均没有超出古代文论的范畴体系；二是沿用古代文论的方法，而结论却是反传统的或是对传统文论的发展和补充。比较有代表性的是刘熙载、谭献、陈廷焯的词论和章炳麟的批评理论。以章炳麟的《文学总略》为例，"章氏站在朴学家的立场看待文学，并以朴学家的方法论文学的义界……篇中着重批评的有两个方面，一是对阮元《文言说》的，一是对西欧文学理论动人情感说的，为此，章氏追溯到文学义界较早的主张，并以文字学的见地，确定文学的含义"①。由此可见，以章炳麟为代表的传统文论之余绪也还具备近代开放的特点，即研究者的视域除了中国传统文论之外，还吸收了西方文论思想。比较之下，刘熙载的词论则基本囿于古代文论的范畴。

总体说来，近代文化对近代文论的影响是叛离、启蒙和开放。近代文化的转型特点也造就了近代文论古今杂糅、中西交汇的品质。

三、近代文论的突出贡献

作为文化转型期的近代文论，它的重要贡献体现在因时代精神影响而形成的启蒙精神，因外来理论及新术语的引入而形成的批评新风格。具体说来是对传统文论的总结、新兴的小说理论批评的诞生、对古代戏曲的系统研究和带有现代文艺思潮性质的诗界革命、文界革命与小说界革命。

1. 诗界革命和文界革命

改良主义变革社会的强烈愿望激发出文学观念的除旧布新，从而使改良主义者带着对新事物、新感受的向往，在文学界掀起层层波澜。诗界革命的参加者有谭嗣同、夏尊佑、黄遵宪、康有为、梁启超、蒋智由等，其中以黄遵宪成就最高，梁启超则作了大量的鼓吹和宣传。

黄遵宪(1848—1905)，字公度，广东嘉应人。历任驻日本参赞、美国旧金山总领事、驻英参赞、新加坡总领事等职。曾创办《时务报》，协助湖南巡抚陈宝琛推行新政。著有《日本国志》《人境庐诗草》。黄遵宪是诗界革命的倡导者和实践

---

① 郭绍虞：《中国历代文论选》（一卷本），上海古籍出版社，1979年，第441页。

者,他的主要贡献表现在以下三个方面:其一,主张运用诗歌形式为维新运动服务。与古代的"文以载道"不同,黄遵宪说"诗虽小道,然欧洲诗人出其鼓吹文明之笔,竟有左右世界之力",表现了他对西方资产阶级革命及其文学成就的借鉴,他的诗歌创作"善变",愈变愈新,也是与他对日本、美、欧各国新情况新思想的了解程度有着密切的联系。其二,提出诗界革命的创作原则,"诗之外有事,诗之中有人",主张冲破传统诗歌内容与形式的束缚,表现时代精神和作者个性,同时也主张吸取古代诗歌的精神风貌。其三,提倡诗歌语言的口语化,"我手写吾口,古岂能拘牵"。此外,黄遵宪还注意到了"语""文"的统一对发展文学、启发民智和保种强国的重要作用。

梁启超对诗界革命是参与倡导并积极支持,对黄遵宪的诗歌创作寄予厚望,曾为《日本杂事诗》和《人境庐诗草》撰序并倍加赞赏。梁启超鄙弃吟风弄月的靡靡诗风,向往悲恻雄奇的慷慨之作,赞美新奇瑰丽的诗歌意境,追求放眼域外文学的新异风姿。梁启超不善于作诗却善于论诗,他在诗界革命中的贡献主要表现在对当时尤其是对维新党人诗歌的评论方面,如《饮冰室诗话》。他指出诗歌革新的关键在具有新的理想、意境,也欣赏运用一些新的词汇与流行俗语,但他不赞成生搬硬套,或者徒具形式。《饮冰室诗话》说:

> 过渡时代,必有革命。然革命者当革其精神,非革其形式。吾党近好言诗界革命。虽然,若以堆积满纸新名词为革命,是又满洲政府变法维新之类也。能以旧风格含新意境,斯可以举革命之实矣。苟能尔尔,则虽间杂一二新名词,亦不为病。不尔,则徒示人以俭而已。

梁启超看到了诗界革命有着"形式"与"精神"的区别,他为了把革命引入"精神"的层次,特别突出诗歌意境的求新。从梁启超的诗歌评论中,我们可以感受到他的"新意境"内涵就是当代精神,即中国近代社会的进步力量及思潮所特有的奋发气概和英武雄风。诗界革命的意义,一是挣脱了清代以来拟古传统的束缚,以自创新意境的自信和诗歌创作实践显示出一种新的审美意识;二是更新语言,以新术语、新名词入诗,提倡诗歌语言的口语化。

文界革命与诗界革命差不多是同步进行的,其源头仍在黄遵宪。在《杂感》五首里,黄遵宪指出古代经典语深义奥,故"我手写吾口"适应范围不仅仅在诗,黄遵宪在《日本国志·文学》中希望产生一种"适用于今""通行于俗"的新文体。谭嗣同在《管音表自叙》里也说明"语言"与"文字"统一的重要意义,表示了对"文言文"的不满。梁启超新体文的浅近通俗是对传统古文的解放,尽管解放得还不是很彻底。正式高举"崇白话,废文言"旗号的是裘廷梁(1857—1943),他在《论白话为维新之本》里开宗明义地把白话文与国家的命运联系起来。受当时世界民主潮流的影响,他强调一个国家兴亡的征兆在于"民智",在于民众的文明程度。接着,他分析了"文言"对"民智"的危害,批判了"崇尚文言"的传统观念。他积极肯定了白话文"省日力""除骄气""保圣教""便幼学""炼心力""少弃才""便平民"的种种益处,最后结论是"愚天下之具,莫文言若;智天下之具,莫白话若"①。文界革命动摇了以文言为至上的传统的文学语言观念,为后来的白话文运动奠定了基础。

小说界革命比诗界革命、文界革命的意义更大,本书将在有关梁启超的专节里分析。

2. 近代小说理论批评的新成就

近代小说理论与古代小说理论之间存在着本质的不同,近代小说理论的功绩表现在三个方面。其一是动摇了古代以诗文为正统的文学观念,从资产阶级维新运动的需要出发,将小说的社会功能提高到空前的高度,使小说成为自觉地为政治斗争服务,推动社会进步的工具。其二是涌现了一大批小说专论和专著,表现了小说批评的独立、系统和理论化的倾向。著名小说专论或专著有《国文报》的《本馆附印说部缘起》、梁启超的《论小说与群治之关系》、夏尊佑的《小说原理》、狄平子的《论文学上小说之位置》、王钟麒的《中国历代小说史论》、王国维的《红楼梦评论》、徐念慈的《余之小说观》、管达如的《说小说》、吕思勉的《小说丛话》等。中国古代的小说批评一般散见于各类笔记丛谈,或者附见于小说的叙跋和批点,带有杂感、随笔的特性而缺少有系统、成体系的论述。近代小说理论批评则完全改变了古代小说理论批评的面貌。其三是出现了以王国维《红楼梦评论》为代表的运用西方美学理论批评中国小说的专论。对王国维的《红楼梦评论》本书将辟专节介绍。

3. 对古代戏曲的系统研究

近代戏曲理论一方面表现出系统性,另一方面也显示出汲取西方文论观点和批评方法的倾向。近代戏曲理论的代表人物有姚华、王国维和吴梅。姚华的特点是曲论、书论、画论相通,把戏曲当作"人文之所系",即人类文化的组成部分来看待。他在探讨文艺创作发展演变的原因时,指出戏曲"虽关时世,亦缘地理",这是历来曲论家从未揭示过的。受西方美学和文艺理论的影响,姚华还表现出对喜剧文学价值的深刻理解。王国维的戏曲研究不仅汲取西方的文艺观和方法论,同时也继承了清代"朴学"的治学之道,即重视文献资料的搜集。吴

---

① 裘廷梁:《论白话为维新之本》,见《中国历代文论选》第四册,上海古籍出版社,1980年,第172页。

梅的贡献首先是在大学教学中开设戏曲研究课程,另外他在研究戏曲的度曲音韵方面也有所发挥和建树。但吴梅的曲论多脱胎于明清以来的传统文论,在借鉴西方美学、文艺理论以及系统整理分析文献资料方面,都不及姚华和王国维。

近代文论的突出贡献还可以从不同的方面归纳,但不管从哪个角度研究,在以下两点上是一致的:一是近代文论显示出对传统文论的叛离和文艺的现代启蒙精神,这与"过渡时代"的改良、维新、革命带来的文化转型相呼应;二是近代文论同时也是汲取西方美学和文艺理论的结果,因而表现出不同于古代文论的近代品质。

第二节 龚自珍、刘熙载及传统文论之总结

如前所述,近代文论的特征之一是对传统文论的总结,这种总结性又表现在形式和内容两个方面。无论是龚自珍还是刘熙载,其文论的形式与古代文论并无多大差别,尤其是刘熙载,似乎并不为潮流所动,其《艺概》的写作仍沿袭传统文论的路径,以宗经、重道为旨,并采取评点式的语录体形式。当然,在龚自珍的文论中,有着启蒙思想和民主精神,它既是古代文论的余绪,也是近代文论的先声。

一、龚自珍的文论思想

龚自珍(1792—1841),一名巩祚,字璱人,浙江仁和(今杭州)人。晚清诗人、思想家、史学家,一生诗文甚富,后人辑为《龚自珍全集》。道光元年(1821年)官内阁中书,任国史馆校对官。道光九年(1829年)中进士,官至礼部主事。道光二十一年(1841年),于江苏云阳书院猝然去世。龚自珍初承家学渊源,从文字、训诂入手,渐涉金石、目录,泛览诗文、地理、经史百家,受当时崛起的"春秋公羊学"影响很深。后来面对嘉庆、道光年间日益深重的社会危机,龚自珍弃绝考据训诂之学,讲求经世之务而志存改革。青年时代所撰《明良论》《乙丙之际著议》等文,揭露和抨击封建专制的积弊。中年以后,虽然志不得伸,转而学佛,但是"经世致用"之志并未消沉。他支持林则徐查禁鸦片,并建议林则徐加强军事设施,做好抗击英国侵略者的准备。

1. 龚自珍的民主启蒙思想

龚自珍生活的年代,是统一的封建国家面临没落、崩溃,走向半封建、半殖民地的历史阶段。西方资本主义势力对中国的侵略不断升级,国内阶级矛盾日益

尖锐。龚自珍早在青年时代就对清王朝的衰败和危机有一种特殊的敏感。龚自珍的思想发展经历了一个艰苦、复杂和曲折的过程。他最初接受乾、嘉以来以戴震、段玉裁和二王(念孙、引之)为代表的考据学派的影响,却并不为所囿,而是以一种特有的敏锐眼光观察现实,对腐朽黑暗的社会政治进行深刻的揭露和尖锐的批判,并发出改革的呼声,提出改良经济制度的主张。特别值得注意的是,他运用《春秋》公羊学派的"三世说",对比统治者即"京师"和"山中之民"势力的消长变化,承认"山中之民"兴起的必然性,肯定未来时代的巨大变化。

在学术思想上,中年以后,他抛弃考据之学,接受当时《春秋》公羊学派庄存与、刘逢禄的影响,所谓"从君烧尽虫鱼学,甘作东京卖饼家"。从此他更自觉地使学术研究与现实政治社会联系,使学术研究不流于空谈,而为实际所用,研究的课题也更多更广,所谓"为天地东西南北之学",而特别致力于当代的典章制度和边疆民族地理研究,对现实政治社会问题提出了积极的建议,如《西域置行省议》和《东南罢番舶议》,对抵抗外国资本主义侵略和巩固西北边疆具有重大的意义。

随着学术思想的渐趋成熟,龚自珍著《古史钩沉论》,把经史、百家、小学、舆地,以及当代的典章制度的研究完全统一起来,形成一个完整的历史概念。该书指出:"周之世官,大者史。史之外无有语言焉;史之外无有文字焉;史之外无人伦品目焉。史存而周存,史亡而周亡。"他把古代历史文化的功与罪完全归结到史官,并以当代的史官即历史学家自任。他认为史官之所以可尊,在于史官能站得高,从全局着眼,作客观的、公正的批判。他既以历史学家自处,随着仕途的失意,也就自然地以"搜罗文献"自慰,终于不免陷入"以琐耗奇"的悲哀,这就是他中年以后所以感慨日深的缘故。就其主导方面来说,龚自珍的文化态度始终是积极的,他看到清王朝的统治是"衰世",是"日之将夕",从而对未来时代的变化寄以极大的热情和希望。在中国封建社会开始发生重大变化的前夕,龚自珍是一位主张改革腐朽现实、抵抗帝国主义侵略的近代资产阶级改良主义启蒙思想家。

龚自珍一生追求"更法",虽至死未得实现,但在许多方面产生了有益的影响。在社会观上,他指出社会动乱的根源在于贫富不相齐,要求改革科举制,多方罗致"通经致用"的人才。在哲学思想上,阐发佛教天台宗的观点,提出人性"无善无不善""善恶皆后起"。在史学上,发出"尊史"的呼吁,并潜心于西北历史、地理的探讨。

2. 龚自珍的文论思想

梁启超在《清代学术概论》中说,"光绪间所谓新学家者,大率人人皆经过崇拜龚氏之一时期","晚清思想之解放,自珍确与有功焉。初读《定庵文集》,若受电然"。维新派推崇龚自珍,多从思想启蒙处立论;而南社诗人推崇龚自珍,则是追寻其歌哭无端的诗风。柳亚子称龚诗为"三百年来第一流",南社还流行学龚诗、集龚句的习尚。龚自珍诗文所蕴涵的启蒙思想和歌哭无端的诗风在他的文论中也得到相应的表现。他的文论与传统文论一样,多半散见在为他人所写的序言、集后之中,另一部分则集中在对历代诗人的评价里。

在《书汤海秋诗集后》里,龚自珍提出了"诗与人为一"即是"完"的理念。要求诗人摆脱束缚,解放个性,充分地抒写真情实感,完满地表现个性风貌,这就是"完"。《长短言自序》提出了"尊情"和"宥情"之说:"情之为物也,亦尝有意乎锄之矣,锄之不能,而反宥之,宥之不已,而反尊之。"这里的"尊情"和"宥情"建立在追求个性解放的基础上,要求尊重人的自然真率的思想感情,使其健康发展,并在作品中充分地抒发出来。在《识某大令集尾》中,作者说"文章虽小道,达可矣,立其诚可矣"。这里的"达"就是"完",是要求作家把自己被压抑的"所欲言"的东西和"所不欲言卒不能不言"的东西统统表现出来,并且让读者能够"于所不言求其言"。要做到"达"与"完",还必须"立其诚",专心抒发真情实感,"要不肯掊撅他人之言以为己言"。

龚自珍的文艺思想还体现在对古典作家的评论方面,他十分推崇庄子、屈原、陶渊明和李白。《自春徂秋,偶有所触,拉杂书之,漫不诠次,得十五首》中有云:"名理孕异梦,秀句镌春心,庄骚两灵鬼,盘踞肝肠深。"龚自珍所醉心于《庄子》和《离骚》的,是其精妙的思想境界和瑰丽的文辞。"六艺但许庄骚邻,芳香恻悱怀义仁。"然而庄子与屈原又不一样,屈原以身殉国,庄子高蹈避世,入世出世,趋向异殊。龚自珍以为兼有庄、屈二者之美的是李白。《最录李白集》云:"庄屈实二,不可以并,并之以为心,自白始。儒、仙、侠实三,不可以合,合之以为气,又自白始也。其斯以为白之真原也已。"李白的奇思妙想、奔放豪迈以及瑰丽的文辞都得到龚自珍的衷心赞赏。龚自珍还标举陶潜诗歌中所体现的荆轲侠骨、诸葛豪气、屈原悲情,赞美陶潜的襟怀磊落、性情温厚。在龚自珍看来,陶潜也是"亦狂亦侠亦温文"的人,醇厚的爱与强烈的憎,"温情"与"侠骨"原是统一的,这同儒家温柔敦厚的诗教传统完全不同。

龚自珍诗论对"完""尊情""宥情""达""诚"的提倡,对"亦狂亦侠亦温文"的肯定,一方面显示出近代文人的启蒙信息,同时也发展了明清的"童心说""至情说""性灵说"和"神韵说"。明代李贽倡导"绝假纯真,最初一念之本心",龚自珍则更进一步,要求诗人对个性作出真诚完满的表达。公安派的"性灵说"要求作家将真实感情生动活泼地表露出来,反对因袭模拟、剽窃仿作。龚自珍自觉地吸收了这些精神,使之与自己独立不羁的个性气质和敢破敢立的精神品格结合,产生了新型的理论内核,不仅要求诗人摆脱传统的束缚,解放个性,还要求充分地尊重个人情感,完满地表现个性风貌。在文论形式上,龚自珍仍然沿袭古代文论的形式与方法,但他的批评理论饱含着开放、民主和个性解放的精神。

二、刘熙载《艺概》及近代词论

刘熙载(1813—1881),字伯简,号融斋,晚号寤崖子,江苏兴化人。道光二十四年(1844年)进士,曾官广东提学使,主讲上海龙门书院。刘熙载通习经学、音韵学、算学,旁及诗、文、词、曲、书法,著有《古桐书屋六种》《古桐书屋续刻三种》。他的《艺概》是平时论文谈艺的汇编,成书于晚年。全书共六卷,分为《文概》《诗概》《赋概》《词曲概》《书概》《经义概》,分别论述文、诗、赋、词、书法以及八股文的体制流变、性质特征、表现技巧和重要作家作品等。其《自叙》自谓谈艺"好言其概",故以"概"名书,也就是言其概要,以简驭繁,使人得其大意,明其旨要,触类旁通。这是刘氏谈艺的宗旨和方法,也是《艺概》一书的特色。本小节先介绍刘熙载《艺概》的理论内容及特色,然后以《艺概》中的《词曲概》为重点,介绍近代的词学理论。

1.《艺概》的理论内容及特色

刘熙载在《艺概·叙》中说:

> 艺者,道之形也。学者兼通六义,尚矣!次则文章名类,各举一端,莫不为艺,即莫不当根极于道。顾或谓艺之条绪綦繁,言艺者非至详不足以备道。虽然,欲极其详,详有极乎?若举此以概乎彼,举少以概乎多,亦何必殚竭无余,始足以明指要乎!是故余平昔言艺,好言其概,今复于存者辑之,以名其名也。

刘熙载写作此叙的1873年仲春,新思潮新术语已输入中国,而刘熙载的思想似乎并不为潮流所动,其《艺概》的写作仍沿袭传统文论的路径,以宗经、重道为旨,并采取评点式的语录体形式,描述自己对于几千年传统文学的感受。

其一,刘熙载《艺概》认为文学是"心学",是"我"(作家之心)与"物"相摩相荡的产物。从这一基本认识出发,刘熙载论文贵真斥伪,肯定有个性有独创精神的作家作品,反对因袭模拟、夸世媚俗的文风。其二,刘熙载注意到文学创作有两种不同的方法,或"按实肖象",或"凭虚构象"。他很重视艺术形象的虚构,认为"能构象,象乃生生不穷矣"。比如,庄子的文章"意出尘外,怪生笔端",乃是"寓真于诞,寓实于玄";李白的诗"言在口头,想出天外"。其三,刘熙载运用辩证的方法总结艺术规律,如《经义概》指出:"文之为物,必有对也,然对必有主是对者矣。"刘熙载《艺概》正是在对物我、情景、义法等两两相对之范畴的论述中,着重揭示它们是如何辩证统一的,并突出我、情、义的主导作用。

值得指出的是,刘熙载文论中的艺术辩证法倾向,使得他在考察创作问题和评价作家作品时,往往深入一层,高出一头,常有精辟独到之见解。刘熙载强调作品是一个有机整体,在论"词眼""诗眼"时,提出"通体之眼""全篇之眼"的观点。他谈批判与继承的关系,指出"惟善用古者能变古,以无所不包,故能无所不扫"。他对不同旨趣、不同风格的作家作品,不"著于一偏",不强分轩轾,而是将其长处与不足如实指出。比如,"齐梁小赋,唐末小诗,五代小词,虽小却好,虽好却小,盖所谓'儿女情多,风云气少'也"。他论表现手法与技巧,指出"语语微妙,便不微妙","竟体求奇,转至不奇",强调"交相为用","相济为功",提出一系列相反相成的艺术范畴,如深浅、重轻、劲婉、直曲、奇正、空实、抑扬、开合、工易、宽紧、谐拗、淡丽等等。

刘熙载认为文学与时为消息,重视反映现实、作用于现实的所谓"有关系"的作品。他还把作品的价值同作家的品行联系起来,强调"诗品出于人品"。所以,他论词推崇苏轼、辛弃疾,批评温庭筠、周邦彦词品低下,并以晚唐、五代婉约派词为"变调",以苏轼开创的豪放词为"正调"。

2.《艺概·词曲概》和近代词论

近代词坛和词论是继清代前中期的"中兴"而前进的,不仅词作者辈出,在词论方面也卓有成效,以至于有"清词高于宋词"之说。清词流派众多,词学理论丰厚,又有学问家作词,其阵容之大是历代少有的。如刘熙载《艺概·词曲概》、陈廷焯《白雨斋词话》、谭献《复堂词话》、况周颐《蕙风词话》、王鹏运《四印斋所刻词》、江标《宋元名家词》、吴昌绶《影刊宋金元本词》、朱祖谋(孝臧)《彊村丛书》以及最为著名的王国维《人间词话》等。清词较之于宋词,能变而益上,在于有丰富的词学理论给词人以启迪。如浙派论"醇雅",常州派论"意内言外",论"比兴",论"非寄托不入,专寄托不出",还有刘熙载论流变,况周颐论词境词心,王国维论境界,论有我之境与无我之境,论理想与写实,等等,都深识鉴奥,发前人所未见。

刘熙载《艺概》中的词论在近代词坛颇受好评,如沈曾植《菌阁琐谈》称许他"涉览既多,会心特远",冯煦《蒿庵论词》谓其"多洞微之言",王国维《人间词话》则对《艺概》以词作佳句来概括词人风格的评点方式有所汲取。特别值得提出的是《艺概·词曲概》关于词体发展之"正""变"的观点。自从《诗经》"风雅"之分"正""变",正统学者多崇"正"抑"变",而主变革的批评家则多肯定"变"体,后者如叶燮《原诗》,认为"诗变而仍不失其正",给诗体之变以合法的地位。词论中也有这种情况,正统学者大都以温庭筠、周邦彦的绮丽婉媚为宗,而认为苏轼、辛弃疾等豪放之作是"非本色"。如张惠言《词选》所选的词以婉约为多,周济《宋四家词选》将周邦彦、吴文英、王沂孙与辛弃疾并列,虽然意在调和,最终的评价却仍有轩轾。而刘熙载则明确指出,从词的起源看,晚唐、五代婉丽之风实为变调,而苏、辛之词,恰是返于正途:

> 太白《忆秦娥》声情悲壮,晚唐五代惟趋婉丽,至东坡始能复古。后世论词者,或转以东坡为变调,不知晚唐五代乃变调也。

这里举李白《忆秦娥》为词的源头虽可商榷,但考之唐代民间词,本来不拘一格;而偏尚婉丽之风者,实为后起,故刘熙载的说法是合乎词史发展实际的。另外,词的本色论者,往往强调音律的特殊性,而刘熙载则认为"词必期合律,然'雅''颂'合律,'桑间''濮上'亦未尝不合律也。'律和声'本于'诗言志',可为专讲律者进一格焉"。这就给以审音协律为主的词论以有力的冲击,说明刘熙载的文学思想还是比较开放的。

第三节　梁启超、王国维及近代文论之开启

近代文论的突出特点是它的启蒙、开放性质。龚自珍、刘熙载等人的文论所表征的,是既源于传统又与传统背离的特征,而梁启超、王国维等人的文论所显示的则是浸润了欧风美雨更具有现代意味的启蒙精神,尤其是王国维,在中国文论发展史上是"但丁式"的人物:既是传统文论的终结者,又是现代文论的开启人。

一、梁启超的文论思想

梁启超(1873—1929),字卓如,号任公,别号饮冰室主人,广东新会人。近代政治家、思想家、作家和学者,戊戌维新运动领袖之一。梁启超自幼在家中接受传统教育,1889年中举,1890年赴京会试不中,回粤路经上海,看到介绍世界地理的《瀛环志略》和上海机器局所译西书,眼界大开。同年结识康有为,投其门下。1891年就读于万木草堂,接受康有为的思想学说并由此走上改良维新的道路,时人合称"康梁"。1895年春再次赴京会试,协助康有为发动在京应试举人联名请愿的"公车上书"。维新运动期间,梁启超曾主北京《万国公报》和上海《时务报》笔政,又赴澳门筹办《知新报》。《变法通议》《新民说》的发表,使梁启超名声噪起,后人认为他创立了完整的中国资产阶级的政治学。1897年,任长沙时务学堂总教习,在湖南宣传变法思想。1898年回京,积极参加"百日维新"。变法失败,梁启超逃亡日本,一度与孙中山为首的革命派有过接触。在日期间,先

后创办《清议报》和《新民丛报》,鼓吹改良,反对革命。1902年《清议报》停刊,创《新民丛报》《新小说报》,倡"小说界革命",同时也大量介绍西方社会政治学说。梁启超一生兴趣广泛,学识渊博,在文学、史学、哲学、佛学等诸多领域,都有较深的造诣。他一生著述宏富,所遗《饮冰室合集》计148卷,1000余万字。

梁启超的学术生涯,大体上以1918年底脱离政界分为前后两期:前期是以政治家身份而兼事文学创作与学术研究,后期则是以文学及其他学科的专门学者的身份而兼评时事。梁启超自觉地以"觉世"为责,即使治学,也念念不忘以觉天下为己任,作"觉世之文"而不作"传世之文",这是梁启超前期著述的宗旨。随着政治生涯的结束和学者生涯的开始,梁启超的"觉世"意识逐渐被"传世"愿望所取代,梁启超在后期采取了一种"为而不有"的"趣味主义",批评包括他自己在内的"新学家",主张"为学问而学问":

> 而一切所谓"新学家"者,其所以失败,更有一种根源,曰不以学问为目的而以为手段……殊不知凡学问之为物,实应离"致用"之意味而独立生存,真所谓"正其谊不谋其利,明其道不计其功"。质言之,则有"书呆子",然后有学问也。①

这种说法未免责之过苛,却也显示出梁启超观念的转变。

梁启超对近代文论的贡献,主要体现在"小说界革命""诗界革命"和"文界革命"相关的文论思想中。

1. 梁启超论"小说界革命"

梁启超关于小说的论述,主要集中在《译印政治小说序》(1819年)、《论小说与群治之关系》(1902年)和《告小说家》(1915年)三篇文章里,其中以《论小说与群治之关系》最为著名。《译印政治小说序》是梁启超为鼓吹"政治小说"而写的一篇专论,发表于《清议报》第一册。早在《变法通议·论幼学》里,梁启超就出于改良派开通民智以改革政治的考虑而重视小说。受康有为的影响,梁启超认为"书经不如八股,八股不如小说"。在《译印政治小说序》里,梁启超同样表达了这种认识,并且对中国旧小说作了整体的批判,提倡翻译"外国名儒所撰述,而有关切于今日中国时局者"的"政治小说"。

《论小说与群治之关系》发表于《新小说》创刊号,是"小说界革命"的宣言书,其主要内容是论证"中国小说界革命之必要"。"欲新一国之民,不可不先新一国之小说",强调了小说对于社会政治、思想文化、风俗习惯等方面改革的重要作

---

① 夏晓虹编:《梁启超文选·清代学术概论》下册,中国广播电视出版社,1992年,第259页。

用;小说之"四种力"(熏浸刺提)则形象而生动地揭示了小说的艺术感染力及其"心理学自然之作用"[①]。《论小说与群治之关系》在讨论了"熏浸刺提"四种力之后指出:"小说之为体,其易入人也既如彼,其为用之易感人也又如此,故人类之普通性,嗜他文终不如其嗜小说,此殆心理学自然之作用,非人力之所得而易也。"梁启超自觉地从心理学角度出发,寻找小说艺术魅力的症结所在,"熏浸刺提"便是从不同侧面具体分析小说的心理学作用。熏,借空间上的"熏染"形容小说艺术形象施之于接受者潜移默化的心理效应。梁启超《告小说家》说,人的脑海像一个熏笼,"受烟之熏心留其痕",而且"则能以所受之熏还以熏人,且自熏其前此所受者而扩大之,而继演于无穷"。浸,借时间上的"浸化"形容小说感染力的延续性,"浸也者,入而与之俱化者也。人之读一小说也,往往既终卷后数日或数旬而终不能释然"(《论小说与群治之关系》)。刺,刺激、感动,是谈自觉意识到的、突发的力量,"能入于一刹那顷,忽起异感而不能自制者也"(《论小说与群治之关系》)。刺,类似于顿悟,而熏、浸类似于渐悟。提,指作品产生一种"移人"的力量,使接受者完全融入小说之中,与主人翁合而为一。提与前三种力量又有不同,"前三者之力,自外而灌之使入;提之力,自内而脱之使出,实佛法之最上乘也"(《论小说与群治之关系》)。通过对小说社会功能和心理功能的深入考察,梁启超得出"小说界革命"乃当务之急而必须先行的结论。此外,梁启超在这篇文章中还为中国文学批评引进了"理想派"与"写实派"的新概念。

《告小说家》写于倡导"小说界革命"十几年以后。所以,文中除了重复以前的观点外,还总结了"小说界革命"以来的创作情况:一是肯定了小说创作的繁荣景象;二是批评"新小说"之流弊,"其什九则诲盗与诲淫而已,或则尖酸轻薄毫无取义之游戏文也"。梁启超要求小说家加强社会责任感,其分析是很中肯的。梁启超的小说理论发表于他作为政治家而活动的前期,明显带有为政治改革服务的意图,故属"觉世"之文。

2. 梁启超论"诗界革命"

梁启超的诗歌理论贯穿于他的前后期,较之他的小说理论更显丰富和深刻。前期的诗论代表作是《饮冰室诗话》和《夏威夷游记》。1899年,梁启超写《夏威夷游记》,第一次提出"诗界革命"的口号。文章先以全面批判的态度否定中国一千多年来的诗歌创作,"故今日不作诗则已,若作诗,必为诗界之哥伦布、玛赛郎然后可"。梁启超还提出新诗人所必须具备的条件:

[①] 关于"四种力"的心理学作用,请参见李建中:《晚清小说理论中的心理学思想》,见《李建中自选集》,华中理工大学出版社,1999年,第299页。

> 欲为诗界之哥伦布、玛赛郎,不可不备三长:第一要新意境,第二要新语句,而又须以古人之格入之,然后成其为诗。

这新意境、新词语即是"欧洲之意境、语句",可见他认为西方文化是"诗界革命"之魂。接着梁启超以"三长"为标准评论了黄遵宪等人的诗歌,检讨了戊戌以前他自己与夏尊佑、谭嗣同一起创作"新诗"的经验教训:虽反映了近代中国知识分子对西方文化的渴求,但因使用了大量生疏甚至是生造的词语、典故而造成"新诗"的晦涩难懂,而且过多地使用"新语句"也破坏了"古风格",使"新诗""已渐成七字句之语录,不甚肖诗矣"。后来在《饮冰室诗话》里,他将"三长"合并为"旧风格"与"新意境"两项。认为"能以旧风格含新意境,斯可以举革命之实矣",又强调无论识与不识,"新意境"和"旧风格"都是好诗必备的两项基本要求。

梁启超后期的诗论集中探讨了诗歌的艺术价值问题,围绕着"艺术是情感的表现"的中心命题,写下了系列的论著:《中国韵文里头所表现的情感》《情圣杜甫》《屈原研究》和《陶渊明》等。在《中国韵文里头所表现的情感·导论》里,梁启超指出:

> 天下最神圣的莫过于情感……用情感来激发人,好像磁力吸铁一般,有多大的磁,便引多大分量的铁,丝毫容不得躲闪。所以情感这样东西,可以说是一种催眠术,是人类一切动作的原动力。

梁启超后期的文论,将"优美的情感"与"美妙的技术"视为优秀诗作的必备要素。

由"新诗"的"三长",到"新意境""旧风格"的两项,再到后期的"优美的情感"与"美妙的技术",这中间的变化是很大的,但本质上梁启超还是一个现实感强烈的人。他后期的研究尽管不再为单一的政治任务服务,也仍然着眼于当时的文化建设。在后来的"白话诗之争"中,他认为文言与白话都可以作出好诗。

3. 梁启超论"文界革命"

关于"文界革命",梁启超虽然没有专门论述,但我们仍然可以从其片言只语及写作实践之中,把握他在这方面的思想。《夏威夷游记》记述他读日本作家德富苏峰著作的感想:"其文雄放隽快,善以欧西文思入日本文,实为文界别开一生面者,余甚爱之。中国若有文界革命,当亦不可不起点于是也。"可见"文界革命"的要求首先是文章内容即"欧西文思"。内容一旦确定,形式的问题便随之产生。《与〈新民丛报〉论所译〈原富〉书》分析中国语言"文言相离"的状况和因此而造成的民智不开的恶果,认为"欧美、日本诸国问题之变化,常与其文明程度成正比例。况此等学理深邃之书,非以流畅锐达之笔,安能使学童受其益乎?"可见梁启超对文章的要求是"欧西文思"与"俗语文体"的统一。

在《清代学术概论》里,梁启超分析了"新文体"的特征:

> 务为平易畅达,时杂以俚语、韵语即外国语法,纵笔所至不检束。

学者竞效之,号"新文体"。老辈则痛恨,诋为野狐。然其文条理明晰,
笔锋常带情感,对于读者,别有一种魔力焉。

"新文体"的形成时期,正值梁启超广采新知、热情奋发、才华横溢的青年时代。他的写作出于宣传西学与改良社会的需要,不仅使用浅近之辞,而且在文中大量征引新事例,以求通俗易懂地宣传新思想。他的文章,有时可能会出现铺张过度、重叠冗赘的毛病,但仍以其表里如一、新奇可喜、奔放激荡、扣人心弦的魅力,征服了当时向往新思想、新知识的中国知识分子。

"三界革命"服从于新民救国的主旨,遵循"求俗"与"变雅"并行不悖的发展路径,改变了传统观念,解放了旧式文体,发展了文学语言,这些都为新文学的诞生奠定了基础。梁启超是近代中国知识分子的代表,是一位极富影响力的政治家、文学家和文论家,他的文论思想极其丰富,对于促进近代文化转型有着显赫的功绩。

二、王国维的文论思想

王国维(1877—1927),字伯隅、静安,号观堂、永观,浙江海宁人。早年屡应乡试不中,1898年赴沪至改良派《时务报》充校对、书记,同时在东方学社研习外交与西方近代科学,结识罗振玉,后得罗振玉资助,东渡日本留学。回国后讲授哲学、心理学、伦理学并埋头文学研究。王国维在文论方面的主要著作有《红楼梦评论》《人间词话》和《宋元戏曲史》。王国维为近代博学通儒,其功力之深、治学范围之广、对学界影响之大,为近代以来所仅见。其生平著作甚多,身后遗著收为全集者有《王忠悫公遗书》《王静安先生遗书》《王观堂先生全集》等数种。

作为文化转型时期的学人,王国维具有知与情并胜的禀赋、忧郁悲观的天性和追求理想的执著精神。他的学术人生,大体上可分为哲学时期、文学时期和史学时期。1907年之前是王国维的哲学时期,主要研究康德、叔本华和尼采;1907年至1911年,王国维的学问由哲学转向文学;1911年之后转向经史小学及历史地理研究,在用甲骨文考证古史方面作出了里程碑式的贡献。王国维学术上的三变,分别对应着他悲观主义的三种境界:否弃人生(哲学)、深情哀乐(文学)和宁静致远(经史考据),而他的三部文论专著(《红楼梦评论》《人间词话》和《宋元戏曲史》)大体上也分别对应这三种境界。

1.《红楼梦评论》

《红楼梦评论》共五章,第一章末尾说:

> 今既述人生与美术之概略如左。吾人且持此标准,以观我国之美术。而美术中以诗歌戏曲小说为其顶点,以其目的在描写人生故。吾人于是得一绝大著作曰《红楼梦》。

借鉴西方近代哲学、美学的观念和方法,重新解读、阐释中国本土的文学作品,这在中国文学理论批评史上是一种前所未有的现象。正是在这一点上,我们说王国维是开启现代文论的"但丁式"的人物。郭沫若说王国维是新史学的开山,而以西方学术思想来系统解释中国古典小说的《红楼梦评论》也是开山第一篇。俞平伯在《索隐与自传说闲评》中说:"及清末民初,王蔡胡三君,俱以师儒身份大谈其《红楼梦》,一向视同小道或可观之小说遂登大雅之堂矣。"

《红楼梦评论》运用西方理论批评中国古典小说,比如,用布洛的"心理距离说"分析《红楼梦》所描写的欲望以及人对欲望的解脱,用亚里士多德和叔本华的悲剧理论分析并揭示《红楼梦》的悲剧价值及美学魅力等。《红楼梦评论》谈到,依叔本华之说,人物之悲剧有三种,一为恶人所构,二由命运所致,三则是"由于剧中之人物之位置及关系而不得不然者",《红楼梦》即属于第三种悲剧。比如,宝钗之婉柔和顺,黛玉之孤傲冷寂,宝玉之钟情如痴,各有其不同的气质性格,并以此在大观园中各有其不同的位置关系,各有其不同的悲剧性结局。导致《红楼梦》人物悲剧的并非"蛇蝎之人物,非常之变故","不过通常之道德,通常之人情,通常之境遇而已"。正是这通常境界中的道德与人情,构成作品的人物形象及其悲剧命运。而《红楼梦》乃至所有叙事性作品的美学价值,就在于它们能够揭示这种人生悲剧,并最终寻找到走出悲剧的解脱之道。《红楼梦评论》的这些分析,虽然也有牵强之处,但毕竟开启了文学批评的新观念和新方法,不仅对近现代文学理论和批评产生了巨大影响,而且对整个20世纪的中国文论如何应对异域批评理论的进入和影响,也提供了极有借鉴价值的范例。

2.《人间词话》

《人间词话》最初刊于1908年《国粹学报》,今通行本增入其未刊稿和其他论词资料。一般认为,《人间词话》分两个部分:前九则为第一部分,以"境界"为本,标示评词之准则,是整部《人间词话》的理论纲领;第十则之后为第二部分,按时代先后,品评从唐代李白到清代纳兰性德等几十位词作者的作品,属具体批评部分。《人间词话》对近代文论的最大贡献是标举并详论"境界"说,在"境界"这一传统文论的核心范畴中注入新的思想内容。

"境界"一语源自佛教,既指人的"六根"(眼、耳、鼻、舌、身、意)所感知所认识的"六境"(色、声、香、味、触、法),也指佛门中人的精神世界或彼岸世界。佛教中的"意根"指人的心之意识,"法境"则是指这种意识所达到的状态,所以"境界"与"意境"并无质的区别[①]。本书"唐宋金元文论"一章已介绍过古代文论的"意境"

[①] 参见张少康:《中国文学理论批评史教程》,北京大学出版社,1999年,第481~482页。

理论;《人间词话》所论词之"境界",亦指作家之"意"与外物之"境"在文学作品中的融合,或者说是文学作品中心物一体、意与境谐的艺术形象。王国维在《人间词乙稿序》和《宋元戏曲史》中对"意境"的论述,也能证明这一点。

《人间词话》所论之"境界"大体上有三个方面的内容。一是以境界为本。王国维说"词以境界为最上",又说"有境界,本也",还说"沧浪所谓兴趣,阮亭所谓神韵,犹不过道其面目;不若鄙人拈出'境界'二字,为探其本也"。"境界"为诗人所创造,是艺术美之源,也是文学作品艺术价值和魅力之本。二是将境界的特征概括为"言外之味"和"情景俱真"。中国古代文论受老庄道家和魏晋玄学"言不尽意"和"得意忘言"论的影响,历来注重文学作品的味外之旨、言外之意。《人间词话》说姜白石"不于意境上用力,故觉无言外之意、弦外之响",这与唐代文论家将意境的美学特征表述为"象外之象,景外之景"是一致的。《人间词话》还强调:"能写真景物、真情感者,谓之有境界。"若无"真",即便是把景写得桃红柳绿,把情写得肠断魂销,也依然是无境界。故《宋元戏曲史》称赞"元剧最佳之处"就在于"写情则沁人心脾,写景则在人耳目"。三是境界的分类。受西方文论的"现实主义""浪漫主义"理论的影响,王国维将境界的创造分为"写境"与"造境":"有造境,有写境。此理想与写实二派之所由分。"又根据境界创造中的主客体关系,将境界分为"有我之境"与"无我之境":"有我之境,以我观物,故物皆著我之色彩。无我之境,以物观物,故不知何者为我,何者为物。"又依据境界的美学特征,区分出"优美"与"壮美"之别:优美乃"无我之境,人惟于静中得之",壮美乃"有我之境,于由动之静时得之"。

王国维所论"境界"因出自佛学,故又与人生相关,《文学小语》和《人间词话》均描述了古今成大事业、大学问者所必经的三种人生境界。"昨夜西风凋碧树,独上高楼,望尽天涯路",此乃严羽所言"入门须正,立志须高",有理想,有抱负,有个性化的追求;"衣带渐宽终不悔,为伊消得人憔悴",此中既有佛学的渐修、熟养,更有儒学的执著、忧患;"众里寻他千百度,蓦然回首,那人却在灯火阑珊处",这便是南宗禅的顿悟,豁然开朗,顿见真如本性,这也是庄子的"相视而笑、莫逆于心""得鱼忘筌""得意忘气"。可见王国维所醉心的"三境",实乃佛、道、儒三种文化精神之融合。

在中国文化史上,王国维是一位悲剧性人物,为传统文化所化之人值此文化衰落之时的心灵痛苦,与为西方文化所熏所染之人遭遇新文化冲击之时的美学兴奋,构成王国维文化人格的悲剧性冲突。王国维的痛苦是置身于文化转型期的中国文人的痛苦。王国维文化人格上的悲剧性冲突,是传统文化与现代文化碰撞、交融、整合的冲突。王国维文论的思想资源主要来自中国传统文化,所以他的文论依然具有古代文论的旧质;同时,王国维文论之构成及其在文学批评中的具体运用,又有着鲜明的近代西方哲学、美学和心理学特征,所以他的文论同时也具有近代文论的新质。王国维文论的这种跨世纪或转型期特质,对于中国文论的现代转型有着极其重要的理论及实践意义。

关键词释义

[中学为体,西学为用] 中国近代有关中学与西学关系的命题。张之洞《劝学篇·设学》:"中学为内学,西学为外学;中学治身心,西学应世事。""中学为体"强调以中国的纲常名教作为决定国家社会命运的根本;"西学为用"则主张采用西方国家的近代科学技术,效仿西方国家在教育、赋税、武备、律例等方面的具体措施,举办洋务新政,以挽回清王朝江河日下的颓势。这一命题对近代文化转型期中国文论如何应对西方文学观念的进入产生了复杂的影响。

[《艺概》] 清代刘熙载著,成书于晚年,是作者平时论文谈艺之总汇。全书分为《文概》《诗概》《赋概》《词曲概》《书概》《经义概》六卷,分别论述文、诗、赋、词、书法及八股等文艺种类的体制流变、性质特征、表现技巧以及重要作家作品评论等。《艺概》论文既注重文学本身的特点、艺术规律,同时又强调作品与人品、文学与现实的联系。刘熙载考察创作问题、评价作家作品,往往有精辟独到的见解。

[《饮冰室诗话》] 近代梁启超著,其主要内容是评介诗界革命参与者的名篇名句,总结诗界革命,发表著者的诗歌理论和见解。《饮冰室诗话》论诗,首重"新意境"。论者从改良主义立场出发,厌恶"中国结习,薄今爱古","最倾倒"黄遵宪"意境无一袭前贤",热烈赞扬他"独辟境界,卓然自立于二十世纪诗界中"。这种以黄遵宪诗歌为代表的"新意境"有两个主要特点:一是以资产阶级新思想和资本主义新事物为其"诗料";二是以爱国主义为标榜。这些诗歌主张和黄遵宪等人的诗歌主张呼应配合,从理论上解决了旧体诗在封建社会解体以后,如何为新时代和新兴资产阶级服务的问题。

[诗界革命] 清代戊戌变法前后的诗歌改良运动。早期倡导者是夏尊佑、谭嗣同、梁启超3人。1896年—1897年间,他们开始试作"新诗",多用经典语、新名词。戊戌维新运动失败后,梁启超逃亡国外,以主要精力从事文化宣传,推进文学改良,诗界革命成为其中一个重要方面。其《饮冰室诗话》阐发理论观点,表扬黄遵宪等新派诗人,诗界革命于是形成了一定的规模和声势。诗界革命冲击了长期统治诗坛的拟古主义、形式主义倾向,要求作家努力反映新的时代和新的思想,部分新体诗语言趋于通俗,不受旧体格律束缚,这些在当时都起了解放诗歌、增强其表现力的作用。

[《人间词话》] 近代王国维著,熔中国古典文论和西方哲学、美学于一炉,而以发挥前者为主,建立起自己的文论体系。《人间词话》在探求历代词人创作得失的基础上,结合作者自己艺术鉴赏和艺术创作的切身经验提出境界说,并对境界的本质、真谛、分类等问题作出论述。同时,在作家修养、创作方法、写作技巧等方面也有独到见解。

[境界说] 王国维《人间词话》所提出的重要理论观点。王国维论词独标"境界":"词以境界为最上。有境界则自成高格,自有名句。"作者阐释说:"境非独谓景物也。喜怒哀乐,亦人心中之一境界。故能写真景物、真感情者,谓之有境界。否则谓之无境界。"有境界的作品,言情必沁人心脾,写景必豁人耳目,即形象鲜明,富有感染力量。王国维还进一步提出境界分"有我之境"与"无我之境"二种,境界的创造有"写境"与"造境"二类。

[摩罗精神] 指积极浪漫主义精神。摩罗,是梵文的音译,佛教传说中专事破坏的恶魔。鲁迅《摩罗诗力说》把英国的拜伦、雪莱,俄国的普希金等统称为摩罗诗派,把他们代表的文艺思想则称为摩罗精神。摩罗精神对我国"五四"时期新诗的发展产生了积极的影响。

思考题

1. 试论近代社会的文化转型对近代文论的巨大影响。
2. 刘熙载《艺概》的主要内容有哪些?
3. 试析梁启超的"熏浸刺提"说。
4. 试析王国维的"境界"说。
5. 在什么意义上可以说王国维是中国文论史上的"但丁"?

进一步阅读文献

1. 黄霖:《近代文学批评史》,上海古籍出版社,1996年。
2. 叶嘉莹:《王国维及其文学批评》,河北教育出版社,1997年。
3. 钱中文等:《中国古代文论的现代转换》,陕西师范大学出版社,1997年。
4. 程亚林:《近代诗学》,湖南人民出版社,2000年。
5. 饶宗颐:《〈人间词话〉平议》,载《人生杂志》,1955年第7期。
6. 王英志:《〈饮冰室诗话〉论略》,载《齐鲁学刊》,2000年第1期。
7. 李建中:《晚清小说理论中的心理学问题》,见《李建中自选集》,华中理工大学出版社,1999年。

近代文论选录

书汤海秋诗集后

龚自珍

人以诗名,诗尤以人名。唐大家若李、杜、韩及昌谷、玉谿;及宋、元,眉山、涪陵、遗山,当代吴娄东,皆诗与人为一,人外无诗,诗外无人,其面目也完。益阳汤鹏,海秋其字,有诗三千余篇,芟而存之二千余篇,评者无虑数十家,最后属龚巩祚一言,巩祚亦一言而已,曰:完。何以谓之完也?海秋心迹尽在是,所欲言者在是,所不欲言而卒不能不言在是,所不欲言而竟不言,于所不言求其言亦在是。要不肯挦撦他人之言以为己言,任举一篇,无论识与不识,曰:此汤益阳之诗。

(选自中华书局《龚自珍全集》第三辑)

艺概(选录)

刘熙载

序

艺者,道之形也。学者兼通六艺,尚矣!次则文章名类,各举一端,莫不为艺,即莫不当根极于道。顾或谓艺之条绪綦繁,言艺者非至详不足以备道。虽然,欲极其详,详有极乎?若举此以概乎彼,举少以概乎多,亦何必殚竭无余,始足以明指要乎?是故余平昔言艺,好言其概……非限于一曲也。盖得其大意,则小缺为无伤,且触类引申,安知显缺者非即隐备者哉!

文　概

《六经》,文之范围也。圣人之旨,于经观其大备。其深博无涯涘,乃《文心雕龙》所谓"百家腾跃,终于环内"者也。

……"文"字要善认,当知孤质非文,浮艳亦非文也。

古人意在笔先,故得举止闲暇。后人意在笔后,故至手脚忙乱。……

庄子文看似胡说乱说，骨子里却尽有分数。彼固自谓"猖狂妄行而蹈乎大方"也。学者何不从"蹈大方"处求之？

庄子寓真于诞，寓实于玄，于此见寓言之妙。

文之神妙、莫过于能飞。《庄子》之言鹏曰"怒而飞"。今观其文，无端而来，无端而去，殆得飞之机者……

周、秦间诸子之文，虽纯驳不同，皆有个自家在内。后世为文者，于彼于此，左顾右盼，以求当众人之意，宜亦诸子所深耻与！

文之道，时为大。……惟与时为消息，故不同正所以同也。

……从来足于道者，文必自然流出……

韩文起八代之衰，实集八代之成。盖惟善用古者能变古，以无所不包，故能无所不扫地。

昌黎论文，曰"惟其是尔"。余谓"是"字注脚有二：曰正、曰真。

昌黎以"是""异"二字论文，然二者仍须合一。若不异之是，则庸而已；不是之异，则妄而已。

昌黎尚"陈言务去"。所谓"陈言"者，非必抄袭古人之说以为己有也。只识见议论落于凡近，未能高出一头，深入一境，自"结撰至思"者观之，皆"陈言"也。

明理之文，大要有二，曰：阐前人所已发，扩前人所未发。

论事叙事，皆以穷尽事理为先。事理尽后，斯可再讲笔法。

文以识为主。认题立意，非识之高卓精审，无以中要。才、学、识三长，识为尤重……

长于理则言有物，长于法则言有序。治文者矜言"物""序"，何不实于理法求之！

叙事要有法，然无识则法亦虚。论事要有识，然无法则识亦晦。

文贵法古，然患先有一古字横在胸中，盖文惟其是，惟其真。舍是与真，而于形模求古，所贵于古者果如是乎？

《国语》言"物一无文"，后人更当知物无一则无文。盖一乃文之真宰，必有一在其中，斯能用夫不一者也。

诗　　概

……诗为天人之合。

陶诗"吾亦爱吾庐"，我亦具物之情也；"良苗亦怀新"，物亦具我之情也……

诗可数年不作，不可一作不真……

太白与少陵同一志在经世，而太白诗中多出世语者，有为言之也。……

学太白者常曰:"天然去雕饰"足矣。余曰:此得手处,非下手处也。必取太白句意以为祈响,盍云"猎微穷至精"乎?

代匹夫匹妇语最难。盖饥寒劳困之苦,虽告人人且不知,知之必物我无间者也。杜少陵、元次山、白香山,不但如身入闾阎,目击其事,直与疾病之在身者无异。颂其诗,顾可不知其人乎?

常语易、奇语难,此诗之初关也。奇语易,常语难,此诗之重关也……

诗有借色而无真色,虽藻绩实死灰耳……

诗之言持,莫先于内持其志,而外持风化从之。

山之精神写不出,以烟霞写之。春之精神写不出,以草树写之。故诗无气象,则精神亦无所寓矣。

诗品出于人品……

诗不可有我而无古,更不可有古而无我……

赋　概

赋当以真伪论,不当以正变论。正而伪不如变而真……

实事求是,因寄所托,一切文字,不外此两种……

在外者物色,在我者生意,二者相摩相荡而赋出焉。若与自家生意无相入处,则物色只成闲事,志士遑问及乎?

赋以象物。按实肖象易,凭虚构象难。能构象,象乃生生不穷矣……

词曲概

太白《忆秦娥》,声情悲壮。晚唐五代,惟趋婉丽。至东坡,始能复古。后世论词者或转以东坡为变调,不知晚唐五代乃变调也。

昔人词咏古咏物,隐然只是咏怀……

……以色论之,有借色,有真色。借色每为俗情所艳。不知必先将借色洗尽,而后真色见也。

词尚清空妥溜,昔人已言之矣。惟须妥溜中有奇创,清空中有沉厚,才见本领。

……词之大要,不外厚而清。厚,包诸所有;清,空诸所有也。

词要清新,切忌拾古人牙慧。盖在古人为清新者,袭之即腐烂也。……

词之妙,莫妙于以不言言之。非不言也,寄言也。

古乐府中至语本只是常语,一经道出,便成独得。词得此意,则极炼如不炼,出色而本色。人籁悉归天籁矣。

词家先要辨得"情"字……所贵于情者,为得其正也。忠臣、孝子,义夫、节妇,皆世间极有情之人。流俗误以欲为情,欲长情消,患在世道。倚声一事,其小焉者也。

论小说与群治之关系

梁启超

欲新一国之民,不可不先新一国之小说。故欲新道德,必新小说;欲新宗教,必新小说;欲新政治,必新小说;欲新风俗,必新小说;欲新学艺,必新小说;乃至欲新人心,欲新人格,必新小说。何以故?小说有不可思议之力支配人道故。

吾今且发一问:人类之普通性,何以嗜他书不如其嗜小说?答者必曰:以其浅而易解故,以其乐而多趣故。是固然;虽然,未足以尽其情也。文之浅而易解者,不必小说;寻常妇孺之函札,官样之文牍,亦非有艰深难读者存也,顾谁则嗜之?不宁惟是。彼高才赡学之士,能读《坟》《典》《索》《邱》,能注虫鱼草木,彼其视渊古之文,与平易之文,应无所择,而何以独嗜小说?是第一说有所未尽也。小说之以赏心乐事为目的者固多,然此等顾不甚为世所重;其最受欢迎者,则必其可惊可愕可悲可感,读之而生出无量恶梦,抹出无量眼泪者也。夫使以欲乐故而嗜此也,而何为偏取此反比例之物而自苦也?是第二说有所未尽也。吾冥思之,穷鞫之,殆有两因:凡人之性,常非能以现境界而自满足者也。而此蠢蠢躯壳,其所能触能受之境界,又顽狭短局而至有限也。故常欲于其直接以触以受之外,而间接有所触有所受,所谓身外之身,世界外之世界也。此等识想,不独利根众生有之,即钝根众生亦有焉。而导其根器,使日趋于钝,日趋于利者,其力量无大于小说。小说者,常导人游于他境界,而变换其常触常受之空气者也。此其一。人之恒情,于其所怀抱之想像,所经阅之境界,往往有行之不知,习矣不察者;无论为哀为乐,为怨为怒,为恋为骇,为忧为惭,常若知其然而不知其所以然。欲摹写其情状,而心不能自喻,口不能自宣,笔不能自传。有人焉,和盘托出,彻底而发露之,则拍案叫绝曰:"善哉善哉,如是如是。"所谓"夫子言之,于我心有戚戚焉",感人之深,莫此为甚。此其二。此二者,实文章之真谛,笔舌之能事。苟能批此窾,导此窍,则无论为何等之文,皆足以移人;而诸文之中能极其妙而神其技者,莫小说若。故曰,小说为文学之最上乘也。由前之说,则理想派小说尚焉;由后之说,则写实派小说尚焉。小说种目虽多,未有能出此两派范围外者也。

抑小说之支配人道也,复有四种力:一曰熏。熏也者,如入云烟中而为其所烘，如近墨朱处而为其所染；《楞伽经》所谓"迷智为识，转识成智"者，皆恃此力。人之读一小说也，不知不觉之间，而眼识为之迷漾，而脑筋为之摇飏，而神经为之营注；今日变一二焉，明日变一二焉；刹那刹那，相断相续；久之而此小说之境界，遂入其灵台而据之，成为一特别之原质之种子。有此种子故，他日又更有所触所受者，旦旦而熏之，种子愈盛，而又以之熏他人。故此种子遂可以遍世界，一切器世间有情世间之所以成所以住，皆此为因缘也。而小说则巍巍焉具此威德以操纵众生者也。二曰浸。熏以空间言，故其力之大小，存其界之广狭；浸以时间言，故其力之大小，存其界之长短。浸也者，入而与之俱化者也。人之读一小说也，往往既终卷后数日或数旬而终不能释然，读《红楼》竟者，必有余恋有余悲，读《水浒》竟者，必有余快有余怒，何也？浸之力使然也。等是佳作也，而其卷帙愈繁事实愈多者，则其浸人也亦愈甚；如酒焉，作十日饮，则作百日醉。我佛从菩提树下起，便说偌大一部《华严》，正以此也。三曰刺。刺也者，刺激之义也。熏浸之力利用渐，刺之力利用顿。熏浸之力，在使感受者不觉；刺之力，在使感受者骤觉。刺也者，能入于一刹那顷，忽起异感而不能自制者也。我本蔼然和也，乃读林冲雪天三限，武松飞云浦一厄，何以忽然发指？我本愉然乐也，乃读晴雯出大观园，黛玉死潇湘馆，何以忽然泪流？我本肃然壮也，乃读实甫之《琴心》《酬简》，东塘之《眠香》《访翠》，何以忽然情动？若是者，皆所谓刺激也。大抵脑筋愈敏之人，则其受刺激力也愈速且剧。而要之必以其书所含刺激力之大小为比例。禅宗之一棒一喝，皆利用此刺激力以度人者也。此力之为用也，文字不如语言。然语言力所被，不能广不能久也，于是不得不乞灵于文字。在文字中，则文言不如其俗语，壮论不如其寓言。故具此力最大者，非小说末由。四曰提。前三者之力，自外而灌之使入；提之力，自内而脱之使出，实佛法之最上乘也。凡读小说者，必常若自化其身焉，入于书中，而为其书之主人翁。读《野叟曝言》者，必自拟文素臣。读《石头记》者，必自拟贾宝玉。读《花月痕》者，必自拟韩荷生若韦痴珠。读"梁山泊"者，必自拟黑旋风若花和尚。虽读者自辩其无是心焉，吾不信也。夫既化其身以入书中矣，则当其读此书时，此身已非我有，截然去此界以入于彼界，所谓华严楼阁，帝网重重，一毛孔中，万亿莲花，一弹指顷，百千浩劫，文字移人，至此而极。然则吾书中主人翁而华盛顿，则读者将化身为华盛顿，主人翁而拿破仑，则读者将化身为拿破仑，主人翁而释迦、孔子，则读者将化身为释迦、孔子，有断然也。度世之不二法门，岂有过此？此四力者，可以卢牟一世，亭毒群伦，教主之所以能立教门，政治家所以能组织政党，莫不赖是。文家能得其一，则为文豪，能兼其四，则为文圣。有此四力而用之于善，则可以福亿兆人；有此四力而用之于恶，则可以毒万千载。而此四力所最易寄者，惟小说。可爱哉小说！可畏哉小说！

　　小说之为体，其易入人也既如彼，其为用之易感人也又如此，故人类之普通性，嗜他文终不如其嗜小说，此殆心理学自然之作用，非人力之所得而易也。此天下万国凡有血气者莫不皆然，非直吾赤县神州之民也。夫既已嗜之矣，且遍嗜之矣，则小说之在一群也，既已如空气如菽粟，欲避不得避，欲屏不得屏，而日日相与呼吸之餐嚼之矣。于此其空气而苟含有秽质也，其菽粟而苟含有毒性也，则其人之食息于此间者，必憔悴，必萎病，必惨死，必堕落，此不待蓍龟而决也。于此而不洁净其空气，不别择其菽粟，则虽日饵以参苓，日施以刀圭，而此群中人之老病死苦，终不可得救。知此义，则吾中国群治腐败之总根原，可以识矣。吾中国人状元宰相之思想何自来乎？小说也。吾中国人佳人才子之思想何自来乎？小说也。吾中国人江湖盗贼之思想何自来乎？小说也。吾中国人妖巫狐鬼之思想何自来乎？小说也。若是者，岂尝有人焉提其耳而诲之，传诸钵而授之也？而下自屠龑贩卒，妪娃童稚，上至大人先生、高才硕学，凡此诸思想，必居一于是，莫或使之，若或使之，盖百数十种小说之力直接间接以毒人，如此其甚也。今我国民惑堪舆，惑相命，惑卜筮，惑祈禳，因风水而阻止铁路，阻止开矿，争坟墓而阖族械斗，杀人如草，因迎神赛会，而岁耗百万金钱，废时生事，消耗国力者，曰惟小说之故。今我国民慕科第若膻，趋爵禄若鹜，奴颜婢膝，寡廉鲜耻，惟思以十年萤雪，暮夜苞苴，易其归骄妻妾、武断乡曲一日之快，遂至名节大防，扫地以尽者，曰惟小说之故。今我国民轻弃信义，权谋诡诈，云翻雨覆，苛刻凉薄，驯至尽人皆机心，举国皆荆棘者，曰惟小说之故。今我国民轻薄无行，沉溺声色，绻恋床笫，缠绵歌泣于春花秋月，销磨其少壮活泼之气，青年子弟，自十五岁至三十岁，惟以多情多感多愁多病为一大事业，儿女情多，风云气少，甚者为伤风败俗之行，毒遍社会，曰惟小说之故。今我国民，绿林豪杰，遍地皆是，日日有桃园之拜，处处为梁山之盟，所谓"大碗酒，大块肉，分秤称金银，论套穿衣服"等思想，充塞于下等社会之脑中，遂成为哥老、大刀等会，卒至有如义和拳者起，沦陷京国，启召外戎，曰惟小说之故。呜呼！小说之陷溺人群，乃至如是，乃至如是！大圣鸿哲数万言谆诲之而不足者，华士坊贾一二书败坏之而有余。斯事既愈为大雅君子所不屑道，则愈不得不专归于华士坊贾之手。而其性质其位置，又如空气然，如菽粟然，为一社会中不可得避不可得屏之物，于是华士坊贾，遂至握一国之主权而操纵之矣。呜呼！使长此而终古也，则吾国前途尚可问耶，尚可问耶！故今日欲改良群治，必自小说界革命始；欲新民，必自新小说始。

（选自中华书局排印本《饮冰室全集》）

《红楼梦》评论

王国维

第一章　人生及美术之概观

老子曰:"人之大患,在我有身。"庄子曰:"大块载我以形,劳我以生。"忧患与劳苦之与生相对待也久矣。夫生者,人人之所欲;忧患与劳苦者,人人之所恶也。然则,讵不人人欲其所恶,而恶其所欲欤?将其所恶者,固不能不欲,而其所欲者,终非可欲之物欤?人有生矣,则思所以奉其生。饥而欲食,渴而欲饮,寒而欲衣,露处而欲宫室,此皆所以维持一人之生活者也。然一人之生,少则数十年,多则百年而止耳。而吾人欲生之心,必以是为不足。于是于数十百年之生活外,更进而图永远之生活:时则有牝牡之欲,家室之累;进而育子女矣,则有保抱扶持饮食教诲之责,婚嫁之务。百年之间,早作而夕思,穷老而不知所终,问有出于此保存自己及种姓之生活之外者乎?无有也。百年之后,观吾人之成绩,其有逾于此保存自己及种姓之生活之外者乎?无有也。又人人知侵害自己及种姓之生活者之非一端也,于是相集而成一群,相约束而立一国,择其贤且智者以为之君,为之立法律以治之,建学校以教之,为之警察以防内奸,为之陆海军以御外患,使人人各遂其生活之欲而不相侵害:凡此皆欲生之心之所为也。夫人之于生活也,欲之如此其切也,用力如此其勤也,设计如此其周且至也,固亦有其真可欲者存欤?吾人之忧患劳苦,固亦有所以偿之者欤?则吾人不得不就生活之本质,熟思而审考之也。

生活之本质何?"欲"而已矣。欲之为性无厌,而其原生于不足。不足之状态,苦痛是也。既偿一欲,则此欲以终。然欲之被偿也一,而不偿者什百。一欲既终,他欲随之。故究竟之慰藉,终不可得也。即使吾人之欲悉偿,而更无所欲之对象,倦厌之情,即起而乘之。于是吾人自己之生活,若负之而不胜其重。故人生者,如钟表之摆,实往复于苦痛与倦厌之间者也,夫倦厌固可视为苦痛之一种。有能除去此二者,吾人谓之曰快乐。然当其求快乐也,吾人于固有之苦痛外,又不得不加以努力,而努力亦苦痛之一也。且快乐之后,其感苦痛也弥深。故苦痛而无回复之快乐者有之矣,未有快乐而不先之或继之以苦痛者也。又此苦痛与世界之文化俱增,而不由之而减。何则?文化愈进,其知识弥广,其所欲弥多,又其感苦痛亦弥甚故也。然则人生之所欲,既无以逾于生活,而生活之性质,又不外乎苦痛,故欲与生活与苦痛,三者一而已矣。

吾人生活之性质,既如斯矣,故吾人之知识,遂无往而不与生活之欲相关系,即与吾人之利害相关系。就其实而言之,则知识者,固生于此欲,而示此欲以我与外界之关系,使之趋利而避害者也。常人之知识,止知我与物之关系,易言以明之,止知物之与我相关系者,而于此物中,又不过知其与我相关系之部分而已。及人知渐进,于是始知欲知此物与我之关系,不可不研究此物与彼物之关系。知愈大者,其研究愈远焉。自是而生各种之科学:如欲知空间之一部之与我相关系者,不可不知空间全体之关系,于是几何学兴焉。(按西洋几何学(Geometry)之本义,系量地之意,可知古代视为应用之科学,而不视为纯粹之科学也。)欲知力之一部之与我相关系者,不可不知力之全体关系,于是力学兴焉。吾人既知一物之全体关系,又知此物与彼物之全体之关系,而立一法则焉,以应用之。于是物之现于吾前者,其与我之关系,及其与他物之关系,粲然陈于目前而无所遁。夫然后吾人得以利用此物,有其利而无其害,以使吾人生活之欲,增进于无穷。此科学之功效也。故科学上之成功,虽若层楼杰观,高严巨丽,然其基址则筑乎生活之欲之上,与政治上之系统,立于生活之欲之上无以异。然则吾人理论与实际之二方面,皆此生活之欲之结果也。

　　由是观之,吾人之知识与实践之二方面,无往而不与生活之欲相关系,即与苦痛相关系。有兹一物焉,使吾人超然于利害之外,而忘物与我之关系。此时也,吾人之心无希望,无恐怖,非复欲之我,而但知之我也。此犹积阴弥月,而旭日杲杲也;犹覆舟大海之中,浮沈上下,而飘著于故乡之海岸也;犹阵云惨淡,而插翅之天使,赍平和之福音而来者也;犹鱼之脱于罾网,鸟之自樊笼出,而游于山林江海也。然物之能使吾人超然于利害之外者,必其物之于吾人,无利害之关系而后可;易言以明之,必其物非实物而后可。然则,非美术何足以当之乎?夫自然界之物,无不与吾人有利害之关系;纵非直接,亦必间接相关系者也。苟吾人而能忘物与我之关系而观物,则夫自然界之山明水媚,鸟飞花落,固无往而非华胥之国,极乐之土也。岂独自然界而已?人类之言语动作,悲欢啼笑,孰非美之对象乎?然此物既与吾人有利害之关系,而吾人欲强离其关系而观之,自非天才,岂易及此?于是天才者出,以其所观于自然人生中者复现之于美术中,而使中智以下之人,亦因其物之与己无关系,而超然于利害之外。是故观物无方,因人而变:濠上之鱼,庄、惠之所乐也,而渔父袭之以网罟;舞雩之木,孔、曾之所憩也,而樵者继之以斤斧。若物非有形,心无所住,则虽殉财之夫,贵私之子,宁有对曹霸、韩幹之马,而计驰骋之乐,见毕宏、韦偃之松,而思栋梁之用;求好逑于雅典之偶,思税驾于金字之塔者哉?故美术之为物,欲者不观,观者不欲;而艺术之美所以优于自然之美者,全存于使人易忘物我之关系也。

美之为物有二种：一曰优美，一曰壮美。苟一物焉，与吾人无利害之关系，而吾人之观之也，不观其关系，而但观其物；或吾人之心中，无丝毫生活之欲存，而其观物也，不视为与我有关系之物，而但视为外物，则今之所观者，非昔之所观者也。此时吾心宁静之状态，名之曰优美之情，而谓此物曰优美。若此物大不利于吾人，而吾人生活之意志为之破裂，因之意志遁去，而知力得独立之作用，以深观其物，吾人谓此物曰壮美，而谓其感情曰壮美之情。普通之美，皆属前种。至于地狱变相之图，决斗垂死之像，庐江小吏之诗，雁门尚书之曲，其人固氓庶之所共怜，其遇难戾夫为之流涕，讵有子颓乐祸之心，宁无尼父反袂之戚，而吾人观之，不厌千复。格代之诗曰：

    What in life doth only grieve us,
    That in art we gladly see.
  凡人生中足以使人悲者，于美术中则吾人乐而观之。（译文）

此之谓也。此即所谓壮美之情。而其快乐存于使人忘物我之关系，则固与优美无以异也。

至美术中之与二者相反者，名之曰眩惑。夫优美与壮美，皆使吾人离生活之欲，而入于纯粹之知识者。若美术中而有眩惑之原质乎，则又使吾人自纯粹知识出，而复归于生活之欲。如粗粝蜜饵，《招魂》《七发》之所陈；玉体横陈，周昉、仇英之所绘；《西厢记》之酬柬，《牡丹亭》之惊梦；伶元之传飞燕，杨慎之赝秘辛；徒讽一而劝百，欲止沸而益薪。所以子云有"靡靡"之消，法秀有"绮语"之诃。虽则梦幻泡影，可作如是观，而拔舌地狱，专为斯人设者矣。故眩惑之于美，如甘之于辛，火之于水，不相并立者也。吾人欲以眩惑之快乐，医人世之苦痛，是犹欲航断港而至海，入幽谷而求明，岂徒无益，而又增之。则岂不以其不能使人忘生活之欲，及此欲与物之关系，而反鼓舞之也哉！眩惑之与优美及壮美相反对，其故实存于此。

今既述人生与美术之概略如左。吾人且持此标准，以观我国之美术。而美术中以诗歌戏曲小说为其顶点，以其目的在描写人生故。吾人于是得一绝大著作曰《红楼梦》。

第二章 《红楼梦》之精神

衷伽尔之诗曰：

    Ye wise men, highly, deeply learned,
    Who think it out and know,
    How, when and where do all things pair?

第六章　近代文论

> Why do they kiss and love?
> Ye men of lofty Wisdom, say
> What happened to me then,
> Search out and tell me where, how, when,
> And why it happened thus.

嗟汝哲人，靡所不知，靡所不学，既深且跻。粲粲生物，罔不匹俦，各啮厥唇，而相厥攸。匪汝哲人，孰知其故？自何时始，来自何处？嗟汝哲人，渊渊其知。相彼百昌，奚而熙熙？愿言哲人，诏予其故。自何时始，来自何处？（译文）

哀伽尔之问题，人人所有之问题，而人人未解决之大问题也。人有恒言曰："饮食男女，人之大欲存焉。"然人七日不食则死，一日不再食则饥。若男女之欲，则于一人之生活上，宁有害无利者也，而吾人之欲之也如此，何哉？吾人自少壮以后，其过半之光阴，过半之事业，所计画所勤勤者为何事？汉之成、哀，曷为而丧其生；殷辛、周幽，曷为而亡其国；励精如唐玄宗，英武如后唐庄宗，曷为而不善其终？且人生苟为数十年之生活计，则其维持此生活，亦易易耳，曷为而其忧劳之度，倍蓰而未有已？记曰："人不婚宦，情欲失半。"人苟能解此问题，则于人生之知识，思过半矣。而蚩蚩者乃日用而不知，岂不可哀也欤！其自哲学上解此问题者，则二千年间，仅有叔本华之男女之爱之形而上学耳。诗歌小说之描写此事者，通古今中西，殆不能悉数，然能解决之者鲜矣。《红楼梦》一书，非徒提出此问题，又解决之者也。彼于开卷即下男女之爱之神话的解释。其叙此书之主人公贾宝玉之来历曰：

> 却说女娲氏炼石补天之时，于大荒山无稽崖，炼成高十二丈、见方二十四丈大的顽石三万六千五百零一块。那娲皇只用了三万六千五百块，单单剩下一块未用，弃在青埂峰下。谁知此石自经锻炼之后，灵性已通，自去自来，可大可小。因见众石俱得补天，独自己无才，不得入选，遂自怨自艾，日夜悲哀。（第一回）

此可知生活之欲之先人生而存在，而人生不过此欲之发现也。此可知吾人之堕落，由吾人之所欲，而意志自由之罪恶也。夫顽钝者既不幸而为此石矣，又幸而不见用，则何不游于广漠之野，无何有之乡，以自适其适，而必欲入此忧患劳苦之世界，不可谓非此石之大误也。但此一念之误，而遂造出十九年之历史，与百二十回之事实，与茫茫大士、渺渺真人何与？又于第百十七回中，述宝玉与和尚之谈论曰：

> "弟子请问师父，可是从太虚幻境而来？"那和尚道："什么幻境！不

过是来处来,去处去罢了。我是送还你的玉来的。我且问你,你那玉是从那里来的?"宝玉一时对答不来。那和尚笑道:"你的来路还不知,便来问我!"宝玉本来颖悟,又经点化,早把红尘看破,只是自己的底里未知;一闻那僧问起玉来,好像当头一棒,便说:"你也不用银子了,我把那玉还你罢。"那僧笑道:"早该还了我!"

所谓"自己的底里未知"者,未知其生活乃自己之一念之误,而此念之所自造也。及一闻和尚之言,始知此不幸之生活,由自己之所欲;而其拒绝之也,亦不得由自己,是以有还玉之言。所谓玉者,不过生活之欲之代表而已矣。故携入红尘者,非彼二人之所为,顽石自己而已;引登彼岸者,亦非二人之力,顽石自己而已。此岂独宝玉一人然哉?人类之堕落与解脱,亦视其意志而已。而此生活之意志,其于永远之生活,比个人之生活为尤切;易言以明之,则男女之欲,尤强于饮食之欲。何则?前者无尽的,后者有限的也;前者形而上的,后者形而下的也。又如上章所说生活之于苦痛,二者一而非二,而苦痛之度,与主张生活之欲之度为比例。是故前者之苦痛,尤倍蓰于后者之苦痛。而《红楼梦》一书,实示此生活此苦痛之由于自造,又示其解脱之道不可不由自己求之者也。

而解脱之道,存于出世,而不存于自杀。出世者,拒绝一切生活之欲者也。彼知生活之无所逃于苦痛,而求入于无生之域。当其终也,恒干虽存,固已形如槁木,而心如死灰矣。若生活之欲如故,而不满于现在之生活,而求主张之于异日,则死于此者,固不得不复生于彼,而苦海之流,又将与生活之欲而无穷。故金钏之堕井也,司棋之触墙也,尤三姐、潘又安之自刎也,非解脱也,求偿其欲而不得者也。彼等之所不欲者,其特别之生活,而对生活之为物,则固欲之而不疑也。故此书中真正之解脱,仅贾宝玉,惜春,紫鹃三人耳。而柳湘莲之入道,有似潘又安;芳官之出家,略同于金钏。故苟有生活之欲存乎,则虽出世而无与于解脱;苟无此欲,则自杀亦未始非解脱之一者也。如鸳鸯之死,彼固有不得已之境遇在;不然,则惜春、紫鹃之事,固亦其所优为者也。

而解脱之中,又自有二种之别:一存于观他人之苦痛,一存于觉自己之苦痛。然前者之解脱,唯非常之人为能,其高百倍于后者,而其难亦百倍。但由其成功观之,则二者一也。通常之人,其解脱由于苦痛之阅历,而不由于苦痛之知识。唯非常之人,由非常之知力,而洞观宇宙人生之本质,始知生活与痛苦之不能相离,由是求绝其生活之欲,而得解脱之道。然于解脱之途中,彼之生活之欲,犹时时起而与之相抗,而生种种之幻影。所谓恶魔者,不过此等幻影之人物化而已矣。故通常之解脱,存于自己之苦痛,彼之生活之欲,因不得其满足而愈烈,又因愈烈而愈不得其满足,如此循环,而陷于失望之境遇,遂悟宇宙人生之真相,遽而求其息肩之所。彼全变其气质,而超出乎苦乐之外,举昔之所执著者,一旦而舍之。彼以生活为炉,苦痛为炭,而铸其解脱之鼎。彼以疲于生活之欲故,故其生活之欲,不能复起而为之幻影。此通常之人解脱之状态也。前者之解脱,如惜春、紫鹃;后者之解脱,如宝玉。前者之解脱,超自然的也,神秘的也;后者之解脱,自然的也,人类的也。前者之解脱,宗教的也;后者美术的也。前者平和的也;后者悲感的也,壮美的也,故文学的也,诗歌的也,小说的也。此《红楼梦》之主人公所以非惜春、紫鹃,而为贾宝玉者也。

呜呼!宇宙一生活之欲而已。而此生活之欲之罪过,即以生活之苦痛罚之:此即宇宙之永远之正义也。自犯罪,自加罚,自忏悔,自解脱。美术之务,在描写人生之苦痛与其解脱之道,而使吾侪冯生之徒,于此桎梏之世界中,离此生活之欲之争斗,而得其暂时之平和,此一切美术之目的也。夫欧洲近世之文学中,所以推格代之法斯德为第一者,以其描写博士法斯德之苦痛,及其解脱之途径,最为精切故也。若《红楼梦》之写宝玉,又岂有以异于彼乎?彼于缠陷最深之中,而已伏解脱之种子:故听《寄生草》之曲,而悟立足之境;读《胠箧》之篇,而作焚花散麝之想,——所以未能者,则以黛玉尚在耳。至黛玉死而其志渐决。然尚屡失于宝钗,几败于五儿,屡蹶屡振,而终获最后之胜利。读者观自九十八回以至百二十回之事实,其解脱之行程,精进之历史,明了真切何如哉!且法斯德之苦痛,天才之苦痛;宝玉之苦痛,人人所有之苦痛也。其存于人之根柢者为独深,而其希救济也为尤切。作者一一掇拾而发挥之。我辈之读此书者,宜如何表满足感谢之意哉!而吾人于作者之姓名,尚未有确实之知识,岂徒吾侪寡学之羞,亦足以见二百余年来吾人之祖先,对此宇宙之大著述,如何冷淡遇之也。谁使此大著述之作者,不敢自署其名?此可知此书之精神,大背于吾国人之性质,及吾人之沉溺于生活之欲,而乏美术之知识,有如此也。然则予之为此论,亦自知有罪也夫。

第三章 《红楼梦》之美学上之价值

如上章之说,吾国人之精神,世间的也,乐天的也,故代表其精神之戏曲小说,无往而不著此乐天之色彩:始于悲者终于欢,始于离者终于合,始于困者终于亨;非是而欲厌阅者之心,难矣。若《牡丹亭》之返魂,《长生殿》之重圆,其最著之一例也。《西厢记》之以惊梦终也,未成之作也,此书若成,吾乌知其不为《续西厢》之浅陋也?有《水浒传》矣,曷为而又有《荡寇志》?有《桃花扇》矣,曷为而又有《南桃花扇》?有《红楼梦》矣,彼《红楼复梦》,补《红楼梦》,续《红楼梦》者,曷为而作也?又曷为而有反对《红楼梦》之《儿女英雄传》?故吾国之文学中,其具厌世解脱之精神者,仅有《桃花扇》与《红楼梦》耳。而《桃花扇》之解脱,非真解脱也;沧桑之变,目击之而身历之,不能自悟,而悟于张道士之一言;且以历数千里,冒不测之险,投缧绁之中,所索之女子,才得一面,而以道士之言,一朝而舍之,自非三尺童子,其谁信之哉?故《桃花扇》之解脱,他律的也;而《红楼梦》之解脱,自律的也。且《桃花扇》之作者,但借侯、李之事,以写故国之戚,而非以描写人生为事。故《桃花扇》,政治的也,国民的也,历史的也;《红楼梦》,哲学的也,宇宙的也,文学的也。此《红楼梦》之所以大背于吾国人之精神,而其价值亦即存乎此。彼《南桃花扇》《红楼复梦》等,正代表吾国人乐天之精神者也。

《红楼梦》一书,与一切喜剧相反,彻头彻尾之悲剧也。其大宗旨如上章之所述,读者既知之矣。除主人公不计外,凡此书中之人有与生活之欲相关系者,无不与苦痛相终始,以视宝琴、岫烟、李纹、李绮等,若藐姑射神人,夐乎不可及矣。夫此数人者,曷尝无生活之欲,曷尝无苦痛?而书中既不及写其生活之欲,则其苦痛自不得而写;足以见二者如骖之靳,而永远的正义,无往不逞其权力也。又吾国之文学,以挟乐天的精神故,故往往说诗歌的正义,善人必令其终,而恶人必离其罚:此亦吾国戏曲小说之特质也。《红楼梦》则不然:赵姨、凤姐之死,非鬼神之罚,彼良心自己之苦痛也。若李纨之受封,彼于《红楼梦》十四曲中,固已明说之曰:

[晚韶华]镜里恩情,更那堪梦里功名!那美韶华去之何迅!再休提绣帐鸳衾;只这戴珠冠,披凤袄,也抵不了无常性命。虽说是人生莫受老来贫,也须要阴隲积儿孙。气昂昂头戴簪缨,光灿灿胸悬金印,威赫赫爵禄高登,昏惨惨黄泉路近。问古来将相可还存?也只是虚名儿与后人钦敬。(第五回)

此足以知其非诗歌的正义,而既有世界人生以上,无非永远的正义之所统辖也。故曰《红楼梦》一书,彻头彻尾的悲剧也。

由叔本华之说,悲剧之中,又有三种之别:第一种之悲剧,由极恶之人,极其所有之能力,以交构之者。第二种,由于盲目的运命者。第三种之悲剧,由于剧中之人物之位置及关系而不得不然者;非必有蛇蝎之性质,与意外之变故也,但由普通之人物,普通之境遇,逼之不得不如是;彼等明知其害,交施之而交受之,各加以力而各不任其咎,此种悲剧,其感人贤于前二者远甚。何则?彼示人生最大之不幸,非例外之事,而人生之所固有故也。若前二种之悲剧,吾人对蛇蝎之人物,与盲目之命运,未尝不怵然战慄;然以其罕见之故,犹幸吾生之可以免,而不必求息肩之地也。但在第三种,则见此非常之势力,足以破坏人生之福祉者,无时而不可坠于吾前;且此等惨酷之行,不但时时可受诸己,而或可以加诸人;躬丁其酷,而无不平之可鸣:此可谓天下之至惨也。若《红楼梦》,则正第三种之悲剧也。兹就宝玉、黛玉之事言之:贾母爱宝钗之婉嫟,而惩黛玉之孤僻,又信金玉之邪说,而思厌宝玉之病;王夫人固亲于薛氏;凤姐以持家之故,忌黛玉之才而虞其不便于己也;袭人惩尤二姐、香菱之事,闻黛玉"不是东风压倒西风,就是西风压倒东风"(第八十一回)之语,惧祸之及,而自同于凤姐,亦自然之势也。宝玉之于黛玉,信誓旦旦,而不能言之于最爱之祖母,则普通之道德使然;况黛玉一女子哉! 由此种种原因,而金玉以之合,木石以之离,又岂有蛇蝎之人物,非常之变故,行于其间哉? 不过通常之道德,通常之人情,通常之境遇为之而已。由此观之,《红楼梦》者,可谓悲剧中之悲剧也。

由此之故,此书中壮美之部分,较多于优美之部分,而眩惑之原质殆绝焉。作者于开卷即申明之曰:

> 更有一种风月笔墨,其淫秽污臭,最易坏人子弟。至于才子佳人等书,则又开口文君,满篇子建,千部一腔,千人一面,且终不能不涉淫滥。在作者不过欲写出自己两首情诗艳赋来,故假捏男女二人名姓,又必旁添一小人拨乱其间,如戏中小丑一般。此又上节所言之一证。

兹举其最壮美者之一例,即宝玉与黛玉最后之相见一节曰:

> 那黛玉听着傻大姐说宝玉娶宝钗的话,此时心里竟是油儿酱儿糖儿醋儿倒在一处的一般,甜苦酸碱,竟说不上什么味儿来了……自己转身,要回潇湘馆去,那身子竟有千百斤重的,两只脚却像踏着棉花一般,早已软了。只得一步一步慢慢的走将下来。走了半天,还没到沁芳桥畔,脚下愈加软了。走的慢,且又迷迷痴痴,信着脚从那边绕过来,更添了两箭地路。这时刚到沁芳桥畔,却又不知不觉的顺着堤往回里走起来。紫鹃取了绢子来,却不见黛玉。正在那里看时,只见黛玉颜色雪白,身子恍恍荡荡的,眼睛也直直的,在那里东转西转……只得赶过来轻轻的问道:"姑娘怎么又回去? 是要往那里去?"黛玉也只模糊听见,随口答道:"我问问宝玉去。"紫鹃只得搀他进去。那黛玉却又奇怪了,这时不似先前那样软了,也不用紫鹃打帘子,自己掀起帘子进来……见宝玉在那里坐着,也不起来让坐,只瞧着嘻嘻的呆笑。黛玉自己坐下,却也瞧着宝玉笑。两个也不问好,也不说话,也无推让,只管对着脸呆笑起来,忽然听着黛玉说道:"宝玉! 你为什么病了?"宝玉笑道:"我为林姑娘病了。"袭人、紫鹃两个,吓得面目改色,连忙用言语岔。两个却又不答言,仍旧呆笑起来……紫鹃搀起黛玉,那黛玉也就站起来,瞧着宝玉,只管笑,只管点头儿。紫鹃又催道:"姑娘回家去歇歇罢!"黛玉道:"可不是,我这就是回去的时候儿了!"说着,便回身笑着出来了。仍

旧不用丫头们搀扶,自己却走得比往常飞快。(第九十六回)
如此之文,此书中随处有之,其动吾人之感情何如!凡稍有审美的嗜好者,无人不经验之也。

《红楼梦》之为悲剧也如此。昔雅里大德勒于诗论中,谓悲剧者,所以感发人之情绪而高上之,殊如恐惧与悲怜之二者,为悲剧中固有之物,由此感发,而人之精神于焉洗涤。故其目的,伦理学上之目的也。叔本华置诗歌于美术之顶点,又置悲剧于诗歌之顶点;而于悲剧之中,又特重第三种,以其示人生之真相,又示解脱之不可已故。故美学上最终之目的,与伦理学上最终之目的合。由是,《红楼梦》之美学上之价值,亦与其伦理学上之价值相联络也。

第四章 《红楼梦》之伦理学上之价值

自上章观之,《红楼梦》者,悲剧中之悲剧也。其美学上之价值,即存乎此。然使无伦理学上之价值以继之,则其于美术上之价值,尚未可知也。今使为宝玉者,于黛玉既死之后,或感愤而自杀,或放废以终其身,则虽谓此书一无价值可也。何则?欲达解脱之域者,固不可不尝人世之忧患;然所贵乎忧患者,以其为解脱之手段故,非重忧患自身之价值也。今使人日日居忧患,言忧患,而无希求解脱之勇气,则天国与地狱,彼两失之;其所领之境界,除阴云蔽天,沮洳弥望外,固无所获焉。黄仲则绮怀诗曰:

如此星辰非昨夜,为谁风露立中宵。

又其卒章曰:

结束铅华归少作,屏除丝竹入中年;茫茫来日愁如海,寄语羲和快着鞭。

其一例也。《红楼梦》则不然,其精神之存于解脱,如前二章所说,兹固不俟喋喋也。

然则解脱者,果足为伦理学上最高之理想否乎?自通常之道德观之,夫人知其不可也。夫宝玉者,固世俗所谓绝父子、弃人伦、不忠不孝之罪人也。然自太虚中有今日之世界,自世界中有今日之人类,乃不得不有普通之道德,以为人类之法则。顺之者安,逆之者危;顺之者存,逆之者亡。于今日之人类中,吾固不能不认普通之道德之价值也。然所以有世界人生者,果有合理的根据欤?抑出于盲目的动作,而别无意义存乎其间欤?使世界人生之存在,而有合理的根据,则人生中所有普通之道德,谓之绝对的道德可也。然吾人从各方面观之,则世界人生之所以存在,实由吾人类之祖先一时之误谬。诗人之所悲歌,哲学者之所瞑想,与夫古代诸国民之传说,若出一揆。若第二章所引《红楼梦》第一回之神话的解释,亦于无意识中暗示此理,较之《创世纪》所述人类犯罪之历史,尤为有味者也。夫人之有生，既为鼻祖之误谬矣，则夫吾人之同胞，凡为此鼻祖之子孙者，苟有一人焉，未入解脱之域，则鼻祖之罪，终无时而赎，而一时之误谬，反覆至数千万年而未有已也。则夫绝弃人伦如宝玉其人者，自普通之道德言之，固无所辞其不忠不孝之罪；若开天眼而观之，则彼固可谓干父之蛊者也。知祖父之误谬，而不忍反复之以重其罪，顾得谓之不孝哉？然则宝玉"一子出家，七祖升天"之说，诚有见乎所谓孝者在此不在彼，非徒自辩护而已。

然则，举世界之人类，而尽入于解脱之域，则所谓宇宙者，不诚无物也欤？然有无之说，盖难言之矣。夫以人生之无常，而知识之不可恃，安知吾人之所谓有非所谓真有者乎？则自其反面言之，又安知吾人之所谓无非所谓真无者乎？即真无矣，而使吾人自空乏与满足、希望与恐怖之中出，而获永远息肩之所，不犹愈于世之所谓有者乎！然则吾人之畏无也，与小儿之畏暗黑何以异？自已解脱者观之，安知解脱之后，山川之美，日月之华，不有过于今日之世界者乎？读《飞鸟各投林》之曲，所谓"一片白茫茫大地真干净"者，有欤？无欤？吾人且勿问，但立乎今日之人生而观之，彼诚有味乎其言之也。

难者又曰：人苟无生，则宇宙间最可宝贵之美术，不亦废欤？曰：美术之价值，对现在之世界人生而起者，非有绝对的价值也。其材料取诸人生，其理想亦视人生之缺陷逼仄，而趋于其反对之方面。如此之美术，唯于如此之世界、如此之人生中，始有价值耳。今设有人焉，自无始以来，无生死，无苦乐，无人世之罣碍，而唯有永远之知识，则吾人所宝为无上之美术，自彼视之，不过蛙鸣蝉噪而已。何则？美术上之理想，固彼之所固有，而其材料，又彼之所未尝经验故也。又设有人焉，备尝人世之苦痛，而已入于解脱之域，则美术之于彼也，亦无价值。何则？美术之价值，存于使人离生活之欲，而入于纯粹之知识。彼既无生活之欲矣，而复进之以美术，是犹馈壮夫之药石，多见其不知量而已矣。然则超今日之世界人生以外者，于美术之存亡，固自可不必问也。

夫然，故世界之大宗教，如印度之婆罗门教及佛教，希伯来之基督教，皆以解脱为唯一之宗旨。哲学家说，如古代希腊之柏拉图，近世德意志之叔本华，其最高之理想，亦存于解脱。殊如叔本华之说，由其深邃之知识论、伟大之形而上学出，一扫宗教之神话的面具，而易以名学之论法；其真挚之感情，与巧妙之文字，又足以济之：故其说精密确实，非如古代之宗教及哲学说，徒属想像而已。然事不厌其求详，姑以生平可疑者商榷焉：夫由叔氏之哲学说，则一切人类及万物之根本，一也。故充叔氏拒绝意志之说，非一切人类及万物，各拒绝其生活之意志，则一人之意志，亦不得而拒绝。何则？生活之意志之存于我者，不过其一最小部分，而其大部分之存于一切人类及万物者，皆与我之意志同。而此物我之差别，仅由于吾人知力之形式,故离此知力之形式,而反其根本而观之,则一切人类及万物之意志,皆我之意志也。然则拒绝吾一人之意志,而姝姝自悦曰解脱,是何异蹄踠之水,而注之沟壑,而曰天下皆得平土而居之者哉！佛之言曰："若不尽度众生,誓不成佛。"其言犹若有能之而不欲之意。然自吾人观之,此岂徒能之而不欲哉！将毋欲之而不能也。故如叔本华之言一人之解脱,而未言世界之解脱,实与其意志同一之说,不能两立者也。叔氏于无意识中亦触此疑问,故于其意志及观念之世界之第四编之末,力护其说曰：

  人之意志,于男女之欲,其发现也为最著。故完全之贞操,乃拒绝意志即解脱之第一步也。夫自然中之法则,固自最确实者。使人人而行此格言,则人类之灭绝,自可立而待。至人类以降之动物,其解脱与堕落,亦当视人类以为准。吠陀之经典曰："一切众生之待圣人,如饥儿之待慈父母也。"基督教中亦有此思想。珊列休斯于其人持一切物归于上帝之小诗中曰："嗟汝万物灵,有生皆爱汝。总总环汝旁,如儿索母乳。携之适天国,惟汝力是怙！"德意志之神秘学者马斯太哀赫德亦云："约翰福音云：予之离世界也,将引万物而与我俱。基督岂欺我哉！夫善人,固将持万物而归之于上帝,即其所从出之本者也。今夫一切生物,皆为人而造,又自相为用；牛羊之于水草,鱼之于水,鸟之于空气,野兽之于林莽皆是也。一切生物皆上帝所造,以供善人之用,而善人携之以归上帝。"彼意盖谓人之所以有用动物之权利者,实以能救济之故也。

  于佛教之经典中,亦说明此真理,方佛之尚为菩提萨埵也,自王宫逸出而入深林时,彼策其马而歌曰："汝久疲于生死兮,今将息此任载。负予躬以遐举兮,继今日而无再。苟彼岸其予达矣,予将徘徊以汝待！"佛国记此之谓也。（英译意志及观念之世界第一册第四百九十二页）

然叔氏之说,徒引据经典,非有理论的根据也。试问释迦示寂以后,基督尸十字架以来,人类及万物之欲生奚若？其痛苦又奚若？吾知其不异于昔也。然则所谓持万物而归之上帝者,其尚有所待欤？抑徒沾沾自喜之说,而不能见诸实者欤？果如后说,则释迦、基督自身之解脱与否,亦尚在不可知之数也。往者作一律曰：

  生平颇忆挈卢敖,东过蓬莱浴海涛。何处云中闻犬吠,至今湖畔尚乌号。人间地狱真无间,死后泥洹枉自豪。终古众生无度日,世尊只合老尘嚣。

何则？小宇宙之解脱,视大宇宙之解脱以为准故也。赫尔德曼人类涅槃之说,所以起而补叔氏之缺点者以此。要之,解脱之足以为伦理学上最高之理想与否,实存于解脱之可能与否。若夫普通之论难,则固如楚楚蜉蝣,不足以撼十围之大树也。

第六章　近代文论

今使解脱之事，终不可能，然一切伦理学上之理想，果皆可能也欤？今夫与此无生主义相反者，生生主义也。夫世界有限，而生人无穷；以无穷之人，生有限之世界，必有不得遂其生者矣。世界之内，有一人不得遂其生者，固生生主义之理想之所不许也。故由生生主义之理想，则欲使世界生活之量，达于极大限，则人人生活之度，不得不达于极小限。盖度与量二者，实为一精密之反比例，所谓最大多数之最大福祉者，亦仅归于伦理学者之梦想而已。夫以极大之生活量，而居于极小之生活度，则生活之意志之拒绝也奚若？此生生主义与无生主义相同之点也。苟无此理想，则世界之内，弱之肉，强之食，一任诸天然之法则耳，奚以伦理为哉？然世人日言生生主义，而此理想之达于何时，则尚在不可知之数。要之理想者，可近而不可即，亦终古不过一理想而已矣。人知无生主义之理想之不可能，而自忘其主义之理想之何若，此则大不可解者也。

夫如是，则《红楼梦》之以解脱为理想者，果可非薄也欤？夫以人生忧患之如彼，而劳苦之如此，苟有血气者，未有不渴慕救济者也；不求之于实行，犹将求之于美术。独《红楼梦》者，同时与吾人以二者之救济。人而自绝于救济则已耳；不然，则对此宇宙之大著述，宜如何企踵而欢迎之也！

第五章　余论

自我朝考证之学盛行，而读小说者，亦以考证之眼读之。于是评《红楼梦》者，纷然索此书中之主人公之为谁，此又甚不可解者也。夫美术之所写者，非个人之性质，而人类全体之性质也。惟美术之特质，贵具体而不贵抽象。于是举人类全体之性质，置诸个人之名字之下。譬诸"副墨之子"，"洛诵之孙"，亦随吾人之所好名之而已。善于观物者，能就个人之事实，而发现人类全体之性质；今对人类之全体，而必规规焉求个人以实之，人之知力相越，岂不远哉！故《红楼梦》之主人公，谓之贾宝玉可，谓之"子虚""乌有"先生可，即谓之纳兰容若可，谓之曹雪芹，亦无不可也。

综观评此书者之说，约有二种：一谓述他人之事，一谓作者自写其生平也。第一说中，大抵以贾宝玉为即纳兰性德。其说要非无所本。案性德《饮水诗集·别意》六首之三曰：

独拥余香冷不胜，残更数尽思腾腾；今宵便有随风梦，知在红楼第几层？

又《饮水词》中《于中好》一阕云：

别绪如丝睡不成，那堪孤枕梦边城。因听紫塞三更雨，却忆红楼半夜灯。

又《减字木兰花》一阕《咏新月》云：

    莫教星替，守取团圆终必遂。此夜红楼，天上人间一样愁。

"红楼"之字凡三见，而云"梦红楼"者一。又其亡妇忌日作《金楼曲》一阕，其首三句云：

    此恨何时已，滴空阶寒更雨歇，葬花天气。

"葬花"二字，始出于此。然则《饮水集》与《红楼梦》之间，稍有文字之关系，世人以宝玉为即纳兰侍卫者，殆由于此。然诗人与小说家之用语，其偶合者固不少。苟执此例以求《红楼梦》之主人公，吾恐其可以傅合者，断不止容若一人而已。若夫作者之姓名（遍考各书，未见曹雪芹何名），与作书之时日，其为读此书者所当知，似更比主人公之姓名为尤要。顾无一人为之考证者，此则大不可解者也。

至谓《红楼梦》一书，为作者自道其生平者。其说本于此书第一回"竟不如我亲见亲闻的几个女子"一语。信此说，则唐旦之《天国戏剧》，可谓无独有偶者矣。然所谓亲见亲闻者，亦可自旁观者之口言之，未必躬为剧中之人物。如谓书中种种境界，种种人物，非局中人不能道，则是《水浒传》之作者，必为大盗，《三国演义》之作者，必为兵家，此又大不然之说也。且此问题，实与美术之渊源之问题相关系。如谓美术上之事，非局中人不能道，则其渊源必全存于经验而后可。夫美术之源，出于先天，抑由于经验，此西洋美学上至大之问题也。叔本华之论此问题也，是为透辟。兹援其说，以结此论（此论本为绘画及雕刻发，然可通之于诗歌小说），其言曰：

    人类之美之产于自然中者，必由下文解释之：即意志于其客观化之最高级（人类）中，由自己之力与种种之情况，而打胜下级（自然力）之抵抗，以占领其物力。且意志之发现于高等之阶级也，其形式必复杂：即以一树言之，乃无数之细胞，合而成一系统者也。其阶级愈高，其结合愈复。人类之身体，乃最复杂之系统也：各部分各有一特别之生活；其对全体也，则为隶属；其互相对也，则为同僚；互相调和，以为其全体之说明；不能增也，不能减也。能如此者，则谓之美。此自然中不得多见者也，顾美之于自然中如此，于美术中则何如？或有以美术家为模仿自然者。然彼苟无美之预想存于经验之前，则安从取自然中完全之物而模仿之，又以之与不完全者相区别哉？且自然亦安得时时生一人焉，于其各部分皆完全无缺哉？或又谓美术家必先于人之肢体中，观美丽之各部分，而由之以构成美丽之全体。此又大愚不灵之说也。即令如此，彼又何自知美丽之在此部分而非彼部分哉？故美之知识，断非自经验的得之，即非后天的而常为先天的；即不然，亦必其一部分常为先天的也。吾人于观人类之美后，始认其美；但在真正之美术家，其认识之也，极其明速之度，而其表出之也，胜乎自然之为。此由吾人之自身即意志，而于此所判断及发见者，乃意志于最高级之完全之客观化也。唯如是，吾人斯得有美之预想。而在真正之天才，于美之预想外，更伴以非常之巧力。彼于特别之物中，认全体之理想，遂解自然之嗫嚅之言语而代言之；即以自然所百计而不能产出之美，现之于绘画及雕刻中，而若语自然曰："此即汝之所欲言而不得者也。"苟有判断之能力者，必将应之曰："是。"唯如是，故希腊之天才，能发见人类之美之形式，而永为万世雕刻家之模范。唯如是，故吾人对自然于特别之境遇中所偶然成功者，而得认其美。此美之预想，乃自先天中所知者，即理想的也，比其现于美术也，则为实际的。何则？此与后天中所与之自然物相合故也。如此，美术家先天中有美之预想，而批评家于后天中认识之，此由美术家及批评家，乃自然之自身之一部，而意志于此客观化者也。哀姆攀独克尔曰："同者唯同者知之。"故唯自然能知自然，唯自然能言自然，则美术家有自然之美之预想，固自不足怪也。

　　芝诺芬述苏格拉底之言曰："希腊人之发见人类之美之理想也，由于经验。即集合种种美丽之部分，而于此发见一膝，于彼发见一臂。"此大谬之说也。不幸而此说蔓延于诗歌中。即以狭斯丕尔言之，谓其戏曲中所描写之种种人物，乃其一生之经验中所观察者，而极其全力以模写之者也。然诗人由人性之预想而作戏曲小说，与美术家之由美之预想而作绘画及雕刻无以异。唯两者于其创造之途中，必须有经验以为之补助。夫然，故其先天中所已知者，得唤起而入于明晰之意识，而后表出之事，乃可得而能也。（叔氏意志及观念之世界第一册第二百八十五页至八十九页。）

由此观之，则谓《红楼梦》中所有种种之人物，种种之境遇，必本于作者之经验，则雕刻与绘画家之写人之美也，必此取一膝，彼取一臂而后可。其是与非，不待知者能决矣。读者苟玩前数章之说，而知《红楼梦》之精神，与其美学、伦理学上之价值，则此种议论，自可不生。苟知美术之大有造于人生，而《红楼梦》自足为我国美术上之唯一大著述，则其作者之姓名，与其著书之年月，固当为唯一考证之题目。而我国人之所聚讼者，乃不在此而在彼；此足以见吾国人之对此书之兴味之所在，自在彼而不在此也。故为破其惑如此。

（选自《静庵文集》）

人间词话（选录）

王国维

一

词以境界为最上。有境界则自成高格，自有名句。五代北宋之词所以独绝者在此。

二

有造境，有写境，此理想与写实二派之所由分。然二者颇难分别。因大诗人所造之境，必合乎自然，所写之境，亦必邻于理想故也。

三

有有我之境，有无我之境。"泪眼问花花不语，乱红飞过秋千去。""可堪孤馆闭春寒，杜鹃声里斜阳暮。"有我之境也。"采菊东篱下，悠然见南山。""寒波淡淡起，白鸟悠悠下。"无我之境也。有我之境，以我观物，故物皆著我之色彩。无我之境，以物观物，故不知何者为我，何者为物。古人为词，写有我之境者为多，在未始不能写无我之境，此在豪杰之士能自树立耳。

四

无我之境，人惟于静中得之。有我之境，于由动之静时得之。故一优美，一宏壮也。

五

自然中之物，互相关系，互相限制。然其写之于文学及美术中也，必遗其关系、限制之处。故虽写实家，亦理想家也。又虽如何虚构之境，其材料必求之于自然，而其构造，亦必从自然之法则。故虽理想家，亦写实家也。

六

境非独谓景物也。喜怒哀乐，亦人心中之一境界。故能写真景物、真感情者，谓之有境界。否则谓之无境界。

七

"红杏枝头春意闹。"著一"闹"字,而境界全出。"云破月来花弄影",著一"弄"字,而境界全出矣。

八

境界有大小,不以是而分优劣。"细雨鱼儿出,微风燕子斜",何遽不若"落日照大旗,马鸣风萧萧";"宝廉闲挂小银钩",何遽不若"雾失楼台,月迷津渡"也。

九

《严沧浪诗话》谓:"盛唐诸公(诗话'公'作'人'),唯在兴趣。羚羊挂角,无迹可求。故其妙处,透澈('澈'作'彻')玲珑,不可凑拍('拍'作'泊')。如空中之音、相中之色、水中之影('影'作'月')、镜中之象,言有尽而意无穷。"余谓:北宋以前之词,亦复如是。然沧浪所谓兴趣,阮亭所谓神韵,犹不过道其面目;不若鄙人拈出"境界"二字,为探其本也。

一〇

太白纯以气象胜。"西风残照,汉家陵阙。"寥寥八字,遂关千古登临之口。后世唯范文正之渔家傲,夏英公之《喜迁莺》,差足继武,然气象已不逮矣。

一一

张皋文谓:"飞卿之词,深美闳约。"余谓:此四字唯冯正中足以当之。刘融斋谓:"飞卿精艳(当作'妙')绝人。"差近之耳。

一二

"画屏金鹧鸪",飞卿语也,其词品似之。"弦上黄莺语",端己语也,其词品亦似之。正中词品,若欲于其词句中求之,则"和泪试严妆",殆近之欤?

一三

南唐中主词,"菡萏香销翠叶残,西风愁起绿波间。"大有众芳芜秽,美人迟暮之感。乃古今独赏其"细雨梦回鸡塞远,小楼吹彻玉笙寒。"故知解人正不易得。

一四

温飞卿之词,句秀也。韦端己之词,骨秀也。李重光之词,神秀也。

一五

词至李后主而眼界始大,感慨遂深,遂变伶工之词而为士大夫之词。周介存置诸温韦之下,可谓颠倒黑白矣。"自是人生长恨水长东。""流水落花春去也,天上人间。"金荃浣花,能有此气象耶?

一六

词人者,不失其赤子之心者也。故生于深宫之中,长于妇人之手,是后主为人君所短处,亦即为词人所长处。

一七

客观之诗人,不可不多阅世。阅世愈深,则材料愈丰富,愈变化,《水浒传》《红楼梦》之作者是也。主观之诗人,不必多阅世。阅世愈浅,则性情愈真,李后主是也。

一八

尼采谓:"一切文学,余爱以血书者。"后主之词,真所谓以血书者也。宋道君皇帝《燕山亭》词亦略似之。然道君不过自道身世之戚,后主则俨有释迦、基督担荷人类罪恶之意,其大小固不同矣。

一九

冯正中词虽不失五代风格,而堂庑特大,开北宋一代风气。与中后二主词皆在《花间》范围之外,宜《花间集》中不登其只字也。

二〇

正中词除《鹊踏枝》《菩萨蛮》十数阕最煊赫外,如《醉花间》之"高树鹊衔巢,斜月明寒草"。余谓韦苏州之"流萤渡高阁",孟襄阳之"疏雨滴梧桐",不能过也。

后 记

我从1991年秋季开始在大学讲授《中国古代文论》,那时能用的教材,一是郭绍虞、王文生主编的《中国历代文论选》(四卷本),一是复旦大学的《中国文学批评史》(三卷本)。其实这两种都只能作为"教师用书"(学生哪里买得起)。也就是这一年,我到厦门参加古代文论年会,在大会发言中倡议编一本适于学生用的《中国古代文论》,当天晚上就有与会的出版社编辑向我约稿,而我却因为胆怯(心理学上称为"约拿情结")而未敢应允。20世纪90年代末,华中师大出版社约我主编一本《中国古代文论》,口头上答应了,却迟迟没有动手,表面的原因是"忙",而内心深处依然有些"胆怯":90年代中后期已有几种古代文论的教材问世,我们现在再来写,如何写出新意?

这几年,在桂子山上为硕士、博士研究生讲"儒道释文化与中国古代文论",同时也在这个大题目之下写过一些文章,由此而对古代文论的教学以及教材的编写有了一些新的想法,这些想法后来就成为编撰这本教材的立意与思路。本书导论的写作,每章之中的概述、经典理论家评介、文论选录等等,都力图体现"新的想法"(或曰"新意")。当然,由于我自己才力所限,也因为是集体编撰,各位撰者从理论阐发到行文风格均难免小有差异,故成书后的整体效果与我们刚开始的构想还是有些距离,这也就是刘勰所言"方其搦翰,气倍辞前;暨乎篇成,半折心始"。

本书的编撰,始终得到先霈师的热诚关注和悉心指导。书稿写成后,先霈师不仅提出了极有价值的修改意见,还为本书写了一篇颇有分量的序。先霈师的长序,在探讨"中国文学批评"存在之根据的前提下,回溯了"中国文学批评史"这门学科在20世纪创建、发展的历程,并对学科建设的原则、基础、方法、前景等,提出了自己的观点。先霈师奖掖后进,在序中对本书的特色及价值也给予了充分肯定。

本书的责编马元龙先生不仅对书稿作了技术性处理,而且认真查找每一条引文的原始出处并逐一核对,为保证书稿的质量付出了艰辛的劳动。同时,华中师范大学出版社的范军总编、张小新主任和陈昌恒教授对本书的编辑出版也非常关心。此外,还有我的两位好友,江汉大学的张皓教授和华中师范大学的王济民教授,他们虽然因为太忙而未能参加本书的编撰,却一直关注此事并提出了很好的建议。在此,并致谢意。

最后,将本书作者及其所撰章节分列如下(以本书章节为序)
李建中:导论
向柏松:先秦文论
吴建民:两汉文论
董　玲:魏晋南北朝文论(其中"概述"和"曹丕"由李建中撰写)
胡立新:唐宋金元文论
邓新华:明清文论
吴　艳:近代文论

本书体例及章节由李建中拟定,每一章中的"文论选录"由李建中编选,全书最后由李建中统稿。

李建中
2002 年 6 月 17 日

修订后记

"中国古代文论"（或曰"中国文学批评史"）在大学里是一门选修课，各种版本的"古代文论"教材少说也有十多种。而我们这本《中国古代文论》2002年9月初版，不到四年时间发行近三万册，这是一个颇为可观的数字。感谢读者的厚爱，尤其感谢高校同行和同学们的厚爱。

藉这次出版修订本的机会，我们对全书的正文作了认真的修改，对各章的文论选录作了仔细的校订。同时，为方便教师的讲授和同学们的自学，为方便广大读者的阅读，本书在每一章后面新增加两项内容：一是附录"关键词释义"，二是开列"进一步阅读文献"。

谢琴责编和赵宏主任为修订本的出版付出了辛勤的劳动。在此，谨致谢忱。全书正文及文论选录的修订由各章的撰写者完成，"关键词释义"和"进一步阅读文献"由吴中胜完成，全书最后由李建中统稿。

李建中

2006年6月26日

第三版后记

樱花时节,华中师范大学出版社晓嘉君打电话给我,说是《中国古代文论》修订版的第七次印刷已经售罄,出版社准备修订后出第三版。闻此佳讯,甚感甚谢,甚欣甚慰。

说"感谢",一是要感谢广大读者的厚爱,若无读者诸君的青睐,本书不可能在问世之后的16年之中,年年重印,年年售罄;二是要感谢华中师范大学出版社卓有成效的工作,这一工作既贯穿于从约稿编稿到推广发行的全部过程,又绵延于从2002年到2018年漫长的16个春夏秋冬;三是要感谢本书编撰团队的全体同仁,各位的尽心尽责和精诚合作,为本书的长销不衰提供了质量保证。

说"欣慰",是因为本书的编撰理念和学术观点,经受住了时间的检验。作为一本"中国文学批评史"专业的教材,本书紧扣中国古代文论与传统儒道释文化的内在关联,在中华优秀传统文化的思想背景和精神源流中,把握并阐释中国古代文论的演进脉络和理论精粹,力图在民族文化和民族精神的层面揭示中国古代文论的历史意蕴和当代价值。本书所提出的诸多学术观点,诸如魏文帝"文气说"的玄学内涵,有唐一代文论"载道"与"取境"的双水分流,晚明异端思潮与小说评点之间的精神互动,等等,在今天看来,仍然有着理论冲击力和学术影响度。这一点,是本书能够保持"长销不衰16载"之良好纪录的学理性缘由。

这次修订,我们对全书正文作了认真修改,对各章"文论选录"作了认真校勘,并新增"内容提要"和"主编简介"。参与本次修订工作的是武汉大学文艺学专业2017级博士研究生余慕怡、李远、李艳萍、刘楚、刘欢和李桂全。华中师范大学出版社刘晓嘉先生为这次修订做出了重要贡献。在此谨致谢忱!

李建中

2018年5月18日

于珞珈山振华楼306室